2013年教育部人文社会科学项目"文学批评机制研究"结题成果（批准号：13YJA751063）

广西师范大学文学院学术文库
广西"双一流"学科·中国语言文学
广西师范大学文学院学术著作出版基金资助

文学批评
机制研究

张利群 著

中国社会科学出版社

图书在版编目（CIP）数据

文学批评机制研究/张利群著. —北京：中国社会科学出版社，2019.12
ISBN 978-7-5203-4338-1

Ⅰ.①文… Ⅱ.①张… Ⅲ.①中国文学—当代文学—文学评论 Ⅳ.①I206.7

中国版本图书馆 CIP 数据核字（2019）第 080126 号

出 版 人	赵剑英
责任编辑	郭晓鸿
特约编辑	王顺兰
责任校对	韩海超
责任印制	戴　宽

出　　版	中国社会科学出版社
社　　址	北京鼓楼西大街甲 158 号
邮　　编	100720
网　　址	http://www.csspw.cn
发 行 部	010-84083685
门 市 部	010-84029450
经　　销	新华书店及其他书店
印　　刷	北京明恒达印务有限公司
装　　订	廊坊市广阳区广增装订厂
版　　次	2019 年 12 月第 1 版
印　　次	2019 年 12 月第 1 次印刷
开　　本	710×1000　1/16
印　　张	26.5
插　　页	2
字　　数	361 千字
定　　价	108.00 元

凡购买中国社会科学出版社图书，如有质量问题请与本社营销中心联系调换
电话：010-84083683
版权所有　侵权必究

目　　录

导论　批评之问·批评之道·批评之器 ………………………………… 1

第一章　文学批评机制功能系统论 …………………………………… 14
　第一节　文学评价与批评机制 ……………………………………… 17
　第二节　批评机制的评价功能与综合作用 ……………………… 21
　第三节　批评机制的"自律"功能 …………………………………… 33

第二章　文学制度与批评机制关系论 ………………………………… 43
　第一节　文学制度与批评机制关系 ………………………………… 44
　第二节　文学批评机制的构成系统 ………………………………… 59
　第三节　批评机制的文学制度建设作用 ………………………… 72
　第四节　文学批评机制的制度化建设 ……………………………… 82

第三章　文学批评的马克思主义理论基础 …………………………… 94
　第一节　文学批评的马克思主义指导思想 ……………………… 95

第二节　文化批评的文化唯物论基础 ················· 114
　第三节　延安文艺的马克思主义批评传统 ············· 126

第四章　文学批评价值源发生论 ····················· 141
　第一节　艺术发生学的审美价值源探溯 ··············· 142
　第二节　真善美价值源探溯 ························· 153
　第三节　"诗言志"价值源探溯 ····················· 167
　第四节　"和谐"价值源探溯 ······················· 181

第五章　文学批评精神建构论 ······················· 195
　第一节　文学批评的伦理精神 ······················· 195
　第二节　文学批评的中华美学精神 ··················· 209
　第三节　文学批评的文化自觉精神 ··················· 224

第六章　文学批评机制重构论 ······················· 238
　第一节　文学批评在价值冲突中重构 ················· 239
　第二节　当代批评价值观建构 ······················· 254
　第三节　文学批评的"经典"重构 ··················· 263
　第四节　文学批评的"中国经验"重构 ··············· 278
　第五节　文学批评的"和谐"文化重构 ··············· 295

第七章　文学批评机制发展论 ······················· 313
　第一节　文学活动论视域下的批评发展 ··············· 314

第二节　艺术生产论视域下的批评发展 …………………… 328

第三节　媒介生产论视域下的批评发展 …………………… 351

第四节　审美人类学视域下的批评发展 …………………… 376

结语　走向艺术生产论批评 ………………………………… 393

参考书目 …………………………………………………………… 409

后　记 ……………………………………………………………… 416

导论　批评之问·批评之道·批评之器

　　党的十九大胜利召开标志着中国特色社会主义进入新时代。习近平在十九大报告中对文艺寄予厚望，提出"繁荣发展社会主义文艺"的任务和要求："社会主义文艺是人民的文艺，必须坚持以人民为中心的创作导向，在深入生活、扎根人民中进行无愧于时代的文艺创造。要繁荣文艺创作，坚持思想精深、艺术精湛、制作精良相统一，加强现实题材创作，不断推出讴歌党、讴歌祖国、讴歌人民、讴歌英雄的精品力作。发扬学术民主、艺术民主，提升文艺原创力，推动文艺创新。倡导讲品位、讲格调、讲责任，抵制低俗、庸俗、媚俗。加强文艺队伍建设，造就一大批德艺双馨名家大师，培育一大批高水平创作人才。"这可谓吹响新时代社会主义文艺繁荣发展的进军号，文艺发展进入"文化强国"的辉煌时期。批评理所当然一马当先，义不容辞地担当起新时代赋予的责任和期望，不仅应该有所作为，而且必须大有作为。

　　批评作为文艺评价机制，具有褒优贬劣、激浊扬清的功能，对文艺创新发展负有义不容辞的职责和担当。习近平在文艺工作座谈会上的讲话中针对文艺批评指出："要高度重视和切实加强文艺评论工作。文艺批评是文艺创作的一面镜子、一剂良药，是引导创作、多出精品、提高审美、引领风尚的重要力量。"① 这是坚持党对文艺工作领导具体落实在文艺批评上的体现，言简意赅地阐明文艺批评性质特征、功能作用、价值地位及重要意义。学习领会和贯彻习近平讲话精神，就是要将其落实在推动文艺繁荣发展的实际行动上，开创中国当代文艺发展的新时代。习近平讲话不仅创造了文艺创新发展的最佳机遇，而且提供了文艺批评发展前所未有的良机。早在1942年延安文艺时期，毛泽东《在延安文艺座谈会上的讲话》就提出"文艺批评是一个复杂的问题，需要许多专门的研究"②，不仅指出批评的重要性，而且强调批评的复杂性及专门研究的必要性。前后相隔七十多年的两次讲话精神可谓薪火相传、一脉相承，既可作为指导文艺工作的纲领性文件，亦可作为文艺批评的一种表达方式，极大地推动了社会主义文艺的繁荣发展，也形成新时代文艺及批评创新发展及崛起之势。本书秉承讲话精神，针对当前批评发展现状，以从批评之问出发、回归批评之道、落脚批评之器的三位一体视角，对当前批评发展问题进行探讨，以期深入开展文艺批评的专门研究。

一　批评之问

所谓批评之问，指文艺批评首先必须具有鲜明的问题导向意识，即针对当下批评现状发现问题、找准症结、分析原因、探寻对策、确立方向路径。尽管批评在经历一次又一次的艰难转型过程中取得过许多成绩，但仍然不能掩饰其当下存在的某些不足与问题。尽管对文艺批评的诟病无论是来自外部声音还是来自内部声音，也无论带有愤青意识还是忧患意识，确实需要加以辨析与区分，以明确问题症结和关键之所在，但批评滞后于文艺发展的问题毋庸置疑。甚至将当下批评置于新时期以来批评发展历程中审视，也不难断定失却20世纪80年代批评的锐气和雄风，批评滑坡、困乏、焦虑、缺位、

---

① 习近平：《在文艺工作座谈会上的讲话》，人民出版社2015年版，第29页。以下所引习近平讲话材料出处均于此，不再注明出处。
② 毛泽东：《在延安文艺座谈会上的讲话》，《毛泽东选集》，人民出版社1966年版，第869页。

边缘化等责难声并非空穴来风。毫无疑问，批评存在问题众所周知，诸如疲软乏力、缺席失语、自说自话、捧杀棒杀、零散碎片、规则失范、标准偏移、价值迷失、意义消解、功能退化等，甚至在一片喧哗声中也不乏批评内部自我反省的质疑声。"更为严重的情况出现在批评内部：一些批评家似乎丧失了必要的信心，他们对于批评的前景忧心忡忡。批评家的脸上时常浮现出悲观的表情，自嘲成为一种无奈的策略。他们习惯地说，批评已经'失语'，陷入了'危机'——'失语'或者'危机'正在成为两个时髦的反面形容词。"[①] 纵然批评问题存在现象可以罗列一大堆，但关键在于找到症结，才好"对症下药"，从而行之有效地解决问题。

针对当下批评状况及其存在问题，习近平讲话指出："文艺批评要的就是批评，不能都是表扬甚至庸俗吹捧、阿谀奉承，不能套用西方理论来剪裁中国人的审美，更不能用简单的商业标准取代艺术标准，把文艺作品完全等同于普通商品，信奉'红包厚度等于评论高度'。文艺批评褒贬甄别功能弱化，缺乏战斗力、说服力，不利于文艺健康发展。真理越辩越明。一点批评精神都没有，都是表扬和自我表扬、吹捧和自我吹捧、造势和自我造势相结合，那就不是文艺批评了！"这就抓住了批评存在问题的症结所在。批评问题症结在于缺失"批评"，即缺失批评之所以为批评的"批评性"，在于缺乏"批评精神"，缺少敢于批评与"讲真话"的勇气，从而导致批评功能作用弱化及其地位边缘化。

从当下文坛出现的一些乱象以及创作存在某些不足与问题角度来看，"批评之问"的意义在于：一方面，创作存在问题显然在一定程度上印证批评并未尽职尽责，批评缺位失语使得创作存在问题未能得到及时有效的纠正，甚至放任错误倾向泛滥，造成不良后果，由此可见创作存在问题折射出批评乏

[①] 南帆：《低调的乐观》，张燕玲、张萍编：《我的批评观》，广西师范大学出版社2016年版，第4页。

力问题；另一方面，创作存在问题显然也能够说明批评自身缺乏问题意识，未能发现问题与提出问题，甚至思想混乱、麻木不仁，导致文学评价机制的"批评之问"缺失。习近平讲话中针对创作不良现象进行批评："存在着有数量缺质量、有'高原'缺'高峰'的现象，存在着抄袭模仿、千篇一律的问题，存在着机械化生产、快餐式消费的问题。在有些作品中，有的调侃崇高、扭曲经典、颠覆历史，丑化人民群众和英雄人物；有的是非不分、善恶不辨、以丑为美，过度渲染社会阴暗面；有的搜奇猎艳、一味媚俗、低级趣味，把作品当作追逐利益的'摇钱树'，当作感官刺激的'摇头丸'；有的胡编乱写、粗制滥造、牵强附会，制造了一些文化'垃圾'；有的追求奢华、过度包装、炫富摆阔，形式大于内容；还有的热衷于所谓'为艺术而艺术'，只写一己悲欢、杯水风波，脱离大众、脱离现实。"这些创作问题，不仅需要作家反省反思"精品何在""创作精神何在"问题，而且需要批评家反思反省"批评何在""批评精神何在"问题。批评在文艺活动中缺位、失语、不在场、无所作为就是失职，其实也是文坛存在某些乱象及其弊症顽疾的构成部分，创作问题必然关涉批评问题。由此而论，"批评何在"必然产生"批评何为"的质疑，从而引发批评内部自身问题叠加以及价值取向和评价取向紊乱，最后导致在"批评为何"问题上偏离正确的方向。因此，解决文艺批评存在问题，必须抓住"文艺批评要的就是批评"这个纲，纲举目张地解决"批评何在"—"批评何为"—"批评为何"的问题症结，回归文艺批评作为批评的"批评性"本位，回归批评褒优贬劣、激浊扬清的轨道，回归批评精神及批评优良传统。

为什么"文艺批评要的就是批评"，这既与文艺批评性质特征、职责准则、功能作用有关，又与社会时代发展及文艺发展需求有关，更与文艺批评存在理由及合理性、合法性有关。恩格斯《致斐·拉萨尔》指出："我是从美学观点和历史观点，以非常高的，即最高的标准来衡量您的作品的，而且我必须这样做才能提出一些反对意见……批评必然是最坦率的。"① 别林斯基认为批评"第一必须言之成理，其次必须端庄郑重"②，故而批评家应是文艺家敢于提出批评意见的"铮友"；车尔尼雪夫斯基提出："批评如果要名副其实成为批评，它就应该更严格些、更认真些。"③ 鲁迅认为："必须更有真切的批评，这才有真的新文艺和新批评的产生的希望。"④ 他在《准风月谈·关于翻译（下）》中指出："我又希望刻苦的批评家来做剜烂苹果的工作，这正如'拾荒'一样，是很辛苦的，但也必要，而且大家有益的。"《花边文学·看书琐记（三）》指出："文艺必须有批评，批评如果不对了，就得用批评来抗争，这才能够使文艺和批评一同前进，如果一律掩住嘴，算是文坛已经干净，那所得的结果倒是要相反的。"当代批评家陈晓明认为："批评必须锐利、自由，面对文本是我最快乐的时刻。随心所欲的读解，令人信服的推论，横贯中西的思绪，无所畏惧的论断，这是我所欣赏的批评风格。"⑤ 当代国外马克思主义批评之"意识形态症候批评""文化批评""文化批判"等理论方法亦坚持批评的批判性立场与精神，由此可见其批评力之一斑。因此，文艺批评一旦缺失"批评"，不仅失却批评力及其评价功能作用，而且会失去批评存在的价值和意义，更不利于文艺创作提高及文艺发展。因此，解决批评存在不足及问题必须抓住关键要害，针对批评缺失"批评"的症结"对症下药"，回归"文艺批评要的就是批评"的本位，回归"批评之道"。

---

① ［德］恩格斯：《致斐·拉萨尔》，《马克思恩格斯选集》第四卷，人民出版社1972年版，第347页。
② ［俄］别林斯基：《一八四七年俄国文学一瞥》，《别林斯基选集》（第2卷），时代出版社1953年版，第512页。
③ ［俄］车尔尼雪夫斯基：《论批评中的坦率精神》，《车尔尼雪夫斯基论文学》（中卷），人民文学出版社1965年版，第140页。
④ 鲁迅：《〈文艺与批评〉译者附记》，《鲁迅全集》第17卷，人民文学出版社1973年版，第446页。
⑤ 陈晓明：《我的批评观》，张燕玲、张萍编：《我的批评观》，广西师范大学出版社2016年版，第9页。

二　批评之道

所谓"批评之道",包含三层含义或三位一体构成系统:一是批评存在之道,即批评称为批评、批评成为批评的批评本体论之"道";二是批评运行发展之道,即遵循批评规律特征与发展方向的道路之"道";三是批评摆事实讲道理之道,即批评知识结构与理论基础的道理之"道"。中国古代之"道"论,不仅是哲学本体论,而且是基于宇宙观、自然观、人生观的世界观与方法论,同时也是基于社会人文关系及结构构成的系统论与辩证法,由此既着眼于宏观之处高屋建瓴的顶层设计,又立足于微观之处脚踏实地的落实和践行。

中国历来就有基于"道"形成的"文以载道"的"文道论"传统。习近平指出:"苏东坡称赞韩愈'文起八代之衰,而道济天下之溺',讲的是从司马迁之后到韩愈,算起来文章衰弱了八代。韩愈的文章起来了,凭什么呢?就是'道',就是文以载道。"中国古代文论历来重视文艺之道的探讨,基于"文以载道"历代批评评诗论文往往原道、明道、论道、传道、问道、知道、循道、得道、通道,追溯探寻文之本体、本源、本元、本原、本质及其义理内涵,成为"为文之用心"及"文心"内涵精神所在。刘勰《文心雕龙》首篇为《原道》,提出为文首先必须"原道",旨在强调文"本乎道"的文道观,故"原道"所原为"文之道"。"文之道"不仅来源于道家思想的"道法自然"的"自然之道",而且来源于儒家思想"征圣""宗经"之雅正义理的人文之道。由此构成"文心"及"为文之用心"的思想基础与本体论,形成"道沿圣以垂文,圣因文而明道"[①]的"文以明道"思想,奠定中国文学"文以载道"传统基础。文艺之道如此,批评之道亦如此。当前基于批评现

[①] 刘勰:《文心雕龙·原道》,范文澜注:《文心雕龙注》,人民文学出版社2008年版,第3页。以下所引《文心雕龙》均出于此,不再注明出处。

状及发展趋向更需要"原道"与"本乎道",不仅在于追根溯源以更好传承弘扬中国古代批评传统,而且在于应对当下批评存在问题以拨乱反正、正本清源、回归本位、重振精神,既推动传统批评的创造性转化与创新性发展,又推进当代批评的改革与创新,更有利于夯实批评之道的思想基础与理论基础,走出一条具有中国特色、中国经验、中国传统、中国精神的批评之道。

如何推动当代文艺批评遵循"批评之道":一方面,基于"批评之道"应该回归"文艺批评要的就是批评"的本位,必须在深入发掘与深刻阐释"批评"内涵实质基础上进一步追问"批评何在""批评何为""批评为何"的批评本体论问题及意义,由此夯实文艺批评的哲学基础,明确批评之根本灵魂所在,即批评传统、批评命脉、批评精神所在;另一方面,基于"批评之道"应该明确当代批评发展之道路及方向,进一步追问批评究竟有何作为问题,由此坚定马克思主义文论批评的指导思想地位,构建批评的核心价值观及核心价值体系,强化批评褒优贬劣、激浊扬清的功能作用;再一方面,基于"批评之道"应该构建中国特色的文艺批评理论体系及文学评价体系,文艺批评作为理论与实践的桥梁纽带,不仅具有鲜明的实践性品格,而且具有深厚丰富的知识理论基础,由此才能做到摆事实、讲道理,言之有据、论之成理、以理服人、合情合理。坚持"批评之道",还需要坚持文艺评价的"真善美"标准,持守"追求真善美是文艺的永恒价值";坚持批评实事求是、公平公正、合情合理的原则,以其评价机制推动文学健康有序发展;坚持敢于讲真话、讲实话,更好发挥批评主体性及批评正能量,提高批评的文化自觉与文化自信。

此外,值得重视的是,"批评之道"源于"文以明道""文以载道"而形成"文以论道""以道论文"的"道"之精神追求,追根溯源显然还应当具有人类精神信仰系统的神圣性特征。对于"道"的追求,无论是文艺还是批评都毫无疑问带有灵魂精神之"灵韵""光晕""韵味"① 的神圣性。从文艺发生学角度看，文艺起源的一个重要的发生渠道与原始巫术宗教及其图腾崇拜、自然崇拜、神灵崇拜、祖先崇拜密切相关，由此不仅建构人类灵魂精神信仰系统，而且形成环绕在作为"艺术前的艺术"的原始艺术身上的神灵光环及神圣光晕。伴随着文艺发生发展进程，文艺光环光晕从纵向角度形成由"神灵"到"神圣"再到"精神"的建构，抑或由"神人"到"圣人"再到"艺人"的建构；从横向角度形成"神灵—神圣—精神"三位一体的精神信仰系统，由此奠定"神人以和""天人合一""神与物游""心物交感""形神兼备""神遇""神交""畅神"等建构的中国古代文论批评优良传统。这正是文艺经典的独一无二性特征与永恒魅力的精神力量所在，文艺的陶冶性情、净化心灵、提振精神的功能作用所在，文艺的神圣性所在，作家作为人类灵魂工程师的依据所在，也正是人们始终保持对文艺的尊重、崇拜、敬仰之心的依据所在。"批评之道"亦如此，批评据于"道"，正是批评据于人类灵魂精神信仰系统对真善美永恒价值追求，据于"文以明道""文以载道"确立文艺核心价值取向及文艺评价导向，同时将其落实在人内心灵魂的心灵发现、探索、碰撞、闪光中。正如当代批评家谢有顺所言："我发现，最伟大的批评，都不会只是文学现象的描述或某种知识背景的推演。……批评家更多的是与批评对象之间进行精神对话，借此阐释自己内心的精神图像，对美的发现，以及对未来的全部想象。没有人会否认这些批评所具有的独立而非凡的价值，它与那些伟大的思想著作一样重要。为此，当下批评只有回归与重建'批评之道'……"② 这正是批评之所以具有神圣性、权威性、正当性的根本，因此，人们才有理由怀有对批评尊重、崇拜、敬仰之心，才有理由

---

① ［德］本雅明：《机器复制时代的艺术品》，见［英］弗兰西斯·弗兰契娜、［英］查尔斯·哈里森《现代艺术和现代主义》，张坚、王晓文译，上海人民美术出版社1988年版，第349页。

② 谢有顺：《批评对什么有效》，张燕玲、张萍编：《我的批评观》，广西师范大学出版社2016年版，第46页。

自觉维护批评的神圣性、权威性与正当性。如何回归"批评之道",不仅需要追根溯源回归传统精神,而且需要将"批评之道"落实在"批评之器"上。

三 批评之器

所谓"批评之器",指批评遵循规律、规则及运行特点而定型的行为方式及其可操作性的工具手段与方法。批评之器其实也是"批评之道"落实与践行的结果,从形而上之道转化为形而下之器。毛泽东讲话提出批评"需要许多专门的研究",其中就包括专业性、针对性、可操作性的批评之器研究,通过"专门的研究"以打磨批评利器。习近平讲话提出:"打磨好批评这把'利器'。"所谓"利器"意味着批评不仅需要掌握先进而又适用有效的工具手段与方法,而且应该使之成为尖锐性、锋利性、威力性、权威性的利器。因此,批评不仅要有武器,而且必须打磨为利器,使批评成为行之有效、克敌制胜的利器。《论语·卫灵公》曰:"工欲善其事,必先利其器。"可谓刀不磨则不利,玉不琢不成器,批评之器只有经过打磨、锤炼、锻炼、磨炼方能成为利器,才能增强战斗力、作用力、影响力及有效性。

中国历来既重"道"又重"器",历代"道器论"往往着眼于辩证地把握"道""器"关系。《周易·系辞上》曰:"形而上者谓之道,形而下者谓之器,"阐发"道"与"器"相反相成的对立统一关系,或者说一个事物的两个方面构成的不可分割的统一体。"道器论"一方面将无形之精神本体落实于有形之器具上,即道在器中、器显于道;另一方面有形之器蕴含无形之道,即器归于道、以道利器。因此,"道器论"固然以道统器、以道御器,但并非有所偏废,而是以道成器、以器传道、道器一体。故以"器"组词可构成大器、神器、重器、利器、锐器、成器、程器、器重、器用等宏大而重要的范畴;与"器"含义相近和相关的还有"技""术""法""匠""工"等术语,由此延伸"器"含义及语用范围,显现"器"之工具性与专业性的综合功能作用。刘勰《文心雕龙·总术》曰:"夫不截盘根,无以验利器;不剖文奥,无以辨通才。才之能通，必资晓术，自非圆鉴区域，大判条例，岂能控引情源，制胜文苑哉？"说明"利器"对于"制胜文苑"的重要性。如何"利其器"与"验利器"？刘勰《文心雕龙·知音》讨论文学鉴赏批评方法问题时，一方面提出批评需有"博观"的经验积累以形成鉴赏主体素质能力，即"凡操千曲而后晓声，观千剑而后识器；故圆照之象，务先博观"；另一方面提出批评需有"平理"的原则与职责，即"无私于轻重，不偏于憎爱，然后能平理若衡，照辞如镜矣"；再一方面提出批评方法之"六观"以确立多维立体的整体观照视角，即"是以将阅文情，先标六观：一观位体，二观置辞，三观通变，四观奇正，五观事义，六观宫商"，以此批评方法达到"圆照"效果。由此观之，刘勰能够称为批评大家关键在于掌握"利器"，他对屈原《离骚》的评论之所以能在众说纷纭中独树一帜并得到文坛认同，就是因为他以《辨骚》的"辨"之法揭示出文学发展"变乎《骚》"的意义，以"核"之法着眼于"核其论"，以"征"之法立足于"必征言"，故能以其批评利器指出论争诸说"褒贬任声，抑扬过实，可谓鉴而弗精，玩而未覈者也"的偏颇之原因，故而能由表入里地"观其骨鲠所树，肌肤所附，虽取熔经义，亦自铸伟辞"，实事求是地得出"金相玉式，艳溢锱毫"的结论，从而深入挖掘出屈原《离骚》的精神内涵及经典意义，由此奠定中国古代文学"风骚"传统基石。中国历代卓有成就的批评家莫不如此，王充、司马迁、曹丕、陆机、钟嵘、肖统、司空图、严羽、李贽、金圣叹、毛宗岗、叶燮、章学诚、王国维等，无不以其批评利器成就文论批评业绩，彰显批评利器推进文学发展的功能作用。

针对当代批评发展问题，打磨好批评这把"利器"尤为重要，只有"利其器"方能"善其事"，如同战士必须时刻擦亮手中武器，拥有好武器及掌握好武器才能百战百胜。那么，如何打磨好批评这把"利器"？习近平讲话指明了方向："要以马克思主义文艺理论为指导，继承创新中国古代文艺批评理论优秀遗产，批判借鉴现代西方文艺理论，打磨好批评这把'利器'，把好文艺批评的方向盘，运用历史的、人民的、艺术的、美学的观点评判和鉴赏作品，在艺术质量和水平上敢于实事求是，对各种不良文艺作品、现象、思潮敢于表明态度，在大是大非问题上敢于表明立场，倡导说真话、讲道理，营造开展文艺批评的良好氛围。"这可谓循道以利器，即依循规律规则打磨利器，亦即通过"专门的研究"打磨利器。当代批评家洪治纲认为："在确保批评家自我的独立性之后，我们还必须解决批评方法、审美价值和观念取向上的科学性。这是维护批评行为公正性和批评话语有效性的重要途径。很多时候，我们容易陷入自身固有的、封闭的理论定式中，以一种停滞的眼光去批评创作，就因为我们没有与文学自身的迅速发展保持审美的同步性，没有以开放迎纳的姿态去积极地修正、完善自己的批评方法和调整、充实自己的审美观念。批评在某种程度上说，就是批评家对自身话语体系不断完善和丰富的过程，是确认自己作为批评家在角色上的胜任程度。"[1] 这充分说明了批评利器打磨还需要建立在批评家不断反思自我、完善自身、增强主体性、提高思想业务素质能力的基础上，方能使其批评武器打磨成为利器。

针对打磨批评利器以提高批评效果问题，我认为应该遵循"批评之道"落实在以下措施上。一是夯实批评理论基础以打磨好批评利器，使其"利"在具备理论基础、专业知识、学理逻辑、学术依据的合理性上，提升批评的理论品质水平及理论高度和深度，由此才能言之成理，以理服人。二是立足于批评实践活动总结经验教训以打磨好批评利器，改变批评滞后于创作状况，提倡批评"三贴近"，即贴近作家、贴近创作、贴近作品，强化批评的现场性、在场性、针对性，使其"利"在摆事实、佐材料、举例证的实事求是的实证基础上，既使批评的实践性品格得到充分体现，又能够切实保障和提高

---

[1] 洪治纲：《批评：自我的发现与确认》，张燕玲、张萍编：《我的批评观》，广西师范大学出版社2016年版，第42页。

批评的有效性与影响力，推动批评与创作同步运行，形成文艺创新发展的双核驱动力。三是传承弘扬批评优良传统以打磨好批评利器，推进传统批评的创造性转化与创新性发展、现代批评转型与当代批评变革，不仅遵循"因革""通变"规律与内在逻辑形成中国批评的整体性与连贯性，而且坚持古为今用、洋为中用的原则，使其"利"在能够整合会通古今中外批评资源基础上，形成批评活力与创新力，推动当代批评立足中国、走向世界。四是扩展优化批评队伍以打磨好批评利器，当前以中国文联文艺评论家协会成立为标志，采取以专业评论委员会集结队伍、建立批评网站平台、拓展批评期刊及网络阵地、创办文艺评论基地、培养培训批评人才、开办批评讲习班及研讨会等措施，切实可行地打磨批评利器，使其"利"在批评的先锋性、锋利性、尖锐性、前沿性特点上，才能打破批评变沉寂与消极为积极主动出击与冲击，形成批评崛起之势。五是加强批评自身建设以打磨好批评利器，批评界需要凝心聚力，更需要风清气正，使其"利"在打铁先须自身硬的基础上，由此需要加强批评思想、组织、专业建设，加强批评与自我批评，强化批评自律与批评伦理意识，重振批评精神，坚持批评原则，遵守职业道德。六是营造优良健康的人文生态环境以打磨好批评利器，为批评发展提供制度创新、体制改革、机制激励、政策支持、生态和谐、环境优化的保障体系，才能保障文艺"二为方向""双百方针"的贯彻落实，才能形成文艺争鸣、文艺论争、文艺研讨、文艺思潮、文艺流派发展的良好环境与氛围，才能形成批评与自我批评、反批评、批评链、批评场、批评生态的坚实基础与条件，由此才能更有利于打磨好批评利器，使其"利"在基于核心价值观及正确方向的评价导向上。更为重要的是，营造优良健康的批评生态环境，必须有赖于全社会人文生态环境优化与净化，坚持党对文艺工作的领导成为关键所在。习近平讲话指出："加强和改进党对文艺工作的领导，要把握住两条：一是要紧紧依靠广大文艺工作者，二是要尊重和遵循文艺规律。各级党委要从建设社会主义文化强国的高度,增强文化自觉和文化自信,把文艺工作纳入重要议事日程,贯彻好党的文艺方针政策,把握文艺发展正确方向。"这从根本上为打磨好批评利器提供了正确方向与制度保障。

综上所述,当代文艺批评发展必须基于问题导向意识,重构批评"道器论",构建新时代中国特色社会主义文艺批评理论与实践体系,凸显批评利器的创新性、有效性与影响力。当前,新时代中国文艺发展进入了"文化强国"战略推进的黄金时期,批评理所当然也进入了"批评的时代",既面临机遇也面临挑战。基于批评褒优贬劣、激浊扬清的文学评价机制功能作用发挥,从"批评之问"入手以"对症下药",回归批评要的就是"批评"本位;从"批评之道"探索以追根溯源,重构批评精神和批评传统;从"批评之器"落脚以夯实批评基础条件,打磨好批评这把利器,构成批评之问·批评之道·批评之器三位一体的结构系统与内在逻辑,形成新时代批评崛起之势。

第一章　文学批评机制功能系统论

　　文学批评是对文艺创作及其作品进行阐释、分析、评价的行为与活动，文学评价是批评的最为基本也最为根本的功能作用，集中体现文学批评性质特征及运行活动规律与特点，同时也是古今中外文学批评实践与理论的共识。文学批评立足于当下正在发生和进行中的文学现象及作家作品的评论，其目的是更好揭示、阐释、分析、评价作家作品价值，不仅能够更好促进文学功能的发挥，满足人们日益增长的精神需求及审美需求，而且能够更好引导与指导文学健康有序发展，增强文学发展的动力与活力，体现文学批评的正能量及文化软实力。

　　党和国家一贯重视文艺发展及文艺批评工作。十七届六中全会《中共中央关于深化文化体制改革　推动社会主义文化大发展大繁荣的若干重大问题的决定》中针对文艺批评指出："完善文化产品评价体系和激励机制。坚持把遵循社会主义先进文化前进方向、人民群众满意作为评价作品最高标准，把群众评价、专家评价和市场检验统一起来，形成科学的评价标准。要建立公开、公平、公正的评奖机制，精简评奖种类，改进评奖办法，提高权威性和公信度。加强文艺理论建设，培养高素质文艺评论队伍，开展积极健康的文艺批评、褒优贬劣、激浊扬清。"其中提出"培养高素质文艺评论队伍，开展积极健康的文艺批评、褒优贬劣、激浊扬清"的批评职责,这正是党和国家以及人民群众对文艺批评提出的要求,也是对文艺批评性质特征与功能作用的揭示,更是对文艺批评价值意义的深刻阐发。因此,文艺批评家肩负历史时代重大使命,应该认识到推动文艺大发展大繁荣必须充分重视文艺批评大发展大繁荣。

历届党的领导人都高度重视文艺发展及文艺批评建设工作。早在抗战时期,毛泽东主持召开延安文艺座谈会,发表文艺工作纲领性文件与马克思主义文论批评经典《在延安文艺座谈会上的讲话》。毛泽东立足于马克思主义与中国革命实际相结合的基本原则,围绕文艺"为什么人服务"与"如何服务"重大问题讨论,旨在确立文艺性质特征、目标方向、功能作用、价值意义,阐发文艺批评的正确引导、公正评价、价值导向的功能作用,批判与纠正当时文坛的各种错误思潮与模糊认识,激发文艺工作者创作与批评的积极性与创造性,推动了延安文艺及中国现代文艺发展,进而推动抗战以及新民主主义革命的胜利进程。

在与时俱进的文艺发展新形势下,新一届党和国家领导人也高度重视文艺工作。2014年10月15日,习近平在北京主持召开文艺工作座谈会并发表重要讲话。习近平讲话指出:"文艺是时代前进的号角,最能代表一个时代的风貌,最能引领一个时代的风气。实现'两个一百年'奋斗目标、实现中华民族伟大复兴的中国梦,文艺的作用不可替代,文艺工作者大有可为。广大文艺工作者要从这样的高度认识文艺的地位和作用,认识自己所担负的历史使命和责任,坚持以人民为中心的创作导向,努力创作更多无愧于时代的优秀作品,弘扬中国精神、凝聚中国力量,鼓舞全国各族人民朝气蓬勃迈向未来。"[①]习近平讲话既高瞻远瞩地对文艺发展战略及方向、方针、目标、路线

---

① 习近平:《在文艺工作座谈会上的讲话》,人民出版社2015年版,第5页。

进行顶层设计，又联系实际针对文艺发展现状及存在的问题与不足进行实事求是的分析。习近平指出："改革开放以来，我国文艺创作迎来了新的春天，产生了大量脍炙人口的优秀作品。同时，也不能否认，在文艺创作方面，也存在着有'数量'缺'质量'、有'高原'缺'高峰'的现象，存在着抄袭模仿、千篇一律的问题，存在着机械化生产、快餐式消费的问题。文艺不能在市场经济大潮中迷失方向，不能在为什么人的问题上发生偏差，否则文艺就没有生命力。低俗不是通俗，欲望不代表希望，单纯感官娱乐不等于精神快乐。"针对文艺批评职责及功能作用，习近平强调："要高度重视和切实加强文艺评论工作，运用历史的、人民的、艺术的、美学的观点评判和鉴赏作品，倡导说真话、讲道理，营造开展文艺批评的良好氛围。"因此，习近平讲话精神不仅是从社会主义文艺性质、方向、目标高度提出文艺发展的战略规划与文艺工作的纲领性文件，而且是对文艺工作者及创作与批评的希望与要求。从这一角度而言，习近平讲话既是党和国家文艺工作的纲领性文件，也是马克思主义文艺理论批评的经典文献，为开创文艺发展新纪元及文艺批评改革创新树立了典范与榜样。

认真学习习近平讲话精神，深刻领会讲话内涵实质，贯彻落实并践行在具体实际工作中，这是我们每一个文艺工作者的职责与任务。2016年3月18日，中国文联文艺评论家协会一届五次主席团会审议通过《中国文艺评论工作者自律公约》，倡导"爱国为民""坚定立场""科学说理""敢于担当""继承创新""遵纪守法""德艺双馨"等七项原则，明确文艺批评及文艺评论工作者的职责与义务，成为批评界共同遵循的批评原则、精神品质、职业道德、行业自律、工作规范、事业追求的批评公约，形成文学批评运行与发展的内驱力及动力机制。

第一节　文学评价与批评机制

　　文艺批评是相对于文艺创作而言的文艺评价方式，本质上也是一种文艺形态、文艺活动形式与精神创造方式。文艺批评作为文艺创作与文艺理论的桥梁和纽带，既成为推动文艺创作的动力机制，又成为具有科学性与人文性、实践性品格与理论性品质的"不断运动的美学"（别林斯基语）。文艺批评性质定位一方面是针对文艺创作及作品质量水平提高以及文艺良性健康发展而确立文艺评价机制性质内涵；另一方面是针对文艺规律特点探索及审美经验升华而确立推动理论建构的文艺理论评价机制性质内涵。尽管基于文艺批评性质内涵所产生功能作用还有科学认知、审美感知、艺术教育、作品阐释、读者启迪、鉴赏引导、文化传承、文艺传播、文化交流以及社会综合作用等多重功能，但毫无疑问文艺评价是其综合功能中的基础、核心与主导因素，其他功能只有通过文艺评价才能更好地发挥作用。因此，文艺批评性质内涵所决定的功能作用关键在于文艺评价功能作用，体现在文艺批评作为评价机制推动以作者、作品、读者、世界、媒介的文学五要素构成的文学交流系统及活动、运行与发展的功能作用上。亦如发动机是推动机器运转的动力系统，是整合机器各部件构成的整体系统及综合功能作用发挥的动力机制。

一　文学价值与文学评价

　　对于文艺批评评价机制的理解，从理论角度分析应该依据价值论及价值学原理。"评价"是相对于"价值"所提出的范畴，指价值判断与评判。"价值"是指能够满足人类存在、生存、生产、生活、发展的物质需求与精神需求，通过人类社会实践活动创造，形成人类所需的劳动产品及创造物的价值属性。因此，基于人类物质需要与精神需要，以及主体与客体所构成的价值关系，对象就具有满足人们需求的物质价值与精神价值属性。马克思指出："'价值'这个普遍的概念是从人们对待满足他的需要的外界物的关系中产生的。"① 因此，价值产生于主体的需要与客体能够满足主体需要的价值属性的统一，亦即主体的合目的性与客体的合规律性的统一。从这一角度来说，价值产生于主客体价值关系中，价值是一种关系值及系统值。"评价"是对价值能否满足人类需要及满足程度的反应、判断与评价。评价是一种主体行为，既是推动客体价值实现与价值作用发挥的催化剂，又是推动主体价值需要生成与价值创造的驱动力。从价值哲学角度而言，人类社会实践活动本质上就是基于价值需要而产生的价值追求、价值创造、价值生成、价值实现、价值评价的价值活动，在价值活动中建立的主客体关系就构成了价值关系，在主体的价值需要与客体的价值属性统一中生成价值。评价不仅在于对能否满足主体需要的正负价值及程度大小的评判，而且在于推动价值生成、实现及功能作用发挥，形成需要—价值—评价三位一体的系统构成与逻辑结构。人类存在其实就是基于人与世界、人与物、主体与客体价值关系的存在，人类基于价值需求必然导致价值追求，价值追求必然导致价值创造，价值创造必然导致价值评价。从这一意义而论，价值评价与价值需要、价值追求、价值创造一样，都是人类与生俱来的存在本能，也是不断走向文明与文化自觉的存在本质。也就是说，人类存在、生存、生活于价值世界中，评价是任何人都应该具备的基本素质和能力，既是推动价值需要、价值追求、价值创造的动力源，也是推动价值实现、价值增值及再创造的动力机制，更是推动价值世界更为完善完美的驱动机制。

　　文艺价值是人类社会实践活动中的文艺创造出的能满足人们精神需求的审美价值及社会综合价值；文艺评价就是对文艺价值性质及大小、多少程度

---

① [德] 马克思：《评阿·瓦格纳的"政治经济学教科书"》，《马克思恩格斯全集》第19卷，人民出版社1965年版，第406页。

的评判与评价，实质上聚集于对文艺真善美价值的判断与评价。习近平讲话指出："追求真善美是文艺的永恒价值。艺术的最高境界就是让人动心，让人们的灵魂经受洗礼，让人们发现自然的美、生活的美、心灵的美。我们要通过文艺作品传递真善美，传递向上向善的价值观，引导人们增强道德判断力和道德荣誉感，向往和追求讲道德、遵道德、守道德的生活。只要中华民族一代接着一代追求真善美的道德境界，我们的民族就永远健康向上、永远充满希望。"由此可见，真善美作为文艺的永恒价值，不仅是文艺创作孜孜不倦追求的价值目标，也是文艺批评矢志不渝追求的价值目标、评价取向与评价标准，更是基于人类文明与社会进步的核心价值及核心价值观。真善美价值可谓文艺及批评的价值源，也是人类文明与社会进步的价值源，决定了需要—价值—评价构成系统及运行机制的内在逻辑性及相互关系。因此，价值创造与价值评价都是人类存在、生存、发展必不可缺的行为活动方式，体现人类社会实践活动性质的主体性、自觉性、目的性特征，既对满足人类需要的价值对象做出正确判断与公正评价，又对人类价值需要、追求与创造行为做出准确评价，以评价机制作为推动人类社会实践活动及文明社会发展的动力，具有价值哲学意义与人类学本体论意义。

二 批评机制的内涵与外延

"机制"含义解释主要有三个义项：一是指"机器的构造和工作原理，如计算机的机制"；二是指"有机体的构造、功能和相互关系，如动脉硬化的机制"；三是"泛指一个复杂的工作系统和某些自然现象的物理、化学规律，如优选法中优化对象的机制"[①]。可见，"机制"一词在语义与语用中主要具有两方面功能作用及特点：一方面具有构成性与系统性，是结构要素构成的结果，也是关系功能与系统功能整体作用的结果；另一方面具有运动性与原发

[①] 《现代汉语词典》（第1版），商务印书馆1980年版，第515页。

性，是其行为、运动、活动功能作用的体现，也是行为、运动、活动的驱动力与推动力。在现代汉语语境中，"机制"的含义及内涵外延都有所扩大和延伸，广泛用于生产机制、消费机制、传播机制、投入机制、市场机制、经营机制、动力机制、运行机制、运动机制、活动机制、行为机制、保障机制、激励机制、竞争机制、考核机制、监督机制、检察机制以及评价机制等，具有内驱力与外推力构成的综合功能作用。对于文艺运行发展机制而言，指基于文艺构成性、系统性、运动性特点所形成推动文艺创作及文艺发展的动力系统，包括内在机制与外部机制、内驱力与外推力、动力源与动力系统，诸如创新机制、表现机制、竞争机制、激励机制、交流机制、传承机制、传播机制、接受机制、保障机制以及评价机制等。因此，文艺批评作为评价机制是文艺运行发展的一个重要的动力机制。

文艺批评机制是指文艺批评对文艺创作及作品价值评价所形成对文艺活动及发展的推动力，一方面通过评价机制推动创作及作品价值实现以及功能作用发挥；另一方面以评价机制推动文艺活动有序运行与文艺良性健康发展。也就是说，文艺批评评价机制与文艺创作机制一样，都起着推动文艺活动运行与发展的动力机制作用，亦即文艺运行发展既需要创作机制驱动，又需要评价机制推动。正如创作与批评关系可形象比喻为车之双轮、鸟之两翼一样，两者相辅相成，合为整体才能并驾齐驱、比翼齐飞。对于文艺创作的推动力而言，其动力机制不仅是创作机制而且是评价机制，倘若缺失评价动力，那么创作动力不足，创作价值就无法实现，更无法增值以及形成价值链及系统价值，创作就难有发展动力与后劲。因此，文艺评价机制是文艺创作及文艺发展的动力机制。

文艺批评机制由狭义与广义、内在评价机制与外在评价机制、内驱力与外推力的内涵构成。狭义指文艺批评评价机制，是文艺创作及文艺发展的内在评价机制，所产生的动力是内驱力，直接影响和推动文艺创作及文艺运行发展。广义指以文艺批评为基础、核心与主导建立的文艺评价体系,以内在机制为核心向外扩展到各种外推力构成的社会综合评价机制,包括文艺评奖机制、文艺教育机制、文艺管理机制、文艺生产机制、文艺出版发表机制、文艺传播机制、文艺接受机制、文艺市场机制、文艺研究机制等各种评价机制构成的社会合力,综合影响与推动文艺创作及文艺发展。毋庸置疑,文艺批评评价机制作为动力源,在社会评价体系中处于基础、核心与主导地位,不仅影响文艺创作及文艺发展,而且影响文艺评价体系系统建设与整体发展。社会综合性的文艺评价机制必须以文艺批评为基础,自觉或不自觉地受制于文艺批评影响并产生直接或间接的文艺评价功能作用,成为广义文艺批评的构成部分,构成文艺评价体系及综合评价机制,对文艺活动及发展产生综合整体的推动力。

第二节 批评机制的评价功能与综合作用

文艺批评具有多重功能作用,包括确立文艺方向、发展目标、评价作品得失、引导作者创作、指导读者鉴赏、推动文艺传播、促进文艺交流、确立评价标准、优选经典精品、推进观念变革、推动理论更新、维护文艺规则、维持文艺秩序、引发社会影响等。这些功能作用都基于文艺批评价值观、价值取向、评价取向所确立的文艺导向,依据评价标准与原则,遵循文艺规律与批评规律,由此形成批评功能作用,产生批评价值意义,构成文艺批评价值体系。因此,文艺批评评价机制是文艺批评最为重要的功能作用,也是其价值体系重要的组成部分及基础、核心与主导。更为重要的是,文艺批评评价机制具有系统功能作用,构建文艺核心价值及核心价值观。

一 评价机制凸显批评性质特征的功能作用

对于文艺批评性质特征、功能作用、价值意义的认识，不仅是一个理论问题，而且是一个实践问题。文艺批评在文学实践中主要通过文艺评论形式以文艺评价方式表现，直接面对文艺现象及创作与作品，但并非仅仅就事论事，就作品评价作品，而是需要将作品放置在社会历史时代大背景下审视，能够举一反三、由此及彼，透过现象看本质，将文艺批评的艺术评价、思想评价与社会评价的综合功能作用体现出来，由此拓展文艺批评的价值意义。毛泽东批评观及对文艺批评认识具备这种大视野、大观念、大批评特点。他高度重视文艺批评功能作用，认为文艺批评功能作用不仅在于对文艺创作及作品进行评价，而且需要针对文艺现象进行评价，特别是针对文艺界存在问题及一些错误倾向与模糊认识进行批评。毛泽东指出："文艺界的主要的斗争方法之一，是文艺批评。文艺批评应该发展，过去在这方面工作做得很不够，同志们提出这一点是对的。文艺批评是一个复杂的问题，需要许多专门的研究。"[①] 毛泽东首先是基于"革命文艺是整个革命事业的一部分，是齿轮和螺丝钉"思路将文艺批评作为"文艺界的主要的斗争方法之一"来认识的，出发点主要是针对当时文艺界思想斗争及一些错误与模糊认识，立足点是通过文艺批评展开文艺论争、文艺争鸣以及文艺思想问题辨析，以推动文艺工作者的思想教育与改造，端正对文艺性质方向的认识。这在当时特定的历史背景和时代语境下具有必然性与合理性。当然，批评的"斗争"说也存在将文艺批评政治化、工具化、绝对化的某些局限性，确实也在批评实践中出现一些偏差；但并不意味着毛泽东简单将文艺批评视为政治斗争、政治运动、阶级斗争的工具，因为毛泽东在强化批评功能作用的同时也高度重视批评特点。他认为"文艺批评应该发展"，但"过去在这方面工作做得很不够"。一方

[①] 毛泽东：《在延安文艺座谈会上的讲话》，《毛泽东选集》，人民出版社1966年版，第869页。

面，毛泽东针对当时延安文坛状况及文艺批评现状出现问题，勇于进行批评与自我批评；另一方面，尖锐指出因为批评缺位与失语必然导致文艺发展出现偏差而得不到及时纠正，由此说明文艺批评具有引导文艺方向与推动文艺发展的重要作用。更为重要的是，毛泽东认为"文艺批评是一个复杂的问题，需要许多专门的研究"，强调文艺批评特点及复杂性与专门性。其"复杂"既在于当时革命斗争环境下政治与文艺、抗战与文艺、革命与文艺、阶级与文艺关系确实存在复杂性，又在于文艺批评应该是"文艺"的批评，应该区别于一般批评而具有"文艺"的批评特征。这是因为不仅是作为批评对象的文艺所具有的特点及特殊性，而且在于针对文艺对象的批评也应该具有批评方式、方法、动机、效果等特点及特殊性。也就是说，批评既应该充分考虑社会时代环境背景的复杂性，又应该尊重文艺规律特点及特殊性与普遍性所构成的复杂性。其"专门研究"在于文艺批评具有专业性与科学性，不能等同于其他专业以及一般性工作，因此文艺批评问题需要专门研究及针对性研究。因为文艺批评不仅应该具备文艺专业知识理论基础及批评素质与能力，而且应该具备哲学、美学、社会学、伦理学、宗教学等跨学科综合理论知识，以及艺术感悟、审美感知、鉴赏经验等专业素质能力。因此，基于文艺批评的复杂性与专业性，必须加强针对性的"专门研究"，才能解决"过去在这方面工作做得很不够"问题，更好发挥文艺批评的功能作用。毛泽东《在延安文艺座谈会上的讲话》还指出："政治并不等于艺术，一般的宇宙观也并不等于艺术创作和艺术批评的方法。""马克思主义只能包括而不能代替文艺创作中的现实主义，正如它只能包括不能代替物理科学中的原子论、电子论一样。空洞干燥的教条公式是要破坏创作情绪的，但是它不但破坏创作情绪，而且首先破坏了马克思主义"。由此可见，毛泽东既充分重视文艺批评工作，又没有将其作运动化、政治化、阶级斗争化的简单化认识；既充分重视文艺批评在解决文艺界思想问题及纠正一些错误倾向与模糊认识上的引导作用，又没有忽略文艺批评的复杂性与专门性，充分注意到文艺批评性质特征及特殊性；既重视文艺批评评价机制在推动文艺良性健康发展上的积极作用，又没有忽略解决文艺批评自身存在的一些问题；既充分尊重文艺规律及文艺批评规律，又能够将其放置在社会时代历史大背景下拓展与深化对其规律特点的认识。文艺及批评发展到新时期，邓小平提出："我们坚持'双百方针'和'三不主义'，不继续提文艺从属于政治这样的口号，因为这个口号容易成为对文艺横加干涉的理论根据，长期的实践证明它对文艺的发展利少害多。但是，这当然不是说文艺可以脱离政治，文艺是不可能脱离政治的。任何进步的、革命的文艺工作者都不能不考虑作品的社会影响，不能不考虑人民的利益、国家的利益、党的利益。"[①] 邓小平对文艺与政治的关系做了很好的调整和说明，对于准确理解毛泽东《讲话》精神及正确认识文艺性质特征具有重要作用和意义，同时也对于正确认识并充分发挥文艺批评功能作用具有重要的指导意义。习近平讲话基于"二为"方向、"双百方针"的贯彻落实进一步指出："文艺工作者要志存高远，随着时代生活创新，以自己的艺术个性进行创新。要坚持百花齐放、百家争鸣的方针，发扬学术民主、艺术民主，营造积极健康、宽松和谐的氛围，提倡不同观点和学派充分讨论，提倡体裁、题材、形式、手段充分发展，推动观念、内容、风格、流派切磋互鉴。"这不仅进一步揭示出文艺及批评规律、特征与特殊性，而且是对文艺批评功能作用认识的深化，为文艺批评正常运行与健康发展提供了百花齐放与百家争鸣、学术民主与艺术民主、积极健康与宽松和谐的制度保障、政策支撑与机制推动。

二 批评评价机制引领文艺发展方向的功能作用

文艺发展方向目标是由文艺作为人类精神文明创造及人文价值创造的性质所决定的，也是顺应社会历史时代发展趋向而确立人民性、先进性、进步

[①] 邓小平：《目前的形势和任务》，《邓小平文选》，人民出版社1993年版，第220页。

性目标的。文艺工作者作为"人类灵魂的工程师",应该承担起塑造人类灵魂、净化人类心灵、满足人类精神需要、实现人类美好理想的责任。习近平讲话指出:"每个时代都有每个时代的精神。文艺是铸造灵魂的工程,文艺工作者是灵魂的工程师。好的文艺作品就应该像蓝天上的阳光、春季里的清风一样,能够启迪思想、温润心灵、陶冶人生,能够扫除颓废萎靡之风。广大文艺工作者要高扬社会主义核心价值观的旗帜,把社会主义核心价值观生动活泼、活灵活现地体现在文艺创作之中,用栩栩如生的作品形象告诉人们什么是应该肯定和赞扬的,什么是必须反对和否定的,做到春风化雨、润物无声。要把爱国主义作为文艺创作的主旋律,引导人民树立和坚持正确的历史观、民族观、国家观、文化观,增强做中国人的骨气和底气。"这既落实在文艺创作所提供的能够满足人们精神需要的精品力作上,又需要落实在文艺批评所产生的评价功能作用及效果上。文艺批评性质特征与评价机制功能作用基于批评价值观、价值取向、评价取向、评价导向及评价标准的设定,集中体现在对文艺核心价值取向及发展方向目标的正确引导上,其中重要指向就是对文艺发展方向问题上出现的错误思潮、误区以及模糊认识的正确引导。先秦春秋时期,国家分裂、社会混乱、诸侯纷争,礼崩乐坏,孔子愤斥"八佾舞于庭,是可忍,孰不可忍也"(《论语·八佾》),以期"正名"而"正乐",旨在重建礼乐制度纲纪秩序,试图确立文艺发展正道。齐梁时期,文坛萎靡奢华之风盛行,刘勰严厉批评:"去圣久远,文体解散;辞人爱奇,言贵浮诡;饰羽尚画,文绣鞶帨;离本弥甚,将遂讹滥。"[1] 旨在遵循"原道""宗经""征圣"的"文之枢纽"以"正体",以期通过拨乱反正、纠偏解蔽重建文学规矩,重构文学发展正确方向。毛泽东主持召开延安文艺座谈会,其动机也在于澄清文坛上的错误倾向与模糊认识,明确提出"我们的文艺应

---

[1] 刘勰:《文心雕龙·序志》,范文澜注:《文心雕龙注》,人民文学出版社2008年版,第726页。

当'为千千万万劳动人民服务'"的宗旨，其目的在于端正文艺为人民服务的正确方向。中华人民共和国成立后，党和国家高度重视文艺工作及文艺繁荣发展，以"二为"方向、"双百"方针作为文艺指导思想、理论基础与目标方向。习近平讲话重申："社会主义文艺，从本质上讲，就是人民的文艺。文艺要反映好人民心声，就要坚持为人民服务、为社会主义服务这个根本方向。这是党对文艺战线提出的一项基本要求，也是决定我国文艺事业前途命运的关键。要把满足人民精神文化需求作为文艺和文艺工作的出发点和落脚点，把人民作为文艺表现的主体，把人民作为文艺审美的鉴赏家和评判者，把为人民服务作为文艺工作者的天职。"这一方面是党和国家从社会制度及意识形态层面对文艺工作与文艺发展所提出方向路线的要求，符合人民群众日益增长的精神文化需求及文艺需求，代表了人民的根本利益与社会发展方向；另一方面也是对文艺规律及文艺发展规律的正确认识与高度概括，充分揭示出社会主义文艺性质特征、功能作用与价值意义，是文艺发展的内在要求与根本利益所在。如何通过文艺内部自身建设及内在机制贯彻落实"二为"方向、"双百"方针，文艺批评不仅具有义不容辞的责任义务，而且是文艺评价机制功能作用的内在逻辑。由此可见，文艺批评评价机制具有引领文艺发展方向的功能作用。

三 批评评价机制推动经典精品生成与建构的功能作用

习近平讲话指出："推动文艺繁荣发展，最根本的是要创作生产出无愧于我们这个伟大民族、伟大时代的优秀作品。文艺工作者应该牢记，创作是自己的中心任务，作品是自己的立身之本，要静下心来、精益求精搞创作，把最好的精神食粮奉献给人民。必须把创作生产优秀作品作为文艺工作的中心环节，努力创作生产更多传播当代中国价值观念、体现中华文化精神、反映中国人审美追求，思想性、艺术性、观赏性有机统一的优秀作品。"经典精品不仅是文艺发展及人民群众对文艺的迫切要求，而且是人类文明及社会发的根本要求与必然选择。人类社会实践活动及社会发展主要依靠两种内在机制驱动，一是创造机制，一是评价机制。价值创造有赖于价值评价，价值评价有利于价值创造，构成创造—评价—再创造—再评价不断循环的螺旋形上升的发展规律与特征。因此，创造—评价机制构成可谓人类活动及社会发展的动力源与价值源。文学活动及文学发展也是基于创造—评价机制构成的动力源与价值源，形成文艺创作与文艺批评双向共生、双向同构、二维一体的动力机制，推动创作与批评在交流互动中共同发展，也以其创造—评价机制共同推动文艺发展。从这一角度而论，创作不仅需要创造机制推动，而且需要评价机制推动，使其创造的价值通过评价得以实现，并为文艺创造与再创造提供更为有利的创新、跨越与超越的基础与条件。批评基于创作需求及文艺发展需要，不仅提供评价机制的推动力，而且提供促进创作进一步提高的推动力，在一定程度上也可以说进一步激发了创作的创造力。同时，批评评价机制能够真正推动创作提高及文学发展，可谓创造性评价，也就是说评价中蕴含创造，由此证明文艺批评也是一种创造性行为活动，评价机制的功能作用也具有创造性价值意义。从这一意义上说，文艺批评对于作品评价不仅推动文艺经典产生及作品经典性生成，而且其创造与评价构成机制也推动文艺经典化发展方向及批评经典形成。习近平讲话阐释"精品"含义为"精品之所以'精'，就在于其思想精深、艺术精湛、制作精良"，这与中国古代文论批评阐释"经典"含义具有异曲同工之妙。刘勰《文心雕龙·宗经》阐释"经典"之义为："经也者，恒久之至道，不刊之鸿教也。"指出"经典"历时永恒性与共时扩展性及典型性、模范性、示范性价值意义，为文艺经典创造与生成奠定理论基础，同时也揭示文艺批评评价机制在经典生成过程中的推动作用。中国古代文艺经典产生过程莫不如此。相传孔子删编"诗经"，以"诗三百首，一言以蔽之，曰：思无邪"（《子路》）作为评价准则，后经汉代经学将《诗经》经典化，并通过以《诗》为经还是以《诗》为诗的辨析与争论，最后形成《诗经》文学经典及"风雅"文学传统。两汉魏晋南北朝文坛关于屈原及其《离骚》的文学论争，无论是刘安、司马迁等誉为"与日月争光"[①]的评价，还是班固等批为"露才扬己"[②]的评价，无形中都推动了屈原及其《离骚》的广泛传播与影响，后经刘勰对其做出"金相玉式"（《辨骚》）的评价，肯定"变乎骚"（《序志》）价值意义所在，确立了屈原的《离骚》在中国古代文学史中的经典地位，形成"风骚"并举的中国文学优秀传统。文艺经典形成又为文艺批评提供评价标准及典范，往往以经典作为准则进行文艺评价，从而确立文艺经典化发展方向。刘勰评价屈原及其《离骚》以"虽取镕经义，亦自铸伟辞"为标准进行评价："故其陈尧舜之耿介，称汤武之祗敬，典诰之体也；讥桀纣之猖披，伤羿浇之颠陨，规讽之旨也；虬龙以喻君子，云霓以譬谗邪，比兴之义也；每一顾而掩涕，叹君门之九重，忠怨之辞也；观兹四事，同于《风》《雅》《者》也。"以《诗经》为基准，揭示屈原及其《离骚》依《经》创义的意义。钟嵘《诗品》评价作家作品追根溯源，衡量标准亦在经典，评李陵"其源出于《楚辞》"，评曹植"其源出于《国风》"，评刘桢"其源出于《古诗》"，评阮籍"其源出于《小雅》"等。更重要的是，经典评价取向极大地影响了文艺发展取向，同时也成就了批评经典的建构。这在古今中外批评史中屡见不鲜。西方古希腊时期柏拉图《理想国》、亚里士多德《诗学》提出"理式"说、"摹仿"说，既可谓对古希腊文艺创作及其经典作品评价结果，也可谓以其评价理念及评价机制影响和推动了西方古典主义、新古典主义、浪漫主义与现实主义文艺创作及其文艺思潮发展。中国先秦时期儒家孔子提出"诗教"说，《论语》基于对《诗》的评论："不学诗，无以言"（《季氏》）；"诗，可以兴，可以观，可以群，可以

---

① 司马迁：《史记·屈原传》，郭绍虞主编：《中国历代文论选》第一册，上海古籍出版社1979年版，第77页。
② 班固：《离骚序》，郭绍虞主编：《中国历代文论选》第一册，上海古籍出版社1979年版，第89页。

怨。迩之事父，远之事君，多识于鸟兽草木之名"(《阳货》)；"诵诗三百，授之以政，不达；使于四方，不能专对；虽多，亦奚以为？"(《子路》)等评论，不仅在于通过对《诗》的评价以揭示文艺价值意义，而且在于奠定中国古代文艺创作及其文艺发展方向。毫无疑问，无论是德国批评家莱辛《拉奥孔》《汉堡剧评》等批评经典，还是俄罗斯批评家别林斯基《亚历山大·普希金作品集》《由果戈理的〈死魂灵〉而引起的解释的解释》等批评经典；也无论是刘勰《文心雕龙》文论批评经典，还是王国维《人间词话》诗学批评经典，都不仅在于凸显文艺批评对推动创作及其作品创造的评价功能作用，而且在于体现文艺批评的创造价值及通过评价机制对经典作品建构与生成作用。这不能不说文艺批评在推动文艺经典精品生成与建构过程中起着重要作用，也不能不说文艺评价机制本质上也是一种文艺创造机制及推动批评经典建构机制。

四 批评评价机制推动文学自律与自觉发展的功能作用

文艺发展需要强有力的动力机制推动，以批评为主导和核心的文艺评价机制是最为基础也最为关键的重要机制。文艺评价机制推动文学自律与自觉发展的功能作用及意义在于以下几个方面。一是文艺评价对于文艺价值而言，具有推动价值生成、价值实现以及价值增值、价值再创造的功能作用。因为只有通过评价，文艺价值才能从潜在价值转化为现实价值，才能使价值作用得以实现与体现。同时文艺评价所具备的评价力与创造力，也作为再创造、再生产促进文艺价值得以升值与增值，产生更大影响与作用。二是文艺评价机制不仅在于推动文艺价值实现与检验衡量价值效果，而且在于推动文艺作品朝向更为完善完美的经典精品发展，对作者创作质量水平提出更高要求，对文艺发展趋向做出前瞻性的预测，对文艺活动运行规则秩序提供支撑与保障。这在一定程度上基于批评自觉性与目的性而体现出批评意向性、定向性、导向性所产生的批评前置、批评预设、批评先行的引导与指导作用，无形中对文学活动与文学发展起到规划、策划、设计的作用，有利于更好推动文学自觉发展与自律发展。三是文艺发展无疑应该是创作机制与批评机制构成的双核驱动，创作与批评形成相辅相成辩证关系才能推动文艺又好又快发展。创作如果缺失批评的评价机制引擎，其动力明显不足；批评如果缺失创作的创造机制引擎，其动力也明显不足。新时期开端的20世纪80年代曾被誉为当代文艺黄金时代，其中一个重要原因就是创作与批评同步发展，甚至批评前置，以改革开放新观念以及对外引进西方现代批评思潮及理论方法，为引领文艺创作及文艺发展的先锋与前卫。当时活跃于文坛的伤痕文学、反思文学、先锋文学、改革文学、寻根文学等文艺思潮以及朦胧诗、意识流小说、荒诞派戏剧、实验电影、抽象主义绘画、现代派舞蹈等现代主义流派，无疑是文艺与批评遥相呼应的结果。其后随着90年代市场经济及大众传播兴起的大众文学、通俗文学、网络文学、新媒体艺术、视觉文化尽管呈现新潮时尚之势，但免不了某些市场化、商品化、世俗化影响痕迹，因此有关文艺复制性与世俗性问题仍然经常引发社会争议与学界诟病。究其原因尽管众说纷纭，莫衷一是，但批评缺失及其批评明显滞后于创作发展无疑是共识。如果文坛缺失批评评价机制的指导、引导、监督、检验、保障、规范作用，缺乏文艺评价机制的驱动力与推动力，必然导致创作动力不足，方向不明，原创力、创造力、创新力减弱。这足以说明创作与批评并非两股道上跑的车，而是车之两轮，驱动文艺朝着共同方向目标发展。四是文艺评价机制本质上也是文艺交流机制，文艺交流机制才能更好地推动文艺发展。文艺评价机制不仅是推动文学发展的机制，而且是推动文学接受、传播、传承的机制；批评不仅是批评家与作家、作品与读者、作者与读者交流沟通的桥梁，而且是文艺与社会交流沟通的桥梁。因此，文艺批评评价机制作为文艺交流机制，推动文艺四要素整体构成及构建双向与多向交流的系统关系，形成推动文艺发展的整体合力。五是在文艺评价机制推动下建立起评价标准、评价原则、评价方法、评价程序、评价制度等构成的文艺评价体系，建立起真善美评价标准、公平公正的评价原则、合情合理的评价方式、公平正义的评价程序、正确健康的评价导向、专业化与科学化的批评队伍、优良净化的评价环境等评价基础和条件。更为重要的是，文艺评价体系立足于核心价值观培育及核心价值体系构建，不仅通过文艺评价机制推动文艺发展，而且通过文艺评价体系推动文艺传播与接受，对社会产生作用和影响，推动核心价值观建设，实现中华民族伟大复兴的"中国梦"。从这一意义而论，文艺评价机制不仅推动文艺发展，而且作为社会评价机制推动社会发展。

五 批评评价机制推动文艺制度体制改革创新的功能作用

随着现代社会法制化与制度化建设步伐加快，制度文化正如物质文化、精神文化一样越来越引发社会关注，应加大制度文化建设及制度创新、体制改革、机制转换的力度。基于社会制度所形成的政治制度、经济制度、法律制度、教育制度、文化制度、宗教制度、审美制度等制度形态和形式，文艺制度显然也是社会制度构成不可或缺的组成部分。加拿大学者斯蒂文·托托西对"文学制度"概念进行解释："这个术语要理解为一些被承认和已确立的机构，在决定文学生活和文学经典中起了一定作用，包括教育、大学师资、文学批评、学术圈、自由科学、核心刊物编辑、作家协会、重要文学奖。对这些机构的兴趣，伴随着近来将文学视为一个生产、传播、接受、发展起了重大作用的社会体系的观点。"① 由此可见，文艺制度是提供文艺良性健康发展的保障与规范的思想体系、规章制度、团体组织、管理机构以及文艺活动、创作、生产、传播、传承、评价等构成形态与运行机制，主要提供文艺发展的思想基础、社会保障、组织形式、运行规则、行为规范与环境条件支撑。

---

① ［加］斯蒂文·托托西：《文学研究的合法化》，马瑞琦译，北京大学出版社1997年版，第33—34页。

文艺制度发生、生成与建构是人类文明及人类社会实践活动创造的产物，也是社会历史时代发展的必然结果，具备其存在的合法性与合理性。中国当代文艺制度建立在"五四"以来现代文艺制度及延安文艺制度发展基础上，具有社会转型所带来的新型制度形态及意识形态的性质特征，体现出中国特色社会主义制度的优越性，通过实践探索与经验证明建立起道路自信、制度自信、理论自信。文艺批评评价机制无疑是文艺制度不可或缺的重要组成部分，从文艺制度对文艺的保障与规范作用及更为内在功能看，文艺批评至关重要，通过文艺评价机制及评价标准与评价导向直接体现文艺制度要求，直接体现文艺制度保障与规范的功能作用。因此，文艺批评评价机制理所当然成为文艺制度功能作用的集中表现，成为实现制度功能作用的内在驱动机制。当前，随着改革开放深化与市场经济发展，不可否认在计划经济时代所形成的一些制度体制弊端成为社会发展及文艺发展障碍，文艺制度创新、文艺体制改革、文艺机制转换成为必然。我们应该遵循习近平讲话指出的"营造有利于文艺创作的良好环境。要通过深化改革、完善政策、健全体制，形成不断出精品、出人才的生动局面"的指导思想，深化文艺制度体制改革机制的改革创新。一方面，需要通过改革创新机制加大文艺批评转型发展的力度，进一步解放思想、更新观念、激活文艺批评评价机制的活力与动力，以其评价机制更好推动文艺发展；另一方面，需要充分发挥文艺批评评价机制推动文艺制度创新、体制改革、机制转换的功能作用，推动文艺制度体制建设与不断完善，净化优化文艺生态环境，为文艺健康有序发展提供良好的制度机制保障；再一方面，文艺制度作为文艺与社会的桥梁与纽带，需要通过文艺批评评价机制实现其功能作用，这既表现在文艺评价机制作为内驱力推动文艺制度内部建设及增强内在"自律"性，又表现在文学评价机制能够将推动文学发展的社会综合力量的外推力转化为内驱力，使"他律"内化为"自律"，形成推动文学创新发展的内驱力与外推力的合力。因此，必须建构文艺发展制度化建设的长效机制与推动机制，使文艺评价体系与文艺制度保障体系相统一，达到文艺评价机制与文艺制度良性互动的目的。

第三节 批评机制的"自律"功能

文学评价机制不仅作为推动文学发展的动力机制，而且作为批评自身建设及推动批评发展的动力机制。也就是说，评价机制不仅评价文艺，而且评价批评自身。当下文艺批评发展尽管在文艺大发展大繁荣进程中有了长足进步，但因为各种缘故，存在一些问题与不足。其中最为重要的是作为文艺评价机制对文艺发展的驱动力与推动力不足，批评滞后于创作发展屡遭非议与诟病。至于那些针对当下批评现状以及一些现象出现众声喧哗的指责声，诸如批评疲软、乏力、滑坡、缺席、错位、失语、脱节、失职、捧杀与棒杀、抬轿子、戴帽子、吹号子等抱怨声更是不绝于耳。文艺批评所面临的挑战与困境，并非仅仅来自对批评价值作用及其必要性、合法性与合理性的质疑，而且来自对批评责任与作为的更高要求与期盼。如何强化文艺批评评价机制的"自律"功能作用，如何优化文学评价机制资源与结构，如何加强评价机制的动力与活力，这些问题解决也有赖于批评自身建设及自我评价机制的强化，来自批评评价机制内在的"自律"功能作用，来自推动批评自身完善发展的自律性正能量。基于此，文艺批评评价机制的"自律"功能作用主要表现在三方面。

一 批评自身调节的"自律"功能

针对文艺批评存在问题的自我调节、自我完善的批评评价机制的自律性功能。当下批评存在的不足和问题主要有七方面。一是批评缺席和失语，尤其是当面对互联网时代所形成的新型文艺形态，如网络文学、手机文学、数字文学、新媒体艺术以及形形色色的多元化文艺样式与各种跨界的亚文学、亚艺术时，往往要么束手无策，要么不屑一顾，无法适应互联网时代多媒体技术与信息技术发展的要求，更无法理解与接受新媒体文学、新媒体艺术的挑战。因此，批评在这些新兴文艺形态及其现象面前表现得惊慌失措、无言以对，丧失批评应有的话语权及批评权利。二是批评缺乏"批评性"，亦即丧失批评作为批评的本质规定性与基本特征。批评性主要通过文艺评价方式呈现，通过评价机制以体现批评精神及反思性与批判性意识。正如别林斯基所说批评是创作的"诤友"，能够具有敢于批评、勇于批评、善于批评的胆识与大无畏精神。这不仅表现在敢于针对创作及其作品的问题与不足提出批评性与建设性意见，而且敢于针对文坛不良风气与弊端提出针锋相对、态度鲜明的挑战性与批判性意见。但当下批评缺乏这种批判勇气与批评精神，往往面对创作中的一些错误倾向与不良风气无动于衷，缺乏批评责任与担当，缺乏直面现实问题的勇气与胆识。三是将批评权利演变为权力后造成滥用和失范的乱象，正如鲁迅一针见血揭示的"批评家的错处，是在乱骂与乱捧"，导致"批评的失去威力，由于'乱'，甚而至于'乱'到和事实相反，这底细一被大家看出，那效果有时也就相反了"。这种要么"捧杀"要么"棒杀"的恶劣风气，抓住一点不及其余，符合自己口味的就一味吹捧、无限抬高，不符合自己意愿的就一味打压、无限贬低，甚至不辨真伪、善恶、美丑、优劣，颠倒黑白，混淆是非，导致所谓"媚评""妄评""酷评""恶评""戏评"现象产生，不仅在于缺乏批评责任与担当，没有原则与准则，没有公平和公正，而且在于严重锉伤创作积极性与有损作品价值，更重要的是破坏了文艺及批评的人文生态环境。四是丧失批评主体性和独立性，盲目从众与跟风。无论是甘愿寄生于名作家、名作品这棵大树攀缘而上也好，还是附庸于政治、经济权力也好；也无论是迎合世俗风气而一味媚俗也好，还是随大溜一味从众趋众也好，如同风吹两边倒的墙头草、随波逐流的浮萍，没有根基，没有自身本体与主体，当然也就丧失了批评的权利与权威，丧失了批评功能作用与价值意义，使批评存在与生存发生危机。五是批评疲软和乏力，批评结果无关作者、作品、读者痛痒，也无关文艺活动与文艺发展痛痒，更无关社会痛痒。这一方面由于批评内部建设松懈与外部环境治理缺失，主要表现在批评内功和底气不足、专业化水平与业务素质能力不高、批评人才流失及队伍建设松懈、批评思维观念陈旧及思想贫乏、批评理论方法的模式化与单一化、批评标准原则的松动与游离、"批评无用论"情绪的蔓延，以及批评人文生态环境日趋恶劣而未能有效遏制，等等；另一方面由于批评脱离"运动的美学"轨道，要么走向纯粹的理论批评，要么走向功利化的实用批评，要么走向主观批评的极端，要么走向客观批评的极端，主要表现为理论与实践脱节、批评与现实疏离、批评与作品脱离等，导致批评暮气沉沉，生气锐气丧失。六是批评误读与错位，造成批评动机与效果的偏离，批评有效性及评价效果无法得到实现。尽管古今中外批评资源整合、沟通、交流及开发利用是十分必要的，但如果不分语境背景而张冠李戴、指鹿为马，不依据对象存在实际而主观臆断、任意裁决，不顾作家创作实际而概念满天飞、理论空对空，就会导致批评与创作及作品的错位、批评语境的错位、批评时空的错位，产生南辕北辙、牛头不对马嘴的误读与误判。这一方面表现在生搬硬套地利用西方现代批评方法，不经消化和转化就用于批评中国当代文艺实践，造成批评对作家作品的误读，产生西方批评模式与中国文艺实践的错位，无法真正做到中西批评交流与对接；另一方面表现在运用中国古代文论批评方法解读当代文艺现象，或运用现代批评理论方法对古代文艺作品进行现代阐释，往往脱离文化语境与历史背景，无论厚古薄今还是厚今薄古，也无论是强古人以顺今意还是强今人以顺古意，都有可能形成传统与现代的错位，未能真正做到传统与现代的衔接；再一方面批评在理论与创作上的错位，脱离作品实际的空洞理论与时髦概念似乎是批评用来壮胆和唬人的武器，不仅将概念生造与理论制造作为时髦点缀和门面包装，而且作为批评理论所谓"创新""特色"的标签，导致理论与实践的脱节。批评不读作品或误读作品，泛泛而论或自话自说，使批评不仅远离了文学，而且远离了批评本位。七是文艺批评在价值冲突中导致价值迷失，缺失正确健康的价值取向及评价导向。批评面对社会转型及文艺转型的形形色色的思潮流派，面对眼花缭乱的各种各样的思想观念与理论模式，面对多元化多样化的价值追求，特别是面对价值冲突所产生的价值迷惘、价值混乱、价值失范，从而导致批评在文艺价值评价中陷入困惑与危机。也就是说，无法在多元价值取向及价值追求中准确进行价值选择，无法确立核心价值及核心价值取向，当然也就无法确立评价标准及评价导向。归结言之，批评存在的这些问题与不足的原因是多方面的，既有内因也有外因。习近平讲话明确指出"一部好的作品，应该是把社会效益放在首位，同时也应该是社会效益和经济效益相统一的作品。文艺不能当市场的奴隶，不要沾满了铜臭气。优秀的文艺作品，最好是既能在思想上、艺术上取得成功，又能在市场上受到欢迎"。批评亦如此。批评应该摆正其功能价值定位，摆正社会效益与经济效益关系，始终将社会效益放在首位。从批评自身的内在原因而言，问题症结关键在于批评缺乏对自身的评价机制及批评自律性。这不仅在于对文艺批评评价机制的认识及运用不到位，评价机制的动力与活力不足，评价机制的功能作用没有得到很好发挥，而且在于批评自身缺乏评价机制驱动，缺乏推动批评自我反省、自我反思、自我改革、自我批判的自律性评价机制，缺乏批评的批评评价机制对批评自身的评价与监督。因此，文艺批评评价机制也应该具备自律性功能，具有推动批评自我完善、自我修复、自我调节的功能作用，推动批评自身建设与发展，推动批评主体性及反思与批判意识加强，推动批评生态环境的优化。

二 批评机制自我完善与建设的内驱力功能

针对文艺批评价值体系建设的评价机制自身建设功能，充分体现批评机制的系统性与自律性。如何解决批评界所存在的问题及缺陷与不足，如何推动批评走出困境与困惑，如何加大批评创新发展的动力，关键在于强化批评评价机制建设。批评评价机制建设的首要任务就是加强批评价值体系建设，加强批评核心价值观及核心价值体系构建，以提供批评评价机制建设的指导思想、价值观、价值取向、价值导向、评价标准、方向目标的保障。党的十八大报告提出社会主义核心价值观建设的"三个倡导"，即"倡导富强、民主、文明、和谐，倡导自由、平等、公平、法制，倡导爱国、诚信、敬业、友善，积极培育和践行社会主义核心价值观"，确立核心价值观具体内容及构成系统，对于文艺批评的核心价值观及其核心价值体系构建具有重要的作用和意义。遵循核心价值观基本内容与本质精神，中国文联根据文艺界特点发布"爱国、为民、崇德、尚艺"的文艺界核心价值观，发布《中国文艺工作者职业道德公约》与《文艺工作者践行社会主义核心价值观倡议书》，旨在培育与践行核心价值观，并贯彻落实在文艺工作中。习近平讲话指出："中华优秀传统文化是中华民族的精神命脉，是涵养社会主义核心价值观的重要源泉，也是我们在世界文化激荡中站稳脚跟的坚实根基。要结合新的时代条件传承和弘扬中华优秀传统文化，传承和弘扬中华美学精神。我们社会主义文艺要繁荣发展起来，必须认真学习借鉴世界各国人民创造的优秀文艺。只有坚持洋为中用、开拓创新，做到中西合璧、融会贯通，我国文艺才能更好发展繁荣起来。"文艺批评也是如此。从批评观而言，核心价值观是批评观的基础与主导，批评观建设往往集中体现在其价值观建设上，价值观决定了价值取向、价值选择、价值导向、价值评价、价值效果；从评价机制而言，核心价值观是文艺评价取向的内核与灵魂，核心价值取向决定了评价取向、评价导向、评价原则、评价准则、评价效果以及评价机制功能作用。因此，无论是批评观及其价值观建设还是文艺批评评价机制建设，无论是批评队伍建设还是批评生态环境建设，都应该将核心价值观放在第一位，都应该将核心价值观落实与践行在批评行为活动中，落实与践行在每一个批评家身上。同时，核心价值观是批评观及其价值观的价值源，也是文艺批评评价机制及其评价取向、评价导向、评价原则与准则的价值源。基于核心价值观及其价值源，文艺批评不仅需要建立评价机制，而且需要建立文艺批评价值体系及评价体系，一方面通过价值体系保障评价机制健康有序运行及评价功能作用更好发挥，另一方面也通过评价机制更好推动文艺批评价值体系及其评价体系建设。从文艺批评价值体系建设角度而言，主要包括八方面基本内容：一是夯实文艺批评价值体系的价值关系基础，包括文艺评论与文艺创作构成的价值关系、文艺批评与作者构成的价值关系、文艺批评与读者构成的价值关系、文艺批评与社会构成的价值关系等内容；二是文艺批评功能价值的多维立体构成系统建设，包括科学认知、审美感知、文艺阐释、文艺评价、文艺教育、文艺传播、理论升华、社会综合功能等内容构成的批评价值系统；三是文艺批评评价标准建构与构成体系建设，包括真善美价值标准构成、人民性民主性进步性价值标准构成、历史与美学价值标准构成、民族的科学的大众的价值标准构成、艺术价值与社会价值标准构成、核心价值观价值源标准构成等内容；四是基于中国批评整体观的中国特色文艺批评体系建设，包括中国古代近代与现当代批评整体观、中国批评价值取向的整体性、文艺批评中国经验的整体性、中国特色的文艺批评体系建设等内容；五是文艺批评价值体系构成的五大系统建设，包括文艺价值系统、文艺观与批评观价值系统、文艺评价系统、评价标准系统、批评理论系统等内容；六是文艺评价体系机制构成的整体建设，包括文艺批评评价机制、文艺评奖评价机制、文艺教育评价机制、文艺发表出版评价机制、文艺市场评价机制、文艺媒介传播评价机制、文艺接受评价机制等文艺评价体系机制构成等内容；七是文艺批评价值体系的理论建设，包括马克思主义批评理论、中国古代文艺批评理论、西方现代批评理论、文艺价值论与系统论控制论、文学批评学及批评理论、文化批评理论、媒介学传播学理论、生态美学理论、接受美学理论、文艺审美人类学理论等内容；八是文艺批评价值体系的实践建设，包括文艺批评核心价值观构建、批评经典与精品建设、批评评价力及有效性建设、批评队伍的思想建设与专业建设、批评主体性及批评精神建设、批评伦理建设、批评生态环境建设、批评制度体制机制改革创新与建设等内容。因此，文艺批评价值体系建设是其评价机制所具备的自律性功能推动的；价值体系建设指向核心价值观建设目标，无疑也是评价机制推动下所形成的动力源与价值源。

三　批评评价力及有效性的提高

针对提高批评评价力、有效性与影响力而形成批评自觉与自信的评价机制自律性功能。针对批评队伍涣散、批评无所作为、批评无用论等问题，解决对策在于强化批评评价机制建设，切实提高批评的评价力、有效性与影响力，充分发挥评价机制功能作用。批评基于评价机制所产生的动力作用，无论是推动文学创作与文化发展的驱动力还是推动批评自身发展的内驱力，集中表现为评价机制的功能与作用，在于机制功能有多大能量，机制作用有多大效果。如果其功能缺乏足够能量，当然就动力不足；如果其作用缺乏效果，当然也就动力不足。同理，如果缺乏足够能量也会缺乏效果，批评评价机制的功能作用就难以发挥，批评价值就会受到质疑。如何提高批评评价机制的驱动力与推动力，如何强化批评评价机制的功能作用，如何增强批评评价机制的能量与效果，如何提高批评评价力、有效性与影响力，关键在人，关键在于必须拥有一支高素质、厚基础、高水平、强能力、重创新的批评家人才队伍。习近平讲话指出："繁荣文艺创作、推动文艺创新，必须有大批德艺双馨的文艺名家。我国作家艺术家应该成为时代风气的先觉者、先行者、先倡者，通过更多有筋骨、有道德、有温度的文艺作品，书写和记录人民的伟大实践、时代的进步要求，彰显信仰之美、崇高之美。文艺工作者要自觉坚守艺术理想，不断提高学养、涵养、修养，加强思想积累、知识储备、文化修养、艺术训练，认真严肃地考虑作品的社会效果，讲品位，重艺德，为历史存正气，为世人弘美德，努力以高尚的职业操守、良好的社会形象、文质兼美的优秀作品赢得人民喜爱和欢迎。"遵循习近平讲话对文艺家提出期望要求的精神，针对批评评价机制自身建设而言具体表现为五方面内容。一是基于思想解放、观念更新的批评发展建构大文学、大艺术、大批评观念，具体到批评评价机制建设而言，应该立足于文艺批评发展实际，以文艺批评为基础、核心和主导建构文艺评价体系及综合评价机制，发挥文艺批评对文艺评奖、文艺教育、作品发表出版、文艺媒介传播、文艺接受、社会评价等各种文艺评价机制的综合作用与整体影响，形成批评对文艺评价体系及综合评价机制的指导与引领作用，由此提高批评评价力、有效性与影响力。二是切实改善批评与创作关系，这不仅是基于批评与创作的唇齿相依辩证关系与系统关系，而且在于批评究竟为何、何为、如何为的批评存在、生存价值意义所在。无论创作还是批评都是文艺发展不可或缺的构成部分，从文艺贴近生活、贴近现实、贴近人民群众角度来说，批评除此之外还必须贴近作家、贴近创作、贴近作品，因此应该增强批评与创作的主体间性、文艺间性与创造间性。同时，创作需要批评，批评也需要创作，应该彻底改变批评滞后于创作发展现状，增强批评的在场性、现场性与实效性，形成两者相辅相成、互动交融的合力。三是批评必须加大面对自身困境的反思反省与改革转型力度，应该具备凤凰涅槃式浴火重生的勇气与胆识，重塑批评形象与批评权威，重建批评价值体系，重构批评的"批评性"及批评精神，进一步解放批评生产力，提高批评评价力与创造力，扫除束缚在批评身上的制度体制障碍，释放更大能量与活力，增强批评褒优贬劣、激浊扬清的批判性与战斗力，真正实现批评文艺评价机制的功能作用。四是切实落实习近平讲话对文艺家高标准要求的精神，加强批评家及其批评队伍的思想建设、专业建设及人才建设。一方面坚定不移地确立批评观、价值观及评价机制建设的核心价值观基础及核心价值导向，坚守批评伦理原则及职业道德，自觉承担批评职责与担当，坚持批评精神信仰与远大理想，增强批评的文化自觉性与文化自信心；另一方面将思想建设落实于专业建设及批评实践上，进一步提高批评主体性，提高批评评价力及批评质量水平，切实增强批评有效性及影响力；再一方面整合批评资源，调整批评结构，优化批评队伍，形成批评合力，造就一支专业化、现代化、科学化的批评队伍。五是加强批评制度体制机制改革与创新以及批评学学科与批评理论建设，进一步提升文艺批评评价机制在更高基础上推动文艺保障体系及其自身完善的保障体系建设的功能作用。目前亟须推动将文艺制度及其评价机制建设问题提上议事日程，加大文艺立德与立法以及建章立制的同步化进程，及时提供批评自身建设的制度保障与批评生态环境保障，提供批评评价机制创新发展的理论支撑与制度保障，提供批评自身运行发展制度化建设的长效机制。

2016 年 3 月公布的《中国文艺评论工作者自律公约》提出七项批评"自律"原则："一、爱国为民。热爱祖国，服务人民，拥护中国共产党的领导，自觉维护国家主权、民族尊严和人民利益，坚决抵制一切分裂祖国、破坏民族团结和社会稳定的言行。二、坚定立场。坚持马克思主义文艺理论的指导，坚持以人民为中心的工作导向，践行和弘扬社会主义核心价值观，努力做引导创作、多出精品、提高审美、引领风尚的重要力量。三、科学说理。提倡科学的批评精神，实事求是、褒优贬劣、激浊扬清，尊重艺术规律，尊重艺术创造，营造包容和谐的批评氛围，遵循科学合理的评价标准。运用历史的、人民的、艺术的、美学的观点评判和鉴赏作品。四、敢于担当。牢记文艺评论工作者的文化担当和社会责任，客观公正把握艺术质量和水平，对各种不良文艺作品、现象、思潮敢于表明态度，在大是大非问题上敢于亮剑，说真话，讲道理。五、继承创新。坚守中华文化立场，继承中国传统文艺理论评论优秀遗产，传承中华文化基因，展现中华审美风范。批判借鉴外国文艺理论，关注时代、关心当下、锐意创新、精益求精。六、遵纪守法。严守国家的法律法规，遵守社会公德，运用法治思维和法治方式加强行业服务、行业管理、行业自律。坚决抵制剽窃、抄袭等侵权行为，自觉抵制远离'黄、赌、毒、黑'。七、德艺双馨。勤奋敬业、刻苦学习，不断提高学养、涵养、修养，自觉抵制拜金主义、享乐主义、极端个人主义等错误倾向，拒绝红包评论、人情评论、跟风炒作式评论，不做'市场的奴隶'。反对庸俗媚俗，吹捧造势。秉持职业操守，树立良好形象。"这为批评界及其文艺批评工作者自觉遵循行为规范、活动规则、职业道德、行业自律以及恪守批评原则与弘扬批评精神提供可资操作执行的公约条例，成为保障文学批评机制健康良好运行与发展的内驱力及动力机制。

综上所述，文艺批评建设既是一项刻不容缓的任务，也是一项坚持不懈、持之以恒的长期工作；文艺批评评价机制建设既关系到文艺创作繁荣发展的大局，也关系到文艺批评自身建设与发展大局。习近平讲话指出："每个时代都有每个时代的精神。文艺是铸造灵魂的工程，文艺工作者是灵魂的工程师。好的文艺作品就应该像蓝天上的阳光、春季里的清风一样，能够启迪思想、温润心灵、陶冶人生，能够扫除颓废萎靡之风。广大文艺工作者要高扬社会主义核心价值观的旗帜，把社会主义核心价值观生动活泼、活灵活现地体现在文艺创作之中，用栩栩如生的作品形象告诉人们什么是应该肯定和赞扬的，什么是必须反对和否定的，做到春风化雨、润物无声。要把爱国主义作为文艺创作的主旋律，引导人民树立和坚持正确的历史观、民族观、国家观、文化观，增强做中国人的骨气和底气。"我们必须遵循习近平文艺座谈会讲话精神，坚持文艺发展的"二为"方向、"双百"方针，以文艺创作与文艺批评双引擎动力机制驱动中国当代文艺大发展大繁荣。

第二章　文学制度与批评机制关系论

　　文学批评是文学制度重要的构成内容。文学批评的内涵及其核心功能是评价功能，评价是驱动任何人类活动运行及其行为实施的动力机制。文学评价是推动文学活动及其行为的动力机制，同时也是影响和检验文学创作和生产的动机、意图、效果的评价机制。因而在文学制度下建立起文学评价制度及其评价体系是完全必要的。文学评价以文学批评为核心，将批评作为文学评价的最为重要和主要的形式，以批评评价推动文学的繁荣和发展。同时，文学评价还通过其他形式，诸如文学教育的评价方式、文学出版期刊媒介的评价方式、文学史学术研究的评价方式、新闻宣传的评价方式、图书馆收藏的评价方式、文学评奖的评价方式、网络大众的评价方式等，直接或间接、隐晦或明显地对文学进行评价，从而以评价机制方式影响和推动文学发展。这些评价机制和评价形式一方面需要建立起自身自律的规则和制度；另一方面也需要获得文学制度的保障和规范，从而推动文学评价制度、体制、机制的发展和建设。

第一节　文学制度与批评机制关系

　　随着计划经济体制向市场经济的转型，作为精神生产实践产物的文学，已不再仅仅是纯粹的意识观念和语言形式，而是受到文学生产体制、活动机制、文化环境、社会规范及社会制度等多种因素的制约。文学评价制度作为文学生产、流通和消费过程中所形成的社会机制和文学场域，它对文学的制约与规范不仅通过显在的物态化设置、机构、组织等形式呈现，更是以意识形态与精神心理的内在形式潜伏于文学传统和惯例中，影响着文学生产活动。文学评价制度对文学活动起到的作用是复杂的，一方面，文学评价制度对于文学话语的生产意味着一种庇护和保障。德里达认为："文学是一种允许人们以任何方式讲述任何事情的建制。文学的空间不仅是一种建制的虚构，而且也是一种虚构的建制，它原则上允许人们讲述一切。""文学的法原则上倾向于无视法或取消法——文学是一种倾向于淹没建制的建制"。[①]德里达的意思很明确：文学评价制度就是一种"虚构的建制"或"淹没建制的建制"，其意识形态国家机器的性质特征及其带有意识形态虚幻性与复杂性。但另一方面，文学评价制度往往与权力，包括政治、经济、文化权力和权利交织纠缠在一起，其构成结构与功能作用是多元的、动态的。它既给予文学以保障和庇护，也对文学产生规范和制约。郭沫若在回顾自己的文学活动时曾感叹："虽然是人办杂志，但弄到后来大都是弄到杂志办人去了。"[②] 所谓"杂志办人"，意思就是媒介生产体制、发表制度和审查制度对文学话语生产和传播起着约束和规范作用。王本朝对此说得更清楚："文学制度是审美现代性生成的

[①] ［法］雅克·德里达：《文学行动》，赵兴国等译，中国社会科学出版社1998年版，第3页。
[②] 郭沫若：《关于〈创造周报〉的消息》，《晨报副刊》1925年5月12日。

机制和网络，如同河水之于河床，文件之于运行程序。"①"文学制度"（"河床""运行程序"）对"审美现代性"（"河水"和"文件"）来说，既是保障也是制约，是一把"双刃剑"。后来有学者用更为形象的比喻说明，"文学如流水，制度如河道。制度系统的规则如同河流的河岸，制度系统的对象如同河流的流域，制度系统的理念如同河流的方向，制度系统的载体如同河流的河床"②。现代社会建立的官方管理制度、审查制度、检查制度的"双刃剑"功能不言而喻，即便是文学生产单位机构，也从管理、审稿、审批、发表出版、发行、销售、传播等环节以制度化、体制化方式给予文学以保障和规范双重作用。从这个意义上说，现代文学及当代文学的一切所谓现代性书写都是体制内的书写，即使是"民间写作"和"潜在写作"，也只不过是体制内发生的反体制化或去体制化写作罢了，无论体制内还是体制外都无法摆脱制度、体制的掌控和影响，无法摆脱文学制度对文学合法性的认定的保障和规制。这充分说明，文学制度和体制具有显在和隐在的意识形态化权力和文化权力构成，具有保障和规范双重功能作用，也具有积极正面作用与消极负面作用的"双刃剑"效应。

当前文化体制改革的一个重要原因，就是一方面因为制度体制存在某些不足和问题，制度化、体制化带来某些负面影响作用，阻碍发展的制度体制障碍以及制度性、体制性弊端；另一方面必须加强制度建设，完善和健全制度、体制、机制，尤其是制度化建设的长效机制，正确有效实现其保障和规范功能。批评作为文学评价机制也需要在体制改革、制度建设、机制转换中建立评价制度，确立评价标准和评价取向，保障和规范文学又好又快发展。

---

① 王本朝：《中国现代文学制度研究》，西南师范大学出版社2002年版，第7页。
② 见伏俊琏、巨利宁《巫觋时期的文学制度与文学理论——读〈先秦文学制度研究〉》，《中国社会科学报》2012年2月13日，第5版。

一 文学制度与文学评价制度

"制度"一词在中国古代的最早出处,在先秦时期已分别以"制""度""制度"等概念表达彼此相近的制度内涵与含义。《辞源》释"制"主要义项为:"成法,准则。如法制,制度,法式。《左传·隐·元年》'今京不度,非制也'。《荀子·王制》'明王始立而处国有制'注:'制,亦谓等差也。'"①"制"就可表达制度含义,相近的还有"裁断""节制""制止""控制""限制"等义项。《辞源》释"度"其中主要义项为:"法制。《书·大禹谟》:'罔失法度。'《左传·昭·四年》:'度不可改。'"②"度"也可表达制度含义,相近的还有"标准""尺度""限度"等义项。"制"与"度"合成"制度"一词,《辞源》释"制度"两个主要义项,一是"法令礼俗的总称。《易·节》'节以制度,不伤财,不害民。'《书·周官》:'考制度于四岳。'《汉书·元帝纪》:'汉家自有制度,本以霸王道杂之。'"二是"规定、用法。元王实甫《西厢记》三本四折:'红云:用着几般儿生药,各有制度,我说与你。'又:'末云:桂花性温,当归活血,怎生制度?'"③第二个义项已为后来延伸之义。早在先秦时期"制度"使用之义与现在并无差别。《商君书》曰:"凡将立国,制度不可不察也,治法不可不慎也,国务不可不谨也,事本不可不传也。制度时,则国俗可化,而民从制。治法明,则官无邪。国务壹,则民应用。事本传,则民喜农而乐战。"④《辞海》将制度的第一义项解释为:要求成员共同遵守的、按一定程序办事的规程。汉语中"制"有节制、限制的意思,"度"有尺度、标准的意思。这两个字结合起来,表明制度是节制人们行为的尺度。⑤ 在英文中,"system"与"institution"两个词都可以理解为

---

① 《辞源》,商务印书馆1988年版,第191页。
② 同上书,第545页。
③ 同上书,第191页。
④ 商鞅等:《商君书》,上海古籍出版社1989年版,第15页。
⑤ 《辞海》,上海辞书出版社1989年版,第485页。

制度，但二者在词义上又存在一些差别，如"system"有系统、体系、体制、秩序、规律、方法等含义；而"institution"则有公共机构、协会、学院等含义。一般认为"system"侧重于宏观的、有关社会整体的或抽象意义的制度体系，而"institution"则指相对微观的、具体的制度。

"文学制度"研究在中国学界萌发，大约发生在20世纪90年代初。1993年，学者王晓明在一篇论文里有过这样一段话，颇具代表性：每看见"文学现象"这四个字，我头一个想到的是"文本"，那由具体的作品和评论著作共同构成的文本。但是，这不是唯一的文学现象，在它身前身后，还围着一大群也佩戴"文学"徽章的事物。它们有的面目清楚，轮廓鲜明，譬如出版机构、作家社团；有的却身无定形，飘飘忽忽，譬如读者反应、文学规范。它们从不同的方面围住了文学文本，向它施加各种影响。今天重读20世纪中国文学的历史，就特别要注意那些文本以外的现象。[①] 王晓明提到的"文本以外"的围绕在文学周边的"一大群"文学现象，如出版机构、作家社团、读者反应等，这些"佩戴'文学'徽章"的或"鲜明"或"飘忽"的事物，就是文学制度的某些表现形态。加拿大学者斯蒂文·托托西曾经这样界定"文学制度"："一些被承认和已确立的机构，在决定文学生活和文学经典中起了一定作用，包括教育、大学师资、文学批评、学术圈、自由科学、核心刊物编辑、作家协会、重要文学奖。"[②] 从托托西的界定可以看出，文学制度至少应该包括如下要素：教育体制，包括教育法律的颁布、现代学科制度（专属的研究对象，系统的客观研究方法，成熟的学术规范和学术评价体系）、大学教育制度保护下的言论自由机制等；传播机制，包括大众传媒和出版体制、版权法律制度和稿酬制度等；社团机制，如文学团体、作家（批评家）组织

[①] 王晓明：《一份杂志和一个"社团"——重评五四文学传统》，《上海文学》1993年第4期。
[②] ［加］斯蒂文·托托西：《文学研究的合法化》，马瑞琦译，北京大学出版社1997年版，第34页。

机构等。文学制度含义和运用基本建立在这一界定上，但由于中国当下语境的特殊性，其内涵和外延都会有所扩大和延伸。罗家湘《先秦文学制度研究》中解释"文学制度"为："稳定的交往方式建构外在的社会秩序，成熟的思维模式建构内在的精神秩序，内外秩序相互作用，内在精神规范着外在交往，外在交往又影响到精神秩序的调整，在文学活动中形成的有组织、有规则的相互作用模式就是文学制度。"[①] 这主要从文学活动交往规律角度的内外规则关系、结构、系统作用下形成组织秩序模式的表述。

从目前国内学界在文学制度研究上所使用的理论资源看，德国思想家哈贝马斯的"公共领域"和法国社会学家布迪厄的"文学场"是出现频率最高的两种资源。哈贝马斯的"公共领域"主要指起源于18世纪和19世纪初的英、法、德三国的与私人领域相对立的独立领域，包括阅读公众（学者群、城市居民）、传播媒体和机构（书刊、出版社、书店、借书铺、阅览室、读书会）、社团、检查制度、职业艺术评论员。其中大众传媒（公众舆论）是最重要的因素，"大众传媒影响了公共领域的结构，同时又统领了公共领域"；"有些时候，公共领域说到底就是公众舆论领域，它和公共权力机关相抗衡"[②]。"公共领域"理论虽然受到一定的语境限制，如不能离开欧洲中世纪市民社会的独特发展历史来对其进行讨论，但是，哈贝马斯所说的"公共领域"的构成因子在现代中国的确或多或少地存在着，这些因子正是现代文学制度的重要构成。

布迪厄"文学场"理论是研究文学制度的另一种主要资源。布迪厄在《艺术的法则》等著作中提出了"文学场"这个重要概念："艺术品价值的生产者不是艺术家，而是作为信仰的空间的生产场，信仰的空间通过生产对艺

[①] 罗家湘：《先秦文学制度研究》，上海古籍出版社2011年版，第20页。
[②] ［德］哈贝马斯：《公共领域的结构转型》，曹卫东等译，学林出版社1999年版，第14页。

术家创造能力的信仰，来生产作为偶像的艺术品的价值。"① 布迪厄认为，作品科学（艺术理论）在研究艺术的时候，"不仅应考虑作品在物质方面的直接生产者（艺术家、作家等），还要考虑一整套因素和制度"，这套制度包括"批评家、艺术史学家、出版商、画廊经理、商人、博物馆馆长、赞助人、收藏家、至尊地位的认可机构、学院、沙龙、评判委员会"，"主管艺术的政治和行政机构"等。② 此外，布迪厄还指出，"文学（等）的中心焦点是文学合法性的垄断，也就是说，尤其是权威话语权力的垄断，包括说谁被允许自称'作家'等，甚或说谁是作家和谁有权利说谁是作家；或者随便怎么说，就是生产者或产品的许可权的垄断"。③ 这一观点不仅为我们理解文学社团之间的论争提供了重要借鉴，而且在于文学制度及其文学评价制度的权力和权威有形或无形影响到文学价值的认定和评价，从而影响到文学的合法性认定以及文学活动运行和发展。

此外殷曼楟在《现代艺术与它的体制理论》一文中介绍西方艺术体制理论，阿瑟·丹托的"艺术界"理论认为：艺术品的身份取决于它所处的艺术理论氛围和艺术史知识，此即"艺术界"，一个赋予作品以意义的理由系统；乔治·迪基的"艺术体制"理论认为：起决定作用的是代表某个社会制度的一个人或一些人的授予行为。④ 也就是说，艺术作品不仅是其艺术性使之成为艺术，而且艺术制度使艺术品真正成为艺术，艺术制度为艺术提供制度性保障与规范，通过管理、鉴定、评价、监督、奖惩等方式认定艺术存在和艺术价值。

文学制度的功能作用主要是通过管理、认定、评价、监督、奖惩等机制

---

① ［法］布迪厄：《艺术的法则：文学场的生成和结构》，刘晖译，中央编译出版社2001年版，第276页。
② 同上。
③ ［英］特里·伊格尔顿：《审美意识形态》，王杰等译，广西师范大学出版社2001年版，第271页。
④ 殷曼楟：《现代艺术与它的体制理论》，《中国社会科学报》2012年3月28日，第8版。

实现的,因此文学评价制度也是基于或相对于文学制度所提出来的概念,旨在一方面说明文学制度的基本功能和综合作用就是评价,以评价作为文学制度与文学之间关系调节以及行使意识形态权力和文化权力而对文学发生作用的主要表达方式;另一方面文学评价制度属于文学制度的构成部分,既是文学制度在文学评价上的表达方式,又是文学评价以文学批评为内核而扩大为文学生产评价、发表出版审查评价、文学教育评价、文学评奖评价等评价体系和评价制度,有其独立性和特殊性,但其性质特征与文学制度并无二异。本研究在已完成另一个研究项目、出版专著《文艺制度论》基础上,主要针对文学评价制度进行研究,其核心是讨论文学批评与文学评价及其文学评价制度关系。因此,对于文学评价制度与文学制度的关系厘清,对于文学评价制度概念界定和廓清是非常必要的。我们认为文学评价制度是指针对文学批评而形成的评价制度形式及其运作机制,既以一定的管理机构、基础设置、组织形式等显性和硬性方式表现出来,也以方针、政策、法令、规则等隐性和软性方式体现出来,在文学评价运行系统、构成、关系上发生保障和规范的双重作用的文学制度形式。

二 评价制度机制与文学意识形态关系

在马克思主义经典学说中,生产不仅包括物质生产也包括精神生产。文学作为精神生产活动是一种特殊的意识形态的生产。英国当代马克思主义文学批评家特里·伊格尔顿认为:"文学文本不是意识形态的'表现',确切地说文学文本是意识形态的生产。"[1] 其一与文学所使用的特殊介质即文学语言及其自身的创造性形象思维方式息息相关。文学活动本身生产着意识形态,语言是意识形态外部的表现。其二来自文学外部的包括其他意识形态(诸如政治、法律、道德、宗教等)的规定性,这些意识形态观念势必会在不同的

---

[1] 周宪:《超越文学:文学的文化哲学思考》,上海三联书店1997年版,第269页。

时空条件下对文学产生重要影响。而每个时代文学首先表现为对该时代主导意识形态的默从，某种意义上说文学生产着主导意识形态，并受制于主导意识形态，因为每个社会总是要体现出某种主导精神并且是由经济上占着统治地位的阶级来取得精神上的支持和"霸权"，这必然通过物质、文化等形式表现出来。每一个时代的作家某种程度上都可以成为所属时代和文化的代言人，自觉和不自觉地遵循并生产着意识形态话语，主导文化观念不仅通过一种外在的强制力量，更是通过各种文化机制在特定社会造成某种共同的价值观达到个体的服从。这是意识形态的一种潜在力量，而文学活动使主体自觉成为意识形态的"自由"携带者，甚至成为它的"自由"创造者，通过采取艺术作品的形式引发新的意识形态的话语，使作品成为实现意识形态统治的特殊媒体。同时，文学作为意识形态的审美形式有其内部的规律和规则，必然受制于文学本身体制和机制的影响和推动。

　　文学评价制度作为一种制度的生成是意识形态组织形式的构成部分，斯蒂文·托托西在《文学研究的合法化》中所认定的文学制度"这个术语要理解为一些被承认和已确立的机构，在决定文学生活和文学经典中起了一定作用，包括教育、大学师资、文学批评、学术圈、自由科学、核心刊物编辑、作家协会、重要文学奖"，这些表现形态其实大多数是以评价方式对文学发生作用影响，可以说是文学评价制度表征形式，也是意识形态批评和文化批评的表达方式。更为重要的是"对这些机构的兴趣，伴随着近来将文学视作一个生产、传播、接受、发展起了重大作用的社会体系的观点。换句话说，从社会科学角度来研究上述现象，文学被看成一个意识形态组织"[①]。这段话揭示出"社会体系"与"意识形态组织"的性质特征，同时也说明文学合法性问题在现代社会的制度化、体制化、法制化强化的语境中凸显，通过文学制

[①] [加]斯蒂文·托托西：《文学研究的合法化》，马瑞琦译，北京大学出版社1997年版，第33页。

度及文学评价制度来认定文学合法性成为必然，也成为保障和规范文学运行发展的制度、体制、机制形式。

文学评价制度持有一整套规则和技术，通过机构、设施、规章制度等认定文学合法性以保障和规范文学活动运行发展。文学评价制度介于社会制度及意识形态组织与文学制度之间，一方面需要保障文学自身发展规律即文学内在的要求；另一方面也需要反映和遵循文学外部的规律，表达出社会及其意识形态对文学的要求。文学评价制度正是顺应了社会制度对文学制度、体制、建制、机制保障和规范的同时，通过其制度形式将内外要求统一起来或者通过外部规律转化为文学内在的需求，充分发挥了文学的自主空间，推动文学的自由发展。可以说，文学评价制度的意识形态内容是审美意识形态的内容，是将意识形态评价与审美评价有机统一的结果，使文学评价制度具有审美意识形态性质特征，同时也保证其权威性、权力性和权利性。

三 评价制度机制与文学主体性关系

文学活动是人与对象交往的特殊的审美意识形态的实践方式，依此来看，它就不能仅理解为创作主体的创作活动，也不能简单地理解为接受主体的接受过程。然而文学一定与主体密不可分，它影响着文学的创作和评价，但现实生活中主体不可避免地存在一定的受制性，用阿尔都塞的意识形态理论可以做出这样的解释："意识形态召唤并建构了主体，同时主体又体现意识形态的功能。"在他看来，"无处不在的意识形态国家机器与国家机器中无处不在的意识形态，像大气一样地笼罩着每一个企图来到这个世间或自以为在这个世间'自由自在'生活的众多个体，从而将个体自身的自由选择性压缩到了最严酷的阈限之内"。[①] 在这样阈限内的个体成为主体，将不由自主地呼吸着

---

① 孟登迎：《意识形态与主体建构——阿尔都塞意识形态理论》，中国社会科学出版社 2002 年版，第 138 页。

周围的空气，受周围气息的感染。

文学评价制度作为主流意识形态的思想观念体系与上层建筑在文学评价上的制度形式，对文学的制约不仅是在文学内容和形式上，更大程度上是对作为活动主体的创作者和接受者思想意识上的影响，不仅反映在文学主体自觉意识到的观念、思想和价值体系中，而且更隐蔽地体现在他们的无意识中，体现在那些未被作家、批评家乃至读者自觉但实际却潜在的观念、思想和价值体系中。作为一种显在的制度形式，文学评价制度对教育、大学师资、文学批评、学术圈、自由科学、核心刊物编辑、作家协会、重要文学奖及文学创作、出版、发行等文学活动机构和机制进行保障和规范，并以其作为制度载体和制度形式来认定文学合法性；同时作为隐在的制度形式，文学评价制度又具备一定的审美制度的特性，约定俗成和潜移默化地隐藏在一定的文化体系和心理结果中，以集体无意识和文化心理积淀形式使主体不自觉地、无意识地、自动化地受到影响。

文学评价制度对文学活动的保障和规范作用说明其已不是一种外在于文学的形式而已经成为文学世界的一个重要构成因素，参与活动的主体在其中时刻"体验自己的行动"，而行动本身是依赖文学评价制度所保障的文学环境和文学秩序的。正如阿尔都塞所言，意识形态想象性地再现人们与其真实生存状况的关系，是一种无历史的深层无意识，"它与人们存在的'生活'经验本身是同一的"[1]。虽然不同时代因不同条件、环境所形成的文学评价制度不同，但它和文学传统一样会积淀到主体的内心世界中。可见，文学评价制度并非仅仅是外置的，而且是内置的。卢梭认为，审美法则实则是主体心灵的法则，他在《爱弥儿》中写道："心灵只接受自己的法则，本来想束缚它，结果却释放了它；只有束缚它，才能放它自由。"在《社会契约论》中认为，法

---

[1] ［加］斯蒂文·托托西：《文学研究的合法化》，马瑞琦译，北京大学出版社1997年版，第114页。

则"不是镌刻在大理石或青铜器上,而是刻写在公民的心灵里,这是一个国家的真正大法,不知不觉间以习惯的力量代替权威。我说的是道德,是习俗,首先是民意"①。这等于说主体不自觉地将法则溶解为习俗和习惯,使其审美化,并与自身的日常生活和感情完全纠缠在一起了。文学评价制度很显然同样被文学世界的主体当作习惯所接受,对主体文化心理建构及其文学活动必然产生重要的影响。但事实上文学主体性与自主性要求作者又并非完全"顺从","被压抑"的他们往往将在现实中无法实现的东西借助文学形式表达出来,这使得文学带有鲜明批判和颠覆现实以及超越制度性障碍和局限的特征。

在文学文本的生产过程中,创作主体会将自己原来受"规范"的观念或思想与叙述的文学内容拉开距离,按照想象和构造的方式创造文本,此时原有的意识形态观念意识处在某种复杂的"变形"和"陌生化"中,甚至被主体进行了解构和重组。这种"变形"和"陌生化"是否真正摆脱了意识形态和制度的要求呢?皮埃尔·马歇雷针对文学成为批判性意识形态话语的生产做出解释:文本的作用是以意识形态的形式表现意识形态,说明了文学的批判作用是以原有意识形态本身作为前提的,文学不过是通过利用意识形态向意识形态提出诘难。对此,特里·伊格尔顿也解释说:"文本打乱了意识形态而生产出一种内在秩序,这种秩序因此而导致了某种在其本身和意识形态中都具有的混乱,这个复杂的过程不能被想象为改变或者复制'意识形态结构'的'文本结构',它只能理解成无穷的文本对意识形态以及意识形态对文本的交互作用,一种彼此的建构和解构。"② 这说明文学审美意识形态特殊性所在,作为审美意识形态的文学正是利用其意识形态形式对意识形态批判和超越;意识形态批评正所谓"意识形态症候"批评,达到颠覆意识形态权力和消解意识形态症候弊端的目的。

---

① [英]特里·伊格尔顿:《审美意识形态》,王杰等译,广西师范大学出版社2001年版,第8页。
② 周宪:《超越文学:文学的文化哲学思考》,上海三联书店1997年版,第279页。

由此可见，文学评价制度与文学主体关系的复杂性、矛盾性和多样性。制度的保障功能具有双重性在于：积极正面保障文学的合法性与合理性，提高文学作用和地位，推动文学更好发展；消极负面保障使文学懈怠乏力，增加依赖性缺少独立性，强化制度化体制化写作弊端而弱化创作主体性和自主性。制度规范功能也具有双重性在于：积极正面的规范性保证文学规则、规律、原则、标准有效实现，清除文坛乱象与错误思潮及其非文学干扰，确立文学核心价值取向与评价导向，促进文学健康良性发展；消极方面的规范性限制和约束文学正常发展，压抑文学创造性和自主性，构成影响文学发展的制度性、体制性障碍和制度化、体制性写作弊端。显然，我们不能以制度体制具有"双刃剑"的两重性功能作用来否定其存在的合法性与合理性，关键在于如何健全和完善，如何将消极性转化为积极性，如何进行制度创新和体制改革。

作为创作主体的作者应该通过强化主体性和自主性来促进评价制度改革和完善，文学主体性和自主性作用在于，一方面考虑将这些制度性设置的评价因素内化和转化为文学内在的创作因素，变被动为主动，化消极因素为积极因素，将外在积极因素转化为内在积极因素；另一方面考虑将约定俗成与潜移默化的无形的文学规则、审美习尚、文化惯例、潜在动力等因素形成的隐在评价机制转化为内在的创造力与评价力，自觉或自然地遵循文学规律；再一方面是从文学特点及其特殊性出发，充分发挥文学主体性与自主性，高度的文化自觉性和自信心应该成为文学自觉和自信的依据，制度性和体制性的保障和规范不能成为文学主体性和自主性发挥的障碍。说到底，文学需要评价制度的保障和规范但又必须超越制度化体制化的障碍。

作为文学评价制度自身改革与建设而言，需要考虑的是：首先，文学评价制度的合法性、合理性问题，从实践、经验与理论的视角提供其存在与作用的合法性、合理性依据；其次，充分认识其双刃剑的两面性效应，取长补短，扬长避短，发挥其积极正面作用，避免和抑制其消极负面作用；再次，通过制度体制改革，创新遵循规律、尊重科学、尊重人文精神创造的制度体制，解决制度性结构缺失和不完善问题，消除制度化体制化带来的弊端；最后，建立起文学评价制度建设和科学发展的长效机制，不断健全和完善遵循文学规律和文学评价规律的评价体系和评价制度，以有利于推动文学及其文学评价健康良性发展作为价值取向和评价标准与原则。

四　评价制度机制与文学评价的关系

文学评价制度以观念和意识形态的形式深深地积淀于文学传统和文学惯例中，建构了文学主体意识和行为的发生，进而影响着文学的评价。文学评价主体是带着符合社会及文学评价制度的意识形态色彩审视每一项文学活动的，对文学活动的评价标准、评价取向、评价态度、评价方法以及评价效果等一系列评价因素和行为就必然具有维护意识形态的诸多特征。因此，文学评价是一种制度和体制保障与规范下的文学批评实践活动和行为。评价是批评的本质所在，具有批评本体的意义，也具有推动文学运行发展的机制作用的意义。

针对具体的文学评价活动而言，文学评价行为既具有价值评价的功能又具有价值生成和生产的功能。首先，文学评价是对文学创作结果——作品价值的评价，通过评价体现与实现文学价值；其次，文学评价是对文学行为活动的评价，将文学作为活动来对待就不仅仅是活动的结果作品了，而是包括作者、作品、读者、世界以及媒介等诸多要素及其关系的评价，也是对创作过程、欣赏过程、传播过程以及评论过程构成的完整的文学活动的评价；再次，文学评价也是对其自身评价的评价，作为文学活动构成中的评价行为本身就会作为评价对象，文学价值与评价行为构成价值关系，不仅具有价值评价、价值实现的作用，而且具有价值生成、价值生产的作用，也就是说评价本身也具有评价价值，也具有文学价值增值和再创造意义；最后，文学评价作为理论与实践结合的行为活动,不仅具有运用理论指导实践,或将理论应用于实践的意义,而且具有理论经实践检验而不断丰富完善理论的意义,从这一角度而言,文学评价具有理论价值与理论创新意义。由此可见,文学评价不仅是一种行为活动方式,而且是一种评价制度形式,其行为活动方式是由其制度形式所决定的,也是获得制度保障与规范的。

就其文学评价功能作用来看,因其评价制度保障与规范而扩大:一是通过对文学活动过程及其各个环节的评价,引导文学创作、生产、流通、传播及消费,具有价值导向作用;二是整体提升文学评价意识,包括作家创作主体的评价意识、读者鉴赏主体的评价意识、评论者批评主体的评价意识、媒介主体的评价意识以及社会及其意识形态主体的评价意识等,具有提升评价意识自觉性作用;三是在文学理论与文学实践结合中具有指导文学实践发展及完善和创新理论的作用;四是通过文学评价沟通了主体之间、作品与主体及作品与作品之间的关系,也沟通了文学与社会、文学与人的关系,从而推动了文学艺术与社会现实之间的互动;五是在文学评价制度的保障和规范下,文学评价行为活动逐步推动改革并完善了文学制度、体制、机制,形成文学评价标准、原则、秩序、法规等,保障与规范文学活动的运行与发展。

文学评价制度既是文学及其批评发展和内在需求的产物,也是社会时代及其社会制度与意识形态的要求。如文学评价取向显然既受到文学评价制度影响,又受到社会评价制度的影响。人类几千年的文明文化所形成的真善美价值及其评价取向,既是社会评价取向,也是审美评价取向,更是文学评价取向。由此可见,制度具有价值整合统一作用,文学价值与社会价值统一是因为社会评价体系及其评价制度与文学评价体系及其评价制度的统一性和整体性。社会制度及其社会价值取向保障和规范文学评价制度及其评价取向的合理性、合法性;反之,文学评价制度及其评价取向也推动社会制度及其价值体系构建,两者形成良性互动双赢机制,才能合力推动社会核心价值体系构建，在推动社会更好发展的同时也推动文学更好发展。当然，文学评价受制于社会制度及其意识形态影响作用必须根据文学规律及其文学特点将其内化和转化为文学评价的内在要素，这一内化和转化机制有赖于文学制度及其评价制度建设，提供内化和转化的动力推力以及保障和规范措施。同时，文学评价制度还需要协调、调节文学与社会、文学自律与他律、文学自主性与社会性、文学审美价值与社会综合价值等关系，找到结合点与平衡点，正确引导文学评价价值取向。

总之，文学评价制度是相应于文学制度、审美制度而提出的概念，是依据文学与批评关系及其两者的共同点和特殊性提出的实践经验与理论概括。事实上，两者无论在实践中还是理论上都是紧密联系的。文学评价制度是文学制度必要的构成部分，文学制度涵盖文学评价制度。从制度文化角度讨论文学与批评问题，主要是因为现代社会以来制度建设以及法制建设作用在社会发展中越来越重要，制度文化自觉成为文化自觉的重要标志，也是因为现代社会转型文学及其批评的文化自觉，同时也是古今中外历代文论批评家理论积累的必然结果。从西方斯达尔夫人社会制度论文学到马克思恩格斯的意识形态理论，从中国先秦周代建立的礼乐制度到中华人民共和国成立后建立起一整套文艺管理制度，这些都能在实践和理论上说明其存在和发展的必要性和规律性。更为重要的是，文艺制度及其评价制度并不完全通过体制、设置、组织机构等物态化方式呈现，而是以约定俗成和潜移默化的文化传统和文学惯例的精神意识方式表现，表现为文学规律、规则、体式、制式、标准、原则等各方面。因此，文学制度及其评价制度是在历时性发展中建构的，也是在共时性结构关系与整体构成中生成的。在文学评价体系中，从而建构文学评价制度，形成对社会、对文学的价值判断标准。某种意义上说，文学评价活动和行为参与了文学秩序和规则的制定，事实上它起到了引导文学活动和文学价值朝文学评价制度要求的方向进展的重要作用，也促成了文学评价制度的建构和发展。通过文学批评和评价，从观念和意识形态以及制度上影响文学主体的文学活动和行为，内在推动文学评价制度的实施，使其更加合法化、合理化、有序化，从而促进文学评价制度的进一步完善。

不言而喻，文学本身就包含着一定的权力与制度因素。这种"先在"的制度形式对文学活动而言是一个优胜劣汰的评价过程，也是一个为文学作品、文学家在文学史上准确定位的过程，因此，文学评价所依附的文学评价制度和意识形态直接影响到文学评价的最终效果，影响到文学活动的进程。随时代、历史及文化的变迁，文学评价制度也因不同的统治阶级和文学环境的变化而变化，当前文学评价制度及文化环境呈多元发展的态势，意识形态也逐渐走向自由、开放、民主，大众文学、民间文学、民族文学、地域文学及各种形态的边缘文学也与主流文学、精英文学百花齐放、百家争鸣，形成文学大发展大繁荣趋势。因此，文学制度创新、体制改革、机制转换以及文学评价制度与社会制度及其意识形态的关系问题成为日益突出的现实实践问题和理论问题。文学作为审美意识形态的特殊形式，在遵循文学规律与社会规律发展的同时，也必须在文学制度及其评价制度保障和规范基础上突破和超越制度性和体制性障碍与束缚。

第二节　文学批评机制的构成系统

马克思、恩格斯曾针对大工业时代生产方式的性质和特征提出"精神生产"[①]和"艺术生产"[②]的概念及其理论。文学作为生产活动和行为来看待，

---

① 马克思：《1844年经济学哲学手稿》，《马克思恩格斯全集》第42卷，人民出版社1982年版，第121页。

② 马克思：《政治经济学批判·导言》，《马克思恩格斯选集》第2卷，人民出版社1972年版，第112页。

就使其生产机制、活动机制、行为机制的问题得以显现和突出，也由此而使文学制度、文学秩序、文学规则等问题逐渐浮出水面。

社会主义初级阶段的文学生产和文学发展是依靠文学运作的机制来推动的。文学机制是指文学运作，包括文学生产和文学发展的内在动力和外在动力构成的行为机制和活动机制，是文学生产和发展的内驱力和推动力。从广义而言，文学机制是依赖于社会机制建立的，包括社会生产方式、上层建筑及其意识形态等社会综合因素构成的社会运转和发展的整体机制，文学机制无疑受制于社会机制的整体功用。从狭义而言，文学机制是直接依赖于文学活动、艺术活动和审美活动的发展规律及动力机制而建立的。这也是文学机制的内部机制与外部机制的区别所在，文学机制无疑就是内驱力和外驱力的统一，从而形成文学发展的综合机制，只不过针对不同时期、不同形态的历时性与共时性的分别与侧重而有所偏移而已，从而形成某一阶段文学、某一文学形态的生产和发展的主要机制。

文学机制由多方面因素构成，也是一个多样统一的机制构成。一般而言，文学机制分别有社会现实需要的机制、人类精神需要及其审美需要的机制、意识形态机制、生产方式变革的机制、理想与愿望的机制、情感表现与传达的机制、交流和沟通的机制等文学外在机制；还有文学传统和惯例的机制、文学继承与创新的机制、文学形式变化发展的机制等文学内部规律形成的内在机制。更为重要的是，与文学生产和发展密切相关、不可分割的并能将文学的外在机制和内在机制统一为一体的文学批评机制。批评能否作为文学机制，这既决定于文学对批评的需求，又决定于批评的性质和功能及其在文学中的定位。

对批评的定义和内涵的界定虽众说纷纭，但批评作为文学评价则是大家的共识。林骧华等在解释"批评"一词时指出："'批评'一词源出于希腊文，其基本含义是'辨识'和'论定'，即系统地研究一部艺术作品或一种艺术形式，对文学作品进行描述，证明、分析、解说、评判和分类。"[1] 因而就批评含义所揭示的功能而言，批评主要是以其评价功能作为文学机制推动和促进文学开展和发展的。也就是说，不仅文学生产和消费是依赖于批评机制推动的，而且批评是文学运转和发展的直接推动力，批评无疑是以评价作为文学的动力机制和运作机制的。

将文学批评视为文学活动开展和发展的机制，这既是对文学批评功用的认识，又是对文学批评本质的认识。长期以来，文学批评和文学的互动和互补关系虽然早已被人们所认识，却无法从批评自身的存在和活动方式中来认识批评的性质和功用，就有可能将批评视为文学的附庸和附产品，从而导致批评的合法性危机的诘难和问题。同时加之文学和批评在市场经济中的边缘化而影响其社会地位等原因，批评的合法性受到质疑。正如加拿大批评家斯蒂文·托托西在《文学研究的合法化》一书中开篇明义地提出："为什么有必要考虑从事文学研究的合法化？毫不讳言地说，是由于人文学科在整体性地经历着严重的令其日见衰落的制度化危机，并且由于文学研究自身的问题，在总体社会经济中越来越边缘化。"[2] 文学研究从广义角度而言也就是文学批评，文学批评的合法性是其存在、生存发展的根据，也是其功用价值实现的前提，因此，有必要从批评机制和文学制度的角度确立批评的合法性。

一 文学批评的社会综合评价机制

文学机制是由社会及人类活动的各方面因素综合而构成的，因此文学机制是一个社会综合机制，从而也是一个多元构成和有机统一的机制结构。尽管每一机制构成元素都有着自身的独立的作用，都会对文学发生间接或直接的推动作用，但当它在文学身上产生其功用时都会自觉或不自觉地与其他功

---

[1] 林骧华、朱立元等主编：《文艺新学科新方法手册》，上海文艺出版社1987年版，第109页。
[2] ［加］斯蒂文·托托西：《文艺研究的合法化》，北京大学出版社1997年版，第1页。

用协调而成为综合功用，从而内化为推动文学生产和发展的动力。

如果从批评的广义理解角度来认识和把握这些社会综合功用，也不妨将这些社会综合力量视为一种广义的批评形式或者说潜在的批评形式，文学社会机制是通过广义的批评形式来推动文学生产和发展的。例如，社会的政治、法律、经济、文化等物质和精神的因素，是通过制定文学方针、政策，确立文学的生产和消费规则及其市场规则，建立文学体制和文学制度，影响文学思潮，引导文学生产和发展方向，从而实现其广义批评功能的。

如果从批评的狭义来理解的话，针对文学的批评形式所构成的文学批评，无论是社会批评还是历史批评，无论是意识形态批评还是文化批评，无论是政治批评还是道德批评，无论是形式批评还是审美批评，都将文学机制的社会各种构成因素内化为直接影响和推动文学生产和发展的动力，从而形成真正意义上的文学的批评机制。虽然从不同的文学批评形态和方式来看，批评机制的构成元素各有所侧重，或政治、或道德、或历史、或文化等，但一旦使之成为文学批评形式，不仅会将其从社会元素转化为文学元素从而成为文学批评形式，而且会使其与其他元素协调而构成综合力量。因此，从文学批评整体看待，而不是局限于或拘泥于某一批评文本或某一批评形态的话，文学批评机制是一种文学的社会综合功能机制。这种文学批评机制一方面区别于文学的其他机制而具有文学机制的独立性和特殊性；另一方面文学批评机制又有机地融合和综合了文学的其他社会机制的多种功用，从而使文学批评机制在其综合功能中确立自身的性质及其身份和定位。

其一，文学批评的承载机制功能。文学批评机制功能虽然不同于文学的其他机制的功能，但文学批评的机制的综合性在于它能承载和综合文学的其他机制的功能。也就是说，一方面，文学的其他机制功能只有通过文学批评形式，以文学批评形式作为承载的载体才有可能从间接功能转化为直接功能，从社会功能转化为文学功能；另一方面，文学批评机制也只有承载文学的其他社会机制的功能才能充分体现其综合性和有效性,使文学批评的形式中积淀了更为深厚的社会文化内涵和底蕴,同时使其形式承载了更为丰富深广的社会文化内容。这充分说明,文学批评这一形式具有更大的包容性、灵活性和综合性,它作为文学机制的一种承载形式能有力量并有效地承载文学机制的其他元素及其他功能。虽然文学机制的其他元素都可以选择不同的形式来实现其对文学的作用和影响,但选择文学批评这一形式作为载体也就更直接、更有效地实现其对文学的作用和影响。

其二,文学批评的转化机制功能。当文学机制的社会元素和其他功能元素选择文学批评形式作为载体时,文学批评机制的转化功能就会将文学的社会机制元素和功能转化为批评机制的元素和功能。也就是说,一些非文学性的社会机制进入文学批评后就会通过批评机制的转化功能而内化为文学性的社会机制。各种社会的政治、哲学、道德、宗教、历史、文化、经济等元素通过批评而转化为文学性构成中的社会元素,成为文学性的政治或文学批评化的政治,而非单纯社会化政治。例如,文学的认识作用,就会转化为文学的审美认识作用,文学的教育作用就会转化为文学的审美教育作用。从而在批评中将意识形态转化为审美意识形态,将社会现实之诉求转化为审美理想和愿望,将生产力和生产方式转化为艺术生产力和艺术生产方式,将社会标准转化为艺术标准,等等。也就是说,文学批评不仅使社会各种元素能综合统一起来,从而形成对文学的整体推动力量,形成文学生产和发展的综合机制,而且使社会各种元素转化为文学批评的元素,从而对文学产生直接的重大作用。也就是说通过批评的转化机制,使社会的经济、政治、历史、宗教、文化、道德充分发挥出对文学的影响和作用。

其三,文学批评的中介和桥梁机制功能。文学批评机制一方面是通过批评活动来实现,通过批评行为、批评文本、批评效果来体现其对文学的影响和作用;另一方面是通过批评所营造的文学氛围、文学市场、接受和交流环境来实现，通过批评的显在的或隐在的、直接的或间接的、宏观的或微观的、形上的或形下的、规范的或引导的等各种不同的形式和方式来实现其推动文学生产和发展的目的。因此，文学批评机制就有着十分重要的中介和桥梁作用，沟通文学内部和外部的极其多变的复杂关系。首先，文学批评机制将文学与社会联结起来，作为两者的中介和桥梁，起着沟通并使之交流的作用。文学与社会的关系，除了文学源于生活又高于生活的源流关系和超越关系外，更为重要的是文学与社会的沟通和交流关系。批评始终在寻找文学与社会的对结点，寻找两者的区别和联系，寻找生活转化为文学、文学转化为生活的机制和原因。其次，文学批评机制对于文学与意识形态联结起来，从深广两个维度将文学放置在生产力与生产关系、上层建筑与经济基础、生产方式与意识形态的宏大背景和语境中定位，从而使批评成为文学与生产方式、文学与上层建筑、文学与经济基础、文学与意识形态关系联结的中介和桥梁，揭示了文学生产方式的属性和意识形态属性。再次，文学批评机制对于文学活动的主体，将作为创作主体的作者与作为欣赏主体的读者联系起来，作为中介和桥梁使两者得以更好的沟通和交流，批评一方面为作者提供了创作所需的"期待视野"、市场预测、社会需求及其产品规格和商品行情，使作者更为了解读者，从而更自觉、更有意识、更有目的地创作；另一方面也为读者提供了对文本意义的阐释及其方法，提供了文学信息和文学活动的语境，从而使读者在更了解作者和作品的基础上充分发挥欣赏的主体性、积极性和主动性，使作者与读者在交流中更好地沟通和对话。最后，批评机制作为文学理论与文学活动实践的中介和桥梁，使文学理论在实践中不断创新和发展，从而具有实践性品格和实践性根基，有利于更好地实现其文学理论的功能；同时又使文学实践在文学理论的指导下更加健康有序地发展，增添文学的自觉性和自律性。因此，批评既为理论创造提供了文学实践基础，又为文学实践提供了理论保障。可以说批评是一种理性化的感性活动，又是一种感性化的理性活动。换言之，批评既是一种文学的理论形态，又是一种理论的文学形态。

其四，文学批评的创造机制功能。文学批评虽然属于文学活动中的一个构成部分，同时也是在文学创作和文学欣赏之后的一个后置部分，但文学批评一方面，是作为文学活动中的一个具有相对独立性和自主性而存在的活动个体和活动主体，是相对于创作活动和欣赏活动而言的独立的批评活动，因而具有自身的内构性和建构性，从而具有创造性，甚至是原创性；另一方面，批评作为文学活动的机制，不仅联系创作活动和欣赏活动使之成为文学活动整体，而且批评机制始终贯穿于文学活动始终。批评在表面时序上的后置性其实就隐含着逻辑上的前置性，无论在创作活动的动机、意图、目标的设置上和作者的创作主体心智结构形成前创作视域和创作习惯定式中，还是在欣赏活动的动机、意图、目标和效果设置上以及读者的欣赏主体心智结构形成前欣赏视域和欣赏习惯定式中，都潜藏着批评的影响和幽灵。批评对文本的评价和"批评"，不仅是对文本已揭示和表现的文学性内容的批评，而且是对文本应该但未揭示和表现的文学性内容以及非文学性内容的批评，因而相对于创作而言是一种"再创作"，是一种针对文学生产而言的"再生产"，是对文学意义和文学价值的延伸，使其具有增值价值和深远意义。

批评对于欣赏而言也是一种"再欣赏"，是在欣赏基础上的进一步发展和延伸，不仅使创作文本通过欣赏而建构成文学，而且使欣赏效果文本化，创造出批评文本。创作文本与批评文本的对话和统一，构成文学的完整性。从这个意义上说，批评不仅丰富和完善了创作文本，并使之成为文学，而且批评也提供了理性化的创造性文本，创造了文学的理性化版本，最后构成感性化与理性化统一的文学形式和文学形态。文学在创作、欣赏、批评的合力创造中建构和生成。

以上对文学批评机制功能的表述是为了理论分析的便利，从而将文学批评机制分解论说,但这并不意味着对其整体性、统一性、相关性、互动性的削弱。批评机制的多重功能和多元构成是一个有机统一的整体,都导向批评机制所规定的同一目标和方向,这就是批评的评价机制的综合功用。批评通过评价而综合了其他功能,从而使批评在文学活动中的定位以确定其文学性和审美性,同时也使批评在文学与社会多重元素关系中的定位以确定其批评的社会性和意识形态性。因此,文学批评是一种在文学活动中对文学进行评价和再创造的审美意识形态。

二 文学批评机制评价系统构成与结构

文学批评机制为了更好地实现批评的综合功能,同时又是为了更好地成为文学生产和发展的最为主要的推动机制,就必须加强文学批评的建设和建构,强化其批评机制的构造性、自律性和自我调节性,使其机制更趋完善和更新。也就是说文学批评机制自身也必须有一个驱动批评运作、生产和发展的内在机制。显然批评机制的建立和建设也是需要外在机制和内在机制的双重条件才得以实现的,也就是说批评机制是在与其他元素和其他活动的互动关系中确立和完善的。批评机制要实现其作为文学机制的功用,就必须着力于建立和建设其评价系统,包括其评价体系、评价指标、评价标准、评价原则、评价方法、评价取向等。因为从根本上说,批评最为本质的功用是评价,批评的其他功用都必须受制于或导向于这一评价功用。总之,批评的机制实质上就是评价机制,批评依赖于评价推动文学生产和发展,贯穿于文学活动的全过程。

诚然,文学批评的对象是文学,文学一方面可视为文学活动及其活动过程;另一方面也可视为以作品为主体的一切文学现象。批评就是通过评论、分析、判断对文学现象,尤其是作品进行是非、优劣、高低的价值评估的评价活动。虽然批评除评价以外,还有其他的功用,但评价无疑是最为基本也是最为重要的功用。这一方面是因为评价是为作品准确定性、定位的行为;

另一方面是因为其他功用无疑都包含评价的因素而带有价值评价取向，更重要的是通过对作品的评价使批评成为推动文学生产和发展的最基本的动力和机制。因为只有公正的、正确的、科学的评价才能有效推动文学健康发展和有利于文学的繁荣。

法国批评家罗杰·法约尔在《批评：方法与历史》一书的"初版序"中指出："实际上，我们已经从简单地决定作品的'价值'的批评，转变到了一种强调阐明对作品所能说明的全部内容，以致最终似乎根本不顾其文学特点的批评。从文学批评目前所处的历史状况来看，它试图成为一种实用美学（既有唯心主义的脆弱性又包含教条主义的危险性）和形成似乎过于看重唯一的真实性的一种历史——心理科学的两种倾向，不是一直在平分秋色吗？"① 由此可见，批评的价值评价的功能是批评最本质和最重要的功能。批评就对文学作品的评价而言，无疑是一个具体的、个体的批评行为，这既包含批评家个体的各种主观性因素和主体性行为，又包含批评作为一种评价活动而构成的评价制度、评价体系、评价标准、评价原则等要素综合而形成的社会性规范和文化惯例，使之成为一种社会行为和意识形态批评。因此，作品评价系统是复杂的，如何将个性与共性、特殊性与普遍性、理性与感性、个体性与社会性、趣味性与规范性等二元对立因素有机统一起来，从而确立一个统一而灵活的文学评价系统，这是文学评价必须首先考虑的根本问题。一般而言，文学评价系统的构成要有五个基本要素。

（一）文学评价系统构成要充分考虑作品的价值构成要素

作品的价值有两方面的含义：一方面指作品本身的独立价值内容、内涵和意义，这无论是指作品的显在价值还是潜在价值，都应该是一种客观存在，是一种价值事实，或是作者已完成的价值创造和生产；另一方面指将作品放

---

① ［法］罗杰·法约尔：《批评：方法与历史》，百花文艺出版社2002年版，第6页。

置在文学活动中通过作者、读者和批评者的对话和交流而由潜在价值到实在价值过程中实现的价值以及价值增值。这些由读者和批评者所"再创造"而生成的价值和增值价值虽有主观性的一面，但也是由文本的客观价值引申和发挥出来的价值，不能脱离作品而任意创造价值。从这个意义上说，作品价值还是围绕作品，作品不仅提供了评价的对象、资源、素材、内容，而且提供了评价的价值客体和价值元素。从作品出发，立足于作品进行评论，这是主张公平、公正、准确、正确和实事求是的评论原则的根据所在。

但也要看到，作品的价值必然涉及艺术生产与艺术消费互动的完整过程，价值是在文学活动中产生和实现的。李青春在其《文学价值学引论》一书中曾讨论评价对文学价值的作用，他指出："评价作为价值潜能与价值效应的中介环节，一方面对价值潜能加以选择、引导；另一方面又控制着价值效应的实现。价值效应可以说是直接来自评价。尽管其根源并不是评价而是潜能，由此可见，评价对效应的意义十分重大。"[①] 也就是说，评价的作用在于使价值潜能得以实现为现实价值，从而使价值潜能转化为价值效应。这说明批评的评价机制有着推动文学消费活动的作用，但批评评价机制的作用还不仅于此，它还有推动文学创作、文学生产的作用。

如果能充分认识艺术生产与艺术消费的关系的话，就十分明确在艺术生产决定了艺术消费的同时，艺术消费也通过评价机制决定和制约着艺术生产。艺术生产作为一种人类自觉的精神生产活动，也必须关注到市场需求、消费者需求、产品销售和流通状况，从而通过市场调查和预测来制订生产计划和实施生产行为。而这些因素都需通过评价机制来推动，使其内化为艺术生产的运作机制，合理调配艺术生产力、生产资料、生产关系、生产方式、生产流程、生产经营、销售、成本核算等一系列要素和环节，从而构成完整的生

[①] 李青春：《文学价值学引论》，云南人民出版社1994年版，第103—104页。

产系统，建立起生产制度和生产程序。由此可见，批评的评价机制不仅推动文学消费活动，而且推动文学生产的活动，也就是说，推动了文学活动整体开展和发展。

(二) 文学评价系统要充分考虑价值取向的构成要素

价值取向是以人的需要和愿望的实现而设立的价值结果判断的思想、情感倾向，从而决定其对作品优劣、高低、是非、好恶的取舍，集中表现于批评家的批评观、文学观、审美观中，也体现于批评的性质和功用中。批评的价值取向包含批评家的价值取向，但不等同于批评家的价值取向。虽然批评价值取向要通过批评家的价值取向来实现，但批评价值取向决定和制约了批评家的价值取向。不排斥在作品评论中批评家会自觉或不自觉地流露出个人的价值取向，但批评家只有遵循批评取向从而使其个人的价值取向融合于批评取向中才能准确评论和评价，而不局限于个人的感情好恶和趣味选择上。也就是说批评家的批评行为不应是个人行为，而应该是社会行为，将个人行为融入于社会行为中，使其个性化批评带有共性、普遍性、社会性的价值取向。

批评的价值取向取决于人与批评、人与文学、人与社会的关系以及人从需要和愿望出发而对其所持的基本立场和态度。因此，批评的价值取向会含有社会、文化、历史所包容的哲学、政治、道德、宗教、审美、艺术等构成要素，也会带有不同的社会形态，不同时代的民族、阶级、种族、社团等构成要素，从而表现为不同的价值取向。中国的社会主义初级阶段的文学及其批评，其价值取向也会带有民族性、社会性、人民性、时代性以及中国特色和社会主义初级阶段的特色，因此坚持中国批评的先进性、人民性与坚持批评的价值取向的正确性的高度统一才能建立起合理的批评评价系统和价值体系。

（三）批评的评价系统要充分考虑评价标准的构成要素

批评活动是批评主体与客体对话和交流活动，更是主体对客体的评价活动，联系批评主客体的中介和桥梁以及主体评价客体的依据就是评价标准和评估指标。批评就是批评家依据批评标准而对批评对象实施的评价，从而确定其价值的行为和活动。批评标准既规范批评家的主体行为和活动，又预设和限定批评对象的价值属性和价值取向，更规定了评价的规则和原则，使评价行为和活动科学化、规范化，有利于批评主客体的沟通和交流，也有利于对衡量尺度和分寸的把握，加强评价的准确性和正确性。也就是说，要保证评价的准确性和正确性就必须首先保证标准的准确性和正确性，甚至保证标准设立的各指标体系及其各项指标系数的有效性、准确性和正确性。那么，谁来确立标准，谁来检验和证明标准的有效性、准确性、正确性以及如何正确使用标准，就会自然涉及评价主体与客体的互动关系，更会涉及文学活动实践与批评活动实践的互动关系，文学理论与文学实践互动关系，文学、批评与社会、历史、时代等各种综合因素的关系，等等。也就是说标准及其评价指标体系是在文学批评活动以及评价过程中逐步建立和完善的，标准从实践中总结而来，又指导和规范实践行为。

（四）批评的评价系统要充分考虑批评原则的构成要素

批评原则指批评活动所遵循的活动规则和行为规范，是使批评成为批评的限定和规定。批评原则既是从批评实践中总结出来的原则，反映了批评的规律和特点，又是从不同的批评环境和语境中自觉或不自觉地形成的习俗和惯例。它不仅保证了批评活动的正常有序地开展，而且保证了批评者的行为和态度的正确性，更保证了批评评价系统的权威性、科学性和有效性。批评原则是批评活动的基础和前提，正如游戏活动首先必须制定游戏规则才能开始活动一样，批评活动也必须首先制定出批评规则才能开始批评活动。批评活动中的主客体双方、批评活动中的所有行为、批评过程的自始至终，也就是批评活动中的所有人和所有行为都必须共同遵守批评原则，才能保证批评的合理性和合法性。批评原则的确立既有约定俗成的因素，也有对批评产生影响的各种社会综合因素，它是在历时性生成和共时性构成中形成和确定的，诸如批评的公平、公正、合理、合法的评价原则，批评的具体作品做具体分析的原则，批评的实事求是的评价原则，批评的整体、综合、全面的评价原则，批评的思想性与艺术性相统一的评价原则，等等。

（五）文学批评的评价系统的评价方法的构成要素

评价方法从广义而言是指批评的活动方式和行为方式，批评及其批评活动表现的不同形式和形态，从而决定其批评方法；同时，批评方法也会构成批评的形式和形态。评价方法从狭义而言，是指批评对文学作品进行价值评价所运用的方法，包括选择对象及其对象角度的方法、运用标准和原则的方式和方法、分析论证的方法、解读和阐释的方法、判断价值的定量或定性分析的方法、历史的和逻辑的方法等。从更为狭义的具体的批评方法而言还会有批评的表现手法、批评语言的修辞手法等。但无论从评价方法的广义还是狭义来看，评价方法不仅是批评的手段、工具、载体，联结批评主客体、批评标准、批评原则，而且是批评的评价系统的构成要素，与批评目的、批评本体、批评动机意图相关。因此，批评的评价方法是使批评行为实施和批评活动开展的必要保证，也是使批评的评价目的和评价动机统一及有效实现的必要途径。虽然不同的批评家在针对不同的批评对象而选择不同的批评方法时带有一定的主观选择性，但必须充分考虑方法的适用性、合理性、科学性，也必须考虑方法实施的有效性和目的性。同时，尽管批评评价方法多样化，批评家的选择也有多种可能性，但也都必须充分考虑方法与目的统一，使方法成为达到目的的有效手段和途径。

因此，应将评价方法置于评价系统中来认识和把握，在评价系统的各构成要素关系中和整体综合性中选择适当的方法，使评价方法与对象的价值构成、批评家的价值取向、评价标准和评价原则有机统一起来。中国文学批评在对评价方法的建设和选择上应该从中国特色和社会主义初级阶段的国情出发，坚持马克思主义的批评方法，坚持马克思主义的历史唯物主义和辩证唯物主义，在坚持方法的原则性基础上提倡方法的多样化，提供方法的更新和创造的空间及条件，形成中国批评方法的特色和优势。

以上分析批评的评价系统的五个构成要素及其功用，事实上，评价系统离不开其中任何一个要素，任何一个要素也离不开评价系统，离不开要素间的互动作用和结构作用。因此，批评只有强化评价系统的有机性和完整性及其整体作用，才有可能使批评作为文学机制来推动文学生产和发展。

第三节　批评机制的文学制度建设作用

文学批评的功用显然是由其批评对象——文学所决定的，也就是说，文学批评的功用主要是对文学发生的作用。因此，当我们讨论批评的功用时，无疑就会涉及整个文学活动过程及其文学现象来讨论论证对文学创作和对作家的反思、提升作用，对文学作品的评价作用，对读者的引导和帮助作用，对文学理论的建构和完善作用，对文学实践的总结和升华作用，等等。总之批评对文学的功用虽然是多方面的、多层次的、多角度的，但最为核心的其实就是批评的评价功用。评价是批评的本质所在，具有批评本体的意义。因而文学批评本质上就是文学评价，它是对文学进行价值判断、价值评价的一种行为和活动。因此，批评作为评价就会形成推动文学运作和发展的机制。文学机制的构成因素很多，也就是说驱动文学发展的动力因素很多，但其中批评是文学机制中最重要的构成因素。批评也就自然成为文学的推动机制，成为文学评价的综合机制，或者说成为推动文学发展合力的载体和表征。这说明，文学机制中批评的评价推动作用是非常重要和必要的，如果没有批评这一评价机制的推动，文学就难以发展。因此，对批评的评价机制的研究和认识是十分必要的，从文学机制这一角度来研究批评的评价机制更是十分必要的。我们不仅需要从批评对具体文学现象的评价，而看到其对作者、作品和读者所发挥的明显功用，而且更需要从文学机制角度更深入地看到其对文学的更为深刻的内在推动作用。批评的评价机制的深刻内在的推动作用主要表现在三个方面。

一 批评机制建立起文学生存和发展的秩序和规则

人类任何活动和行为都必须受制于一定的环境和背景，也都必须遵循一定的活动和行为的秩序和规则。也就是说，秩序和规则才能保证活动的正常开展和行为的规范严谨，同时也才能保证公平、公正、合情、合理，即便是游戏活动也会有游戏规则，从而建立起游戏的秩序并保障游戏活动的进行。人类的社会活动就必须遵循人类所建立并不断完善的社会秩序和规则，也就是说在人类建立的社会制度及其相应的政治、道德、法律、宗教等制度和意识形态影响下进行。这些社会制度构成要素会以一种综合的合力而构成社会秩序和规则，并使之成为一种评价机制，决定其活动行为的价值取向、评价标准和评价系统，同时又依赖评价机制驱动和推进社会活动的开展和发展。

文学活动及其行为亦如此。文学活动作为人类的一种社会活动和行为，一方面必须受制于社会制度及其意识形态所建立起社会秩序和规则的评价机制的影响和推动；另一方面必须受制于文学体制和文学机制的影响和推动。文学批评的评价机制既是社会评价机制的综合、集中体现，又是针对文学活动的规律和特性而建立起的文学秩序和规则体现。也就是说，文学秩序和规则造就了一个相对于独立、完整、自律的文学世界、文学社会。从这个角度而言，文学具有独立存在、生存和发展的规律和规则，文学世界建立起相应于文学需要的文学制度，文学制度建立起文学秩序和文学规则。

斯蒂文·托托西在《文学研究的合法化》中提出"文学制度"[①]这一范畴，目的是将文学活动中的各种内部外部要素视为一个整体结构系统，有其自身的规律、规则、原则，也有其自身的运作及生产方式和表现形式，更有其制度所规定的秩序和法则。批评既是文学制度的一个必要构成部分，又通过其评价功能而建立和维护文学秩序和规则，促使文学及文学活动制度化、合法化、有序化。当然，文学制度、文学秩序、文学规则都是在社会制度、社会秩序和社会规则的大背景下建立的，毫无疑问应受制于社会性的综合因素的作用。但不可否认，文学具有自身的规律和特性，也就会相应于文学规律和特性而建立起相对独立的文学制度、秩序和规则。文学活动的开展和发展必须遵循这些秩序和规则，才能保证文学健康有序的、公正公平的发展。批评的评价机制对于文学秩序和规则的建立起了至关重要的作用，甚至可以说，批评就代表和表征了文学的秩序和规则。

其一，批评作为一种特殊形式的文学活动，一方面，批评活动和行为本身必须遵循文学秩序和规则，遵循文学规律和批评规律，由此保证批评的公正性、公平性、科学性、规范性；另一方面，批评活动和行为是保证文学活动和行为正常开展和发展的促进或补偿机制。批评与文学的互动关系提供了文学活动的正常开展和发展的有利条件和基础，批评以维护文学秩序和规则的评价、检查、督促的功能和作用使文学活动秩序化、规范化。从这一角度而言，批评是通过对文学秩序和规则的执行和维护，而保证文学活动正常开展和发展的。

其二，批评通过对文学的评价而把握文学规律，根据文学规律潜移默化地确认和确定文学秩序和规则。也就是说批评通过对文学的评价和与文学的互动活动而无形中制定了一整套保证文学开展和发展的秩序和规则，也制定

---

① [加] 斯蒂文·托托西：《文学研究的合法化》，马瑞琦译，北京大学出版社1997年版，第33页。

出保证了文学竞争、文学论争、文学评比等文学评价行为的秩序和规则。从这个角度而言，批评的评价机制不仅参与了文学秩序和规则的执法，而且参与了立法，制定出文学的活动制度、机制和规则。

其三，批评的评价机制对文学评价而言是一个优胜劣汰的选择过程，也是一个为文学作品在文学史上准确定位的问题，因而批评的评价所依据的评价标准、评价取向、评价态度、评价方法就与评价效果密切相关。文学不仅需接受批评的检验，而且需接受批评的评价，才能保证文学经典、精品的推出和对文学的准确定位，从形成文学竞争、文学论争、文学评比的秩序和规则。

其四，批评的评价机制还可通过自身的调节以及与文学的互动协调的作用而不断地完善和更新文学秩序和规则，从而保证文学秩序和规则的合理性、合法性以及与时俱进不断创新的机制的灵活性。批评的评价机制也就会成为文学体制、文学机制、文学程序、文学规则不断创新、不断发展的驱动力和润滑剂，保证文学程序和规则的活力和公正性、公平性、合法性、合理性。因此，文学发展必须建立起文学秩序和规则，文学秩序和规则的建立和建设必须建立起批评的评价机制。这一内在逻辑联系和互动关系也就确立了批评评价制的重要地位和作用。

二 批评机制推动文学评价标准确立

文学批评对文学的评价是依靠标准而进行的。文学评价标准不仅是保证文学评价的公正、公平、合理、合法的根据，而且是批评赖以生存、存在及其活动和行为的合理性、合法性之所在。也就是说，批评是依赖批评标准才具有权威性及其评价的权力的，批评也是依赖于批评标准才建立起文学程序和规则的。那么，批评标准又是从何而来的呢？批评标准又是由谁来确定和制定的呢？当然，对这一问题的回答可以是不容置疑的，批评标准是依据文学规律来确立和制定的，批评标准是文学实践的产物和文学实践的升华及总结，批评标准是建立在人类对文学活动的科学认识基础上的。这些答案无疑是正确的，但如果能进一步深入分析，我们还会有所发现，批评标准与批评的评价机制密切相关。

其一，批评的评价机制所建立起的一整套评价体系中包含评价标准的因素。批评的评价机制的建立必须依靠评价的价值取向、评价态度和立场、评价方法、评价动机和目的、评价标准和指标、评价原则和导向等构成要素而形成评价体系、评价系统，甚至可以说评价制度，这样才能保证评价机制的运作。因此，评价机制无法离开评价标准来运行；评价标准是评价活动和行为实施的最主要的根据，也是其生存、存在的理由。因此，评价标准就包含在评价机制中，是评价机制最重要的构成部分。

其二，评价机制也是建立和完善评价标准的机制。评价标准为何建立、评价标准怎样建立、评价标准如何检验、评价标准如何指导和规范文学活动和行为等，都应是通过批评活动和行为来回答的。也就是说，通过评价机制而逐步建立和完善评价制度，从而也建立和完善评价标准。文学价值实质上表现出人类精神需要和精神追求的价值，这既有绝对性和普遍性，也就是具有终极价值的意义；又有相对性和特殊性，也就是具有实用价值的意义。法国批评家茨维坦·托多洛夫指出："在人们惯称现代的时间里，对文学与批评的思考也具有了统治欧洲精神（不只是精神）生活的意识形态运动的性质。从前，人们相信绝对真理和普遍标准的存在（这在几百年间与基督教教义不谋而合），这种信念的崩溃以及对人的多重性与平等关系的再认识导致了相对主义和个人主义，直至虚无主义。"[①] 可见，文学价值的相对性和绝对性、普遍性和特殊性的矛盾统一关系也决定了评价标准确立的原则性和灵活性。因此，评价标准的确立就需要批评在其实践中建立、检验、调整、完善。批评

---

① [法] 茨维坦·托多洛夫：《批评的批评——教育小说》，王东亮译，生活·读书·新知三联书店 2002 年版，第 9—10 页。

机制不仅依赖于标准来确立，同时也会有选择、确定、调整、完善评价标准的义务。评价标准的合理性、合法性、权威性、权力性一方面是由文学实践和文学规律确立的；另一方面也是由评价机制、评价秩序、评价制度决定的。评价标准实质上也是评价规则，它不仅评判文学的是非曲直，而且是文学活动开展和发展的保证。

其三，文学评价机制是保证评价标准实施的机制。以评价标准为核心构成一个完整的评价系统、评价体系，从而构成文学评价制度及其评价体制。也就是说，批评不仅要确立评价标准和评价指标，而且要确立保证评价标准、评价指标得以贯彻实施的制度、程序、规则，营造文学活动正常健康的环境和氛围。因此，批评评价机制必须创造良好的批评氛围，疏通文学活动的各个环节，沟通作者与读者、作品与读者的关系，更为重要的是疏通文学与社会和文学与人的关系，保证文学和批评活动能正常健康开展和发展。批评的评价机制必须保证评价标准正确、准确地运用。批评家对批评标准的把握和运用是需要评价机制的引导和规定的，评价机制就必须对批评家有所要求和规范，确立批评家的批评态度、批评观、批评思维、批评方法，既要保证批评家在坚持批评原则的前提下依据批评标准，又要保证批评家在运用标准时的灵活性和主体性，这样才能使评价标准在具体的批评活动实践中既有原则性，又有灵活性。

总之，批评的评价机制不仅建立和设置评价标准，保证评价标准的准确、正确实施和运用，而且建立和设置了评价标准的自我调整、自我完善、不断更新、不断发展的机制，从而使评价机制与评价标准在互动中促进和发展。

三 批评机制作为文学活动的动力机制

将文学视为活动，就必须一方面将文学视为一个动态的、发展的过程和行为，也就是说将文学放置于人类的实践活动、精神活动中来认识；另一方面将文学视为世界、作者、作品、读者四要素综合互动的整体活动和行为，从而将文学创作活动和文学欣赏、批评活动联系起来。批评的评价机制实质上也是作为文学活动的动力机制驱动文学活动的开展，不仅驱动作者的创作活动，而且驱动读者的接受活动，并将两者联系起来使之形成文学活动的整体性。

其一，将文学活动作为人类交流活动来看待，批评的评价机制是驱动这一人类交流活动开展的机制。正如比利时批评家乔治·布莱在《批评意识》一书的"引言"开篇明义地指出："阅读行为（这是一切真正的批评思维的归宿）意味着两个意识的结合，即读者的意识和作者的意识的结合。"[①] 也就是说批评意识实质上是作者意识与读者意识的沟通、交流和结合。文学活动中作者与读者的交流之所以能在平等交流中对话，其根本因素就在于大家都遵循所认同的评价标准和原则，大家都遵守文学活动的游戏规则和规范。作者与读者的交流实质上也是人与人、人与社会、人与自我的交流，通过文学活动这种形式以及文学作品这一中介，才使交流活动和行为成为现实。在交流活动中，作者与读者互为主体，创作的价值取向和评价标准与接受的价值取向、评价标准在交流沟通中趋向统一，其主要原因就是批评的评价机制使两者统一起来。在交流行为中，作者赋予作品以生命，使作品充分体现作者的价值取向和评价标准；读者也赋予作品以生命，使作品也充分体现读者的价值取向和评价标准。两者在作品这一中介身上获得统一，其重要原因也是批评评价机制的作用所为。因此，评价机制是文学活动得以实现交流的条件和保证。

其二，将文学活动视为艺术生产活动，批评的评价机制就成为艺术生产的动力机制。艺术生产除遵循艺术规律和艺术价值原则之外，还必须遵循生产规律和生产价值原则。也就是说艺术生产必须遵循市场规律和价值规律。

[①] [比]乔治·布莱：《批评意识》，郭宏安译，广西师范大学出版社2002年版，第3页。

艺术生产的产品的价值及其作为市场销售的商品必须具有能满足市场消费需要的价值，这就决定了其生产者和消费者对产品的价值取向、价值追求，也决定了其构成的生产关系从本质上说是价值关系以及由生产、流通、销售、消费等一系列活动过程和行为的价值需要和追求的驱动机制，更决定其生产流程和市场流通的价值规律和规则。因此，批评的评价机制不仅仅是对文学及文学活动的艺术审美价值的评价，而且是对其艺术生产与艺术市场所产生的价值的评价。批评的评价机制在一定程度上也建立起艺术生产、艺术市场、艺术消费的规则和标准。如同产品检验一样对其质量和价值进行评价，从而确立产品的质量和价值，同时也确立产品生产、流通、销售、消费的价值取向和价值追求规则，作为机制以保证艺术生产的正常健康有序地进行和保证艺术产品的质量和价值。

其三，将文学活动视为人类的精神活动，批评的评价机制也是推动精神活动开展和发展的动力。人类精神活动与物质活动是两大基本活动，虽然两者有很大区别，但也有紧密联系。从人类活动的发展历程来看，经历过合—分—合的发展阶段，精神活动与物质活动已呈现出合流和协调发展的趋向。其原因不仅在于两者有紧密关系和共同点，而且在于无论是物质活动还是精神活动，都遵循价值规律和价值原则。人类对精神活动的追求是基于人类对精神价值的肯定和需要的，因而批评作为文学价值评价机制，驱动文学活动开展和发展的同时也驱动精神活动的开展和发展，并使文学活动的精神价值凸显。因此，文学评价所确立的真善美价值取向和价值标准，是人类精神价值的集中体现，也是人类精神活动都应追求和遵循的价值取向和标准。从这个意义而言，文学活动价值评价与精神活动价值评价从本质上说是统一的，两者是互动和共生的。可以说，文学评价机制实质上也是人类精神活动及其精神价值的评价机制，批评在推动文学活动发展的同时也推动精神活动的发展，推动精神文明建设和先进文化的建设。

其四，批评的评价机制推动了人类社会实践活动的发展。文学是人类的社会实践活动的一种形式，文学不仅带有人类社会实践活动的性质和特征，而且从文学发展趋势看，文学与人类社会实践活动的关系越来越紧密，出现了艺术生活化、生活艺术化，而且互动、融合发展的趋向。文学的社会实践性在于文学根源于生活又作用于生活。虽然文学提供了高于生活的理想化追求，但其落脚点在现实生活中，并将理想生活与现实生活统一起来，从而将现实生活提升和改造为理想生活。这一循环往复的现实与理想的转换过程就是依靠评价机制的推动，这既有审美评价、艺术评价与社会评价的因素，又有通过批评而将审美评价、艺术评价与社会评价统一起来的因素。因此，批评的评价机制不仅推动了文学艺术活动的开展与发展，而且推动了文学艺术与社会现实生活的互动关系的构成及两者的转换活动。从这一角度而言，批评的评价机制通过文学活动作用于社会活动，文学的评价规则、评价标准、评价取向、评价态度及评价系统，也就转换成社会的评价系统，从而也潜在对社会生活和社会活动起着规范、引导、感化、改造等作用。如果说社会评价是从显性和实在的形式对社会生活及人们的活动行为进行评价从而推动社会制度、秩序、规则建立以维持和维护社会正常运转的话，那么文学艺术和审美评价则是以隐性和虚拟的形式而实现的社会评价，与社会制度相应而建立起文学制度、艺术制度、审美制度的形式，确立文艺和审美的秩序及规则，从观念和意识形态以及制度上影响人们的活动和行为，推动人们的精神世界和情感世界的建立和完善，从而在人的内部精神机制的驱动下更为内在地推动人的活动和行为的实施并做出对其活动和行为的价值评价。

因此，批评的评价机制从狭义而言是推动文学开展和发展的动力机制；从广义而言，是推动人们的社会实践活动和行为实施及发展的动力机制。批评的评价机制从文学艺术和审美角度对社会评价机制进行了完善和补偿，同时也作为社会评价机制的必要构成部分而对社会发展起着不可替代的重要作用。换一个角度看，批评的评价机制也受制于社会评价机制的影响和作用，其审美评价、艺术评价的根基也建立在社会评价的基础之上，从而才能在通过审美与文学艺术活动影响和推动人类的社会实践活动的同时通过人类的社会实践活动影响和推动审美与文学艺术活动，并在互动互补中使两者有机结合统一起来。

从文学及其批评的发展趋向来看，文学与人类社会实践活动的联系通过文化中介正日益拉近距离。当前，文学批评发展呈多元化趋向，但其中的文化批评最引人注目。文化批评的活力和生命力就在于其把握的文化评价原则和尺度，能有效地揭示文学与人类的社会实践活动，尤其是符号化的文化活动的紧密联系。国际文学理论学会主席、美国批评家希利斯·米勒充分肯定了文化批评的方向，同时也肯定了中国学者的文化批评研究，他指出："我感觉中国所进行的文化研究发展也很快，和美国所进行的文化研究基本上相同。我对此的态度是，这是很令人激动、也很有意思的事情……我认为这种新的形式带来很多新方法、新的思考方式，这都是很好的事情。"[①] 文化批评或者说批评的文化评价取向在一定意义上说设置了文化评价价值标准及其评价体系，不仅能用以评价文学，而且能用以评价文化，从而推动了文学与文化的互动发展。

综上所述，批评的评价机制既具有隶属人类的社会评价机制的共同属性和功用，也有其独立的审美评价、艺术评价的特殊属性和功用。批评的评价机制不仅对文学艺术活动而言是必要的，而且对于社会实践活动而言也是必要的。批评的评价机制也不仅是人类从自身存在、发展、需要出发而建立起来的机制，而且是人类社会从其存在、发展的需要出发而建立起来的机制。通过评价才能有效保证人类的活动和行为的开展和发展，保证人类活动行为

[①] 见周玉宁《"我对文学的未来是有安全感的"——希利斯·米勒访谈录》，《文艺报》2004年6月24日，第2版。

的结果和价值有效的实现。因此，批评无论对于文学而言还是社会而言都是十分必要和重要的。批评机制的建立也是文学活动和社会活动的秩序、规则的建立，保证了文学制度、审美制度、社会制度的完善和发展。同时，不仅保证了人类的创造活动和行为的实现，而且保证了人类的评价需要及其评价活动行为的实现。

第四节　文学批评机制的制度化建设

　　文学批评的评价制度是文艺制度和制度化建设中的重要因素和不可或缺的重要环节。文学评价是推动文艺优胜劣汰发展和激励文艺生产积极性的机制，更是文艺生产和消费交流的活动机制。批评活动和文学活动始终离不开其评价机制，文艺评价在现代社会中有多种表现形式，针对多种形式评价制度的设立是尤为必要的，但是目前文学批评的评价制度仍存在着许多问题。因此，形成文艺评价体系、评价取向、评价规则、评价标准和评价秩序，建立起一个公平、公正、有序的文学批评的评价制度显得尤为迫切。

一　文学批评及文学评价体系建设

　　文学批评是对文学进行价值判断和评价的行为及活动。现今对批评的定义和内涵的界定众说纷纭，但批评作为文学评价则是大家的共识。批评主要是以评价功能作为文学机制促进文学发展的。文学批评是一种在文学活动中对文学进行评价和再创造的审美意识形态。批评对文本的评价和"批评"不仅是对文学性内容的批评，而且是一种再创造行为，是针对文学生产而言的"再生产"，是对文学意义和价值的延伸。

　　文学批评是通过评论、分析、判断对文学作品的是非、优劣的价值的评价活动。文学批评是对作家作品及其文学现象进行分析、阐释和评价的一种形式，其主要功用是评价，文学批评将文学评价作为机制推动文学批评活动健康有序的发展。文学批评的功用是多方面、多层次、多角度的，比如对文学作品的评价作用，对作家的反思、提升作用，对读者的引导和帮助作用，对文学理论的建构和完善作用，对文学实践的总结和升华作用，等等。虽然批评的功用有很多，但其最核心和最基本的功用是批评的评价功用。批评最为本质的功用是评价，批评的其他功用都必须受制于这一评价功用。因为评价不仅是衡量作品准确性的标准，而且其他功用也因包含评价的因素而带有价值评价取向，更重要的是通过对作品的评价能够使批评成为推动文学生产和发展的最基本的动力和机制。

文学批评实际上就是文学评价，评价是批评的本质所在。批评机制要实现其作为文学机制的功用，就必须建立其评价系统，包括评价体系、评价标准、评价原则、评价方法和评价取向等。总之，批评机制实质上就是评价机制，批评依赖评价推动文学的生产和发展，贯穿于文学活动的整个过程。也就是说，文学批评是以评价作为文学的动力机制和运作机制的，反之，文学评价又以文学批评为核心，将批评作为评价的最重要和主要形式，以批评推动文学的繁荣和发展。批评不仅是一种对对象价值的评价，而且是一种对文艺制度建构的行为，评价行为和评价活动所遵循的评价标准、评价方式、评价立场、评价理论等要素无形中就构成了评价制度的内容，也构成了文艺制度的内容。评价制度建设首先必须确立正确有效的评价导向，以作为文学评价的标准和原则，通过评价机制对文学发展起着积极推动作用。

文学批评常常通过文学教育方式、文学期刊出版发表方式、文学媒介及其网络传播方式、文学图书收藏借阅方式、文学史及其学术研究方式、文学评奖方式、文学新闻宣传方式、文化市场营销方式、艺术生产及其生产链与艺术链方式等，间接或直接地对文学进行评价，从而影响和推动文艺发展。文学评价与批评评价，是有机融合的和谐统一体。这些评价机制只有建立其自身的规则和制度，获得文艺制度的保障和规范，才能推动评价制度、体制、机制的发展与建设。文学评价在价值观、价值体系和价值标准中起主导方向的作用，它从根本上对文学的性质和功用进行规定，以保障文学健康有序地发展，规范文学功用得以有效实现。因此，只有完善评价制度，才能够确立其文学观、价值观和评价标准。而文学作为人类认识和评价世界及审视自身的特殊方式，只有建立起正确的评价观、价值取向和评价标准，才能引领社会朝着健康进步的方向前进，因此也关系着文学发展方向的重大问题。

批评的评价制度是文学制度的重要构成内容。文学批评是文学制度的一个重要组成部分，它通过其评价功能建立和维护文学秩序和规则，促使文学及文学活动制度化、合法化、有序化。因此，批评的评价制度对于文学秩序和规则的建立起着至关重要的作用，批评表征了文学的秩序和规则。文学活动的开展和发展只有遵守这些秩序和规则，才能确保文学健康有序地发展。文学活动的社会性、交流性、参与性的性质特点决定了它与人类其他活动一样都必须遵循规律和规则，文学规则能最大限度地规范文学活动的行为，保证其合理性和有效性，有利于文学公平、公正、公开的竞争活动的开展。因此，在文学制度下建立起批评的评价制度及评价体制和机制是非常必要的，只有建立公平、公正、科学的评价制度才能有效地推动文学的健康发展。

文学评价形式是多种多样的，文学评论不仅担负着批评作家作品的任务，而且更为重要的是建立起一个公平、公正、有序的文学评价制度，形成文学评价体系、评价取向、评价规则、评价标准和评价秩序。以往官方评价和社会意识形态评价是一种单一的评价机制，它缺乏民间评价、群众评价、专家评价的参与。因此，通过各种途径的多视角评论有助于激活评价机制，有助于评价呈现出对话交流的多种形式，从而强化批评的科学性、合理性，使评价更公正、更公平、更公开。与过去不同，文艺评价在现代社会中有多种表现形式。比如：以批评家的文艺批评为核心，综合社会批评的各种因素，对文学起推动作用的文艺批评形式；各类文艺评价活动、排行榜活动、问卷调查、群众投票评选、网络投票、手机信息等文学评比形式；文学专业的课程设置、开设文学讲座、教材篇目的选择等教育制度的形式；文学史、文学课题、文学学科建设、文学研究成果等文学研究的形式；广告、宣传、表彰等官方意识形态和大众传媒的推荐形式；等等。评价的多渠道为评价制度注入了新的活力，使评价制度更多元、更完善、更健全。

针对多种形式的批评的评价制度的设立是尤为必要的，但是目前评价制度仍存在许多问题。一是评价取向、评价目的、评价标准、评价立场呈多元化和多样化现象。这种看似有利于文艺"百花齐放、百家争鸣"，其实会带来仁者见仁、智者见智的评价分歧，也会导致无法确立正确的评价方向和准确的评价目标的矛盾和悖论。二是评价缺少规则和有序的秩序。参与游戏者不遵守规则，即使破坏秩序也不会得到惩罚而导致评价的不公平。三是评价随心所欲、感情用事，不讲诚信、不实事求是，或捧杀，或随波逐流，或媚俗从众，从而失去了批评和评价的意义。四是评价常常屈服于权力、权威、世俗名利等外界干扰，甚至出现批评腐败、学术腐败等现象，严重破坏了批评的形象和批评效果。

批评和评价产生的问题和弊端其实就是评价制度存在的弊端和问题，因此，评价制度存在的问题、矛盾、弊端使批评正面临着困境和危机。随着社会主义市场经济的发展，文学评价作为文学生产与消费的中间环节，有着举足轻重的地位，因而对评价制度也提出了新的要求。所以，文学批评的评价制度、体制的改革、更新和转换就成了现今的当务之急。

二　文学批评评价制度机制改革

随着社会与文艺的飞速发展，文学批评的评价制度也日益显示出某些不适应社会和文学发展的弊端和局限性。评价制度在保障和规范文艺活动中有积极的一面也有消极的一面。由于评价制度本身的性质及价值取向的导向性因素，所以批评的评价制度、体制、机制在文学活动中的作用是有积极的一面的。但是评价制度又不可避免地从文艺制度中带来制度性弊端和局限性。其制度化、体制化形成的弊端，给文学活动带来了一些消极的影响，因此，文学活动必须建立起适合文学规律的制度、体制和机制，使文学活动得到保障和规范，更健康有序地发展。

文学批评的评价制度与文艺规律的矛盾其实是文艺自主性与制度化的矛盾。文艺运行和发展始终受制于来自评价制度和文艺规律的双重规定，从而得到保障和规范。即评价制度必须遵循文艺规律和规则来改革、转换和建设，反之，文艺规律也必须获得评价制度的认同和保障才能得以实现。因此两者是交融和统一的。但是，评价制度和文艺规律又是矛盾对立的，评价制度有一整套制度化、体制化、模式化的人为规定的规则、措施、手段以规范、制约、限定文学评论，会对文艺起到限制的反作用，要以牺牲评论主体的个性、自主性、自由性和独创性为代价。布迪厄在《艺术的法则》中指出"这是一个矛盾的世界"，是"反制度化的制度形式"，"相对于制度的自由就体现在制度本身"。① 因此，文艺作为意识形态的审美形式有着自身的内部规律和规则，它在最大限度上追求精神的自由和创作的个性，可是这种追求自由的创作本质上却是反制度、反规则的。因而就形成了评价制度与文艺规律的矛盾和悖论。

评奖制度是否公平就是评价制度问题的体现。现在已经沸沸扬扬的各种文学奖就有着很大的争议。就评奖的实际情况而言，由于对评选结果不满而引发对评选标准及其具体操作的诸多非议。尽管文学奖评选设置了评奖办法并形成了一整套的方法、制度、原则、程序、规定等，并获得党政主管部门审查通过，也获得作协及其作家代表会议审议通过，但作家的创作自由及其

---

① [法]布迪厄：《艺术的法则：文学场的生成和结构》，刘晖译，中央编译出版社2001年版，第306页。

民主要求还是与这些制度设置的规则形成了互相制约的矛盾与悖论。有关文学奖的争议和质疑很多，但主要体现在三个方面：权力性、偶然性与公正性。比如，因评价制度与政治权力的难分难解使文学的独立性有所丧失；因偶然疏忽导致"遗珠之憾"；因评委的审美趣味、主旋律的硬性要求、文学潮流的影响与媒体推动以及作品思想内涵与艺术形式多样性所可能引起的争议；等等，这些因素都潜在而有力地影响评奖的进程与结果。评奖机制有着自身的规则和评价标准，"评价标准是由文学性标准、审美性标准和社会综合性标准三元构成的结构系统，并与其他评价因素一道构成一个完整的评价体系"[①]。但是道理如此，操作起来则并非如此，评奖标准似乎有，又似乎形同虚设。与评选标准一起受到质疑的还有评委会组织机构、评委构成、评委确定、评委身份等问题，就连评选程序、过程、结果也遭到广泛质疑：如任意改变评选时间，相关人士的幕后活动，评奖进程未及时公布以及结果出人意料，等等。因此，文学奖仍需要继续完善。首先应增加评选透明度。保证最大限度的公开、公正、公平，坚决杜绝走后门、请客送礼以及托关系等不正之风。其次，转换并拓展评奖理念，时代在变，审美观念在变，评奖的标准就必然要发生变化，所以必须在面对历史的挑战中生存，在顺应历史的潮流中发展。因此，只有继续完善文学奖的评选机制和评选过程，才能有力地促进文学奖的公平性，从而促进评价制度的完善和健全。

由此可见，有制度就会形成制度性保障和规范，也会存在一定的制度化弊端。任何制度形式都会以制度化、体制化的方式呈现，因而不可避免地带来被动性、强制性、惩罚性的限制与规范内容。尤其是作为人类精神活动的文学，其个性自主的创造、无实用功利性的审美价值追求、自由生产活动的特征形成一定的矛盾；文学制度的不健全、不完善所形成制度缺

[①] 张利群：《论文学评价标准的三元构成与建构条件》，《文学评论》2007 年第 1 期。

陷以及制度性弊端更加剧矛盾，使体制化、制度化弊端更加明显。针对这些弊端，解决途径有：一是完善评价制度，将其不完善的内容补足；二是找出评价制度中存在的弊端，解决评价制度存在的问题和矛盾；三是调整和转换评价制度不适应社会和文艺发展的落后内容；四是尽量减少评价制度所带来的负面作用和消极性；五是评价制度应建立起制度自身的制度和机制，包括评价制度的批评与自我批评机制，评价制度设置和确立的制度和机制；六是评价制度自身保护、保障、传承发展的制度和机制，评价制度自身改革、调整和转换的制度和机制；七是评价制度监督、审查、评估、交流、反馈的制度和机制等。

三 文学批评评价机制转换

文学批评的评价制度是在不断建构和完善中发展的，它的建立和建设需要不断改革、补充和完善。加强评价制度自身建设，是增强文艺制度的活力和生命力的重要途径，也是解决评价制度自身的矛盾及悖论的重要途径。因此，评价制度一方面需要依赖于社会综合因素的力量以加强建设，同时还要依赖于文艺制度内部的力量，通过制度自身的自我调节、自我完善的力量来加强建设，使其制度形式更合理、更健全、更有利于文艺的发展；另一方面评价制度要以制度化的形式来保障和维护文学评价制度的运行和实施，推动评价制度的更新、完善和发展。只有这样才可能解决评价制度的矛盾和悖论。

文学体制的核心是国家行政化的组织管理机构制度，而这种组织管理制度所代表的是国家意识形态权力的强制力量。这种强制力量表现为有形和无形的制度力量和精神力量，如意识形态对精神思想的控制权力，行政制度和体制及其组织机构对作家的单位身份、组织身份、社会身份的确认，制度给予作家政治、文化、经济资源的保障及其掌控，等等。中国文艺评价制度的改革和发展自从进入新时期后在改革开放中取得了局部的、阶段性的改革成果，尽管文艺评价制度仍存在着制度、体制、机制等一系列矛盾和问题，但也取得了前所未有的发展机遇。党和政府也十分重视文化体制改革，在取得经济与经济的体制改革成果和经验的基础上，提出了文化体制改革。党的十六大报告中提出了"文化建设和文化体制改革"的构思和蓝图；党的十六大四中全会又提出"深化文化体制改革，解放和发展生产力"的目标，将文化体制改革提高到解放和发展文化生产力、促进文化事业繁荣发展的高度，提高了国民素质，增强了国家综合实力，为文化体制改革确立了方向。通过党和国家制定的文艺方针、路线、方向保证文艺体制性质、属性和功用，通过政府行为和代表大会形式产生的文艺法规，或通过文艺建制、编制、经费投入、所有权、使用权等形式保证文艺体制形式及其内容。

评价体制只有在国家的支持和宏观调控之下才能不断完善。评价体制应该严格按照科学方式进行规范、自觉、有序的制度管理，通过一整套科学程序、系统、组织、机构、设施等进行科学管理。因此，应从五方面对评价体制进行改革。

首先，通过政府行为和代表大会形式方法制定文学评价制度的规则。建立公平、公正、公开的评价标准，实行奖励制度促进评价机制得以顺利进行；通过党和国家制定的文艺方针、路线、方向保证评价体制性质、属性、功用；通过文艺建制、编制、经费投入、所有权、使用权等形式保证评价体制形式及其内容。其次，对从中央到地方的文艺管理体制进行改革。一是提高管理效率，管理职能与其他职能分离，落实文艺行政管理的职能；二是依法行政的同时依文行政，按照文艺规律和针对文艺特殊性行政；三是实行政企分开，精兵简政。另外，要看到文艺管理的重要性，在管理机构中增设文艺产业的管理职能是十分必要的。再次，在文艺单位中实施文艺企业与文艺事业的分离、经营性单位与非经营性单位或公益性单位的分离。为了使评价制度更好地适应市场经济发展，一方面要以市场机制代替计划机制，解放文艺生产力，另一方面文艺事业单位和公益性文艺单位能在体制保障下更好地在市场经济环境中生存和发展。复次，评价体制的复杂性和多样性。文艺企事业单位中存在着国家、集体、私营、外资、公私合营、股份制等多种所有制度形式。无论是国营还是私营的体制形式，在评价制度中的活动都受到体制的保障和保护。国有文艺企业、产业和私营企业都必须按照市场经济机制运行。但是，文艺事业单位也不能仅依赖国家体制的保障和保护，而应该建立起适合市场经济体制运行的机制，改革和调整内部结构和转换运行方式，逐步使一些事业单位分离出来而成为企业、产业单位，扩大文艺市场的份额和范围。最后，体制创新还需要通过市场经济体制培育新型的文艺企业、产业和事业单位。为了更有利于各司其职、各尽其能，单位的产业性质、所有制应加以区分。还有文艺单位存在着"计划体制，市场机制"的情况，所以为了达到体制上创新，新兴的文艺单位体制性应是融产业、企业、事业性质和职责为一体的。

文学批评作为文学生产和文学消费的活动机制，主要是依靠其评价机制而产生作用和影响的。文学批评与文学一样，都需要一个活动机制来驱动，机制是推动文艺运行和发展的动力系统。文学评价是推动文学活动和行为的动力机制，是影响和检验文学生产的动机、意图和效果的评价机制。社会主义市场经济中评价机制的建立、运作和建设也是一个不断完善的过程。因此用发展的眼光看，传统的评价机制是需要改革和转换的；现在正在运作的评价机制也是不完善的，也需要改革和建设，将思路推向改革和创新，寻找最佳的评价机制来推动文学发展。

文学评价不仅担负着评价作者和作品的任务，而且要建立起一个公平、公正、有序的评价制度。过往官方评价和社会的单一评价机制已经被民间评价、群众评价、专家评价等多元视角所取代。因此通过整合和激活评价机制广开评论渠道才能使文艺评论更公正、更公平、更公开。文学评价是推动文艺优胜劣汰的机制，它激励着文艺生产的积极性，因此，应在社会和文艺的关系中寻找一个整合点和突破口，强化其批评动机和批评意图，寻找到文学批评的最佳评价制度。批评作为推动文学运转和发展的评价机制是以评价标准为依据的。文艺机制的转换就意味着评价标准的规范和保障。只有通过评价机制转换理顺机制才能使文学健康有序地发展。评价机制可以从三个方面来进行转换。

其一，评价机制与市场经济机制在运作中并不完全协调，还有待进一步从深层次改革。从效益原则出发，经济投入机制是指项目拨款以保证工作和活动的正常开展，并保证经济效益。比如政府下达的指示，对广西南宁民歌节和《印象刘三姐》的文学评价研究，文化厅拨款数十万元，这充分体现了经济投入机制对文学评价机制的重要作用。但是也有很多值得研讨的项目却没有得到相应的拨款而导致了对文学作品的一种不公平待遇。因此，对重大的批评和理论成果也应给予扶持和资助，使其具有导向和典范作用。因此，文艺运行和发展需要资金、资源的投入。一改计划经济下的国家资本单一投入形式的局限性，多渠道地设置投入机制，大力引进外资、民间资本、非文化的经济资本以及合资、融资等形式的资金，形成多渠道的投入资金来源和雄厚的资本积累基础，才能保证在市场经济下的评价机制得到足够的资金投入和支撑来运行和发展。

其二，从政治评价的机制来看，政治的运作机制是指政治机构构成的社会效益，一方面政府支持、组织文艺活动，通过传播媒体进行宣传和表彰，另一方面政府通过指令性和指导性的行政行为和手段下达文艺计划和任务。各上层建筑部门和意识形态都会发出政府（官方）批评和社会批评的声音，从政治角度或从文化角度，从法律角度或从经济、历史、道德角度等各自不同的角度、不同的取向、不同的方式对文学进行评价，从而形成批评的态势和社会反响，构成对文学的评价及其评论语境，并作为机制影响文学的生产、消费和发展。马克思主义认为"统治者的思想在每一时代都是占统治地位的思想"①，社会意识形态不仅仅是约定俗成的社会惯例和风俗习性的力量所为，而且更为重要的是统治者的权力所为。因此必须对政治评价体制进行改革，政府行政管理部门应逐步与文艺和批评的运作脱钩，应使批评机制逐步市场化，在市场经济中转换评价机制。保证评价运作机制的公平、公正、公开，从而对批评和批评家产生动力作用，驱动批评活动运转和发展。

其三，评价机制通过评奖以驱动文艺活动和文艺竞争活动。王本朝认为："文学奖励的形式多种多样，有政府奖励和民间奖励，杂志社同人的奖励和个人的奖励，等等，严格来说，现代文学的奖励机制还没有真正建立起来，既不成形也不完善。"②比如茅盾文学奖，它的评价机制原意是好的，本是为纪念伟大先驱茅盾，还有检阅新时期以来的文学成就，而成立茅盾文学奖金委员会。可是事与愿违的是产生了很多对茅盾文学奖的公平性的质疑和争议。评价机制以其奖罚竞争的强化方式会对人的个性、感性、自由进行约束和规范，从而形成制度化弊端。因此必须调节文艺评价机制，建立一整套监督部门、公正部门，从实际出发建立起公平、公正、公开的评奖制度。

评价在市场经济大潮中必须转换运作机制，必须寻找新的动力来推动评价发展。评价作为文化以自我实现作为运作机制和活动原则，就不能仅仅局限在批评自身的内部机制和原则上，而应适合市场经济的发展，建立合理的协调的批评外部机制，在一定程度上运用经济的效益原则来激活批评的改革和转型。因此，评价机制应有一个正确的导向和动力，评价机制不仅是推动批评开展和批评活动的动力，而且是推动批评自身改革和转型的动力，是使批评不断提高品位和质量的动力。因此，通过机制转换进行对自身的调整、

---

① 马克思、恩格斯：《德意志意识形态》，《马克思恩格斯选集》第一卷，人民出版社1972年版，第52页。
② 王本朝：《中国现代文学制度研究》，西南师范大学出版社2002年版，第125页。

完善、更新、发展，保证评价标准的正确实施和运作，从而使评价机制与评价标准在互动中发展。

综上所述，在社会主义市场经济和"全球化""现代化"的多重文化语境下对批评的评价制度的建构是十分必要的。评价制度的改革只有立足创新，与时俱进，针对其中存在的问题、弊端、不足进行制度、体制、机制的改革和转换，才能在文艺制度下真正建立起符合社会主义市场经济和文艺发展的公平、公正、科学的评价制度及评价体制和机制，进而有效地推动文学健康有序地发展。

第三章　文学批评的马克思主义理论基础

中国现代批评在百年发展的进程中逐步确立马克思主义指导思想的核心价值取向。"十月革命一声炮响，给我们送来了马克思列宁主义。"[①] 马克思主义不仅是指导中国现代化思想的理论基础，而且是指导文学批评现代化思想的理论基础。文学批评确立马克思主义指导思想的核心价值取向，不仅是批评立场、观点和方法问题，而且是批评思想基础、理论体系和价值取向、评价取向的问题，也就是世界观和方法论问题。百年前中国接受马克思主义时，既有当时马克思主义正处于高潮而在全世界迅猛传播的历史原因和时代情境，又有中国当时所面临的启蒙、救亡以及反封反帝而寻求真理的社会现实需求语境，从而面对转型时期纷繁复杂的思想潮流，从无政府主义、自由主义、改良主义、实用主义等形形色色的思潮中选择和确立了马克思主义。在百年现代化进程的实践中充分证明了选择的必要性与必然性，也证明了正确性与合理性。

当前，尽管国际共产主义运动遭受挫折、苏联以及东欧社会主义国家相继解体、马克思主义在世界各国处于低潮时期，但并不因此而证明

[①] 毛泽东：《论人民民主专政》，《毛泽东选集》，人民出版社1966年版，第1476页。

马克思主义"过时";尽管在中国当下多元化和市场化语境中,各种思潮及形形色色的思想更为自由和开放,马克思主义甚至会遭受来自非马克思主义甚至反马克思主义的"质疑"和"非议",但也并不因此说明马克思主义"边缘化"。马克思主义不仅在世界范围内的思想领域中更为深入持久地传播,在西方马克思主义思潮中不断发展,而且在中国化的马克思主义建设和发展中,更具有活力和生命力,更具有当代性和鲜明的中国特色。在文学理论与批评领域,无论是西方马克思主义还是中国马克思主义,都做出了马克思主义当代发展的贡献,使之不仅成为科学理论学说,而且成为指导思想和理论基础,对文学理论与批评的现代发展具有重要作用和意义。

第一节 文学批评的马克思主义指导思想

文学批评必须具备坚实的哲学理论基础,也必须在世界观及方法论上奠定思想基础,构建核心价值观及其核心价值体系,使之作为文学批评核心价值的价值源,这就需要拥有马克思主义的科学的思想理论体系及其先进的世界观和方法论。毛泽东在延安文艺座谈会上指出:"文艺工作者应该学习文艺创作,这是对的,但是马克思列宁主义是一切革命者都应该学习的科学,文艺工作者不能是例外";"我们说的马克思主义,是要在群众斗争里实际发生作用的活马克思主义,不是口头上的马克思主义";"学习马克思主义,是要我们用辩证唯物论和历史唯物论观点去观察世界,观察社会,观察文学艺术,并不是要我们在文学艺术作品中写哲学讲义。马克思主义只能包括而不能代替文艺创作中的现实主义,正如它只能包括而不能代替物理科学中的原子论、电子论一样。空洞干燥的教条公式是要破坏创作情绪的,但是它不但破坏创作情绪,而且首先破坏了马克思主义。"① 毛泽东在强调学习马克思主义的同时反对教条主义、本本主义、口头主义以及不尊重社会实践、中国现实和文艺规律的错误倾向,强调马克思主义的普遍真理与中国社会现实实践的结合,从而开创了马克思主义中国化之路,确立马克思主义指导思想和理论基础在核心价值体系中的地位。

一 文学批评的马克思主义哲学基石

对于文学批评的思想理论基础而言,马克思主义辩证唯物主义和历史唯物主义成为文学批评的哲学基石。

其一,批评在存在与意识、物质与精神关系上奠定辩证唯物主义与历史唯物主义基础。阿尔都塞在《保卫马克思》一书序言中认为:"马克思的著作本身就是科学,而过去,人们却要我们把科学当作一般的意识形态。因此,我们必须退却,而在这样的混乱状态下,必须从复习知识开始。"② 这虽在一定程度上纠正将马克思主义简单视为某一阶级意识形态而未能将其作为人类优秀思想资源来看待的某些局限性,从而试图开辟由马克思主义意识形态化转向马克思主义科学化的研究途径;但不可否认的是世界观和方法也需要以先进科学的思想理论体系为基础,意识形态与科学体系之间存在一定的联系。因而,马克思主义既是先进的世界观,又是科学的方法论,它们都建立在存在决定意识、物质决定精神的唯物主义认识论基础上。马克思指出:"物质生活的生产方式制约着整个社会生活、政治生活和精神生活的过程。不是人们的意识决定人们的存在,相反,是人们的社会存在决定人们的意识。"③ "思想、观念、意识的生产最初是直接与人们的物质活动,与人们的物质交往,

---

① 毛泽东:《在延安文艺座谈会上的讲话》,《毛泽东选集》,人民出版社1966年版,第875页。
② [法]路易·阿尔都塞:《保卫马克思》,顾良译,商务印书馆1984年版,第2页。
③ 马克思:《〈政治经济学批判〉序言》,《马克思恩格斯选集》第二卷,人民出版社1972年版,第82页。

与现实生活的语言交织在一起的。观念、思维、人们的精神交往在这里还是人们的物质关系的直接产物。表现在某一民族的政治、法律、道德、宗教、形而上学等的语言中的精神生产也是这样"。① 同时，发展变化还决定精神意识的发展变化，"人们的观念、观点和概念，一句话，人们的意识，随着人们的生活条件、人们的社会关系、人们的社会存在的改变而改变"②。这既说明唯物论与唯心论的本质区别，也说明马克思主义坚持辩证唯物主义的反映论和认识论的合理性与正确性。文学批评作为人类精神意识活动，应该受到物质存在的制约和决定，批评对文学的评价恰恰是通过揭示文学精神意识属性从而在意识与存在、精神与物质的关系中展开文学丰富深厚的社会属性及其人类社会生存和存在的本质属性。同时，中国现代批评对马克思主义辩证唯物论的接受，也在一定程度上从认识论、反映论的世界观和方法论角度奠定了现实主义文学及批评的哲学基础，在中国文坛形成百年历史传统和当代文坛的主潮。

其二，批评的辩证方法与历史方法统一的方法论基础。马克思主义坚持辩证唯物主义和历史唯物主义，既说明与旧唯物主义、机械唯物主义的本质区别，也说明存在与意识、物质与精神的辩证关系。在物质存在对精神意识产生作用的同时，精神意识对物质存在也产生反作用，从而构成彼此间相辅相成、相互作用和相互转化的辩证统一关系。马克思指出："但是理论一经掌握群众，也会变成物质力量。理论只要说服人，就能掌握群众；而理论只要彻底，就能说服人。"③ 恩格斯指出："根据唯物史观，历史过程中的决定性因素归根结底是现实生活的生产和再生产。无论马克思或我都从来没有肯定

---

① 马克思、恩格斯：《德意志意识形态》，《马克思恩格斯选集》第一卷，人民出版社1972年版，第30页。
② 马克思、恩格斯：《共产党宣言》，《马克思恩格斯选集》第一卷，人民出版社1972年版，第270页。
③ 马克思：《黑格尔法哲学批判导言》，《马克思恩格斯选集》第一卷，人民出版社1972年版，第9页。

过比这更多的东西。如果有人在这里加以歪曲，说经济因素是唯一决定性的因素，那么他就是把这个命题变成毫无内容的、抽象的、荒诞无稽的空话。"①因此，马克思主义的唯物论是辩证唯物主义，既与机械唯物主义区别，也与唯心主义的辩证法区别。马克思指出："我的辩证方法，从根本上来说，不仅和黑格尔的辩证方法不同，而且和它截然相反。在黑格尔看来，思维过程，即他称为观念而甚至把它变成独立主体的思维过程，是现实事物的创造主，而现实事物只是思维过程的外部表现。我的看法则相反，观念的东西不外是移入人的头脑并在人的头脑中改造过的物质的东西而已。"② 马克思主义扬弃了黑格尔辩证法中的唯心主义，批判吸收其辩证法的合理因素并进行了改造，尤其是辩证方法与历史方法统一而形成整体性方法论，其科学性与先进性更为彰显，不仅为文学批评提供了坚实方法论基础，而且提供了文学评价的时空拓展的更为广阔的视域，辩证的、历史的评价方法使文学批评具备了科学先进的品质，将文学设置在历史的时间维度和社会时代的空间维度统一的经纬交织的"历史"与"情境"大视域中作整体性把握和评价。

其三，批评在生产方式构成与社会结构构成中的意识形态定位。批评具有意识形态属性，不仅因为批评是人类精神意识活动，具有精神意识性质和特征，而且因为批评最为本质的功能是评价，无论是带有多少评价者的主观评价因素，其社会评价的功能和作用都无可辩驳地说明其意识形态属性。因而马克思主义批评总是通过文学评价而达到社会评价目的，也总是将文学纳入决定人类精神意识活动的生产方式和社会结构中来认识。马克思主义在生产力与生产关系所构成的生产方式、经济基础与上层建筑及意识形态所构成的社会结构的关系中，坚持辩证唯物主义和历史唯物主义基本观点，在强调

---

① 恩格斯：《致约·布洛赫》，《马克思恩格斯选集》第四卷，人民出版社1972年版，第477页。
② 马克思：《资本论》第一卷第二版，《马克思恩格斯选集》第二卷，人民出版社1972年版，第217页。

生产力对生产关系、经济基础对上层建筑及意识形态的决定和制约作用的同时，也强调反作用、相互作用和独立作用。马克思指出："人们在自己生活的社会生产中发生一定的、必然的、不以他们的意志为转移的关系，即同他们的物质生产力的一定发展阶段相适合的生产关系。这些生产关系的总和构成社会的经济结构，即有法律的和政治的上层建筑建立其上并有一定的社会意识形式与之相适应的现实基础。"①"在不同的所有制形式上，在生存的社会条件上，耸立着由各种不同情感、幻想、思想方式和世界观构成的整个上层建筑。整个阶级在它的物质条件和相应的社会关系的基础上创造和构成这一切。"② 这说明，生产力的变革和发展引起生产关系的调整，经济基础的变动引起上层建筑及意识形态的变化，文学批评会受制于生产力、经济基础的变革与发展，也决定了文学批评将文学纳入生产活动中，确立其精神生产、艺术生产、文学生产的评价视角。

同时，以历史唯物主义观点看待生产方式及社会形态的变化发展，揭示社会生产矛盾运动的原因和规律。恩格斯指出："新的事实迫使人们对以往的全部历史作一番新的研究，结果发现：以往的全部历史，除原始状态外，都是阶级斗争的历史；这些互相斗争的社会阶级在任何时候都是生产关系和交换关系的产物，一句话，都是自己时代的经济关系的产物；因而每一时代的社会经济结构形成现实基础，每一历史时期由法律设施和政治设施以及宗教的、哲学的和其他的观点所构成的全部上层建筑，归根结底都是应由这个基础来说明的。"③"人们首先必须吃、喝、住、穿，然后才能从事政治、科学、艺术、宗教等；所以，直接的物质的生活资料的生产，因而一个民族或一个

---

① 马克思：《〈政治经济学批判〉序言》，《马克思恩格斯选集》第二卷，人民出版社1972年版，第82页。
② 马克思：《路易·波拿巴的雾月十八日》，《马克思恩格斯选集》第一卷，人民出版社1972年版，第629页。
③ 恩格斯：《社会主义从空想到科学的发展》，《马克思恩格斯选集》第三卷，人民出版社1976年版，第423页。

时代的一定的经济发展阶段,便构成为基础,人们的国家制度、法的观点、艺术以至宗教观念,就是从这个基础上发展起来的,因而,也必须由这个基础来解释,而不是像过去那样做得相反"。[1] 在此基础上,马克思主义也反复强调生产关系对生产力、上层建筑及意识形态对经济基础的反作用。恩格斯指出:"政治、法律、哲学、宗教、文学、艺术等的发展是以经济发展为基础的。但是,它们又都互相影响并对经济基础发生影响。并不是只有经济状况才是原因,才是积极的,而其余一切都不过是消极的结果。这是在归根结底不断为自己开辟道路的经济必然性的基础上的互相作用。"[2] "当一种历史因素一旦被其他的、归根结底是经济的原因造成的时候,它也影响周围的环境,甚至能够对产生它的原因发生反作用"。[3] 这种反作用不仅在于强调了生产关系、上层建筑及意识形态的积极主动性,而且在于强调了它们对生产力、经济基础的影响和作用。因此,生产力与生产关系、经济基础与上层建筑及其意识形态关系并非简单和单向性的决定与被决定的关系以及二元对立关系,而是两者相生相成与双向互动以及相互作用关系,这就是辩证唯物主义和历史唯物主义既区别于唯心主义又区别于机械唯物主义的关键所在,也是马克思主义意识形态理论的基石所在。

文学批评的意识形态性在于作为人类精神活动及价值评价活动无疑具有意识形态性,这对于文学批评性质或属性的定位而言,需要将其放置在生产力与生产关系、经济基础与上层建筑的辩证关系和相互作用中定位,也就是说放置在存在与意识、人与现实、文学与社会以及人类实践活动的大框架中来确立文学批评的意识形态性以及意识形态功能与作用。关键在于,文学批

---

[1] 恩格斯:《马克思墓前的讲话》,《马克思恩格斯选集》第三卷,人民出版社 1976 年版,第 574 页。
[2] 恩格斯:《致符·博尔吉乌斯》,《马克思恩格斯选集》第四卷,人民出版社 1976 年版,第 506 页。
[3] 恩格斯:《致弗·梅林》,《马克思恩格斯选集》第四卷,人民出版社 1976 年版,第 502 页。

评的意识形态性一方面受制于生产方式、经济基础、社会生活影响，另一方面受制于作为精神活动的特殊规律以及作为特殊精神活动的文学规律影响。因此，文学批评作为意识形态的特殊性在于：既并非被动受制于和被决定于生产方式、经济基础、社会生活，而是积极主动将这一决定作用内化为自觉行为，将被动转化为主动、他律转化为自律、作用转化为积极动力；同时又能通过评价功能积极主动发挥出意识形态反作用，对生产方式、经济基础、社会生活以及人类活动产生积极正面影响。文学批评的意识形态性还在于：对于批评对象的文学而言，文学具有意识形态性价值与审美价值，批评是对其价值进行评价的行为活动，这就需要以意识形态批评视角与审美批评视角整体把握认识文学价值，将文学的意识形态与审美性视为审美意识形态属性、功能、作用、价值整体，既考虑到文学的社会价值与审美价值的统一，又考虑到文学意识形态的普遍性与特殊性统一以及文学规律的他律与自律统一。更为重要的是考虑到文学及其批评的自觉性、主动性和积极性在于内化和转化的功能价值，能够将文学价值构成的意识形态因素内化为和转化为审美因素。这就是文学批评的意识形态定位的积极意义所在，也是文学审美意识形态定位的积极意义所在。

其四，批评对文学规律和独立性的基本认识。文学的意识形态性与审美性关系构成文学的性质、特征、功用以及定位，故而当下文坛提出的审美意识形态命题成为主流和共识。这是建立在马克思主义文艺观、批评观基础上对文学性质的基本认识。马克思、恩格斯将文学作为意识形态的目的是将文学放置在历史与社会的大背景中认识，是一种整体、系统、宏观的总体性认识，有利于对文学的历史性、社会性、时代性、现实性的动态与静态、时间与空间关系与结构的辩证、历史、科学的考察。但他们始终没有忽略文学与一般意识形态不同的特殊性，文学不仅是以形象的、审美的、感性的形式而具有特殊性，而且是以其自身特性、特征及规律而具有独立性。文学的审美意识形态的特殊性和独立性在于以下几个方面。一是文学与社会经济发展的不平衡规律。马克思指出："关于艺术，大家知道，它的一定的繁盛时期绝不是同社会的一般发展成比例的，因而也绝不是同仿佛是社会组织的骨骼的物质基础的一般发展成比例的。"[①] 也就是说除文学随社会发展而发展的正比例发展情况外，还存着不成比例、反比例和拉开距离的不平衡发展情况。二是文学的超越性、自由性、批判性精神与社会世俗和异化现象相敌对。马克思认为："例如资本主义生产就同某些精神生产部门如艺术和诗歌相敌对。"[②] 这就说明艺术、诗歌的精神生产、艺术生产、文学生产与物质生产既具有共性，又具有个性，文艺除遵循生产的一般普遍规律外还必须遵循艺术规律，因而不仅存在物质生产与精神生产的差异性和矛盾性，而且在艺术生产中也存在其生产性与艺术性的矛盾性。三是文艺与现实生活并非简单对应关系从而具有一定的"悬浮性"。恩格斯认为："至于那些更高地悬浮于空中的思想领域，即宗教、哲学等，那末它们都有它们的被历史时期所发现和接受的史前内容，即目前我们不免要称之为谬论的内容。"[③] 文艺与宗教、哲学一样，都因其史前的"神化"以及虚构、想象、理想以及精神追求的内容，而与现实生活存在一定距离，从而"更高悬浮于"现实生活之上。这一方面说明文艺来源于生活而又高于生活、"入乎其内"又"出乎其外"的道理；另一方面也说明文艺具有自身发展规律和传承传统，其史前"神化"性质和现代神话特征使之具有"虚构"性和"象征"性，呈现出现代"神话"形态和"表现"方式。四是文艺具有形象性、审美性、自由性特征，可谓一种独立的、特殊的形象化意识形态、审美意识形态和自由意识形态。马克思认为文艺是

---

① 马克思：《〈政治经济学批判〉导言》，《马克思恩格斯选集》第二卷，人民出版社1972年版，第112—113页。

② 马克思：《资本论》第4卷第1册，《马克思恩格斯全集》第26卷第1册，人民出版社1972年版，第296页。

③ 恩格斯：《致康·施米特》，《马克思恩格斯选集》第四卷，人民出版社1972年版，第484页。

"一定社会形态下自由的精神生产"①，是依循"美的规律"来创造，说明文艺具有自身内在的审美规定性和审美规律，以及"自由精神生产"的特质。因此，马克思主义认为文学批评应该充分认清文艺的特殊性和独立性，认清文艺的审美意识形态性与一般意识形态的联系与区别，从而以"美学观点和历史观点"评价文学和认识文学，确立文学评价的核心价值体系和主导价值取向，引导文学正确发展。同时，批评以马克思主义的辩证唯物论和历史唯物论的世界观和方法作为指导思想，既夯实了批评的哲学基座和理论基础，又加强了批评的核心价值体系的建设。

二　文学批评的马克思主义批评资源及其价值源

中国批评的现代化进程及其现代批评理论建设主要从三个渠道利用和整合资源：一是中国古代文论批评资源，通过继承和革新促使古代文论批评的现代转换，发掘其现代意义和现实价值，立足古为今用、推陈出新；二是西方文论批评资源，通过开放引进、批判性吸收借鉴和文化过滤、文化交流促使"他山之石，可以攻玉"，立足于洋为中用、外为我用；三是马克思主义文论批评资源，通过与中国现实相结合的途径，不仅使马克思主义得到传播和接受，而且使马克思主义中国化，从而成为中国现代文论批评的重要资源和核心构成。在这个意义上说，中国现代文论批评是古今中外打通和融合的产物，也是在以马克思主义文论批评为指导思想和理论基础、以中国古代文论批评为传统和根基、以西方文论批评为基本框架和重要内容的基础上建立起来的，充分体现出马克思主义化、现代化、中国化的特征。

马克思主义文论批评的指导思想和理论基础的重要意义在于，对于中国文论批评的建设和发展而言，一是马克思主义的文论批评观从世界观和方法

---

① 马克思：《资本论》第 4 卷第 1 册，《马克思恩格斯全集》第 26 卷第 1 册，人民出版社 1972 年版，第 296 页。

论角度对于中国文论批评观的建立具有指导和引导的作用，更对确立核心价值体系和主导价值取向具有重要意义；二是马克思主义文论批评资源扩大中国文论批评理论建设和实践发展更为广阔和深化的空间，提供更为宝贵和丰富的开发利用资源，提供了人类最为优秀的精神遗产；三是马克思主义文论批评的中国化使其成为中国现代文论批评中重要的构成内容，马克思主义文论批评思想渗透于文论批评理论体系、知识结构和实践活动过程的方方面面。因此，马克思主义文论批评是中国现代文论批评的灵魂、血脉和躯体，两者血肉相连、融为一体。

从科学分类角度而言，在文艺学学科中分别划分出中国古代文论、西方文论、马克思主义文论等学科类型，使之分别成为学科研究对象和学科研究领域范围。但毫无疑问的是即使是中国古代文论研究、西方文论研究都应该确立马克思主义指导思想的地位；当然并非以马克思的文论研究代替中国古代文论、西方文论研究，而是应确立研究的指导思想，确立辩证唯物主义和历史唯物主义的世界观和方法观。对于文艺学学科构成的文学理论、文学史、文学批评研究而言，马克思主义文论批评既是指导思想和理论基础，也是理论资源、理论武器、理论构成，既是文艺学的元理论、元批评和元研究，也是文艺学及文艺理论、文学批评的理论体系和知识结构的主体构成内容。

从文艺理论体系构成角度而言，虽然马克思、恩格斯并非著有文艺理论或美学专著，其文艺观和文艺思想是在其著作、文章、书信中间有所提及和论述，但从整体性、系统性和结构性研究上将其作为完整的理论体系和知识结构是不容置疑的。事实上马克思主义文论批评体系建立是马克思主义最重要的成果之一，也是马克思主义传播和发展以及研究的最重要的成果之一。更为重要的是，马克思主义文论批评体系不仅是自成体系的一家之说，而且作为科学体系不断影响西方文论和中国文论发展，影响文艺学及其文艺理论、文学批评的理论体系建设，成为理论体系的重要内容和主体构成。从当下流行的文艺理论体系所采用的"文学四要素"构成而言,在文学与世界要素关系的理论板块中,所涉及文学性质、特征、功用、源流、发展等构成内容中,马克思主义将文学放置在历史与现实、社会与人生、生产力与生产关系、经济基础上层建筑、存在与意识、物质与精神的大背景、大视域中分析,文学意识形态的特殊性和社会性、文学"美的规律"的特征、"劳动创造美"的文艺起源说、文学发展的"不平衡"规律等,构成文艺理论体系中最重要的范畴、命题和理论观点;在文学与作者要素关系的理论板块中,马克思主义在人类社会实践活动,人的"异化"与人性复归,人的本质是社会关系总和,"人的本质力量对象化"及"自我确证",人的"全面发展"和人的解放,文学"自由的精神生产",以及对莎士比亚、歌德、席勒、巴尔扎克、左拉等作家创作分析和评论中,也将作者纳入人类及其人类活动的更大背景和范围中来讨论,从而揭示出作者创作的本质和特征;在文学与作品要素关系的理论板块中,马克思主义对"美的规律",文学形象创造的"典型"理论,文学创作方法的"现实主义"理论,文学的"倾向性"及其阶级性、人民性、民族性理论,"莎士比亚化"和"席勒式地把个人变成时代精神的单纯的传声筒"的文学形象性理论,等等,对作品构成的思想内容和艺术形式进行讨论;在文学与读者要素关系的理论板块中,马克思主义通过对文学鉴赏和批评的理论构建,提出读者"艺术修养""音乐感的耳朵""欣赏美的大众"的要求,批评态度的"人民的利益的观点",批评方法的"美学观点和历史观点""整体的比较"方法,批评原则的"批评是最坦率的""要从本质上分析",等等,对鉴赏批评的态度、原则、方法、效果进行讨论。由此可见,马克思主义文论批评不仅能自成体系,而且系统、全面、整体地表达其文艺观和文艺思想,是文艺理论批评体系和知识结构的基础内容与核心构成,涉及文论批评体系的本质论、作者论、创作论、作品论、源流论、功用论、读者论、接受论、批评论等理论构成的各方面内容。

童庆炳主编《文学理论教程》专设"马克思主义文学理论与中国当代文学理论建设"一章，论及马克思主义文学理论的基石主要有：文学活动论、文学反映论、艺术生产论、文学审美意识形态论、艺术交往论等五个方面理论，涉及本质、特征、功用、创作、作者、作品、源流、发展、鉴赏、批评等文学理论体系和知识结构的整体系统，文学活动的完整过程，文学内容与形式的各个要素及其构成。更为重要的是，将马克思主义作为指导思想和理论基础，构建了文艺理论批评的核心价值体系，确立了文学发展和理论建设的主导、核心价值取向。

三　马克思主义批评的实践性品格与批判精神

马克思主义不仅建立起文学理论与批评理论体系，而且使其付诸批评活动实践，其批评态度、原则、方法、标准即从批评实践经验中总结升华而来，用以指导批评实践活动并经实践的检验，因而马克思主义批评是理论与实践的统一，呈现出理论的实践性品格、实践的理论性品格的特征。

马克思、恩格斯都十分喜好文学，阅读和评论了大量文学作品，如评价古希腊戏剧家埃斯库罗斯、阿里斯托芬"都是有强烈倾向性的诗人"；评价莎士比亚"剧作的情节的生动性和丰富性"；评价海涅的诗歌"是我所知道的最有力的诗歌之一"；评价维尔特为"德国无产阶级第一个和最重要的诗人"，评价巴尔扎克是"现实主义的最伟大的胜利之一"；评论德国的民间故事书"这难道不是对它的极大赞扬吗"；评论布纳尔的画作"要比一百本小册子大得多"的社会宣传效果；等等。同时，马克思、恩格斯还针对作家作品中存在的不足和问题进行批评，表现出批评的批判精神，如对"席勒式地把个人变成单纯时代精神的传声筒"的批评，对哈克奈斯《城市姑娘》缺乏"典型环境中的典型人物"的批评，对斐·拉萨尔《济金根》缺乏"悲剧性"和真实性、形象性、审美性的批评，对当时文坛"到处缺乏美的文学"的批评，等等，都表现出马克思主义批评的鲜明立场、观点和倾向性，也表现出马克思主义批评的大无畏的批判反思精神。

马克思主义批评在坚持辩证唯物主义和历史唯物主义世界观和方法论基础上，提出批评的方法、原则和标准。恩格斯在评论斐·拉萨尔《济金根》时指出："我是从美学观点和历史观点，以非常高的，即最高的标准来衡量您的作品的。"[①] 这一"美学观点和历史观点"既表现出马克思主义批评的立场、观点、方法以及价值取向和评价取向，又表现出这一"最高的标准"所坚持的批评原则、态度以及公平、公正、科学合理的批评准则。马克思、恩格斯对斐·拉萨尔《济金根》的批评就建立在这一准则的基础上，从而充分显示出马克思主义批评的原则性、科学性和批判性。

马克思在《致斐·拉萨尔》信中指出其作品的缺点：一是"既然你用韵文写，你就应该把你的韵律安排得更为艺术一些"；二是"你所构想的冲突不仅是悲剧性的，而且是使1848—1849年的革命政党必然灭亡的悲剧性冲突。因此我只能完全赞成把这个冲突当作一部现代悲剧的中心点"；三是"这样，你就得更加莎士比亚化，而我认为，你的最大缺点就是席勒式地把个人变成时代精神的传声筒"；四是"我感到遗憾的是，在性格描写方面看不出什么突出的东西"；五是"在细节方面，有些地方我必须责备你让人物过多地回忆自己，这是由于你对席勒的偏爱造成的"。[②] 显然，马克思不仅从作品内容与形式的不同角度分别对其缺点进行了批评，而且更多地从写什么、怎么写、为什么写的角度以艺术标准和审美标准衡量作品，指出其艺术性与审美性的欠缺。

恩格斯也在《致斐·拉萨尔》信中提出批评："我这样久没有写信给您，特别是我还没有把我对您的《济金根》的评价告诉您，您一定觉得有些奇怪

---

① 恩格斯：《致斐·拉萨尔》，《马克思恩格斯选集》第四卷，人民出版社1972年版，第347页。
② 马克思：《致斐·拉萨尔》，《马克思恩格斯选集》第四卷，人民出版社1972年版，第339—341页。

吧。但是这正是我延迟了这样久才写信的原因。由于现在到处都缺乏美的文学,我难得读到这类的作品,而且我几年来都没有这样读这类作品:在读了之后提出详细的评价、明确的意见。"这对当时文坛"到处都缺乏美的文学"的批评中也表明恩格斯对阅读和评论的严谨慎重的态度;"为了有一个完全公正、完全'批判的'态度,所以我把《济金根》往后放了一放……并且深知您的《济金根》经得住批评,所以我现在就把我的意见告诉您。"① 归纳而言,恩格斯的批评观点主要有三点。一是指出其观念化、概念化、抽象化的表现,"在我看来,即使就您对戏剧的观点(您大概已经知道,您的观点在我看来是非常抽象而又不够现实的)而言,农民运动也是值得进一步研究的";"我认为,我们不应该为了观念的东西而忘掉现实主义的东西,为了席勒而忘掉莎士比亚"。二是指出其对现实进行了不正确的表现,"我觉得,由于您把农民运动放到了次要的地位,所以您在一个方面对贵族的国民运动作了不正确的描写,同时也忽略了在济金根命运中的真正悲剧的因素";"在我看来,这就构成了历史的必然要求和这个要求的实际上不可能实现之间的悲剧性的冲突。您忽略了这一因素,而把这个悲剧性的冲突缩小到极其有限的范围之内。"三是指出其缺乏美学的观点和历史的观点,"我是从美学观点和历史观点,以非常高的,即最高的标准来衡量您的作品的,而且我必须这样做才能提出一些反对意见,这对您来说正是我推荐这篇作品的最好证明。是的,几年来,在我们中间,为了党本身的利益,批评必然是坦率的"。② 恩格斯的批评不仅表达出与马克思极其相近和相同的观点,指出作家在美学观和历史观上不足而影响到作品的欠缺,而且表明对文学及批评的价值取向和思想倾向性的鲜明立场、态度和观点,从中表露出马克思主义对文学阶级性、思想性、

---

① 恩格斯:《致斐·拉萨尔》,《马克思恩格斯选集》第四卷,人民出版社 1972 年版,第342—343 页。
② 同上书,第 342—347 页。

倾向性的最高要求，充分显示出马克思主义批评的批判性特征。

毛泽东将马克思主义批评与中国文学实际相结合，继承发扬和创造性地发展了马克思主义批评的批判精神。他在《讲话》中明确提出："文艺界的主要的斗争方法之一，是文艺批评。……文艺批评是一个复杂的问题，需要许多专门的研究。"① 这一方面强调了马克思主义批评的批判性，并使之成为文艺界的主要斗争方法之一，从而凸显了文艺批评的价值取向性和倾向性，说明立场、态度、观点的重要性和必要性；另一方面毛泽东也认识到文艺批评的复杂性，这既说明文艺批评有其特殊性和独立性，又说明批评的理论性、专业性、科学性性质和特征应充分保障评价的公正公平性和客观准确性，不能简单地以政治思想批评、社会道德批评替代文艺批评。故而，毛泽东明确指出召开延安文艺座谈会的目的是解决文艺为什么人服务和如何服务的问题，由此文艺家必须首先解决"立场问题""态度问题""工作对象问题""学习问题"，才能解决延安文艺界存在的问题与不足。显然，毛泽东是从中国社会现实的大背景下，立足中国社会现实需求和人民群众对文艺的需要出发进行文艺批评的，他并不着眼于对具体作家作品的评论，而是以革命家、政治家、思想家以及文艺界领导者的身份针对文艺存在的现实问题和不足而展开批评。

一是对抽象"人性论"的批评。毛泽东指出："有没有人性东西，当然有的。但是只有具体的人性，没有抽象的人性。在阶级社会城就是只带有阶级性的人性，而没有什么超阶级的人性。……现在延安有些人们所主张的作为所谓文艺理论基础的'人性论'，就是这样讲，这是完全错误的。"② 显然，毛泽东是以阶级论批判人性论，在当时特定语境中是有其针对性、合理性和必要性的。关键在于正是基于以人性论排斥阶级论的偏颇必然也会形成文学人性表现的某些局限性，这对于当时延安文艺发展而言是不利的，因而纠偏

---

① 毛泽东：《在延安文艺座谈会上的讲话》，《毛泽东选集》，人民出版社1966年版，第869页。
② 同上书，第871—872页。

甚至说矫枉过正在当时也是具有一定积极作用和意义的。

二是对"文艺的基本出发点是爱,是人类之爱"的批评。毛泽东认为:"爱是观念的东西,是客观实践的产物。我们根本上不是从观念出发,而是从客观实践出发……世上决没有无缘无故的爱,也没有无缘无故的恨。"① 这是从深层次探讨为什么爱、为什么恨的原因和缘由,从而以存在决定意识、客观决定主观的马克思主义辩证唯物主义与认识论的立场、态度、观点、方法来看待现象背后的本质和原因,这无疑是马克思主义批评的深刻之处,无疑也是对抽象的"爱""无缘无故的爱"对当时文坛产生负面影响的批判,对正在成长中的延安文艺发展而言是具有积极意义的。当然,文学对人类终极价值以及理想价值的追求中,立足于人类之爱是无可非议的,文学是人学所表现的人性、人民性、阶级性、民族性也需要建立在人类之爱基础上,关键在于爱什么和为什么爱。

三是对"从来的文艺作品都是写光明和黑暗并重,一半对一半"的批评。毛泽东指出:"这里包含着许多糊涂观念。文艺作品并不是从来都这样。……只有真正革命的文艺家才能正确地解决了歌颂和暴露的问题。一切危害人民群众的黑暗势力必须暴露之,一切人民群众革命斗争必须歌颂之,这就是革命文艺家的根本任务。"② 历代文学确实存在"美"与"刺"两种取向,同时也存在"美刺"及其美刺相间现象。毛泽东既强调"美"什么、"刺"什么的对象问题和为何"美"、为何"刺"的原因和缘由问题,又强调立足于人民群众立场才能明辨真假、善恶、美丑的价值取向问题,从而解决文艺为什么人服务的根本问题。

四是对"从来文艺的任务就在于暴露"的批评。毛泽东认为:"这种讲法和前一种一样,都是缺乏历史科学知识的见解。从来的文艺并不单在暴

---

① 毛泽东:《在延安文艺座谈会上的讲话》,《毛泽东选集》,人民出版社1966年版,第872页。
② 同上书,第872—873页。

露……人民群众也是有缺点的，这些缺点应当用人民内部的批评和自我批评来克服。"① 显然，当时文坛主张"歌颂"与"暴露"一半对一半的实质在于"暴露"而不在于"歌颂"，这种观点无疑是片面和偏颇的，也不符合文学史发展事实和文学规律。针对延安文艺而言，担负中国文艺转型及建立新文艺的重任，仅仅局限于"暴露文学"显然是不够的，尤其是针对革命队伍和人民群众的缺点的"暴露文学"显然也是有失科学公正的。

五是对"我是不歌功颂德的，歌颂光明者其作品未必伟大，刻画黑暗者其作品未必渺小"的批评。毛泽东反驳道："对于人民，这个人类世界历史的创造者，为什么不应该歌颂呢？"② 固然，一味歌颂并非都是好作品，那么一味暴露也并非好作品。关键在于歌颂什么，为什么歌颂和如何歌颂。"歌"与"颂"本身就是文艺的一种形式或形态，"功"与"德"也历来是歌颂对象和内容，无论"歌颂"还是"暴露"并非判断评价作品优劣好坏的标准，而是取决于"美学的观点和历史的观点"指导下的真、善、美标准。

六是对"提倡学习马克思主义就是重复辩证唯物论的创作方法的错误，就要妨害创作情绪"的批评。毛泽东指出："学习马克思主义，是要我们用辩证唯物论和历史唯物论的观点去观察世界，观察生活，观察文学艺术，并不是要我们在文学艺术作品中写哲学讲义。"③ 这一方面对否定学习马克思主义的错误观点进行了批判；另一方面也对教条主义、本本主义进行了批评，尤其是对文艺创作中以马克思主义方法论来代替创作方法的错误进行了批评。这既明确了马克思主义方法论对文学的指导意义，又明确了文艺创作有其自身运动和发层规律，文学批评不能照搬、硬套马克思主义，更不能以教条主义、本本主义的态度来对待马克思主义。

---

① 毛泽东：《在延安文艺座谈会上的讲话》，《毛泽东选集》，人民出版社1966年版，第873页。
② 同上书，第874页。
③ 同上书，第869—876页。

由此可见，毛泽东对延安文艺界存在的各种错误思潮及问题的批评，充分表明毛泽东鲜明的马克思主义的批评观和价值立场，使批评的批判精神得以充分体现，表现出马克思主义批评的批判性特征；同时，也表明毛泽东的文艺批评将马克思主义理论与中国现实实践相结合，表现出文艺批评的中国特色和提出问题、分析问题、解决问题的实践性品格。尽管由于当时特定的背景和语境，毛泽东《讲话》中某些观点也会存在一定的思想局限性与历史局限性，但《讲话》精神仍具有历史意义与现实意义。《讲话》无疑应是马克思主义文论批评中国化的标志性成果，也是马克思主义文论批评当代发展的结果。

毛泽东是一个马克思主义者，毛泽东思想也是马克思主义中国化、当代化、实践化的产物，其历史作用和现实意义值得研究，其实践经验与理论价值需要认真总结，局限性和不足也需要认真反思和矫正。对毛泽东文艺思想的研究，也需要有科学态度和基本原则：一是要科学化，本着实事求是的态度和原则还原毛泽东思想的原貌和客观形态；二是要"历史化"或"语境化"，既要科学准确评价毛泽东文艺思想的历史价值和现实意义；又要将其放在当时的社会历史语境中加以分析研究；三是要整体化，完整把握毛泽东文艺理论体系和知识结构，得其精髓才能得其精神实质；四是要学术化，以学术研究的科学性、学理性、学缘性和"科学共同体"规则来体现学术精神，排斥实用主义将其"神化"式的提高和"矮化"式的贬低，甚至"俗化""妖化"的偏向，确立毛泽东文艺思想研究的正确方向，准确、公正、辩证评价毛泽东文艺思想；五是在马克思主义中国化和当代化的进程中，需要对毛泽东文艺思想继承、传播和发展，也需要与时俱进地改革创新，确立历时性建构与共时性构成的马克思主义理论体系及毛泽东思想体系，以此指导和推动中国当代文论批评的建设和发展。

童庆炳认为："对于毛泽东文艺思想的研究，也应语境化，即把它放回到产生它的抗日战争的社会历史文化背景中去把握。"① 也就是说毛泽东以马克思主义的普遍真理与中国革命斗争实践相结合,从而将马克思主义中国化和当代化,符合当时中国国情的特定的时代语境,也符合中国历史与现实的特定的文化语境。故而童庆炳归纳毛泽东文艺观为:"以人民为本位——毛泽东文艺思想的核心";"鲜明的读者意识——毛泽东文艺思想的艺术特征";"实践——毛泽东文艺思想的行动品格"。毛泽东文艺观的价值取向为"'远大的理想'、'革命功利主义':第一位的文学价值";"'丰富的生活经验'——第二位的文学价值";"'良好的技巧'——第三位的文学价值",② 这可归结为文学人民性、思想性与艺术性统一,现实主义与理想主义结合,真、善、美整体评价标准的文学核心价值取向。

李夫生从"历史"与"情境"的双重视域来阐释毛泽东文艺思想,认为《讲话》"从延安文艺的具体问题出发,进而讨论论证了延安文艺的进一步发展方向,这就是以人民为本位,以唯物主义的反映论为最基本的认知方法。毛泽东的《讲话》,在中国第一次确立了马克思主义文艺理论的科学体系"③。毛泽东文艺思想既是在马克思主义指导下的创造性发展的产物,也是马克思主义文艺理论批评体系化和系统化的结晶,更是马克思主义与中国实际相结合的结果,是马克思主义文论批评中国化的标志性成果,因此,无论是毛泽东文艺思想的价值取向还是中国现代文学及其延安文艺的价值取向,都充分体现出马克思主义的指导思想作用及其核心价值取向的作用,这对于中国当代文论批评的发展及核心价值体系的构建具有深远意义。

---

① 童庆炳:《毛泽东文艺思想及其价值取向》,《中国现代文学理论价值观的演变》,北京大学出版社2005年版,第123页。
② 同上书,第122—146页。
③ 李夫生:《现代中国文论中的马克思主义话语(1919—1949)》,湖南人民出版社2010年版,第273页。

第二节　文化批评的文化唯物论基础

文化批评兴起不仅拓展文学批评空间，而且深化文化研究领域。文化批评不仅仅在于从文化研究视角对文学展开批评或着重于对文学构成中的文化维度及其文化功能作用的批评，而且在于将文学放置于文化系统中定位及着眼于文学与文化关系展开批评，由此拓展深化文学与批评视野和空间，也以文化在文学的人类社会实践活动、生产方式、社会结构及其上层建筑、意识形态定位以及关系之间形成纽带、桥梁与中介。当然，这也是文学及批评与时俱进发展、变化、转型的结果，以便更好应对现代大工业生产、市场经济、电子媒介传播、图像化与物态化时代等所带来的大众文化、审美文化、视觉文化、网络文化、多元文化思潮的挑战与现实问题，推动文学观、批评观、审美观以及文化观变革与发展。文化批评对文化概念的狭义、中义、广义划分及其含义、内涵与外延的整合与重构，逐渐走向或回归"大文化"，涵盖精神文化、物质文化、制度文化、行为文化、生活文化等内容，也促进"小文学"走向"大文学"，不仅最大限度地扩展文学以及文化张力，而且最大限度地释放了文学以及文化的能量。以往文化研究及文学研究将对象分门别类有其必要性所在，但更为重要的是，在其文化系统与构成中，彼此关系、结构、功能及其整体性与系统性更具必要性。因此，为了更有利于推动文化批评深入发展，有必要从文化唯物论视角对文化概念及其内涵构成进一步进行梳理与厘清，不仅为文化批评夯实文化唯物论理论基础，而且为文学批评拓展视野与空间。

一　精神生产、艺术生产推动文学观念变革

马克思、恩格斯多次提出"精神生产""艺术生产"范畴，在精神生产

与艺术生产实践基础上建立起"艺术生产论",既是精神生产与艺术生产理论的集中体现,也是理论创新的产物,从而引发文化观念的变革和转换。从当下大工业生产与后工业生产视域与语境看,就文艺观及其文艺理论而论,无论是文艺"再现说"还是"表现说",也无论是文艺意识形态论还是审美意识形态论,更无论是纯文艺的"自律"观还是大文艺的"他律"观,过去种种文艺观都在艺术生产、艺术市场和艺术消费的语境中受到质疑和挑战,文艺观的变革和转换势在必行。从艺术创作论到艺术生产论、从计划经济主导下的文艺创作到市场经济主导下的文艺生产、从艺术品到艺术产品及其商品、从艺术欣赏到艺术消费、从艺术分配或配置到走向艺术市场、从满足精英需求到满足大众需求、从追求单一意识形态效果到追求社会经济双效益等转化与变化,精神生产、艺术生产成为现代社会发展大趋势和时代潮流。精神生产、艺术生产所决定的文学生产论,促使传统文学观向现代文学观变革和转换,促使文学思想解放、改革开放、开拓创新。从艺术生产及文学转型角度而言,主要引起以下四方面的观念变革和理论更新。

(一)文学创作观向艺术生产观的转换

艺术生产使创作与生产相统一。对创作的理解主要有三个维度:一是创造性写作,强调其独创性和原创性;二是个体化、个性化写作,强调创作的个体性、个性化和自我表现性;三是作家的精神创造和灵魂塑造,强调创作的精英意识和经典意识。因而创作观带来文学的永恒魅力和持久的韵味,也带来对现实超越和对理想追求的寄托和信念,更带来文学超凡脱俗的阳春白雪化的古雅气质和批判反省的先锋、前卫姿态。对艺术生产的理解的核心是生产的双重性,即作为创作者与生产者的作家身份的双重性、生产性质的精神生产与物质生产的双重性、艺术产品的脑力劳动与体力劳动成果的双重性、艺术商品的艺术性与商品性的双重性、艺术消费的欣赏与消费的双重性、艺术价值的社会效益与经济效益的双重性。也就是说，艺术生产既是生产的一般形式，又是生产的一种特殊形式，从而具有生产的一般性与特殊性。作为一般生产，当然应遵循生产规律、生产秩序、生产法则，应构成生产活动中的生产、分配、交换、消费的过程和环节，受制于生产规则和市场规则的保障和规范。作为特殊生产，当然要遵循艺术规律、审美规律、文学规律，凸显精神创造、脑力劳动、审美价值取向的特性特征，在生产过程中保持艺术的相对独立性、自主性和自律性。

尽管在长期的精神生产与物质生产的分离和对立中，艺术生产中存在精神与物质、艺术与生产的矛盾性和复杂性，但对其双重性认知及其两者统一性的追求，应是艺术生产及文学生产的发展趋向。同时还要看到，艺术生产论中的创作观与生产观的统一，已使其创作观的现代性对传统性进行改革和更新。当生产观融入创作观中，作者的身份、立场、观念、思维、方法和价值取向都会发生变化和转换，其文学观、创作观及价值观呈现出艺术生产论的新观念和新意识。

（二）精神生产与物质生产的交融性

现代社会发展越来越依靠科学技术与知识的力量，因而无论是精神生产还是物质生产都在增加科学技术含量与知识含量，从而出现物质生产精神化、精神生产物质化以及两者统一趋向。唯物主义认为：物质第一性，精神第二性，物质决定精神，首先是满足物质需要的物质生产发展到一定程度后才会有满足精神需要的精神生产发生。但在惯常思维中，我们常常忘记辩证唯物主义常识：在物质作用于精神的同时，精神对物质具有反作用，因而物质与精神的关系是辩证的，是对立统一的，尤其是在当下由科学技术与知识推动的物质生产与精神生产，除两者具有更紧密的关联性、互渗性、互动性之外，两者也具有合流统一的趋势。事实上，物质生产与精神生产的分离或对立一方面是社会分工和阶级分化的结果。马克思、恩格斯指出："分工不仅使精神活动和物质活动、享受和劳动、生产和消费由不同的人来分担这种情况成为可能,而且成为现实。"[1] 在社会分工及其阶级分化中,一方面,统治者(管理者)与被统治者(被管理者)、脑力劳动与体力劳动、专业技术与熟练技术在原始形态生产由于工具改革和生产发展的需要而解体之后产生新的分工和分化;另一方面,物质生产与精神生产的分离或对立除生产发展的客观要求因素外也是人们思维观念以及理论认识的结果,生产分工也导致人们思维方式和理论认识模式的改变和转换,混沌合一的原始思维逐渐为一分为二、一分为多的分类思维所替代,从而导致思维观念上物质生产与精神生产的分离。现代社会分工及其专业学科分类的发展有两个方向:一是随着社会实践与知识理论的学科、专业、职业化程度加强,分工越细其分类意识越强化;二是在跨学科、多学科、新兴学科的综合研究中也越来越强调打破分工分类的界限,在对象的系统性、整体性、关系性中强化系统思想、整体思维,从而推动分工协作、分类整合的一体化发展。

(三)文化生产的二重性

由于大工业机器生产、电子媒介传播以及科学技术发展,生产的"一体化""全球化"与"现代化"进程更加快了物质生产与精神生产的合流,越来越细的分工与越来越整体化的协作导向社会生产的整体化。即便从精神生产单向度着眼,也存在着生产的二重性亦即生产的一般性与特殊性,实质包含物质生产与精神生产的二重性、艺术主体的创作者与生产者的二重性、生产者的脑力劳动与体力劳动二重性、艺术产品的艺术性与商品性、艺术消费的审美与消费的二重性、艺术效果的社会效益与经济效益的二重性等。尽管二重性旨在说明两者的对应与对立,但无疑其完整性正是将两者统一为一体

---

[1] 马克思、恩格斯:《德意志意识形态》,《马克思恩格斯选集》第一卷,人民出版社1972年版,第83页。

的生产宗旨和目的所在，也是社会生产的大势所趋和价值取向所在。精神生产如此，物质生产亦如此，从而出现物质生产精神化、精神生产物质化的双向互动，以及交叉共生的生产状态。

（四）文化生产推动大众文化崛起

资本主义大工业生产及现代工业文明生产方式不可避免地将文化及文学艺术纳入生产范围，文化生产方式变革催生出文化工业、文化产业、文化市场、文化消费、文化传播等新型文化现象，也催生出形形色色的大众文化形态，推动大众文化从边缘崛起，大众文化研究与文化批评伴随着现代主义与后现代主义思潮应运而生。加之现代科技迅猛发展中的现代传媒、大众传播、电子媒介的高速发展也对大众文化起到推动作用，大众文化发展形成鼎盛之势，文化转向与转型成为大势所趋。西方马克思主义无论所执现代主义先锋前卫的文化批判立场，还是所执后现代主义戏谑、宽容与解构立场，对大众文化所执两种截然对立的态度，一是批判，一是肯定，这也表现在后殖民主义、新历史主义、女性主义以及亚文化研究等众说纷纭、见仁见智的多元化讨论上。随着社会时代发展及大众文化思潮推动下的思维观念转变，当代马克思主义越来越以科学理性与客观辩证态度评价大众文化，文化研究越来越从学术研究视角关注大众文化理论建设与实践分析，更为注重将大众文化与文化生产、文化工业、文化产业结合研究，拓展文化生产研究领域与大众文化研究空间。

二　文化批评的文化唯物论基础

当代西方马克思主义在推动马克思主义传承、传播基础上进一步创新发展，力图实现马克思主义当代化与时代化。总体而论，相对于经典马克思主义注重从经济、政治研究视角出发而言，当代西方马克思主义更为注重文化视角，因此带有鲜明突出的文化研究特征，也带有纷繁多姿的多元化形态特征。西方马克思主义文化研究思潮，包括法兰克福学派的文化工业理论及大众文化批判理论；本杰明的"机器复制时代的文学艺术"与浪漫的技术主义艺术理论，詹姆逊的"后现代主义"文化理论及其"政治无意识"论，伊格尔顿的"意识形态生产"论与"审美意识形态"论，威廉斯的"文化唯物主义"及文化批评理论，布迪厄的"文化资本"理论与"文学场"及其场域理论，麦克卢汉的"媒介即信息"论及大众传播理论，鲍德里亚的"仿真""拟像""内爆"理论，等等，构成文化研究及其大众文化批评多元化对话互动的基本格局，既推动马克思主义的现代化进程与当代发展，又与时俱进地推动文化理论及文化研究的创新发展。其中，文化研究思潮的代表性人物威廉斯的"文化唯物主义"观点及其"文化唯物论"理论构建具有重要的理论价值与现实意义。

(一) 从文化含义界定中提出文化整体性问题

关于文化定义界定有几百种之多，可谓众说纷纭，莫衷一是。威廉斯《文化分析》将其概括为三种："文化一般有三种定义。首先是'理想的'文化定义，根据这个定义，就某些绝对或普遍价值而言，文化是人类完善的一种状态或过程。如果这个定义能被接受，文化分析在本质上就是对生活或作品中被认为构成一种永恒秩序，或与普遍的人类状况有永久关联的价值的发现和描写。其次是'文献式'文化定义，根据这个定义，文化是知性和想象作品的整体，这些作品以不同的方式详细地记录了人类的思想和经验。从这种定义出发，文化分析是批评活动，借助这种批评活动，思想和体验的性质、语言的细节，以及它们活动的形式和惯例，都得以描写和评价。这种批评涉及范围很广，从非常类似于'理想的'分析过程，经过着重强调被研究的特定作品的过程……最后是文化的'社会'定义，根据这个定义，文化是对一种特殊生活方式的描述，这种描述不仅表现艺术和学问中的某些价值和意义，而且也表现制度和日常行为中的某些意义和价值。从这样一种定义出发，文化分析就是阐明一种特殊生活方式、一种特殊文化隐含或外显的意义和价值。"① 显然,"理想的"文化定义是着眼于形而上层面的文化终极价值的定位;"文献式"的文化定义是着眼于形而中层面的文献记录及其精英经典文化价值的定位;"社会"的文化定义是着眼于形而下层面的社会生活的传统与现实价值的定位。过去的文化讨论往往只关注"理想的"和"文献式"的含义,有意或无意地忽略与遮蔽"社会"的含义;而威廉斯认为"上述每一种定义都有价值",并且批评过去将文化仅仅视为"理想的"和"文献式"的观点偏颇,相对而言则凸显他对"社会"的文化定义的注重。更为重要的是,威廉斯对文化定义的界定,提出三者统一于一体的文化整体性观点。他认为:"任何充分的文化理论必须包括这些定义所指向的三个事实领域,相反,排除彼此指涉的任何一种特殊的文化定义,都是不完备的";"我们需要就文化最一般的定义区分文化的三个层次。在一个特定时期和地点活生生的文化,只有生活在那个时代和地点的人才能完全理解它;各种被记录的文化,从艺术到最普通的事实;一个时期的文化,也存在把活生生的文化和时期文化相联系的因素,选择性传统文化。"他在《马克思主义与文化》中明确提出;"如果我们想了解文化,我们就不得不根据这一明显事实,即作为整体的生活方式";"即使经济因素所起决定作用的,它决定的也是整个生活方式,而文学正是与整个生活方式,非唯独与经济制度相关。"② 因此,着眼于文化整体性及社会生活整体性研究视角理解文化含义,促使文化研究更为关注大众文化及其日常生活文化,更为辩证地、历史地理解文化内涵与外延,更为注重文学研究中的文化研究与文化分析,推动文学批评向文化批评转向。同时,文化整体性的思维观念也在理论上突破文化学及其文化理论研究视域,为其文化唯物主义及文化唯物论夯实基础。

---

① [英]雷蒙德·威廉斯:《文化分析》,罗钢、刘象愚主编:《文化研究读本》,中国社会科学出版社2000年版,第125页。
② [英]雷蒙德·威廉斯:《马克思主义与文化》,周宪等主编:《当代西方艺术文化学》,北京大学出版社1988年版,第62—63页。

文化整体性的理论创新意义在于：一是在文化整体性构成中厘清理想的、文献的、社会生活的文化类型的层次结构及其辩证关系，扩大文化内涵外延及其文化研究视域；二是在文化整体性构成中确立人类社会实践活动及人的行为与精神的本体性、主体性、能动性价值意义，进一步强化和深化立足于人构建的人文精神与科学理性精神；三是在文化整体性构成中以辩证唯物主义与历史唯物主义世界观和方法论夯实文化唯物论基础，凸显文化的精神意识构建功能在人类社会实践活动与人类社会生活中的创造作用，推动人类文明及其物质文化与精神文化的整体发展；四是在文化整体性构成中将文化作为一个总体性概念，以弥合物质与精神及社会、文化、经济、政治之间关系的分离与对立，以及经济基础与上层建筑截然划分的某些局限性，强化文化整体、社会整体、历史整体、生活整体的结构功能与构成作用。

（二）厘清经济基础与上层建筑关系

马克思主义着眼于对经济基础与上层建筑关系及社会结构整体性分析，划分经济基础与上层建筑一对范畴做静态分析是必要的，但往往有可能导致将两者分离和对立以及单向决定论的后果。尤其是在马克思、恩格斯之后的某些马克思主义者的公式化、机械化理解容易造成这种误读结果。威廉斯力图纠正这种偏颇，"威廉斯认为，在从马克思到马克思主义的发展过程中，基础与上层建筑不仅仅是一个概念范畴，而且是一个描述性的术语，也就是说，似乎整个社会生活也可以区分为基础与上层建筑两个部分。'这一术语的主要意思在（马克思）本来的论述中是相对的，但随着该术语的普及，它逐渐倾向于表达 a 相对封闭的范畴，或 d 相对封闭的行为领域。'威廉斯认为马克思反对将思想与行动截然分开，反对将范畴抽象地强加于对象之上，从而抽空对象的内容，正如马克思反对将社会存在与社会意识截然分开一样，将整个社会生活划分为基础与上层建筑两大领域，违背了马克思的思想。同时，威廉斯也反对普列汉诺夫将基础与上层建筑区分为生产力水平、经济条件、社会—政治机构、社会心理、意识形态五个层次。威廉斯认为普列汉诺夫的错误关键在于将上述各层次分开,而事实上在实践中各层次是不可分的。他认为即使是对基础与上层建筑这一概念进行修正,如强调上层建筑的相对独立性或上层建筑与基础之间的复杂性,也不能从根本上解决问题,基础与上层建筑这一概念,总是导致将上层建筑视为被决定的和第二位的"[1]。经济基础与上层建筑相对而言,不仅说明两者划分的相对性,而且在于体现于社会实践活动及其社会生活中,两者不可分割的整体性。从两者整体性出发,上层建筑建立在经济基础之上,必然具有物质性,包括意识形态也具有物质性。威廉斯认为:"……许多行为不得不被孤立为'观念和艺术领域','审美',以及'意识形态',或更直接说,被孤立为'上层建筑',所有这些都没有被如其所是地掌握,(也就是说)作为真实的实践,作为整个物质的社会进程的要素。(它们)不是一个领域、世界或上层建筑,而是众多不同的具有特定条件和意图的生产实践。"[2] 这与阿尔都塞认为意识形态不仅是思想观念体系,而且是体制、机构、设置的意识形态国家机器的观点一致。意识形态尚且如此,上层建筑就更体现于物态化的体制、机构、设置上,其物质性不言而喻,这为文化唯物主义铺平道路。

(三) 以人类社会实践活动构成"社会整体"的文化唯物论

文化唯物论不仅将经济基础与上层建筑联结为整体,而且将文化、社会、经济联结为整体,构建整体性文化观及其文化唯物论。威廉斯指出:"要建立另一种关于社会整体的理论,把整个生活方式的构成要素之间的关系作为文化研究的对象,并找到研究特定时期和作品的结构的方法,这种结构不仅与

---

[1] 温恕:《精神生产与社会生产——二十世纪国外马克思主义艺术生产理论研究》,四川出版集团巴蜀书社2008年版,第240页。
[2] 转引自温恕《精神生产与社会生产——二十世纪国外马克思主义艺术生产理论研究》,四川出版集团巴蜀书社2008年版,第241页。

特定的艺术作品和形式相关，也与更普遍的社会生活的形式和关系相关，并且它能够说明后两者，用更主动的、不平衡决定的力量场的观念取代基础与上层建筑的模式。"① 威廉斯所提出的"社会整体"概念，不仅在于指代或取代包括经济基础与上层建筑的"社会结构"，而且旨在将整个"生活方式"作为文化研究对象，由之阐发文化整体性概念与观念，以之构建文化理论。温恕阐发和分析了威廉斯这一基本思路："威廉斯在这里提出了自己文化唯物主义的全部主张，所谓'社会整体'即文化领域。'结构'即'感觉结构'或'经验结构'。他试图用文化来概括整个社会，即马克思用基础与上层建筑两者构成的社会结构，用'感觉结构'的概念取代基础与上层建筑的概念"；"威廉斯认为文化包括整个生活方式，是对某种生活方式的描绘，它不仅指精神、意识或狭隘的精神产品，也指人的物质生产劳动及其产品，这也就是他所说的文化的'整体性'。同时，威廉斯的文化概念强调人的自我创造性。因此无论精神还是物质，基础还是上层建筑，都是人的实践的产物。"② 由此可见，威廉斯对于文化概念内涵理解及其文化观念与文化理论，是立足于文化所表征的人的社会实践行为活动、建立在人类文化建构与构成的整体性、实践性、活动性基础上的必然产物。

（四）以"感觉结构"或"情感结构"强化文化模式的"经验结构"

威廉斯的文化唯物论带有鲜明的文化人类学特征，立足于并着眼于从人类社会实践活动的研究视野与视角探讨文化建构与构建的原因与依据。威廉斯《文化分析》指出："我建议用以描述它的术语是感觉的结构，它同结构所暗示的一样严密和明确，然而，它在我们的活动最微妙和最不明确的部分中

---

① 转引自温恕《精神生产与社会生产——二十世纪国外马克思主义艺术生产理论研究》，四川出版集团巴蜀书社2008年版，第242页。
② 温恕：《精神生产与社会生产——二十世纪国外马克思主义艺术生产理论研究》，四川出版集团巴蜀书社2008年版，第242—243页。

运作。在某种意义上，这种感觉的结构是一个时期的文化：它是一般组织中所有因素产生的特殊的现存结果。正是在这方面，一个时期的艺术，包括论证中的独特研究方法和基调，非常重要"；"新的一代人将有其自己的感觉的结构，他们的感觉的结构好像并非'来自'什么地方。极为独特的是，因为在这里，变化的组织产生于有机体中：新的一代将会以其自身的方式对他们继承的独特世界做出反应，吸收许多可追溯的连续性，再生产可被单独描述的组织的许多内容，可是却以某些不同的方式感觉他们的全部生活，将他们的创造性反应塑造成一种新的感觉结构。"① "感觉结构"又被称为"情感结构"，傅其林指出："威廉斯最引人注目的关键词是'情感结构'。它贯穿于威廉斯的小说、戏剧创作、文学批评以及文化理论建构之中。……这个关键词最早在1954年的《电影前言》中得到了阐发。这是与威廉斯的创造性写作经验紧密相关的。他说：'这种观念从一开始就被强烈地感觉到……但它也是一个结构，并且我也相信这是一种对社会秩序的真实情形的独特反响：与其说它被文献记录……不如说它是以某种整合的方式被理解，没有任何私人的与公众的或者个体的与社会的经验先在的分离。'因而，'情感结构'就不仅是作为书面词语在写作中出现的一个特征，而且成为与文化模式、文化有关的重要概念"；"按照威廉斯的文化定义，文学艺术可以属于'文献式'文化，也可以归属于社会性文化和理想的文化。对他而言，艺术作品是一种文化的载体，并且与当时的文化模式、情感结构息息相关。他论述到，情感结构是把艺术和文学中的形式与惯例界定为一个社会物质过程的一个不可分割的基本元素：不是来自其他社会形式和前形式，而是一种特殊的社会构形，这种社会构形也许反过来被看作作为活生生的过程的更宽泛经验的情感结构

---

① [英]雷蒙德·威廉斯：《文化分析》，罗钢、刘象愚主编：《文化研究读本》，中国社会科学出版社2000年版，第133页。

的表达（通常是唯一的完全可以获得的表达）。"① 这种基于人类社会实践活动中人的心理与情感结构及其能动反应与自觉创造行为所建构的感觉结构或情感结构，并在此基础上形成经验结构并构成一定的文化模式，其性质特征不仅具有个体性而且具有社会性，不仅具有精神性而且具有物质性，既与人类社会生产与生活密不可分，又将物质与精神生产与生活统一为整体。由此，文化并非简单是社会生活反映及被经济基础所决定，而是通过人类社会实践活动及一定的文化模式与社会生活及其物质、经济不可分离。文化研究的一个重要任务就是以人类社会实践的"感觉结构""情感结构""经验结构"对文化做出辩证唯物主义与历史唯物主义的解释与分析。

综上所述，威廉斯的文化唯物论进一步推动马克思主义文化理论发展，也揭示其文化唯物主义的内涵外延及其意义。所谓文化唯物主义，威廉斯解释为"在历史唯物主义内部研究物质文化和文学生产特性的一种理论"②。其《唯物主义与文化问题》的标题所指及其内容意旨即明确表达其文化唯物主义概念及观念，阐发其含义及其内涵外延所指：一方面指称将文化整体性作为社会总体性范畴，文化所涵盖和表征的精神与物质、存在与意识统一为一体的整体结构与有机构成，文化不仅具有精神意识性质特征，而且具有物质存在性质特征；另一方面指称以辩证唯物主义和历史唯物主义观点与方法论来认识、理解、研究文化构成及其文化行为、活动、运动的活生生动态过程，既提供文化研究的辩证唯物主义、历史唯物主义研究视野与视角，又建构辩证唯物主义、历史唯物主义世界观与方法论的文化唯物主义新的研究视野与视角；再一方面指称文化性质功能整体性的一元论与文化形态表现方式多样性的内在逻辑构成，不在于简单区分物质文化、精神文化、制度文化、行为

---

① 傅其林：《审美意识形态的人类学阐释——二十世纪国外马克思主义审美人类学文艺理论研究》，四川出版集团巴蜀书社2008年版，第167、171页。
② 赵国新：《文化唯物论》，赵一凡等主编：《西方文论关键词》，外语教学与研究出版社2006年版，第550页。

文化、生活文化类型，而在于指出彼此之间相互融合与会通的文化整体性，旨在丰富完善马克思主义文化理论。为此，在文化唯物主义观念指导下构建文化唯物论理论体系，为文化批评提供理论基础与理论依据，由此拓展深化文学批评视野与空间。

第三节 延安文艺的马克思主义批评传统

中国文学及其批评的现代化进程始终伴随着马克思主义在中国的传播、影响及其发展历程，形成"五四"新文化传统、"新民主主义"文学传统、"左翼"文艺传统、抗战文艺传统、延安文艺传统等构成的中国现代文学传统。延安文艺传统不仅在革命战争时期与抗战时期产生重要作用，而且在中华人民共和国成立后传承、弘扬、发展，对中国当代文学产生重要影响与作用。延安文艺之所以形成传统，关键在于基于马克思主义与中国实际相结合原则，建立起保障与推动延安文艺发展的文艺制度及评价机制，在于传承与发展马克思主义批评传统。

文艺制度是保障文艺的正常秩序和健康发展的体制、建制、机制形式，是落实文艺方针、方向、路线、政策的组织管理与思想业务保障。任何社会制度都会相应建立符合社会时代特征及遵循文艺规律的文艺制度，以保障文艺运行和发展。中华人民共和国成立后，中国从半封建半殖民地社会走上社会主义道路，也相应建立社会主义文艺制度，以保障文艺运行和发展，并通过文学批评的评价机制搭建作者与读者、文艺实践与理论联系的桥梁，一方面推动文艺繁荣发展，另一方面推动文艺理论创新。从这一角度而言，文艺制度的保障功能作用不仅是通过体制、建制、机制实现的，而且是通过文艺批评的评价机制实现的，构成文艺制度及其文艺批评机制对文艺运行发展的保障作用。

中国当代文艺制度发生源头的追溯主要有三个因素：一是"五四"新文化运动及中国现代文学因素；二是"左翼"文艺运动及抗战文艺因素；三是延安红色政权形成的延安文艺因素。延安文艺制度直接为新中国及当代文艺制度奠基。毛泽东《在延安文艺座谈会上的讲话》（以下简称《讲话》）系统呈现毛泽东文艺思想，其中包含文艺制度思想，对于延安文艺制度建设产生重要作用，对延安文艺发展提供思想理论与制度保障。

1942年在延安召开的文艺座谈会，既是在抗日战争从防御转向进攻的战略背景下召开的文艺座谈会，又是在延安整风运动背景下召开的文艺座谈会，更是基于延安文艺有了很大发展但又存在一些问题的背景下召开的文艺座谈会，这一背景标志着党对文艺工作的重视及其对文艺重大问题的解决。《讲话》不仅是对延安文艺以及当时中国文艺发展状况所作的总结，而且是对文艺发展方向所作的前瞻，也是对文艺制度的设计，对于延安文艺转向新中国文艺的发展具有重要意义。因此，《讲话》既是毛泽东文艺思想最为集中、完整、系统的体现，又是党的文艺思想、方针、政策及其组织领导的文艺制度思想与文艺制度建设的纲领性文献；既是马克思主义文艺理论与中国文艺实践结合的理论阐发，又是坚持党对文艺工作领导并为其提供制度、体制、机制、政策保障的理论依据。从《讲话》精神着眼，这部关系到文艺思想及中国文艺发展方向、方针、路线的重要文献中所蕴含的文艺制度思想是一笔宝贵财富，因此有必要从文艺制度建构与建设的角度来阐发《讲话》精神，探讨延安文艺制度建设的理论与实践价值及其历史与现实意义。

一 以思想教育和组织管理方式解决文艺队伍建设问题

文艺繁荣发展必须建立在文艺队伍基础上，文艺队伍建设是文艺制度构成的重要组成部分。只有加强文艺队伍的思想、组织、制度建设，才能落实文艺发展的方向、方针、路线与政策，才能推动文艺创作繁荣发展。同理，加强文艺制度、体制、机制建设,才能为文艺队伍提供思想与组织保障。因此,《讲话》着重于从思想教育、组织建设与制度保障解决文艺队伍建设问题。

其一,立足于解决文艺队伍的思想建设问题。毛泽东在《讲话》中着眼于从宏观上对文艺的性质、特征、功用、价值、意义等重大问题进行理论探讨,着手于从微观上针对文艺界现实问题、文艺创作和欣赏的实际问题进行针对性分析,更为重视的是围绕文艺中的"人"的问题,即文艺为什么人创作、文艺为什么人服务、文艺作品塑造什么形象、文艺家应成为什么样的人等问题来讨论。"人"的问题关系到文艺发展方向的根本问题,需要从文艺界澄清思想混乱、纠正不良风气、端正文艺思想、加强文艺队伍建设与人才培养等方面提供思想、组织、制度的保障。针对抗战以来,从国统区、沦陷区投奔到延安来的各种不同经历、身份、文化背景的文艺家存在的思想认识问题,毛泽东指出:"我以为有这样一些问题,即文艺工作者的立场问题,态度问题,工作对象问题,工作问题和学习问题。"[①] 毛泽东明确提出文艺工作者的立场应该是"我们是站在无产阶级和人民大众的立场";文艺态度应该是"比如说,歌颂呢?还是暴露呢?这就是态度问题。究竟哪种态度是我们需要的?我说两种都需要,问题是在对什么人";文艺工作对象应该是"文艺作品在根据地的接受者,是工农兵以及革命的干部";文艺工作要求是"我们文艺工作者的思想感情和工农兵大众的思想感情打成一片";文艺工作者的学习要求是"学习马克思列宁主义和学习社会"。可见,加强文艺队伍建设,毛泽东首先是抓队伍的思想建设与组织建设,他要求不仅加强教育和培养延安本土的文艺家和革命文艺家,而且要加强对从全国各大城市奔向抗日圣地延安文艺家的思想教育,将加强文艺家的思想教育和文艺队伍的制度化建设作为党

---

① 毛泽东:《在延安文艺座谈会上的讲话》,《毛泽东选集》,人民出版社 1966 年版,第 850 页。以下所引《讲话》引文均出自此书,不再注明出处。

的一项重要工作。

其二，立足于解决文艺队伍的组织建设问题。延安文艺的性质和定位决定了文艺家的身份和地位，要做好一个文艺家，就必须首先做好人民艺术家；要为人民而创作，就必须首先使自己成为人民的一员。人民艺术家才能推动延安文艺真正成为人民的文艺，成为中国文艺发展的方向。因此，毛泽东十分强调文艺家的思想教育、思想改造和思想提升的问题，并将其与延安整风运动结合起来，视为延安整风运动的一个重要组成部分，其目的就是解决文艺家的思想感情转化问题，解决文艺家的世界观改造问题，解决文艺家为什么人服务的问题。这就需要从文艺队伍的组织建设角度，将个人置于群体、队伍、组织之中，明确文艺的功能、作用与定位。毛泽东历来十分重视"枪杆子"与"笔杆子"两支队伍建设，无论在革命战争时期还是在和平建设时期，"文化军队"都是革命与建设队伍中重要的组成部分。因此，"文化军队"不仅是思想建设的观念产物，亦是组织建设与队伍建设的制度产物，可谓思想观念与组织队伍结合的制度形态。作为"文化军队"的文艺队伍建设，一方面需要加强文艺队伍的思想建设，对文艺家提出要求和希望，解决文艺家思想、立场、态度问题，使其树立正确的文艺思想及文艺观，以提供"文化军队"制度的思想保障；另一方面需要加强文艺队伍的组织建设及其"文化军队"的组织纪律意识，加强党对文艺工作的领导，强调党员文艺工作者的先锋模范作用，增强队伍意识及其组织归属感，以提供"文化军队"制度的组织保障；再一方面需要加强文艺组织制度建设，诸如建立文艺领导管理机构，开办文艺院校，组织文艺社团，建立文艺管理规章制度，建立文艺下乡、下工厂、下连队等下基层制度，建立采风、调研、体验生活制度，建立文艺创作、演出、评论等活动制度，以提供"文化军队"的制度保障。这些制度设计及其制度保障措施，不仅加强文艺队伍建设，解决文艺家思想认识问题，提高文艺队伍的素质和质量，而且保障了延安文艺发展方向，推动了延安文艺创作繁荣发展。

其三，着手于解决文艺界一些模糊思想与错误观点问题。文艺界是文艺制度内在构成的一种表征形式，体现文艺行业内部结构与团体关系及其专业特征与运行规则，更重要的是聚合与联络文艺家以形成文艺群体的平台，形成文艺家所在领域的整体力量。因此，延安文艺座谈会旨在解决延安文艺界存在的问题，以制度的黏合剂作用统一思想、澄清观念、提高认识、团结队伍。毛泽东《讲话》在正面提出自己观点的同时也针对一些文艺家在思想认识和创作上的一些错误观点和模糊认识提出了批评。"我们延安文艺界中存在着上述种种问题，这是说明一个什么事实呢？说明这样一个事实，就是文艺界中还严重地存在着作风不正的东西，同志们中间还有很多的唯心论、教条主义、空想、空谈、轻视实践、脱离群众的缺点，需要一个切实的严肃的整风运动。"毛泽东针对当时的具体情况，批评了抽象的"人性论"观点、无缘无故的"人类之爱"观点、"光明和黑暗并重，一半对一半"的观点、"文艺的任务就是在于'暴露'"的观点、"还是杂文时代，还要鲁迅的笔法"的观点、"我不是歌功颂德"的观点、动机和效果矛盾的观点、"提倡学习马克思主义就是重复辩证唯物论的创作方法的错误，就要妨害创作情绪"的观点等，旨在明辨是非、纠正错误，既着眼于思想教育，又着手于治病救人。这一方面纠正延安文艺界存在的一些问题和错误，以便统一思想、加强团结、认清方向、端正态度，使文艺能更好地发挥出"笔杆子"的作用；另一方面在于加强文艺队伍建设，建立一支能与"拿枪的军队"并行不悖的"文化军队"，建立与"军事战线"同时展开的"文化战线"，在争取全国抗战胜利以及民族解放、人民解放斗争胜利的基础上，推动延安文艺及中国文艺的繁荣发展。

二　以文艺批评机制推动文艺制度建设及文艺发展

毛泽东历来重视文艺批评工作，也亲自针对一些文艺作品进行评论和评点，不仅从一个政治家、革命领导者、党的领袖角度对文艺作品进行评论，而且从一个作者、一个诗人、一个具有艺术气质的读者的角度对文艺作品进行评论。更为重要的是,毛泽东作为马克思主义文艺理论家,将马克思主义文艺理论与中国文艺实践相结合,对文艺理论问题及批评问题进行理论探索。关于文艺批评的定位:一方面是将批评作为理论与实践、作者与读者、作品与文艺功用关系的桥梁和工具;另一方面是将批评作为文学评价机制及文学驱动力,既是推动文学发展的评价机制,也是推动理论创新的动力机制;再一方面是将批评作为文艺制度的构成部分,批评既是文艺制度落实于文艺的保障与规范功能作用的体现,又是推动文艺制度创新、体制改革、机制转换以及制度与文艺关系协调发展的"助推器"和内驱力。为此,毛泽东在《讲话》中高度重视文艺批评的地位及其功能作用与意义。

其一,将文艺批评定位于文艺界的"斗争方法"。毛泽东认为:"文艺界的主要的斗争方法之一,是文艺批评。"这一方面是将文艺及其批评作为革命工作的一部分,诸如机器上的螺丝钉来认识,以确立其为革命工作服务、为人民服务、为社会服务的宗旨;另一方面是将批评作为文艺论争、文艺争鸣、文艺家思想教育和改造的工具来认识,既通过批评形成百花齐放、百家争鸣的文艺环境与氛围,又通过批评与自我批评提高文艺家思想艺术水平。这固然存在着因当时战争、阶级斗争需要及历史局限性而导致的文艺批评政治化、工具化、实用功利化的倾向,确实在批评实践中也会出现一些偏差,将批评作为"斗争"扩大化而造成大批判后果。但也说明,毛泽东非常重视文艺批评的"批评性"所在,强调批评的立场、原则、评价取向与评价标准,强化批评的明辨是非、勘察正误、激浊扬清、优胜劣汰的评价导向。因此,文艺批评的所谓"斗争"含义,具有广义而非狭义,并且限定在文艺界范围内,具有文艺批评特征及文艺界的特殊性,并没有简单地将文艺论争、文艺争鸣和文艺家思想教育的问题视为政治问题或阶级斗争问题来对待,也并非仅仅通过整风运动及其他运动方式来解决,而是放在文艺批评中来解决,通过建立文艺制度与批评机制及其制度化建设的长效机制来解决。其目的是使文艺批评能成为推动文艺正确健康发展、文艺家立场思想感情转变、文艺队伍团结统一、文艺功能价值作用更好发挥的动力机制和激励机制。

其二，文艺批评需要专门的研究。毛泽东并不认为只有政治才能解决文艺问题，应该通过文艺批评解决文艺问题。毛泽东在《讲话》中指出："文艺批评应该发展，过去在这方面工作做得很不够，同志们提出这一点是对的。"这说明，延安文艺界出现的一些思想问题和创作问题，与文艺批评的薄弱和削弱有关，与没有充分运用文艺批评机制和开展文艺批评活动有关。如果能够做好文艺批评工作，形成文艺批评经常性、持久性活动机制，不仅能有效地解决文艺界存在的问题，而且能形成文艺繁荣发展的更为广阔的空间和更为自由、更为活跃、更为宽松的环境和气氛，使文艺问题能够在文艺论争、争鸣、竞争中发展，也能通过文艺批评加强队伍建设，增强活力、战斗力和向心力。因此，毛泽东率先针对文艺批评工作做得不够进行批评与自我批评，希望文艺批评能够得到更大发展，充分发挥文艺批评功能作用。如何推动文艺批评发展，毛泽东认为必须尊重文艺批评规律及其专业性。他指出："文艺批评是一个复杂的问题，需要许多专门的研究。"这一方面强调文艺批评的复杂性，主要在于文艺批评具有普遍性与特殊性、意识形态性与科学性、社会功用性与评价取向性，因此，文艺批评不仅是文艺界思想斗争及文艺思想评论方式，而且是评价文艺的艺术性、审美性、专业性的方式，必须依据文艺规律和文艺自身特征来开展文艺批评活动，充分考虑文艺批评的特点及其特殊性；另一方面强调文艺批评的专业性，需要许多专门的研究，亦即专业研究，将其放置在文艺专业及文艺理论专业中进行研究。总之，文艺批评既需要坚持党对文艺工作及文艺批评的领导，尤其是领导干部应该充分重视文艺批评工作，并遵循文艺规律对文艺批评进行专门的研究，又需要培养文艺批评专业化队伍，通过文艺批评家进行专业研究，成为文艺批评的内行和专家。

其三，确立文艺批评的评价标准和原则。文艺批评必须做到科学准确、公平公正，因此必须遵循评价标准。确立好标准，也在一定程度上确立文艺批评的评价向度、态度、原则、方法。文艺发展必须依靠文艺批评的评价机制来推动，评价取向往往成为文艺发展导向。《讲话》从一定意义上说就是文艺批评，其评价倾向性和价值取向性是非常明确的。毛泽东指出："文艺批评有两个标准，一个是政治标准，一个是艺术标准。"他在坚持将政治标准放在第一位、艺术标准放在第二位的前提下主张两个标准的统一，"我们要求则是政治与艺术的统一，内容与形式的统一，革命的政治内容和更可能完美的艺术形式的统一。缺乏艺术性的艺术家，无论政治上怎样进步，也是没有力量的。因此，我们既反对政治观点错误的艺术家，也反对只有正确的政治观点而没有艺术力量的所谓'标语口号式'的倾向，我们应该进行文艺问题上的两条路线斗争"。同时，毛泽东还指出："政治并不等于艺术，一般的宇宙观也并不等于艺术创作和艺术批评的方法。""马克思主义只能包括而不能代替文艺创作中的现实主义，正如它只能包括不能代替物理科学中的原子论、电子论一样。空洞干燥的教条公式是要破坏创作情绪的，但是它不但破坏创作情绪，而且首先破坏了马克思主义"。由此可见，毛泽东是尊重文艺及文艺批评规律的。尽管将文艺批评的政治标准与艺术标准区分为第一、第二会有一定的偏颇之处；但针对当时抗战与革命战争特定历史环境需要而言，也有其合理性与必然性。如果不将其放在当时的语境下运用历史唯物主义与辩证唯物主义方法分析的话，就无法准确把握延安文艺及其批评标准精神。因此，有必要科学辩证认识毛泽东关于文艺批评及其批评标准的论述，他着重于从宏观、整体、系统把握文艺方向及其评价标准，着眼于建立起马克思主义文艺理论与中国文艺实践相结合的、具有中国特色与时代特征的新文艺及批评，由此立足于从思想方针、路线方向、原则立场角度指导文艺批评及其评价标准建立，并且明确指出文艺批评及其评价标准需要充分考虑文艺的特殊性，应该进行"专门的研究"。此外，毛泽东强调政治标准第一，主要是针对当时革命战争需要与文艺界实际将文艺批评着眼点聚焦文艺思想方向的重大问题，以确定文艺性质、特征、功能、作用、价值；同时也针对延安文艺及当时文坛存在的某些思想偏向问题，针对性地运用思想政治标准进行批评，着重于明辨大是大非的方向性问题。但毛泽东并不是绝对将政治标准简单化、唯一化，也充分考虑到文艺批评的艺术标准问题，考虑到文艺特点和特殊性。尽管艺术标准第二的提法有意或无意削弱了艺术标准的重要性，但毛泽东并未将其视为可有可无的标准，而是视为文艺批评不可或缺的必要标准。这一思想观点在中华人民共和国成立后也得到延续和发展。毛泽东认为："为了鉴别科学论点的正确或者错误，艺术作品的艺术水准如何，当然还需要一些各自的标准。"① 也就是说，艺术评价除政治标准外，还必须有艺术标准，或者说文艺批评更为深入和内在的评价应该依据艺术标准。当然，作为党和国家领导人的毛泽东更为关注的是政治标准及如何制定政治标准；但艺术标准的制定就并非依靠政治家来制定了，而是根据艺术规律由艺术家来制定，由作品的读者和人民群众来制定。诚如马克思提出的"人民历来就是作者'够资格'和'不够资格'的唯一判断者"②。毛泽东也指出："戏唱得好坏，还是归观众评定的。"③ "而代之以新鲜活泼的、中国老百姓所喜闻乐见的中国作风和中国气派"。④ 这就说明，文艺批评不仅需要政治标准，而且需要艺术标准，文艺的发展必须依据这些标准建立起评价机制来推动，文艺批评就是运用评

---

① 毛泽东：《正确处理人民内部矛盾的问题》，《毛泽东论文艺》，人民文学出版社1966年版，第119页。
② 马克思：《第六届莱茵省议会的辩论》，《马克思恩格斯全集》第1卷，人民出版社1965年版，第90页。
③ 毛泽东：《在中国共产党第八届中央委员会第二次全体会议上的讲话》，《毛泽东选集》第5卷，人民出版社1966年版，第315—316页。
④ 毛泽东：《中国共产党在民族战争中的地位》，《毛泽东论文艺》，人民文学出版社1966年版，第45页。

价标准来衡量和评论作品，必须遵循文艺规律和人民需要来建立标准。

其四，文艺批评必须体现"百家争鸣"的民主精神。抗战时期划分为国统区、解放区、沦陷区等不同区域，既形成中华民族全民抗战的统一战线，又鲜明标志出各自政权性质不同而产生的差异。中国共产党领导下的延安抗战根据地或解放区建立起的政权性质是新民主主义政权，实施民主制度，人民当家做主。因此，延安是进步思潮与民主自由风气的聚集地与发源地，为抗战文艺与延安文艺发展创造了良好的环境氛围。延安民主政权与民主制度为文艺百花齐放，学术讨论及文艺批评为百家争鸣提供了有利条件，显示民主政权、民主制度的优越性，延安文艺座谈会作为文艺民主自由的标志，充分说明民主政权、民主制度的优越性及文艺制度的保障作用。这无论从座谈会召开的初衷是配合整风运动以解决文艺界一些思想和艺术问题来看，说明当时延安充满文艺民主自由的空气，不同意见可以自由发表和争论；还是从座谈会期间的讨论也充满民主自由的精神来看，文艺家不仅可以畅所欲言，发表不同意见，还能展开争论。据载："1942年春，毛泽东亲自找延安部分作家谈话，了解情况，听取意见。5月，毛泽东和凯丰联名邀请在延安的作家、艺术家举行座谈会。应邀出席者约百人。……随后一些作家、艺术家在座谈会上围绕这些问题，相继发表意见。……文艺座谈会后，毛泽东又向延安鲁迅艺术文学院师生发表讲话，号召大家走出'小鲁艺'，到'大鲁艺'中去。"[1] 由此可见，召开座谈会前后，毛泽东等党的领导人做了大量、细致的调研工作，并认真了解情况，听取意见，这不仅表现党领导人的民主作风，而且说明当时的民主制度提供文艺论争、文艺争鸣的保障，也能说明文艺批评的民主性和人民性精神所在。中华人民共和国成立后继续发扬延安文艺座谈会民主传统，落实文艺"双百"方针。毛泽东《正确处理人民内部矛盾的

---

[1] 黄修己：《延安文艺座谈会》，《中国大百科全书·中国文学》（2），中国大百科全书出版社1986年版，第1129页。

问题》指出:"'百花齐放、百家争鸣'的方针,是促进艺术发展和科学进步的方针,是促进我国社会主义文化繁荣的方针。艺术上不同的形式和风格可以自由发展,科学的不同的学派可以自由争论。利用行政力量,强制推行一种风格,一种学派,禁止另一种风格,另一种学派,我们认为会有害于艺术和科学的发展。艺术和科学中的是非问题,应当通过艺术界科学界的自由讨论去解决,通过艺术和科学的实践去解决,而不应当采取简单的方法去解决。"[1] 这正是延安文艺座谈会的民主传统所在,也是《讲话》精神所在。毛泽东一方面说明"双百"方针其目的是更好地发展和繁荣艺术和科学,其内核是提倡"自由发展"和"自由争论",构建艺术和科学发展的多样化、开放性、宽松活泼的环境;另一方面也严格区分艺术工作与其他工作的不同,重视艺术的自主性、自律性和特殊性,要求按艺术规律办事,反对利用行政手段干预艺术,反对采取简单粗暴的方法对待艺术。也就是说,艺术问题应该由文艺批评去解决,通过艺术界、科学界的自由讨论去解决,这就要求将文艺批评作为文艺发展机制,通过文艺批评推动文艺发展和繁荣。

三 文艺制度与批评机制提供延安文艺发展的保障

延安文艺座谈会及毛泽东《讲话》精神对于延安文艺制度建设产生重要作用,不仅进一步加强文艺思想建设,以提供延安文艺发展方向、方针、路线的制度保障与政策、机制支撑,而且进一步加强延安文艺的组织领导、业务管理、机构团体、文艺队伍以及建章立制的建设工作,以提供延安文艺发展的组织保障与体制保障。更为重要的是,通过文艺制度建设进一步加强党对文艺工作的领导,加强文艺理论建设,加强文艺创作机制及其评价机制建设。因此,延安文艺制度建设不仅具有理论与实践价值,而且具有历史与现

---

[1] 毛泽东:《正确处理人民内部矛盾的问题》,《毛泽东论文艺》,人民文学出版社1966年版,第113页。

实意义。

其一，坚持党对文艺工作的领导，建立思想教育与组织管理的制度化建设的长效机制。实现党对文艺工作的领导主要落实在延安文艺制度的建设上，表现形式主要体现在五方面：一是坚持党的文艺方针、路线、政策，确立文艺发展方向、目标、指导思想与价值取向，将坚持党对文艺工作的领导落实在方向、方针与路线的思想指导上，将文艺工作纳入党的工作及革命事业的轨道上；二是落实党的知识分子政策及文艺政策，创造重视与关心文艺队伍建设及文艺家成长的环境与氛围，提高文艺的社会价值作用以及文艺家的社会地位；三是加强党对文艺家的思想教育、组织管理、世界观改造和立场态度的转化工作，纠正文艺界存在的种种不良倾向，批评错误与模糊观点，团结一切可以团结的人，壮大文艺队伍，形成"文化军队"；四是建立批评与自我批评及文艺批评机制，不能仅仅依托整风运动方式整顿文艺队伍，而是要依靠文艺制度建设及文艺批评长效机制建设提供解决文艺问题途径，提供文艺健康良好发展的保障；五是重视对文艺新人的培养和教育，兴办文艺院校与文艺社团，培训文艺干部和文艺骨干，发掘文艺人才，为文艺队伍输送新生力量，补充新鲜血液。毛泽东在《论联合政府》中指出："为着扫除民族压迫和封建压迫，为着建立新民主主义的国家，需要大批的人民的教育家和教师、人民的科学家、工程师、技师、医生、新闻工作者、著作家、文学家、艺术家和普通文化工作者。他们必须具有为人民服务的精神，从事艰苦的工作。"[①] 可见，毛泽东十分重视文艺队伍建设及文艺人才的培养和教育，并在延安根据地十分困难的条件下建立起文艺教育、培养、培训制度，建立起保障文艺队伍健康发展的规章制度，建立起文艺人才的成长制度，建立文艺作品的创作与发表制度。

---

① 毛泽东：《论联合政府》，《毛泽东选集》，人民出版社1966年版，第1083页。

其二，构建新型的文艺理论体系，夯实文艺制度的理论基础。在延安文艺座谈会上，毛泽东《讲话》不仅对延安文艺现象及现实理论与实践问题进行分析，而且对文艺理论基础问题进行探讨，构建马克思主义文艺理论及当代中国文艺理论体系的大致轮廓。从文艺性质到文艺特征的问题，从文艺为什么人到如何服务的问题，从普及与提高的关系到生活与艺术的关系问题，从古为今用到洋为中用的问题，从艺术典型化到艺术创作方法的问题，等等。毛泽东文艺思想涉及文艺的根本问题和基本理论，构建文艺的性质、特征、来源、起源、发展、功能、作用、价值、意义以及创作方法、语言运用与技巧手法等文艺本体论、源流论、功用论、创作论、作者论、作品论、鉴赏论的文艺理论系统。针对文艺批评，涉及文艺批评性质、特征、原则、标准、方法等内容，构成文艺批评理论系统。这一新型的文艺理论体系，不仅对文艺创作与批评实践具有指导作用，而且是对文艺理论建设的重要贡献。当然，毛泽东不仅仅是一位文艺理论家和文艺评论家，而且是一位政治家、革命领袖、党的领导者，因而他对文艺及文艺批评的认识主要从更为宏观、更为广阔、更为深刻的角度来把握和理解。从这一角度而论，毛泽东文艺思想更为注重将马克思主义文艺理论与中国文艺实践相结合，一方面将文艺放置在生产力与生产关系、经济基础与上层建筑、意识形态与社会关系的大框架中定位，从而揭示文艺的意识形态性质与属性；另一方面将文艺放置在文艺与人民、文艺与生活、文艺与政治、文艺与革命工作的中国现实语境中定位，从而揭示文艺的综合功能与作用。显而易见，这是文艺领导管理者的高屋建瓴的宏观研究，更多地指向制度设计、制度统筹、制度调控的文艺制度建构与建设。

其三，文艺制度提供延安文艺繁荣发展的保障。延安文艺座谈会之后，不仅解决了当时延安文艺发展面临的重大现实问题，而且解决了创作实践与理论研究的一些基本问题。更为重要的是，解决了红色政权下文艺制度构建问题。在延安文艺座谈会精神鼓舞下,延安文艺出现突飞猛进的发展高潮,涌现了一大批群众喜闻乐见的优秀作品,如歌剧《白毛女》《刘胡兰》,秧歌《兄妹开荒》,小说《李有才板话》《小二黑结婚》《太阳照在桑干河上》《暴风骤雨》《原动力》《种谷记》《吕梁英雄传》《新儿女英雄传》,诗歌《王贵与李香香》《漳河水》,歌曲《东方红》《南泥湾》《绣金匾》《高楼万丈平地起》,曲艺《刘巧团圆》,秦腔《血泪仇》,等等;培养和造就了一大批延安作家、艺术家和文艺工作者,如丁玲、赵树理、贺敬之、孙犁、马烽、西戎、周立波、孔厥、袁静等,加强了延安文艺队伍的建设,增强了文艺的生命力、战斗力和新鲜血液;文艺理论批评也有了新的发展,发表了周扬《艺术教育的改造》、何其芳《改造自己,改造艺术》、张庚等《论边区剧运和戏剧的技术教育》《论文学教育》等论文与评论。延安文艺积极配合革命工作和抗战工作,极大地推动了民主运动和革命战争的发展。延安解放区建立起一整套符合当时文艺发展的规章制度,制定了文艺方针、政策和措施,建立起延安文艺制度、体制、建制、机制,有效地保障了延安文艺的运行和发展。延安文艺座谈会及《讲话》精神,不仅对延安文艺发展起了重要推进作用,而且引起全国文坛关注,极大地影响了全国文艺的发展。郭沫若当时高度评价为"一个新的时代、新的天地、新的创世纪"[①]。总之,在延安文艺座谈会之后,延安根据地形成了"文化军队"的领导与管理制度、文艺界批评与自我批评制度、文艺批评制度及其文艺争鸣机制、文艺教育与人才培养制度、文艺创作与表演制度,加强文艺队伍的制度化建设,促进延安文艺迅猛发展,在全国形成重要影响。

中华人民共和国成立后,延安根据地红色政权发展为国家政权,从新民主主义革命进入社会主义建设阶段,建立了社会主义制度并日益彰显社会主

---

① 黄修已:《延安文艺座谈会》,《中国大百科全书·中国文学》(2),中国大百科全书出版社1986年版,第1129页。

义制度的优越性。延安文艺传统成为新中国文艺发展基石，延安文艺制度为新中国文艺制度奠基，可谓一脉相承、水乳交融、构成整体。基于延安文艺制度建设基础，新中国建立起相应的文艺制度形式，对文艺进行领导、组织、管理，提供文艺繁荣发展的保障。这一优良传统主要表现在三方面：一方面是从党和国家的制度、体制、建制上设置文艺领导、管理的行政机构，坚持党对文艺工作的领导，提供党的文艺方针政策、方向路线、政策措施的贯彻落实的行政管理制度及其政策保障；另一方面是从建立文艺社团组织、文艺团体、文艺专业机构、文艺教育院校以及文化事业单位等，形成文艺工作制度、活动制度、创作制度、教育制度、发表与出版制度、传播制度、评价制度等文艺制度形式，提供文艺发展的专业与业务保障；再一方面是建立文艺内部关系及其内外关系的工作协调机制，建章立制，立法定规，创造有利于文艺发展的民主制度与良好环境，以社会主义制度的优越性激发文艺家积极性，提高文艺的社会地位，保障文艺家著作权益，提供文艺发展的组织保障与制度保障。尽管任何文艺制度的建立都是一个不断完善和建构的过程，在其建设过程中无疑存在一些问题与缺陷及制度性、体制化弊端，需要通过制度创新、体制改革、机制转换使其完善和发展，但延安文艺制度对于新中国文艺制度建设的作用，甚至对中国当代文艺制度建设的影响，仍然具有历史价值与现实意义。

第四章　文学批评价值源发生论

古今中外文艺发展无论是文学史、艺术史、美学史还是文艺理论、文艺批评、文艺鉴赏都必须遵循真善美规律和原则，都源自真善美价值追求，都以真善美作为价值取向及评价标准。因此，真善美可谓文艺核心价值及永恒价值，也可谓文艺价值观的价值源。习近平在文艺座谈会上讲话指出："追求真善美是文艺的永恒价值。艺术的最高境界就是让人动心，让人们的灵魂经受洗礼，让人们发现自然的美、生活的美、心灵的美。……我们要通过文艺作品传递真善美，传递向上向善的价值观，引导人们增强道德判断力和道德荣誉感，向往和追求讲道德、遵道德、守道德的生活。只要中华民族一代接着一代追求真善美的道德境界，我们的民族就永远健康向上、永远充满希望。"这就意味着真善美价值不仅是文艺追求的核心价值，而且是文艺发展的过去—现在—将来贯通一脉、传统性—现代性—民族性三位一体的永恒价值、普惠价值与终极价值。尤为重要的是，真善美价值是文艺价值观及其核心价值取向的价值源。所谓价值源，一方面指真善美价值的缘起和源头，另一方面指真善美价值的来源和渊源，再一方面指真善美价值的创造和创新源泉。因此，探溯文艺真善美价值源问题，对于核心价值观培育及核心价值体系构建具有十分重要的理论与实践意义，对于传承弘扬中华民族精神与中华文化传统、实现中华民族伟大复兴宏伟目标、推进中国当代文化建设及文艺发展也具有非常重要的现实意义。

第一节 艺术发生学的审美价值源探溯

审美人类学在美学与人类学跨学科综合研究上，一方面着眼于两者在双向同构的交叉点与契合点上寻找学术生长点与新的增长点；另一方面着手于从学术边缘、盲区与空白点探寻理论研究的突破口及提供理论创新的实践经验支撑点；再一方面着重相对于主流和中心的区域性民族、民间、民俗审美文化生态考察研究，在案例研究、实证研究、应用研究基础上拓展理论研究空间。因此，审美人类学更为关注美学研究中的人的问题与人类学研究中的审美问题，关注艺术经验、审美经验与人类社会实践经验、民族经验的关系问题，关注艺术活动、审美活动在人类社会实践活动的关系问题。这一研究取向和价值目标往往形成主要侧重于艺术、审美发展与人类社会发展的关系研究，聚焦在起源和现实发展两端。正如刘勰《文心雕龙·原道》将"文心"放置在"人文"中来认知，以"观天文以极变，察人文以成化"[1]来探索"文"发生与发展之道一样，其《序志》提出"原始以表末"[2]的研究方法，一方面通过"原始"才能更好"表末"；另一方面紧扣"原始"与"表末"两端，无疑就抓住了整个活动过程及其发展脉络。因此，本书着眼于从审美人类学研究视角探讨艺术起源问题，以深化与拓展这一问题研究的路径。

一 艺术起源的审美人类学研究基本思路

艺术起源研究主要基于三个视角：一是基于艺术史的历史研究视角，主

---

[1] 刘勰：《文心雕龙·原道》，范文澜注：《文心雕龙注》，人民文学出版社2008年版，第3页。
[2] 同上书，第727页。

要依据历史文献史料及历史文本研究，以追溯艺术起源的历史渊源和缘由；二是基于史前文物及历史文物考古发掘的出土文物资料，从考古学、体质人类学、史前历史学以及旧石器时期与新石器时期到文明时期的人类发展史角度探索艺术的起源问题；三是基于发展至今仍然还保留和保存某些原始形态痕迹和原始文化"活化石"的族群或群类生存、生活的原生态状态的田野考察，从中窥探艺术发生的奥秘。古今中外对艺术发生学研究，以往主要从艺术起源角度进行探讨，形成"劳动说""摹仿说""巫术说""游戏说""表现说""升华说"以及从"一元决定论"到"多元构成论"等各种学说及理论模式，从不同研究视角奠定了艺术起源的理论基础与实践依据。尤其是"劳动说"，马克思主义给予历史唯物主义与辩证唯物主义的阐释使之成为经典学说。恩格斯在《劳动在从猿到人转变过程中的作用》指出："政治经济学家说：劳动是一切财富的源泉。其实劳动和自然界一起才是财富的源泉，自然界为劳动提供材料，劳动把材料变为财富。但是劳动远不止如此。它是整个人类生活的第一个基本条件，而且达到这样的程度，以致我们在某种意义上不得不说：劳动创造了人本身。"劳动在创造人的基础上创造艺术，"只是由于劳动，由于和日新月异的动作相适应，由于这样所引起的肌肉、韧带以及在更长时间内引起的骨骼的特别发展遗传下来，而且由于这些遗传下来的灵巧性以越来越新的方式运用于新的越来越复杂的动作，人的手才达到这样高度的完善，在这个基础上它才能仿佛凭着魔力似的产生了拉斐尔的绘画，托尔瓦德森的雕刻以及帕格尼尼的音乐"[①]。马克思主义着眼于从劳动讨论人及艺术起源问题，无疑坚持历史唯物主义与辩证唯物主义观点，同时又提出劳动和自然界关系，由此又将劳动作为人与自然界关系的纽带，形成主体的合目的性与客体的合规律性统一的人类社会实践活动性质与特征，确立艺

---

① 恩格斯：《自然辩证法》，《马克思恩格斯选集》第三卷，人民出版社1972年版，第510页。

起源说研究的基本指向与指导思想。

　　马克思主义之前的各种起源说存在的问题在于：一方面各种学说基于各自不同的研究视角也会囿于自身孤立的视角形成二元对立观念，既具有一定的合理性又存在一定的片面性，即便"多元构成论"虽有其辩证综合的特点但也存在折中、中庸，甚至模棱两可的不足；另一方面将艺术发生学仅仅归结为起源问题，无疑使复杂问题简单化和单一化，艺术起源问题其实质是发生学问题，亦即艺术是一个发生、生成、建构过程，是一个内部结构与外部形态构成自身运动的进化与转化过程，也是一个内在基因积淀、孕育、遗传的构成和过程；再一方面以传统或现代艺术形态及其艺术观念来套认艺术发生的原始形态及其原始观念，简单从艺术与非艺术划分视角分析起源问题，忽视艺术发生于物质活动与精神活动浑然一体的原始时期特征，忽略艺术与非艺术界限模糊的特征，忽略前艺术、大艺术、亚艺术、准艺术所表达原始艺术既区别于又联系于传统艺术和现代艺术的普遍性与特殊性的特征。更为重要的是，各种起源说都在不同程度上忽略从人及其人类社会实践活动的角度考虑艺术起源问题，更未能将艺术发生与人类发生联系起来，未能揭示艺术发生学的人类学内涵与意义，留下艺术起源研究的一些误区和盲点，为审美人类学在这一问题上的探索研究提供契机与条件。从审美人类学视角研究艺术起源的发生学，首先必须确立研究的基本思路与理论依据，形成以下三个基本观念。

　　其一，系统论、控制论、价值论的关系论观念。系统论着眼于从较为宏观的系统构成角度，包括要素、结构、层次、关系构成及系统的结果性、整体性、协调性特征，凸显以关系作为研究对象或研究视角的优势；控制论着眼于系统关系间的平衡与协调，强调系统控制、调节与自控制、自调节的互动共生关系及其功能作用；价值论从立足于微观价值现象研究到着眼于宏观的价值哲学研究的发展，也在确立价值主体与客体、需要与价值、价值与评价关系中，凸显以价值关系作为研究对象的意义。由此也形成审美人类学立足于美学与人类学跨学科结合的重要基点，在于作为美学研究对象的美与作为人类学研究对象的人类在其人类审美现象的交叉点上确立人与审美的关系，进一步凸显人在审美关系中的位置及其功能作用，也凸显审美在人类社会关系中的位置及其功能价值，以及在人与审美关系中所凸显的美学意义与人类学意义。从审美人类学研究的美学视角而论，将美学研究对象确定为美与美感构成的审美关系研究，导致从关注美的本质论转向审美价值论及美感研究，从审美客体研究转向审美主体研究及主客体关系研究，从美的形态与类型研究拓展为人类审美现象及审美实践活动研究，由此将美学放置在人类学大视野中而确立人类学美学价值取向；从审美人类学视角的人类学研究而论，将人类学对象聚焦于人类审美现象所构成的审美人类学视野，不仅有利于将体质人类学与文化人类学结合确立，而且有利于深化和拓展人类学研究视野，由此在科学客观研究基础上更为注重主客体关系、主位与客位关系研究，在事象、现象、案例的实证性研究基础上推向文化内涵与意义的理论阐释性研究，在人与环境关系及自然环境与社会环境关系研究基础上进一步深化为人文生态与环境生态关系研究。由此，以关系论拓展深化审美人类学研究视野和视角。

其二，确立发生学的生成论与建构论观念。无论对于人类起源还是艺术起源、审美起源的探讨，以往所执的各种起源说观念及其理论形态都是立足于起源说的时限及其理论推断而假设的，问题不仅在于缺乏文献资料与科学实证，而且在于将起源视为产生或蜕变的断裂性质和截然对立的分化，是与非界限分明，前与后互不相干，以本质界定似乎就可以划分区别。从人类起源而论，依据达尔文进化论观念，人类进化并非产生而是发生过程，是一个生物遗传基因积淀与转化及人类逐渐脱离自然界而"人化"的发生、生成、建构过程。在这一漫长而复杂的进化过程中，要想找到从猿到人的分界线及猿与人的划分点，几乎是不太可能的，因为不仅时限难以明确确定，而且从猿到人经历过古猿、南方古猿、能人、直立人、智人（早期、晚期）以及旧石器时期、新石器时期等阶段，人类都处于生物进化过程中。从艺术起源而论，艺术与审美的起源也是发生、生成、建构过程，非艺术与艺术界限、前艺术与艺术划分以及审美现象、审美意识发生的分界，由此模糊而交织，其时限、构成、形态处于混沌与复杂状态。特别是作为人类社会实践活动的艺术与美的人类创造物，在人类发展早期的实践活动所呈现物质与精神不可分割的浑然一体状态下，既包含或交织于人类社会实践活动及其创造物中，又具有物质与精神、功利性与非功利性、实用性与装饰性、快感与美感交织为一体的特征。即便随着劳动分工发展与人类认识世界能力提升，艺术与审美逐渐从物质与精神交织中分离出来，使其非功利性、装饰性、美感性日益显现，但并不能否定其物质性、功利性、实用性、快感的基础及其要素构成，在认定艺术与非艺术、审美与非审美界限的同时也必须承认其界限的相对性。由此可见，艺术与审美的起源与人类起源一样，也是发生、生成、建构的过程，应该遵循发生学所执的生成论与建构论观念。

其三，在破除二元对立思维的同时确立双向同构观念。辩证唯物主义确实是正确指导与科学认识世界的世界观及方法论，坚持物质第一性的"一元论"，对于反对唯心主义以及"二元论"具有重要意义。辩证唯物主义在认识论与反映论上遵循对立统一规律，其中蕴含深刻的辩证法思想与方法论，在正确认识相对而言的范畴、事物、矛盾中认清其既具有对立性又具有统一性，既具有相对性又具有绝对性，既具有普遍性又具有特殊性。但如果将唯物主义推向极端化与简单化，往往也会在世界观上缺乏辩证思维以及在方法论上缺乏辩证法，导致机械唯物主义与庸俗唯物主义偏向；所执二元对立及单向或单一决定论、狭隘认识论、被动反映论观念，导致对物质决定精神、存在决定意识的简单化、片面化、绝对化的理解。辩证唯物主义之所以不同于以往唯物主义，一方面在于辩证理解物质与精神、存在与意识、主体与客体的关系，强调两者相辅相成、相互渗透、互为作用的相对构成关系；另一方面在关系中强化人的主体性、能动性、积极性；再一方面在于"哲学家们只是用不同的方式解释世界，而问题在于改变世界"①，亦即在以劳动为中心的社会实践活动中改造世界与改造人类自我。具体表现在艺术、审美的基本关系构成中，更为强调人类社会实践活动及人类创造物的"属人"性质及其艺术、审美的特殊性，推动文艺美学哲学基座的认识论向价值论转向，或主张价值论、认识论、实践论三位一体构成的哲学基座，由此在物质与精神、存在与意识、主体与客体的关系上形成双向同构观念，在艺术、审美性质与特征的认识上，形成相对而立、双性同体、双向共生的同构性、系统性与整体性。在人类发生、艺术发生、审美发生规律及其缘由的探讨上，不仅仅局限于环境决定论而强化人类在适应环境与改造环境中的能动作用，而且更为重视人类社会实践活动对于人类发生及艺术、审美发生的作用。

关于起源问题，过去人们往往纠缠于到底是鸡生蛋还是蛋生鸡的悖论而长期存在纠结、困惑与争执，用双向同构理论解释，可以得出在鸡生蛋的同时蛋也生鸡的结论，其实就是将其发生、生成、建构过程视为双向共生与双向同构过程，将鸡与蛋关系视为逻辑构成性和历史建构性的整体关系，这样就使鸡与蛋的起源及其究竟谁决定谁的争执在发生学的双向同构理论解释中迎刃而解。具体落实到关于人类起源及其缘由问题讨论，也会面临一个难以绕开的悖论，即劳动创造人还是人创造劳动的悖论。如果将劳动界定为人类自觉的、有意识的、有目的的、创造性的行为活动的话，那么劳动既创造人同时也是人创造劳动的结果；如果将人与劳动关系视为不可分割的整体，而非执二元对立观念，也就可以避免劳动创造人还是人创造劳动的悖论。事实

---

① 马克思：《关于费尔巴哈的提纲》，《马克思恩格斯选集》第一卷，人民出版社1972年版，第19页。

上就是在劳动创造人的同时人也创造劳动。从人与劳动的发生学及其建构论与构成论而言，两者无疑也是相辅相成、互为作用、双向共生的，所谓人即劳动及社会实践活动中的人，所谓劳动即人类社会实践活动的劳动，人与劳动关系在起源说与发生论问题可用双向同构理论加以解决。由此而论，建立在价值论哲学基座上的文艺学、美学理论，在坚持辩证唯物主义基础上，依据文艺、审美规律及其特殊性，在解释文艺、审美的物质与精神、存在与意识、主体与客体的辩证关系上适用于双向同构理论。

二 基于原始工具的艺术发生学阐释

关于艺术起源的发生学探讨，从 20 世纪 80 年代以来，国内学界着眼于艺术发生学理论与方法论将各种起源说进一步深化与拓展，同时也在努力探索另辟蹊径的渠道，取得一些令人瞩目的成果。邓福星的《艺术前的艺术——史前艺术研究》从发生学视角对艺术起源问题进行了有益的探索，基本思路就是从发生学研究视角将艺术发生与人类发生联系起来，一方面将艺术起源视为一个发生、生成的建构过程，由此将关注点放在艺术前的艺术，亦即史前艺术发生的探讨上，在认定艺术发生学的同时也建构起与之相应的艺术观与审美观也是一个发生、生成的建构过程的双向同构理念；另一方面将艺术起源不仅放置在人类社会实践活动中来认识，而且将艺术发生与人类发生结合形成双向共生性，使艺术发生具有人类学及审美人类学意义；再一方面更为重要的是，提出在当时可谓惊世骇俗而又颇具争议的艺术起源与人类起源同步的观点，从而开辟了艺术起源的发生学研究新领域和新视野。

认定艺术起源与人类起源同步观点的主要支撑点是工具，也就是说，原始工具是原始艺术的发生点。制作和利用工具在人类起源及其发生学中具有重要意义，甚至作为由猿向人转化的转折点、人与动物本质区别以及人类走出自然界的分界线。因此，能够制作和利用工具就成为人之所以为人的立足点所在，成为定义人的必要构成条件与要素。从体质人类学研究对史前人类遗骸的考古发掘与科学探测，依据原始人与类人猿、猿人、猿猴的体质构造比较，从而得出人与猿区别所在的结论，固然有其道理和根据。但是，依据这些道理和根据，原始人与现代人也会存在体质上的差异，包括人类发生、生成、进化过程中的人的建构，同样也具有阶段性的特点和差异，甚至人类至今还会遗留某些动物性的遗传基因及其遗痕。恩格斯指出："我们的祖先在从猿转变到人的好几十万年的过程中逐渐学会了使自己的手适应一些动作，这些动作在开始时只能是非常简单的。最低级的野蛮人，甚至那种可以认为已向更加近似野兽的状态倒退而同时身体也退化了的野蛮人，也总还是远远高出于这种过渡期间的生物。"① 因此，关于人类起源问题还需要通过文化人类学研究角度对人类社会实践活动进行考察，特别是推动人类从猿到人的转化中工具制作与利用的作用。也就是说，考察最初人类制作石器工具的发生也许更为切近人类发生的源头。石器工具的产生对于人类起源的发生学意义不言而喻，对于艺术、审美发生是否也具有意义，能否从原始工具制作中获得艺术发生与人类发生同步的结论，则需要从审美人类学研究视角进一步加以论证和探讨。

其一，工具的工具性与目的性关系的本体论意义。无论原始工具还是现代工具，本质上都是在人与自然及人与对象关系中借助一定的工具、媒介、手段以便更好地达到目的的方式。工具是人类改造世界的武器，也是人与世界、主体与客体、人类与社会实践活动对象构成关系的中介和桥梁。不仅人类借助工具更为有效地提高活动效果以更好达到目的，而且通过制作和利用工具而使人类称为人，推动人类发生并不断提升人类进化水平及其素质与能力。因此，人类发生与工具制作形成双向同构关系，一方面工具制作必须依赖于人类进化到一定水平，即打磨工具的手的生成及其灵巧程度的发展，而

---

① 恩格斯：《自然辩证法》，《马克思恩格斯选集》第三卷，人民出版社1972年版，第509页。

手从作为爬行跳跃前肢的转变又与足及其直立有关，而直立又与整个身体运动有关。正如恩格斯指出："但是手并不是孤立的。它仅仅是整个极其复杂的机体的一个肢体。凡是有利于手的，也有利于手所服务的整个身体。"[1] 正是人的手及身体的人类进化才能保证工具制作的条件，同时也随着人类手艺不断提升才能推动工具制作及其改进和改良。另一方面，也正是因为制作和利用工具，人类在其生物进化过程中才会进入基于制作工具和改造世界的人类发生生成进程，使工具成为人类、史前原始文明及其人类社会实践活动发生的标志。也就是说，如果没有人的身体的生物进化也就不可能有工具制作；如果没有工具制作也就没有人类的起源发生及其人类文明的开启。这就构成人类发生与工具发生相辅相成的双向共生和双向同构的关系。从这一角度而论，人与工具关系还具有同化与异化的对立统一性。同化指人与工具合为一体的人化，工具实际上成为人的身体器官及其功能的延伸，原始工具的石斧、石铲、石刀无形中是人手的延长与增力，以及身体与心脑的整体扩充，工具所具有的"属人性"使之成为人的身体构成一部分及人的本质力量对象化。异化指工具的物化性与工具性使其具有超人和超自然力的特征，同时也会异化为工具物及其人因为依赖工具而造成某些器官或功能的变化或弱化。如利用工具狩猎与赤手空拳狩猎显然在人的体力程度上有很大差异，但利用工具造成人的体力减弱的同时必然形成体质及体能技巧与心智能量的增强，尤其是大脑的发育，从这一意义上也可谓进化。由此可见，工具的功能性既具有工具性又具有目的性，既具有中介性又具有交流性，既具有物化性又具有"人化"和"属人"性，由此辩证关系使工具具有人类学本体论意义。工具不仅使其成为人类发生生成的必要条件，而且成为人类自身不可分割的重要构成部分。

---

[1] 恩格斯：《自然辩证法》，《马克思恩格斯选集》第三卷，人民出版社1972年版，第510页。

其二，工具功能在实用性与适用性关系中的价值论意义。对于工具的认识不能将其孤立起来或仅仅停留在工具技术层面的研究，而是将工具放置在人类社会实践活动及人与世界、人与对象、人与劳动的关系中进行研究。人类基于存在、生存、生活和发展的基本需求而制作和利用工具，以便更好达到人类改造世界与改造人类自身的目的。因此，工具的功能性导致的实用功利价值显而易见，工具制作必须考虑实用性与适用性两方面需要：一方面需要适用于工具对象，以便更快更好、更准确地达到自身目的。诸如在原始狩猎活动中，相对于捕杀野兽而制作的石器工具，无论石斧、石刀还是投掷的石弹、石簇，都应该实用于对象，也就是说必须将石器工具在形态与形式上打磨得尖锐、锋利、强硬，以便有利于捕杀野兽，实现工具的实用功利作用；另一方面需要适应和适用于人的利用与运用，尤其是使用工具的手的适用需要，也就是必须将工具打磨成人的手能够适应掌握和投掷，能够有利于发挥人的体力活动、动作的作用，以及身体的生理心理运动节律、节奏、韵律的效用。也就是说，为了使工具适合于人的使用就必须将工具打磨得更适应人的需要，能够在使用中产生合适感、适应感，以致产生快感和愉悦感。当然，更需要将工具的实用性与适用性结合起来，既考虑到工具作用于对象的需要和实用，又考虑到工具在运用中主体的需要和适用，亦即得到客体的合规律性与主体的合目的性统一的效果。这说明，工具的功利性既具有客体的实用功利性价值，又具有主体的适用功利性价值，从而在价值论意义上构成价值关系，价值生成于主体的需求与客体能够满足需求所提供条件的价值关系中，工具功能价值的功利性在实用性与适用性关系中统一，也在人的价值需求及其价值目标实现的实用功利性与适用功利性关系中统一。

其三，工具形态的内容与形式的统一。原始工具的制作具有十分明显的实用功利性目的，这可从工具的功能、用途、作用、价值等性质特征中标示；同时，也具有十分明显的适用性，针对人利用工具以达到目的的适应性、适合度、适用度而进行工具制作，这可从工具打磨对其形态、形状、形式的要求及其所产生的功能作用中标示。也就是说，工具制作必须遵循内容与形式统一的规律和原则。内容与形式关系在一定程度上可表现为功利性与功能性、实用性与适用性、目的性与工具性关系。内容与形式是相辅相成、互为渗透、互相作用、不可分割的统一体，正如黑格尔所言："内容非他，即形式之转化为内容；形式非他，即内容之转化为形式。"[1] 也就是说，没有无形式的内容也没有无内容的形式。内容与形式具有相对性，既表现在两者相对而言、相对而立，又表现在两者在一定条件下可以相互转化，内容可以转化和积淀为形式，形式可以转化和积淀为内容。从双向同构理论分析，与其说内容决定形式与形式反作用，不如认定当内容决定形式的同时形式也决定内容，内容与形式的共生性与同构性不言而喻。从原始工具的制作来看，对于石器形制、形状、形态、形式的要求既是实用功利性的内容要求，也是适用形态性的形式要求。具体落实在石器工具的打磨上就是其形式的构造与生成，一方面旨在有利于实现其功能作用的内容及其实用功利性目的；另一方面旨在体现工具作为"有意味的形式"[2] 的自身功能性与本体性目的。工具形式的价值意义在于：一是工具形态的形成及其形式化发生过程是基于人的实用与适用的双重功利性需要驱动及人的本质力量对象化行为和创造性活动，将其放置在人类社会实践活动中定位，工具形式的建构同样具有人化、属人性、人格化特征，不仅使工具形式具有人类发生学及其人类学意义，而且使工具形式具有形态化、形式化和形式美的审美人类学意义；二是与工具形式相对而言的形式感及其意识、观念、精神，其发生与生成显然与形式同步。依据双向同构理论，在打磨工具形状的同时人的形式感就同步发生，工具形式生成就意味着人的形式感生成。也就是说在人类早期的社会实践活动中，人的意识、

---

[1] [德] 黑格尔：《小逻辑》，贺麟译，商务印书馆1980年版，第278页。
[2] [英] 克莱夫·贝尔：《艺术》，周金环、马钟元译，中国文联出版公司1984年版，第6页。

观念、精神是渗透和融入劳动及社会实践活动中的，物质活动与精神活动融为一体，形式与形式感同步发生；三是工具形式中所蕴含的形式美与形式美感的双向建构，使工具具有审美及艺术发生意义。从工具形式构成的基本要素形状而论，一方面其实用功利性必然带来对此形状的认可并由此带来生理与心理快感；另一方面工具形状由一定的形式构成，包括圆形、棱形、矩形、方形、三角形、锐角等几何形状及其构成形式，由不规则到规则、由简单到复杂、由粗糙到精细，逐步抽象化、形式化、形状化，由此构成形式中的形式美要素及形式向形式美的生成和转化过程。从工具使用角度而论，一定的工具形状要求必须符合与合适于人的掌握和使用工具的要求，也就有意识地将工具打磨成符合人的手及其身体的舒适度与投掷工具运动的合适度需要而逐步完善其形状及其形式，在突出其功能性与功用性之外还要强化其外观形式适合于人的生理、心理及其行为运动需要，不仅能够更好达到效果而且能够给人带来舒适性与愉悦感。因此，这既是工具形式所带来的形式感、形式美所带来的形式美感、快感所带来的美感，又是形式与形式感、形式美与形式美感、快感与美感双向同构的结果。从这层意义上推导出人类制作的第一件工具就是第一件艺术品（前艺术）、艺术发生与人类发生同步的观点，既使审美人类学阐释成为可能，又使艺术起源的发生学研究得以深化和拓展。

第二节 真善美价值源探溯

　　文艺真善美作为人类共同价值追求具有普遍性与共同性，对于具有中国特色与中华文化传统的文艺真善美价值观而论，既具有普遍性与共同性又具有差异性与特殊性。古今中外文艺家对真善美价值的认识和理解，尽管众说纷纭、见仁见智，也尽管不同时期均有与时俱进的变化和发展，但众说不离其本，万变不离其宗，真善美的内涵性质与精神实质及其文艺传统仍然俱在，由此形成真善美的相对性与绝对性辩证关系。一方面，真善美作为文艺永恒价值，既具有人类共同价值的普遍性与共同性，又具有永恒价值的绝对性与终极性；另一方面，真善美作为文艺价值观，又会因时因地因人因文而具有相对性与特殊性，既在历史发展中有所变化，又需要针对具体情况做具体分析。这在一定程度上说明真善美价值系统的开放性与包容性，遵循对立统一规律建构辩证思维观念，由此形成历时性建构与共时性构成的真善美价值观及价值体系。中华民族的真善美价值观及文艺核心价值取向具有鲜明的中国特色，即将真善美价值观与中国古代"和谐"说紧密联系，融为一体，形成文艺真善美和谐观，凸显真善美辩证统一、互为渗透、相互支撑的三位一体特质特征。探溯真善美作为批评核心价值观及文艺永恒价值的价值源，不仅具有中国特色、民族风格、文化传统的深厚基础，而且具备历史、时代、现实以及人民群众要求等根本条件。

当前，中国文坛面临价值多元与传统价值失落及价值冲突、价值迷乱、价值消解等现实问题，因此迫切需要文艺界大力培育核心价值观。这是因为：一方面，当代文坛存在的不良现象与缺陷究其原因，关键在于文艺观及价值观出现缺失与偏离，有效解决文坛问题必须首先从根本上解决文艺价值观问题，确立真善美和谐观及文艺健康正确方向；另一方面，文艺工作者作为人类灵魂工程师，对核心价值观培育具有义不容辞的责任义务。正如习近平所言："核心价值观是一个民族赖以维系的精神纽带，是一个国家共同的思想道德基础。如果没有共同的核心价值观，一个民族、一个国家就会魂无定所、行无依归。为什么中华民族能够在几千年的历史长河中生生不息、薪火相传、顽强发展呢？很重要的一个原因就是中华民族有一脉相承的精神追求、精神特质、精神脉络。"文艺真善美价值观也是中华民族一脉相承的精神追求、精神特质、精神脉络，形成文艺观价值源。因此，探讨真善美价值源问题对于培育文艺核心价值观、追求文艺真善美永恒价值、传承弘扬中华文化传统、应对当下文坛多元化价值追求及价值迷乱问题具有重要的理论价值与现实意义。本书遵循刘勰所言"原始以表末"[①]的研究方法，基于艺术发生学及其审美发生学视角对真善美价值源进行考察与探溯。

一 文艺真善美价值源的原发点

关于艺术起源与审美起源的发生学研究主要依据史前考古发掘材料以及历代文物文献考证所形成的历史链条与发展线索，其中必然蕴含原始艺术或史前艺术的审美意识及其价值观念萌发的因子，不仅能够成为艺术起源与审美起源发生学探讨的材料和依据，而且成为艺术观、文学观、审美观建构及其价值评价标准的价值源。

史前文明考古以洞穴文化遗存、石窟文化遗存、丧葬文化遗存、贝丘文化遗址以及原始社会生产生活遗存的史前人类学等考古材料，不仅考察和印证史前人类存在、生存、生产、生活、繁衍、进化过程及其链接环节的遗迹，而且考察和印证原始族群图腾崇拜以及原始巫术、原始宗教祭祀仪式中的精神信仰系统缘起与起源、发生与建构的源头及其过程。遵循人类物种起源的进化以及人类社会实践活动建构的规律特征，人类文明发生是物质文明与精神文明交织并同步发生过程。基于人类存在、生存、繁衍、发展的最为根本的实用功利与切身利益需要所生成的"价值—评价"观念，无疑就具有人类基本需要及其意愿需求的价值取向性与情感倾向性。在人类文明及史前文明发生过程中，逐渐建立起基于人类利益关系形成利害、益损、功过、好坏、真假、善恶、美丑等认知与辨别能力，建构起符合人类利益的价值观及价值认知、价值判断、价值评价、价值创造、价值取向等构成的价值系统，确立起真善美核心价值，成为人类价值观及文艺观的价值源。

[①] 刘勰：《文心雕龙·序志》，范文澜注：《文心雕龙注》，人民文学出版社2008年版，第727页。

人类文明起源是一个发生过程，必须确认史前文明作为人类文明发生的价值意义，因此不能隔断史前文明渊源及其血脉链接。人类史前文明所创造的打磨工具、石器、陶器、木器、贝器、岩画等文化遗存，相对于上古文明所创造的甲骨文、青铜器、铁器、瓷器、玉器、布麻、丝绸等工具、器具、饰物而言毫不逊色，尽管存在人类文明进化发展过程中的差异性，但其衔接与关联毫无疑问。更为重要的是，一方面，史前文明所呈现出物质与精神交织于一体的性质特征，从其物态化遗存形态形制与功能作用的考古、考证，不难发现其创造过程中所形成的实用性与适用性、功利性与非功利性、现实需要与意愿需求、动机意图与目的追求统一的价值取向，从而使其物态化遗存具有表征人类文明的文化符号意义；另一方面，基于人类存在、生存、繁衍、发展需要，史前文明遗存所具有一物多用的功能作用反映人类社会实践活动的综合性状况，考古发掘及其现代遗存"活化石"印证人类文明所经历图腾崇拜、自然崇拜、神灵崇拜、生殖崇拜阶段，反映出原始先民的精神心理状态，折射出原始信仰系统发生生成轨迹，不难窥见其价值取向的真善美价值源萌发基因与缘起。

史前石器时代所产生的打磨工具，从发生学角度而言，工具打磨以及制造和使用与人类起源和进化、人类社会实践活动、人的身心发展及其大脑发育紧密相关，可谓人的手脚延伸及其功能作用拓展。当人与其工具融为一体就意味着工具不仅仅是工具，而且是表征人的本质力量以及人对自我确证的文化符号；工具就不仅仅具有工具性功能作用，而且具有人类学本体论意义；不仅具有人类物质文明创造价值，而且具有人类精神文明创造价值；工具不仅仅作为人与自然、主体与客体、动机与效果的中介和桥梁，而且工具本身就是目的，是人的本质及其本质力量对象化的产物。邓福星在《艺术前的艺术——史前艺术研究》中将史前石器时代的打磨工具既视为劳动工具，又视为"艺术前艺术"，将打磨工具作为艺术缘起与起源的发生点及物质生产与精神生产的契合点，得出艺术发生与人类发生同步的观点。这是基于艺术发生学研究视角进行了有别于以往"摹仿说""巫术说""游戏说""表现说""升华说"等关于艺术起源学说的有益探索，丰富和完善了马克思主义关于艺术起源于劳动及人类社会实践活动的学说理论。马克思主义基于劳动的人类社会实践活动性质特征不仅发掘人类起源及史前物质精神文明起源与艺术审美起源的发生学意义，而且基于人与自然、主体与客体的辩证关系，将劳动及人类社会实践活动作为人与自然、主体与客体关系的纽带，说明人类在改造自然的同时改造人自身、在改造客观世界的同时改造主观世界的辩证道理，形成主体的合目的性与客体的合规律性统一的人类社会实践活动性质与特征，确立艺术起源发生学研究的基本指向与指导思想。

着眼于从劳动及人类社会实践活动讨论人类起源问题，由此又基于劳动及人类社会实践活动讨论艺术起源问题，无疑必须坚持历史唯物主义与辩证唯物主义观点。马克思主义所界定的"劳动"及"人类社会实践活动"性质特征是自觉的、有意识的、有目的的人类活动，其"属人""人化""对象化"特质特征无疑充分肯定了人的主体性、能动性与创造性，不仅在其物质需要与生理需要基础上产生精神需要、情感需要与心理需要，而且物质需要中蕴含精神需要、生理需要中蕴含心理需要及情感需要，因此就不能不肯定物质需要与精神需求、物质生产与精神生产、物质产品与精神产品的融合性。当然，随着人类认识提高、生产力发展、劳动分工协作意识强化，以及剩余劳动、剩余时间、剩余产品出现，物质需要与精神需求、物质生产与精神生产、物质产品与精神产品开始分离，艺术从"前艺术"状态中分离出来，艺术由此独立，艺术与非艺术才有所区别。由此可见，艺术起源是一个发生、生成、建构过程，也是一个从"前艺术"到艺术的发展过程，因此，将原始工具作为"艺术前艺术"及史前艺术、原始艺术的表征与原发点理所当然。

艺术发生学研究视角将艺术起源与人类起源联系起来，一方面将艺术起源视为一个发生、生成的建构过程，由此将关注点放在"艺术前艺术"，亦即史前艺术、原始艺术发生的探讨上，在认定艺术发生学的同时也建构起与之相应的艺术观与审美观也是一个发生、生成的建构过程；另一方面将艺术起源不仅放置在人类社会实践活动中来认识，而且将艺术发生与人类发生结合形成双向共生性、双向同构性，使艺术发生具有人类学及审美人类学意义。将史前石器时代的打磨工具作为"艺术前艺术"的理由主要在于以下几个方面。一是因为工具打磨除考虑其实用功利性的内容外，还必须考虑工具形状、形态、形制的外观形式，由此形成形式与形式感，在此基础上形成形式美与形式美感。二是因为工具作为人与对象关系的中介，除考虑工具制作必须遵循对象规律特征，对于改造征服对象具有实用性外，还必须从人的需要及人所设置的动机与目的考虑，以期达到主体的合目的性与客体的合规律性统一的目的，由此带来满足需要、收到效果、达到目的的情感愉悦与身心满足，在此基础上产生美感。三是工具打磨必须达到合理有效使用工具的目的，既能够有效达到改造征服对象的目的，又能够有效达到人的使用方便、快捷、简洁、舒适、轻松、自如的目的，也就是说工具既要实用又要适用，才能带来工具使用的愉悦感与舒适感，由此产生人类行为及活动的协调、节奏、韵律、对称、均匀、平衡所带来的形式美感与和谐美感。四是将工具作为"前艺术"并非局限于艺术与非艺术区别的纯艺术观，而是基于艺术生活化、生活艺术化与审美生活化、生活审美化的大艺术观、大审美观以认定工具的"前艺术"特性特征，一方面基于艺术起源是一个发生学过程，艺术是在人类社会实践活动中逐渐发生、生成、建构起来的；另一方面基于原始文明物质生产与精神生产尚未分离的状况，可以认定原始工具制作不仅依靠人的体力劳动，而且依靠人的脑力劳动，由此认定原始工具可以视为"前艺术"。五是基于黑格尔《美学》与马克思《1844年经济学哲学手稿》所提出的人的本质及其本质力量对象化、人对自我确证、人化自然理论，既说明人类社会实践活动性质的"对象化"特征，又基于人类社会实践活动的主体性与能动性，揭示出人类活动是有意识的、自觉的、有目的的活动性质与特征，作为实践美学最为重要的理论依据，艺术创造与审美创造及其所带来的情感愉悦和美感亦如此，由此证明原始工具作为"艺术前艺术"的美学价值与审美意义。

广西考古发掘在左右江流域发现多处颇具规模的大石铲、石锛、石斧、石砧等史前石器遗址，其中隆安大龙潭遗址发掘出土的233件石器中，大石铲达231件，南宁市坛洛镇考古发掘出土300多件大石铲，完整的有100多件，广西成为大石铲出土最为密集的地区，被学界称为"广西大石铲"。大石铲主要分布在左江流域壮族地区，作为距今5000多年新石器时期产物，意味着当时壮族先民的骆越族群已经进入农耕时代，属最早的南方稻作民族之一。大石铲作为农耕文明劳动工具，一方面从功能作用看，带有实用功利性，"随着稻作农业的发展，壮族先民不断创造由简单到复杂、由低级到高级的生产工具。新石器晚期出现的大石铲文化，就是壮族先民稻作生产方式及其功利目的追求的产物"；另一方面从其形制与形式看，带有适应于人的身心感觉的愉悦性，"石铲的一般形制为小柄双肩型和小柄短袖束腰型。大者长70多厘米，重几十斤；小者仅长数厘米，重数两。其制作规整，双肩对称，两侧束腰作弧形内收，至中部又作弧形外展，呈舌面弧刃；通体磨光、棱角分明、曲线柔和、美观精致。特别是那种形体硕大、造型优美的石铲，成为一种艺术珍品，令人惊叹不已"[①]。大石铲作为农耕生产工具，其打磨制作的外观形态就包含工具实用性与劳动适用性，具有实用与美观统一的特征，构成大石铲打磨制作模式及其形制。也就是说，大石铲工具作为"艺术前艺术"，集实用性、艺术性、审美性于一体。如果就颇具数量规模的大石铲发掘遗址情况看，大石铲不仅作为劳动工具使用，而且作为祭祀器具或丧葬随葬品使用时，

[①] 覃乃昌等：《左江流域文化考察和研究》，唐华主编：《花山文化研究》，广西人民出版社1987年版，第5—6页。

其物质实用功利性有所淡化而精神心理慰藉及其文化符号表征性和象征性功能有所强化。覃乃昌等指出："从出土的大石铲的形制和其数十把刃部朝天、直立圆形排列来看，大多数为非实用器物，而是与农业生产有关的祭祀活动的遗存，是具有宗教意识的精神产品。石铲艺术的产生，既是石器时代从打制石器到磨光石器的必然产物，又是壮族先民在特定的环境中随着稻作生产发展的需要而对劳动工具的加工改进，并出于功利而演化为一种神器和祭品。它注入了作为古老稻作民族的壮族先民对丰稔的虔诚祈求和对劳动的热情赞美。它不仅反映新石器时代壮族先民地区稻作农业已具备一定的规模和水平，而且标志着他们源于稻作生活的审美观念和艺术创造达到了相当的高度。"[①]由此可见，史前石器时代的打磨工具作为"艺术前艺术"，不仅基于物质与精神交融一体而呈现实用功利性与精神适用性统一特征，而且蕴含基于人类存在与生存、生产与生活需要而产生社会实践活动意识观念及真善美价值取向性，形成文艺真善美价值源原发点。

从史前石器时代的打磨工具中不仅可以窥见艺术发生、审美发生的基因与萌芽，而且亦可探溯人类文明早期所形成的"前艺术"意识与"前审美"观念的大体雏形，不仅将原始工具的实用性、功利性、有效性、舒适性、愉悦性统一为一体，而且通过人类社会实践活动的自觉性、意识性、目的性表达出基于人类需要的价值追求与价值取向，使原始工具作为艺术起源的发生学表征的"前艺术"文化符号，蕴含真善美基因与萌芽，成为文艺观价值源及文艺评价标准价值源。

二 从原始岩画探溯真善美价值源的发生点

如果说旧新石器时期的史前文明创造的石器工具作为生产工具含有"艺

[①] 覃乃昌等：《左江流域文化考察和研究》，唐华主编：《花山文化研究》，广西人民出版社1987年版，第6页。

术前艺术"因子及其艺术起源的发生萌芽的话，那么原始岩画作为绘画艺术发生点及其原始艺术形态早已被学界公认，成为艺术起源发生学研究的最为重要的材料和依据。当然，这也是人类文明起源及精神文化起源发生学最为重要的材料和依据。人类文明发展进程及艺术起源的发生过程都或多或少留下原始岩画痕迹，在世界各地均有发现，不仅引起学界极大关注，形成岩画研究的学科与跨学科研究热点，而且作为文化遗产得到政府与社会的高度重视。

迄今为止世界发现的最早岩画为西班牙阿尔塔米拉洞窟中的野牛岩画，距今1万年到3万年，1985年被列入世界文化遗产名录。意大利梵尔卡莫尼卡岩画列入世界文化遗产保护名录后，成立世界岩画研究机构——卡莫诺史前研究中心，在岩画研究上做出卓越贡献，成为世界岩画研究中心。1984年阿纳蒂主持"世界岩画档案"项目，目前拥有200000张幻灯片、照片、复制品、影像制品、图册以及40000册专业书籍，成为世界岩画研究最大的资料库。

中国拥有非常丰富的原始岩画遗址及资源，中华人民共和国成立后组织专家学者进行过多次大规模普查、考察与调研，改革开放以来更是快马加鞭地加强岩画考察与研究进程。1992年中央民族大学成立中国岩画研究中心，经该中心初步统计，截至2012年9月，中国境内共发现岩画点989个，岩画5373处，画面18662幅，单体图像150000余个。同时，中国也是最早出现文献记载岩画的国家之一，先秦《韩非子》中就记录过凿刻脚印岩画之事；郦道元《水经注》中记载20多处岩画地点；1915年，黄仲琴对福建华安汰溪仙字潭岩刻的调查与其发表的"汰溪古文"，成为近现代中国岩画研究的开端。目前国内具有较大规模和影响力的岩画点主要有广西花山岩画、宁夏贺兰山岩画、内蒙古阴山岩画、连云港将军崖岩画、新疆库鲁克山岩画、云南沧源岩画等，主要分布在西北、西南少数民族地区。绘制年代有的为旧石器到新石器时期，有的为春秋战国到西汉东汉时期，可判定当时所处史前文明或原始文明时期,因此将原始岩画定位为原始艺术。

原始岩画对于考察研究艺术起源及其文明起源的发生过程具有重要的价值意义。一是原始岩画无论是在崖壁上还是岩石上绘画,也无论是涂抹式还是雕刻式绘画,都是史前人类以线条、色彩、构图、造型、形态等描摹的图画,具备绘画艺术构成的基本元素,具备绘画的二维空间及三维空间艺术特征,具备形象性、摹拟性、想象性、情感性、神圣性、理想化等艺术特征,具备绘画艺术的模仿、记载、展示、言说及其再现与表现功能。总而言之,原始岩画具备绘画艺术的基础条件,形成绘画艺术起源的发生点及其原始形态。二是原始岩画无论从当时还是现在以及此后来看,一方面,其线条、色彩、构图、造型、形态仍然具有直观性、形象性、可感性的艺术特征和审美魅力,能够提供无论原始先民还是历代人,乃至当代人以审美愉悦与艺术享受;另一方面,其自然、朴素、粗拙、混沌、简约、稚气等表达方式与绘画风格,不仅保留人类童年时代的最早遗痕与最初记忆,而且为文学艺术发展保持自然淳朴的"真心""童心""赤子之心"所形成的文脉传统奠定基础,提供艺术创作与审美创造的源泉。三是原始岩画作为人类社会实践活动创造的产物,从其绘画动机意图及其表达方式和表现内容看,无论是基于当时存在、生存、生产、生活、繁衍、发展的实用功利性需要和目的,还是基于人与自然矛盾解决及其关系协调而进行原始巫术、原始宗教祭祀活动的实用功利性需要和目的,其实都意味着原始文明中的物质与精神浑然一体交融状态,尽管原始岩画基于实用功利性需要和目的而绘制,但也是基于原始图腾崇拜、自然崇拜、神灵崇拜、祖先崇拜、生殖崇拜等心理需要和情感需要而绘制,由此建立起原始巫术、原始宗教及其祭祀仪式建构的精神信仰系统。更为重要的是,原始巫术、原始宗教及其祭祀仪式活动从最初的物质与精神融合方式中逐渐分离出来,具有某些独立于物质生产活动的精神活动特质特征,具备特定场域、氛围、话语、工具、器具、物品、服饰、行为、动作条件,由此基于祭祀仪式活动及其娱神需要而产生人神交流方式，触发诗歌、音乐、舞蹈、绘画等原始艺术发生与生成。四是原始岩画基于原始文明创造与字画同源之理，无论认定为象形文字还是原始绘画艺术，都具有文化符号的表征与象征意义，象形文字或绘画图像都是一个能指与所指构成的符号系统与文化生成系统，因此原始岩画的文化内涵特征及其文化功能作用不言而喻，既包含人与自然、人与人、人与神、人与族群交流沟通之意义，也含有聚合群类、统一部落、抚慰人心、安定民众以及历史记载、传承文化、繁衍血脉等文化价值意义。更为重要的是，基于原始岩画不仅建构原始巫术宗教的精神信仰系统，而且建构价值—评价系统，在其精神慰藉、心理平衡、情感宣泄、意愿诉求、理想追求、审美愉悦等综合功能作用中建构真善美核心价值，成为真善美价值源发生点的重要渠道。

广西左江流域花山岩画是中国涂抹型岩画的典型代表。"左江流域，古代是骆越民族狩猎耕耘、栖息繁衍之地，现在是骆越后裔壮族人民聚集区。自秦始皇统一岭南建三郡以来，左江成为祖国南疆的重要交通航道。其地理位置之重要，自不待言。其民族文化遗产之独特，亦渐为世人所认识。最令人惊和奇神往的是，在连亘左江数百公里的悬崖峭壁上，有一幅幅用赭红颜料平涂的人物、动物、器物画像，斑驳隐绰，若隐若现。"花山岩画所处广西宁明县驮龙镇耀达村的左江流域明江西岸，从20世纪80年代以来进行多次大规模田野考察与社会调研，"经过多学科综合考察，学者专家们公认，左江流域崖壁画就其分布之广，作画地点之陡峭，画面之雄伟壮观，作画条件之艰险，都是国内外所罕见，在国内国际的美术史上应享有崇高地位"[1]。花山岩画单体宽幅221.05米，高45米，距离水面15—18米，共画有人、物各类图像1819个，是迄今为止所发现的最大幅单体岩画。岩画反映先秦百越时期骆

---

[1] 张声震：《序言》，覃圣敏、覃彩銮、卢敏飞、喻如玉：《广西左江流域崖壁画考察与研究》，广西民族出版社1987年版，第1页。

越族群生产生活及原始巫术宗教祭祀仪式场面，画有人、马、狗、兽、刀、剑、羊角（牛角）、铜鼓、钮钟、舟楫等绘图形象。人像千篇一律为两臂分开弯曲向上、两腿分开弯曲下蹲，呈蛙状人形的姿势，为人蛙一体造型姿势，表现出当时当地人与自然、人与祖先、人与神灵、人与族群同构共生状态，反映原始巫术、原始宗教及其图腾崇拜、自然崇拜、神灵崇拜、祖先崇拜、族群崇拜、生殖崇拜意识，以原始祭祀仪式表征族群团结的内聚力、向心力与生命力以及骆越族群精神信仰。据考察与考证，蛙作为壮族先民的骆越族群的图腾崇拜物，以其强盛的生命力、生长力、繁殖力、跳跃力以及鼓鸣洪亮、扑食害虫、预兆风调雨顺以求五谷丰登等特征，成为原始图腾崇拜对象，从而形成表征骆越族群祖先、神灵、灵魂、族徽的蛙图腾信仰系统与壮族文化符号。因此，花山岩画中的蛙状人形画像被壮族视为骆越根祖，形成传承至今的祭祖文化传统，每年"三月三"期间，崇左宁明都要举行花山岩画骆越祭祖大典。花山岩画作为百越文明及骆越文化产物，具有原始艺术及原始文化符号表征意义，对于艺术起源、审美起源的发生学研究具有重要价值。由此可见，基于花山岩画所表现的骆越图腾崇拜、自然崇拜、祖先崇拜、神灵崇拜、生殖崇拜的原始巫术、原始宗教祭祀仪式场景与内容，不难发掘其族群信仰系统中所萌发的真善美基因及其和谐共生观念的萌芽，对于艺术创造与审美评价的真善美核心价值观形成产生巨大影响，成为真善美价值源发生的一个重要渠道。

三 从"活化石"探溯真善美价值源的生长点

探溯艺术起源、审美起源的发生过程及其发生学意义可以考察至今保护传承相对完好的民族文化传统、生态文化及原生态艺术。民族生态文化及原生态艺术往往被学界称为"活化石"，从古至今一直存活于民族社会现实生活中，不仅成为历史记忆与文化传统，而且成为世代族群民众的日常生活及其传统与现代交通的现实生存状态。地处偏远、自然人文环境相对封闭的一些少数民族，不仅其民族文化传统传承至今，而且保留了更多自然淳朴的返璞归真"原始"形态与原初状态，其生产方式、生活方式、民俗民风、审美风尚、宗教信仰、传说故事、歌舞戏曲、服饰建筑、饮食习惯、乡规民约及思想观念中不难窥见其鲜明的民族特色与深厚的传统印记，成为反观世俗、印证历史、回归自然、传承传统的"活化石"，形成真善美价值源发生点的重要渠道及生长点。

中华民族是56个民族构成的大家庭，基于中国幅员辽阔、人口众多、地域差异较大、民族文化多样化的特点，各民族文化既具有普遍性与统一性，也具有差异性与特殊性。相对于汉族而言的少数民族，因其地域环境、自然条件、社会交往与文化交流以及历史与现实等特殊情况与原因，更因其为了强化民族内聚力、向心力、感召力，更为注重保护传承民族文化传统，形成民族个性凸显、文化特色鲜明、风俗习尚浓郁、传统一脉相承的文化生态及原生态艺术，成为民族传统现代存活的"活化石"。

广西是沿边、沿海、沿江的南方唯一的少数民族自治区（省），壮族是中国少数民族中人口最多的民族，形成独具特色并传承至今的南方稻作文化、铜鼓、壮锦、绣球、师公、干栏、《布洛陀》经诗、歌圩、歌堂、歌会、"三月三"歌节、刘三姐传说等民族文化传统以及原生态山歌、音乐、舞蹈、戏曲。这些传统民族文化形态及民间文学艺术形态，不仅传承民族文化传统，保持原生态文化及其原生态艺术形态，成为从远古遗传至今的"活化石"，而且印证两千多年前壮族先民骆越族群所绘制花山岩画的原始风貌，同时花山岩画也印证了壮族先民的百越文明与骆越文化创造及其对中华民族的贡献。花山岩画所在左江流域壮族地区至今仍然保留骆越祭祖习俗、骆越遗风、骆越巫术、骆越铜鼓、骆越歌舞、骆越山歌、骆越神话传说等骆越文化传统，不仅证明骆越部落族群与壮族具有一脉相承的血缘、血脉、血亲关系，而且证明从骆越先民到当代壮族所秉承民族文化传统及其真善美核心价值的活力及生命力与生长力。

就花山岩画所在左江流域壮族地区自然生态与人文生态考察调研情况看，花山岩画所表征和承载的百越文明及骆越文化传统延续至今，骆越古风犹存，百越精神俱在，民族特色鲜明，民俗风情浓郁，成为民族文化生态及原生态艺术保存完好的"活化石"。花山岩画所描绘的原始图腾祭祀场面，形成"骆越根祖，岩画花山"传统，至今仍然在壮族民众祭祖文化传统中延续；花山岩画所画铜鼓造型，不仅印证汉代马援"于交趾得骆越铜鼓"[1]，而且印证广西也是拥有铜鼓数量、类型、体积之最的"铜鼓之乡"，甚至至今仍然在现实生活及重要活动中保留敲击铜鼓习俗；骆越先民蛙图腾崇拜及自然崇拜、神灵崇拜、祖先崇拜意识观念，至今仍然在壮族民间信仰系统中存留，形成蛙婆节、蚂㧯节等民俗节庆传统；骆越原始巫术、原始宗教及其活动仪式与方式，至今仍然在壮族地区以巫觋、师公、道公方式流行，不仅构建民间宗教信仰系统，而且在无形中催生壮医、壮药以及养身健生事业发展；花山岩画中仪式化的民众聚集画面，至今仍然在族群公共事务活动中复现，成为族群内聚力、向心力及民族团结的表征方式；蛙状人形的画像造型，至今仍然在壮族舞蹈动作、姿态、形体、造型、节奏、韵律中反复呈现；蛙状人形画像抽象化为几何图案，成为标志性的图标、族徽与纹饰，在织锦、刺绣、服饰边饰、建筑装饰、器物装饰、工艺美术中不断呈现；花山岩画所引发的艺术创造与审美想象，促使广西以"民歌之乡"著称，各民族能歌善舞，"布洛陀""密洛陀"史诗传唱至今，刘三姐传说故事家喻户晓。由此培育了壮族勤劳勇敢、淳朴厚道、吃苦耐劳、坚韧不拔、仁义诚信、包容开放的民族性格、民族风格、民族精神，也培育了真善美核心价值观，成为民族文艺创作和审美创造的价值源。因此，"花山"作为广西最

---

[1] 范晔：《后汉书·马援传》卷二四，商务印书馆1933年版。

具代表性和影响力的民族文化符号，成为广西民族文化艺术源泉、圣地及宝库，形成一脉相承、薪火相传的民族文化传统，成为中华民族真善美价值源及其发展源流探溯的重要渠道，亦成为具有中国特色、民族特色的文艺真善美价值源的生长点。

综上所述，探溯文艺真善美价值源不仅需要从中国古代文艺发展历程及文艺传统溯源，而且更需要从艺术发生学、审美发生学角度对史前艺术即"艺术前艺术"缘起和发生溯源，还需要从民族文化传统传承至今的"活化石"现象溯源，由此形成文艺真善美价值源构成系统及其建构过程。习近平在文艺座谈会上讲话指出："文艺创作不仅要有当代生活的底蕴，而且要有文化传统的血脉。'求木之长者，必固其根本；欲流之远者，必浚其泉源。'中华优秀传统文化是中华民族的精神命脉，是涵养社会主义核心价值观的重要源泉，也是我们在世界文化激荡中站稳脚跟的坚实根基。增强文化自觉和文化自信，是坚定道路自信、理论自信、制度自信的题中应有之义。"饮水思源必须追根溯源，才能强根固本，才能更好培育核心价值观，才能更好坚持文艺真善美价值源。

第三节 "诗言志"价值源探溯

朱自清《诗言志辨》提出"诗言志"为中国古代诗学"开山的纲领"[①]，这早已为学界所认同，成为认定中国古代文论批评源头的共识。在此基础上，仍然有必要继续探讨"诗言志"渊源与缘起及其原因，追溯中国文论批评核心价值观的价值源。因此，"诗言志"研究不仅成为历代以及当代文论批评家

---

① 朱自清：《诗言志辨》，开明书店1946年版，岳麓书院2011年版，第1页。

津津乐道并乐此不疲的阐释对象，而且成为历代文论批评所遵循的指导思想、基本思路与价值取向。可以说，只有夯实"诗言志"地基，才能构建中国古代文论批评史及其理论体系大厦；只有追根溯源，才能更好传承与弘扬中国文论批评传统；只有饮水思源，才能发掘"诗言志"价值源。

"诗言志"见于中国古典文献的最早元典《尚书》，继而先秦文献典籍以及诸子百家相继提出"诗言志"说。《左传·襄公二十七年》："文子告叔向曰：'诗以言志'"；《庄子·天下》："诗以道志"；《荀子·儒效》："诗言是其志也"；《礼记·乐记》："诗，言其志也"；等等，对历代文学发展及其文论批评产生重要影响。其后历代文论批评家以及阐释者络绎不绝，《毛诗序》："诗者，志之所之也。在心为志，发言为诗"；董仲舒《春秋繁露·玉怀》："诗道志，故长于质"；扬雄《扬子法言·寡见》："说志者莫辩于《诗》"；郑玄《尚书·尧典注》："诗所以言人之志意也"；等等。历代阐释者不绝如缕，研究成果蔚为大观。因此，历代文论批评以及当代文论批评对"诗言志"的阐释，基于文学发展及诗学观发展需要都毫无疑问地阐发为"诗是用来表达人的志意的"[①]的文学抒情言志之义，这是毋庸置疑的。但值得注意的是，如果回到当时"诗言志"所处背景语境，以及将其放在上下文关系中作系统整体理解，如果从其渊源与缘起更为深入地探讨其发生的价值源，使其含义及内涵外延更为丰富深刻，能够提供更为广阔的阐释空间与深远的意义。据此，我试图通过对"诗言志"渊源及其缘起的考察与辨析，探溯中国古代文论批评核心价值观的价值源。

一 "诗言志"发生背景与语境辨析

《尚书》尽管成书于3000多年前的先秦战国时期，但其所记载的历史上起传说中的尧舜禹时代，下至东周（春秋中期），历经1500多年，可谓"上

[①] 郭绍虞主编：《中国历代文论选》第一册，上海古籍出版社1979年版，第1页。

古之书",所记上古之事。"诗言志"所出《尚书·虞夏书·舜典》载:"帝曰:夔!命汝典乐,教胄子。直而温,宽而栗,刚而无虐,简而无傲。诗言志,歌永言,声依永,律和声,八音克谐,无相夺伦,神人以和。夔曰:於!予击石拊石,百兽率舞。"① 观其全文,首先必须确定"诗言志"所出背景、环境与语境,作为讨论前提,其中有三个问题值得考虑与重视。

其一,尧舜时期的部落联盟及其英雄传说时代背景。《舜典》所载之"帝"指"舜",为上古之尧舜时期,即原始社会后期的部落联盟时代,亦即英雄传说时代,正是巫史混杂、尽神事与尽人事融合、传说与历史交织的史前文明与华夏文明交替和过渡时期。《尧典》《舜典》所言"帝"之尧舜是古代黄河流域传说中自华夏始祖黄帝之后出现的德才兼备的部落联盟首领;所言"夔",为制乐与掌管乐者,亦即掌管祭祀之乐,此后为赏观之乐。《礼记·乐记·乐施》:"昔者舜作五弦之琴,以歌《南风》;夔始制乐,以赏诸侯。"尧舜时期是华夏文明发轫期,带有从部落族群联盟到华夏民族融合、从狩猎采集到农耕生产、从图腾崇拜神灵崇拜到英雄崇拜神圣崇拜、从基于原始巫术宗教的神事到人事、从神话到传说、从集体口头言说到个体口头言说等转型时期特征,即原始文明与华夏文明交替期与过渡期。"帝"与"夔"的言说、行为与活动的传说之事,不仅具有部落联盟首领崇拜、英雄崇拜、神圣崇拜的特征,而且遗留有原始巫术、原始宗教之图腾崇拜、自然崇拜、神灵崇拜、祖先崇拜的痕迹。因此,此言所载既是上古之华夏族群历史记载,又是上古之部落联盟英雄传说记载,其中保留了更为原始与远古的文化渊源与历史记忆信息。尧舜时期之原始社会后期的部落联盟时代的一个显著特征就是氏族首领禅让制,即《尚书·尧典》开篇所云:"昔在帝尧,聪明文思,光宅天下。将逊于位,让于虞舜,作《尧典》。"《舜典》开篇亦云:"虞舜侧

---

① 《尚书》,江灏、钱宗武译注:《今古文尚书全译》,贵州人民出版社1990年版,第32—33页。

微,尧闻之聪明,将使嗣位,历试诸难,作《舜典》。"由此可见,讨论"诗言志"渊源与缘起应该将其定位于上古尧舜时期的历史背景。

其二,神话与传说交织的言说语境。所言"神人以和",指通过"乐"以祈神、敬神、娱神,由此达到人与神和谐交流沟通的效果与目的。显然,在进入英雄传说时代仍然带有史前原始时期"泛神论""万物有灵论""神灵崇拜"等原始思维及神话言说方式的特点,保留原始巫术、原始宗教的遗迹。以此推其"乐"之功能作用的"神人以和"目的性,无疑可断定为"乐"为祈神、敬神、娱神之"乐",将尽神事与尽人事统一在"神人以和"上。"夔"之"典乐"所为管理乐之事,显然并非此后的周代"礼乐"制度时代的乐制,应该是相传上古时期起源于"夔"制乐的传说,然后衍化为管理"乐"者之"夔"。"夔"最早源自神话传说中的独足神兽,《山海经·大荒经》:"东海中有流波山,入海七千里。其上有兽,状如牛,苍身而无角,一足,出入水则必风雨,其光如日月,其声如雷,其名曰夔。黄帝得之,以其皮为鼓,橛以雷兽之骨,声闻五百里,以威天下。"《说文解字》释"夔":"神魖也,如龙,一足,从夊,象有角、手、人面之形。"[①] 故曰"夔龙"。上古传说中的"夔"则为神话演变为传说,成为相传尧舜时期的制"乐"者及掌管"乐"者。事实上,从艺术起源发生学角度来看,音乐不仅基于以劳动为中心的人类社会实践活动而发生,而且作为"艺术前的艺术"[②] 的精神信仰活动发生于原始巫术、原始宗教及其祭祀仪式中,此后随着分工及分类意识强化而从祭祀仪式中逐渐分离出来,由此成为艺术独立的结果。因此,所载之"典乐"之事应该为以"乐"祭祀之事,为祭祀之"乐",其目的并非娱人或自娱,而是"教胄子"的育人,更重要的是"神人以和"的祈神、敬神、娱神,以祈祷神灵保护、保佑,以期盼需求、愿望的实现,最终达到人

[①] 许慎:《说文解字》,天津古籍出版社1991年版,第112页。
[②] 邓福星:《艺术前的艺术》,山东文艺出版社1987年版,第1页。

与神和谐交流与沟通的目的。因此,"神人以和"具有尽神事与尽人事的双向需求及两者结合的特点,无疑带有原始巫术、原始宗教及其祭祀仪式的遗迹,由此提供"诗言志"发生学阐释的文化渊源与缘起依据。

其三,图腾崇拜及祭祀仪式活动发生的环境与场景。所言"百兽率舞",指佩戴动物图腾面具及装扮成动物图腾舞蹈。图腾是原始先民基于血缘关系纽带将自然界某种动物、植物或综合物当成自己可以信赖依靠的亲属、祖先或保护神,将其拟人化、人格化、神灵化后成为人的本质及其本质力量的构成部分,不仅以期获得保护与保佑,获得超自然力的力量和技能,而且增强族群的内聚力与向心力。原始图腾崇拜中含有自然崇拜、神灵崇拜、祖先崇拜、生殖崇拜等因素,成为原始信仰系统的发生与生成机制,也成为族群指称性、象征性、标志性的文化符号。依托图腾面具所描述"乐"的活动过程其实也是上古时期祭祀过程,即基于"神人以和"目的而构成从"诗言志"到"歌永言,声依永,律和声",再到"击石拊石,百兽率舞"的过程,其中既说明诗—乐—舞的循序渐进的序列过程,亦说明诗乐舞三位一体结构构成,由此印证上古时期之"乐"以及先秦乐论均为诗乐舞一体之称,来源于尽神事与尽人事交织为一体的祭天地、祭鬼神、祭祖宗的祭祀仪式之"乐",其渊源来自图腾崇拜等原始巫术、原始宗教及祭祀仪式活动。由此可见,"百兽率舞"既意味着尧舜时期进入部落联盟时代,表现各部落汇聚一堂、载歌载舞的图腾舞场景;又意味着图腾崇拜的祭祀仪式通过"百兽率舞"方式呈现,从而印证"诗言志"发生背景、环境与语境应该是源自图腾崇拜的祭祀仪式场景,其诗乐舞即祭祀诗乐舞,为图腾祭祀仪式的表现形式与表达方式。

李泽厚、刘刚纪认为:"在古代,'诗言志'是和祭祀、典礼、庆功、战争、政治、外交等活动直接联系在一起的所谓'言志'的'志',包含着重大的社会政治历史事件和行动所发表的要求、命令、看法、评论,具有极为严肃的意义,个人抒情的成分非常少,诗是被当作政治历史的重要文献来看待的。"① 此论颇有见地，将"诗言志"放置在以上所述历史背景、环境、语境及其上下文关系与全文整体把握，"诗言志"含义的内涵外延就更为丰富，对于其发生渊源与缘起探溯就能够更为深入地发掘"诗言志"作为中国古代文论批评价值源意义。

二 "诗言志"渊源与缘起的艺术发生学探究

诗歌来源于原始歌谣与民间歌谣无可非议，但来源于原始巫术、原始宗教以及祭祀仪式则引发众说纷纭的争议。如果从艺术起源发生学角度分析，可以认定"诗"的起源也是一个发生、生成、建构过程，不排斥作为"艺术前艺术"的前文学之"诗"起源于以劳动为中心的人类社会实践活动的源头，也不能排斥基于原始巫术、原始宗教以及祭祀仪式而缘起和发生的原发点与生长点。

其一，从"诗"的文字学研究视角考辨"诗"的渊源与缘起。王逸《九章·悲回风》注："诗，志也。"许慎《说文解字》从形声字的文字构成角度释"诗"为"志也，从言寺声"②。阐释了"诗"的"言为心声"性质与"言志抒情"特征的含义。尽管这一释义并不在于揭示"诗"的文化渊源，但提供从文字学及其文字构成角度探讨"诗"的缘起与渊源的启示。"诗"与"寺"同声，也与"祀""志"同声或近声，是否"诗"的缘起、渊源与"寺""祀""志"相关呢？"诗"构字的"言"与"寺"构成是否即"诗"的字源、本义与本原呢？"诗"的文化渊源是否为"寺"之"言"，即寺（巫觋）者之言呢？尤为重要的是，《说文》释"诗"义为"志"，诗志一也。尽管当时与此后对"志"的解释众说纷纭，但均能够殊途同归地指向志向、志意、情志、意愿等内容，紧扣诗歌抒情言志的文学性质特征进行阐释，这是

---

① 李泽厚、刘刚纪主编：《中国美学史》第一卷，中国社会科学出版社1984年版，第578页。
② 许慎：《说文解字》，天津古籍出版社1991年版，第51页。

毫无疑义的。但从诗歌起源的艺术发生学角度看，作为"艺术前艺术"的"诗"，基于原始巫术、原始宗教及祭祀仪式所表达的"志"与"寺""祀"大体同声，能否理解为"志"即"寺""祀"吗？能否将"诗""志""寺""祀"作为整体以作系统观呢？能否阐释为"寺"（巫觋）在祭祀所言之"志"为"诗"呢？尽管这种推断似乎有牵强之嫌，但并非没有道理，所依据的是这些要素之间的逻辑关联与系统关系。从实践根据看，史前石器时代考古、历史文物文献考证、原始文化艺术"活化石"考察可以提供艺术缘起与发生于原始巫术、原始宗教及其祭祀仪式的大量印证材料；从理论根据看，古今中外关于艺术起源的各种理论假说中的"巫术说""原始宗教说""祭祀仪式说"等学说也可作为重要的理论支撑。因此，探溯"诗言志"渊源与缘起，应该基于原始巫术、原始宗教及其祭祀仪式探溯"艺术前艺术"的发生过程，由此认定"诗"作为"寺"（巫觋）者在祭祀中所言之"志"为"诗"发生最为重要的原发点与生长点。

其二，从诗歌发生学研究角度探溯"诗言志"渊源与缘起。无论是史前文明基于原始巫术、原始宗教及其祭祀仪式发生的巫觋通神之"言"，还是中华文明发生期的尧舜时代基于神事与人事交织一体的祭祀仪式中的诗乐舞一体的祭祀之"诗"，以及此后作为文学独立之文体形式的诗，诗性的神性与人性交融的内涵与艺术本质同源同流，一脉相承，只不过因不同背景语境而内容、功能、作用有所侧重罢了。也就是说，无论是"寺"者（巫觋）之"言"的"诗"，还是"诗"者之"言"的"诗"，其"诗"言"志"规定了"寺"者（巫觋）、"诗"者之"言"内容，从而也规定了"诗"不仅言"志"，而且"诗"即"志"的内涵与性质特征。原始巫术、原始宗教及其祭祀仪式中的"寺"者（巫觋）所言之"志"，显然是基于原始部落族群所面对的人与自然、人与神灵、人与族群所构成的存在、生存、生产、生活、繁衍需要而祈祷神灵保佑的意愿与祈望之"志"，从而使"诗"成为人与神对话沟通的中介和桥梁，目的在于"人神以和"。就此而论，"诗"成为"寺"者（巫觋）说给神听的话，表达人的意愿与祈望，也表达敬神、通神、娱神之情感心理诉求。诗的缘起与发生也推动诗歌从原始巫术、原始宗教及其祭祀仪式中分离出来，成为独立的诗歌艺术形式，诗歌所言之"志"尽管从尽神事到尽人事，但所含意愿与祈望之义并未消解而是逐渐拓展、深化与升华。因此，"诗"者所言之"志"包含志向、意愿、希望、需求、情性等内容，丰富和扩展了诗歌艺术内容，形成历代"诗言志"阐释及"诗言志"说，对于诗之"志"的内涵、性质、特征、功能、作用论述更为丰富和拓展。《毛诗序》："诗者，志之所之也。在心为志，发言为诗。情动于中而形于言，言之不足，故嗟叹之，嗟叹之不足，故永歌之，永歌之不足，不知手之舞之，足之蹈之也。"① 这段话内容与《尚书》"诗言志"所论基本一致，所指"诗"对象尽管包括《诗经》一类文学经典，但更在于将"诗"作为文学独立之文体的抒情言志意义阐发，使"诗言志"精神不仅得到传承而且得到弘扬发展。历代阐释还将"志"的含义内容扩大延伸，《礼记·孔子闲居》："志之所至，诗亦至矣；诗之所至，礼亦至焉；礼之所至，乐亦至焉；乐之所至，哀亦至焉。"班固《汉书·艺文志》："《书》曰：'诗言志，歌永言。'故哀乐之心感而歌咏之声发。诵其言谓之时，咏其声谓之歌。故古有采诗之官，王者所以观风俗，知得失，自考正也。""古者诸侯卿大夫交接邻国，以微言相感，当揖让之时，必称诗以言其志，盖以别贤不肖而观盛衰焉"。孔颖达对《左传·昭公二十五年》疏："在己为情，情动为志，情志一也。"② 其《毛诗序》："诗者，人志意之所之适也。虽有所适，犹未开口，蕴藏在心，谓之为志。发见于言，乃名为诗者。言作诗者，所以舒心志愤懑，而卒成于歌咏。故《虞

---

① 《毛诗序》，孔颖达：《毛诗正义》（卷一），《十三经注疏》，中华书局1980年版，第269页。
② 孔颖达：《左传·昭公二十五年》疏，《春秋左传正义》卷五十一，四部备要本。

书》谓之'诗言志'也。"① 使诗所言其"志"不仅拓展为"情志一也",而且深化为"志之所适",亦即确立起适志怡情的思想情感倾向性与价值取向,导向文艺真善美核心价值追求及和谐发展趋向。

其三,"诗言志"的中国古代文论批评发生学意义。"诗"发生于原始巫术、原始宗教以及祭祀仪式中的"寺"者(巫觋)之"言",由此可见,所谓"诗"即"寺"者(巫觋)之"言";所谓"寺"者,即巫者,不仅是诗者,而且是舞者、乐者;所谓"舞",古通"巫",尽神事者也;所言"志"即祈神保佑、赐福、遂愿的意愿之志,亦即祈神、敬神、娱神的祷告词。更为重要的是,基于"神人以和"而发生于祭祀仪式中"寺"者(巫觋)之"言"的"艺术前艺术"之"诗",成为中国古代文学发生及泱泱诗国缘起的历史文化渊源。从"神"的缘起与发生过程看,从史前"泛神论""万物有灵论"的多元神向"道生一,一生二,二生三,三生万物"的一元神转化,再转化为人格神,最后形成人性构成中"神性"元素,即人的精神、灵魂、性灵;从"志"的缘起与发生过程看,从原始巫术宗教尽神事之"志"到祭祀祈祷以尽神事与尽人事之"志",再到诗人自抒胸臆以尽人事之"志","诗言志"缘起与发生过程可谓承上启下,可谓中国古代文论批评缘起与发生过程。至中古魏晋南北朝"文学自觉时代"的古代文论批评滥觞,其经典均循其源流,拓展"诗言志"功能作用与价值意义。挚虞《文章流别论》:"《书》云:'诗言志,歌永言',言其志谓之诗。古有采诗之官,王者以知得失";沈约《宋书·谢灵运传论》:"夫志动于中,则歌咏外发";刘勰《文心雕龙·明诗》:"大舜曰:'诗言志,歌永言。'圣谟所析,义已明矣。是以'在心为志。发言为诗',舒文载实,其在兹乎";萧统《文选序》:"诗者,盖志之所之也,情动于中而形于言。《关雎》《麟趾》,正始之道;桑间濮上,

---

① 孔颖达:《毛诗序》,《毛诗正义》卷一。

亡国之音表；故风雅之道，粲然可观"；等等，形成中国古代文论批评"诗言志"表现说理论传统。即便是陆机《文赋》所言"诗缘情而绮靡"之论，虽直接指向诗歌抒情性质特征，但也与"诗言志"具有源流关系，都对中国古代抒情性文学发展及其抒情言志性质特征和表现说理论产生重要影响。从这一角度而论，无论"诗言志"说还是"诗言志"论，抑或"诗言志"观，也都是发生、生成过程，意味着中国古代文论批评也是发生、生成过程，"诗言志"由此成为中国文论批评的开山纲领，也成为文学观及其理论批评观价值源，故而形成"诗言志"价值源。

三 "诗言志"的文艺和谐观价值源

从"诗言志"上下文关系看，如果将其语境确定为上古时期仍然保留原始巫术、原始宗教遗迹的祭祀仪式活动背景来看的话，那么尽神事与尽人事交织的"帝曰：夔！命汝典乐"动机与目的、职责与功能主要体现在基于尽人事的"教胄子"与尽神事的"神人以和"上。"教胄子"的功用目的在于"直而温，宽而栗，刚而无虐，简而无傲"，即培育正直而温和、宽厚而庄严、刚毅而不苛刻、简约而不傲慢的性情心志与人格精神，亦即待人处事的基本原则，凸显"典乐"的教化育人功能作用。其实，所谓"典乐"以"教胄子"已经寓含从尽神事到尽人事的转化，从祭祀娱神扩大延伸为"以赏诸侯""赋诗言志""采诗观风""兴观群怨"等诗教乐教功能作用，蕴含文艺真善美核心价值萌芽及其和谐观萌发指向。那么，何以"教胄子"，如何"教胄子"，则需要通过既尽神事又尽人事的祭祀仪式活动中的"典乐"以仪式化、审美化、艺术化的形式呈现，表现为从"诗言志，歌永言"到"声依永，律和声"，再到"予击石拊石，百兽率舞"过程，以体现"八音克谐，无相夺伦"的节奏韵律和谐与神志意情和谐特征，以实现"神人以和"的功用目的。这既包括诗乐舞各种艺术形式在内的祈神、敬神、娱神的祭祀仪式过程，实际上也是诗歌、音乐、舞蹈的发生过程。由此可知，"诗言志"之"诗"为祭祀之诗，其"乐"为祭祀之乐，其"舞"为祭祀之舞。这一方面呈现出基于祭祀仪式之"乐"从诗到音乐再到舞蹈的循序渐进过程及其仪式化程序规制，寓含从开端到发展再到高潮的仪式推进过程及其情感发展过程；另一方面凸显上古之"乐"的诗乐舞三位一体构成系统及其和谐统一特征，寓含基于人与自然、人与神、人与人、人与社会关系协调、调节以趋和谐的思想观念，更好实现"教胄子"与"神人以和"的文艺功用目的。从这一角度而论，"诗言志"具有鲜明的和谐价值取向，可谓"诗言志"和谐观，既基于"教胄子"以尽人事，和谐人与人、人与社会、个体与集体关系；又基于"神人以和"以尽神事，和谐人与自然、人与神、人与社会、人与心灵精神关系。考辨"诗言志"和谐观生成与构成，可依托其文本内容提供三个根据。

其一，基于"教胄子"的文艺教化功能作用的和谐价值源生成。"典乐"以"教胄子"，旨在培育"直而温，宽而栗，刚而无虐，简而无傲"的内在和谐之性情心志与人格精神，达到乐教育人及其协调、调节人际关系、社会关系、族群关系的目的。这在《尚书·皋陶谟》所提"宽而栗，柔而立，愿而恭，乱而敬，扰而毅，直而温，简而廉，刚而塞，强而义"之"九德"中有更为具体全面的彰显。其根据在于"教胄子"所形成的人伦关系及源自原始宗法制度衍生的中国古代宗族文化传统，构成人际关系、社会关系、族群关系和谐的人伦逻辑与家国同构的宗族制社会系统的内在逻辑。更为重要的是，乐教及其文艺教化所具有的特点在此有所揭示，或者说对后世阐发有所启迪。因此，"教胄子"具有五个特点。一是"本于心"之教的特点。《乐记·乐象》："德者，性之端也；乐者，德之华也。金石丝竹，乐之器也。诗，言其志也；歌，咏其声也；舞，动其容也。三者本于心，然后乐器从之。"可见，不仅诗在心为志，志本于心，故诗本于心，而且诗乐舞三者本于心，故诗教、乐教之"教胄子"亦本于心。二是基于人之本性之教特点。贾谊《新书·道德说》："诗者，志德之理，而明其指，令人缘之自成也。故曰：诗者，此之志者也。""教胄子"需立足于"缘之自成"以强调人自身需求的内在逻辑。无论人之初是"性本善"还是"性本恶",也无论是因于外部环境条件而导致"从善"还是"从恶",乐教基于人之所以为人的人性本质规定性,或者说与生俱来的人性内在需求及其趋向性,从人自身的"独善其身"之修身养性做起,通过调节、协调内部关系以达和谐,使之自觉自动趋向真善美,可谓指向"修身齐家治国平天下"。三是立足于"养"之教特点。"典乐"以"教胄子"蕴含乐教及其文艺教化重点在养心养性养气的基因与萌芽,启迪此后诸子百家儒家孔子言"文行忠信"之"四教",孟子言"浩然之气"之"善养";道家老子言"道法自然",庄子言"心斋"之"性情","精诚"之"真者";等等。四是"善教"之教特点。"善教"讲究"教"的方式方法,一方面表现为"寓教于乐",通过诗教、乐教的文艺教化形式方式达到艺术化、审美化的怡心悦情效果,无论对娱神还是娱人以及自娱均如此;另一方面表现为"尽善尽美",通过诗、乐、舞自身的表现形式与表达方式及三位一体的内在逻辑,不仅体现艺术构成与形式构成的真善美核心价值及其和谐观价值取向,而且体现文艺教化的和风细雨、潜移默化之美育功能作用。五是辩证和谐之教特点。在"直而温,宽而栗,刚而无虐,简而无傲"中寓含辩证中和的方法论意义,启迪中国古代文论批评的艺术思维方式及艺术辩证法方法论,能够辩证把握和处理艺术创作与审美创造中的各种对立统一关系,通过协调与调节使之趋向和谐。由此可见,"教胄子"所蕴含的文艺教化萌芽具有真善美和谐观价值源生成意义。

其二,基于"八音克谐,无相夺伦"的艺术形式构成之和谐价值源生成。"乐"基于音乐艺术构成与形式构成而形成节奏韵律和谐的内在逻辑,深刻影响到诗与舞,形成诗乐舞和谐统一的同构性与系统性。文学艺术形式及形式美形成以和谐为美的基本准则,所依据的就是对称、平衡、均匀、交错、方正、圆润、光滑等简单形式构成以及整齐划一、对立统一、多样一体、多维整体等复杂形式构成逻辑，通过关系协调、调节以达到和谐目标，形成形式美及艺术美。从音乐艺术形式构成而言，其声音、旋律、节奏、韵律等要素构成必须遵循形式及形式美构成规律与准则，才能形成"歌永言，声依永，律和声，八音克谐，无相夺伦"的艺术美及形式美的和谐效果。基于上古之"乐"而发生的诗乐舞三位一体形态，诗歌与音乐的同构共生不言而喻。"诗"用之于吟唱、吟诵、一唱三叹以及配乐、入乐无疑与其内在的节奏韵律、平仄声韵、对偶匀称、对仗工整、行距整齐等格律形制相关，因此必须具备音乐的声音、旋律、节奏、韵律等要素构成，也必须遵循"声依永，律和声，八音克谐，无相夺伦"的形式构成规律与形式美准则，形成诗歌形式构成与艺术构成的和谐美取向。"舞"与音乐相伴而生，其同构共生性不言而喻，使其相辅相成的内在逻辑更为紧密。所谓"击石拊石，百兽率舞"，正可谓闻歌起舞、踏歌起舞、载歌载舞，其手舞足蹈的节奏、旋律、韵律与音乐相互协调以趋和谐，同时也形成舞蹈形式构成与艺术构成及手舞足蹈的协调性与和谐性。由此可见，上古时期及先秦之"乐"之所以构成诗乐舞三位一体形态，与其同构共生的和谐统一关系及内在逻辑密切相关。

其三，基于"神人以和"的和谐价值源生成。从艺术起源的发生学探溯而言，艺术起源于以劳动为中心的人类社会实践活动毋庸置疑，然而艺术起源应该是一个发生、生成、建构过程，基于原始巫术、原始宗教及祭祀仪式活动而衍生的原始艺术，亦即"艺术前艺术"成为上古之"乐"的发生点。无论从史前原始艺术或"艺术前艺术"发生看，还是从上古尧舜禹时代之"乐"缘起看，人类存在、生存的基本需要问题及其意愿、希望、理想追求与满足问题，集中表现在人与自然、人与人、人与社会关系上。为解决各种对立矛盾关系，既需要立足于改造客观世界的同时改造人的主观世界，不断提高人的主体性及其本质力量，以更好协调、调节、调和各种矛盾关系；又需要着眼于现实补偿、理想期望、心理满足、精神抚慰的意愿追求力量，基于

"泛神论""万物有灵论"原始思维而发生的图腾崇拜等观念以及原始巫术宗教及其祭祀仪式活动中产生神灵，实质上也是按照人的意愿与希望创生神灵，以期得到神灵保佑、神灵附体、神灵赋权，使人能够产生超自然力的神力。由此，原始巫术宗教及祭祀仪式出于祭神、敬神、有求于神的意图动机，故指向"神人以和"的目的；祭祀仪式所依托的诗乐舞呈现形式自在其中，娱神意图动机也必然指向"神人以和"的目的。由此可见，"神人以和"意在和谐人与神关系，旨在协调、调节、和谐人与自然、人与人、人与社会关系，促使各种对立矛盾关系转化为和谐统一关系，为中华民族和谐观及其和谐文化传统奠定基础。由此可见，"神人以和"也是中国古代文学艺术和谐观及和谐美核心价值源的一个重要来源渠道，能够为当前和谐社会建设提供宝贵资源。

综上所述，从《尚书》所提"诗言志"到先秦文献及诸子百家"诗言志"论，以及历代文论批评"诗言志"说，不仅将"诗言志"作为中国古代文论批评开山纲领，而且形成"诗言志"理论构成系统及其理论拓展深化空间，成为中国古代文论批评的核心理论与基础命题，据此建构中国古代文论批评的基本框架及理论系统。从"诗言志"之"诗"而言，既可作为诗者主体以言志，也可作为诗之作品以言志；既可作为说诗者赋诗以言志，亦可作为读者阅读以言志；更可作为诗之文体体制以言志，亦可作为诗学之文学规律及文学总体性从而表征文学以言志。由此可见，"诗"之"言志"涉及文学本体论、作者论、创作论、作品论、读者论、接受论等文学理论体系与结构构成。从"诗言志"之"志"而言，含义包括志、情、意、愿，涵盖思想观念、道德伦理、情感意志、性格个性、心理需求、文化精神、理想愿望、价值评价等抒情言志内容。更为重要的是，诗所言之"志"在先秦诸子思想中就奠定中国文学抒情言志的价值取向，无论是儒家孔子论《诗》所言"思无邪"之"志"，还是孟子论"气"所言"浩然之气"之"志"；无论是道家老子所言"道法自然"之"志",还是庄子所言"虚静""心斋""坐忘"的"无为而无不为"之"志";无论是墨家墨翟所言"兼爱""非攻""非乐"的以"用"为美之"志",还是法家韩非所言"其质至美"的以"质"为美之"志",不仅表达文艺所言之抒情言志的志向、志气、志趣、情志、意愿等丰富的思想情感内容,而且凸显出"志"的真善美价值取向性。更为重要的是,阐发"诗言志"所依"道""理"之规律与法则,发掘其渊源与缘起,为中国文论批评真善美和谐观提供重要的价值源。

第四节 "和谐"价值源探溯

当代中国和谐社会建设、社会主义核心价值观之"和谐"构成、中华民族伟大复兴的"中国梦""和谐美"审美价值取向、文艺真善美的永恒追求,都蕴含源远流长、历史悠久、文化深厚的"和谐"基因,形成核心价值观的重要源头之一——"和谐"价值源。本书侧重于从中国文论批评价值取向研究视角,探溯"和谐"价值源发生、生成、建构的渊源与传统,这对于推动传统文化的创造性转化与创新性发展、促进当代中国特色的文论批评体系建设、培育文艺审美的核心价值观具有现代价值与现实意义。

一 "和谐"内涵及其历史文化溯源

"和谐"构词由"和"与"谐"组成,首先从文字学及语言文化学角度阐释其内涵并发掘其文化意义。

先言"和"。《说文解字》释"和":"相应也,从口禾声。"[①] 指声音及其六律协调相应。《辞源》释"和"义项主要有:一是"合顺,谐和。《易·乾》:

---

① 许慎:《说文解字》,天津古籍出版社1991年版,第32页。

'保合大和。'《礼·中庸》：'发而中节谓之和。'"二是"和平。《孙子·行军》：'无约而请和者，谋也。'"三是"温和。见'和风'。"四是"调和。《国语·郑》：'和六律以聪耳。'含有相反相成之义。《左传·昭二十年》：'和如羹。……'此以水火相反而成和羹，比喻可否相反相成以为和。"① 可见，"和"原意指六律相应协调之和声，引申或衍生为和谐、和顺、协和、和平、和气、温和、中和、合和等，由此可见"和"是一个元范畴，具有本元性、衍生性、开放性特征。

次言"谐"。《说文解字》释"谐"："谐也，从言皆声。"② 指声音协调融洽。《辞源》释"谐"，主要含义为："合和，协调。《书·舜典》：'八音克谐，无相夺伦。'《左传·襄十一年》：'如乐之和，无所不谐'"③ 可见，"和"与"谐"基本同义，均来源于"声""音""乐"的五声、八音、六律的协调与和谐。因此，"和谐"之义，《辞源》："协调。《左传·襄十一年》：'八年之中，九合诸侯，如乐之和，无所不谐。'《晋书·挚虞传》：'施之金石，则音韵和谐。'"④ "和谐"既为并列合成词，指"和"与"谐"，亦"和"即"谐"或"谐"即"和"，两者互文互释；又为因果关系合成词，以"和"为因所致"谐"之果，或以"谐"为因所致"和"之果，实则互为因果关系。以上所释无论怎么理解，都没有脱离"和谐"的合和、协调、统一的基本含义。

从民间话语角度分析其字源与词义，有论者认为："和"由"禾""口"构字，来源于农耕文明的稻禾种植物，义指能够满足物质需求的口腹之乐亦可谓"和"；"谐"由"言""皆"构字，义指语言声音协调融洽，能够满足精神心理需求表达的诉说之畅快愉悦亦可谓"谐"。因此，"和谐"往往被民

---

① 《辞源》，商务印书馆1988年版，第272页。
② 许慎：《说文解字》，天津古籍出版社1991年版，第53页。
③ 同上书，第1582页。
④ 同上书，第273页。

间理解为人人皆有口饭吃、人人皆有发言表达需求之权利,因此赋予"和谐"以平等、民生、民主、民权之色彩,从而延伸扩大其含义与内涵,成为表达人们物质需求与精神需求及其满意程度状态的一种描述方式。

基于"和谐"之义,将其作为中华文化的元范畴,集中表达出中华文化的特质特征,既可谓和谐文化性质,亦可谓中华文化渊源。从"和谐"作为价值观及其价值取向而论,可谓中华文化价值源。在中华文化基础上建立起来的中国古代文论批评传统,也是基于"和谐"价值源形成文艺观、审美观、文论批评观及其和谐美核心价值取向。朱自清《诗言志辨》提出"诗言志"是中国古代文论批评"开山的纲领",亦即中国古代文论批评源头及始发点,其中蕴含"和谐"价值源,由此构成"诗言志"的和谐价值取向。

"诗言志"出自中国最早的元典,即被称为"上古之书"的《尚书》。"帝曰:夔!命汝典乐,教胄子。直而温,宽而栗,刚而无虐,简而无傲。诗言志,歌永言,声依永,律和声,八音克谐,无相夺伦,神人以和。夔曰:於!予击石拊石,百兽率舞。"① 此言所指背景语境为尧舜时代,即上古时期氏族部落联盟时代,亦即原始文明向华夏文明过渡时期,是一个神话与传说、尽神事与尽人事、巫与史交织交融的时代。此言所描述的内容是作为氏族部落联盟首领的舜"帝"命"夔"以"典乐"之过程,亦即诗—乐—舞循序渐进的表现过程,不仅揭示上古之"乐"为诗乐舞三位一体构成,而且是伴随祭祀仪式活动而展开的行乐过程。上古祭祀仪式尽管与原始巫术、原始宗教祭祀仪式有所区别,但仍然保留一些图腾崇拜、自然崇拜、神灵崇拜遗迹;同时,也与此后周代礼乐制度中的祭祀仪式有所不同,但祭祀仪式所包含的秩序、程序、序列、规矩等内在逻辑,蕴含礼仪及其礼制萌芽,"典乐"必须

---

① 《尚书·尧典》,江灏、钱宗武译注:《今古文尚书全译》,贵州人民出版社1990年版,第32—33页。

遵循祭祀仪式的内在之"礼",故祭祀之乐所蕴含的礼乐之和内在逻辑直接导向此后礼乐制度及其礼乐文化构建。在此背景语境下,除祭祀之乐所蕴含礼乐之和内在逻辑外,此言还可从三方面发掘"和谐"价值资源:一是"教胄子"之"直而温,宽而栗,刚而无虐,简而无傲"中包含温柔敦厚、宽厚包容、谦虚谨慎、刚柔兼济的人性人格及为人处世之道,其乐教诗教旨归导向中和之美的核心价值取向;二是基于音乐声韵、节奏、韵律及其相互协调的形式构成以及形式美规律,产生"诗言志,歌永言,声依永,律和声,八音克谐,无相夺伦"效果,与"和谐"来源于音乐形式自身的内在逻辑之本义吻合,其"律和声"与"八音克谐"刚好组成"和谐"范畴;三是祭祀仪式中的诗乐舞功能作用直接指向"神人以和"目的,亦即祭祀所达到的人与神交流沟通以达和谐目的,凸显诗乐舞敬神、娱神、乐神的功能作用,其中寓含人与自然、人与人、人与社会关系协调、调节以致和谐的趋向。因此,从上下文关系及全文整体看,"诗言志"无论是"诗"还是"志",也无论是"诗者志也"还是"在心为志,发言为诗",均包含"和谐"的内在机理与辩证逻辑,构成"诗言志"核心价值取向,形成中国古代文论批评"和谐"价值源。

　　从"诗言志"渊源及其缘起追溯,从上古时期的祭祀仪式渊源及缘起继续往上追溯,"和谐"价值源发生与生成可谓源远流长,可在史前文明或原始文明发生过程中窥见端倪。史前原始先民基于存在、生存、生产、生活、繁衍需要以及人与自然矛盾,不仅立足于社会实践活动在改造世界的同时改造人自身,由此推动人类文明发展;而且着眼于人与自然关系对其生存环境、对象、现象的感知与认识,由此产生"泛神论""万物有灵论""神灵附体"等原始观念,基于此产生图腾崇拜、自然崇拜、神灵崇拜、生殖崇拜等精神信仰与心理慰藉系统,形成原始巫术、原始宗教及其祭祀仪式,以期通过神灵协调、调节人与自然关系以达和谐。史前艺术或原始艺术作为"艺术前的艺术"① 基于此而发生,无论神话还是传说,也无论原始岩画还是原始歌谣,抑或伴随祭祀仪式而产生的诗乐舞,都必须具备敬神、祈神、娱神功能作用以期通过"神人以和"达"天人以和"目的,使人与自然、人与神、人与人、人与社会、人与自我关系协调与调节以趋向和谐。由此可见,上古时期基于"神人以和"发生的"诗言志"与史前基于"神人以和"发生的原始巫术、原始宗教及其祭祀仪式可谓一脉相承。因此,"和谐"价值源生成是一个发生、生成与建构过程,其渊源与缘起具有艺术发生学意义。

除此之外,"和谐"价值源缘起还基于人类对自身与外界形式构成的感知与认识。人体生理构造的外观形式构成及其动作行为,无论是其功能作用还是其价值意义,无不与对称、平衡、均匀、协调、整齐、统一、运动的形式构成与内在逻辑关系所形成的和谐价值有关。推己及类,推人及物,自然界天地万物如同人体结构一样,日月星辰、江河湖海、高山峻岭、鸟兽虫鱼、花草丛木、春夏秋冬等自然现象遵循自然之道,万物之理各就其位、各司其职、井然有序、生生不已,构成自控制、自调节的自然法则与生态系统,其形式构成与结构逻辑中必然蕴含内在的调节、协调、协调机制,吻合自然和谐之道、生态和谐之理。由此可见,"和谐"价值源缘起及其原因探讨不仅具有人类学、伦理学、文化学、社会学意义,而且具有生态学、环境学、生物学意义。

二 先秦元典的"和谐"说建构文艺审美核心价值观

在中国文化语境中,"和谐"不但是元范畴,而且是核心范畴;不但是文化范畴,而且是哲学范畴;不但是价值范畴,而且是价值源本体范畴。"和谐"所具有的世界观与方法论、辩证思维方式、思想观念及其价值取向意义,无论对中华文化传统及中华民族价值观还是中国古代文艺审美观都产生重要

---

① 邓福星:《艺术前的艺术》,山东文艺出版社1986年版,第1页。

而深远的影响与意义。

除《尚书》所言"诗言志"及"律和声""八音克谐""神人以和""百兽率舞"中阐发基于祭祀仪式的诗乐舞"和谐"价值源发生外，"和谐"含义中所蕴含源流、规律、秩序、规矩、法则等内涵与外延之论均有所依据。《尚书·序》："古者伏羲氏之王天下也，始画八卦，造书契，以代结绳之政，由是文籍生焉。"由此阐明"文籍生"而"王天下"之和谐。《虞夏书》之《尧典》："百姓昭明，协和万邦，黎民于变时雍。"《舜典》："食哉惟时，柔远能迩，惇德允元，而难任人，蛮夷率服。"阐明"柔远能迩，惇德允元"之德，"协和万邦""蛮夷率服"以至和谐。以及《大禹谟》："正德利用厚生惟和。"《皋陶谟》："宽而栗，柔而立，愿而恭，乱而敬，扰而毅，直而温，简而廉，刚而塞，强而义。彰厥有常吉哉"之"九德"。《益稷》："夔曰：於！予击石拊石，百兽率舞，庶尹允谐。"《五子之歌》："明明我祖，万邦之君。有典有则，贻厥子孙。关石和钧，王府则有。"至于《周书》所记载周代制度、政治、祭祀、哲学、文化所涉"和谐"内容更为丰富。《洪范》："禹乃嗣兴，天乃赐禹洪范九畴，彝伦攸叙。初一曰五行，次二曰敬用五事，次三曰农用八政，次四曰协用五纪，次五曰建用皇极，次六曰乂用三德，次七曰明用稽疑，次八曰念用庶征，次九曰向用五福，威用六极。"所载"洪范九畴"，即周制九种大法，旨在制定协调、调节自然与人伦、神事与人事、德行与政治关系，达到"邦诸侯，班宗彝"的和谐天下的目的。《尚书》所载上古之事，包括从原始氏族社会到部落联盟尧舜禹传说时期及其夏商周（西周早期）华夏文明生成时期，所载神话传说、氏族聚合、部落联盟、巫术宗教、祭祀礼乐、制度文化、政治军事、人伦道德、农耕生产、自然灾害等丰富内容中以"和""合""谐""协""同"等用词造句孕育与萌发"和谐"价值源萌芽，由此形成互证互释，拓展"和谐"价值源发生渠道并生成建构过程。

第四章　文学批评价值源发生论

先秦其他文献元典所载历史源流以及诸子百家论著学说，亦可印证和建构"和谐"价值源发生说。因此，先秦可谓"和谐"说滥觞期，亦可谓奠定"和谐"文史哲思想渊源与理论基础的奠基期。春秋时期鲁国史官左丘明所撰《左传》，即《左氏春秋》或《春秋左传》，所载历史年代为春秋时期，系统记载这一时期各国政治、祭祀、经济、军事、文化等历史事件，其中包括诗乐舞等文艺审美状况，形成较为自觉的"和谐"意识观念及和谐美价值取向。基于"和谐"，《左传》最重要的是提出"和如羹"说。《左传·昭公二十年》载："齐侯至自田，晏子侍于遄台。子犹驰而造焉。公曰：'惟据与我和夫。'晏子对曰：'据亦同也，焉得为和？'公曰：'和与同异乎？'"晏子对曰："异。和如羹焉。水火醯醢盐梅以烹鱼肉，燀之以薪。宰夫和之，齐之以味，济其不及，以泄其过。君子食之，以平其心。君臣亦然。君所谓可而有否焉，臣献其否以成其可。君所谓否而有可焉，臣献其可以去其否。是以政平而不干，民无争心。故《诗》曰：'亦有和羹，既戒既平。鬷嘏无言，时靡有争。'先王之济五味，和五声也，以平其心，成其政也。声亦如味，一气，二体，三类，四物，五声，六律，七音，八风，九歌，以相成也。清浊，小大，短长，疾徐，哀乐，刚柔，迟速，高下，出入，周疏，以相济也。君子听之，以平其心，心平德和。故《诗》曰：'德音不瑕。'今据不然。君所谓可，据亦曰可。君所谓否，据亦曰否。若以水济水，谁能食之？若琴瑟之专一，谁能听之？同之不可也如是。"这段话采用比喻方式，从外交关系入手，以调味到调乐为比喻，通过辨析"和与同异"而提出"和如羹"观点，继而以其之理推及音乐之音符、声调、节奏、旋律的协调搭配以成"和乐"之道，其中阐明相反相成、相辅相成、有无相生、相济相补的辩证思维方式及其协调、调节以趋和谐的方法，旨在达到"平其心，成其政""心平德和"以及"君子和而不同"的目的。

《国语·周语下》所载："夫乐不过以听耳，而美不过以观目。若听乐而震,观美而眩,患莫甚焉。夫耳目,心之枢纽也,故必听和而视正。听和则聪,视正则明。聪则言听,明则德昭。听言德昭,则能思虑纯固";"夫政象乐,乐从和,和从平。声以和乐,律以平声。金石以动之,丝竹以行之,诗以道之,歌以咏之,匏以宣之,瓦以赞之,革木以节之。物得其常曰乐极,极之所集曰声,声应相保曰和,细大不逾曰平。"以"听和而视正"阐发和谐美价值取向,以"声以和乐,律以平声"阐发乐声的"和"与"平"价值取向,奠定以乐观政的思维方式与和谐美价值取向基础。

《周易》基于巫史结合、尊天命与尽人事交织的思维方式及其"卦象"与"爻辞"逻辑关联的感物与推演方式,将人事放置在宇宙天地之间的更大视野中认知人与自然、人与社会、人与人、人与神、人与自我关系,进而阐发宇宙、天地、乾坤、阴阳、刚柔、尊卑、变通等对立统一规律及朴素辩证法思想。《说卦》:"昔者圣人之作《易》也,幽赞于神明而生蓍,参天两地而倚数,观变于阴阳而立卦,发挥于刚柔而生爻,和顺于道德而理于义,穷理尽性,以至于命。"《系辞上》:"是故阖户谓之坤,辟户谓之乾。一阖一辟谓之变,往来不穷谓之通。"《系辞下》:"古者包牺氏之王天下,仰则观象于天,俯则观法于地,观鸟兽之文与地之宜,近取诸身,远取诸物,于是始作八卦,以通神明之德,以类万物之情。"从哲学及宇宙观视角阐发天人和谐之理,为"和谐"价值观形成奠定哲学基础。

《礼记·乐记》以周代礼乐制度构成中的"礼"与"乐"关系论述,阐发"和谐"观及其功能作用与价值意义。"礼"与"乐"在对立统一规律中具有重要位置与作用,不仅为礼乐制度提供逻辑性、合理性与合法性依据,而且提供思维方式、思想观念与价值取向的理论依据,建构起基于"和谐"价值源生成的思维模式与行为方式。"礼乐"遵循对立统一规律与法则,形成彼此相辅相成、相互渗透、相互依托、相互交融的和谐统一关系。《礼记·乐记》是讨论礼乐和谐关系最为完备的文献,《乐本》:"礼以导其志，乐以和其声。""乐者，通伦理者也"。"礼乐皆得，谓之有德，德者得也。"《乐论》："乐者为同，礼者为异。同则相亲，异则相敬。乐胜则流，礼胜则离。合情饰貌者，礼乐之事也。""大乐与天地同和，大礼与天地同节。和，故百物不失。节，故祀天祭地。明则有礼乐，幽则有鬼神，如此，则四海之内，合敬同爱矣"。"乐者，天地之和也；礼者，天地之序也。和，故百物皆化；序，故群物皆别"。《乐礼》："王者功成作乐，治定制礼；其功大者其乐备，其治辨者其礼具。""乐者敦和，率神而从天；礼者别宜，居鬼而从地。故圣人作乐以应天，制礼以配地，礼乐明备，天地官矣"。《乐施》："乐也者，圣人之所乐也；而可以善民心，其感人深，其移风易俗，故先王著其教焉。"《乐化》："故乐也者，动于内者也；礼也者，动于外者也。乐极和，礼极顺，内和而外顺，则民瞻其颜色而勿与争执，望其容貌而民不生易慢焉。""是故，乐在宗庙之中，君臣上下同听之，则莫不和敬；在族长乡里之中，长幼同听之，则莫不和顺；在闺门之内，父子兄弟同听之，则莫不和亲。故乐者，审一以定和，比物以饰节，节奏合以成文，所以合和父子君臣，附亲万民也：是先王立乐之方也"。以"和谐"观之，"礼乐"范畴无疑为乐之"和"与礼之"谐"构成，两者遵循"和谐"之道以通"礼乐"之理。由此推动礼乐制度建立与建设，同时也推动"和谐"价值源生成及"和谐"观建构。

三 儒道思想奠定古代文论批评"和谐"价值源根基

真善美和谐观，不仅作为中国古代儒道释思想的核心价值观，而且作为中华民族及中华文化的核心价值观，形成源远流长、历史悠久、文化深厚的价值源。一方面从儒道思想渊源与发展角度看，无论双峰对峙、两水分流，还是儒道互补、外儒内道，都能够体现异流同源、殊途同归的真善美和谐统一的内涵实质与人文精神；另一方面从意识形态及社会价值取向看，无论主流意识形态还是民间意识形态，也无论哲学观、政治观、文化观、道德观、教育观、宗教观、文艺观、批评观、审美观还是人生观、生活观、价值观，尽管等级森严、阶层殊分、各抒己见、众说纷纭，但在协调、认同中华民族共同利益与核心价值上也都能够体现真善美和谐统一精神。由此奠定中国古代文学及文论批评的核心价值观，形成真善美和谐观，成为中国文论批评价值源。

探讨中国文论批评发展渊源，无疑会追溯到中国文化传统及国学传统的文史哲源头。在春秋战国时期诸子"百家争鸣"中脱颖而出的儒家与道家学派，成为中国文史哲思想与文论批评美学思想的源头。儒家所秉承的"仁义""礼乐"的"中和之美"思想，道家所秉承的"自然""无为"的"物我为一"思想，无不着眼于"和谐"价值源遵循对立统一规律与朴素辩证法法则，立足于人与自然、人与社会、人与人、人与自我诸关系的协调、调节、协同，建构起主客体和谐统一观、真善美和谐统一观、顺应自然与改造自然和谐统一观。由此，形成儒道互补、外儒内道、阴阳协调、天人合一的和平共处、双向同构的和谐观，建构起源远流长、一脉相承的中华文化传统，构建"兼济天下"与"独善其身"为一体的民族性格与精神。更为重要的是，儒家与道家基于"和谐"价值源形成"和谐"观，奠定了中国古代文艺、文论批评、美学的思想基础与核心价值观基础。

先秦儒家基于"礼乐"和谐关系建构"中和之美"文艺观。孔子论《诗》，《论语·为政》："《诗》三百首，一言以蔽之，曰：'思无邪'。"《阳货》："小子何莫学夫《诗》？《诗》可以兴，可以观，可以群，可以怨"；"人而不为《周南》《召南》，其犹正墙面而立也与。"《季氏》："不学《诗》，无以言。"《学而》："诵《诗》三百，授之以政，不达；使于四方，不能专对；虽多，亦奚以为？"《八佾》："《关雎》乐而不淫，哀而不伤。"旨在强化文艺的兴观群怨社会作用以揭示真善美和谐统一之理，建构起温柔敦厚、清正典雅的中和之美价值取向。孔子论乐，《泰伯》："兴于《诗》，立于礼，成于乐。"《先进》:"先进于礼乐,野人也;后进于礼乐,君子也。如用之,吾从先进。"《阳货》:"礼云礼云,玉帛云乎哉!乐云乐云,钟鼓云乎哉!""恶紫之夺朱也。恶郑声之乱雅乐也,恶利口之覆邦家者"。《八佾》:"人而不仁,如礼何?人而不仁,如乐何?""八佾舞于庭,是可忍,孰不可忍也"!"子谓《韶》:'尽美矣,又尽善也。'谓《武》:'尽美矣,未尽善也'。"《述而》:"子在齐闻《韶》,三月不知肉味,曰:'不图为乐之至于斯也。'"旨在厘清与协调礼乐关系以达尽善尽美目的。孔子论文,《雍也》:"质胜文则野,文胜质则史。文质彬彬,然后君子。""君子博学于文,约之以礼,亦可以弗畔矣夫"!《述而》:"志于道,据于德,依于仁,游于艺。"《宪问》:"文之以礼乐,亦可以为成人矣";"有德者必有言,有言者不必有德",旨在以"文质彬彬"强调文艺内容与形式完美统一。由此可见,儒家以"和谐"价值源为核心价值观构建温柔敦厚、清正典雅、尽善尽美、文质彬彬、中和之美的文艺审美价值取向。

先秦道家基于"道"建构"自然""无为"之道与"以天合天"的文艺审美观,阐发天人、物我、有无、虚实、巧拙等辩证关系,其渊源植根于"和谐"价值源。道家始祖老子论"道",《老子》:"道,可道,非常道;名,可名,非常名。"(第一章)"天下皆知美之为美,斯恶已;皆知善之为善,斯不善已。故有无相生。难易相成,长短相较,高下相倾,音声相和,前后相随。"(第二章)"大音希声,大象无形。"(第四十一章)"大巧若拙,大辩若讷。"(第四十五章)"信言不美,美言不信。"(第八十一章)老子以二元对应的辩证关系不仅阐明真善美所具相对观,而且阐发了基于对立统一思维的和谐观,指向辩证思维与朴素辩证法的世界观及方法论。

庄子从"道"论"自然",凸显人与自然的和谐统一辩证关系。基于"道法自然"之理,庄子一方面提出"自然无为"说,"天地有大美而不言,四时有明法而不议,万物有成理而不说。圣人者,原天地之美而达万物之理,是故至人无为，大圣不作，观于天地之谓也"（《庄子·知北游》），以自然"无为"之道阐发圣人"无为"之道，旨在达到顺应自然以无为而无不为之目的；另一方面提出"物化"说，"不知周之梦为胡蝶与？胡蝶之梦为周与？周与胡蝶则必有分矣。此之谓物化"（《庄子·齐物论》），由此得出"天地与我并生，而万物与我为一"的"物我为一"或"天人合一"结论；再一方面，基于"自然"提出"贵真"说，"真者，精诚之至也。不精不诚，不能动人。故强哭者虽悲不哀；强怒者虽严不威；强亲者虽笑不和。真悲无声而哀，真怒未发而威，真亲未笑而和。真在内者，神动于外，是所以贵真也。……真者，所以受于天地，自然不可易也"（《庄子·渔父》），庄子所言"真"既涵盖"自然"思想，又蕴含以"真"向善趋美的真善美和谐统一价值取向。

先秦儒道"和谐"说奠定"和谐"价值源的思想基础，建构中国古代文论批评文脉传统，影响历代文论批评发展。此后，中国古代文论批评所提出意境、意象、意蕴、文心、文气、文品、韵味、滋味、神韵、性灵、气韵、格调、妙悟、境界等文艺审美范畴及批评准则，无一不蕴含真善美和谐统一的价值源基因，都具有真善美和谐观构成的核心价值取向，不仅在文艺本体论、创作论、作者论、作品论、鉴赏论、批评论、方法论、标准论等理论建构中始终坚持真善美和谐观，而且在文艺创作与鉴赏批评实践中形成真善美和谐统一的核心价值取向，以温柔敦厚、古朴典雅、自然清静、飘逸淡泊、中和之美表达出艺术人生追求与审美理想境界。魏晋南北朝是"文的自觉时代"，刘勰《文心雕龙》以"原道""宗经""征圣"确立中国文论批评思想主旨；以"天文""地文""人文"确立中国文论批评的人文精神；以"观天文以极变，察人文以成化""道沿圣以垂文，圣因文而明道"阐发道—圣—文的内在逻辑与辩证关系；以"神与物游""心物交感""感物吟志"等命题确立文艺性质特征及创作特点；以"体性""风骨""通变""情采""隐秀"

"物色"以及道术、阴阳、有无、虚实、言意、文质、情景、文笔、形神、时空、浓淡、简繁、动静、朴华等关系概念阐释了艺术辩证法及方法论。由此可见,"和谐"成为刘勰《文心雕龙》文论批评体系的价值源及文论批评观核心思想,建构中国古代文论批评的"和谐"观,形成真善美和谐统一的核心价值取向。

中国古代文论批评传统精神对于当代文坛仍然具有现代价值与现实意义。习近平在文艺工作座谈会上讲话指出:"追求真善美是文艺的永恒价值。艺术的最高境界就是让人动心,让人们的灵魂经受洗礼,让人们发现自然的美、生活的美、心灵的美。……我们要通过文艺作品传递真善美,传递向上向善的价值观,引导人们增强道德判断力和道德荣誉感,向往和追求讲道德、遵道德、守道德的生活。只要中华民族一代接着一代追求真善美的道德境界,我们的民族就永远健康向上、永远充满希望。"因此,文艺批评必须遵循文艺真善美价值观发展规律,确立真善美和谐统一的价值取向,构建文艺评价体系及其评价取向、评价导向与评价标准。习近平还谈道:"要高度重视和切实加强文艺评论工作。文艺批评是文艺创作的一面镜子、一剂良药,是引导创作、多出精品、提高审美、引领风尚的重要力量。文艺批评要的就是批评……文艺批评就要褒优贬劣、激浊扬清,像鲁迅所说的那样,批评家要做'剜烂苹果'的工作,'把烂的剜掉,把好的留下来吃。'不能因为彼此是朋友,低头不见抬头见,抹不开面子,就不敢批评。作家艺术家要敢于面对批评自己作品短处的批评家,以敬重之心待之,乐于接受批评。要以马克思主义文艺理论为指导,继承创新中国古代文艺批评理论优秀遗产,批判借鉴现代西方文艺理论,打磨好批评这把'利器',把好文艺批评的方向盘,运用历史的、人民的、艺术的、美学的观点评判和鉴赏作品,在艺术质量和水平上敢于实事求是,对各种不良文艺作品、现象、思潮敢于表明态度,在大是大非问题上敢于表明立场,倡导说真话、讲道理,营造开展文艺批评的良好氛围。"① 文艺批评必须继承创新中国古代文论批评优秀遗产，必须继承创新文艺真善美优秀传统，坚持文艺批评真善美核心价值与永恒价值，这就需要首先探溯真善美价值观的"和谐"价值源。正如刘勰所言"原始以表末"方能知古以论今，从而促进传统文化的创造性转化与创新性发展，推动中国特色的当代文论批评建设发展。

---

① 习近平：《在文艺工作座谈会上的讲话》，人民出版社2015年版，第29—30页。

第五章　文学批评精神建构论

21世纪以来，随着改革开放的深入发展以及中国经济大国崛起，文化建设进入盛世时期，文学发展也面临最佳机遇，跨入繁荣发展的黄金时期。文艺界以"高度的文化自觉和文化自信"贯彻落实"文化强国"的战略决策，标志着进入一个文化自觉时代。文学作为文化最为集中和最有代表性的表征方式，也可谓进入文学自觉时代。这既可表征为文化自觉对文学发展的影响和促进，也可表征为文学自觉所推动的文学发展对文化建设的影响和促进。文化自觉落实在文学发展中体现为文学自觉，文学自觉时代也将推动文化自觉提升到新的高度。文学自觉时代不仅为文学发展提供基础和保障，而且提供了发展的动力机制和方向目标，推动文学进入飞速发展的"快车道"。

第一节　文学批评的伦理精神

人类社会实践活动基于人与自然、人与人、人与社会、人与自我关系而确立人类性、社会性、实践性、属人性的活动性质与特征，其中当然包括关系伦理及其伦理性、伦理价值、伦理功能作用等内容。文艺活动作为人类社会实践活动的组成部分，其人性、人民性、人文性、精神个性指向诚如高尔基所言文学是"人学"而确立文艺性质特征，其中不仅具有形象性、艺术性、审美性属性，而且具有意识形态性、政治性、历史性、文化性、伦理性等属性。这既说明文艺表现对象的多维立体视角和丰富多彩内容，又阐明文艺性质、属性与特征及功能作用与价值意义。文艺批评正是基于此，形成意识形态批评、社会历史批评、伦理道德批评、政治批评、文化批评、审美批评、形式批评、结构主义批评、读者反应批评等多元化批评思潮与多样化批评形态。更为重要的是，将批评作为人类社会实践活动的一种方式，批评乃为"人学"，由此形成别林斯基所言批评是由"运动的美学"以及批评意识形态性、社会历史性、伦理道德性、政治性、文化性、科学性等批评性质属性构成。那么，基于批评"人学"的人文性与科学性所产生的批评伦理问题就由此从水底浮出水面，成为当下批评研究及批评学建构的重要命题。

从另一角度看，当下经济快速发展、过度开发、私欲膨胀所导致的人与自然、人与人、人与社会关系恶化以及生态失衡、环境破坏、资源匮乏等危机，严重威胁人类及世界物种的存在、生存、发展以及生态平衡，对于现代文明以及人类行为活动的反思反省与价值重构势在必行。由此，一方面从生态学、生物学、环境学、生命科学等自然科学学科引入人文精神，科学伦理问题受到极大关注；另一方面从人类学、文化学、社会学、伦理学等人文社会科学学科引入科学精神，人文伦理精神进一步拓展与深化。科学性与人文性结合形成跨学科研究趋向，生态文明成为人类文明提升与发展的根本指向。因此，生态伦理、环境伦理、生命伦理、生物伦理、医学伦理、科学伦理以及文艺伦理、审美伦理、批评伦理被提上议事日程。正如"生命伦理学"所指："生命伦理学由两个希腊词构成：生命和伦理学。生命主要指人类生命，但与之相关也涉及动物生命和植物生命。伦理学是指对道德的哲学研究。有人定义生命伦理学为根据道德价值和原则对生命科学和卫生保健领域内的人类行为进行系统的研究。生命科学是研究生命体和生命过程的科学部门，包括生物学、医学、人类学和社会学。卫生保健是指对人类疾病的治疗和预防以及对健康的维护。所以生命伦理学是一门边缘学科，多种学科在这里交叉。"① 尽管这一学科概念阐释还有待完善，但基本要义所指人类对于一切生命的伦理观及其伦理道德态度，所倡导"世界最宝贵的是生命""尊重生命""生命第一"等精神，无疑为生命伦理以及生态伦理、环境伦理、生物伦理、医学伦理、科学伦理奠定基础，也为文艺伦理、批评伦理提供理论基础与学理支撑。批评伦理成为批评实践与理论研究的重要概念，构成批评学重要内容。

一 "批评伦理"含义及其内涵外延阐释

将"批评伦理"作为一个范畴引入批评行为活动及批评学体系既是批评实践发展需要，也是批评理论建设及批评实践研究需要，当然也是面对当前批评存在的现实问题提出的对策与命题。黑格尔《美学》从研究方法角度提出："就对象来说，每门科学一开始就要研究两个问题：第一，这个对象是存在的；第二，这个对象究竟是什么。"② 本书将批评伦理作为研究对象的合理性在于：任何研究一开始就必须面对两个问题，这个对象是否存在，这个对象究竟是什么。以往学界对于批评形态描述及其理论研究，通常有意识形态批评、政治批评、道德批评、伦理批评、文化批评、审美批评、形式批评等范畴，用来指称一定的批评形态及其理论模式，也以之描述概括批评性质属性及其功能作用。那么，在以往的伦理批评或文学伦理学批评之外，是否有必要提出批评伦理呢？批评伦理与伦理批评究竟有何区别与联系呢？批评伦理提出的价值意义何在？为了解决这些问题，首先应该对"批评伦理"这一范畴进行阐释，厘清其含义及内涵外延。

---

① 邱仁宗：《生命伦理学》，上海人民出版社1987年版，第2页。
② [德] 黑格尔：《美学》第一卷，朱光潜译，商务印书馆1979年版，第29页。

其一,"伦理""道德"概念含义及内涵外延阐释。先言"伦理"。"伦理"由"伦"与"理"构成合成词,可作两方面理解:一方面是作为偏正词组的"伦"之"理"理解,即人伦之理,与现代所言"伦理"基本同义;另一方面是作为并列词组的"伦"与"理"理解,"伦"为类,含有分类与同类之义;"理"为别,亦为分别、条理之义。无论"伦"之"理"还是"伦"与"理",两种理解并不矛盾,共同指向人伦关系及人伦次序、秩序与条理。中国古典文献释"伦理"之义,《说文》:"伦,辈也。从人仑声。一曰道也。"[1] "伦"之"辈"义包含"类",亦即人之同辈、同类之义;与其"道"之"理"义也吻合,即同辈、同类之次序、秩序及其道理。《辞海》释"伦"亦如此:一是"同辈,同类。《礼·曲礼》下:'儗人必于其伦。'注:'儗,犹比也。伦,犹类也。'"二是"道理,次序。《诗·小雅·正月》:'维號斯言,有伦有脊。'《论语·微子》:'言中伦。'"又释"伦理":"事物的条理(包括人伦之条理)。《礼·乐记》:'乐者通伦理者也。'注:'伦犹类也。理分也。'后亦称安排部署有秩序为伦理。宋欧阳修《文忠集》一五二《与孙少卿书》:'族大费广,生事未成,伦理颇亦劳心。'"[2]《辞海》释"人伦":"阶级社会(即人类社会及其群类)里人的等级关系,《孟子·滕文公》上:'使契为司徒,教以人伦:父子有亲,君臣有义,夫妻有别,长幼有序,朋友有信。'《管子·八观》:'背人伦而禽兽行,十年而灭。'"[3] 典籍文献所涉"伦"之义大体如此,如《荀子·富国》:"人伦并处。"《礼记·中庸》:"毛犹有伦。"《逸周书》:"悌乃知序,序乃伦;伦不腾上,上乃不崩。"贾谊《过秦论》:"廉颇赵奢之伦。"由此可见,"伦理"之义着重于人与人关系所缔结的人之群类及人类社会系统,其功能作用一方面既维护人类社会及其群

---

[1] 许慎:《说文解字》,天津古籍出版社1991年版,第164页。
[2] 《辞海》,商务印书馆1988年版,第127页。
[3] 同上书,第86页。

类的整体性、系统性、构成性关系与联系，又维护人类社会形成的等级关系与联系，体现物以类聚、人以群分的原则精神；另一方面基于群类之分、等级之别及其所产生的矛盾冲突而以伦理调节关系，使之合情合理，建立平衡和谐的伦理关系。

次言"道德"。"道德"与"伦理"概念含义最为接近。《说文》释"道"为"所行道也"，指所行道路，《诗·小雅·大东》："周道如砥，其直如矢。"引申为道理、道义、得道；释"德"为"升也"，指直道而行。另，"德"者得也，即得道之人，得道之德，《易·乾·文言》："君子敬德修言。"与"道德"相关的概念还有"德行""品德""德操"等，指道德品行与行为操守，《易·节》："君子以制数度，议德行。""道德"作为合成词，古代与现代所用基本同义。《韩非子·五蠹》："上古竞于道德，中世出于智谋，当今争于气力"；《礼·曲礼上》："道德仁义，非礼不成。"注："道者通物之名，德者得理之称。"《辞海》释"道德"："今指一种社会意识形态，是人类社会在共同生活中形成的对社会成员起约束和团结作用的准则。"由此可见，古今"道德"含义相同，都是为了更好维护人类社会共同生活秩序而对人的德行、品德、德操及其行为的要求与规范，其目的在于维护人类共同体及其群类共同体。

其二，伦理与道德关系辨析。伦理与道德都具有两个层次内涵，即内在的价值理想与外在的行为规范，具有一定的共同性及交叉性，因此两者在使用时经常出现混淆、替换与连用现象。人类对伦理道德的需求及研究自文明社会发生以来从未间断，并殊途同归。中西伦理观念差异在于中国侧重于论道德，赋予道德以社会、情性、人文、品质修养等内容；西方侧重于论伦理，赋予道德以理性、科学、公共意志等属性。西方早在古希腊时期，亚里士多德就著有《尼各马可伦理学》，以作为道德研究的学问与知识，因此伦理学又可解释为道德学、道德哲学。中国古代虽有"伦理"一词，与"道德"大体同义，通常也连称"伦理道德"，但到19世纪中国学界才称伦理学，亦即研究道德及其人伦关系的学问。尽管伦理学研究对象必然指道德，但伦理与道德还是有所区别，严格意义上说不能混淆及简单替换。其理由主要在于以下几个方面。一是伦理相对于道德而言，包括内容更为广泛，不仅含有道德因素，而且包含人伦关系因素，包括亲缘关系、朋友关系、人际关系、社会关系中的人伦关系问题。二是基于古代宗法制及其宗族文化传统的伦理作为行为道德规范，更具有道德本体、本性、本源的内在本质规定性与内在需要的特征，带有一定的先在性与自为性；相对而言的道德则是伦理的外化形式与表征方式，较多表现为社会道德对个体品德的要求与规范，重在表现为行为道德，带有一定的后天教化的社会规定性及其约定俗成性特征。三是道德具体表现为社会及个体品德行为，而伦理则为考证与论证道德的学问知识依据，因此可称为伦理学，称为研究道德的学问，但伦理学应该以伦理关系及道德作为研究对象。四是人伦关系及伦理问题可用道德调节与调适，因此伦理较为稳定；道德作为品德行为规范，社会道德及个体道德都可通过文明社会进步及道德教育与修养而提升道德思想及道德行为，并通过道德评价区分真善美与假恶丑以及道德层次与程度，一方面推动道德完善与提升，另一方面将道德他律转化为道德自律，再一方面形成道德观及道德取向与道德传统。五是基于伦理学作为伦理学问知识的学理性，对于伦理关系的理解从学理知识与内在逻辑层面可由人伦关系扩展为人与自然关系的伦理认识，由此进一步扩大自然伦理、生态伦理、生命伦理、生物伦理、环境伦理、科学伦理等领域，探讨人与自然关系的伦理问题，重构人对自然认知的伦理视角及伦理态度与立场；道德基于人与人、人与社会、人与自我关系以及人类个体与群体德行的自律与他律规范，一般还是用在人的道德行为范围内。尽管如此，这并不否定伦理与道德的关系与联系，也不影响伦理学以伦理道德作为研究对象，亦非影响人类对自然、生态、生命、生物、动物的伦理态度也体现出人类道德精神实质。

其三，批评伦理含义及其内涵外延。以上所作"伦理"含义及其内涵外延以及与"道德"概念辨析，旨在阐明本书所用"批评伦理"这一范畴的缘由与根据，其中必然包含批评家的道德观及其职业道德与道德评价等问题。之所以提出"批评伦理"，一方面力图使所用概念更为准确、规范与科学，具有批评伦理学的学理依据、学术价值与理论意义；另一方面使其概念内涵外延更为扩展与深化，具有一定的开放性与兼容性特点；再一方面是为了更好解决当前批评界存在的精神困惑、道德失范、原则消解、价值迷失等现实问题。批评伦理从构词角度而言无疑指批评的伦理，即人与批评所构成的价值关系中所产生的伦理现象及伦理问题。批评作为人类社会实践活动的一种方式，人的思想观念、立场态度、价值需要、理想精神、道德意志、行为作风等因素密切相关，必然具有一定的伦理道德价值取向，呈现出人类社会实践活动的伦理性质与特征；批评作为人类社会实践活动建立起人与对象，亦即主体与客体关系，实质上表现为价值关系，其关系内涵无疑包括哲学、政治、经济、历史、伦理道德、文化、审美等丰富多彩的社会内容，人与批评关系中无疑包括伦理关系，呈现批评伦理向度。特别是针对当下人与自然关系所产生矛盾冲突现象及人类社会实践活动规律特点，相应提出除人类伦理外的自然伦理、生态伦理、环境伦理、生命伦理、生物伦理、科学伦理等命题，旨在遵循自然规律与社会规律统一，或主体的合目的性与客体的合规律性统一，以反思反省人类活动行为的动机与目的，提高人类社会实践活动的自觉性与规范性，不仅在于采取调节与自调节、控制与自控制方式，而且在于重构人与自然关系以及人类社会实践活动方式。批评伦理亦如此。批评作为人类社会实践活动的一种方式，基于文学是人学、批评亦为人学的观念，文学伦理、艺术伦理、审美伦理及其批评伦理命题自在其中。批评伦理不仅表现为人对文学艺术及批评的立场态度与原则精神，而且表现为批评自身所应该具有的品质精神，更重要的是以其推动批评生态环境优化、批评观念更新与批评自我评价的道德自律机制的构建。

二 批评伦理与伦理批评关系辨析

伦理道德要素及伦理道德观测视角进入文学、艺术及批评,其实从来如此,几乎可以说从文艺产生之日起就嵌入其间。文学艺术具有伦理道德性,具备伦理道德功能价值,发挥伦理道德作用意义,自不待言。批评基于文学艺术与伦理道德关系,从伦理道德视角揭示文学艺术的伦理道德功能价值与作用意义,形成文艺批评的一种重要方式及批评模式,通常称为伦理批评或文学伦理学批评。那么,提出批评伦理命题是否有必要,与伦理批评有何关系,有何区别,因此有必要对批评伦理与伦理批评进行辨析。

其一,伦理道德批评发端,中西异流同源,殊途同归,均形成伦理道德批评传统。中国先秦周代实施"礼乐"制度,《礼记·乐记》:"礼乐皆得,谓之有德,德者得也。"因此,"乐者,通伦理者也"。孔子非常注重"礼乐"所蕴内涵意义:《论语》云:"礼云礼云,玉帛云乎哉!乐云乐云,钟鼓云乎哉"(《阳货》);论"乐":"人而不仁,如礼何?人而不仁,如乐何?""尽美矣,又尽善也"(《八佾》);论"诗":"《诗》三百首,一言以蔽之,曰:'思无邪。'"(《为政》);论"文":"有德者必有言,有言者不必有德"(《宪问》),倡导尽善尽美、文德兼备、文质彬彬、意内言外的文艺道德价值取向,从诗教、乐教、文教阐发文艺"教化"功能作用,开启了中国伦理道德批评先河,形成中国古代以德治国、以德育人、以德立言的文化传统。西方古希腊柏拉图基于"理式"提出本真至善神圣的"理想国",认为"而只有经过评判,被认为是神圣的诗,献给神的诗,并且是好人的作品,正确地表达了褒或贬的意图的作品,方才被准许"[①]。亚里士多德提出文艺"净化"说:

[①] [古希腊]柏拉图:《理想国》,伍蠡甫主编:《西方文论选》上卷,上海译文出版社1979年版,第48页。

"要达到教育的目的,就应选用伦理的乐调;但是在集会中听旁人演奏时,我们就宜听行动的乐调和激昂的乐调。……某些人特别容易受某种情绪的影响,他们也可以在不同程度上受到音乐的激动,受到净化,因而心里感到一种轻松舒畅的快感。因此,具有净化作用的歌曲可以产生一种无害的快感。"① 古罗马贺拉斯认为:"诗人的愿望应该是给人益处和乐趣,他写的东西应该给人以快感,同时对生活给予帮助。在你教育人的时候,话要说得简短,使听的他容易接受,容易牢固地记在心里。一个人的心里记得太多,多余的东西必然溢出。"② 由此建构"寓教于乐"型伦理批评模式,形成西方伦理批评及文学伦理学批评思潮。中西伦理批评不同点在于:中国"善"侧重在基于人与自我关系而发自内心本性的"性本善"与基于人与社会关系建立的人伦关系之"礼";西方"善"侧重在基于人与自然关系的自然科学及科学理性之"真",由此不仅将自然视为道德的基础,而且"亚里士多德把智慧与勇敢、正义、节制合称为'四主德',其中居于首位的是智慧。在亚里士多德看来,理智的德行看得高于一切,要有德行得有知识,道德就在于认识真理"③,从而拓展道德含义及其内涵外延,同时也开拓了伦理批评的空间。

其二,伦理批评与批评伦理具有紧密的关联性。主要表现为:一是无论文艺还是文艺批评都具有"人学"特性特征,因此都应该基于"人学"具有一定的伦理性;二是都基于人类社会实践活动以及人与对象、主体与客体、价值与评价的价值关系,其中必然包括伦理道德价值关系;三是批评对于文艺的伦理道德性认识及评价取向,同样也应该将其放在批评对自身认识及评价取向上,也就是说,伦理批评应该以批评伦理作为基础,批评伦理也应该以伦理批评作为基础,两者相辅相成,相互支撑,使文学伦理与批评伦理、

---

① [古希腊]亚里士多德:《政治学》,伍蠡甫主编:《西方文论选》上卷,上海译文出版社1979年版,第96页。
② [古罗马]贺拉斯:《诗艺》,《诗学 诗艺》,杨周翰等译,人民文学出版社1962年版,第155页。
③ 赵红梅、戴茂堂:《文艺伦理学论纲》,中国社会科学出版社2004年版,第87页。

伦理批评与批评伦理能够有机统一。因此，伦理批评与批评伦理紧密相关，无论文学还是批评都具有伦理性，也无论是作为批评形态及批评视角的伦理批评还是作为批评性质属性、功能作用的批评伦理，都需要以伦理作为联结彼此关系的交叉点与契合点。

其三，伦理批评与批评伦理的区别。虽然伦理批评与批评伦理联系紧密，但两者不能简单地画等号。其理由主要有以下几点。一是两者作为合成词组，构词方式不同。伦理批评指伦理型批评，属于批评类型形态，是批评的一种方式与形态，批评类型形态及方式角度多种多样，除伦理批评外还有社会历史批评、意识形态批评、形式主义批评、精神分析批评、结构主义批评、审美批评、文化批评等，构成批评类型及其表达方式的多样化形态；批评伦理是指批评的伦理属性，属于批评性质属性的构成要素，除伦理属性外还有政治、意识形态、社会历史、文化、文艺学、美学等人文性与科学性性质属性构成。二是两者功能作用有所不同，伦理批评主要从伦理视角对文学与伦理关系及其批评对象所蕴含的伦理道德内容与伦理道德功能作用的评价方式，形成伦理批评形态及其伦理学批评方法模式；批评伦理基于伦理学及文学伦理学理论基础与学理依据，主要从伦理视角对批评性质特征、思维观念、价值取向、功能作用、原则标准、职业道德、行为规范等进行元批评研究，并遵循批评的科学理性原则与伦理道德原则进行批评的批评或自我批评，建立批评自我评价的"自律"机制，实现批评的自我调节与自我完善的批评内在机制功能作用。三是两者研究对象不同，伦理批评从伦理角度批评文学，批评对象是文学及文学的伦理性内容；批评伦理从伦理角度研究批评，研究对象是批评的伦理性内容。四是两者在伦理与道德上侧重有所不同，伦理批评侧重于以"善"为道德准则及核心价值取向，构成文学真善美评价标准，因此伦理批评又称为道德批评；批评伦理包括道德在内而又不仅仅于道德的更大范围的伦理内容，如公平、公正、客观、科学、理性的批评规范与职业道德、责任、义务、良知、担当、品质、正义、真理的批评精神。五是批评伦理不仅基于人伦关系的伦理内涵，而且因为自然伦理、生态伦理、环境伦理、生命伦理等扩展深化了伦理内涵，无疑也扩展深化了批评伦理的研究范围与空间，批评生态、批评环境、批评场域、批评系统、评价体系等研究视野、视域、视角也更为开放与广阔。因此，批评伦理命题提出不仅仅是因为应对当下批评面临困境与挑战，也不仅仅是为了解决批评界存在不足与问题，而且是批评转型及其自身建设发展需要的内在机制推动，是批评的文化自觉与文化自信的重要标志。

三 批评伦理构成系统及其多维立体研究视角

批评系统及其要素构成都或多或少涉及伦理问题，诸如批评性质特征、功能作用、批评主体、批评对象、批评关系、批评活动、批评行为、价值与评价、批评标准、批评原则、批评生态、批评环境、批评效力等。系统构成及其要素彼此之间的关系，其中包含伦理问题。因此，批评伦理也是一个系统及其要素构成，形成批评伦理研究的多维立体视角。

其一，批评伦理哲学研究视角。伦理学与哲学关系密切，哲学是伦理学的理论基础，由此形成伦理哲学。伦理哲学是关于伦理道德的本体论哲学思辨与理论分析，伦理学本身也具有人生哲学的价值意义。伦理学以道德为研究对象，包括人类社会道德意识、观念、情感、意志、行为规范、人伦关系等。伦理学将道德现象从人类活动及其行为中抽象出来，探讨道德的本质、特征、起源、发展、功能、作用，道德水平与物质生活水平之间的关系，道德原则与道德评价标准，道德体系及其规范机制，道德教育与品质修养，人生意义与生活态度，等等。批评伦理哲学基于批评本体论对批评伦理本体论探讨，其研究视角主要有三个观测点：一是批评作为人类文明创造价值与评价的一种方式，价值创造与价值评价是人类社会发展的双核驱动机制，因此批评具有价值评价的本体论意义，也具有人类存在、生存、发展的存在论本体意义；二是批评"人学"的研究视角，与"文学是人学"的文学人类学本体论意义一样，批评也是"人学"，具有批评人类学本体论意义；三是批评作为人类社会实践活动的一种方式，体现人作为活动主体、实践主体、行为主体的主体精神与自觉意识，批评成为人的本质力量对象化及人对自我确证的一种方式。批评本体论的三维立体视角不仅构成批评认识论、实践论、价值论三足鼎立又三位一体的哲学基座，而且揭示批评以人为本的人文科学精神，阐发批评人类学、批评社会学、批评伦理学的哲学基础与学理依据。因此，批评伦理具有雄厚的哲学基础及价值论基础，批评伦理研究具有文学人类学本体论意义。

其二，批评主体伦理研究视角。批评主体研究最为直接也最为密切关系到批评伦理问题，围绕批评主体伦理所展开的研究视角也更为广阔与多维，主要观测点有以下几点。一是批评家主体心智结构研究视角。中国古代文论无论是刘勰所论"才气学习"还是叶燮"才胆识力"等主体构成论中都含有一定的伦理道德要素与基因，批评家的思想道德修养直接影响到其批评素质的能力，因此，批评家遵循先秦"三立"说之训，"立文"者首先必"立德"。即便现代批评对于批评家主体构成要求，也并不排除批评家思想品质与职业道德的批评伦理要求，只不过其伦理道德内容更为扩展和深化罢了。二是批评观及伦理道德观研究视角。批评观是世界观组成部分，因此批评观与自然观、政治观、伦理观、道德观、文化观、文学观、艺术观、审美观等思想观念紧密相关，中国古代文学批评强调"道德文章""文如其人""人品决定诗品"等思想观念，将道德观与文艺观、批评观、审美观融合，形成文学传统及批评传统。尽管浓厚的道德教化色彩不免带有一定的负面作用，但不可否认文学与伦理道德关系，也不可否认批评观中的伦理道德思想观念的正面价值。从批评观的核心价值观培育及其核心价值体系构建而论，更是如此，文学及其批评的真善美核心价值必然涵盖文学伦理、批评伦理的正能量，成为文学观、批评观的重要组成部分。三是批评主体性研究视角。批评作为活动与行为，批评主体的主体性的积极主动发挥不仅对于批评存在、生存、发展至关重要，而且对于批评的创造性、自主性、独立性及其功能作用实现至关重要。更为重要的是批评个性、独特性、独创性表现与公平公正、无私无畏的批评原则的坚持，需要批评伦理提供保障与规范，才能更好发挥批评主体性作用。

其三，批评价值伦理研究视角。从价值论角度而言，价值是基于主客体价值关系形成的，表现为客体满足主体需要而形成的价值属性。文学价值在于能够满足人类的精神需要及审美需要；批评价值在于既能够通过价值评价更好实现文学价值，又能够满足人们对批评及文学评价的需要，在实现文学价值创造功能作用的同时实现文学评价的功能作用。因此，无论是文学创造需要还是文学评价需要，也无论是文学创造价值还是文学评价价值，都离不开人类社会实践活动及其主客体价值关系，由此形成价值—评价的价值创造与价值评价关系，价值关系就必然存在一定的伦理性，表现为一定的伦理关系。这不仅表现为无论是文学伦理价值还是批评伦理价值上的伦理取向性，而且表现为文学价值伦理与批评价值伦理的价值伦理性上，亦即正负价值、真伪价值、善恶价值、美丑价值、是非价值等价值取向上，以及价值大小多少的程度差异等价值功能作用上。也就是说，批评价值伦理不仅在于能够体现文学评价正确健康的价值取向性与导向性，而且在于能够更好地体现批评积极能动的功能作用，实现批评的正能量与更大程度价值。

其四，批评评价伦理研究视角。批评最为基本的功能是文学评价，评价是对文学价值能否满足或满足程度大小多少价值效果及其功能作用的评判。基于评价不仅将批评与创作紧密联系，形成相辅相成的文学合力，而且以评价作为文学发展的动力机制要素，构成创造—评价的文学双核驱动机制。基于价值关系及价值—评价构成之理，文学价值具有伦理性，文学评价必然也具有伦理性。因此，价值伦理理所当然，评价伦理不言而喻。评价伦理作为批评伦理的重要组成部分，其原因不仅在于批评本体伦理、批评主体伦理、批评价值伦理及批评功能作用都体现在批评评价伦理上，而且在于批评具有建构文学评价体系的功能作用，包括评价主体、评价动机意图、评价目的、评价标准、评价原则、评价方法、评价取向及价值导向等构成要素与结构系统。如果不基于评价伦理，不仅难以实现评价的准确性与正确性，而且难以体现批评的公平公正与无私无畏精神，更难以实现批评的评价机制功能作用，难以建立批评的公信力、感召力与权威性。

其五，批评生态伦理研究视角。批评生态伦理包括两方面内容：一方面指批评内部要素构成系统的生态伦理；另一方面指批评外部要素构成系统的生态伦理。从批评生态系统整体性而论，生态系统是内部与外部统一而构成的整体，所谓外部构成要素的社会、时代、文化、环境、氛围等均应内化为批评的内在要素，构成批评生态系统内容。生态研究的学问学科为生态学。生态学是研究生物与环境之间相互关系及作用机理的科学，因此是集成生物学（包括动物学与植物学）、地理学、环境学、生命科学、体质人类学等跨学科知识形成的新兴学科。随着社会发展以及经济高速开发与科技迅猛发展，环境日趋恶化，生态问题凸显，基于生态文明理念，作为自然科学的生态学逐渐引入人文社会科学，出现人类生态学、民族生态学、社会生态学、文化生态学、文艺生态学、审美生态学等分支及多学科、交叉学科、综合学科的跨学科研究方向，批评生态及批评生态学就成为其中重要的组成部分。批评生态研究视角主要有三个观测点。一是基于批评生态系统的系统论、控制论、信息论研究视角，着眼于系统构成的关系、结构、功能、作用、能量守恒与交换、控制与自控制、调节与自调节等研究。二是基于批评生态的价值论研究，从批评的价值关系、价值创造、价值评价、功能价值、系统价值等价值范畴构成系统中衍生出生态价值概念，阐发批评既基于生态系统以生成发展，又对生态文明建设、维护生态系统稳定与平衡、推动社会和谐发展产生功能作用与价值意义。三是基于批评生态关系调控的生态伦理研究视角，一方面着眼于批评内部关系协调与外部关系协调及两者关系的协调，理顺其构成系统的生态逻辑关系与生态伦理关系，建构批评主客体关系构成的批评生态、批评与创作构成的文学生态、批评与社会构成的文化生态、审美价值与审美评价构成的审美生态的和谐生态环境；另一方面着手于批评生态环境治理、净化与优化，遏制批评生态失衡、环境破坏、价值迷失、标准失范等弊端与问题，由此重建批评传统与批评精神，重构批评场域与批评话语权，重整批评团队及批评主体性，形成批评百花齐放百家争鸣的大发展大繁荣局面。

综上所述，批评伦理可谓关系到批评存在、生存、发展的批评命运重大问题，也关系到批评性质特征、功能作用、价值意义的定位，更关系到批评系统及评价体系要素构成逻辑与结构关系。更为重要的是，基于批评发展现状及批评生态环境建设指向，批评伦理研究更需要建立起批评与自我批评的批评"自律"评价机制，既基于批评"自律"的自主性、自为性与独立性，遵循批评内在规律及其特性特征发挥批评主体性，又基于批评的批评之自我批评及其反思、反省、批判机制，遵循批评自律、道德自律、行为自律的原则，使批评伦理进入道德自律与职业道德规范的更高层次，成为批评文化自觉与文化自信的重要标志。由此，批评复兴与振兴、批评大发展大繁荣、批评时代到来必然指日可待。

第二节　文学批评的中华美学精神

中华美学精神是从中国美学史、美学思想观念、美学理论与批评、审美创造及审美实践活动中生成与提炼的结晶，也是美学灵魂、内核及其核心价值，不仅作为美学及审美实践活动的指导思想，而且成为美学宗旨与目标。因此，中华美学精神是中华民族精神、中华文化精神、中华文艺精神的重要组成部分。习近平在文艺座谈会上的讲话中提出"中华美学精神"具有重要的理论价值与现实意义，不仅为中华美学传统的传承弘扬与创新发展指明方向，而且揭示中华美学性质特征、功能作用与价值意义，为美学研究提供更为宽阔的视野和视角以及新命题、新内容。

我们从中华美学精神内涵内容的根、本、魂、学、用五位一体构成进行探讨，旨在阐明中华美学精神既是历史建构的结果又是整体构成的系统，以期阐发中华美学精神内涵特征、功能作用与价值意义，达到推进中华美学精神传承弘扬与创新发展的目的。

一　中华美学精神之"根"

中华美学精神之"根"指其立足之根，即中华美学传统。中华美学精神是中华民族千百年来经过审美实践、经验、批评、理论探索而升华的精神，也是中华民族千百年来经过历史积累与文化积淀而建构的核心价值。也就是说，中华美学精神是基于中华美学传统、依托中华美学经验、凸显中华美学特色、彰显中华美学风范、凝聚中华民族核心价值而建构与构成的，既一脉相承、薪火相传，又推陈出新、弘扬发展，贯穿中华文明五千年辉煌历史，贯通古典美学、现代美学、当代美学以及中国美学发展趋向，成为实现中华民族伟大复兴事业的重要精神支柱与理想追求。

中华美学精神植根于中华美学传统，同时也是基于中华美学传统而提炼升华为中华美学精神。从这一角度而论，中华美学传统是中华美学精神应有之义，中华美学精神也是中华美学传统应有之义。两者不仅具有不可分割的紧密关联，而且相辅相成、互为一体。发掘中华美学精神扎根于中华美学传统，说明中华美学精神必须以传统为根源、根基、根本。因此，中华美学精神并非无根之木、无源之水，也并非受到外来影响而产生的结果，或相对于西方美学刻意为之的产物,而是立足于中华美学传统基础的本土化、中国化、民族化产物,故而对于中华美学精神传承弘扬及其研究来说,必须追根溯源、认祖归宗。

中国古代文论美学历来就有溯源传统,使追根溯源不仅成为一种文化传统,而且是传统中不可或缺的重要组成部分,也就是传统之所以形成及其何以获得传承弘扬的内在逻辑与根本原因。先秦时期,孔子针对礼崩乐坏、诸侯纷争乱局,基于"正名"以图统一,基于"克己复礼"以图和谐,推崇"周监于二代,郁郁乎文哉!吾从周"(《论语·八佾》)之文化传承,向往"大哉!尧之为君也。巍巍乎!唯天为大,唯尧则之。荡荡乎!民无能名焉。巍巍乎!其有成功也。焕乎!其有文章"(《论语·泰伯》)之尧舜盛世,将其创立儒家学说自谦为"述而不作",实则以阐述文献来保存、传承、弘扬传统,形成旨在"和谐""雅正"的拨乱反正、正本清源的儒家文化传统。老庄创立道家学派则基于"道",阐发"道生一,一生二,二生三,三生万物"(《老子·第四十二章》)的宇宙本体论;"人法地,地法天,天法道,道法自然"(《老子·第二十五章》)的返璞归真、复归自然之理;"原天地之美,而达万物之理"(《庄子·知北游》)的顺其自然之道,形成"原道"的中国文化传统。无论儒家文化传统所指向的和谐美、雅正美,还是道家文化传统所指向的自然美、朴素美,都为中华美学传统奠定了坚实根基。

魏晋南北朝"文"的自觉时代实质上也标志人的自觉时代及美的自觉时代。刘勰《文心雕龙》首篇以《原道》阐发"文"之"原道"以"明道"的文道关系,标举"道沿圣以垂文,圣因文而明道"[①] 之说。正如习近平指出的"苏东坡称赞韩愈'文起八代之衰,而道济天下之溺',讲的是从司马迁之后到韩愈,算起来文章衰弱了八代。韩愈的文章起来了,凭什么呢?就是

[①] 刘勰:《文心雕龙》,范文澜注:《文心雕龙注》,人民文学出版社1958年版,2008年重印。以下所引刘勰引文均出自此。

'道',就是文以载道"。① 形成中国古代文艺美学"文而明道""文以载道"的传统。刘勰《通变》以"故论文之方,譬诸草木,根干丽土而同性,臭味睎阳而异品矣"之喻阐发"变则其久,通则不乏"之理;《时序》以"时运交移,质文代变,古今情理,如可言乎"发问,阐明"枢中所动,环流无倦。质文沿时,崇替在选。终古虽远,旷焉如面"之理;《序志》以"原始以表末"的思维方式与研究方法,不但以"论文叙笔,则囿别区分"从而"纲领明矣",而且以"本乎道,师乎圣,体乎经,酌乎纬,变乎骚"形成"文之枢纽",构建"文心雕龙"文论批评美学体系,形成"原道""原始""通变""因革"之中国古代文论美学传统。因此,中华美学发展只有追根溯源以寻其根源、固其根本,才能根深蒂固、枝繁叶茂,成长为参天大树;中华美学只有扎根传统、依托传统、遵循传统,才能凝聚为精神,提炼为灵魂,推动中华美学传承弘扬与创新发展。

中华美学传统源远流长,印证中华美学精神不仅具有历史悠久、文化深厚、博大精深特点,而且具有生生不已、绵绵不绝传承至今的特点,更具有资源丰富、特色鲜明、优势凸显的特点。同理,中华美学精神弘扬光大,印证中华美学传统根深蒂固、经络相通、血脉相连,共同筑就中华美学宏伟大厦。从中华美学精神内涵内容角度分析,中华美学传统是中华美学精神建立的根基,也是其不可分割的重要组成部分及构成内容;从中华美学精神传承弘扬角度看,中华美学传统也正是其传承弘扬的价值意义所在。故而,探溯中华美学精神之根不仅具有对其内涵及构成内容发掘阐发的意义,而且具有中华美学精神传承弘扬的意义。

二 中华美学精神之"本"

中华美学精神之"本"指其立身之本,即立足于社会现实提升人格品

---

① 习近平:《在文艺工作座谈会上的讲话》,人民出版社2015年版,第24页。以下所引习近平讲话均出自此。

质与人生境界的审美精神。中华美学精神之"本"具备"顶天立地"的内涵特征以及宏观与微观结合的整体视野。所谓"顶天",即将美学纳入宇宙、天地、乾坤、经纬、阴阳、时空大背景大框架下来定位,探溯美既源自"道"又来源于人类社会生活的逻辑起点及其规律特征,旨在着眼于"形而上谓之道"的美学本体论探讨以及美学理论架构的宏观视野构建;所谓"立地",即将美学落实、落地、落脚于现实生活与社会人生的践行中,使之不仅成为现实生活不可分割的组成部分,而且成为幸福生活与美好人生追求的重要内容,更为重要的是成为修身养性、待人处事的思维方式与行为准则,旨在着手于解决人的存在、生存、生活、发展以及人类社会实践活动的现实问题与实际问题,指向社会伦理道德水准的提升及人格品质的完善。将中华美学精神之"本"的"顶天立地"作整体观、构成观与系统观,不难厘清两者相互关系及其内在逻辑。"形而上之道"呈现为"道法自然"与"人伦教化"之理,正是衔接"形而下谓之器"现实人生的纽带与桥梁,也是美学认识论与实践论、系统论与价值论、本体论与功用论关系的内在逻辑,更是基于人类社会实践活动规律特点而确立审美活动及审美创造与审美评价的立足点与落脚点。

  中华美学精神之"本"的内涵及构成内容主要包括三方面,也可以说,三个维度提供了三个研究视角。一是"本体"之"本",提供从哲学本体论研究视角讨论美与审美及美学的存在、生存、发展的本体问题,以及美的本质、本原、本源、本元、本体问题。也就是说,中华美学精神不仅着眼于美学本体论构建视野,以美与审美之"道"作为逻辑起点,而且更需要将美学本体包含在内,使之成为中华美学精神的本体性构成内容,由此具有本体论意义及本体论研究意义。二是"本原"之"人文"之"本",厘清美之"原道"实质上"原人"的逻辑。黄霖等认为:"今将文学的本原,也即'原道'之'道'析而为三:'礼'、'心'、'天';然后再从这三种不是抽象的,而是可以把握的'道'入手，考察其与人及文学的关系，就不难发现这三者原来都是以'人'为纲的。……因此，作为构建具有中国特色的古代文论体系的基点的'原道论'，其实质就是'原人论'。"① 从"原道"到"原人"，再到"原心"②，既回归文学是"人文"之学、文学是人学的本原，也回归美学基于人类社会实践活动而形成美是关系、美是人的本质及其本质力量对象化、美与审美的双向同构所构成的美学"人文"观及人文精神。刘勰《文心雕龙·原道》在描绘天地之"文"（亦可指称"美"）后提出："惟人参之，性灵所钟，是谓三才；为五行之秀，实天地之心。心生而言立，言立而文明，自然之道也。"继而从"人文"角度指出"言之文也，天地之心哉"，旨在阐明人及其"人文"为"天地之心"。因此，"原道"最终指向"原人"至"原心"，这正是中华美学精神的实质所在。三是"本源"之"本"的生活源泉或来源，提供美来源于生活而又高于生活的内在逻辑，构成中华美学精神的现实基础与生活基础，由此形成以体验、体悟、经验为逻辑起点的中华美学精神，旨在凸显以审美介入、审美参与、审美教育方式提高生活品质与提升人生境界。就其意义而言，一方面积极倡导美学的人文精神与人文价值，强调审美教育功能作用，具有推动人类社会发展与精神文化建设的净化心灵、完善人格、提高品质、提升境界的意义；另一方面将美学落实在现实生活中，推动生活审美化与审美生活化的互动及其双向交流、双向同构、双向共生，拓展现实生活审美空间，增强现实生活审美情趣，发掘现实生活的审美特征，具有发现美、创造美、感悟美的意义；再一方面以中华美学精神之"本"印证"真美在民间"之理。明李梦阳曰："曹县盖有王叔武云，其言曰：夫诗者，天地自然之音也。今途咢（徒歌）而巷讴，劳呻而康吟，一唱而群和者，

---

① 黄霖、吴建民、吴兆路：《中国古代文学理论体系·原人论》，复旦大学出版社2000年版，第12—13页。
② 刘熙载《艺概·书概》："书也者，心学也"；《古桐书屋六种》附《游艺约言》："文，心学也"等即是。

其真也,斯之谓风也。孔子曰:'礼失而求之野。'今真诗乃在民间。而文人学子,顾往往为韵言,谓之诗。"① 民间不仅有真诗,而且有真美。因此,中华美学精神无疑包含人民性、民主性、民间性内容,能够更好展现中华民族丰富多彩与多位一体构成的审美形态,蕴含民族美学、民俗美学、民间美学、生活美学、通俗美学、大众美学、实用美学等内涵内容及功能价值。立足于中华美学精神的人民性立场,对于破除中心与边缘、主流与支流、精英与民间的二元对立思维具有重要意义。

三 中华美学精神之"魂"

中华美学精神之"魂"是其安身立命、生生不已之生命灵魂,指其内涵、底蕴、宗旨及价值取向所彰显的精神魂魄。中华美学精神内涵无疑是中华民族核心价值观,体现在美学上亦即中华美学核心价值观,是中华民族核心价值观重要的组成部分。习近平指出:"实现中国梦必须走中国道路、弘扬中国精神、凝聚中国力量。核心价值观是一个民族赖以维系的精神纽带,是一个国家共同的思想道德基础。如果没有共同的核心价值观,一个民族、一个国家就会魂无定所、行无依归。为什么中华民族能够在几千年的历史长河中生生不息、薪火相传、顽强发展呢?很重要的一个原因就是中华民族有一脉相承的精神追求、精神特质、精神脉络。"由此可见,中华美学精神内涵就是中华美学核心价值,中华美学精神内核就是中华民族核心价值观。中华美学精神基于核心价值观成为中华民族赖以维系的精神纽带与思想基础,既形成具有中国特色的审美风范与美学传统,又塑造了民族魂、中国心以及文艺精神与美学精神魂魄。

在厘清中华美学精神内涵是基于核心价值观的美学核心价值基础上,需要进一步厘清中华美学精神之魂魄所指内容,即中华美学精神的核心价值构

---

① 李梦阳:《李空同全集》卷五十《诗集自序》。

成。一般而论，美学精神是中华美学赖以存在、生存、发展的思想基础与精神支撑，也是审美实践活动及美学理论研究的指导思想及根本魂。故而关于中华美学精神探讨尽管见仁见智、各抒己见，但终归求同存异、殊途同归，毕竟中华美学精神本质上就更能够获得最大范围的向心力与认同性。更为重要的是，中华美学精神也是一个既具有开放性与包容性，又具有建构性与构成性的多维整体系统及价值体系，关键在于如何认识作为中华美学精神支柱的核心价值构成内容。

其一，真善美核心价值构成。真善美既是文艺核心价值，也是中华民族核心价值；既是文艺批评标准所遵循的核心价值，也是中华美学精神的核心价值。中国古典美学经历过从以用为美到以真为美、以善为美，再到以美为美的发展历程及阶段性，由此也形成以用为美—以真为美—以善为美—以美为美的整体构成系统，亦即真善美统一构成系统。尽管真善美内容对于历代各家各派理解有所不同，不同历史语境及不同时代的与时俱进发展也会造成真善美内容有所变化与差异，但真善美内涵则万变不离其宗，真善美精神永远是文艺与美学矢志不渝的追求。习近平指出："追求真善美是文艺的永恒价值。艺术的最高境界就是让人动心，让人们的灵魂经受洗礼，让人们发现自然的美、生活的美、心灵的美。……我们要通过文艺作品传递真善美，传递向上向善的价值观，引导人们增强道德判断力和道德荣誉感，向往和追求讲道德、遵道德、守道德的生活。只要中华民族一代接着一代追求真善美的道德境界，我们的民族就永远健康向上、永远充满希望。"文艺追求真善美永恒价值，意味着真善美正是文艺核心价值所在，也意味着文艺所具有的美学精神内涵特征及审美价值功能作用。同理，美学追求真善美永恒价值，真善美正是美学精神内涵及核心价值所在，真善美完美统一也正是中华美学精神的重要特征及其所追求的理想境界。

其二，和谐美核心价值构成。"和谐"是中华民族性格特征及中华文化特征的体现。和谐美是中华美学所追求的核心价值及审美境界，也是中华美学精神的集中体现。中华民族及中华文化"和谐"观早在"上古之书"的《尚书》中萌发。《尧典》："百姓昭明，协和万邦，黎民于变时雍"；《舜典》："八音克谐，无相夺伦，神人以和"；《大禹谟》："正德利用厚生惟和"；《皋陶谟》："宽而栗，柔而立，愿而恭，乱而敬，扰而毅，直而温，简而廉，刚而塞，强而义。彰厥有常吉哉！"形成"和谐"说及和谐美传统。《左传·昭公二十年》载："齐侯至自田，晏子侍于遄台。子犹驰而造焉。公曰：'惟据与我和夫。'晏子对曰：'据亦同也，焉得为和？'公曰：'和与同异乎？'晏子对曰：'异。和如羹焉。水火醯醢盐梅以烹鱼肉，燀之以薪。宰夫和之，齐之以味，济其不及，以泄其过。君子食之，以平其心。……故《诗》曰：'亦有和羹，既戒既平。鬷嘏无言，时靡有争。'先王之济五味，和五声也，以平其心，成其政也。"孔子明确提出"君子和而不同，小人同而不和"（《论语·子路》），不仅更进一步辨析"和"与"同"异，而且以"和"厘清君子与小人区别，确立以"和"待人处事的行为准则及核心价值取向。儒家"和谐"说体现在文艺观、美学观上，孔子论乐："子谓《韶》：'尽美矣，又尽善也。'谓《武》：尽美矣，未尽善也"（《论语·八佾》）；论诗："乐而不淫，哀而不伤"（《论语·八佾》）；论文："质胜文则野，文胜质则史。文质彬彬，然后君子"（《论语·雍也》）；论美："子谓卫公子荆善居室。始有，曰：'苟合矣。'少有，曰：'苟完矣。'富有，曰：'苟美矣。'"（《论语·子路》），集中体现为"中和之美"的和谐美核心价值及其美学精神。道家不仅着眼于人与自然"道通为一"之辩证关系，立足于"天地与我并生，而万物与我为一"（《庄子·齐物论》）以强调"天人并生""物我为一"之"和"，提出"调理四时，太和万物""一清一浊，阴阳调和"（《庄子·天运》）、"与天和者，谓之天乐"（《庄子·天道》）等，而且所论宇宙、乾坤、经纬、天地、阴阳、有无、虚实、形神、心物、美善等关系范畴体现朴素辩证法思想，形成中国古代艺术辩证法与审美辩证法传统，构成"和"—"谐"思维及其艺术表现方式与审美方式特点，成为中华美学精神的核心价值及其重要构成内容。就中华美学精神的哲学根基及其思想来源而言，儒道历来既有双峰对峙、两水分流之区别，也有儒道互补、殊途同归之融合，共同以"和谐"思想体现中华美学精神的包容性、开放性与共生性。

其三，"人文"核心价值构成。中华美学的人文精神传统源远流长，早在《周易》中就提出"人文"说，依托"人文"理念形成中华美学核心价值观及其美学精神。《易传》曰："刚柔交错，天文也；文明以止，人文也。观乎天文，以察时变；观乎人文，以化成天下。"（《贲卦·象传》）刘勰《文心雕龙》秉承人文理念与人文精神提出"文心"说，形成文艺及其审美"心学"的人文传统，承上启下地影响了中国历代乐（音乐）心、诗心、词心、曲心、画心、书心以及乐（"乐者乐也"之愉悦）心、娱心、娱人、自娱等诸多发展；建构与生成中国文艺美学之心、意、象、境、精、气、神、趣、骨、韵、味、格、品、逸等人文化、人格化、人性化之元范畴及其范畴群；形成文心、文气、文脉、文体、文风、文品、文德、文质、文采、文势及其意境、意象、意味、神韵、气韵、神思、体性、通变、风骨、滋味、妙悟、境界、知音等文论批评范畴与审美范畴；提出兴观群怨、自然无为、知人论世、以意逆志、感物起兴、心物交感、情景交融、借景抒情、托物言志、形神兼备、诗无达古、见仁见智等文艺审美命题。由此构成文艺与美学相辅相成、合为一体的范畴系统，构建中国古代文论批评及其美学理论体系，形成具有中国特色与民族气派的话语系统及文艺创造方式与审美方式，凝聚成为中华文艺精神与中华美学精神。由此通过"诗教""乐教"等文艺教化与审美教育方式进一步推动核心价值观培育及核心价值体系构建，使之成为中华美学精神的核心价值及重要构成内容。

四　中华美学精神之"学"

中华美学精神之"学"是其立学之理,一方面指其内涵与内容的知识谱系、历史脉络、文化机理、理论系统、结构逻辑等构成的学问、学术、学理、学说之"学",亦即支撑其存在的内在逻辑与形态构成的学理依据;另一方面指基于中华美学精神传承弘扬所提供的思想资源、理论基础与学理依据,以印证其存在的合理性与合法性,形成支撑其理论研究、学术研究、学理研究、学科研究之"学";再一方面指学界对中华美学精神研究不仅基于美学学科研究视角,而且基于多学科、跨学科研究视域,构成其研究的系统性、综合性与整体性,形成现代美学学科体系及其学术共同体之"学"。

中国古代文论批评与美学理论之"学"是随其理论批评发展进程而逐渐展开与显现的。中国古代尽管没有提出"美学"这一概念,但并非意味着没有"美"之"学"或"审美"之"学",亦即对美与审美规律特征探索总结及审美现象与审美经验的理论探讨从未停止过。中国古代文论批评尽管也较少像"《文心》体大而虑周"(章学诚《文史通义·诗论》)的理论体系构建模式,但并非意味着没有"文学"所含"文"之"学"含义,以及"诗学""词学""曲学""叙事之学"中所含之"学"的含义。艺术理论体系及其"艺"之学建构亦如此,"乐论""舞论""画论""书论""曲论"中也不乏"艺"之"学"含义。更为重要的是,以"学"指称学问、学术、学理、学派,由此强化知识理论谱系、结构、构成的系统性与完整性,形成儒学、经学、子学、玄学、史学、佛学、道学、理学以及汉学、国学之"学",其知识学问不仅体现于浩如烟海的历代文献典籍上,而且体现于学人、学者、学派、学术的思想体系、知识体系、理论体系及其核心价值上。以礼、义、仁、智、信、德、忠、孝、廉、耻等构成儒家学说,以其为核心构建儒学、经学、理学,不仅夯实中华美学思想理论基础,而且形成"中和之美"核心价值及其理论系统。韩愈《原道》阐发儒家学说新义:"博爱之谓仁,行而宜之之谓义,由是而之焉之谓道,足乎已无待于外之谓德。仁与义定名，道与德虚位。"① 所提"博爱"将"仁者爱人"以及"兼爱"更推进一步，凸显中华民族精神及其美学精神之人文价值。张载以"为天地立心，为生民立命，为往圣继绝学，为天下开太平"为座右铭开创关学，成为理学重要创始人之一。更为重要的是，他提出"乾称父，坤称母。予兹藐焉，乃混然中处。故天地之塞，吾其体；天地之帅，吾其性。民，吾同胞；物，吾与也"② 的"民胞物与"思想，成为中国文人学者精神，亦可视为代表中华民族精神、中华文化精神、中华学术精神，亦可作为中华美学精神的思想精髓与人文内涵。以此形成中华人文精神、文化精神、文艺精神与美学精神的理论内涵及结构系统，同时也为中华美学精神建构提供思想资源、理论基础、学理依据。因此，中华美学精神既具有中华学术思想与知识理论之"学"的根基，又具有中国古代文论批评及中华美学之"学"的雄厚基础。中华美学精神之"学"既是思想升华、理论升华、精神升华的结果，又是其构成系统中不可或缺的重要内容。

对于中华美学精神传承弘扬及其研究而论，也需要从"学"的视野视角加强研究，即加强学术性、理论性与学理性研究。这不仅在于学界需拓展深化研究视野视角，而且在于通过中华美学精神传承弘扬以提高学术探索与理论创新的自觉性，由此才能开创中华美学研究新局面，建构中华美学理论体系之"学"。

五　中华美学精神之"用"

中华美学精神之"用"是其价值作用所在，指其学以致用、知行合一、体用结合之"用"。梁启超曰："学也者，观察事物而发明其真理者也；术也者，取其发明之真理而致诸用者也。……学者术之体，术者学之用。二者如

---

① 韩愈：《原道》，张岱年主编：《中国文化的基本文献·哲学卷》，湖北人民出版社1994年版，第635—636页。
② 同上书，第640页。

辅车相依而不可离。学而不足以应用于术者，无益之学也；术而不以科学上之真理为基础者，欺世误人之术也。"① 一方面指基于中华美学之功能作用的心灵净化与精神升华之"用"，即美学之精神价值作用；另一方面指基于中华美学精神的实践性品格所体现理论与实践结合特征之"用"；再一方面指在当下语境下中华美学精神传承弘扬与创新发展的现实价值意义之"用"。

其一，美学精神的功能作用。"美""审美"何以为"用"？"美学"何以为"用"？"精神"何以为"用"？如果执着于纯粹审美主义观念，当然就会断然拒绝功利性而强调无功利性，这尽管对于破除各种非审美因素干预与世俗名利干扰不无一定的正面积极作用，但毕竟将美及美学囿于狭小局限的空间范围，由此削弱其价值作用；如果执着于实用主义审美观念，当然就会极力强化功利性而抹平美学边界以及削弱其特质特征，陷入泛美学及功利主义美学泥潭，这尽管对于审美生活化、生活审美化及美学大众化、通俗化不无裨益，但毕竟因美学泛化而导致以实用功利性或多或少遮蔽审美性及其审美价值作用。如何辩证处理"用"与"无用"的功利性与非功利性关系，如何把握"用"的范围界限，如何理解"无用"之"用"的实质精神，中华古典美学以儒道互补、美善统一、体用结合给予回应。基于辩证思维、艺术思维、审美思维方式所形成艺术辩证法、审美辩证法观念和方法，导向"无用"之"用"、"无为"而"为"、无功利的功利性之方法与目的，辩证阐发"用"与"无用"关系，揭示审美功能作用特质特征，成为中华美学精神的重要组成部分，也成为中华美学精神的价值作用所在。

其二，美学的实践性品格。别林斯基提出批评是"不断运动的美学"②，一方面说明批评作为文学理论与文学实践的纽带和桥梁，其理论性与实践性双重品格证明其作为"运动的美学"意义；另一方面也可以印证美学的实践

---

① 梁启超：《学与术》，梁启超《清代学术概论》，中国人民大学出版社2004年版，第271页。
② ［俄］《别林斯基选集》第1卷，满涛译，上海译文出版社1979年版，第324页。

性品格，说明美学及其审美评价对于审美实践活动的指导作用及价值意义。中华学术一贯主张学以致用、知行合一、体用结合原则，构成中国古代文论美学的实践性品格及其理论与实践结合特征。《礼记·大学》曰："欲诚其意者，先致其知。致知在格物。物格而后知至，知至而后意诚，意诚而后心正，心正而后身修，身修而后家齐，家齐而后国治，国治而后天下平。"此后，"格物致知"不仅成为儒学以及理学所遵循之"学"理与"物"理，而且形成体验体察、征验实证、考据考证的践行方式以及实事求是、知行合一的学风，构成中华学术、学说、学问、学派及其理论批评的实践性品格。因此，美学的实践性品格决定了中华美学精神中必然包含审美创造及审美实践探索精神；同理，在中华美学创造与探索精神指导下，也决定了美学实践性品格的不断提升。

其三，中华美学精神的现实意义。传承弘扬中华美学精神对于推动当代美学创新发展具有重要的现实意义。一是传承弘扬中华美学精神，对于推动中华民族精神及中华文化传承弘扬具有现实意义。习近平指出："中华民族在长期实践中培育和形成了独特的思想理念和道德规范，有崇仁爱、重民本、守诚信、讲辩证、尚和合、求大同等思想，有自强不息、敬业乐群、扶正扬善、扶危济困、见义勇为、孝老爱亲等传统美德。中华优秀传统文化中很多思想理念和道德规范，不论过去还是现在，都有其永不褪色的价值。"永不褪色的价值也就是永恒价值，具体表现在核心价值上，也体现在中华美学精神的内涵上。因此，传承弘扬中华美学精神不仅具有现实意义，而且具有面对未来发展导向的意义。二是传承弘扬中华美学精神对于推动中国文艺大发展大繁荣、针对当下文坛存在不良现象进行批评、解决文艺创新发展的实际问题具有现实意义。习近平指出："鲁迅先生说，要改造国人的精神世界，首推文艺。举精神之旗、立精神支柱、建精神家园，都离不开文艺。当高楼大厦在我国大地上遍地林立时，中华民族精神的大厦也应该巍然耸立。我国作家艺术家应该成为时代风气的先觉者、先行者、先倡者，通过更多有筋骨、有道德、有温度的文艺作品，书写和记录人民的伟大实践、时代的进步要求，彰显信仰之美、崇高之美，弘扬中国精神、凝聚中国力量，鼓舞全国各族人民朝气蓬勃迈向未来。"因此，通过传承弘扬中华美学精神以增强文化自觉、自信与自强，重振中华民族精神、中华文化精神、中华美学精神。三是弘扬中华美学精神对于传承中华美学传统具有现实意义。习近平指出："中华美学讲求托物言志、寓理于情，讲求言简意赅、凝练节制，讲求形神兼备、意境深远，强调知、情、意、行相统一。我们要坚守中华文化立场、传承中华文化基因，展现中华审美风范。"中华美学正是基于中华文化立场、中华文化基因、中华审美风范形成其性质特征，中华美学精神也正是建立在这一审美立场、审美基因、审美风范基础上升华的精神，具有历史性与时代性的现实价值意义。四是传承弘扬中华美学精神对于创新发展中华美学具有现实意义。习近平指出："传承中华文化，绝不是简单复古，也不是盲目排外，而是古为今用、洋为中用，辩证取舍、推陈出新，摒弃消极因素，继承积极思想，'以古人之规矩，开自己之生面'，实现中华文化的创造性转化和创新性发展。"中华美学精神实质上就是创造精神、创新精神、发展精神、超越精神，传承弘扬中华美学精神的目的就是推动中华美学创造性转化和创新性发展，更好实现其现实价值意义。

综上所述，中华美学精神的"根本魂学用"是一个相辅相成、互为作用的整体，也是其内涵构成、内容结构及内在逻辑所在，形成中华美学精神的五位一体构成系统。从其研究角度而论，立足于中华美学精神内涵特征与功能作用的发掘与阐发，着眼于寻根、固本、树魂、立学、致用的建设思路及研究视角，旨在更好传承弘扬与创新发展中华美学精神，实现中华民族伟大复兴的宏图大业。

第三节　文学批评的文化自觉精神

当全世界都在祝贺中国作家莫言获得 2012 年诺贝尔文学奖之时，可见中国当代文学发展趋势，亦可见文学奖评价方式所产生的文学批评与文学传播的重要作用。这可谓中国文学走向世界的标志，也是中国当代作家及当代文学自觉的一个重要标志，同时也是从文学创作实践及其精品力作建设成效角度对中国当代文学发展进入文化自觉和"文化强国"时代的最好印证。这也充分说明，中国当代文学文化自觉标志以核心价值体系构建、"中国经验"及中国特色的形成、文学经典及文化传统重建的三位一体的构成方式和建构方式凸显，并在文学创新发展中不断提升高度的文化自觉和文化自信，取得了突出的创作成就和精品力作成果，形成文学自觉发展的良好态势以及面向现代、面向世界、面向未来的文学发展趋向。文学批评在中国当代文学发展中何为，在文学自觉及文化自觉中何为，答案毫无疑问是批评自觉，重构与建构文学批评的文化自觉精神。

一　构建核心价值观的文学自觉性

文学发展有其自身规律及其生存和发展的内在逻辑性，也更有其文学发展的方向性及先进文化的导向性和趋向性。文学价值取向及其核心价值体系构建，一方面是由文学自身规律与内在逻辑性推动的，在其发展中通过因革、通变的自觉传承与革新及优胜劣汰的历史时代选择确立起文学核心价值取向；另一方面则是通过文学评价机制及其所影响的社会评价机制来确立核心价值体系。这既体现了文学的功能与价值，又体现出通过文学评价以确立核心价值体系的作用与意义。中国当代文学发展在贯彻"二为"方向、"双百"方针基础上构建社会主义核心价值体系，成为文化自觉及文学自觉的显著标志。

黄羽新认为:"从文化自觉的角度谈构建社会主义核心价值体系,有助于遵循文化建设规律,用文化建设规律指导社会主义核心价值体系的建设,有助于我们保持清醒的头脑,认清构建社会主义核心价值体系的长期性和艰巨性,增强战胜困难的勇气和信心。"[①] 从文化自觉角度讨论文学核心价值取向及其对核心价值体系构建的内在需求,具备三方面的理论与实践依据。

其一,文学发展需要评价机制推动,以确立文学的核心价值取向和发展方向。文学运行和发展动力有许多因素和原因,既有内因,也有外因;既有内在因素,也有外在因素,其中评价是个重要因素和原因。文学与批评关系正如车之两轮、鸟之双翼一样,是相互依存、相互作用的关系。批评对文学产生的作用,除通常所说的对作品的评价、对作家及其创作的指导、对读者及其阅读的引导之外,更为重要的是批评作为评价机制对文学的整体、综合的推动作用。评价如同文学运行和发展的动力机制一样,是文学活动的推进器与动力源,因而批评是作为文学的评价机制以推动文学运行和发展来确立批评地位和批评价值功用的。文学评价机制的作用主要体现在四方面。首先,通过评价而确立文学作品的优劣高下,从而强化文学优胜劣汰的竞争机制和激励机制,促进文学不断优化、精品化和经典化。其次,通过评价机制确立文学经典化及其经典地位作用,从而为文学发展树立典范,并以此建立起文学经验与文学传统,形成文学创作模式与方法范式,以使文学在继承与革新中更好发展。再次,通过评价机制激活文学多样化创作和多元化形态,营造文学良好环境和氛围,形成有利于文学自由发展和审美想象空间的条件,同时也形成文学在竞争激励中发展的公平、公正、合理、健康的文学秩序和评价平台。最后,通过评价机制建立起作者与读者、创作与接受、文学与社会的桥梁,一方面能有效提高创作与接受的水准和质量;另一方面也进一步推

[①] 黄羽新:《从文化自觉角度谈构建社会主义核心价值体系的长期性和艰巨性》,《梧州学院学报》2009年第5期。

动文学更好地传播和流传,从而扩大文学的影响力和生命力;再一方面以评价导向推动社会核心价值体系构建。因此,文学价值取向和批评评价导向都需要建立在核心价值体系基础上,以更好推动文学自觉发展及文学价值作用的实现。

其二,文学需要确立正确、健康、进步的核心价值取向,以实现其作为先进文化推动人类社会进步的价值作用。批评的评价作用不仅在于对作品优劣高下、优点缺点的评价上,而且在于从文学核心价值取向确立以及核心价值体系构建角度发挥对文学指导和导向作用。作为人类灵魂、心灵、精神活动的文学,是人类社会实践活动的特殊形式,也是精神文化的高层和顶端形式之一。这种特殊的高层顶端精神活动形式,最能体现出人类的创造力和想象力,最能成为人类本质力量对象化及人类对自身确认的方式,也最能体现人类对生存、存在、发展以及现实与理想关系的感悟与思考,是对人与自然、人与社会、人与人、人与自我复杂矛盾关系的审美化、艺术化呈现方式。因而文学作为人学,是最具人文精神和自主创新精神的,是人类先进文化的承载者与构建者。将文学作为先进文化来认识和建设,也就成为文学发展的目标和宗旨。文学的先进文化性主要体现在两方面。一方面文学对满足人们日益增长的文化需求、审美需求具有引导和教育的作用,诚如古希腊时期柏拉图所言的文学应符合"理想国"的要求,亚里士多德所言的文学"净化"作用;中国先秦儒家所言的"诗教"功能及文学"兴、观、群、怨"作用,道家所言的"逍遥游"审美自由精神和艺术境界的价值。另一方面文学的先进文化性通过文学价值取向来体现,先进文化价值取向无疑是主导、核心的价值取向,文学价值取向构成由进步思想性、完美艺术性、正面积极的社会功用性合成,三者之间相互渗透,互为一体,体现出文学的先进文化性,从而也体现出文学的核心价值取向。文学评价机制既推动文学发展及其先进文化性和核心价值取向构建;又以先进文化的核心价值取向指导和引导文学发展的正确健康方向；再者通过评价取向构建文学核心价值体系，形成健全合理的文学制度、体制、机制以及良好环境，以保障文学健康良性发展。

其三，文学审美价值取向推动文学精品化发展方向，以更好实现文学的审美功能、价值和作用。文学核心价值取向不仅仅是社会对文学的要求，也不仅仅是意识形态要求，虽然文学与社会、现实关系密切，文学运行和发展必然会受到社会现实诸多因素影响，从而在文学价值取向上明显带有社会对文学需求的印迹，发挥出文学综合、整体、系统的社会价值作用；但更为重要的是，文学价值是文学自身内在的审美需求和人类精神文化的审美需求；文学是人学的特质更需要文学对人的心灵、灵魂及民族精神和人类美好理想的探索追求；文学作为"自由的精神生产"[1] 更具有审美精神活动的自由性、独创性、个性的特殊性；文学作为审美活动更具备想象性、超越性、多样性的审美特征。费孝通从审美角度提出"各美其美，美人之美，美美与共，天下大同"[2] 的主张，这是对审美心理规律、美感价值取向及美学理论指向目标的概括和升华，辩证提出审美多元化与美学认同之间的关系。这是文化自觉、文学自觉、审美自觉以及人的自觉的重要标志，也是多元共生性、多样统一性、多维整体性的和谐社会发展趋向及人类核心价值取向。

从人类社会实践活动角度看，人类任何活动都是在一种价值需求和价值追求的生存需要及物质、精神、心理需求基础上的价值活动，都具有一定的价值取向性和导向性。文学作为人类的精神活动、文化活动就更具有价值取向性和导向性，导向一定的正面价值目标，满足人们的精神价值需求；从文学活动规律角度看，文学活动无论是作为个体行为还是社会行为，都是彰显作者和读者主体性、创造性和想象力的活动方式；也无论是主张文学再现生

---

[1] 马克思：《资本论》第4卷第1册，《马克思恩格斯全集》第26卷第1册，人民出版社1972年版，第296页。

[2] 费孝通：《论人类学与文化自觉》，华夏出版社2004年版，第190页。

活，还是表现自我，都带有活动主体的观念、思维、方法取向，从而导致活动性质、特征结果带有一定的价值倾向性；从价值论角度而言，文学活动也是一种审美价值活动，活动建立在审美主客体价值关系上，活动过程其实就是审美价值需求和追求过程，活动创造的结果创造出审美价值体，价值体在接受和消费中实现其审美价值意义，因此，文学作为价值活动，必然就会体现出价值取向性和导向性；从文学价值取向构成角度看，文学价值作用的实现，固然可以通过社会接受及读者个体接受的"见仁见智"从而表现出多样丰富的价值意义，诸如认识、教育、审美、娱乐、休闲、消遣、宣泄、交流、补偿、游戏等，因而文学创作及文学活动确实要考虑文学多元化和文学价值多元性的问题。但文学毕竟是文学而不是其他活动形式，文学具有文学自身的审美价值和特殊价值，这就需要一方面在多样化的价值取向中确立起文学核心价值取向；另一方面在文学普遍价值显现中强化文学的特殊价值。文学的核心价值无疑是由文学产生的价值意义及其文学存在的合理性决定的，同时也是文学自觉的必然结果。

二 以"中国经验"凸显文化自觉精神

当代文学发展应该在构建核心价值体系基础上形成中国经验和中国特色，也就意味着中国经验和中国特色形成主要有三个渠道。一是中国文学传统中所积累和积淀的中国经验，包括中国古代文学传统与经验、现代文学传统与经验、当代文学传统与经验。三者应在一脉相承的传承创新中构成中国文学的整体性经验传统，强化三者的衔接性、贯通性和承接性。二是中国文学在现代化、全球化进程中所形成和建构的现代性和世界性经验，它体现出中国文学在创新发展中生成的现代性经验，也包括在跨文化交流中学习、借鉴、吸收、消化外来经验，并将外来经验转化和内化为中国经验。三是中国文学在社会现实人生实践中所体验和总结的当下现实经验，它既与时代性、社会性、现实性密切相关，是在特定的改革开放的社会时代土壤中形成的经验；

又在理论与实践的结合中充分体现出的实践性、应用性、针对性品格和特色，是具有当代中国特色和民族气派的文学经验。

其一，当代文学中国经验的传统性与现代性交融。文学发展是以继承与革新的辩证关系为基础的，故而传统性与现代性关系从一定程度而言也体现出继承与革新的辩证关系。但由于长期以来习惯于将两者对立的思维方式，往往就会形成厚古薄今或厚今薄古的非此即彼的单向线型思维惯性。同时，无论对传统性也好还是现代性也好，也都存在着简单化和绝对化的认识。对传统性而言，则不分精华与糟粕，要么全盘否定，一概批判，故易产生"民族虚无主义"，而未能认识到传统的消极性一面外还有积极性；要么全盘肯定，不加选择地全盘继承，故易产生"文化保守主义"，而未能认识到传统性的积极性一面之外还存在消极性。事实上，"五四"精神中不乏民族精神传统，"五四"斗士骨子里也不乏中国文化传统的血脉。对于现代性而言，则不分其正面与负面效应，也不分其相对性与局限性，要么全盘肯定，从而忽略了其局限性又否定了传统性；要么全盘否定，从而忽略了进步性又全盘肯定了传统性。这明显表现出各执一端、囿于一隅的局限性和绝对性，形成在价值取向上的偏差和价值坐标的倾斜。确立和构建批评经验的正确价值取向，首先是吸取传统性和现代性中的优秀经验资源，确立正确的传统性、现代性价值取向。其次是辩证处理好传统性与现代性的关系，在继承基础上革新，在革新指导下继承，既要扎根、固本、守魂，又要改革、发展和创新。再次是善于发掘两者之间的兼容性和包容性关系，其实传统性中也会有革新、创造和发展因素，否则传统就不会传承至今，也不会有生气、活力和生命力；现代性中也会含有传统基因，并非无源之水，无根之木，而有其扎根、固本、守魂的内在原因。最后是在传统性与现代性的历时性衔接和对接中，应看到两者共同具有的文化身份，传统性也并非中国独有，现代性也并非西方专利，中国批评的传统性与现代性都是其历时性发展中的中国批评传统性与现代性，故而所谓"断裂"和"失语"问题应在端正核心价值取向基础上得到有效解决。同时，也要注意到中国经验中的传统性之所以能传承到今天，之所以能与时俱进而具有时代性，是与中国经验的现代性不可分割的。牛学智认为："'现代性'正是古已有之的'中国经验'走到今天，最值得丰富和运用的新语境、最应该引向深入的一命题。"① 因而传统的中国经验与现代的中国经验、老经验与新经验应衔接成为完整的中国经验，从而也表现出中国经验内在的丰富性、多样性和开放性。传统性是中国经验之基础，现代性是中国经验创新发展的方向。

其二，当代文学中国经验的民族性与世界性贯通。中国经验确实应是发生在中国社会现实中及千百年来积累和积淀的中国传统中所形成的本土经验。在全球化和现代化的语境中，中国在积极对外开放中也不断学习、借鉴、吸收西方经验，并将其融化为中国经验，使之成为中国经验的一部分。正如朱小如、张丽军指出的："虽然冠之于'中国经验'这样的限定词，但实际上则又离不开'自身经验'的积累延续和'他者'经验的借鉴利用。"② 当"十月革命"一声炮响，给我们送来了马克思主义时，中国也没有照搬马克思主义，毛泽东反对教条主义和本本主义，旨在确立具有中国特色或中国化的马克思主义。因此，对西方文化及外国经验的基本态度和原则是"洋为中用"。毛泽东指出："我们必须继承一切优秀的文学艺术遗产，批判地吸收其中一切有益的东西，作为我们从此时此地的人民生活中的文学艺术原料创造作品时候的借鉴。"③ 故而无论是食古不化还是食洋不化，其实都是缺乏主体性、主动性和自主性的表现，都不能摆正对古今中外文化遗产的正确立场和态度。同时，就中国经验本身而论，其民族性中不仅包含融合汇集外来文化并将之转化与

---

① 牛学智：《新世纪文学批评：关于"中国经验"和"理论化"的困惑》，《文艺报》2009年5月7日。
② 朱小如、张丽军：《新世纪文学如何呈现"中国经验"?》，《芳草》2009年第6期。
③ 毛泽东：《在延安文艺座谈会上的讲话》，《毛泽东选集》，人民出版社1966年版，第862页。

内化为民族性,从而丰富和扩大了民族性内涵外延;其民族性中也不仅包含个性、独特性和个别性,而且包含了共性、普遍性和共同性,也就是说民族性中也包含了一定的世界性和人类性。中国经验不仅是中国的经验,而且是人类的经验,也就具有一定的世界性,也能为世界各国所借鉴和吸收。因而不能将民族性和世界性对立起来,或以狭隘的"民族主义"和"文化保守主义"的封闭自守态度来对待外来文化;或以"民族虚无主义"和"欧洲中心主义"的崇洋媚外态度来对待民族文化,这都是不可取的,也是无助于中国批评发展和进步的。贺仲明指出:"文学本土化和民族化现需要立足传统和本民族生活,也需要吸收其他民族文化和文学的营养;既需要关注大众审美,更应该借鉴传统古典审美精神,它的最后和最高目标是融会传统和西方、民间和古典两方面的影响,形成自己的独立的个性,成为现实生活和民族个性最恰当的反映者和表现者。"[1] 因此,立足本土,走向世界,以其民族性而获得世界性,这不正是"越是民族的就越是世界的"的确证吗?中国经济大国崛起,不正是以中国制造、中国形象、中国品牌而走向世界的吗?"文化强国"及文化大国崛起也应该基于此。

其三,当代文学中国经验的理论性与实践性结合。当下,文学的中国经验缺失问题颇遭非议和争议,这不仅表现在某些作品的文化传统和中国特色的缺失上,而且表现在社会生活实践的体验与经验的缺失上。中国经验是在中国社会现实实践基础上形成的经验,必然就会形成理论性与实践性关系。经验从体验到认识、从感性认识到理性认识、从实践到理论,确实应该构建起中国经验的实践性与理论性关系维度。但存在的问题在于,当代文论批评的理论性并非在中国经验基础上生成的理论性,而在一定程度上是移植和模仿西方理论的结果。倘若西方理论经过学习、借鉴、消化和融合,转化和内

---

[1] 贺仲明:《从本土化和民族化角度反思新文学》,《首都师范大学学报》2009年第5期。

化为中国文论批评且被中国实践所证明其合理性的话,这毋庸置疑;但问题则是如果在"西化""欧洲中心论"思潮影响支配下的照搬和因袭,同时又抽空了中国经验的文化传统和现实根基的话,那么,以西方理论来评价中国文学,是否会发生理论与实践的矛盾以及错位呢?如西方后殖民主义理论引进正在于能够使我们警醒文化殖民的危机和后果,任何引进和移植都必须经过选择和扬弃的"文化过滤",才能达到"洋为中用"的目的。倘若简单地以后殖民主义理论生搬硬套在中国文学实践上,就像某些批评张艺谋电影《红高粱》媚外媚俗那样,以此断定其中的"颠轿""野合""酒歌"等情节虚构,无论是假以中国民俗也好,还是刻意暴露文化陋习也好,都是在迎合"他者"的猎奇目光而由此产生文化殖民的结论,这是否合情合理呢?当然,这并非仅仅是西方理论或许存在某些问题的缘故,而且在于理论脱离实际以及脱离中国现实语境的缘故。无论是来自西方而并未被消化的理论,还是并非来自中国经验而空想和空洞的理论,其实都会存在中国经验缺失的问题。颇有意味的是,电影《红高粱》改编于莫言的《红高粱家族》,其荣获2012年诺贝尔文学奖,实现中国文学国际性文学大奖的重大突破,不仅使国人的"诺贝尔情结"焦虑得到缓解和平衡,而且使中国文学赢得国际声望和地位,中国作家由此增强自信和激励。更为重要的是以此证明,以"中国经验"建立起的中国特色的文学之路是通向世界的,立足于"中国经验"的根、本、魂和精、气、神,正是文学自觉的重要标志。也就是说,文学世界性与现代性应植根于中国现实实践的土壤,应是从中国经验中提升出的理论性,或是吸收、消化、转化而又与中国现实实践相结合、具有中国经验的实践性和理论性。

　　在中国经验的理论性与实践性关系上,其理论性来自实践性,从而使理论性带有实践性品格;其实践性能验证理论性,并在此基础上提升为理论性。此外,强调经验的现实实践性也在于不能囿于老经验,还应创造新经验,推动经验的创新发展。中国经验体现出理论性与实践性统一,也强化了文论批评的理论与实践统一的品质。因此,当代文学的中国经验才能一头连着中国社会现实实践及其文学实际,另一头连着中国文学理论批评,这是在社会现实实践基础上生成的中国经验,在中国经验基础上生成文学、理论与批评的中国特色。

三 传承与创新文学经典以凸显文化自觉意识

文学是在传统基础上继承与创新的,在"通变""因革"辩证关系中发展的,同时传统也是在建构、解构和重构经典的辩证关系中形成的。文学经典在一定程度上表现为传统,文学传统在一定意义上体现在经典上。中国文学传统从这一角度而言可谓经典形成与建构的传统,经典和传统不仅标示为文学核心价值取向及其中国经验和中国特色,而且标志着文化自觉及文学自觉。当代文学发展既要传承弘扬传统和经典,又要建构、创新传统和经典。

文学经典及其文化传统在现代语境中因社会文化的转型以及各种原因而面临挑战和危机。这固然有传统与现代、精英与大众、历史性与时代性、继承与革新、普及与提高的矛盾传统等因素,但也有经典的相对性与局限性以及利用经典所产生的某些僵化、模式化和保守性所带来的问题。王先霈认为经典具有两重性,"第一,它是人类此前某方面文化成果的结晶,包蕴了可贵的经验和智慧。第二,一旦成为经典,它就固化了,必定具有历史的局限性"[①],故而也会带来对经典的肯定和质疑两种态度。这说明文学经典是具有复杂性和矛盾性、相对性与绝对性的,因而对文学经典的评价产生见仁见智的不同观点和积极、消极的态度是可以理解的。但这并不能作为否定经典、否定传统的理由。文学经典之所以成为经典,是因为它有超越历史时代的永恒魅力,也是因为它有殊途同归的普遍认同的共同价值取向。文学经典的经

---

① 王先霈:《经典的两重性和对它的两种态度》,《文艺报》2010年3月15日,第3版。

典性及其经典价值和意义是其超越时空合理性存在的理由和依据。

其一，当代文学在解构—重构经典的过程中建构经典价值系统，确立文学经典的核心价值取向。文学经典的经典性不仅在于优秀传统的体现和代表，也不仅在于提供了当时文学发展顶峰的标志，而且在于通过独创性和鲜明个性风格使其具有真、善、美完整统一的艺术价值，从而产生超时空传播和流传的恒久影响。因此，经典所承载的文学价值、文学精神、文学品质、文学功能所构成的"文学性"就是其经典性所在。当代文学发展就必须旗帜鲜明地肯定和弘扬文学经典的价值和精神，肯定文学的"文学性"也就肯定了经典的"经典性"，肯定经典中内含的文学精神、思想品质和审美意蕴。当然，这并不排斥与时俱进的现代阐释以发掘经典的现实价值和意义，也并不排斥经典的创新及新经典的产生。"诗无达诂"除说明见仁见智的多样化及阐释的合理性外，也说明文学阐释的不断积累、丰富、完善过程从而建构经典和发掘经典性永恒价值及意义的合理性。因而无论重读经典还是重释经典，也无论是重建经典还是重构经典，甚至是解构经典还是质疑经典，都不应该是颠覆经典、否定经典的极端行为，应该是经典的建构过程、生成过程及阐释过程，更应该以尊重经典、敬畏经典、保护经典的思想立场、积极态度和科学精神以及实事求是的原则来客观公正地认识和评价经典，既旗帜鲜明地批评各种否定和颠覆经典的偏误，以辩证唯物主义和历史唯物主义观点及方法为经典正名；又要根据历史时代发展需求、文学创新发展需要和人民群众审美需求阐释和挖掘经典的现实价值和意义，不仅使经典在当代社会得到更好传承和传播，而且能够积极推动文学的创新发展。正确对待经典、阐释经典和自觉建构经典，这正是文学自觉的一个重要表征。

其二，文学经典评价取向旨在强化当代文学的精品及优秀作品的创作导向，树立文学创新发展的典范和目标。文学经典评价取向旨在构建当代文学核心价值体系，文学经典也在这个意义上说，既是历代也是当代核心价值体系构建的结果。因而文学经典的当代价值和现实意义在于应更为有效地推动当代文学发展，其经典性也就体现出与时俱进的先进性、进步性、创新性价值和意义，凸显文学人性、人民性、民主性、进步性价值和意义，符合社会发展的历史性和时代性要求，吻合人类社会发展的共同目标及其核心价值取向。正如张炯所言："这样的作品产生一种不仅表现民族灵魂，也铸造民族灵魂的伟大作用。"[1]宋生贵所指出的"在自己的精神世界中生成任何外在现实都不可能替代的内在现实"[2]，这就是经典创新性的内在逻辑所在。由此可见，文学经典既是历史的也是当代的，既是中国的也是世界的，既是民族的也是全人类的，经典能够在时间和空间交叉坐标中产生永恒性和无限性。因此，中国当代文学发展应该以经典作为标杆，树立和塑造经典典型，学习和借鉴经典经验，弘扬和传承经典精神，其目的是以经典建立文学精品名作以及优秀作品的创作取向和导向，以便更好推动当代文学发展。同时，经典在历代文学批评中往往也作为标准或原则以评价作家作品，因此经典也具有文学标准的作用和意义，从而也就具有现实价值和当代意义。经典在文学评价中不仅具有衡量作品价值和品质的价值作用，而且具有作品比较和文学交流的价值作用，从这一角度而论，经典既是在比较和交流中选择和建构的结果，也是推动文学比较和交流的"助推器"，在比较和交流视域中引导文学发展方向。

其三，文学经典评价取向旨在通过经典传承以弘扬优秀传统，建构薪火相传、一脉相承的中华文化文脉和中国文学精神。文学经典是在历史过程中生成和建构的，故而其经典性也是在不断传承和传播中发展和创新的，经典构成传统中最为重要的核心内容，最为集中地体现出传统的内涵精神，最为典型地表征出文学精神和审美理想。因此，经典的传承和发展也就构成经典

---

[1] 张炯：《谈谈要阅读经典作品》，《文艺报》2010年1月15日，第2版。
[2] 宋生贵：《经典阅读的不可替代性》，《文艺报》2010年2月26日，第3版。

传统及其优秀的文学传统，传统依托经典为载体得到更生动和更为具体的表征和体现，经典形成传统并以之获得超时空传播的永恒魅力。尊重经典也就是尊重传统，传承发展经典精神也就是传承发展传统精神。当然，无论经典还是传统都应该是在文学历时性传承和共时性传播中生成和建构的，其永恒魅力和精神价值意味着其生命的运动性、鲜活性及生机活力，这一方面证明，经典及传统并非仅仅是指称过去时，也是现在时，并指向将来时，经典及传统对于当代文学建设发展具有至关重要的推动作用，并非包袱和负担，也并非仅仅是指放置在博物馆的文物和书柜中文献典籍等一笔老祖宗留下的遗产，关键在于如何激活其生命活力，将其转化为当代文学建设发展的推动力；另一方面也说明，经典及传统的核心是人，是中华民族的血脉、骨髓和精气神，它已经内在地渗透和积淀在我们的生命及遗传基因中，任何人想摆脱也摆脱不了，关键在于如何将其转化为当代文学建设发展的积极因素；再一方面表明，经典及传统的当代价值意义在于，传承的目的在于创新，不仅传统经典的价值意义需要与时俱进的"古为今用""推陈出新"的创新，而且更应该在此基础上建构新经典、新传统，当代文学发展需要新经典、新传统。改革开放40多年来，当代文学发展无疑建构起无愧于历史和时代的新经典、新传统，使文学成为这一时代的精神标志，也成为文化自觉时代的突出表征。从这一角度而言，莫言获得诺贝尔文学奖的意义不仅在于这是中国文学走向世界的重要标志，也不仅仅在于证明了中国当代文学的成就和贡献，而且在于以高度的文化自觉和文化自信建构了中国当代文学新经典、新传统，是推动文化大发展大繁荣、建设"文化强国"的重要支撑。因此，当然，当代文学确立经典的评价取向其实质和目的是继承和弘扬传统、创新和发展传统，也是为了更好建构具有中国特色、民族气派、走向世界、走向未来的当代文学经典。很难相信，当代文学没有经典、没有传统、没有中国特色和民族气派何以能创新发展；也很难相信，文学经典、文学传统如果没有传承至今的现实价值和现代意义，其中国特色和民族气派又何以体现。没有经典和传统，也就不会有中国当代文学的根、本、魂和精、气、神。因而，只有建构中国文学的经典价值取向及优秀传统，才能更好推动当代文学创新发展，这是文学自觉时代的一个重要标志。

综上所述，中国当代文学已经进入文化自觉时代，文学自觉的标志体现在文学核心价值体系构建、"中国经验"及中国特色的形成、文学经典及文化传统重建的三位一体的构成系统和建构发展上，并在其构成与建构中不断提升文学自觉性。通过文学核心价值体系构建确立了当代文学发展目标和方向；通过"中国经验"及中国特色的凸显明确了当代文学性质和特征；通过文学经典及文化传统的传承创新奠定了当代文学发展的基础和条件。三者相辅相成、互为作用、构成整体，共同表征为文化自觉的标志，营造文学自觉的良好环境，更好地推动当代文学繁荣发展。正如魏晋南北朝时期"文的自觉"的一个重要标志是文学批评的自觉，抑或文学批评推动下"文的自觉"一样，中国当代文学自觉离不开批评自觉，批评自觉离不开文化自觉。因此，文化自觉精神是批评精神的重要组成部分，提振与重振文学批评的文化自觉精神刻不容缓、责无旁贷。

第六章　文学批评机制重构论

中国当代文学进入 21 世纪后，面临全球化与现代化的挑战与机遇，核心价值观培育及其核心价值体系构建、实现中华民族伟大复兴、传承弘扬中华文化传统、人们的文化强国及其文化软实力提升等新思想、新潮流、新观念不断对中国社会发展进程及思想观念发生重大影响，也对文学产生重要作用。文学经历了现代化建设、市场经济转换、大众文化思潮、电子媒介时代、艺术生产及其产业转型、文化制度体制机制改革等社会发展进程，进一步解放思想、改革开放、变革观念，取得 21 世纪以来的新气象、新收获、新突破、新成就。正如习近平 2014 年 10 月在文艺工作座谈会上的讲话指出的"长期以来，广大文艺工作者致力于文艺创作、表演、研究、传播，在各自领域辛勤耕耘、服务人民，取得了显著成绩，做出了重要贡献。在大家共同努力下，我国文艺园地百花竞放、硕果累累，呈现出繁荣发展的生动景象"。

但不可讳言，因为各种各样原因，文艺界同时也存在这样或那样的不足与问题。习近平指出："在文艺创作方面，也存在着有'数量'缺'质量'、有'高原'缺'高峰'的现象，存在着抄袭模仿、千篇一律的问题，存在着机械化生产、快餐式消费的问题。在有些作品中，有的调侃崇高、扭曲经典、颠覆历史，丑化人民群众和英雄人物；有的是非不分、善恶不辨、以丑为美，过度渲染社会阴暗面；有的搜奇猎艳、一味媚俗、低级趣味，把作品当作追逐利益的'摇钱树'，当作感官刺激的'摇头丸'；有的胡编乱写、粗制滥造、牵强附会，制造了一些文化'垃圾'；有的追求奢华、过度包装、炫富摆阔，形式大于内容；还有的热衷于所谓'为艺术而艺术'，只写一己悲欢、杯水风波，脱离大众、脱离现实。凡此种种都警示我们，文艺不能在市场经济大潮中迷失方向，不能在为什么人的问题上发生偏差，否则文艺就没有生命力。"文艺界存在问题在一定程度上也反映出文学批评存在问题，或者说文艺创作所存在的问题与文学批评的失职、缺席、困惑、无奈以及无所作为有关，与文学批评价值观、价值取向、评价导向偏颇有关，与文学批评评价机制驱动力不足及其有效性不够有关。

因此，文学批评在价值冲突、价值失落与价值重建的困惑中应该如何反思，在多元化的价值追求中如何确立批评核心价值观及其核心价值体系，在变幻无穷的多元化思潮及其多元化价值取向中如何辨析、厘清、针砭、批判不良倾向以及错误思潮，坚持批评的正确方向及其评价导向，重构批评权威、批评原则、批评标准、批评精神，强化批评评价机制的内驱力与外推力，正是文学批评所面临并亟待解决的关键问题，对于推动文学、艺术、批评转型及其健康有序发展具有重要作用与意义。

第一节　文学批评在价值冲突中重构

2010年《文艺报》开辟"中国当代文学价值认知讨论"和"当前文学发展状况论坛"，连续发表陈晓明《中国立场与中国当代文学评价问题》，孟繁华《为中国当代文学辩护》，李建军《当代文学：基本评价与五个面影》，吴义勤《"文学性"的遗忘与当代文学评价问题》，周保欣、荆亚平《论当代中国文学的国家价值观》①等一系列批评性文章，深入和拓展了关于当代文学价值问题的讨论，无疑将单纯的批判与简单认同的对立争辩引向更高、更深层次。

这也许是文学批评在进入 21 世纪之后的一次重大作为，从而在确证中国当代文学价值的同时确证批评的存在、在场和作用。无论是对当代文学价值的重估和反思，还是辩护和捍卫；也无论是对当代文学存在问题的批判和清算，还是对其成就的肯定和认同，都表达了批评的态度和姿态及其价值所在。事实上，对文学的诟病是与对批评的诟病紧密相连的，在说"文学消亡"的同时其实早就有"理论死亡""批评死亡"之论；对中国当代文学为"垃圾"的指责，无疑也隐含西方当代批评为"上智"与中国当代批评为"下愚"的潜在语。早在文坛觉察批评滞后于文学、理论滞后于实践的问题时，学界就已不断提出"失语症""断裂论""西化症""思想贫乏""理论空洞""批评乏力"的危言和警语，批评价值失落同样受到文坛的质疑。批评价值失落的质疑声不仅来自批评自身内部的反思和警觉，而且来自其评价对象的文学的不满和疑虑，更来自读者及社会的要求。因而有必要在对中国当代文学价值认知的同时也应对批评价值认知，对文学价值失落反思的同时也应对批评价值失落进行反思。

一　当下批评的价值失落问题辨析

对批评的质疑与诟病无疑可以列举出数不胜数的事实和现象，仅从不绝于耳的"疲软""乏力""滑坡""缺席""错位""失语""附庸""寄生""衰落""帮闲""点缀""抬轿子、戴帽子、吹号子"等对批评的"差评"中就可略见一斑。其实批评存在的不足和问题的现象，甚至乱象只是批评问题的表象症候，并非导致批评缺失的根本原因。批评从其产生那天起，就会

---

① 参与讨论文章的观点可参见《文艺报》2010 年 3—8 月的专栏讨论论文。

因各种原因及其局限性而带有这样或那样的不足和问题，历代批评家和研究者也都会在批判文学弊端的同时也批判批评的弊端。如刘勰《文心雕龙·序志》中论证"为文之用心"的一个重要依据是批评存在的不足与问题，"……魏文述《典》、陈思序《书》、应玚《文论》、陆机《文赋》、仲洽《流别》、宏范《翰林》，各照隅隙，鲜观衢路。或臧否当时之才，或铨品前修之文，或泛举雅俗之旨，或撮题篇章之意。魏《典》密而不周，陈《书》辩而无当，应《论》华而疏略，陆《赋》巧而碎乱，《流别》精而少巧，《翰林》浅而寡要……"① 刘勰文论的批评价值不言而喻，指证这些批评缺陷也言之成理，但也并不抹杀和消解这些被批评者的批评价值，曹丕《典论·论文》、陆机《文赋》等批评价值显而易见。刘勰对批评缺点的批评，旨在强化而不弱化其批评价值，并不会影响到批评价值失落，反而说明批评与反批评是推动批评健康发展的动力。因而，对中国当代批评的反思和评价以及对其不足和问题的批评，不仅应坚持实事求是的原则，而且也应持推动批评评价机制不断完善和批评价值重建的态度。

当代批评存在的不足和问题归结起来，主要有以下五个方面。一是批评缺席和失语，尤其是当面对新的文学形态和多元化样式以及各种亚文学时，诸如网络文学、手机文学、消费文学等，往往或束手无策，或不屑一顾；甚至面对文坛弊端和歧途逆流，也无动于衷。二是批评权力的滥用和失范，要么"捧杀"，要么"棒杀"，甚至真伪、善恶、美丑不辨，颠倒黑白，混淆是非，以批评作权力而一味"媚评""酷评""恶评"。三是批评的盲从和跟风，失却批评主体性和独立性，无论寄生于作家作品也好，还是附庸于政治、经济权力也好；也无论是迎合世俗媚俗也好，还是随大溜从众也好；甚至甘做墙头草，风吹两边倒，如无根的浮萍随波逐流，漂漂不定。四是批评的错位

---

① 刘勰：《文心雕龙》，范文澜注：《文心雕龙注》，人民文学出版社2008年版，第726页。

与误读，不分语境和时境从而造成批评时间、空间的错位。对西方批评理论方法的引进不经消化和转化地滥用，从而使空洞的理论与时髦的范畴不仅成为时尚点缀，而且成为"现代性"包装；传统文论批评的现代转换仅停留在口头上，而未经任何中介环节与现实时代衔接，只为了披上一件具有"特色"的皇帝新衣；批评不读作品或误读作品，泛泛而论或自话自说，使批评不仅远离了文学，而且也远离了批评本位。五是批评疲软和乏力，既表现为批评自身的内功和底气不足，批评理论建设的滞后及其思想的贫乏，标准的空泛及其观念的陈旧；又表现为理论与实践的脱节，批评与作品的疏离，批评的生气和锐气丧失，批评之所以为批评的"批评性"缺失，不痛不痒的批评与不着边际的批评既影响文学发展，又影响批评发展。诸如此类批评的不足和问题还可以列出许多，透过现象看本质，归根结底是因为"批评性"价值取向的迷失。

批评存在、生存和发展是源于文学需要及其人类精神文化发展的需要，批评只有满足需要才具有价值，才具有存在、生存、发展的必要性和合理性。因而批评的价值失落固然与其不足和缺陷有关，但更与批评所生存的语境和条件有关。也就是说，探讨批评当下出现问题的根本原因是价值失落，应该对批评价值失落原因进行更为深入的辨析。

其一，需要对批评价值失落的含义进行辨析。批评价值失落的所指主要有三方面：一方面是指因当下批评的不足和缺陷所造成的价值失落，这是内因所造成的；另一方面是指社会对当前批评现状的不满和质疑从而影响对批评价值的评价，甚而影响对批评存在、生存合理性的怀疑导致批评边缘化，这是外因所造成的；再一方面是在传统批评向现代批评转型中，在新与旧的对立和冲突中因价值迷失而导致价值失落。由此看来，当下批评所存在的价值失落问题，既应与其不足和缺陷的严重性相关，当然也与当下整个社会语境对批评的影响有关。

其二，辨析批评价值失落之"价值"所指。批评价值与其功用有关，其价值系统和结构由多元要素构成，诸如批评有文学价值、政治价值、道德价值、文化价值、历史价值、社会价值等。因此，价值失落是全部价值失落还是部分价值失落，是政治价值失落，还是社会价值失落，是传统价值失落还是现代价值失落，这也需要辨析清楚。在是非价值判断中对其不足和缺陷呈现的价值失落是容易认清的，但对其在非二元对立的复杂性、矛盾性和交叉性的价值判断则应有辩证合理的态度。

其三，辨析批评价值失落的具体所指。批评价值失落具体所指是"批评性"价值失落。所谓"批评性"指批评之所以为批评的本质规定性，也就是批评存在、生存、发展的决定性、根本性因素。正如俄国形式主义提出"文学性"来指称文学之所以为文学的根本所在一样，文学语言、结构、形式就成为"文学性"所在。当然这是形式主义对"文学性"的界定，尽管贝尔所言"有意味的形式"，仍免不了有形式主义之嫌。因而"文学性"应指文学的审美意识形态性，是文学内容与形式完美统一的整体性对于文学的本质规定性。"批评性"作为批评的本质规定性必须表达出批评是什么以及批评的核心功能价值。在批评的阐释、解读、评价、建构等功能中最核心的和总体性的是评价功能，是对文学的审美意识形态的价值评价从而达到实现文学价值及其批评价值的目的。因此，"批评性"既是批评的审美意识形态评价的主要功能，也是批评核心价值所在。"批评性"的价值失落，是批评面临的根本性问题。

其四，辨析批评价值失落作为一种判断和评价的相对性。其实，所谓"文学消亡""批评消亡""理论死亡"，以及边缘化、非经典化、去精英化等所指都是具有相对性的。批评价值失落并非硬要套在"批评消亡"的激进之论中来讨论，而是相对于一定的时空范围限定的某种问题或某种现象状态的具体描述和抽象概括。其实，失落是相对于曾经拥有而言，"失落"既有现实中的若有所失之意，又有精神情绪中的失意表态之意。因此，失落从时间序列中可谓由过去—现在—将来的起伏跌宕过程中的暂时性、相对性低迷状态的指称，时间逻辑、时序变化与通变、因革以及循序渐进、循环往复、曲线起伏密切相关，因而失落在时间的长河中具有相对性和暂时性；从空间序列中也可谓是逻辑结构中正反要素的辩证关系构成，正与反的相对性及其相互转化性，决定了失落既表明曾经拥有，而且又会失而复得，从而使失落为更好拥有开辟道路。也就是，批评不仅是在发扬成绩基础上发展的，而且也是在不断克服缺陷、纠正错误基础上发展的。

辨析批评价值失落的目的当然不是为推卸批评责任作辩护，更不是为其缺陷和不足作辩护，当然也不是假以一分为二的"辩证法"而抹杀是非界限，更不是危言耸听，无端地给当下批评扣上一顶大帽子。其目的是更有利于纠正当下批评存在的缺陷和不足，有利于强化批评的主体性和"批评性"，推动批评价值重建和价值回归从而更加健康有序发展。

二 批评价值失落原因追寻及其分析

批评价值失落有诸多原因，既有内因，又有外因；既有文学的原因，又有社会的原因。从价值失落角度探讨原因，往上追溯自然就会形成价值失落—价值迷失—价值冲突—价值转向的因果逻辑序列；从批评发展及其批评场域角度探讨原因，由内向外构成层叠式的因果逻辑关系序列，批评—文学—社会的批评场系统构成与结构关系。因此，批评价值失落的原因探讨途径是由价值场与批评场构成，既在价值场中考察批评变化，又要在批评场中考察价值变化，在两者的交叉互动关系中探讨批评价值失落的原因。

其一，批评价值失落的价值转向原因探讨。马克思指出："人们按照自己的物质生产的发展建立相应的社会关系，正是这些人又按照自己的社会关系创造了相应的原理、观念和范畴"[①]；"人们的观念、观点和概念，一句话，

---

① 马克思：《哲学的贫困》，《马克思恩格斯全集》第 4 卷，人民出版社 1965 年版，第 6 页。

人们的意识，随着人们的生活条件、人们的社会关系、人们的社会存在的改变而改变这难道需要经过深思才能了解吗？思想的历史除了证明精神生产随着物质生产的改造而改造，还证明了什么呢？"① 这说明物质生产决定精神生产，精神生产随物质生产的发展而发展、变化而变化的道理。因此价值转向是由社会转型所引发的，每一次社会转型都会形成人们思想观念的转型和变化，从而也导致价值观及价值取向的变化，使价值变化及价值观转向。中国新时期以来走向改革开放与市场经济是社会转型的重要标志，由社会转型推动文化转型，乃至文学转型、批评转型，从而推动思想观念的解放及其价值转向。在社会文化转型及文学、批评转型中的价值转向，都是以"破"字当头或先破后立的方式展开，甚而有人高举"反价值""价值解构""价值革命""价值清理"的大旗，认为："从文学到现实生活的各个方面，旧价值系统所支撑的整个人文大厦会如此急速地倾颓、解体。被动摆的坚固支柱中，首当其冲的是伪价值系统的空洞说教，然后是知识精英的主体价值意识，然后是千古不易的伦理道德观念……这些看似不可动摇的价值基础，在社会转型的大变革中一个个土崩瓦解、分崩离析。"② 显然，在破旧与立新之间、"破旧"与"复古"的争议之间，"先破"而后连续之间就会形成断裂或真空地带。因此如何"转向"，转向什么"方向"，转为何种"取向"，也就成了问题，价值困惑、迷惑与矛盾、冲突就在所难免。当我们现在回过头来看结果时，当然价值转向的所指十分明确。

价值转向主要体现在三方面：一是传统价值取向向现代价值取向的转向；二是大一统的单一价值取向向多元化价值取向的转向；三是封闭稳定的价值取向向开放灵活的价值取向的转向。但当时价值转向经历的复杂曲折过程和

---

① 马克思恩格斯：《共产党宣言》，《马克思恩格斯选集》第一卷，人民出版社1972年版，第270页。
② 周伦佑：《反价值时代——对当代文学观念的价值解构·自序》，四川人民出版社1999年版，第1页。

过渡期的艰难则并不简单顺捷。因而价值转向既带来积极进步性，推动了社会、经济、文化的转型和发展，又带来转型过渡期的阵痛，从而产生价值混乱、价值迷茫、价值迷失、价值错位等问题。因此，批评价值失落的原因是与社会经济文化转型期的价值转向有着密切关联的，是转型过渡期不可避免的阵痛的一种表征形式。

其二，批评价值失落的价值冲突原因探讨。王玉樑认为："价值冲突是由于不同主体或主体不同方面的利益或不同思想文化之间的差异而导致的价值和价值观念上的冲突，包括价值取向、价值标准、价值规范、价值评价等方面的冲突。价值冲突的根源是利益不同和人们的思想文化上的差异，实质是价值多元性。"① 这说明价值冲突不仅表现为多元化价值取向的差异性和矛盾性所形成的冲突上，而且也表现在价值体构成中的复杂性、多元性和开放性上，即使是对同一价值体的评价上，也会因不同的价值主体与价值客体的多元性的缘故而产生"见仁见智"的评价，从而也会形成价值冲突。

这一方面体现在社会文化转型过程中，价值转向、价值解构、价值重构的一系列价值重组重建必然会带来价值矛盾和冲突，从而引发思想观念及其价值观的冲突，具体表现为社会经济、政治、文化、道德、文艺、审美观念及其行为方式、活动方式、目标取向的价值冲突。价值冲突包括一方面新旧观念、传统与现代价值观念的价值冲突；另一方面是社会利益集团之间、利益个体之间、集体利益与个体利益之间的价值冲突；古今中外不同时空语境中的思想体系和观念的价值冲突。这种价值冲突既体现于宏大的社会主体身上，又体现在每一具体个体的主体身上；既有社会矛盾冲突，又有个人内心矛盾冲突。当下价值冲突的一个重要特点是，已超越二元对立的简单性、单向性冲突模式而趋向更为复杂、更为内在、更为多向性选择的价值冲突。价

---

① 王玉樑：《论价值多元性与价值一元性》，王玉樑等主编：《中国价值哲学新论》，陕西人民教育出版社1994年版，第269—270页。

值主体的茫然无措或真伪难辨、别无选择或无从选择、折中选择或辩证选择、被动选择或主动选择，也会形成各种各样的选择态度、原则和方式，从而又形成价值冲突的表征形式。

文学在表现复杂矛盾的社会现实中的人性情感冲突，实质上可还原为价值冲突，再加之作家创作观、审美观以及世界观中也存在一定的价值冲突，其价值取向性及价值选择性也就因之更为复杂和多样，甚至包含多向度和多层次的价值冲突。文学的多元化发展也使不同作家、作品在表达个性、独创性和多样丰富性的同时，也会形成作家、作品的不同价值取向，甚至会形成一定的价值冲突。对于读者接受而言，阅读语境、接受条件以及作为"仁者"或"智者"的读者也会形成"见仁见智"的阅读接受取向，在多元化价值取向中也难免存在价值冲突。因此，作为价值评价的批评的价值选择和价值定向会增加难度和挑战性，从而也会形成批评的价值冲突，使批评在价值冲突中既面临价值失落的危机和困惑，又面临机遇和挑战。

其三，批评价值失落的价值迷失原因探讨。价值转向所形成的价值冲突，在价值选择中除是非、正误选择之外，还会产生价值迷失问题。价值迷失一方面表现在寻找不到正确的价值坐标，从而迷失价值方向；另一方面也表现在怀疑一切、否定一切的虚无主义和极端个人文化的迷失；再一方面是在价值转向的过渡期处于真空状态时的迷失和在价值冲突中无从选择的迷失。尤其是在社会转型的观念蜕变时，文化转型的传统断裂时，开放引进的各种外来思潮涌入时，所谓的"信仰危机""理想危机""躲避崇高""走下神坛""精神困惑""人文精神失落"等现象和状态，在一定程度上表现为价值迷失及其价值虚无情绪。这种情绪反映和表现在文学与批评中，最集中表现为"文学性"与"批评性"的迷失，从而导致文学与批评的人文精神价值的失落。尤其是当文学面临各种社会压力和权力所构成的矛盾冲突时，不仅易于迷惑，而且被诱惑，往往以牺牲文学性作为代价而企图在保护和夹缝中生存，甚至不惜迎合世俗、庸俗和权力，从而导致文学价值失落。批评存在的不足和问题也表现在价值迷失上，不仅未能对文学做出正确公正评价，而且也未能对文学价值迷失提出批评和引导，导致批评失职失责及其"批评性"的迷失，从而也导致批评价值失落。

批评存在不足与缺陷及其问题的深层原因和根本原因确实应该从更为深广的社会文化根源中寻找，但更应该立足于批评自身的内部来寻找。恩格斯在《评亚历山大·荣克的"德国现代文学讲义"》一文中对批评的弊端进行了尖锐的批评："这种永无止境的恭维奉承，这种调和主义的妄图，以及扮演文学上的淫媒和捐客的热情，是令人无法容忍的。某个作家有一点点天才，有时写点微末的东西，但如果他毫无用处，他的整个倾向、他的文学面貌、他的全部创作都一文不值，那末这和文学又有什么相干呢？"① 这种批评的弊端难道在今天还少见吗？难道不值得我们认真反思和警醒吗？难道这种顽疾不正是不仅在转型中而且在人性自身中的劣根暴露从而愈演愈烈吗？批评在社会转型中所形成的价值转向、价值冲突、价值迷失固然对批评价值失落产生重要作用和影响，但当代批评还应反思和反省在其现代化进程中自身传统的断裂和现代性的先天不足与后天缺失，批评主体性与自觉性的不足以及程度上的差距，批评家素质和能力是否提升以及理论知识结构的是否欠缺，批评理论建设与队伍建设的滞后，批评观念和方法的陈旧和保守，批评生产力和创新力的不足等问题。

三 批评在价值重建中的核心价值观构建

批评存在缺陷与不足早已是学界的共识，不仅被深恶痛绝地予以严厉的批判，而且也提出过不少的治弊良方，但未能从根本上解决问题。头痛医头，

---

① 恩格斯：《评亚历山大·荣克的"德国现代文学讲义"》，《马克思恩格斯全集》第1卷，人民出版社1965年版，第523页。

脚痛医脚的方式固然可谓具有针对性和实用性，但往往头痛医好，脚痛又犯，如此循环不已。万金油的泛泛而治，虽可暂解一时病痛，则无法遏制病情扩展；狠下猛针烈药企图斩草除根，殊不知又扩大范围，殃及无辜，反倒造成新的病痛。如何不再重复批评存在的恶评、滥评、酷评、媚评、泛评的弊端，其实对于批评研究的学术评价而言同样也是警示。如何对批评现状作出更为理性的分析和对于批评弊端及原因作出更为深入的剖析，从而在对症下药、辩证治疗的同时建立起预防警戒的制度化建设长效机制；如何强化批评主体意识与批评自觉性，提高批评家素质和能力，提升批评水平和质量，提振批评在文学活动及其发展中的价值和地位，发挥评价机制的推动和促进作用，这显然应是着力思考和解决的主要问题。

针对批评弊端，无论是追根溯源寻找顽疾形成原因也好，还是纲举目张抓住主要矛盾和根本问题也好，其实都能发现批评在社会、文化、文学转型期的价值转向、价值冲突、价值迷失、价值解构、价值重构中的价值失落原因。这说明，造成批评弊端不仅有其深刻的社会历史原因，而且也说明批评弊端并非仅仅是批评存在的问题，其实也是社会各方面存在的问题，从而进一步说明批评弊端与转型期的制度性弊端的紧密联系。

托托西在《文学研究的合法化》一书开篇就提出这个问题："为什么有必要考虑从事文学研究的合法化？毫不讳言地说，是由于人文学科在整体性地经历着严重的令其日见衰落的制度化危机，并且由于文学研究自身的问题，在总体社会话语中越来越边缘化。"[1] 批评其实也是文学研究的一种类型，文学研究合法化危机其实也是文学批评合法化危机，批评的价值作用及其地位影响受到质疑，实则批评存在的合理性、合法性也受到质疑，因此批评价值失落也就不足为奇，由此而产生出批评缺陷和弊端以及问题也毫无疑问。为

---

[1] ［加拿大］托托西：《文学研究的合法化》，北京大学出版社1991年版，第1页。

此，文学研究批评合法化问题讨论是有必要的，也是解决批评存在问题和克服批评弊端的前提和根据。批评如何在危机中抓住机遇，如何在困境中回应挑战，如何在迷失中辨清方向，如何在失落中回归自信，如何在解构中走向重构，主要有三条途径可供参考。

其一，加强批评制度建设，强化批评的评价机制的作用。中国长期以来所形成的文学制度、批评制度与社会制度，包括政治制度、法律制度、文化制度、教育制度等制度形式，既是历史的产物，又是时代的产物。任何制度都具有保障和规范双重功能，也具有制度性的正面作用与反面作用。因而在社会转型时期也就会有新旧制度的交替和转化，改革制度缺陷和弊端也就不言而喻。在改革开放四十年中，中国全方位推进政治体制、经济体制、文化体制的改革，其中自然也会包括文学制度、批评制度的改革，因而引发观念冲突和价值冲突就不可避免。在矛盾冲突中出现价值解构、价值虚无和价值迷失、价值失落的问题也在所难免。这一方面说明批评制度、体制、机制都还存在某些不合理因素及制度性弊端，由之也会带来批评的某些不足和问题，必须进一步深化改革以不断完善制度和创新制度，以改革为动力解决制度缺陷和弊端的问题；另一方面也说明建立制度化建设的长效机制的重要性与合理性，以保障和规范批评行为和批评活动的合理性与合法性，在解构—重构中建构批评价值体系，从根本上解决在价值冲突中的价值迷失和价值失落问题；再一方面说明批评强化和转换评价机制的必要性和重要性，评价不仅对保障和规范文学健康有序发展有重要价值作用，而且作为文学活动的驱动机制和运作机制具有推动和促进文学发展的重要价值作用。因此，只有强化批评的评价机制才足以确立其在文学中的地位。只有转换批评机制，使之与时俱进，符合现代社会及现代文学发展趋势，才能重建批评地位和重构批评价值。

其二，确立批评的核心价值取向及构建核心价值体系。毛崇杰认为："文学批评与价值的关系，即从价值理论或价值学层面来看文学批评，有两个角度，一是文学批评自身的价值，也就是从批评主体方面来看其价值；再就是从一般的'价值体系'，也就是把文学批评放在更宏大的精神价值网（主要是真善美）中来看这种关系，当然这两者相互之间是紧密地联系着的。"[①] 因而，批评价值与社会价值体系密切相关，也可谓社会价值体系中的一个必要组成部分。同时，批评价值的实现也应相应地构建批评核心价值体系，从而确立批评的核心价值取向，使批评价值实现的同时也使其社会价值得以实现。因而在当下多元化价值取向共生关系与价值矛盾冲突的碰撞关系产生的价值迷失、价值失落困境中确立批评核心价值体系是必要的。

价值多元化的社会必然带来文学价值多元化，从而带来百花齐放、百家争鸣的繁荣局面，过去那种一花独放、一家独鸣的现象并不利于文艺繁荣和发展。但多元化、多样化并不意味着绝对化、无序化，那种自言自语式的你打你的锣、我敲我的鼓、互不搭界、互不关涉状况，以及思想混乱、信仰缺失、精神失落状况更令人堪忧。文艺只有在交流对话的互动和比较中才能进步，也只有在殊途同归由"个体认同"到"普遍认同"的价值共同体中才能更好地实现文学价值。因而批评的职责在于构建科学、公正的评价科学共同体，其评价不仅以独创性、个性和特点的多样化评价文学，而且以优劣、真伪、善恶、美丑、是非及其不同等级、程度的评价取向以表明批评立场、原则和价值作用。

当然，那种非此即彼的二元对立判断的思维和方法是应该摒弃的，而应该是辩证的与历史的评价方法，从而在对立统一的价值关系中寻找文学与批评的生长点和突破口。因此，批评应该确立评价核心价值取向及构建核心价值体系，在多元化价值取向中以及价值冲突和价值共生的价值世界中才不至于迷失和失落批评价值。批评核心价值体系建立在社会核心价值体系基础上，

---

① 毛崇杰：《颠覆与重建——后批评中的价值体系》，社会科学文献出版社 2002 年版，第 6 页。

其实即使在价值世界中多元化、多样化的价值取向也有其共同价值取向和核心价值取向，以保证价值生成和价值评价目标的最佳实现和价值需求满足度、价值生产力度、产品价值度的不断提高。批评评价的目标设置也在于以核心价值体系为基础，以核心价值取向为立足点，通过择优的评价方式推动文学生产力、创造力、传播力的提升和优化。同时，也在于能有效克服批评的不足和缺陷，解决价值多元与价值冲突中出现的价值混乱、价值迷失、价值失落的问题。

无论从理论上还是实践上都应该承认，在价值多元化、多样化中不仅要承认价值的个性、差异性和相对性，而且也应该承认价值的共性、普遍性与绝对性，因而任何价值选择和评价都是基于一定的价值取向和评价取向的，或者说都应有主导的核心价值取向。在文学批评的核心价值体系构成中，以坚持马克思主义的指导思想地位来强化批评的思想性，从而确立文学评价的先进思想价值取向性；以坚持社会主义的共同理想来强化批评的理想性，从而确立文学评价的人文精神理想追求的价值取向；坚持以爱国主义为核心的民族精神和以改革创新为核心的时代精神来强化批评的民族性和时代性，从而确立文学评价的民族性与时代性、传统性与现代性统一的价值取向；以坚持社会主义"八荣八耻"的荣辱观来强化批评伦理的基本原则和批评标准，确立文学评价标准的真、善、美价值取向。总之，文学批评的核心价值取向应具备人民性、先进性、进步性的鲜明主导性和导向性特征。

其三，批评的"批评性"价值精神构建。首先，提出"批评性"既是对批评性质和内涵的规定，是批评成为批评的基本要求和基础条件，同时又是对批评理想追求、批评精神弘扬的最高要求。"批评性"既体现在批评的现实价值上，又体现于批评的理想价值上。当然批评的现实价值与理想价值是辩证统一的整体，其现实性与理想性体现于批评活动和发展过程中不断积累和构建的批评精神上。其次，提出批评价值精神不仅旨在表明批评价值本质上是精神价值并非物质价值和实用价值,而且旨在表明批评对价值的追求本质上是对文学精神与批评精神的追求,文学和批评其实质都是人类进步思想文化及其人文精神的表征方式。再次,提出"构建"与皮亚杰发生认识论的"建构"及其建构主义理论方法相关,旨在表明"批评性"是在历史发展与现代发展过程中不断积淀、生成和建构的,同时也是其传统性与现代性、民族性与人类性、科学性与人文性关系的有机构成和系统构成,其开放性、结构性、系统性的价值构成也是一个不断吐故纳新的运动、变化和发展的有机体,具有生气、活力与生命力、创造力,但万变不离其宗,多元而不离其本,核心的主导基本元素和价值取向是其根、本、魂所在。最后,构成"批评性"的基本元素究竟是什么应在批评构成元素中寻找答案。批评主体是"批评性"的构成元素,主体的"批评性"无疑是对批评家的要求,其主体素质和能力以及文化心理结构、主体的思想品质及其道德修养,主体的态度、原则和方法,主体的创造力和生产力等主体性和自觉性,应是"批评性"价值精神构成的重要元素。作为批评客体的评价对象的文学当然应具有"文学性",批评既以对文学性价值评价为己任,又使其在评价中达到价值实现的目标,因而"文学性"在批评价值关系中也成为"批评性"的构成元素。批评主客体所构成的价值关系中的"批评性"元素,既表现为批评关系的缔结,又表现为批评活动和过程的科学精神与人文精神的统一。批评结果及其文本的"批评性"表现为文学价值与批评价值的实现以及批评价值精神的体现,批评地位的确立标志着评价的作用价值和意义。为此,"批评性"不仅是区隔批评与伪批评的标识,而且也是有效克服批评缺陷和弊端的有力武器,使批评真正成为批评,批评回归本位和本体的正确途径,如此使我们真正进入韦勒克所说的"批评的时代"[①],即文学批评自觉的时代。

---

① [美]雷内·韦勒克:《20世纪文学批评的主要趋势》,雷内·韦勒克:《批评的概念》,中国美术学院出版社1999年版,第326页。

第二节　当代批评价值观建构

中国文学在"全球化"和"多元化"的世界文学潮流中如何形成自身的特色和优势，如何在世界文坛确立自身的性质和位置，这是一个关系到中国文学发展方向的重大问题。面对"全球化"带来的多元化价值观念的冲击和影响，文学也以其自身存在方式和多样化表现形式传达出多元化价值取向的追求理念。中国文学在加入世界文学潮流的同时，既面临着各种观念的挑战，又面临着新的发展机遇；既因"全球化"和"多元化"观念的积极影响而更有利于文学"百花齐放""百家争鸣"的繁荣昌盛的发展，从而带来丰富多彩的文学繁荣局面，又会因其一定的消极影响而带来文学思想的模糊和混乱，甚至导致方向不明、路线不清，影响中国文学的健康和谐发展。因而，通过文学评价在文学多样化的表达形式和多元化价值取向的追求中确立核心价值体系是十分必要和重要的，这对于明确中国文学发展方向，更好推动中国文学健康和谐发展有着重大意义和作用。中国文学评价体系在历时性发展和共时性建构中形成自身的内在逻辑性，自觉导向核心价值观构建，同时也说明文学评价核心价值体系具有内在逻辑性。

一　批评观的继承与创新关系

中国文学是在继承与革新中发展的，其继承的优秀文学传统及其资源主要有三个渠道：一是中国古典文学的优秀传统，在取其精华、剔除糟粕的指导思想下确立起人民性、民主性、进步性的核心价值取向；二是"五四"新文学优秀传统，在启蒙、救亡的双重责任下确立起马克思主义及其现实主义文学的核心价值取向；三是延安文艺的革命传统，在中国共产党领导下的新民主主义革命及其民族解放、人民翻身的基础上建立起社会主义先进文化的核心价值取向。这十分清楚地表明，中国文学传统从古代到现代，再到当代都是有着极其鲜明的核心价值取向的引导，从而在文学价值观中确立正确的创作观与方法论、创作动机和意图；确立作品进步的思想倾向性和情感倾向性，文学形象塑造的典型性和艺术形式的创新性；确立文学批评的真善美评价标准，公正、公平的批评原则，科学、完整、系统的评价体系；确立文学的审美价值和社会功用整体实现的保障机制等。从文学活动的诸多方面与系统构成中呈现出核心价值体系的作用和意义，从而在整体上确定中国文学的性质、属性、特征和定位，确立中国文学的发展方向和趋向。同时，也可清楚地表明，中国文学由古至今的发展，都离不开对优秀传统的继承，也离不开对古代、现代、当代文学的贯通。无论是继承还是贯通，都意味着有一条线索将古代、现代、当代文学贯穿起来，从而构成中国文学的整体性和统一性，构成中国文学发展的方向和趋向。这就是核心价值取向使然。尽管文学形态具有千姿百态的多样性和特色，但其文学精神、文学风格、文学气派、文学传统则是一以贯之，矢志不渝，坚持文学核心价值取向。

在当今"全球化""现代化"的语境中，中国文学面临着新的挑战和发展机遇。中国文学创新发展主要来源于三个渠道。一是改革开放大潮中，西方现当代文学思潮不断涌入开放的中国，从而也打开中国文学通向世界的窗口，为中国文学的创新发展注入新鲜的活力，同时也带入了文学"多元化"的价值取向及其形形色色的文学价值观与批评观。中国文学在"拿来主义"的基础上如何进一步选择有利于中国文学创新发展的核心价值取向，如何确立先进文化的前进方向，这无疑是当前确立中国文学核心体系的关键所在。二是在市场经济大潮中，文学与政治、经济的关系重新调整，无疑将文学推到了市场经济的风口浪尖上，在文学商品化、市场化、大众化、消费化的呼声中，大众大学、通俗文学、消费文学应运而生，在市场经济的"多元化"中不断滋生出文学"多元化"的价值取向，中国文学的整体性和统一性受到质疑，形成精英文学、大众文学和主流文学（或曰官方文学、意识形态文学）三足鼎立的局面，这无疑也需要在文学"多元化"发展中确立核心价值取向。三是在社会转型时期文学转型及其自身的蜕变引发文学的自省和反思。如中国文学的现实主义传统，无论古典文学的现实主义还是"五四"新文学时期的现实主义，也无论是延安文艺的革命现实主义还是新中国文学的社会主义、现实主义，虽然在其现实主义精神的价值取向上是贯通的，亦即面向现实、参与现实、批判现实的精神实质是一致的，但现实主义文学发展的阶段性、时代性和现代性显然会有所区别。社会转型及其文学转型必然构成现实主义文学的转型，诸如无边现实主义、现代现实主义、新写实主义、超现实主义等文学思潮及其文学观，提供了现实主义文学创新发展的多样化的途径和多元价值取向，从而在文学自身的创新发展中提供了一个更为广阔的天地和视野，同时也为现实主义核心价值取向的丰富完善提供了基础和条件。

　　由此可见，中国文学核心价值体系的构建一方面要立足于对优秀传统的继承，以中国古典文学传统、"五四"新文学传统、延安文艺革命文学传统及其社会主义文学传统的三位一体的历时性纵向角度构成基础和条件。另一方面，要立足于当下中国文学发展的现状和实际，以新时期改革开放以来不断引进的西方现代文学为借鉴和参照；以市场经济大潮中形成的"多元化"文学思潮及其文学形态为实践材料和资源；以社会转型及其文学转型中的文学自身的创新发展为动力机制，确立文学核心价值体系构建的内在逻辑性，同时从横向角度的共时性和现实实际需要角度扩展对文学核心价值体系的构建。文学传统的继承性和创新性关系的内在逻辑性在于：继承是基础、条件，创新是目的、效果。故而刘勰提出"通变""因革"的辩证观点，《时序》曰："时运交移，质文代变"；《通变》曰："文律运周，日新其业。变则其久，通则不乏"，从而能在继承和发扬优秀文化传统的基础上推动文学的创新发展，建立起弘扬传统和与时俱进的时代主旋律结合的社会核心价值观。马克思主义更为深刻地阐述了继承与创新关系的内在逻辑性,马克思指出:"辩证法对每一种既成的形式都是从不断的运动中,因而也是从它的暂时性方面去理解;辩证法不崇拜任何东西,按其本质来说,它是批判的和革命的。"① 确立了事物运动、变化、发展的历史逻辑与辩证逻辑。"人们自己创造自己的历史,但是他们并不是随心所欲地创造,并不是在他们自己选定的条件下创造,而是直接碰到的、既定的、从过去承继下来的条件下创造。"② 这就提出了批判吸收、批判继承与继承中创造的观点。显而易见,历史唯物主义和辩证唯物主义的世界观和方法论奠定了继承与创新关系及其内在逻辑性的认识论、实践论、价值论基础,辩证法的批判性和革命性正体现出社会时代核心价值取向,批判不仅是为了更好地继承,而且也是为了更好地创新。毛泽东在《讲话》中也指出:"我们必须继承一切优秀的文学艺术遗产,批判地吸收其中一切有益的东西,作为我们从此时此地的人民生活中的文学艺术原料创造作品时候的借鉴。"③"批判地吸收"所依据的标准无疑是在时代、社会的核心价值体系中确立的,其内在逻辑性不言而喻。

二 批评观的"多样化"与"主旋律"关系

文学存在是一种价值存在,文学创作、欣赏、批评所构成的文学活动实际上是一种价值创造和价值评价活动,故而文学价值取决于文学的价值取向、价值评价标准、价值体系。由于文学主体的价值观及其价值取向不同,也由于文学的个性、个体性、独特性所决定的差异性和多样性,从而会使文学呈现"百花齐放、百家争鸣"的多样化和个性化发展趋向,形成文学价值取向、文学评价取向、文学观的差异性,甚至在评价标准的选择和文学价值的认定

---

① 马克思:《〈资本论〉第一卷第二版跋》,《马克思恩格斯选集》第二卷,人民出版社1972年版,第218页。
② 马克思:《路易·波拿巴的雾月十八日》,《马克思恩格斯选集》第一卷,人民出版社1972年版,第603页。
③ 毛泽东:《在延安文艺座谈会上的讲话》,《毛泽东选集》,人民出版社1966年版,第862页。

上也会呈现"见仁见智"的差异性。但不可否认的是，文学不仅存在多样化和差异性，而且也存在着共同性和普遍性，也就是说文学的规律、规则、规矩及其约定俗成的惯例习俗会构成殊途同归、万变不离其宗的认同和共鸣，这样，文学才会具有永恒不朽的超时空的审美魅力和普遍性、社会性、群众性极强的艺术效应。这无疑是文学的核心价值取向及其核心价值体系所起的作用。所谓核心价值取向指基本的、根本的、主要的、导向性的价值取向，它在文学价值体系中起着聚集、凝结、引导的决定性作用。因而，文学价值体系的逻辑性就表现为核心价值取向与一般价值取向的辩证协调、和谐统一的关系。

其一，批评核心价值取向对于文学价值体系建设而言具有决定作用。毛泽东在《矛盾论》中指出："在复杂的事物的发展过程中，有许多矛盾存在，其中必有一种是主要的矛盾，由于它的存在和发展，规定或影响着其他矛盾的存在和发展。"[①] 在文学价值体系中，核心价值取向的意义在于，它是作为主要矛盾或矛盾的主要方面而存在的，对文学的性质和矛盾的转化发展起主导性、决定性作用；而一般价值取向则是次要矛盾或矛盾的次要方面，对文学性质和矛盾的转化发展起着一定的影响和辅助性作用。因此，构建文学价值体系一定要依循矛盾运动规律来确定事物性质的本质规定性，从核心价值取向的确立入手来加强文学价值体系的建设。从这个意义而言，文学核心价值取向决定了文学价值体系的性质，从而使文学价值体系围绕核心价值体系来加强建设。

其二，批评必须辩证处理核心价值体系与一般价值取向的关系。马克思、恩格斯对文学核心价值取向及其倾向性是十分重视的。恩格斯指出："我称他

---

① 毛泽东：《矛盾论》，《毛泽东选集》，人民出版社1966年版，第308页。

（指维尔特）为德国无产阶级第一个和最重要的诗人"①，"悲剧之父埃斯库罗斯和喜剧之父阿里斯多芬都是有强烈倾向的诗人，但丁和塞万提斯也不逊色；而席勒的《阴谋与爱情》的主要价值就在于它是德国第一部有政治倾向的戏剧。现代的那些写出优秀小说的俄国人和挪威人全是有倾向的作家"②，"德国当代最杰出的诗人享利希·海涅也参加了我们的队伍，他出版了一本政治诗集，其中也收集了几篇宣传社会主义的诗作"③。同时，在文学主导、核心价值取向确立的基础上也会呈现其他的一些价值取向和倾向性，因而文学价值体系就会存在着差异性、多样性、个性化的各种价值取向，其复杂性、矛盾性是不言而喻的。文学核心价值取向的作用就在于通过核心的凝聚性、导向性和协同性作用使矛盾、冲突得到协调以趋于和谐。当然由矛盾性而趋向统一性、由差异性而趋向共同性并不意味着取消个性、多样性和差异性，而是在和谐协调中获得宽容、谅解、沟通和认同，这意味着一方面是求大同和存小异；另一方面意味着沟通和交流。也就是说，核心价值取向的作用在于使文学价值的多样性与统一性、差异性与共同性、个性与社会性、主观趣味与客观标准、主体表现性与客体规定性达到辩证统一，从而使文学价值体系的内在逻辑性更为严密和完整。

其三，批评在价值体系建设过程中必须有正确健康的导向作用。在"见仁见智"的多样化或多元化价值取向中，也会存在某些不良、不健康、违背规律的错误价值取向，对文学发展会产生负面消极作用，甚至阻碍和破坏文学健康发展。作为核心价值取向的导向性作用，就必须勇于对错误的价值取向及其立场、观点、方法进行实事求是的拨乱反正的批评，通过文艺批评、

---

① 马克思：《评"普鲁士人"的"普鲁士国王和社会改革"一文》，《马克思恩格斯全集》第1卷，人民出版社1965年版，第483页。
② 恩格斯：《致敏·考茨基》，《马克思恩格斯全集》第四卷，人民出版社1972年版，第454页。
③ 恩格斯：《共产主义在德国的迅速发展》，《马克思恩格斯全集》第二卷，人民出版社1965年版，第591页。

文艺论争来解决价值取向的偏误问题。毛泽东曾针对抗日战争条件下，延安文艺中存在的问题及其一些错误倾向提出批评，他在延安文艺座谈会上的讲话中指出："我们的文艺批评是不要宗派主义的，在团结抗日的大原则下，我们应该容许包含各种政治态度的文艺作品存在。但是我们的批评又是坚持原则立场的，对于一切包含反民族、反科学、反大众和反共的观点的文艺作品必须给以严格的批判和驳斥；因为这些所谓文艺，其动机，其效果，都是破坏团结抗日的。"① 由此可见，文学核心价值取向的确立对于树立起正确、健康、积极的文学价值观，对于克服错误、消极的文学价值取向，从而明确文艺发展的正确方向是有积极意义的。文学核心价值取向的确立，会使文学价值体系更完整、更严密，内在逻辑性更强。

三 批评标准的相对性与绝对性关系

文学评价是推动文学运行和发展的动力机制，也是文学发展方向的导向和引导机制，正如车尔尼雪夫斯基指出的"批评应该在文学中起重要的作用"。② 因而文学评价标准的正确与否直接引导文学发展方向的正确与否，同时，也是在文学价值体系中，以评价标准作为尺度对文学及其所取决的各种价值取向进行批评的价值评价机制。文学批评标准的确定取决于核心价值取向，既取决于对文学有正确、健康、积极推动作用的正面价值取向，又取决于对文学有主导的、根本的、起决定性作用的主流价值取向。从这个意义上说，文学核心价值取向的作用主要体现在评价标准上，由评价标准确定的评价机制，才会对文学及其文学主体、客体等各种要素起着推动促进作用。具体而言，依据评价标准，才会确立起文学主体及其文学个体的文学观、文学价值取向以及世界观、立场、观点和方法。因此，文学评价标准是关系到文

---

① 毛泽东：《在延安文艺座谈会上的讲话》，《毛泽东选集》，人民出版社1966年版，第870页。
② ［俄］车尔尼雪夫斯基：《俄国文学果戈里时期概观》，《车尔尼雪夫斯基论文学》上卷，上海译文出版社1978年版，第8页。

学核心价值体系及其主导价值取向确立的重大问题。尽管对文学标准是否有必要，文学标准是否有相对性与绝对性，文学标准是否有原则性和灵活性等问题仍然众说纷纭，但更为关键的问题是文学需要什么标准，什么标准对文学的发展更合适，更切合文学规律。也就是说，文学标准的合理性、合法性和正确性的取得正是其自身的内在逻辑性之所在，也正是其核心价值取向的作用导致文学评价标准的内在逻辑性。具体而言，文学评价标准的内在逻辑性主要表现在三方面。

其一，批评核心价值取向决定了文学评价标准的运用原则。文学批评标准在其运用正确与否中很大程度上取决于运用原则，诸如实事求是的评价原则；科学、客观、公正的原则；不拘小节、顾全大局的整体评价的原则；多角度、全方位的综合评价原则；等等。正如莫泊桑指出的："一个真正名实相符的批评家，就只该是一个无倾向、无偏爱、无私见的分析者，像绘画的鉴赏家一样，仅仅欣赏人家请他评论的艺术品的艺术价值。"[①] 这些原则的确定一方面是因为文学规律所致，另一方面也是由于文学核心价值取向的作用使然。中国文学的核心价值取向是由马克思主义指导思想、社会主义文学的先进文化前进方向、文学人民性为基础的统一构成，从而形成文学核心价值体系，决定了文学评价标准运用的基本原则和文学评价活动的基本原则。更为重要的是，这些评价标准运用原则决定着文学评价主体，从而对其行为、动作、活动产生重大影响。故而，评价主体的价值取向正确与否取决于核心价值体系，是否有一个正确、健康、积极的世界观、立场和方法就显得十分重要和必要了。

其二，批评核心价值取向内化于文学批评标准中。文学核心价值取向不仅决定了评价标准及其评价的价值取向性，而且构成评价标准不可分割的组

---

① ［法］莫泊桑：《"小说"》，《文艺理论译丛》1958年第3期。

成部分。诸如文学批评的真、善、美标准,其实就是文学核心价值取向的具体表现,同时也是以文学核心价值取向作为真、善、美的主导价值取向。也就是说真、善、美标准在不同时代、不同社会语境下会有其具体的表现方式和内涵内容,故而真、善、美标准宜表达出不同时代、不同社会语境的核心价值取向对文学的具体实际要求。事实上文学的真、善、美标准为古今中外的文学都适用,这是对文学评价的总体要求和共同标准。在现阶段,中国文学的真、善、美评价标准就必须体现出这一时代、这一社会语境的核心价值取向,也就是说真、善、美标准应体现出马克思主义指导思想、社会主义文学的先进文化前进方向、文学人民性的核心价值取向,也就是恩格斯提出的"美学观点和历史观点"[①]统一的整体性评价方法的体现,从而使真、善、美标准体现出时代的特色和社会内容。

其三,批评核心价值取向指导和影响文学评价标准的建设。评价标准的发展,既依赖于文学规律的发展,又依赖于核心价值体系的影响。文学与时俱进地发展,也要求文学评价标准与时俱进。文学评价标准一方面要吻合文学发展的实际,另一方面也应对文学提出更高要求。王国维在《人间词话》中提出文学要"入乎其内",又要"出乎其外"[②],对于评价标准而言,确实也是"入乎其内",又"出乎其外"的结果,具有既入乎文学又出乎文学、依据文学自律与他律关系确定的辩证逻辑。从这一角度而言,文学评价标准应该从更高的要求来衡量评价文学,故而文学评价标准必须加强建设,不断完善,不断发展,这就需要文学核心价值体系作为文学评价标准及其评价体系建设和发展的推动力量,引导评价标准提出对文学更高又更合实际的要求,从而将价值取向的导向和引领作用内化于文学评价标准中,以推动评价标准的完善来促进文学的发展。

---

① 恩格斯:《致斐·拉萨尔》,《马克思恩格斯选集》第四卷,人民出版社 1972 年版,第 347 页。
② 王国维:《人间词话》,《蕙风词话·人间词话》,人民文学出版社 1960 年版,第 220 页。

除此之外，文学核心价值体系对文学标准的作用，还体现在对文学评价的核心价值取向和价值体系的评价指标体系的建设上，对批评主体的评价态度、方法及其批评活动的规则、制度、体制、机制的建设上，从而使之构成文学评价的内在逻辑性、内在结构和整体综合功能，通过批评的评价机制推动文学的运动和发展。这也充分说明，文学核心价值体系所确立的评价标准及其文学评价活动也是具有内在逻辑性的，故而具有合规律性与合目的性统一的合理性。

第三节 文学批评的"经典"重构

文学经典是经历史检验、社会认同与群众需求共同作用而形成的典范性与先进性的优秀文学作品，对文学发展及其人类社会进步具有重大作用，也对文学传统及文化传统的形成发挥重要影响。阅读经典、学习经典、尊重经典、爱护经典应是每一民族自信、自尊、自豪的共同价值取向，也是文学批评应确立的经典价值评价取向。

但不可否认的是，随着社会转型及文化转型，随着现代文学生产方式转换及新的文学样式、类型的产生，随着人们价值观更新及多元价值取向共存态势的形成，人们往往在反思和批判传统的同时也对经典产生质疑和诘难。当人们面对众声喧哗的非经典化、去精英化的大众文化时代时，往往也会自觉或不自觉地对传统、精英、典型模式的文学经典采取边缘化以及去经典化、非经典性的态度。边缘化表现在搁置、悬置和冷落经典、不读经典、不谈经典，并以此为时尚和潮流；去经典化表现在精英文学与大众文学对立、传统文学与现代文学对立、多元化与主旋律对立中的消解差异、消解中心、消解价值取向的文化虚无主义、文化相对主义、自由主义以及后现代主义的解构思潮上，将经典视为阻碍文学创新发展的模式化和类型化的桎梏。非经典性表现出在一些经典作品的改编中刻意对其经典性进行恶搞和篡改，既不尊重原著，又不尊重历史，而一味迎合市场、讨好世俗、追逐潮流。文学经典在今天确实面临着危机和挑战，一方面文学经典应该在新的文化语境中通过重读、重释、重评，从而使其经典性得以重构和建构；另一方面也应该在文学经典受到质疑和非议时尊重经典、爱护经典、传承和传播经典，向经典学习和致敬；应该自觉奋起保护经典，像保护文化传统及非物质文化遗产一样保护文学经典，更应该认真研究文学经典现实存在的合理性与合法性，从学理上探讨经典性及其经典精神所承载的民族文化核心价值及其现实意义，重树文学经典的权威性、典范性和影响力。这是文学批评应尽的职责和权利。

当前，学界和社会纷纷展开对文学经典的讨论，在理论与实践的探索上都取得了一定的成效和成绩。《文艺报》从2010年元月开辟"为什么读经典"专栏，阎晶明在"开栏的话"中认为："（文学）这些魅力凝聚在公认的文学经典中，集中、生动并且令人信服地体现在文学史上的精彩华章里。今天，即使在文学界内部，经典的地位、价值及其意义正在发生动摇。重申文学经典的影响力，就是弘扬文学本身的意义和价值。"[①] 此后，张炯《谈谈要阅读经典作品》，丁国旗《走进经典：寻找精神家园》，宋生贵《经典阅读的不可替代性》，孙武臣《补习经典是为了创造经典》，赖大仁《当今谁更应该读经典》，王先霈《经典的两重性和对它的两种态度》等论文陆续发表，既全面阐发了为什么读经典的理由和原因，又深刻分析了经典存在的合理性与必要性，更强调了经典的作用、影响和意义，这无疑对促进文学经典深层的学理研究和实践探索具有深远意义。

探讨文学经典失落及为什么读经典的原因是多方面的，但其中一个重要

---

① 阎晶明：《"为什么读经典"开栏的话》，《文艺报》2010年1月15日，第2版。

原因是文学价值取向和文学评价取向的迷失和茫然，批评的"缺位""错位""失职"在导致文学经典的失落和边缘化的同时，也导致批评的失落和边缘化。当批评的权威性、公正性和影响力削弱的同时，也导致文学经典的权威性、公正性和影响力的削弱。因此，重振文学经典的一项重要工作就是重振文学批评，充分发挥批评的引领和导向作用，构建批评的经典性评价核心价值取向，确立批评以树立经典引导文学发展的评价导向作用。这是解决为什么读经典、为什么尊重经典、如何更好地阐释评价经典、如何发挥经典的作用和意义的有效途径。

一 文学经典的价值取向构成

文学经典是在历时性的历史检验与共时性的社会认同中生成与建构的。在历时性与共时性的交叉点上形成的经典性，既具有穿越时空的永恒魅力和广博影响力，又具有放之四海而皆准的典范和引导作用。中国文学与批评历来就有"宗经"的传统。刘勰《文心雕龙》在"文之枢纽"中专设《宗经》一章以阐发经典的作用和意义，虽然"宗经"所指的"经"是指儒家学说之典籍文献之"经"，但他强调的是文之"宗经"，因而不仅具有文学经典的普遍意义，而且经书中的《诗经》本身也具备文学经典的含义。刘勰曰："'经'也者，恒久之至道，不刊之鸿教也。故象天地，效鬼神，参物序，制人纪，洞性灵之奥区，极文章之骨髓者也。"[①] 经典之所以为经典的原因是具备永恒的、皆准的"道"和"理"。它不仅取法于天地自然，征验于神灵，而且深究事理规律和人伦秩序，从而制定出人类社会的纲纪；它能深入人的灵魂深处，掌握文学最根本的精神，故而是"文之枢纽"。文学经典生成的原因、经典性的要求构成、典范作用和意义莫不如此。可以说，文学经典构成要件"至道""鸿教""奥区""骨髓"四大要素，构成文学经典的核心价值

[①] 刘勰：《文心雕龙·宗经》，范文澜注：《文心雕龙注》，人民文学出版社2008年版，第21页。

取向,从而确立文学经典的地位及其价值意义。

(一) 文学经典的"至道"思想价值维度

中国历代文学批评评诗论文都讲"文道",无论是儒家孔孟之道,还是道家老庄之道,都影响文学之道。老子曰:"道可道,非常道"[1] 指出文学之道的特殊性。刘勰"文心雕龙"体系首先"原道""明道",一方面是"心生而言立,言立而文明,自然之道也";另一方面是"道沿圣以垂文,圣因文而明道"[2]。这说明文之"原道",所原的是道家"自然之道",文之"明道"所明的是儒家"圣""经"之道。因而文学经典的"至道"价值取向综合了儒道思想,故而才有"原道""征圣""宗经"的明确指向。刘勰也深知文学之道的特质和特征,继而在《辨骚》中针对屈原《离骚》评价提出:"虽取熔经意,亦自铸伟辞";"气往轹古,辞来切今,惊采绝艳,难与并能";"其衣披词人,非一代也";"金相玉式,艳溢锱毫"[3],指出其"变乎骚"的文学特点和文学创新发展的价值意义所在,从而使《离骚》成为历代文学效法学习的典范和经典。因此"至道"也就具有了在儒道思想文化传统的基础上创新变革的意义。这就是说,文学经典的"至道"思想价值取向不仅是遵循自然发展规律与人类社会发展规律,从而具有感物、动心、化人、言志抒情的思想教化作用,而且遵循文学规律与审美规律,在文之道与美之道的追求中"因革""通变",从而具有推动文学创新、变革、发展的作用。因此,中国古代文学"风骚"传统既造就了文学经典,又形成文学传统,更形成"变乎骚"的继承与革新的文学活动规律和文学发展价值取向。同理,我们今天提倡重振经典,不仅是为了继承弘扬传统,也不仅是为了尊重和保护传统,而且是为了文学创新发展,也是为了使"至道"的价值取向更具时代性和现实

---

[1] 《老子》,任继愈:《老子新译》,上海古籍出版社1985年版,第61页。
[2] 刘勰:《文心雕龙·原道》,范文澜注:《文心雕龙注》,人民文学出版社2008年版,第3页。
[3] 刘勰:《文心雕龙·辨骚》,范文澜注:《文心雕龙注》,人民文学出版社2008年版,第48页。

性，并与现代社会构建核心价值体系紧密结合，从而才能使文学经典具有现实价值和现代意义。

（二）文学经典的"鸿教"教化价值维度

何为"鸿教"？儒家提倡文学教化作用，故而孔子有"诗教""乐教"之说。中国古代教育也形成文学教育传统，甚至科举制度也有"以诗取士""以文取士"的传统。排除其中经学化的影响因素，文学经典是教育的主要内容，甚至在现代教育中，文学教育仍为经典教育。"鸿教"显然不是一般意义的教育、文学教化、文学教育及作用，而是与"至道"相提并论的大教化、大教育。刘勰提出经典具有"象天地，效鬼神，参物序，制人纪"的作用，也就是说根据自然与社会规律制定规则、规矩、规范，使人类活动有序发展，社会制度有章可循，文学批评有"准的"可依。因此，"鸿教"可具体表现为文学教育和美育的经典化价值取向，其内容应包括思想教化、道德自律、人格塑造、品质提升等具体指向。

文学经典的"鸿教"取向与功用对"鸿"的强调，一方面是从大教化、大教育着眼于人类文明提升与人文素质提升，从而具有育人、化人、立人之本的功能；另一方面是从文学的审美特质特征着眼于感人动心的潜移默化的美感效果，就如"随风潜入夜，润物细无声"的化育作用，使文学经典的真、善、美价值和作用在人们内心需求中自然地显现。因此，不仅古今中外教育都包括文学教育，教材内容和教学也包含文学经典，而且通过阅读经典、学习经典、传承经典而使"鸿教"成为人们的内心需求和自觉行动，体现文学经典的感化、美化、艺术化的功能。此外，需要对"教化"正名。长期以来，我们将"教化"作为贬义词有不妥之处，过分强调了"教化"的"教"的内涵，而忽略了"化"的内涵。"化"有感化、化合、融化之义，也就是说有潜移默化之义，这是吻合文学特征和文学规律的，也是美育教化功用特点的准确表述，这无论是对于化人、育人而言，还是对于立人、树人而言都应有积极意义。因此，文学经典因"鸿教"才成为经典，也才会有"恒久""不刊"之跨时空传播和影响的价值意义。

（三）文学经典的"奥区"审美价值维度

文学是人学。刘勰提出"文心"说进而使人学更深推进到心学。中国古代文论批评对文学本体的讨论，也常常从心物交感立论，并通过情与景关系以强调文心的作用。王国维曰："不知一切景语，皆情语也。"因此，文学是通过借景抒情、托物言志来强调文学的人学特质特征的。何为"奥区"？当然是指深秘而不可窥测的内心世界。无论文学是人学也好，还是文学是心学也好，都表明文学对人的内心深层结构及内在精神世界的开掘，从而也是对人性、人情、人心的深层开掘。文学经典无疑是抵达了人类心灵"奥区"的优秀作品，它不仅揭示出"奥区"的隐秘性、神秘性和深刻性，而且更重要的是揭示了人的内在潜力和内涵，创造了人类丰富多彩、曲折复杂的内心世界和精神世界。从这一角度而言，文学不仅是打开人类奥秘的一把钥匙，也是打开人类精神宝库的一把钥匙，而且也是通过文学不断丰富、补充和完善人类精神世界，提升人类本质和本质力量的重要推力。因此，文学经典是人类心灵世界的探秘者、揭秘者、解秘者，也是人类精神奥区的开拓者和耕耘者。从理论上说，人类奥区是无限的，因为人类总是在不断发展、提升中从而不断丰富和扩大"奥区"。

因此，文学经典对"奥区"的探秘程度是相对的，但同时又是绝对的，也就是说在它所处的历史阶段及共时性比较中是优秀的。更为重要的是，经典对"奥区"价值取向的发掘和探索精神是绝对的，也是永恒的。因此，经典才有重读价值和重释意义。每一部经典，不仅是对人类每一个个体精神和内心隐秘世界的揭示，而且其经典和典型意义也在于对人类精神世界的揭示，其个体精神的个性价值取向与人类精神的共同价值取向吻合，因此才是具经典的个性与共性统一的典型性、代表性和创造性。

(四) 文学经典的"骨髓"内容形式价值维度

我们常用"深入骨髓"来形容深刻性所在,因而"骨髓"指文学表现的深度、力度和厚度,这是从文学表现角度确立经典的价值和意义。中国古代文学批评也常用骨骼、骨架、风骨、骨气、骨肉等范畴来比喻文学内容与形式、文与质、言与意、体与性、风与骨关系等;而"骨髓"则从"骨"深入"髓",其深度、力度、厚度自然应比"骨"更进一步。这固然有思想内容的深刻性所在,但更有艺术形式的深刻性所在,因而将其定位于文学表现力的评价尺度和价值取向是不无道理的。从思想内容的表现力而论,它不仅说明思想内容的深刻性,而且说明思想内容表现力的深度、力度和厚度。刘勰在评论屈原《离骚》时指出:"观其骨鲠所树,肌肤所附,虽取熔经意,亦自铸伟辞。"[1] 充分肯定屈原在"自铸伟辞"中"取熔经意"的创新价值,而才能树"骨鲠"、附"肌肤"。从艺术形式而言,无论从语言、体裁、结构、表现方法而论,还是从外在形式与内在形式而论,都应该更有表现力和创造力。刘勰以"惊采绝艳""艳溢锱毫"充分肯定《离骚》的艺术表达力达到的成就高度,同时也肯定了艺术表现力在表达思想内容上的深度、力度和厚度,从而说明了内容与形式有机融合的艺术表现力应达到尽善尽美的高度。

任何文学经典的表现力都应有五个角度的观测点:一是作者创作的创造力;二是作品内容与形式构成的表现力;三是对读者在接受中"以情动人"的影响力;四是在社会影响中的传播力;五是在文学批评与文学史地位中的示范力。我们只有综合完整地把握文学经典的整体表现力,才能更准确确立经典的合理性和合法性,才能更自觉地阅读经典、学习经典,从经典中继承和弘扬优秀传统,以构建经典价值取向的评价导向从而推动文学创新发展。

---

[1] 刘勰:《文心雕龙·辨骚》,范文澜注:《文心雕龙注》,人民文学出版社 2008 年版,第 47 页。

二　文学批评对文学经典的生成和建构作用

文学经典是生成的，并非作品产生出来就成为经典的，而是在作者创作、作品价值功能实现和读者阅读以及历史检验的一系列环节和活动过程中逐步生成的。经典生成既有内因也有外因，既有作品经典性构成要素作用，也有诸多影响经典形成因素的综合作用。文学经典是建构的，是在历时性长河积淀和逐步生成的过程中建设和构成的，其中也不乏对经典的建构—解构—重构—再建构的曲折复杂过程，也不乏其经典性的不断延长和扩大过程，更不乏对经典性意义和价值的不断发掘和再创造过程。因此，无论是从经典生成还是建构而言，其历时性建构和共时性生成的规律是不言而喻的。在经典的生成和建构中文学批评起着至关重要的作用，批评成为联系作者与读者、作者与阅读、文学与社会的桥梁和中介，也成为确立经典、阐释经典、传承经典、保护经典、创新经典价值和意义的评价机制和重要推力。

（一）经典是文学批评阐释评价选择的结果

文学经典生成过程其实也是批评将其经典化过程，更是文学批评对其经典性价值发掘和评价过程。任何经典几乎是没有不经文学批评评价过的，任何经典都是经过文学批评的优胜劣汰选择、发现与不断解读、阐释、评价的结果。先秦文献典籍没有经过汉代儒生、经生的考证、解读、阐释和推崇，也就难有经典化的结果；先秦的《诗》到汉代为《诗经》，无疑也是汉代儒学"以诗为经"的结果；孔子主张诗教、乐教，甚至"不学《诗》，无以言"，进而无论政治军事，还是外交内交，往往"引诗言志""赋诗言志""说诗言志"，遂以成就《诗》的经典地位和价值作用。自汉代董仲舒"罢黜百家，独尊儒术"之后，不仅将儒家学说意识形态化和制度化，从而确立儒学正统、正宗、主流地位，而且将儒学经典化，《诗经》也随之经典化，既作为文学"宗经"对象，而且成为历代批评以"经"为准则，以"经"评诗论文的价值尺度和标准，形成中国文学的"风雅"传统。历代批评家及批评作品，也都致力于通过阐释、选择、评价，努力发掘经典。经典性价值，旨在树立经典、确立经典、传承经典、构建经典，以经典推动文学更好地创新发展。无论是曹丕、陆机，还是刘勰、钟嵘；也无论是皎然、司空图，还是严羽、元好问；更无论是李贽、金圣叹，还是王国维、梁启超，历代批评都在发掘、发现和选择经典的过程中，在确立经典的同时也确立了文学经典性和经典化的价值取向，树立起文学史上一座座丰碑，一个个典型。诸如刘勰之于评《离骚》，金圣叹之于评《水浒传》，脂胭斋之于评《红楼梦》，等等。

(二) 文学经典是批评在百家争鸣论争中殊途同归的结果

鉴赏和批评都会因各种因素而产生"见仁见智"的认识和评价结果，其评价主观性、主体性和趣味性会形成多样化的批评形态和结果。但文学批评的价值评价还需要依据事实和学理，还应遵循文学规律和评价标准，具有公平、公正、准确的科学性和客观性，故而也会呈现殊途同归、多样统一的评价指向。因此，不同观点、认识的讨论和争论是有益于文学发展和文学批评繁荣的，也有利于明辨是非、区分优劣、确立等级、推动经典生成的。汉魏晋南北朝之际的一场屈赋论争显然推动了《离骚》的经典地位确立。刘安、司马迁等对屈赋的推崇，认为其"推此志也，虽与日月争光可也"[1]。班固则对屈赋离经变异颇为不满，认为"扬才露己"[2]，其对立和分歧点就在"经"上。刘勰《文心雕龙》专设《辨骚》篇，在总结和评价了这场屈赋论争的价值和意义后，对屈赋进行实事求是的评价，提出"变乎骚"的观点和价值取向，从而确立屈赋"金相玉式"的经典地位，形成中国古代文学的"风骚"传统。由此可见，倘若没有这场文学史上的屈赋论争，倘若没有批评史上对屈赋见仁见智的不同观点的交锋和辩论，倘若没有刘勰通过"辨骚"而确立

---

[1] 司马迁：《史记》，中华书局2000年版，第1934页。
[2] 班固：《离骚序》，郭绍虞主编：《中国历代文论选》第一册，上海古籍出版社1979年版，第89页。

"变乎骚"的主导价值取向,屈原及《离骚》的经典地位就难以确立,其经典的价值和意义也就难以发掘和发现,"风骚"传统就难以传承和弘扬。诸如此类的文学论争和百家争鸣,主要集中在经典上,从而也说明经典本身所具有的多维性、矛盾性、丰富性,提供阅读和批评的阐释空间和无限魅力。"诗无达诂"也正说明文学的经典性所在和文学特质、特征所在,同时也进一步证明,批评论争的见仁见智的多样化认识,批评的不断阐释和解读,才提供了文学经典生成和建构的基础和条件。

(三) 文学经典是精挑优选的选本批评结果

选本是中国古代文学批评的一种重要方式,也是文学批评确立经典、树立经典的一种方式。刘勰《文心雕龙·序志》论及其研究方法及批评形式有四,"原始以表末,释名以章义,选文以定篇,敷理以举统"[①]。这可谓是批评四法,概括为溯源法、释义法、选编法、分析法,其中"选文以定篇"是选本批评确立经典的方法。一方面是"选",强调批评的选择及优选、精选的评价取向;另一方面是"定",强调批评确立名篇、精品、经典的价值取向。

选编何以为批评呢?一是因为选编者必须具备评价素质和选择水准,故而选编者可谓批评者;二是因为选编要有选择标准及评价标准,选什么、不选什么,不是依据选编者个人好恶,而是有标准、有根据、有道理,诚如孔子所言:"《诗》三百首,一言以蔽之,曰:思无邪",以"思无邪"选诗就含有评价取向和价值标准,表现出选本的倾向性和主旨意图;三是选本具有集大成或归总、归类的作用,往往用于总结、示范、师法、保存、传承等目的,诸如《诗经》《楚辞》《花间集》《尊前集》《蕙风词》等,这既有选编者所为,又有作者自选所为,更有集体或官方所为等各种选编情况,但精选、

---

① 刘勰:《文心雕龙·序志》,范文澜注:《文心雕龙注》,人民文学出版社 2008 年版,第 727 页。

优选的价值指向是明确的,其影响和作用也是明显的;四是在选本中还会附有选编者或批评者的"序""跋""论"等随文批评形式,以说明选编宗旨、动机、意图、目的,或兼而评论和评价选编内容,其批评指向是十分明确的。因此,选本批评就如同考据、注释、辨正、义疏等批评形式一样,是中国古代批评的一种重要形式,对于文学经典形成有重要作用。

(四) 文学经典是社会评价和历史验证的结果

文学经典是历史选择和淘汰的优胜者,这一方面表现在经典进入史传及历史评价中,另一方面表现在经典必须经过历史检验和时代检验而形成于历史文化传统中。中国古代自先秦始就有史传传统,《春秋》《左传》《国语》等,至汉代《史记》,更将其作为史传制度形式固定和确立。历代二十五史的史书中都包括作家及其代表作品的记载,文学传记和传记文学成为史书的一个重要组成部分。如司马迁《史记》中有《屈原贾生列传》,班图《汉书》中有《司马迁传赞》《扬雄传》,史书中还专门辟有"艺文志"以记载著名作家、艺术家成就。另外也有一些作者传记和文学传记,虽未列入史书,但也有史料价值及文学史价值。这些作者传记可谓传记批评,是文学批评的一种重要形式,不仅确立作者的经典地位,而且也确立传记中所记载作品的经典地位。这不仅说明史书作者及传记作者的立传意图、动机和目的,而且表现出其选择和评价的价值取向,在客观事实记录和历史真实描述中也不乏价值评价的因素和价值选择的因素,故而史传中也不乏批评的色彩。因此,史传批评也是生成和建构文学经典的重要途径,在史书作者笔下及史书的客观记载中,显然不仅是史书作者个人以及所属统治者的需求,而且是历史和时代的需求,同时一定程度上反映出人民群众的需求。从这一角度而言,史传批评所推出的文学经典,是经过历史认可、检验的,也是经过人民群众认可、检验的结果。

三 文学批评"宗经"价值取向的建构

文学经典的作用和影响一方面是通过树立典范榜样,以推动文学更好地发展,另一方面是以经典阅读为导向提高读者的鉴赏水平和审美趣味,再一方面是以经典为依据与事证更好地确立文学标准和规则,从而构建文学评价与社会评价的核心价值取向。故此,中国古代文学及批评构建了"宗经"价值取向。

刘勰《文心雕龙》专设《宗经》篇,其动机和目的,一是针对当时文坛"而去圣久远,文体解散;辞人爱奇,言贵浮诡;饰羽尚画,文绣鞶帨;离本弥甚,将遂讹滥"[1]之弊,以期用"宗经"正本清源,革除文弊;二是通过"原道""征圣""宗经""正纬""辨骚"的"文之枢纽"以确立"文心",从而为文学建立规则、体制,故而"禀经以制式",以经典为制式来建章立制;三是克服文学批评"各照隅隙,鲜观衢路","未能振叶以寻根,观澜而索源"[2]的不足,以经典为范本和准的,达到公平、公正、准确的评价效果;四是经典为"性灵熔匠,文章奥府。渊哉铄乎,群言之祖"[3],"详其本源,莫非经典"[4],申明"宗经"的理由和根据;五是"励德树声,莫不师圣;而建言修辞,鲜克宗经"[5],确立文学及批评的"师圣""宗经"价值取向。刘勰"宗经"之"经"既有儒学经典的狭义指称,也有文献经典的广义指称,但更重要的是《文心雕龙》为文学理论批评专著,讨论的是"文之用心",故而对"经典"不仅取其思想文化之义,而且取其文学、文章之义,"宗经"就不仅指向文之"宗经",而且指向所宗文学之经,文学经典也因之确立。

---

[1] 刘勰:《文心雕龙·序志》,范文澜注:《文心雕龙注》,人民文学出版社2008年版,第726页。
[2] 刘勰:《文心雕龙·知音》,第714页。
[3] 刘勰:《文心雕龙·宗经》,第23页。
[4] 刘勰:《文心雕龙·序志》,第726页。
[5] 刘勰:《文心雕龙·宗经》,第23页。

事实上，刘勰在"宗经"中不仅论及文体体式、体制的宗经，而且也论及"故文能宗经，体有六义：一则情深而不诡，二则风清而不杂，三则事信而不诞，四则义直而不回，五则体约而不芜，六则文丽而不淫"①，说明"宗经"不仅所宗为何，而且何以宗和如何宗的问题。其实就已关涉到文学表现什么和怎么表现的问题。"扬子比雕玉以作器，谓五经之含文也"，文学家扬雄用玉雕琢然后才能成器作比喻，说明五经之中也会有文采。故而即使文之宗经是五经，也有值得文学所宗之处，更何况所宗文学经典，就更有文学所宗的价值和意义了。据此可见，中国古代文学批评"宗经"，不仅在于树立经典，而且在于以"宗经"价值取向引导文学发展，也就是说以经典、精品、优秀作品引领文学潮流。

文学经典及文学批评"宗经"价值取向在现代语境中因社会文化、文学审美转型而面临挑战和危机。这固然有传统与现代、精英与大众、历史性与时代性、继承与革新、普及与提高的矛盾等因素，但也有经典的固化、模式化以及批评"宗经"价值取向的相对性与局限性所带来的问题。王先霈认为经典具有两重性，"第一，它是人类此前某方面文化成果的结晶，包蕴了可贵的经验和智慧。第二，一旦成为经典，它就固化了，必定具有历史的局限性"②，故而也会带来对经典的肯定和质疑两种态度。这说明文学经典是具有复杂性和矛盾性、相对性与绝对性的，因而对文学经典的评价产生见仁见智的不同观点和积极、消极的态度是可以理解的。但这并不能作为否定经典、否定传统的理由。文学经典之所以成为经典，是因为它有超越历史时代的永恒魅力，也是因为它有殊途同归的普遍认同的共同价值取向。文学经典的经典性及其经典价值和意义是其超越时空合理性存在的理由和依据。因此，文学批评确立"宗经"的价值取向是必要和重要的，这可从三个方面进行论证。

---

① 刘勰：《文心雕龙·宗经》，第23页。
② 王先霈：《经典的两重性和对它的两种态度》，《文艺报》2010年3月15日，第3版。

(一) 批评"宗经"价值取向的传承与创新目标

文学经典的经典性不仅在于优秀传统的体现和代表,也不仅在于提供了当时文学发展顶峰的标志,而且在于通过独创性和鲜明个性风格使其具有真、善、美完整统一的艺术价值,从而产生超时空传播和流传的恒久影响。文学批评旨在通过价值评价推动文学发展,就必须旗帜鲜明地肯定和弘扬文学经典的价值和精神。这并不排斥与时俱进的现代阐释以发掘经典的现实价值和意义,也不排斥经典的创新及新经典的产生。"诗无达诂"既说明见仁见智的多样化和阐释的合理性,也说明文学阐释的不断积累、丰富、完善过程从而建构和发掘文学经典永恒价值和意义的合理性。因而无论重读经典,重提经典,还是重释经典,重评经典,甚至解构经典,重构经典,都应该以积极的态度和科学的精神以及实事求是的原则评价经典,既旗帜鲜明地批评各种不利于经典传承的错误思潮,以科学的态度及辩证唯物主义和历史唯物主义观点和方法为经典正名;又要根据历史时代发展需求、文学创新发展需要和人民群众审美需求阐明和挖掘经典的现实价值和意义,使经典的传承、传播、弘扬能积极推动文学的创新发展,从而创新经典和创造新经典。

(二) 批评"宗经"价值取向旨在构建文学核心价值体系

文学经典在一定意义上说,是"宗经"核心价值取向构建的结果,因而文学经典应体现文学核心价值取向,也就是体现文学积极向上的先进性、进步性、创新性的价值和意义。文学经典承担"兴、观、群、怨"的社会功能,也承担人类精神灵魂的人文精神和审美精神功能,还承担人民性、民主性、进步性价值取向构建的功能,因此,文学经典是文学核心价值取向的体现,也是人类核心价值追求的实现。批评的"宗经"价值取向不仅在于充分肯定文学经典的价值取向,而且在于批评价值取向与文学价值取向的有机结合,构建文学评价的核心价值体系,进而构建社会核心价值体系,从而在文学多样化的"百花齐放"与文学批评多样化的"百家争鸣"文学生态环境基础上构建核心价值取向和核心价值体系。批评旨在通过文学评价,在多样化、多元化的文学作品中精选文学经典、精品,以经典和精品的核心价值取向引领文学思潮和文学创新发展。正如张炯所言:"这样的作品产生一种不仅表现民族灵魂,也铸造民族灵魂的伟大作用。"[①]

(三) 批评"宗经"价值取向旨在创新经典

文学经典是在历史过程中生成和建构的,故而其经典性也是不断创新、构建和创造的,文学批评的一个重要任务就是在经典的价值和意义不断获得发掘、延伸和扩大的同时创新经典、创造新经典。从这个角度而言,批评对经典的成功阐释和评价都会创新价值和创造价值,使经典的价值增值,意义扩大。同时,批评"宗经"价值取向也旨在通过创新经典价值从而创新经典、创造经典,这一方面通过对经典的建构—解构—重构过程从而最终体现出批评对经典的建构和创造意义;另一方面通过对经典的评价从而推动新经典的生成和创造。文学在传承与革新关系、传统与现代关系中强调"宗经"虽重在继承传统,但目的旨在创新和发展,因而在经典基础上创造新经典,在传统基础上形成新传统,是在"宗经"基础上形成继承与革新的辩证关系的关键点。正如宋生贵所言,"在自己的精神世界中生成任何外在现实都不可能替代的内在现实"[②],这是经典创新性的内在根据所在。

当然,我们今天提倡阅读经典、尊重经典、保护经典其实质和目的也是继承和弘扬传统,尊重和保护传统,也是为了建设具有中国特色、民族气派的当代文学及批评。很难相信,没有经典,没有传统,没有中国特色和民族气派的当代文学何以能创新发展;也很难相信,文学经典、文学传统如果没有传承至今的现实价值和现代意义,其中国特色和民族气派又何以体现。没

---

① 张炯:《谈谈要阅读经典作品》,《文艺报》2010年1月15日,第2版。
② 宋生贵:《经典阅读的不可替代性》,《文艺报》2010年2月26日,第3版。

有经典和传统,也就不会有中国文学的根、本、魂和精、气、神。因而,弘扬中国古代文学及批评的"宗经"价值取向的优秀传统,以确立文学批评的经典价值评价取向,构建文学核心价值体系,应是文学批评应尽的职责,也是对当前文学经典讨论的回应和对策,旨在推动中国当代文学及其批评的发展,同时也在于促进当代文学精品、经典更好更多地产出和传播。

第四节 文学批评的"中国经验"重构

2009年注定是一个聚焦国家和国人眼球的"焦点年",这是"五四"运动90年、新中国成立60年、新时期改革开放30年,刚好是中国进入20世纪后的现代化进程的三个"30年"的重要阶段,其意义和作用不言而喻。对中国文学及其批评发展而言,认真总结经验、吸取教训、立足现实、面向世界和未来,这是学界义不容辞的责任和义务。"中国经验"问题也随之提上议程。

近年来,学界对"中国经验"的总结和讨论趋于白热化,并逐渐走向深化。各大报刊陆续发表论文和笔谈,各出版社推出专著和论文集,学界多次组织专题研讨会,许多大型文学期刊还专门开辟"中国经验"讨论的专栏。2007年3月31日在武汉召开的"当代文学的'中国经验'研讨会"上专家们各抒己见,张炯认为:"我们先要明白中国经验应该从什么角度来说,是中国的社会生活经验,还是中国文学发展的经验……把现代化与民族化结合起来,是中国文学发展的一个重要经验。"雷达指出:"我们探讨的当代文学的中国经验问题,实际可以理解为,全球化下的本土化的经验表达和本土化写作的复兴与探索。"张颐武认为:"中国经验是开放性经验,是富有灵活性和弹性的经验。"这些讨论涉及中国经验的现代性与传统性、民族性与世界性、灵活性与开放性、现实性与实践性等问题，其价值取向性和目标指向性十分明确。同时，也有不少专家提出不同意见，彭公亮认为："中国经验只能是一种态度、姿态、问题意识，一种中国视角，而不能成为价值判断的标准和现实实践的合法性基础与前提。"[1] 这说明对中国经验的探讨见仁见智，有不同意见和认识，同时也说明从理论上深入探讨中国经验的必要性和重要性。如果仅仅将中国经验的讨论放在总结经验上而形成"热点"和"风潮"从而产生一定的时效性的话，那么它至今还在持续深入发展的原因何在？它为何还在继续扩大影响和作用？它何以能从文学界延伸到批评界和理论界，并将其作为一个理论范畴和理论命题来加以研究，等等。这足以说明，中国经验的讨论不仅是经验总结的问题，而且是当前文学及其批评发展以及理论建设的重大问题，也是针对现实中存在的中国经验缺失和不足而提出当代文学的中国经验构建问题，由此深化为文学批评的中国经验主体构建的深层次问题。

具体而言，针对文学批评的中国经验的缺失问题而提出主体构建主张是否有合理性与逻辑性，是否能真正切入和解决中国现实实际问题，这不仅是一个实践问题，而且是一个理论问题。本文试图从文学批评的主体性价值取向入手来讨论中国经验问题，或者说重点讨论中国经验的价值取向主体性构建问题。因为在中国经验的内核和指向中主体价值取向起着主导和决定作用。也就是说，中国经验构成和结构中应有一个核心价值体系构建问题及其批评主体性建设问题。

一　"中国经验"在批评主体性经验中的缺失

中国文学批评的近百年现代化进程中，无论在"五四"时期、新中国成立时期还是新时期所取得的成就是有目共睹的，在实现传统批评向现代批评的蜕变、半殖民地半封建社会形态向民族国家独立形态的变革、改革开放及

---

[1] 见李鲁平整理《当代文学的"中国经验"研讨会纪要》，《芳草》2007年第4期。

市场经验推动下的转型中所获得的成果也是不言而喻的。这些成果和成就所呈现的中国经验的形成和积累则更为重要，因为它表征出近百年现代化进程中的中国经验的主体性价值取向——民族性与现代性，或者说是中国式的现代性、民族化的现代性以及立足本土，走向世界的现代性。尽管我们不难指出民族性、现代性是相对的，或者说还存在不足与问题；尽管我们也清醒地认识到其相对性和有限性，民族化与现代化过程是一个不断生成的建构过程，我们仍需努力；但更为重要的是目标和方向已确立，价值取向已确立，中国经验已形成和积累。我们拥有"五四"新文化运动经验，中国社会发展现代化和现代性经验，新中国成立后的社会主义建设经验，新时期以来的改革开放和市场经济建设经验，在这样宏观和大框架的背景下讨论文学及其批评的中国经验问题才具有现实意义和当代价值。

　　文学的中国经验问题的提出，主要是针对当下文坛存在的一些思想问题与现实问题以及文学创新发展所面临的自身基础、实力和创造力不足问题，追根溯源，一个重要原因是中国经验的缺失和不足的问题。张炯认为："在考虑当代文学表现中国经验得失时，我们至少需要探讨如下三个方面的问题，即第一，文学作为时代镜子的真实性如何？第二，文学所表现的思想导向和哲理高度如何？第三，文学是否能将现代水平和民族特色统一起来？"[1] 显然，这里所指中国经验包括现实生活经验、思想认识及其价值导向经验、现代性和民族性经验构成。那么，文学及其批评究竟在这一构成中或在这之外有哪些缺失和不足？就其现象和表现而言，我们尽可能列举许多例证和作出许多论证，但更为重要的是必须透过现象看本质，通过问题找原因，抓住主要矛盾解决问题。因此，从作为"中国经验"整体构成和结构的关键点在于"中国"而言，不难看到当前文学及其批评的中国经验缺少集中体现在主体性缺

---

[1] 张炯：《关于当代文学的中国经验》，《文艺报》2007年6月5日。

少上，故而才产生中国经验缺少和不足问题。这具体可从三方面观测点来透视中国经验的批评主体性缺失或者说批评主体性经验缺失问题。

其一，中国文化传统的批评主体性经验缺失。不可否认的是"五四"以后的中国现代化进程中，在传统性与现代性的矛盾和冲突中，以牺牲传统性作为代价而进入现代化进程。但问题在于不能以此苛求"五四"时期的勇士们救亡、启蒙、民主、科学的激愤追求和社会时代的某些局限性，而在于此后对"五四"新文化运动的认识理解中，将现代性与传统性对立或有意无意地扩大和忽略了传统性缺失问题。其原因一方面在概念上将传统文化与文化传统混同，在新文学与旧文学、传统文学与现代文学的对决中，似乎批判传统文化而导致文化传统断裂，批判传统文化的弊端也成为抛弃文化传统的诟病，这无疑有混淆文化传统与传统文化之嫌；另一方面在现代化进程中的大目标大方向中或多或少对文化传统的忽略乃至轻视，也导致中国文学批评发展过程中古代批评、近代批评与现代批评的裂痕，此后不仅未能弥合与衔接，而且在历次政治和文化运动中加剧而导致断裂，从而形成现代批评中的中国古代批评经验和批评传统的缺失，这在当下批评的诸多乱象中以价值取向迷失和主体性迷失表现尤为突出。

其二，中国批评经验生成的主体性作用缺失。"五四"以后的中国现代化进程也是一个从封闭自守到交流开放的走向世界过程，在不断取得开放引进外来经验成果和借鉴、吸收、转化为自己拥有成果的同时，也在中西文化矛盾和冲突中以牺牲中国经验为代价而导致"西化"倾向或"失语症"问题。不管"中体西用"也好，还是"中西合璧"也好；也无论是被动引进和留洋取经也好，还是主动引进和学习借鉴也好，交流对话的不平等以及强势和弱势的失衡难免会滋生"西化"和"失语"倾向。关键问题并不在于某些失语现象是否有以偏概全之嫌，或以表面现象掩盖内涵实质之偏颇，而在于价值取向是否偏离，或许更多的是因为焦虑和困惑，并非外人而是国人自认为

"西化"和"失语"？但不可否认的是，我们在学习、借鉴和吸收西方经验时确实存在消化不良和盲目照搬倾向，确实也存在轻视和忽略中国经验的不足和问题。在当代批评理论中我们自己究竟说了些什么呢？我们是否真的在学别人说和跟着别人说呢？这不得不对我们的批评主体性及其价值评价取向进行自省和反思。尽管并不排斥在"全球化"和"现代化"语境中社会发展需要，以及"拿来主义"大环境下的选择、过滤和"洋为中用"的积极正面影响和作用，但也无法排除存在一些拿来就用、拿来就好、拿来的就是自己的等消化不良和生搬硬套现象，以及以此排斥中国经验及其中西对立的偏向，如同"歪嘴和尚念歪了经"一样，根本问题在于主体性缺失才导致引进国外经验中的中国经验缺失和批评主体性经验缺失。从这一角度看，当代中国批评确实存在一定的主体性缺失、存在着"西化"倾向遮蔽下的中国经验的缺失问题及其"失语症"问题。

其三，批评现实实践体验的主体性经验缺失。批评的中国经验中不仅包含文化传统经验、全球化与现代化经验，而且包括现实实践体验的主体性经验。这一方面表现在理论与实践的疏离和脱节上，批评的理论建设有其可取的一面，但也存在着过度理论化而失去批评特点偏向，更重要的是批评的实践性品格的缺失，从而也形成批评与其对象的文学作品及文学现象的疏离和隔膜；另一方面表现在批评与中国文学实践、阅读实践、社会现实实践的距离与忽略。批评本质上是理论运用于实践的活动方式，因而也可以说是一种实践方式，但却脱离实践基础、实践对象和实践内容，既缺乏对作品的"细读"和感受体验，又缺乏应该在批评实践中积累形成的批评主体性经验。其后果不仅导致批评自言自语、自相矛盾和说大话、空话、漂亮话的毛病，而且导致批评缺位、失语和疲软无力，以及批评无用论和批评"帮闲""搅局"之诟病。这固然有批评缺失中国经验之缘故，更重要的是批评缺失文学现实实践体验所造成的批评主体性经验缺失之缘故。尽管中国当下文学也存在中国经验及其主体性缺失问题,也存在现实实践经验和体验不足问题,但不能成为批评与文学实践疏离的理由,也并非就遮掩住批评自身主体性不足问题,相反,批评更应该在反省和反思中强化主体性经验,也应该通过对文学现实实践的衔接,强化批评的实践性品格,解决文学主体性经验缺失问题,正确引导文学的中国经验构建。

以上所述三个问题在当下文学批评主体性表现状况中尤为突出,故而在三个"30年"的经验总结中就应在充分肯定成绩和经验的基础上也指出问题与不足。事实上尽管不少人也认识到中国经验的某些缺失和欠缺,但尚未能从主体性角度加以深刻反思,同时也未能通过对中国经验的讨论进一步指向对当下文坛现状的反思,在其形形色色的乱象中凸显了批评主体价值取向的迷失问题,这也提供了当下的时代语境中强化中国经验构建的合理性。其理由主要在于:一是在全球化背景下中国作为经济大国崛起的同时如何推动和带动综合国力及竞争力的提升,中华民族复兴大业、中华文化振兴、文化大国崛起不仅应更能体现中国对世界的贡献和责任,而且更能体现中国自身的实力和优势,因而加强具有中国特色的、具有文化悠久传统的、具有时代精神和现代意识的、立足本土走向世界的中国文学批评建设是十分必要的,构建中国文学及其理论批评的中国经验就成为其中重要内容。二是在"本土化"和"多元化"语境中强化民族独立自主的主体精神和正确价值取向引导下,中国形象、中国制造、中国记忆、中国精神、中国经验等呼声推动,国学兴盛、文化传统回归、文化遗产保护、文化兴市等观念的开放和更新也进一步开启了中国文学批评的文化自觉和文化自信意识,其文化身份和文化主体性的确立也必然有待于中国经验的构建。三是针对当下文坛的现实实际,从问题出发,探寻原因和缘由,寻找解决问题的办法和途径。文学批评在构建和积累中国经验的同时也存在某些缺失问题,针对"断裂""西化""失语"等中国经验缺失问题从深层次寻找其价值取向及其价值体系上的内在原因,以此确立中国经验的主体性构建的合理性和必要性。

二 "中国经验"的主体性价值取向迷失原因

当下文学批评的中国经验缺失问题产生的原因是多方面的,既有内因,也有外因;既有历史遗留的"后遗症"之原因,也有现实语境中产生的原因。从价值取向角度来探讨其原因,除具有综合性原因外还有深层性原因。

将"中国经验"作为一个范畴来看的话,其含义分别由"中国"与"经验"二词构成。"经验"应是人类在社会实践活动中不断探索、经历、体验、认识而逐步积累和形成的认识,并由感性认识向理性认识升华,由感性经验上升为知识系统,从而影响和支配人类社会实践活动与行为。洛克指出:"我们的一切知识都是建立在经验上的,而且最后都导源于经验。我们因为能观察所知觉到的外面的可感物,能观察所知觉、所反省到的内心的心理活动,所以我们的理解才能得到思想的一切材料。"[①] "中国经验"对"经验"加以限定,由此是特指在中国社会现实基础上形成的具有中国特色和符合中国实际的经验。"中国经验"相对于"西方经验"及"人类经验"而言,具有针对性、特指性和具体性。也就是说,"中国经验"应有明确和具体的"民族性"和"中国化"的价值取向,不仅作为民族心理结构中的价值观,起着认同和凝聚的定向作用,而且作为实践主体和经验主体的文化身份,从内在到外在的行为表征中都会自觉或不自觉地形成特质和特征,甚至形成更为内在和深层的主体性"情结"。由此说明,文学批评的中国经验缺失其实质是主体性迷失,主体性迷失实质上是价值取向的迷失,或者说其产生的原因是价值取向的缺失。

如果我们从根、本、魂来思考中国经验的定位和意义的话,其根无疑是中国文化传统之种子,当然也是从古延续至今还有生命力、活力的文化内涵、

---

① [英]洛克:《人类理解论》,商务印书馆1959年版,第68页。

文化基因和文化命脉所构成的文化传统；其本应是中国社会现实和实践，这既是立足之地，也是立身之本，种子只有在中国社会现实土壤中才能孕育、发芽、生长、开花、结果；其魂应是价值取向和价值指向，它彰显出灵魂和精神，也呈现出特质和特征，更体现出精、气、神。因而，文学批评的中国经验缺失是其构成结构中的内在要素的价值取向的缺失，从而也是导致中国经验缺失的主要原因。当然，我们也要看到，价值取向并非仅仅是价值观、价值取向问题，而且是决定整个中国经验的构成和结构的主体性构建问题。也就是说，价值取向的迷失导致文化传统之根的缺失和社会现实实践之本的缺失，从而也导致在中国经验构成结构维度中的价值取向之魂的缺失，导致批评主体性的缺失。这显然是一个关系到批评及文学命运的大问题。

其一，当下批评的文化传统价值取向维度缺失的原因。中国文学发展历史源远流长，形成自身的文化传统，先秦诸子、诗经楚辞、汉赋史记、唐诗宋词、明清小说薪火相传；中国文学批评发展历史也源远流长，文化传统深厚博大，从"诗言志"到"诗缘情"，从曹丕《典论·论文》到陆机《文赋》，从刘勰《文心雕龙》到钟嵘《诗品》，从皎然《诗式》到严羽《沧浪诗话》，从刘熙载《艺概》到王国维《人间词话》，等等，形成中国古代文论批评传统，积累和形成中国文学批评的经验。这一批评传统历经许多朝代交替、时序转换，正如刘勰提出的"通变""因革"所论继承与革新的辩证关系，批评发展创新中并未断裂文化传统，同时也形成中国文学批评的主体形态及核心价值取向。

"五四"时期在社会急剧变化和现代化进程的特定语境中，面临的并非仅仅是传统与现实的对决，还面临着半殖民地半封建社会现状中的西方殖民势力的强势入侵而导致的中西对决。因此，中国传统文化面临现代的、西方的双重压力和挑战。文学批评在进入现代化进程的同时是否也进入"西化"进程，现代批评与传统批评决裂时是否也断裂文化传统和批评传统，我们不能单从当时斗士们激奋的口号和宣言中所表达的价值立场和价值取向看，而应从事实和效果上看。虽然也存在着某种程度上的断裂，而且由于西方文化介入以及此后的历次政治运动又反复加剧了这道裂痕，但关键在于这些经验和教训究竟在多大程度上构成我们真实的记忆和真正属于我们自己的中国经验。事实上，中国经验中传统的断裂问题，其实是将文化传统与传统文化混淆和等同的结果，因此才导致文化传统和批评传统的中国经验缺失。在现代批评的价值取向中，其现代性价值取向无疑是中国现代化进程中的核心价值取向，"五四"精神中的民主、科学、启蒙、救亡也正是这一现代价值取向的具体表达，其先进性、时代性和开创性也无疑是传统批评中所缺失的价值取向；但传统批评中优秀的文化传统以及值得继承、弘扬和发展的进步价值取向则被忽略和遮蔽了。我们不难看到儒家传统中的"和谐"价值取向和道家传统中的"自然"价值取向以及释家传统中的"境界"价值取向在现代批评中的缺失，也不难看到曹丕"文气"说、刘勰"文心"说、钟嵘"滋味"说、严羽"妙悟"说、王国维"意境"说等价值取向在现代批评中的缺失。更重要的是批评主体性构成中的中国批评身份、批评话语、批评文化传统和批评经验的中国特色价值取向缺失。

当下批评中"民族虚无主义""欧洲中心主义"与国学热、国粹热、文化复兴热交织，现代主义、后现代主义、解构主义思潮与古典主义、复古主义、民族主义思潮交替，全球化、现代化与民族化、多元化并立，这样的现代语境比任何时候更为复杂和矛盾，批评存在的问题和不足也比任何时候更为尖锐和突出，中国经验问题成为聚焦点和爆发口。德国汉学家顾彬曾不无尖刻地指出中国当代文学中的"垃圾"问题，虽然其过激和过分的言辞遭致中国学界极大地不满与批评，但他谈到当代作家中国传统和中国经验的缺失原因则是发人深省的。他认为："中国当代文学为什么这么差？这与中国当代作家与中国传统缺乏联系有关，虽然也有例外，如阿城、汪曾祺等就与中国传统哲学有着深刻的联系。……你阅读中国当代作家的创作几乎难以了解一九四九年以前的中国，难以了解鸦片战争以前的中国。"[①] 确实，当下文坛种种乱象产生的原因之一就是缺乏中国历史和现实实际经验，缺失中国文化传统，缺乏中国特色和中国经验，从而在民族文化传统价值取向上造成迷失和混乱。这确实是值得深思和反省的问题。当下中国经验缺失应该与中国批评传统缺失相关，应该与批评主体性的中国经验传统缺失相关，这无疑是批评的中国经验问题产生的一个重要原因。

其二，当下批评的民族性与中国化价值取向维度迷失的原因。在现代化、全球化的时代语境中，中国批评究竟应以什么样的姿态走向现代化和全球化，究竟是以牺牲和削弱其民族性、中国化价值取向而现代化、全球化，还是以其民族特色、中国经验走向世界，这虽是再明白不过的事情，但在理论和实践中均存在不同程度的问题和偏差。从批评的现代化进程看，当我们反思"五四"新文化运动中的新旧对决对文化传统的断裂时，但也不可忘记"五四"精神及其新文化传统的形成；当我们反思新中国成立之后红白二元对立思维中的红色文艺以大一统排斥多样化，从而造成对古今中外文化遗产的排斥时，但也不可忘记新中国社会主义文艺的红色传统和红色记忆的形成；当我们在改革开放时期守旧与改革、封闭与开放的对决中以多样化、大众化、现代化的文艺繁荣打破万马齐喑、囿于一隅的局面时，但也切不可忘记改革开放 40 年积累形成的传统和经验。关键在于，当下批评中存在的问题，一方面正好加剧了这三个重大时期中的某些断裂，从而导致中国批评链条及其一脉相承传统的裂痕扩大；另一方面则在继续遗忘中国古代批评传统的同时，"五四"新文化传统、新中国"红色文艺"传统、新时期改革开放文艺传统也正在遗忘，"五四"精神、社会主义精神、改革开放精神也逐渐被淡化和消

[①] 顾彬、杨剑龙：《中国当代文学创作中困境与思考——当代作家与中国经验》，《芳草》2007年第 2 期。

解，也就是说中国现代批评的传统和精神也有所缺失。

  从中国批评的现代化进程看，在传统性与现代性对决中，当我们不足以自身的力量对抗传统性时，往往会引入西方现代性对抗传统性。当然，这不仅存在着一种将现代化等同于"西化""欧化"，将全球化等同于"一体化"的思维惯性和认知模式，还存在着强势与劣势、被动与主动、主体与客体的对立权衡而加以顺化或"西化""欧化"的"欧洲中心论"和"后殖民"文化思想的渗透。这也就意味着，中国批评在现代化进程中某些失误不仅会缺失传统性，还会缺失民族性，因此才会既有"断裂"之忧患，"失语"之危机，既有主体性缺失的问题，又存在自主性缺失问题。当然，无论是"五四"对西方文化的引入，还是新中国成立后对苏俄社会主义文艺的吸纳，抑或改革开放对西方，乃至全世界各国优秀文化的引进，都无疑是"他山之石，可以攻玉"，对推进中国文学批评的现代化、全球化进程起了重要作用。我们并不能排斥对古今中外的优秀文化遗产的吸收，但问题的实质在于，对外来文化的吸收并不等于替代、取代本土文化，也并不等于以现代性来消解传统性，以全球化来遮蔽民族化；反之，也不能以传统性来抵制现代性，以民族化来排斥全球化。我们不能从文化保守主义的立场出发，以"断裂"和"失语"来判断当下批评的现状和整体境况，更不能从民族虚无主义立场出发加剧"断裂"和"失语"。我们应从反思和自省角度指出存在"断裂"和"失语"的问题，从而探究当下批评的中国经验缺失在主体性价值取向上迷失的原因。

  其三，当下批评的社会现实价值取向维度迷失的原因。中国批评在历时性发展所建立的优秀传统，无论是古代批评，还是现代批评，都具有直面人生、直面现实、直面社会、直面文学实际的批评传统。无论是文学研究会的"为人生而艺术"也好，还是太阳社的"为革命而艺术"也好；也无论是"五四"新文艺的科学、民主、启蒙、救亡精神也好，还是新中国文艺的"二为"方向、"双百"方针也好，都在昭示出文学批评在中国特色的基础上立足于社会现实价值实现的指向和导向。因而中国经验的一个重要维度就是立足于社会现实而获得的经验，中国经验应该具有社会现实价值取向。这也是中国批评传统和现代批评中形成和积累的现实主义经验。因此，中国经验中有着明确的立足于社会现实人生的价值取向维度，这也形成中国批评重集体经验、民族经验、社会经验、现实经验的特征，往往将其个人经验转化或融化于集体经验中，或者说在集体经验的表达中具有含蓄、委婉、曲折的个人经验的自身特点。但当下批评则在表达对集体经验的扬弃而张扬个体经验的转型过程中存在着"自言自语"或"胡言乱语"的极度私语化、自语化和杂语化的倾向。这无论是借助文学的"私语化""个人化"叙事倾向的影响也好，还是模仿西方批评的"我批评的就是我自己"的主观化批评和个人化批评也好，其后果却是在"私语化""个人化"和"西化""主观化"中"失语"。其实都表达出批评主体自身经验的不足和缺失，除是否确为个人真正经历过和体验过的"个体经验"还有待检验和质疑外，更重要的是对个体经验与集体经验的辩证关系未能加以正确认识。如果批评的个体经验的缺失确实应该弥补的话，那么，个体的经历、体验也更应该在对社会现实人生实践体验及其对文学实际的准确把握中实现。现在的问题实质是，透过那些理论不切实际的、批评不立足于文学作品和社会现实人生实践的，以及盲目套用西方理论而概念化、模式化、抽象化的批评乱象，其实是理论与实践的断裂以及批评的玄虚空洞、疲软乏力，其实质是批评对社会现实价值取向的偏离和迷失，这就形成中国经验缺失的社会现实价值取向迷失的原因。

三 "中国经验"主体性价值取向构建的三维构成

当代批评的中国经验价值取向构建，应该以社会主义核心价值体系作为中心建立起价值结构。这意味着当代批评的中国经验构建主要有三个渠道：一是中国批评传统中所积累和积淀的中国经验，包括中国古代、现代和当代的批评传统与经验。三者应在一脉相承的传承中构成中国批评的整体经验，强化三者的衔接性、贯通性和承接性。二是中国批评在现代化、全球化进程中所形成和建构的现代性经验，它体现出中国批评在创新发展中生成的现代性经验，也包括学习、借鉴、吸收、消化外来批评经验，并将外来经验转化和内化为中国现代性经验。三是中国批评在社会现实人生实践中所体验和总结的当下现实经验，它既与时代性、社会性、现实性密切相关，是在特定的改革开放的时代土壤中形成的经验，又在理论与实践的结合中充分体现出批评的实践性、应用性、针对性品格和特色，是具有中国特色和民族特色的批评现实性经验。

当我们指出批评中存在的中国经验问题，并在剖析问题中查清原因和寻找对策之后，就应进一步考虑中国经验及其主体性价值取向构建问题。这着重是在对中国经验形成中的三重交叉关系的价值取向维度中确立中国经验的主体性价值取向。

其一，中国经验的传统性与现代性贯通的价值取向维度。批评发展是以继承与革新的辩证关系为基础的，故而传统性与现代性关系从一定程度而言也体现出继承与革新的辩证关系。但由于长期以来习惯于将两者对立的二元对立思维方式，往往就会形成厚古薄今或厚今薄古的非此即彼的单一线型思维惯性。同时，无论对传统性也好还是现代性也好，也都存在着简单化和绝对化的认识。对传统性而言，则不分精华与糟粕，要么全盘否定，一概批判，故易产生"民族虚无主义"，而未能认识到传统的消极性一面以外还有积极性；要么全盘肯定，不加选择地全盘继承，故易产生"文化保守主义"，而未能认识到传统的积极性一面之外还存在消极性。事实上，"五四"精神中不乏民族精神，"五四"斗士骨子里也不乏中国文化传统的血脉。对于现代性而言，则不分其正面与负面效应，也不分其相对性与局限性，要么全盘肯定，从而忽略了其局限性又否定了传统性；要么全盘否定，从而忽略了进步性又全盘肯定了传统性。这明显表现出各执一端、囿于一隅的局限性和绝对性，形成在价值取向上的偏差和价值坐标维度上的倾斜。

因此，要确立和构建批评经验的正确价值取向，首先是吸取传统性和现代性中的优秀经验资源，确立正确的传统性、现代性价值取向。其次是辩证处理好传统性与现代性的关系，在继承基础上革新，在革新指导下继承，既要扎根、固本、守魂，又要成长、发展和创新。再次是善于发掘两者之间的兼容性和包容性关系，其实传统性中也会有革新、创造和发展因素，否则传统就不会传承至今，也不会有生气、活力和生命力。现代性中也会含有传统基因，并非无源之水，无根之木，而有其扎根、固本、守魂的内在原因。最后是在传统性与现代性的历时性衔接和对接中，应看到两者共同具有的文化身份，传统性也并非中国独有，现代性也并非西方专利，中国批评的传统性与现代性都是其历时性发展中的中国批评传统性与现代性，故而所谓"断裂"和"失语"问题应在端正批评价值取向基础上得到有效解决。

同时，也要注意到中国经验中的传统性之所以能承续到今天，之所以能与时俱进而具有时代性，这是与中国经验的现代性不可分割的。牛学智认为："'现代性'正是古已有之的'中国经验'走到今天，最值得丰富和运用的新语境、最应该引向深入的一命题。"[①] 因而传统的中国经验与现代的中国经验、老经验与新经验应衔接成为完整的中国经验，从而也表现出中国经验内在的丰富性、多样性和开放性。传统性是中国经验之基础，现代性是中国经验创新发展的方向。

其二，中国经验的民族性与世界性贯通的价值取向维度。中国经验是发生在中国社会现实中及其千百年来积累和积淀的中国传统中所形成的本土经验。在全球化和现代化的语境中，中国在积极对外开放和求学探索中也不断

[①] 牛学智：《新世纪文学批评：关于"中国经验"和"理论化"的困惑》，《文艺报》2009年5月7日。

学习、借鉴、吸收西方经验，并将其融化为中国经验，使之也成为中国经验的一部分。正如朱小如指出的："虽然冠之于'中国经验'这样的限定词，但实际上则又离不开'自身经验'的积累延续和'他者'经验的借鉴利用。"[①]当"十月革命"一声炮响，给我们送来了马克思主义时，中国也没有照搬马克思主义，毛泽东反对教条主义和本本主义，旨在确立具有中国特色或中国化的马克思主义。因此，对西方文化及其外国经验的基本态度和原则是"洋为中用"。毛泽东指出："我们必须继承一切优秀的文学艺术遗产，批判地吸收其中一切有益的东西，作为我们从此时此地的人民生活中的文学艺术原料创造作品时候的借鉴。"[②] 故而无论是食古不化、还是食洋不化，其实都是缺乏主体性、主动性和自主性的表现，都不能摆正对古今中外文化遗产的正确立场和态度。同时，就中国经验本身而论，其民族性中不仅包含融合汇集外来文化并将之转化与内化为民族性，从而丰富和扩大了民族性内涵外延；而且其民族性中也不仅包含个性、独特性和个别性，还包含了共性、普遍性和共同性，也就是说民族性中也包含了一定的世界性和人类性。中国经验不仅是中国的经验，还是人类的经验，也就具有一定的世界性，也能为世界各国所借鉴和吸收。因而我们不能将民族性和世界性对立起来，或以狭隘的"民族主义"和"文化保守主义"的封闭自守态度来对待外来文化，或以"民族虚无主义"和"欧洲中心主义"的崇洋媚外态度来对待民族文化，这都是不可取的，也是无助于中国批评发展和进步的。贺仲明指出："文学本土化和民族化现需要立足传统和本民族生活，也需要吸收其他民族文化和文学的营养；既需要关注大众审美，更应该借鉴传统古典审美精神，它的最后和最高目标是融会传统和西方、民间和古典两方面的影响，形成自己的独立的个性，成为现实生活和民族个性最恰当的反映者和

---

① 朱小如、张丽军：《新世纪文学如何呈现"中国经验"？》，《芳草》2009 年第 6 期。
② 毛泽东：《在延安文艺座谈会上的讲话》，《毛泽东选集》，人民出版社 1966 年版，第 862 页。

表现者。"① 因此，立足本土，走向世界，以其民族性而获得世界性，这不正是"越是民族的就越是世界的"的确证吗？中国经济大国崛起，不正是以中国制造、中国形象、中国产品、中国品牌而走向世界的吗？文化大国崛起也有待于此。

其三，中国经验的理论性与实践性结合的价值取向维度。批评的中国经验缺失不仅表现为文化传统和中国特色维度的缺失，也表现为社会现实实践维度的缺失。中国经验是在社会现实实践中建立的经验，必然就会形成理论性与实践性关系维度。经验从体验到认识、从感性认识到理性认识，确实构建起中国经验的理论性维度。但问题在于：首先，批评的理论性并非在中国经验基础上生成的理论性，一定程度上是移植和模仿西方理论的结果。倘若西方理论经过学习、借鉴、消化和融合，转化和内化为中国批评理论且被中国实践所证明其合理性的话这毋庸置疑；但如果是在"西化""欧洲中心论"观念支配下的照搬和因袭，同时又抽空了中国经验的文化传统和现实根基的话，那么，批评以西方理论来评价中国文学，是否会发生理论与实践的矛盾以及错位呢？倘若以西方后殖民主义理论来批评张艺谋的《红高粱》，而以此断定无论是以中国民俗也好，还是以中国文化陋习也好，都是在迎合"他者"的猎奇目光而由此产生文化殖民的结论，是否合情合理呢？当然，这并非仅仅是西方理论存在某些问题的缘故，而且也是理论脱离实际的缘故。无论是来自西方而并未被消化的理论，还是并非来自中国经验而空想和空洞的理论，其实都会存在问题。也就是说，批评的现代性应植根于中国现实实践的土壤，应是从中国经验中提升出的理论性，或是吸收、消化而又与中国现实实践相结合、具有中国经验的理论性。因此，在中国经验的理论性与实践性关系维度上，其理论性来自实践性，从而使理论性带有实践性品格；其实践性能验

---

① 贺仲明：《从本土化和民族化角度反思新文学》，《首都师范大学学报》2009 年第 5 期。

证理论性，并在此基础上提升为理论性。此外，强调经验的现实实践性也在于不能囿于老经验，还应创造新经验，推动经验的创新发展。中国经验体现出理论性与实践性统一，也强化了批评的理论与实践的统一。因此，当代批评的中国经验才能一头连着中国社会现实实践及其文学实际，另一头连着中国文学理论，这是在社会现实实践基础上生成中国经验，在中国经验基础上生成文学理论与批评。由此可见，中国经验的理论性与实践性结合的价值取向，决定了当代批评的价值取向，也决定了当代批评的中国特色，更决定了当代批评的主体性。

当代批评的发展离不开中国经验的积累和发展，中国经验的积累和发展离不开正确价值取向的选择。当下批评存在着"断裂""失语"的中国经验缺失问题，关键在于主体性价值取向的偏离和迷失。故而在中国批评整体视域中及其全球化、现代化视域中，以古今中外优秀资源和经验为基础，以批评主体性的文化自觉和文化自信为立足点，确立当代批评中国经验的传统性与现代性衔接、民族性与世界性贯通、理论性与实践性结合的价值取向维度是十分必要和重要的。同时，也需要从学科分类而导致的某些封闭性和排斥性的制度性弊端进行科学反思，解决各门学科各执一端而缺乏整体性的学科化价值取向偏离问题。如古代文学研究往往囿于本学科立场而偏向"传统性"价值取向；现当代文学研究往往囿于本学科立场而偏向"现代性"价值取向；中国文学及批评研究往往也会偏向"民族性"和"中国化"取向；外国文学与文论研究则多偏向于"世界性"和"西化"取向。由此可见，古今中外文化视域的相融相通其实质也是跨学科研究视域的构建，同时也是文学研究、文学批评资源整合、价值取向综合以及核心价值体系构建的必由之路。这不仅对于解决当下批评中存在的问题是极其有效的，而且对于确立中国批评主体性以推动当代批评的建设和发展也是极其有利的。

第五节　文学批评的"和谐"文化重构

当前文学批评关于和谐文化及其和谐美的讨论之所以形成热点，固然与中国在小康社会建设、市场经济发展、大国崛起和社会主义精神文明建设语境中提出构建和谐社会对文学及其批评要求紧密相关，也与文学及其批评发展和建设的自身内在需求紧密相关，当然也与在民族文化复兴和文化自觉、文化自信思潮中回归民族文化传统、弘扬和谐文化精神紧密相关。从批评自身内在需求着眼，一方面需要在多元化价值追求与主旋律价值导向的辩证关系中寻找多元共生、多样统一的平衡点与共同点，和谐价值取向自然是其调节机制；另一方面自古以来中国文学批评形成和谐价值评价取向，"以和为美""以和为贵"形成文化传统；再一方面是针对现实文坛的多元化价值追求以及存在的一些矛盾与不和谐问题而构成对和谐的讨论及其对和谐美的价值取向。由此表现为文学批评的内在需求与外部要求的统一性。

构建社会主义核心价值体系与和谐社会建设具有内在逻辑关系。中国确立和谐社会发展目标，得到国际社会的认同，也在一定程度上说明和谐社会是人类社会的共同目标及其共同价值取向。近年来，学界对和谐社会及其和谐文化的研究与讨论成为热点，也成为核心价值体系构建的基本内容和目标。这对于文学批评核心价值取向构建也是如此。

文学的核心价值体系构建必须以和谐作为基础和目标，确立文学的和谐美价值观及其评价取向，以推动文学健康发展和社会进步，构建和谐文化与和谐社会。当前，中国正处于"全球化""现代化"进程中的"民族复兴"和"大国崛起"的关键时期，构建核心价值体系的目的就是更好地实现和谐社会的发展目标。《中共中央关于构建社会主义和谐社会若干重大问题的决定》指出："建设和谐文化，是构建社会主义和谐社会的重要任务，社会主义核心价值体系是建设和谐文化的根本"，"建设社会的核心价值体系，形成民族奋发向上的精神力量和团结和睦的精神纽带"，"融入国民教育和精神文明建设的全过程，贯穿到现代化建设的各方面"，"建设和谐文化，巩固社会和谐的思想道德基础"。由此可见，核心价值体系与和谐文化、和谐社会有着内在的紧密联系，和谐价值观的确立对核心价值体系构建、和谐文化建设、和谐社会发展具有重要作用和意义。文学批评确立和谐价值观，不仅是核心价值体系构建的需要，而且是和谐文化建设与和谐社会发展的需要；不仅是社会时代的需要，而且是历史发展的必然需求。和谐是中国历史文化传承的优秀传统的表征，也是源远流长、博大精深的民族精神和时代精神的综合体现。这为文学的核心价值体系建构及和谐美价值观的确立奠定了坚实基础，创造了有利条件。

一 文学批评和谐观的文化渊源及其内涵

"和谐"观是中华五千年文明及其千百年文化创造、传承、发展的结果。从文字学角度考察，"和谐"是由"和"与"谐"构成的合成词。"和"在《说文》中释曰："和，相应也。从口，禾声。"又曰："和，调也，从龠，禾声。读与和同。"在甲骨文中指用音乐进行祭祀之义。何金松从西周金文释曰：和"从木从口会意，且口字与木枝相连，造字之意，以鸟雀在树木枝上鸣叫，此唱彼和，互相响应，表示'相应'。《易·中孚》：'鹤鸣在阴，其子和之'是和字本义不可多得的例证。鸟鸣叫与人歌唱相类，故又表示人以歌声相应。《诗·郑风·泽兮》：'叔兮伯兮，倡予和女'"，"鸟儿在树木上此唱彼应，自然协调，故引申为和谐。《易·乾》：'得合大和，乃利贞。'鸟在树木上此唱彼和，表现出喜悦之情，故引申为喜悦。《书·康诰》：'周公初基，作新大邑于东国洛，四方民大和会。'孔传'四方之民大和悦而集会'。环境宁静，无外界侵扰，鸟儿才能在树木上唱和，故引申为和平、和解。《周礼·

地官·调人》:'凡和难,父之仇,辟诸海外,兄弟之仇,辟诸千里之外。'还有融洽义,也是从鸟儿在树木上此唱彼和所表现出来的气氛而引申。《书·皋陶谟》:'同寅协恭,和衷哉。'至于附合,响应义,更是从唱和之和直接引申而来。"① 在《辞源》中释"和"与其本义直接相关的主要有四义:一是和顺、谐和;二是和平;三是温和;四是调和。② 引述上列材料其目的是说明:"和"的本义是指鸟在树林中鸣啼和应;后直接指称音乐的和声,为人声和应与乐声和应;再后引申为人际关系和道德伦理上的和顺、协和、调和;最后扩大到社会各方面的和气、和睦、和声、和平、和解、和同、和风、和亲、和煦、和缓等之义。

"谐"在《说文》中释曰:"洽也。从言,皆声",指和谐、协调。《书·舜典》:"八音克谐,无相夺伦";《左传·襄公十一年》:"如乐之和,无所不谐。"故而"谐"与"和"近义或同义,两者相应而用,更联用为合成词"和谐"。《晋书·挚虞传》:"施之金石,则音韵和谐",本义指音乐的和声与韵律。《后汉书·仲长统传·昌言法戒》:"夫任一人则政专,任数人则相倚,政专则和谐,相倚则违戾。"此后引申为政治、伦理、人事等方面的和顺协调之义。在"和谐"构成中,两者虽有相近和相同点,但也有彼此侧重,"和"侧重于状态、动机、目的和效果,"谐"侧重于方式、手段和过程。

通过追根溯源,我们可从文字学角度探溯其字根、字源和字义,也明确了其词义及其语用发展过程,由此可窥见字词中所蕴含和凝聚的中华文明和民族文化的内涵与底蕴。从其最初的本义指鸟在树丛中鸣声和应来看,实质上是再现了人类对自然生态和谐环境的远古记忆,一派声相鸣、和相应、情相悦的原始和谐气氛。其后指"乐"的和声协音,《尚书·舜典》:"诗言志,歌永言,律和声。八音克谐,无相夺伦,神人以和。"一方面指称音乐声律和

---

① 何金松:《汉字文化解读》,湖北人民出版社2004年版,第579页。
② 《词源》,商务印书馆1988年版,第272页。

谐，甚至先秦"乐"义中涵盖诗、乐、舞三位一体的内容，自然也会包括诗、乐、舞三者的和谐，从而呈现出"乐"的整体性；另一方面"乐"是由奏乐和唱和之人实施的行为，故而"乐"的和谐自然隐含着人与乐、人与人关系的和谐与协调；"乐"的功用也从"神人以和"的人与神灵关系的和谐实质上指向人与自然、人与社会、人与人、人与自我关系的和谐与协调。这说明以"乐和"所内含的文化内容与人文精神已延伸到人际关系和人类社会中了。此后"和谐"作为一种价值取向、文化心理结构、行为模式、政治伦理规则和理想目标，几乎遍及人类社会与人类活动的方方面面，故而才有中和、协和、协调、均衡、匀称、和顺、和平、和睦、和亲、和解、和气、和蔼等各种组词方式和丰富多彩的思想内容，甚至在形式及其形式美中也以和谐、对称、平衡、匀称、整齐、多样统一等方式表达和谐及其形式美与和谐美的价值取向，以及殊途同归的核心价值取向和文化认同的目标。

这说明，构建社会主义和谐社会及其和谐文化具有历史文化传统渊源和学理、学缘、学术依据。从古籍文献及其字源学角度可以考辨中国和谐文化传统源远流长，甚至在先秦古典文献记载中的一些远古行为。如早在原始初民的巫术、祭祀、原始崇拜及原始宗教活动中就已经存在，并逐步生成和积淀为民族、族类的集体无意识与原始社会意识，从而以和谐调节和处理人与神、人与自然、人与社会、人与人的关系，强化民族、族群的凝聚力、向心力和亲和力，推动人类社会和人类文明进步发展，对和谐文化的形成奠定了坚实的基础。郑鹏认为："社会主义核心价值体系是中华民族的灵魂，是建设和谐文化的根本，用传统文化来诠释，就是：立志爱国、厚德载物、自强不息、明礼知耻。"[①] 因此，"和谐"观建立起的和谐文化既是中华民族精神所在，也是中华文化命脉所在。

---

① 郑鹏：《用中国传统文化诠释社会主义核心价值体系》，《探求》2007年第3期。

二 和谐文化形态及其和谐美价值取向

从原始初民在原始巫术、原始宗教及其崇拜、祭祀、仪式等行为与活动中产生的最初和谐意识观念发展到夏、商、周的奴隶社会，影响着中华民族及其民族国家的形成，直至封建社会的大一统国家体制建立，基本上维护了民族团结、国家统一、文化传承、社会安定的超稳态发展形态和结构。尽管各种矛盾、冲突及诸侯混乱、改朝换代频繁不断，但在总体发展进程和大方向上是趋向和谐，并以和谐取向来调节和制衡各种矛盾和冲突。由此可见，维系中华民族古老文明传统、中国古代大一统社会及其封建社会的超稳态文化结构中的核心价值取向是和谐观。和谐意识观念在先秦诸子百家争鸣中凝聚成为儒家的和谐文化，经汉代董仲舒"罢黜百家，独尊儒术"之后成为中华民族的精神支柱，尽管所谓"独尊"，但汉代儒学中实际上融入一些百家思想成分，包括道家、法家、兵家、阴阳家以及当时的黄老之术和后来汉传佛教等方面的思想资源，尤其是和谐思想文化资源，这种融合与吸收本身就是对和谐文化精神的一个最好诠释。在汉代以后的二千多年封建社会稳态发展格局中，儒家先师孔子被尊奉为"圣人"，儒家四书五经被尊崇为经书圣典，儒家思想文化成为社会的统治思想和正宗、正统的主流文化及其社会意识形态。这既有历代统治者为其长治久安需要而选择的结果，又有社会历史时代和文化选择的结果，更是一代代志士仁人修身、齐家、治国、平天下需要而选择的结果。从而使和谐成为中华民族的核心价值取向及其主导价值观，和谐文化成为中华民族文化的核心内容和主流形态，和谐社会成为中华民族矢志不渝的一贯追求的理想目标。

先秦儒家思想文化体系是以"礼"和"仁"为核心的，其"礼"的主要功能是建立社会伦理道德秩序，以礼制、礼义、礼节、礼貌等社会对人的要求和规制来建立国家和社会秩序。"仁"的主要功能是"仁者爱人"，从仁慈、仁爱、仁义、知廉耻、明道理等人的内在要求和自身修养以建立人之为人之本的人心内在秩序。"礼"与"仁"的外在要求与内在需求在和谐基础上得到统一。孔子曰:"人而不仁,如礼何?人而不仁,如乐何?";"志于道,据于德,依于仁,游于艺";"兴于《诗》,立于礼,成于乐。"故而孔子在讨论礼与乐、美与善、音与德、知与仁、质与文等关系时都贯穿朴素辩证法和对立统一的观念与方法,其旨归和指向是和谐。故而孔子提出"中庸之道","中庸之为德也,其至矣乎!民鲜久矣。"朱熹注曰:"中者,无过无不及之名也。庸,平常也。"① 他还引程颐注曰:"不偏之谓中,不易之谓庸。中者天下之正道,庸者天下之定理,自世教衰,民不兴于行,少有此德久矣。"② 被列为儒家"四书"的《中庸》将"中庸之道"发挥为"中和"之美,"喜怒哀乐之未发,谓之中;发而皆中节,谓之和。中也者,天下之大本也;和也者,天下之大道也。致中和,天地位焉,万物育焉。"③ "仲尼曰:'君子中庸,小人反中庸。'君子之中庸也,君子而时中;小人之中庸也,小人而无忌惮也。"故而"中庸之道""中和之美",也是指向和旨归于和谐的。孔子曰:"质胜文则野,文胜质则史。文质彬彬,然后君子";"《关雎》乐而不淫,哀而不伤";"子贡问:'师与商也孰贤?'子曰:'师也过,商也不及。'曰:'然则师愈与?'子曰:'过犹不及'。"显然,孔子主张"温柔敦厚"的中和之美,"过犹不及"的中庸之道。"中庸"和"中和"成为和谐文化的最为集中的体现,也成为民族文化品格和特征的最为集中的体现。

在先秦典籍中,和谐思想及其和谐文化是共同核心所在。《尚书·舜典》:"律和声""神人以和";《左传》:"和与同异""和如羹""和五声""心平德和";《国语》:"乐从和""声以和乐""人民和利""和平之声";《礼记·乐记》在礼乐关系中凸显乐之"和"的功用,"乐以和其声""大

---

① 朱熹:《四书集注》,岳麓书社 1985 年版,第 118 页。
② 程子注见朱熹《四书集注》,岳麓书社 1985 年版,第 118 页。
③ 朱熹:《四书集注》,岳麓书社 1985 年版,第 30 页。

乐与天地同和""和，故百物皆化""乐者敦和""则乐者，天地之和也""倡和有应，回邪曲直，各归其分""是故君子反情以和其志""故乐者，天地之命，中和之纪，人情之所不免也"等。除儒家之外，还有道家、墨家、法家、兵家、阴阳家等思想中也不乏和谐价值观及其价值取向。道家《老子》的"音声相和，前后相随"，《庄子》的"吾又奏之以阴阳之和"等。显而易见，和谐既是先秦诸子百家争鸣的殊途同归的价值取向，也是当时礼崩乐坏、诸侯混战、战乱频繁中百姓对和平安定社会的需求，更是对民族团结、国家统一、社会安定、人民安居乐业的和谐社会理想的愿望和需求。

三 和谐观的哲学—伦理—美学构成

和谐观之所以能成为一个民族、一个国家、历代社会千百年来不间断的信念和追求，其主要原因在于作为和谐文化形态，具有一个完整严密的逻辑系统和结构，使之不仅成为社会思想体系和文化知识结构，而且成为中华民族文化心理结构；不仅决定了人们的世界观和方法论，决定了人们的观念、思维和行为方式，而且决定了民族精神、民族特色和民族性格。和谐文化形态的内在逻辑系统和结构层次大体表现在哲学—伦理—美学构成结构上。

第一，和谐观的哲学层面构成。哲学观是世界观中的核心部分，也是精神层面的形而上思辨和抽象思维的结果，其实质表达的是对宇宙人生的总体认识和基本观念，对世界观中的政治观、伦理观、文化观、宗教观、艺术观等观念和认识具有基础作用和指导意义。高静文指出："哲学所提供的价值思想关注人的价值追求，把人提高到真正应有的地位。从有限的现实世界出发去构造一个完美、独立和自由的价值理想，使之超越于人们习以为常的行为模式和生存状况之上，从而向人们显示：我们现实的世界是不完善的，必须自我超越和改善，以趋向和达到它的应然状态和本来面目。"① 因此，和谐观也是在哲学思想指导下确立的价值观和价值取向。

和谐观从哲学层面来说源于人们对宇宙之道的基本认识。"形而上者谓之道，形而下者谓之器"，天地万物运行不离道，人类生存发展不离道，道在中国哲学中既是本体论范畴，也是存在论范畴。尽管有儒家之道与道家之道之别，也有形而上之道与形而下之道（器）之别，还有唯物论之道与唯心论之道以及心物二元之道的区别，但"原道"几乎是中国哲人以及中国古代思想、文化、艺术都要讨论的一个本体论、本原论、本质论的根本性问题。先秦道家"原道"为"自然"之道，儒家"原道"为"礼乐""仁义"之道。

刘勰《文心雕龙》创立文学理论体系，首先标举第一篇就是《原道》。"文之为德也大矣，与天地并生者何哉？夫玄黄色杂，方圆体分，日月叠璧，以垂丽天之象；山川焕绮，以铺理地之形：此盖道之文也。仰观吐曜，俯察含章，高卑定位，故两仪生矣。惟人参之，性灵所钟，是谓三才；为五行之秀，实天地之心。心生而言立，言立而文明，自然之道也。"② 可见，文之道是在宇宙天、地、人关系中确立的"自然之道"，故而"道"可表现为天、地、人关系的和谐。《周易·系辞下》曰："古者包牺氏之王天下，仰则观象于天，俯则观法于地，观鸟兽之文与地之宜，近取诸身，远取诸物，于是始作八卦，以通神明之德，以类万物之情。"③ 也就是人对宇宙天地万物的认识是"观"的结果，也是悟道、明道、获道的结果。故而刘勰曰"观天文以极变，察人文以成化"，"故知道沿圣以垂文，圣因文而明道"。

"明道"所明为"自然之道"，亦即宇宙天地万物间和谐关系之"道"。一是明天地和谐之"自然之道"；二是明万事万物和谐之"自然之道"，"傍及

---

① 高静文：《社会主义核心价值体系的哲学本质及其社会功能》，《新疆社科论坛》2007年第4期。
② 刘勰：《文心雕龙·序志》，范文澜注：《文心雕龙注》，人民文学出版社2008年版，第1页。
③ 《周易·系辞下》，许嘉璐主编：《文白对照十三经·周易》（上册），广东教育出版社1995年版，第70页。

万品，动植皆文；龙凤以藻绘呈瑞，虎豹以炳蔚凝姿；云霞雕色，有逾画工之妙；草木贲华，无待锦匠之奇；夫岂外饰；盖自然耳"；三是明天、地、人和谐之"自然之道"；四是明天文、地文、人文和谐之"自然之道"，"人文之元，肇自太极"，"原道心以敷章，研神理而设教"，天文、地文、人文和谐一体，天道、地道、人道共归"自然之道"。这说明，和谐说是基于人们对宇宙天地万物与人关系的"天人合一"的认识，其实质是在人与自然关系的基本认识上建立起的宇宙观，从而确立哲学认识论、价值论、实践论的根基，同时也确立"自然之道"的和谐说的价值观和价值取向。

第二，和谐观的伦理道德层面构成。如果说先秦道家重在对人与自然关系的讨论来展开和谐说的哲学层面价值的话，那么先秦儒家重在对人与人、人与社会、人与自我关系的讨论来展开和谐说的伦理道德层面价值。儒家主张"仁义""礼乐"的道德观，其实质是追寻"德"之"道"，旨在以和谐来调节、规范人际关系，着重于人事及其人的伦理道德修养。重人事，就必然涉及政治、历史、文化等社会关系调节；重修养，就必然涉及伦理、道德、性情、品质、素质等人际关系调节。因而儒家思想文化为历代统治者所器重，为历代文人雅士所推崇，为历代百姓所接受，关键在于其"仁义""礼乐"能更好地和谐社会关系、和谐人际关系、和谐各种矛盾和冲突，从而不仅是修身、齐家、治国、平天下之利器，而且是民族团结、国家统一、社会稳定、人民安家乐业的保障，故而才有"礼义之邦""仁义之师""道德文章""谦谦君子""德艺双馨""文质彬彬""尽善尽美""仁者乐水，知者乐山"等美称。

儒家的"修身"，强调人与自我关系的和谐。作为立身之本，故而孔子曰："不学《诗》；无以言"；"兴于《诗》，立于礼，成于乐"；"有德者必有言"。孟子曰："自善养吾浩然之气。"其目的是通过"修身"不仅"独善其身"，而且能不断反思、自省，从而调节和平衡内心矛盾冲突，和谐人与自我

303

关系。"齐家"旨在以伦理及其人伦之天性处理家族、家庭亲属间关系。"国家"是"国"与"家"的结合，在中国宗法制文化传统影响下，"家"是小国，"国"是大家，家庭和睦，国家才安宁；家庭失和，社会也不安定，国家也缺乏聚合力。因而，以和谐"齐家"也是治国之基础。"治国"旨在以政治和谐、制度和谐、政策和谐，以达到"以德治国""以民为本"及施仁政、据人道、重民生、讲民主的目的。尽管历代统治者往往是软硬兼施、刚柔并用，但其目的还是力图达到社会安定、政权稳定的状态，同时也难违背以和谐为主流的社会价值取向。"平天下"旨在以和谐平定天下和安定天下，旨在调节人与人、人与社会矛盾以及民族矛盾、阶级矛盾、社会矛盾。历代统治者在用武力解决矛盾冲突的同时，也采取和亲、和解、和议等方式解决矛盾。在以爱国主义为核心的民族精神中不仅含有保家卫国、反抗侵略、通过正义战争、维系国家统一、领土完整、边疆安宁、消除边患的内容，而且也会有热爱和平、企望安定、向往和睦、追求和谐的内容。因此，和谐观渗透在中华民族的文化心理结构中，成为其价值观的核心价值取向。

第三，和谐观的美学层面构成。《说文》释"美"曰："甘也，从羊从大，羊在六畜主给膳也，美与善同意。"徐铉曰："羊大为美"，即羊羔肥腴而有美味，这是从"民以食为天""食色，性也"中生发出源于饮食文化传统的审美感受的阐释。后人则提出"羊人为美"之别解，"冠戴羊形式羊头装的大人"，"指进行图腾扮演、图腾乐舞、图腾巫术的祭司或酋长"[1]，意指戴着羊头饰物之人的载歌载舞状态，这与原始巫术、原始宗教和原始崇拜、祭礼仪式行为与活动相关。其实无论是"羊大为美"还是"羊人为美"均蕴含着先人的和谐观念，都应是在人与自然万物、人与神灵沟通以期和谐共处的美好愿望的体现。

---

[1] 李泽厚、刘纲纪：《中国美学史》第1卷，中国社会科学出版社1984年版，第80页。

《辞源》释"美"有四个义项。一是甘美。《韩非子·杨权》:"夫香美脆味,厚酒肥肉,甘口而病形。"引申凡事物美好者皆称美。二是美好。特指容貌、声色、才德或品质的好。《诗·邶风·静女》:"匪女之为美,美人之贻。"《论语·八佾》:"子谓《韶》尽美矣,又尽善也。"《孟子·尽心下》:"可欲之谓善,有诸己之谓信,充实之谓美。"三是善,与恶对称。《国语·晋》:"彼将恶始而美终,以晚盖者也。"四是赞美。《战国策·齐》:"吾妻之美我者,私我也。"[①] 这说明,"美"的含义也有以用为美、以善为美、以容为美、以真为美的层次结构和发展形态。

先秦美学在诸子百家争鸣中主要体现于儒、道学派中。儒家美学强调伦理道德美学,孔子提出"尽善尽美""文质彬彬""见仁见智""有德者必有言"以及"中庸"之道、"中和"之美均是以善为美的典型代表。道家美学强调自然无为美学,老子提出"大音希声""大象无形";庄子提出"天地有大美而不言""其美者自美,吾不知其美也""彼知膑美而不知膑之所以美""美则美矣,而未大也""朴素而天下莫能与之争美"以及主张"天籁""虚静""心斋""坐忘""物化"等,均是以自然为美的典范。但两者在和谐上则有许多共识,儒家强调人与人、人与社会、人与自我关系的和谐统一;道家强调人与自然、人与神灵、人与自我关系的统一,从而在审美活动的主体与客体关系、审美对象的内容与形式关系、审美主体的感觉与知觉关系及情与理的关系、审美状态的心物关系等方面贯穿和谐统一思想,从而奠定中国古典美学的基础。

从审美实践活动来看,先秦典籍中记载大量的审美现象,如"季札观乐""伍举论美""解衣般礴""濠梁观鱼""高山流水"等典故中均能窥见其中的和谐含义。因而中国古典美学可谓和谐美学,对和谐美的追求、创造和欣赏

[①] 《辞源》,商务印书馆1988年版,第1353页。

是中国古典美学的性质规定性及重要特征。周来祥曾概括为"美在和谐",是对和谐美的中国古典美学性质和特征的深刻揭示,从而使和谐美成为中国古典美学的价值观及核心价值取向,不仅极大地影响了中国美学的发展,而且极大地影响了中国文学艺术的发展和中国文论批评的发展。

四 文学批评的和谐美价值取向

文学批评的核心价值体系构建必须以和谐作为基础和目标,确立批评的和谐价值观及其评价取向,旨在推动文学健康发展和社会进步,构建和谐文化与和谐社会。当前,中国正处于"全球化""现代化"进程中的"民族复兴""大国崛起""文化强国"的发展阶段,构建核心价值体系的目的就是更好实现和谐社会的发展目标。文学批评确立和谐价值观,不仅是核心价值体系构建的需要,而且是和谐文化建设与和谐社会发展的需要;不仅是社会时代的需要,而且是历史发展的必然需求。和谐是中华民族矢志不渝追求奋斗的目标,也是中国历史文化传承的优秀传统的表征,更是源远流长、博大精深的民族精神和时代精神的综合体现。这为文学批评的核心价值体系建构及和谐价值观的确立奠定了坚实基础,创造了有利条件。

中国古代和谐观的哲学—伦理—美学结构的构成实质上呈现出真、善、美统一的价值体系与结构构成。真、善、美价值取向不仅成为社会共同的价值取向和评价取向,而且成为文学批评的价值取向和评价取向。真、善、美也就成为历代文学价值的标准以及历代批评的评价标准,由此展开文学与批评的哲学—伦理—美学的层次结构构成,同时也体现真、善、美统一及哲学、伦理、美学统一的内在逻辑结构与相互间的和谐共生、和谐一体的关系。因此,中国文学批评确立"和谐"观的价值取向及评价取向,和谐美不仅成为中国文学的美学追求,而且成为中国批评的美学追求及其核心评价标准与评价取向。

在先秦的周代礼乐制度中,礼制与乐制结构构成就早已规制了"乐"

的功用为"同"的协和之义。《礼记·乐记》曰:"乐者为同,礼者为异。同则相亲,异则相敬。乐胜则流,亦胜则离。分情饰貌者,礼乐之事也";"乐也者,动于内者也;礼也者,动于外者也。故礼主其减,乐主其盈";"易直子谅之心生则乐,乐则安,安则久,久则天,天则神。"说明"乐"的文艺功用主要为和谐、协同。这与"礼"的别异及等级制的功用不同,故而两者应互补互动,形成礼乐和谐一体的制度形态。孔子主张"温柔敦厚"的中和之美,"过犹不及"的中庸之道,"文质彬彬"的和谐美。"中庸"和"中和"成为和谐文化的最为集中的体现,也成为民族文化品格和特征的最为集中的体现。

从文艺内容而言,先秦儒家就以"尽善尽美"规制了以善为美的内容价值取向;道家以"自然无为"规制了以真为美的内容价值取向;墨家以"实用功利"规制了以用为美的内容价值取向,尽管先秦诸子分别对内容价值取向有不同侧重,但都归于以和为美的和谐美,强调内容真、善、美结合的和谐统一取向。从文艺形式而言,形式美的基本法则对称、平衡、均匀、整齐、韵律、圆润、节奏、多样统一等均含有和谐要素。形式美的基本要素音、色、形也对"五音""五色"予以搭配协调和调节以确立和谐取向;同时赋予形式以意味,使内容转化为形式,形式中积淀内容,从而有利于内容与形式统一。

从艺术表现手法看,无论是艺术创作方法,还是语言修辞手法,也无论是艺术表现方法,还是艺术再现方法,都强调写实与理想的结合,抒情、写景、叙事、议论的结合,比兴寄托与直寻率真的结合,感兴与妙悟的结合,等等。艺术表现方法与艺术辩证法有机统一,对道与器、情与景、心与物、形与神、实与虚、有与无、一与多、浓与淡、动与静、时与空、情与理等诸多对立统一关系进行辩证合理把握,在艺术辩证法中凸显和谐观价值取向。张炯指出:"一般来说,美总以真善为前提,虽然真和善并不完全等于美,但美往往潜藏在真和善之中，而假和恶的东西却很难被认为美。文学艺术的审美性总包含思想内容与艺术形式两方面。真和善更多涉及作品的思想内容，而美感则更多涉及艺术的形式。历来的文艺批评或以真善美为标准，或以思想标准和艺术标准为双举，并非偶然。"[1] 因此，中国古代文学批评所运用的韵致、滋味、意境、典雅、温润、自然、气韵等审美范畴和批评范畴中都不乏真善美统一的和谐美的评价取向。

和谐美的核心是和谐文化，和谐文化的核心是中华民族千百年来形成的和谐观及其价值取向。和谐文化是博大精深的民族文化传统和民族文化体系构成。孟宪平认为："从结构和层次上看，我国社会主义和谐文化包括了上层建筑文化、物质生活文化、制度管理文化、传统习俗文化、精神意识文化等方面。"[2] 其中还应包括价值观、价值取向、价值标准、价值作用意义、价值评价、价值形态、价值内涵与特征、价值精神等内容。文学批评对和谐文化的价值追求主要体现在三方面。

一是对和谐文化传统的价值追求，强调在"因革""通变"的继承与革新辩证关系中的文化传统传承与发展，从而也体现历史唯物主义与辩证唯物主义的思维方式、"美学观点与历史观点"[3] 统一的方法、历时性与共时性统一的方法。故而古代文学及文论批评研究的目的是古为今用，推陈出新，是促进古代文论批评的现代转换、现代阐释以及现代意义的实现，也是推动民族复兴、民族文化振兴以及中国特色的当代文学及文论批评建设的发展。因此，弘扬中华文化传统就必须发掘和谐文化，发掘和谐文化的传统和精神。

二是对和谐文化价值的追求。和谐文化体现在哲学、历史、文化、艺术、

---

[1] 张炯：《文学艺术与社会主义核心价值体系》，《文艺报》2007年4月24日。
[2] 孟宪平：《论和谐文化与社会主义核心价值体系》，《广东省社会主义学院学报》2007年第3期。
[3] 恩格斯：《致斐·拉萨尔》，《马克思恩格斯选集》第四卷，人民出版社1972年版，第347页。

美学、宗教等文化形态中，也体现在人们世界观和方法论的和谐观及价值取向上。因此和谐文化价值本质上就是中华文化价值的体现，也是中华民族核心价值取向的体现。和谐文化是民族团结、国家统一、社会稳定、文化繁荣、人民安居乐业的保证，也是中华文明薪火相传、中华民族世代传承的保证，其价值和意义是重大而深远的。文学批评必须充分发掘和谐文化价值，以和谐美为核心价值取向辐射到和谐文化结构构成的各方面、各层次，探求文学与社会生活、文学与意识形态、文学与民族传统、文学与民族文化心理结构、文学与宇宙自然、文学与生态环境等关系，发掘蕴藏在关系中并将各种关系统一为整体的和谐文化价值意义。

三是对和谐文化精神的追求。和谐文化精神也是中华民族文化精神及中华民族核心价值取向精神。和谐的内涵和性质就从本质规定性和本质特征上确定了它的精神实质和精神指向，这不仅是区别于其他文化的特殊性和独立性，而且是中华民族及其中华文化自身内在的精神气质和文化品格，是千百年传承下来矢志始终不渝的文化认同，也是五十六个民族构成的中华民族大家庭团结统一的民族认同，形成大一统、大团圆、大国、大家文化心理模式和思维模式。因此，文学批评对和谐文化精神的追求，就必须确立和谐美的价值取向，通过文学评价发掘和谐文化精神，发挥和谐文化精神对民族精神塑造和民族文化提升的重要价值和深远意义。

文学批评核心价值体系构建必须立足于中国文学及其理论批评的传统和现实，这既是在历史逻辑性和一脉相承传统的内在结构逻辑性中生成和构建的，又是在历史变迁和时代发展的"通变""因革"关系中不断创新和升华的。因而，批评核心价值体系构建必须以中国古代批评优秀传统为基础，一方面应吸收、借鉴和利用这笔宝贵的文化遗产，以此作为构建的重要的基础和资源；另一方面利用其夯实中国批评的根基，以培育具有中国特色和优势的批评精神，强化批评在核心价值体系构建的凝聚力、向心力和影响力；再一方面应将其作为文学核心价值体系构建的重要组成部分，将其与中国现代文学批评、当代文学批评贯通，作中国文学批评整体观，使其传统性与现代性有机融合，达到推进中国批评当代发展的目的。

文学批评对和谐美—和谐文化—和谐社会的追求是一个内在逻辑构成的展开方式和循序渐进的推进过程。和谐社会是人类社会发展的理想目标，从广义而言共产主义就是真正意义上的和谐社会的实现；从狭义而言，和谐社会是和睦、和平、安定、友爱的社会形态。因此和谐社会是美好安定的理想社会形态，虽与现实社会存在一定差距，但唯其理想才有追求奋斗，才有对现实的改造和提升，才有社会的发展和进步。同时，和谐社会也是在现实社会基础上的不断建构中，由矛盾到和谐再到新的矛盾和新的和谐，循环往复，不断推动社会进步和发展。人类对理想社会的愿望和追求，无论古今中外都支撑起人类的信仰、信念和信心，也促使人类的行为和活动更为自觉和更加努力。

中国古代社会对和谐美、和谐文化的追求也体现于对和谐社会理想的追求。孔子所向往"克己复礼"的周代礼乐制度，其实是儒家理想化的和谐社会；庄子所追忆的原始先民的"至德之世"，其实也是道家理想化的和谐社会；陶渊明笔下的《桃花源记》实质也是对黑暗现实的不满而希冀世外桃源的美好和谐的世界；戏曲中的"临川四梦"、小说中的《红楼梦》，也力图借助梦境描绘理想化的美好世界。可见，中华民族千百年来从未停止对理想化和谐社会的追求。在鸦片战争以来百年的中国现代化进程中，中华民族经历反帝反封建运动、马克思主义传播、"十月革命"的影响、旧民主主义革命和新民主主义革命、抗日战争和民族解放战争、新中国成立、改革开放新时期等的不断求索过程，确立了社会主义制度及共产主义奋斗目标，这既是社会时代选择的结果，又是历史发展的必然结果，更是中华民族对和谐社会不断追求的结果。

中国文学批评发展史源远流长，批评形态丰富多彩，批评方法异彩纷呈，批评流派百家争鸣，既形成中国古代批评的多样性、创新性和丰富性的特色，又形成中国古代批评一脉相承的优秀传统，在历史发展中不断创新，不断升华，逐步凝聚为中国古代批评核心价值取向和殊途同归的共同价值利益追求。这一核心价值取同和共同的价值利益追求集中体现在批评的人文精神价值取向的构建上，呈现出中国古代批评多样统一性、多维立体性、多元整体性的特色，也建构了一脉相承的核心价值取向。

和谐不仅作为理想奋斗目标，而且作为现实追求目标，同时也可以作为思想认识的世界观和方法论，作为处理社会矛盾冲突的基本原则和方式，作为调节人与自然、人与人、人与社会、人与自我关系的准则，使之成为全社会、全民族共同努力奋斗的方向和目标。胡锦涛对和谐社会内容进一步阐述为：民主法制、公平正义、诚信友爱、充满活力、安定有序、人与自然和谐相处，从而使和谐社会目标和内容更为明确，更具现实性与理想性。因此，和谐社会是人与人、人与社会、人与自然、人与自我和谐相处、共生共荣的社会。和谐社会构建必须以社会主义核心价值体系做保障，确立马克思主义指导思想、中国特色的社会主义共同理想、以爱国主义为核心的民族精神和以改革创新为核心的时代精神、社会主义荣辱观等构成社会主义核心价值体系的基本内容。以核心价值体系作为和谐社会及和谐文化建设的根本保障，在核心价值体系整体构成中明确呈现出和谐价值取向。

文学批评无疑也是社会精神文明及其先进文化的构成部分，担负着构建和谐社会、和谐文化的重任，因而确立批评的核心价值体系及和谐观价值取向是十分必要的。作为批评对象的文学从本质上说是人类基于现实面对理想精神追求的一种方式，文学的审美特征很大程度上也表现在理想性、超越性、自由性的特点上，从而也"更高，更强烈，更有集中性，更典型，更理想，因此就更带普遍性"① 地反映和表达人们对和谐社会的理想追求和奋斗。因此，文学批评的评价取向就应该在发掘文学理想和文学精神的基础上揭示出和谐美、和谐文化、和谐社会理想的文化内蕴和价值意义，从而推动文学与社会的和谐发展，促进和谐文化与和谐社会建设，促进社会核心价值体系及其和谐观价值取向构建。

---

① 毛泽东:《在延安文艺座谈会上的讲话》,《毛泽东选集》,人民出版社1966年版,第863页。

第七章　文学批评机制发展论

　　进入 21 世纪十余年来，中国经济社会进入高速发展的"快车道"，大国崛起以及综合国力与国际影响力提升，为中华民族文化复兴和振兴奠定了坚实基础，也为中国文学及其批评的繁荣发展创造了有利条件。文学批评在改革开放四十年的风雨兼程、艰难曲折的奋斗追求中经历了反思、建构、解构、重构和超越的突破性与持续性发展历程。文学批评在新形势下又面临新的挑战和机遇，也在总结和反思改革开放四十年的经验和教训中确立今后的发展方向和目标。党的十七届六中全会精神及其国家"十二五"发展规划精神所确立的科学发展观与核心价值体系构建的指导思想对文化大发展大繁荣以及文学、批评创新发展具有指导意义。依据文学发展的规律及其实践创新与理论创新成果，文学批评也应该在新形势下探索创新发展的途径，力图在文学活动论、艺术生产论、媒介生产论等新的视野中确立批评发展的核心价值取向，呈现出良好健康的发展趋向。

第一节　文学活动论视域下的批评发展

文学活动是人类社会实践活动的组成部分，也是人类精神活动的重要内容，因而将文学作为活动来对待，才能更好地揭示文学的"人学"性、社会实践性、精神个体性的本质属性，也才能更好地说明文学的审美特性与特征。但长期以来，文学理论偏重于对文学作静态考察而缺乏动态分析，故而以作家作品论为中心和基础来建构文学理论框架和体系，难免带有"本质主义"的痕迹，也导致简单地将文学等同于作品而忽略了文学活动中诸多要素的偏向。因此，确立文学活动论的观念及价值取向是十分重要和必要的。

童庆炳主编的《文学理论教程》之所以被认为是"换代"教材和理论创新成果，其中一个重要因素就是提出文学活动论，将其与文学反映论、艺术生产论、审美意识形态论、艺术交往论、文学价值论作为文学理论的基石。其理论体系框架首先确立"文学作为活动"[1]的出发点，也就意味着从文学实践的文学活动出发，而不是通常从形而上思辨的文学本质讨论出发，以构建理论体系和逻辑结构。马克思、恩格斯指出："我们的出发点是从事实际活动的人，而且从他们的现实生活过程中还可以描绘出这一生活过程在意识形态上的反射和反响的发展。"[2] 这印证了文学讨论的出发点应从文学实践活动出发，从"从事实际活动的人"出发的合理性。立足点和出发点不仅意味着观念、价值取向的更新，而且意味着思维、方法的转换。因而，文学活动论表达出新的文学观、批评观和文论观，表达出文学的核心价值取向。正如陈

---

[1] 童庆炳主编：《文学理论教程》，高等教育出版社2004年版，第29页。
[2] 马克思、恩格斯：《德意志意识形态》，《马克思恩格斯选集》第一卷，人民出版社1972年版，第30页。

瑜指出的"'文学活动论'是开启《文学理论教程》理论体系的钥匙"①，其实也是开启文学理论与批评的钥匙。

一 文学要素构成观与系统论

将文学作为活动的观念，实质上是将文学要素及其关系作整体观、系统观和构成观。美国批评家艾布拉姆斯的文学四要素构成观就是在文学活动论基础上提出的："几乎所有旨在广泛包罗的理论，都把一部艺术作品的整个格局用这个或那个同义词区分为四种成分，并把它突现出来。"② 这就是世界、作者、作品、读者构成的文学四要素，它们构成文学的"整个格局"，也就是文学活动的整体性、系统性和结构性。艾布拉姆斯指出："尽管任何一种较为恰当的理论都考虑到这四种成分，但正如我们将看到的，几乎所有的理论都清楚地显示出只朝着一种成分的方面。就是说，批评家倾向于从其中一种成分中不仅引出他用来判断作品价值的一些主要标准，而且引出他用来解释、区分和分析艺术作品的主要范畴。"③ 也就是说，文学四要素往往在理论批评家眼中被孤立和分解，从而强化某一要素而忽略了其他要素，造成批评和理论的片面性。他分别讨论了"模拟说"以"世界"要素为中心的偏颇；"实用说"以"读者"要素为中心的偏颇；"表达说"以"作者"要素为中心的偏颇；"客体说"以"作品"要素为中心的偏颇。这不仅仅是表现在批评视角、理论视点选择上的偏颇，其实作为视点和视角的选择，也有其自圆其说的合理性和必要性，关键在于将其视点、视角所选择的那个要素被孤立出整体系统之外，从而才出现批评和理论的偏颇。而且更为重要的是依据某一视角和视点所设立的评价标准，在价值取向上就会局限于某一要素，从而在标

---

① 陈瑜：《文化诗学的文学理论何以可能》，《湖北大学学报》2007年第5期。
② [美]艾布拉姆斯：《镜与灯》，高逾译，洛奇编：《二十世纪文学评论》（上册），上海译文出版社1987年版，第6页。
③ 同上书，第7页。

准确立和价值取向上出现偏颇。因此，传统批评和理论，无论是"再现说"还是"表现说"，无论是"摹仿说"还是"形式说"都有囿于一隅而不见整体、顾此而失彼的缺陷。从文学活动论角度来看文学四要素构成关系，就必须确立文学要素构成的整体性、结构性和系统性。

其一，文学要素构成的整体性。将文学四要素视为一个不可分割、不可孤立的整体来看待是十分重要和必要的。事实上，不仅是将文学作为活动从而强调活动的整体性，文学四要素也可谓文学活动的四要素，从而在互动构成中和文学结构构成中形成整体；而且是将作为理论研究对象的文学作整体来考察，才能把握其普遍规律和共同特征，理论才会有普适性和指导性；同时也是将作为批评对象的文学现象作整体来考察评价，才能把握其对象个体的特殊性和普遍性，从而准确、公正、全面地评价对象。以此推而广之，文学整体观在文学四要素构成整体观的基础上，推进了文学活动整体观，又进而推进到古今中外文学整体观，民族文学与世界文学整体观，中国文学的古代、近代、现代、当代整体观，雅俗文学整体观，文人文学与民间文学整体观，作家创作整体观，作品的内容与形式构成整体观，文本的言、象、意构成的整体观，等等。可见，文学整体观是文学思维与方法的最基本的，也是最根本的观念和价值取向。在此基础上建立文学理论批评体系，既可以有效克服传统理论"摹仿说""再现说""表现说""形式说""实用说"的缺陷，又能有效地整合各种理论学说之所长使理论体系更完善和更周全。

另外，文学四要素的结构性还表现在四者的时序结构上。从文学活动序列过程看，呈现世界—作者—作品—读者的活动过程的结构序列，通常文学理论体系也是依此序列形成理论结构；但往往将"世界"转换为"本质论"或"本体论"，而着眼于讨论文学与社会关系中的文学本质论、功用论，偏重文学活动和文学要素中"世界"的含义和内容。故而童庆炳主编教材的理论体系则首先从文学活动谈起，也有不少教材或文学理论体系研究从作品或创作谈起,故而也会形成作品—作者—读者—社会的"文学存在论"前置的结构序列。①

其二,文学要素构成的结构系统性。要素就如同人体结构中的各种器官,机器构造中的各个零件,即便是一个小小的螺丝钉,对于机器而言也是至关重要的,因为离开这颗螺丝钉,机器就无法运转。文学四要素中每一要素都是重要和必要的,文学离开任何一个要素都无法称为文学,无法使文学活动开展。问题在于,正如螺丝钉离开机器也就没有任何用处和价值一样,文学要素一旦离开文学活动或文学构成也会失去价值和意义。也就是说,文学每一要素的作用并非仅仅是孤立的、独立的、自身的作用,而且更重要的是结构作用和系统作用。故而,要素只有在结构系统中才能充分发挥出作用和价值;要素只有在各要素之间的关系中,只有在相互作用下,在各自对方身上才能显示出作用和价值。甚至要素的存在也是以对方其他要素存在为前提,倘若离开其他要素的存在,也就不会存在,故而要素存在也是在结构中存在、在系统构成中存在的。这就说明,文学批评以某一要素作为视点、视角或切入口、突破口并非不可以,但关键在于这个"点"是在结构、系统、构成中的"点",而不是孤立的、自足的、封闭的"点",任何"点"其实都是交叉点、契合点、关系点。因为只有在结构、系统、构成中才会有"点"的价值和意义,也只有在点与点、点与面的关系中才会确立"点"的位置和作用。

以文学四要素中的"世界"而言,"世界"作为文学要素首先应是与非文学要素的"世界"相区别,是文学的"世界";其次,文学"世界"中倘若不见作者、作品和读者,又如何称为文学"世界"?倘若离开了作者、作品、读者,"世界"还具有何种文学价值和意义?"作者"如果离开其生存的"世界",离开证明作者存在的"作品",离开证明自身作用价值的"读者",

---

① 张利群、张荣翼、张小元主编:《文艺学概论》,四川天地出版社2001年版,见"目录"。

又何以有"作者"的价值意义呢？因此，文学要素结构观与整体观是统一的，强调文学结构的整体性、系统性和构成性就必须强调文学要素之间的关系性、依存性和统一性，唯有这样才能体现出要素的结构、系统功能和价值。

其三，文学要素构成的文学是人学的人文价值取向。文学活动作为人类社会实践活动的一种形式，必然带有自觉性、目的性和意向性，带有"属人的""人化的"性质特征，带有人类在改造对象的同时也改造自身的价值意义。也就是说，人类的社会实践活动都是依据人类的生存发展需要与人类切身利益相关的价值创造活动，因而也是人类的本质和本质力量对象化的活动，是人类确证自我的活动。正如马克思所言"而人类的特性恰恰就是自由的有意识的活动"；"正是在改造对象世界中，人才真正地证明自己是类存在物"；"一切对象对他说来也就成为他自身的对象化，成为确证和实现他的个性的对象"①。这种"属人的""人化的"实践活动性质本身就会是有人的身心合一的体力和智力的双重能力以从事物质活动和精神活动的特征，创造出的物质产品和精神产品也具有"人化"的特征，从而在活动中充分体现人的自由性、能动性和主体性。这是因为人的活动与动物不同，"动物的生产是片面的，而人的生产是全面的；动物只在直接的肉体需要的支配下生产，而人甚至不受肉体需要的支配也进行生产，并且只有不受这种需要的支配时才进行真正的生产；动物只生产自身，而人再生产整个自然界；动物的产品直接同它的肉体相联系，而人创自由地对待自己的产品。动物只是按照它所属的那个种的尺度和需要来建造，而人却懂得按照任何一个种的尺度来进行生产，并且懂得怎么处处都把内在的尺度运用到对象上去；因此，人也按照美的规律来建造"②。这说明，人类社会实践活动是按照"任何一个种的尺度"和"内在尺度"，按照"美的规律"来创造的，"内在尺度"和"美的规律"是人类社会

---

① 马克思：《1844年经济学哲学手稿》，人民出版社1985年版，第53—54页。
② 同上。

实践活动的内在需求和根本动因，文学的价值和意义就不仅仅于文学活动，而且对人类一切社会实践活动产生重大影响。故而文学是"人学"，文学活动的人文性质、人化和对象化的特征不言而喻。文学四要素构成中的世界、作者、作品、读者无疑也都聚合为"人学"。分别论之，无疑都带有"属人"和"对象化"的特征，不仅作者与读者如此，而且世界与作品不也是人类创造的世界与作品吗？或者说是人与世界、人与对象关系中的"属人"的世界和作品？文学"人学"观的确立不仅在对文学性质特征及价值功用上具有意义，而且在于对文学活动论及其文学四要素构成论上具有意义。这对于文学在人类社会实践活动中的定位是十分重要和必要的。

其四，文学媒介作为第五要素的意义。在文学四要素基础上，学界不少人提出媒介为"第五要素"之说。王一川提出"媒介优先"[①]的观点，以强调媒介在文学中的作用、意义。其原因一方面是因为进入电子媒介（包括数字媒介）及信息化时代后，媒介的作用和意义日益彰显；另一方面是因为文学作为语言艺术，其语言（话语）的本体地位和作用已远远超出作为作品形式要素的狭义语言和意义，并且随着对语言的工具性、手段性认识扩大深入目的性、功用性的认识，语言作为媒介的意义得以强化；再一方面是因为随着媒介的科技化、人工化程度的提高，文学与媒介的关系及其文学对媒介的依赖性越来越明显，故而媒介要素逐渐进入文学构成视域。从文学史发展角度看，文学媒介每一次变革都极大推动文学发展和转型。远古时代以肢体语言符号为媒介的口头文学，造就了歌谣、神话、传说和史诗；此后，以书写文字符号为媒介的书面文学，造就了诗、词、文、赋等抒情性文学；以手工雕版印刷及机械印刷符号为媒介的印刷文学，造就了小说、戏本等叙事性文学；以电子化和数字化的图文符号为媒介的影视文学、网络文学，造就了引

[①] 王一川：《文学理论》，四川人民出版社2003年版，第108页。

领时代风潮的各种文学类型和新型文学样式。

　　媒介要素对文学的作用主要体现在五方面：一是作为文学工具和手段的语言文字符号媒介；二是作为创作和生产的技术与手段的媒介；三是作为承载文学内容和思想的文本载体媒介；四是作为信息传播的媒介和信息载体；五是作为阅读和接受的工具性媒介。因此，媒介力量和作用贯穿和渗透于文学活动各环节、各要素及其过程中。从文学四要素看，不仅每一要素都关涉媒介，而且四要素的结构关系和整合作用也关涉媒介。"世界"要素因媒介既还原为作为对象和资源的语言与符号，又因媒介信息化作用还原为超越时空的"地球村"与"历史记忆"；"作者"要素因媒介不但是创作者，而且是写作者、制作者、策划者、创意者、设计者等具有多层、多维、兼容的文化身份；"作品"要素因媒介而表现为不同的艺术形式和文学形态，转换为媒介主导下的不同信息和符号，同时也因媒介有了更好保存、传承，甚至永存的存在方式；"读者"要素因媒介而具备丰富多彩的阅读接受方式，工具技术导致阅读接受效果提高和接受传播的扩大，同时也因媒介力量而使读者作用强化，甚至进入生产与再生产过程。因为媒介并非仅仅指传播媒介，只在文学传播中发生作用，而且是生产媒介、创作媒介、接受媒介；媒介要素的作用也不仅仅是独立的、个体的作用，而且也是作为媒介具有联系和衔接各要素关系的系统、整体作用。也就是说，媒介不仅传播，还生产；不仅是中介和链条，还是文学艺术本身或一种类型。恰如依托电影媒介而产生了电影艺术，依托网络媒介产生了网络文学，依托电视媒介而产生了电视剧，依托多媒体产生了动漫艺术一样，现代艺术是与媒介及其科学技术含量密切相关的。故而有"媒介艺术""媒介文化""数字艺术""多媒体艺术"之称，也有"媒介生产论""媒介艺术论""媒介美学""媒介诗学"等理论命题和学说。媒介要素被纳入文学要素和文学活动构成中来认识是十分必要和重要的。文学媒介既预示着文学发展的方向和文学转型的征兆，同时媒介要素中也包含科学化、社会化、大众化的价值取向，提供了文学艺术更为广阔的发展空间和使现实与理想更为紧密结合的发展前景。

二 文学活动过程论与建构论

所谓"建构"有两层含义，一是从文学整体性而言，文学既是一个发生、生成和建构的历时性发展过程，又是一个多维、多层、多样化形态的立体结构和整合构成，从而在时空交织中构建文学；二是从文学单元性构造而言，文学既是一个完整活动序列的展开过程，又是一个以不同行为方式而呈现活动中的个体性与整体性统一的创造过程。

过去通常所指的文学活动就是指作家创作活动，正如通常所指的文学就是指作品一样。我们将文学作为文学活动，就不仅仅指作家作品了，而且指世界、读者、媒介。同理，将文学作为文学活动，就不仅于创作活动，而且于欣赏活动、批评活动，甚至还扩大到现代创意策划、制作、生产、市场营运、传播消费、再生产等活动。也就是说，文学活动是建构的。建构一方面说明文学活动是由许多环节、要素的多层面、多维度的合力构成；另一方面也说明文学活动是一个序列而又循环发展的过程，是一个永恒运动的过程，是一个有目标方向而无起点和终点的过程。过去通常所指文学往往认为创作出作品就是文学，似乎如同婴儿从母体中生产般的呱呱落地，从而以诞生说明生产活动的终止。即便如此，以人的建构或个体人的建构而言，这仅仅是开始，而不是终止，作为人而言，还有更为漫长的成长过程以及生命循环过程。

因而，文学的生成和建构也是如同生命一样的发展、循环过程，作者创作出作品，还有待通过阅读、批评、再生产以及循环生产使文学价值意义得以实现，使文本转换为作品，使文字符号转换为文学价值，并使作品在传播中不断延长生命。因此，文学活动作为实践过程，主要体现于三个环节或三个阶段：创作、欣赏和批评；从活动主体角度而言，主要有三个主体：作者、读者、批评者；从活动对象而言，主要有三个客体：作为文学资源和创作对象的世界、作为生产创作的产品和阅读对象的作品、作为批评对象的文学活动对象。文学活动的建构性可分别从三个角度表明。

其一，文学活动过程建构取向的连贯性。文学活动的三个阶段，创作、欣赏、批评都各有其自身活动内容和定位，也可以说均可独立为创作活动、欣赏活动、批评活动，因而也有其活动过程和建构过程，从而确立活动目标和价值取向。创作活动通过体验、构思、表达的活动过程序列以达到将生活美转化为艺术美的创作文学作品的目标，其价值取向是创造真、善、美价值；欣赏活动旨在通过感悟、移情、共鸣、体验的活动过程以达到将文本语言符号转化为文学形象并获得文学价值的目标，其价值指向是呈现真、善、美价值；批评活动旨在通过阐释、分析、评价文学现象以达到推动创作发展，提高欣赏水准，扩大文学社会价值作用的目的，其价值指向是真、善、美标准的艺术性和社会性统一。这不难看出创作、欣赏、批评三者之间的区别和联系，也不难认清三者之间的内在逻辑关系和文学活动过程的序列关系，更不难确认三者在文学价值追求上真、善、美取向的统一性和完整性。但更重要的是，从建构论角度看三者之关系还有三个观测点。一是三者在活动过程中建构相互之间互动关系和整体性关系，如创作过程中不乏欣赏、批评因素及活动整体过程的影响因素，不仅表现在作家在创作中对生活美的体验、感悟和评价，而且表现在作家创作中还会受制于欣赏、批评"期待视野"的影响，同时还表现为作家创作中还受制于自身的欣赏、批评水准的影响。欣赏与批评活动也如此，既带有实现创作价值功能的意义，也带有再创造的创作意义。二是三者在文学活动中的序列都是相互构建的结果。以创作活动为基础才有欣赏活动，以欣赏活动为基础才有批评活动。从这个角度而言，创作构建了欣赏活动，欣赏构建了批评活动，欣赏与批评又构建了创作活动，各自均以对方存在作为自身存在的理由和条件，从而构成三足鼎立的文学活动状态。

三是三者是在不断循环的递进过程中构建文学活动的生命力。文学活动过程序列如同自然界的春、夏、秋、冬时序一样是周而复始、循环不已的，既体现出生命的节律性，又体现出生命的恒久性。文学活动由创作到欣赏，再由欣赏到批评，这一过程的完整性是相对的，因为欣赏和批评的目的并不仅仅于此，而在于推动创作和文学发展。因此文学永远处于文学活动过程中和文学发展进程中，文学生命不仅获得重生，而且获得永生。

其二，文学主体建构取向的互动性。作为文学主体的作家、读者和批评家各有其文化身份及主体行为认定，但任何主体也是在建构中及构建的结果。作家主体建构不仅是以其创作对象和作品确证的，而且也是由读者、批评家的阅读效果和评价结果来确认的，同时也是作家在创造作品的同时创造了自身，在客体主体化与主体客体化统一的"对象化"过程中确证自我的。也就是说，作者主体身份是在历时性积淀中建构和共时性关系中构成的。作家间性、作家与读者间性、作家与批评家间性，都足以说明作家主体的建构性、构成性和生成性；同时，作者与对象所构成的主客体关系，也是以说明主客间性的"对象化"性质和特征、主体向客体生成与客体向主体生成的辩证互动关系。以此道理看读者与批评家也如此，其阅读主体和批评主体的身份也是建构和构成的，不仅创作主体中包含阅读主体、批评主体，阅读主体中也包含创作主体和批评主体，批评主体中也包含创作主体和欣赏主体。而且三者之间关系是建立在主体间性基础上的，故而其价值取向的殊途同归理由也就不言自明了。当然，主体建构观更重要的主体论在主体性的建构上，主体表达的是身份和位置，而主体性表达的是素质和能力的程度。故而主体性构建更为重要，主体性构建取向也更为重要。尽管创作、欣赏、批评的主体性各有不同，各个主体素质、能力的价值取向也会有所区别，但其核心价值取向应是殊途同归的。在中国古代文论批评中，无论是刘勰提出的"才、气、学、习"的创作主体构成，还是叶燮提出的"才、胆、识、力"的创作主体构成，都应该是作者、读者、批评者三者素质和能力的基本构成，都是对文学主体的基本要求。可见主体构建的核心价值取向是一致的，关键在于如何提高主体性，提升主体的素质和能力，这无疑也是在文学活动中不断建构的过程和建构的结果。因而文学主体就是由创作、欣赏、批评主体构成和建构的完整主体。

其三，文学活动中对象建构取向的创造性。文学活动不仅建构主体，而且建构客体。文学客体既有其"属己"的客观现实既定性和自然属性，也有"属人"的与"对象化"的主观意向性和人学之属性。在文学活动中相对于主体而言的客体，相对于主体行为而言的对象，具体所指可分为创作对象的"世界"、欣赏对象的"作品"、批评对象的"文学现象"。从建构论角度看，这三重对象都是在文学活动中建构的结果，具体表现在三方面。

首先，在主客体关系中建构起客体，客体一定是相对于主体而言的客体，就如对象一定是在主体观照和行为的对象一样，客体只有在主客体关系中生成和建构为客体，因而客体可以说是关系中的客体。文学活动中的主客体关系是价值关系，也就是主体需要与客体能满足这种需要的属性的统一，主体的合目的性与客体的合规律性的统一，才能构成主客体价值关系，在关系中才能形成客体，或客体的价值属性；离开主体需要，客体的价值属性也就不存在。文学价值本质上是审美价值，故而无论"世界""作品"，还是包括文学四要素在内的所有文学现象，都是主要因审美价值而成为文学活动的对象，成为文学主体的客体。

其次，客体是主体建构的结果，准确表达为客体价值属性是主体需要建构的结果。文学作品及文学现象的价值属性是主体创造和建构的结果自不待说，关键在"世界"何以为主体建构的结果呢？首先，进入文学活动中的"世界"是区别于人类世界与自然世界的，文学四要素中的"世界"是作家根据价值取向观照、发现、选择的"世界"，是作为文学创作对象和原料的

"世界",是由生活转化为生活美,再由生活美转化为艺术美的"世界",其审美价值是在人的需要和文学创作需要的文学活动中生成的;其次,"世界"也是人与自然、人与社会、人与人、人与自我构成的"世界",也就是在价值关系中、主客体关系中构建的"世界",是相对于人而生成和存在的"世界";再次,人类在实践活动中改造世界、创造世界的同时也在精神意识作用下使世界"人化"和"对象化",故而人类实践与意识中的"世界"带有意向性存在的特征;最后,"世界"也是包含了人在内的世界,人是世界的不可分割的组成部分,故而文学"世界"也涵盖了"人学"的"世界"。

最后,文学客体之间的内在逻辑性和构成关系。文学活动的序列性对于客体而言,存在着由"世界"到"作品"、再到"文学现象"的递进层次,这固然有由低到高、由原料到产品、由零散到完整的发展过程,但三者都应该具有价值:"世界"对于创作而言有价值,"作品"对于欣赏而言有价值,"文学现象"对于批评而言有价值;同时,三者的价值取向及价值追求都指向审美价值,故而三者之间具有客体间性,三者的价值又具有主体间性、主客体间性。我们不难在"世界"中看到主体建构的因素和作为作品及文学现象的客体建构的因素,因为"世界"不仅包含人,而且包含作品及文学现象。当然,更不难在"作品""文学现象"的客体中看到所包含的"世界"内容。因此,文学活动对象应是建构的结果,也是人类创造的结果,是价值关系构成和价值取向作用的结果。

三 文学活动互动观及其交流机制

文学活动本质上是一种审美交流活动,文学的缘起和发生与人类交流沟通的内在需求和心理机制相关,一方面人类为自身存在、生存、繁衍的需要而进行交流,并通过交流而形成族群、群类、社会,强调群类的凝聚力、向心力和认同感,并在生产、生活以及社会实践活动中形成合力,更好地组织、协调行为与活动;另一方面人类在人与自然矛盾中处于劣势的条件下,以崇拜敬畏的仪式方式塑造"神",再通过"神"达到人与自然交流沟通目的的同时,也达到人与"神"交流沟通的目的,从而在"神化"的过程中强化人的主体性、能动性和本质力量。因此,无论是马克思主义所强调的"劳动创造美",还是鲁迅提出的诗歌起源于劳动以协调动作和节律的劳动号子的"杭育"派;也无论是艺术起源于巫术的"接触律""交感律",还是仪式中敬神及与神沟通的乐舞缘起,均证明文艺发生和缘起是基于人与自然、人与社会、人与人、人与自我关系的协调,通过交流沟通而达到和谐的目的。文学史也充分证明,文学交流不仅与文学缘起、发生相关,也与文学发展、变革相关,文学史可谓文学交流发生史,无论是文学在继承与革新的关系中交流,还是不同文学类型、形态的交流;也无论是异质文学之间的交流,还是文学活动中文学四要素之间的交流,都对文学产生影响和作用。文学不仅成为人类最重要的交流方式,而且交流机制也推动了文学发展,形成文学交流观及其交流理论。

  文学活动论必须建立文学交流发展的价值取向。广义而言,人类任何行为与活动及其各种活动之间都带有交流性质和特征;狭义而言,文学活动本质上就是一种交流活动,这既表现为文学活动的四要素,世界、作者、作品、读者之间的交流,才有了能创造出文学世界、实现文学价值的意义,又表现为文学活动过程的创作、欣赏、批评之间的交流,才有了能推动文学活动的发展和创新的意义,也才能构成文学活动的完整性、系统性和结构性。文学活动中所蕴含的主体间性、客体间性、主客体间性、文本间性也都印证了交流的重要性和必要性。更为重要的是文学活动的交流还体现在历时性和共时性的双重交流轨迹上。文学活动的历时性交流轨迹是在文学史发展过程,亦将文学史作为更为宏观整体的文学活动来看待的历史视野的建构,其实即使是一个单列化的文学活动过程,实际上也应该具备历史唯物主义观念和方法,充分考虑到文学活动的历史性和传承性。

就中国文学史而言，各种类型文学，各历史时段的文学、批评与理论，各时段的作家、读者与批评家，都在跨时空和共时空中交流，从而才形成百花齐放、百家争鸣的异彩纷呈局面，也形成文学史长河流水不竭、后浪推前浪的发展态势。秦文、汉赋、唐诗、宋词、元曲、明清小说，乃王国维所称"一代有一代之文学"。而一代之文学的形成不但是创新发展的结果，而且也是继承与借鉴的结果，更是比较与交流的结果。刘勰在《文心雕龙·序志》提出辨体四法，亦为文学研究四法："原始以表末，释名以章义，选文以定篇，敷理以举统"[1]，即溯源法、阐释法、选篇法、敷理法，其中都包含比较与交流之义，故而刘勰的文学史观概括为"通变""因革"的继承与革新的发展观，这也可谓交流发展观，既是在继承、借鉴中交流发展，又是在革新、变化、创造中交流发展。刘勰还以《才略》篇尽数历代作家作品以评价，构成其文学史批评专论，最终总结为"才难然哉，性各异禀。一朝综文，千年凝锦。馀采徘徊，遗风籍甚。无曰纷杂，皎然可品"[2]。这既说明文学虽各有个性，但也有共性；虽有"纷杂"，但也"皎然"，因而均是"可品"之文。文学批评正是抓住文学异与同、源与流、通与变、因与革的辩证关系，抓住文学的可交流性，从而才有异质比较与同质比较的评价，故而批评也可谓一种建立在文学对话基础上进行的文学交流。文学在交流中才能形成传统、积累经验、夯实基础、取长补短，也才能以交流为机制，推动文学发展和创新。

文学活动的共时性交流轨迹主要体现在不同形态文学之间的交流上。文学是一种具有独创性和个性的精神活动，其精神个体性不仅表现出地域性、民族性、人民性、人类性上，而且通过精神个体性表现在风格、流派、思潮、观念和方法上。这就意味着文学交流，既是不同文学风格、流派、思潮、观

---

[1] 刘勰：《文心雕龙·序志》，范文澜注：《文心雕龙注》，人民文学出版社2008年版，第727页。
[2] 同上书，第702页。

念和方法的交流，又有异质文学之间的交流。中国文学历来重视各民族文学之间、雅俗文学之间、文人文学与民间文学之间的交流，也重视与域外文学之间的交流。无论是盛唐时代的汉文学与其他少数民族及域外文学交流，还是"五四"时期与西方文学交流；也无论是新中国成立后与苏俄文学的交流，还是改革开放以来与国外文学的交流，都在很大程度上推进了中国文学的发展和转型，都能在学习、借鉴、吸收、消化中取长补短地加强文学建设和发展。因此，确立"古为今用""洋为中用"的构建中国特色和民族风格的文学交流价值取向，在历时性和共时性的交流双重轨迹中找准交叉点和契合点，以文学交流机制及文学交流论丰富和完善文学活动内容和文学活动论，是中国当代文学及其理论建设的一项重要任务。

综上所述，立足文学活动论具体展开的文学要素构成论、文学活动过程建构论与文学活动交流论的实践过程和观念，既分别表现出文学构成、建构、交流的不同维度的价值取向，又在相互间的联系中表现出文学活动的整体价值取向。这既有利于由认识论转向价值论、由本质论转向构成论、由静态文学论转向动态文学论、由文学创作论转向文学活动论，从而促进文学观念和思维方式的更新和转换，又有利于在文学活动论基础上构建文学理论批评体系，推动文学理论批评的创新和发展。

第二节　艺术生产论视域下的批评发展

中国改革开放 40 年在推进现代社会转型进程的同时也促进市场经济的发展，社会转型、经济转型、文化转型推动了文学转型，文学被纳入艺术生产轨道及商品市场轨道，文学生产方式、存在方式、传播方式和消费方式发生了巨大变化。文学批评面对不同于传统文学的现代文学形态以及来自社会和人们需求的不断提升和发展，既面临困境，又面临挑战。文学转型也推动着批评的转型，在艺术生产及其市场经济语境中，批评何为，批评如何确立自身价值取向及评价价值取向，批评在文学活动中如何重新定位及发挥出文学与批评的价值作用，这是当前文坛和学界都十分关注的问题。

一　艺术生产语境中的文学生产要素变革

文学发展一方面是依循文学的继承与革新以及文学交流的自身规律发展；另一方面是依托社会发展，包括经济、政治、文化、教育、宗教等社会综合推力的"他律"而发展。这不啻是古今中外文学家、文论家的共识。马克思指出："随着经济基础的变更，全部庞大的上层建筑也或快或慢地发生变革。"① 当社会由农耕文明的小农经济形态发展到工业文明的市场经济形态时，依托于农耕文明的文学创作方式向依托于工业文明的艺术生产方式转型，传统的古典文学形态也会向现代大众文学形态转型，从而使文学进入艺术生产及市场经济时代。文学的生产力与生产关系、经济基础与上层建筑关系的调整和变化，促使文学生产方式的改变及其文学存在方式、传播方式和消费方式的变化和发展。

马克思主义早在19世纪工业文明发生时期就预料到文学艺术将会发生变化。《共产党宣言》指出："过去那种地方的和民族的自给自足和闭关自守状态，被各民族的各方面的互相往来和各方面的互相依赖所代替了。物质的生产是如此，精神的生产也是如此。各民族的精神产品成了公共的财产。民族的片面性和局限性日益成为不可能，于是由许多种民族和地方的文学形成了一种世界的文学。"② 马克思、恩格斯在提出的"精神生产""精神产品""公

---

① 马克思：《政治经济学批判·序言》，《马克思恩格斯选集》第二卷，人民出版社1972年版，第82页。
② 马克思、恩格斯：《共产党宣言》，《马克思恩格斯选集》第一卷，人民出版社1972年版，第255页。

共财产""世界文学"等范畴中早已预见到文学发展的趋势以及大工业生产与市场经济对文学生产所发生的重大影响。同时,马克思主义还将传统文学创作与现代艺术生产区别开来。马克思指出:"当艺术生产一旦作为艺术生产出现,它们(指文学艺术——引者)就再不能以那种在世界史上划时代的、古典的形式创造出来。"① 因而,"精神生产""艺术生产"语境下的文学创作方式向艺术生产方式转型,从而导致文学存在方式、传播方式和消费方式的变化和转型,最终推动文学转型。文学转型在很大程度上取决于艺术生产语境中文学活动及文学生产要素的变革。

其一,文学生产要素的变革。生产力要素在生产中起着核心的决定性作用,生产力变革推动生产效率的提高,从而也引起生产方式的变革。作为生产能力和效率的生产力要素通常主要由工具与人的生产能力构成。工具改革直接影响生产效率,大工业机器生产由机械化到电气化,再到电子化的现代生产,与农耕经济的生产工具镰刀斧头的传统手工劳作相比,不仅科学技术化程度有天壤之别,而且工具于人的体力劳动与脑力劳动的区别也是不言而喻的,从而在生产效率与效果上也不能同日而语。个体的手工劳作与机器的成批生产形成生产力程度的巨大差距。从作为生产力要素的人来看,人的行为与活动能力不仅是在生产实践活动积累中不断提高功能和效能,而且是人类在改造世界的同时也改造自身的过程中不断提升的。人的行为和能力在很大程度上表现为制造和运用工具的能力,从而也是生产的能力,即生产力。因而在生产力构成中,应将工具的功能与人的能力作为整体来看待,在工具与人的关系中来认识生产力。从生产力关系构成角度看,工具其实质是人的眼、耳和手、足甚至大脑的延伸,是人的本质、本质力量的对象化结果,是人的素质和能力的表征。因此,工具与人的关系本质上是"对象化"关系,

---

① 马克思:《政治经济学批判·导言》,《马克思恩格斯选集》第二卷,人民出版社1972年版,第113页。

在人制造和运用工具中将其本质力量对象化到工具中,从而使工具人化;同时工具所显现的生产力不仅本质上是人的对象化结果,而且是人的素质和能力显现的结果,从而使人的能力工具化而成为生产力,成为工具及生产力的表征。马克思指出:"一方面,随着对象性的现实在社会中对人来说到处成为人的本质力量的现实,成为人的现实,因而成为人自己的本质力量的现实,一切对象对他说来也就成为他自己的对象化,成为确证和实现他的个性的对象,成为他的对象,而这就是说,对象成了他自身。"[①] 工具在人化、对象化的同时,人也"工具化":人制造和运用工具而提高能力的同时其实也体现出工具的生产效率和效果。从这一角度看,人的素质和能力无疑也可视为具有巨大产能和潜能的活的工具。尽管对资本主义"异化"劳动的批判中也意味着对工业生产中人异化为物、异化为机器、异化为工具的批判,从而对"工具理性"及其"人的工具化"的批判。但不可否认的是在人与工具关系中确实也客观存在着作为生产力构成的完整性与统一性,无论是工具变革还是人的变革所引发的生产力变革其实都与科学技术提高和发展密切相关,生产能力的提高旨在生产效率和效果的提高,对生产的推动和促进作用也就具有合理性。在这个意义上讲"科学技术就是第一生产力""知识就是生产力",就是在工具与人的关系调整中推动生产力的变革和发展的,科学技术在提高工具效率的同时也提高人的生产能力,从而提高生产力。从这一角度看,掌握科学技术的人才其实也就掌握了科学技术工具,从而代表了一定的生产水平,代表了先进生产力,推动生产力的提高和发展。

明白此理,不难理解文学生产力从个体手工劳动工具转型到现代机器生产工具的作用和意义,更不难理解文学生产力改革与提高对文学生存和发展所产生的作用和意义。虽然本杰明对大工业机器复制导致艺术的独一无二的

[①] 马克思:《1844年经济学哲学手稿》,人民出版社1985年版,第82页。

"韵味"流失持批判态度，但他还是肯定"艺术品的机器复制则代表了一种新生事物"；"机器复制，开天辟地第一次把艺术品从它对仪式寄生般的依赖中解放了出来。进一步说，复制的艺术品成了为可复制性而设计的艺术品。"①大工业机器生产力在颠覆艺术作品的独一无二的不可复制的"韵味"的同时，也颠覆了传统艺术的经典性、经验性和典型性以及永恒性的"神话"，更重要的是改变了传统古典艺术的个体手工的、自给自足的、孤立封闭的小农经济生产方式，从而取而代之以现代大众艺术的大工业机器生产方式，传统古典艺术的"韵味"效果也被现代大众艺术的"震惊"效果所取代。本杰明指出："震惊的因素在特殊印象中所占成分越大，意识也就越坚定不移地成为防备刺激的挡板；它的这种变越充分，那些印象进入经验的机会就越少，并倾向于滞留在人生体验的某一时刻的范围里。"②倘若说传统古典艺术主要在于时间延宕而追求经典的永恒性的"韵味"效果的话，那么，现代大众艺术主要在于通过空间拓展而追求瞬间超越的"震惊"效果。相对于古典艺术和传统艺术而言，现代艺术更多地依赖于科学技术与电子媒介工具，如同异化劳动使人异化和物化一样，作家、艺术家也难免被工具机器和社会生产所异化，尽管不乏现代主义精英、前卫、先锋式的反抗，但生产力、生产方式、生产关系的变革，必然导致文学观、艺术观、审美观变革，艺术时间的永恒魅力"韵味"被审美空间突破和拓展的瞬间"震惊"效果所替代，或许正是现代生产方式下艺术方式与审美方式的转型和变革结果，使古典艺术、传统艺术偏重于艺术时间的审美时空观转向现代艺术偏重于艺术视觉空间的审美时空观。关键在于审美时空如何更好地在艺术中和谐统一，如何在瞬间的视觉空间审美中保持审美时间带来的永恒魅力。作为现代艺术的大工业复制性生产

---

① ［德］本杰明：《机器复制时代的艺术品》，［英］弗兰西斯·弗兰契娜等编：《现代艺术和现代主义》，上海人民美术出版社1988年版，第352页。

② ［德］本杰明：《发达资本主义时代的抒情诗人》，上海三联书店1989年版，第133页。

中的电影其实更具有后工业社会所赋予的大众文化、视觉文化与后现代主义特征，电影工业的复制性、复合性、连锁性生产与电影产业化、数字化、社会化发展的艺术生产方式变革无异于一场艺术革命；镜头语言、影像叙事、蒙太奇结构整合的视听文本所带来的是图像化时代或读图时代的视觉文化与大众文化转型；电影院空间场所特定的"黑屋子"仪式化效果与"震惊"效应激发了审美愉悦需求与视听享受的滋生。电影是本杰明充分肯定艺术生产的积极性一面的典型代表，尽管这种新的生产方式带有"复制性""类型化""图像化"的弊端和消极性，或多或少会削弱艺术"韵味"，但在提高生产效率和效果的基础上带来了艺术生产转型和艺术发展以及审美方式变革，即便就其"复制性"等而论，其实也包含积极、正面与消极、负面的"双刃剑"效应，能够尽可能满足大众社会审美需求，尽可能通过市场获得文化产业与文化生产效益，尽可能推进文化经济时代到来、文化软实力与产业硬实力提升、文化强国与电影大国目标的实现。因此，不得不承认，生产力是生产中最为活跃、最为"革命"、最具创造性的因素，生产力变革一定会引起生产方式的转换，新的生产力也一定会带来新的生产方式，先进生产力一定会取代落后生产力，并带来先进的生产方式以取代落后的生产方式，从而推动文学艺术变革和创新发展。

从文学生产力变革及提高角度而言，文学生产工具变革由日益增加的科技含量和不断更新换代的电脑写作为主流和主导的无纸化书写工具，无疑相对于传统的以笔纸为主流的书写工具而言要先进得多，不仅快捷便利，而且也能联想打字书写，从而不仅是工具革命，而且是思维革命；不仅是书写写作方式革命，而且是书写拼贴制作方式革命，无疑大大提高文学生产力。同时，电脑除具备先进的书写工具功能外，还具备选择字体字形、制图、编辑、装饰、打印、扫描、下载、粘贴、储存、复制、格式化转换、信息传播、资源共享、人机互动、人与人互动、网络平台交流、虚拟空间、自由虚构、自由联想等功能，电脑与网络作为工具，远远超出作为书写工具、作为思维工具、作为文学工具的作用和意义，电脑与网络在提高生产力效率和效果的同时也打开和创造了一个崭新的世界。

从作为生产力构成要素的人而言，掌握和运用电脑与网络写作工具的作家无疑会提高创作素质和能力，文学创作不仅取决于其创造性思维的运动，而且取决于其掌握和运用电脑写作工具的能力，甚至书写与写作工具掌握和运用的能力在一定程度上提高其创作思维能力，或引起其创作思维的革命和转换。当然，电脑写作工具的变革也使无数怀有"文学梦"的人实现了自己的理想，成为拥有读者、拥有点击率、拥有评点和评论，甚至走红的网络文学作家或写手，网络平台打破了体制化发表、出版的障碍，成为文学更为自由、平等和开放的交流共享空间。电脑与网络不仅使人人都有可能成为作家和批评家，而且使人人都有可能通过电脑写作和网络互动平台提高自身的素质和能力，从而提高了文学生产力和创造力。尽管任何工具对于人类而言都会是"双刃剑"，工具的局限性被批判为"工具人""电脑人""虚拟人"，但并不影响电脑工具、网络工具的革命性意义，在提高工具效率和人的能力水平的互动关系中提高了生产力，从而带来文学的生产力革命性转换，创造了先进的文学生产力。

其二，文学生产关系的调整和改革。生产关系指生产中因生产需要而缔结的人与人关系，具体表现在生产资料所有制、生产组织分工制和分配制。事实上，生产关系主要体现于生产主体——生产者之间的关系上。过去，讨论生产关系问题的观测点主要集中于生产中所缔结的阶级关系上，在奴隶社会制度下所形成奴隶主与奴隶的生产关系；封建社会制度下所形成地主与农民的生产关系；资本主义制度下所形成的资本家与工人的生产关系。从阶级分立着眼，这些关系都是对立关系，也就是经济剥削和政治压迫的关系，因为占有生产资料的所有者，无论在生产组织分工还是劳动成果分配上，都处于统治和支配的主动地位；而被雇用出卖劳动力的生产者，则处于被统治与被支配的被动地位。当然，阶级社会中不同阶级的社会地位无疑与其在生产关系中的生产地位是相关的。但是除生产关系的对立性之外，是否还有分工协调、组织协调的统一性一面呢？或者说，在生产关系中除阶级关系之外是否还具有生产中所缔结的生产分工意义上的关系呢？这应该是肯定的。作为生产主体的生产者，无论是参加直接生产劳动还是间接生产劳动，也无论是体力劳动者还是脑力劳动者，其生产关系实质除资本与劳力关系外，还有分工关系。分工为生产管理者与劳动者、白领与蓝领，并按生产需要、分工需要在生产活动的不同部门和生产程序与工序中形成不同层级的领导者与被领导者。当然，这并不等于说生产分工的结果就一定是组织协调性，也会有等级制的对立矛盾性，也需要调整和协调分工中的生产关系。因而，生产关系的改革不仅是阶级、阶层对立关系的调整，而且是生产组织分工关系的调整。旧的生产关系、不适应生产力发展的生产关系必须改革与调整，和谐生产关系和更新生产关系才能更大限度地解放生产力，提高生产力，也才能更好地适应生产力的发展，新的生产关系与新的生产力构成新的生产方式，创新现代生产模式。

中国现代文学生产关系的改变其实早在1840年鸦片战争前后，尤其是当西方以军事武力和文化强势双重压力打开闭关锁国的满清政府大门之后，现代报刊业、出版业与现代教育体制建立大大改变了古典文学传统创作、存在和传播方式，以现代传播为主要手段和载体的文学发表、出版及传播、阅读方式推动了文学生产力的提高、生产方式的转换以及生产关系的调整。作为创作者的作家与作为媒介的报人、编辑及出版商、印刷商、发行商缔结了新型的生产关系及其生产链，文学开始被纳入艺术生产轨道与市场轨道。作家不仅作为创作者，而且作为生产者，与报人、编辑、商人及其他生产者构成文学现代生产关系。本杰明提出"作者即生产者"的观点，认为："深刻反映当前生产条件的作者（的作品）将来绝不只是有关产品的作品，而同时还始终是有关生产方式的作品。换言之，他们的产品高于而且凌驾于作为作品的特性之上，必须具备一种组织功能，而且它的组织方面的用途无论如何不能受到它们作为宣传的价值的限制。"[①] 也就是说在现代生产的高度组织性与系统性的过程与环节中，作家被纳入社会性生产及生产关系中，这无论是生产雇佣关系还是生产协作关系，也无论是被动关系还是主动关系，传统作者的自主性、独立性和个体性都会有所限制，则在现代生产体制下的生产力以及生产关系变革中转变为现代作者——生产者，与其他生产者必然缔结新型的、雇用或协作的生产关系，从而适应生产力发展和生产方式转换，从而由精英文学时代进入大众文学时代。

中国改革开放四十年，随着市场经济建立及电子媒介兴起以及信息时代的发展，文学生产力空前提高，生产方式大幅度改变，生产制度创新、体制改革、机制转换，使生产关系得到进一步调整，不但包括生产过程中的生产关系，而且还包括生产前后的生产关系，诸如策划、广告，以及市场交换、产品消费等环节的主体也被纳入生产者及生产关系。本杰明指出："因此，重要的就是生产的示范性。这种示范性首先能够引导其他生产者进行生产，其次，能够在他们的建议下建立改良的机构。这一机构越完善，就能把越多的消费者转变为生产者，也就是，把越多的读者和观众转变为合作者。"[②] 可见，文学生产内涵和外延都得到扩大延伸，被纳入生产者队伍中的构成人员身份更为多样复杂，其生产关系更需要调整和协调。因而，只有生产关系调整，才能解放生产力；同理，只有生产力的变革，才能推动生产关系的调整。

其三，文学存在方式的转变。文学生产力提高和文学生产关系调整所创

---

　　① ［德］本杰明：《作者即生产者》，［英］弗兰西斯·弗兰契娜等编：《现代艺术和现代主义》，上海人民美术出版社1988年版，第345页。
　　② 同上。

造的新型文学生产方式，必然使文学存在方式发生转变。正如手工劳作的个体化和个性化产品与机器成批复制的规格化和类型化产品的存在方式和表现形态不同一样，文学的传统生产方式与现代生产方式所生产出来的产品，其存在方式和表现形态也会有很大区别。当然，文学无论是传统存在方式还是现代存在方式都必须是作品的文本存在方式，从表面上看，无论是古代，还是现代，曹雪芹的《红楼梦》还是《红楼梦》，其作品并未发生任何变化，但文本的存在方式和表现形式则有所不同。

首先，作品的文本存在方式的载体不同。承载文学的载体都必须具有一定的物质条件和物化形态，从而使之成为物态化的客观存在。原始文学与民间文学往往以民歌、传说、神话等口头语言的方式存在，很大程度上是依赖于人的口耳相传，即以人的身体作为物质条件和物化形态承载口头文学而使之成为客观存在，但无论是口耳相传还是一旦身体（个体生命）消亡，这种文学存在的客观性以及载体的不稳定性必然会受到影响和损耗。因而，口头文学往往也需要以记载的方式保存和留传，无论是后人用文字追记原始口头文学还是文人用文字将民间口头文学记录为文学文本，都试图以文字记载还原和保存口头文学的客观存在性。当以口头语言作为载体的文学转化为文字语言作为载体的文学时，而文字书写的载体，诸如树叶、羊皮、甲骨、竹简以及帛和纸等物质材料就作为文字语言文学的载体，相对于口头文学以人的身体作为存在方式的载体而言无疑先进一大步，但本质上还是以手工书写的原稿式存在。当最初的印刷术，雕版印刷、木刻印刷、活字印刷的手工化印刷作坊产生，文学手稿就在一定批量的印刷中产生出诸多复制性文本，文学改变了单一手稿存在方式而成为诸多印刷品的存在方式。现代大工业机器印刷进一步加剧文本复制性，诸如电子排版、电影拷贝、光盘刻录、声音转录、网络下载等现代电子媒介工具形式，使作品文本成千上万地复制，不仅数量之多，而且文学存在方式的物质载体形式更具多样性、广泛性、跨时空保存性和传承性，以现代电子媒介工具载体作为现代文学存在方式与传统文学存在方式在物质载体上显然有了天翻地覆的变化。

其次，文学存在方式更为多样化和灵活性。文学作为语言艺术，以语言，无论是口头语言还是书面语言作为存在方式，因而依托语言文字存在几乎是文学的唯一或单一的方式。在现代电子媒介时代，提供了文学存在的多样灵活的方式，同时也改变了文学传播和消费的方式。在现代艺术中，文学借助影视媒介，将文学作品搬上银幕和荧屏，这固然有改编文学或影视文学创作，或使文学转化移植为其他艺术形式的因素，但不啻也是文学除印刷文本外的其他文本存在方式形态，很难将影视作品《红楼梦》排除于作为文学作品的《红楼梦》之外，只能说明《红楼梦》作品在现代艺术生产中具有多样化的文本存在方式和表现形式。传统文学和艺术都可以在现代艺术生产中转换其存在方式和表现形式。在电视节目中，也不乏电视诗、电视小说、电视散文之类文学的存在形式。无论怎样将文学电视化、电影化，其作为语言艺术的文学特质特征仍然存在，但其图像化与观照方式的改变无疑也说明文学存在方式的改变。在网络世界中更不乏文学存在的身影，网络小说、诗、散文借助网络平台，甚至互动方式更表现出其多样化和灵活性存在的特点。甚而在现代媒介不断发展的进程中，很难预料还会提供给文学何等自由和多样的存在方式，也很难预料在今天还处于极盛的电子媒介存在方式是否会变成明日黄花。但现在我们毕竟看到了文学在现代印刷图书存在方式的同时又增加电子图书存在渠道，几乎人手一机或多机的手机上除传递信息外又增加了手机文学、手机电影、手机网络等文学及更多信息存在的途径。因而可以说，文学存在方式的改变和更新有一个永无止境和无限宽广的发展前景。

再次，文学以价值法则存在方式的改变。文学存在的根据是因为有价值，能满足人类的精神需求和审美需求，因而文学具有审美价值及社会价值，也是一种审美意识形态的存在方式和表现形态。在现代艺术生产语境中，由于文学生产的双重性，即精神生产与物质生产的双重性，在生产出审美意识形态的同时也生产出其物质外壳——物态化文本形态，从而在精神材料和物质材料、文化象征资本与经济资本、精神成本和物质成本、精神劳动和物质劳动中产生出精神价值与经济价值，并具体体现于文学作品的文本存在方式——文学书籍、文学杂志、文学报纸等的价格上。与其他艺术形式在经过艺术生产过程后投入消费市场一样，诸如一幅字画、一首歌曲、一台戏剧、一部电影，在艺术市场上都会以一定的价格来呈现其价值，从而在市场和消费中证明其存在以及价值的存在方式。文学作品也在生产中作为产品，在市场中作为商品，在阅读中作为消费品，以其价值与价格的方式呈现出存在方式和表现形态。即便在更为自由和便捷的网络文学中，虽然并未明确每部作品的价格，但网站经营商和管理者也会通过点击率，通过一定的有偿阅读的方式判定作品的价值和价格，从而判定其是否具有网络存在的理由或存在时限长短的根据。同时，发表于某刊物某报纸的作品，在某出版社出版的作品，在某网站上传和下载的作品等生产和市场行为，还会因其编辑宗旨及报刊商、出版商、网络经营商的需求而被纳入生产与市场的策划、组织系统中，从而与这一系统中的其他作品发生关联，从而使作品以某报纸、某刊物、某出版社、某网站为载体，取得与之结合的存在方式和表现形态。文学存在方式的改变是因生产方式转换以及生产力与生产关系的改革，同时又反过来进一步推动文学生产方式、生产力与生产关系的发展，成为艺术生产的系统构成以及不断运动和发展的新形态，从而推动文学转型，并对文学生产提出更新更高的要求。

二 "艺术生产论"的文学观变革

在艺术生产实践基础上建立起的"艺术生产论"，是艺术生产理论的集中体现，从而也引发文学观的变革和转换，无论是文学"再现说"还是"表现说"，也无论是文学意识形态论还是审美意识形态论，更无论是纯文学的"自律"观还是大文学的"他律"观,过去种种文学观都在艺术生产、艺术市场和艺术消费的语境中受到质疑和挑战,文学观的变革和转换势在必行。从艺术创作论到艺术生产论,从计划经济主导下的创作到市场经济主导下的生产,从艺术品到艺术商品,从艺术欣赏到艺术消费,从提供公共艺术服务到艺术市场,从艺术的社会效益到经济效益等的巨大变化,艺术生产成为现代社会发展大趋势和时代潮流。艺术生产论所决定的文学生产论,促使传统文学观向现代文学观的变革和转换,促使文学思想解放、改革开放、开拓创新。从艺术生产及文学转型角度而言,主要引起以下三方面的观念变革和更新。

其一,文学创作观向艺术生产观的转换。艺术生产使创作与生产统一。对创作的理解主要有三个维度:一是创造性写作,强调其独创性和原创性;二是个体化、个性化写作,强调创作的个体性、个性化和自我表现性;三是作家的精神创造和灵魂塑造,强调创作的精英意识和经典意识。因而创作观带来文学的永恒魅力和持久的韵味,也带来对现实超越和对理想追求的寄托和信念,更带来文学超凡脱俗的阳春白雪贵族气质和批判反省的先锋、前卫态度。对艺术生产理解的核心是生产的双重性,即作为创作者与生产者的作家身份的双重性、生产性质的精神生产与物质生产的双重性、艺术产品的脑力劳动与体力劳动成果的双重性、艺术商品的艺术性与商品性的双重性、艺术消费的欣赏与消费的双重性、艺术价值的社会效益与经济效益的双重性。也就是说,艺术生产既是生产的一般形式,又是生产的一种特殊形式,从而具有生产的一般性与特殊性。作为一般生产,当然应遵循生产规律、生产秩序、生产法则,应构成生产活动中的生产、分配、交换、消费的过程和环节,受制于生产规则和市场规则的保障和规范。作为特殊生产,当然要遵循艺术规律、审美规律、文学规律,凸显精神创造、脑力劳动、审美价值取向的特性特征,在生产过程中保持艺术的相对独立性、自主性和自律性。

尽管在长期的精神生产与物质生产的分离和对立中,艺术生产中存在精神与物质、艺术与生产的矛盾性和复杂性，但对其双重性认知及其两者统一性的追求，应是艺术生产及文学生产的发展趋向。同时还要看到，艺术生产论中的创作观与生产观的统一，已使其创作观的现代性对传统性进行改革和更新。当生产观融入创作观中，作者的身份、立场、观念、思维、方法和价值取向都会发生变化和转换，其文学观、创作观及价值观呈现出艺术生产论的新观念和新意识。

其二，精神生产与物质生产的统一性。现代社会发展越来越依靠科学技术与知识的力量，因而无论是精神生产还是物质生产都在增加科学技术含量与知识含量，从而出现物质生产精神化、精神生产物质化以及两者统一趋向。唯物主义认为：物质第一性，精神第二性，物质决定精神，首先是满足物质需要的物质生产发展到一定程度后才会有满足精神需要的精神生产发生。但在惯常思维中，我们常常忘记辩证唯物主义知识：在物质作用于精神的同时，精神对物质具有反作用，因而物质与精神的关系是辩证的，是对立统一的，尤其是在当下由科学技术与知识推动的物质生产与精神生产，除两者具有更紧密的关联性、互渗性、互动性之外，而且两者也具有合流统一的趋势。事实上，物质生产与精神生产的分离或对立是社会分工和阶级分化的结果。

马克思、恩格斯指出："分工不仅使精神活动和物质活动、享受和劳动、生产和消费由不同的人来分担这种情况成为可能，而且成为现实。"[①] 在社会分工及其阶级分化中，统治者（管理者）与被统治者（被管理者）、脑力劳动与体力劳动、专业技术与熟练技术在原始形态生产由于工具改革和生产发展的需要而解体之后产生新的分工和分化。同时，物质生产与精神生产的分离或对立除生产发展的客观要求因素外，也是人们思维观念以及理论认识的结果，生产分工也导致人们思维方式和理论认识模式的改变和转换，混沌合

---

① 马克思、恩格斯：《德意志意识形态》，《马克思恩格斯选集》第一卷，人民出版社1995年版，第83页。

一的原始思维逐渐为一分为二、一分为多的分类思维所替代，从而导致思维观念上物质生产与精神生产的分离。现代社会分工及其专业学科分类的发展有两个方向：一是随着社会实践与知识理论的学科、专业、职业化程度加强，分工越细则分类意识越强化；二是在跨学科、多学科、新兴学科的综合研究中也越来越强调打破分工分类的界限，在对象的系统性、整体性、关系性中强化系统思想、整体思维，从而推动分工协作、分类整合的一体化发展。

更为重要的是，由于大工业机器生产、电子媒介传播以及科学技术发展，生产的"一体化""全球化"与"现代化"进程更加快了物质生产与精神生产的合流，越来越细的分工与越来越整体化的协作导向社会生产的整体化。即便从精神生产单向度着眼，也存在着生产的二重性，亦即生产的一般性与特殊性，实质包含物质生产与精神生产的二重性，艺术主体的创作者与生产者的二重性，生产者的脑力劳动与体力劳动二重性，艺术产品的艺术性与商品性、艺术消费的审美与消费的二重性，艺术效果的社会效益与经济效益的二重性，等等。尽管二重性旨在说明两者的对应与对立，但无疑其完整性正是将两者统一为一体的生产宗旨和目的所在，也是社会生产的大势所趋和价值取向所在。精神生产如此，物质生产亦如此，出现物质生产精神化、精神生产物质化的双向互动、交叉共生的生产状态。

其三，纯文学观与大文学观的统一。艺术生产及文学生产的社会实践引起文学观的变革和更新，文学观被纳入思想解放、改革开放的时代大潮的大观念中。相对于传统文学观、古典文学观的纯文学、庙堂文学、正宗文学、主流文学、精英文学、经典文学、大一统文学而言，现代文学观更为开放和自由，不仅包容各种艺术形式之间的移植、改编、联体等互文性、兼容性文体形式，而且对各种依托于电子媒介和高科技的新型的文类样式予以文学肯定，将影视文学、网络文学、手机文学、新闻文学、历史文学纳入文学范围；更重要的是将长期被边缘化的民族文学、民间文学、通俗文学、大众文学纳入主流文学渠道，形成文学多元化及百花齐放、百家争鸣的文学繁荣局面，满足人们与社会日益增长的文化需求和审美需求。同时，一方面在现代文学观构建上并未排斥和否定纯文学观，两者尽管有矛盾和对立性，但也在相互作用和互为补充中形成统一性和整体性，文学所主张的文学性、文学精神、文学理想无疑还在文学中闪现光芒，审美价值取向仍然是文学的核心价值取向。另一方面大文学观也并非大而无边的无边界的泛文学观念，文学也还是有别于政治、宣传、新闻、历史、教育、宗教等的形式，文学的特殊性、自主性和独立性也是不言而喻的。从文学价值取向而言，在大文学观的开放自由的多元化价值取向中包含着纯文学的核心价值取向，或者说以纯文学观为核心构建大文学观的核心价值体系。从艺术生产角度而言，在其社会化的生产流程和制作过程中，艺术生产的艺术观在艺术生产观中应处于核心地位，艺术产品的艺术性在艺术商品中应处于核心地位，艺术消费的审美效应在社会效益与经济效益中应处于核心地位。

三　文学批评在艺术生产中的地位和作用

文学在艺术生产中因生产力发展与生产关系调整转换了文学生产方式，从而也改变了文学存在的方式与表现形式。马克思提出"精神生产""艺术生产"范畴，并指出："宗教、家庭、国家、法、道德、科学、艺术等，都不过是生产的一些特殊的方式，并且受到生产的普遍规律的支配。"[1] 作为艺术生产具有生产的双重性，既表现为物质生产与精神生产的双重性，又表现为一般生产与特殊生产的双重性。被纳入艺术生产轨道的文学，无疑也具有生产的双重性，表现在文学生产力上就有人的创作力与工具的生产力的双重性，文学生产的作家与制作者的双重性，文学生产方式的精神原创与机器复制的双重性，文学方式的物态化文本与精神化作品的双重性，艺术市场的艺术品

---

[1] 马克思：《1844年经济学哲学手稿》，人民出版社1985年版，第78页。

与商品的双重性,文学存在消费的精神享受与物质消费的双重性,文学效益的社会效益与经济效益的双重性。

伊格尔顿认为:"如何说明艺术的'基础'与'上层建筑'的关系,即作为生产的艺术与作为意识形态的艺术之间的关系,依我看来,是马克思主义批评当前面临的最重要的问题之一。"[①] 这进一步提出作为精神生产的文学的审美与意识形态的两重性。文学批评作为文学评价机制该如何面临文学转换带来的困惑和挑战,如何以评价机制推动艺术生产及生产力的发展,促进文学繁荣,如何发挥批评在艺术生产中的作用,确立批评的位置和地位,这是批评关注并亟待解决的问题,也是批评以制度创新、体制改革、机制转换从而推动文学与批评转型发展的重大问题。针对艺术生产而言,批评在实践与理论上的探索,首要解决的是批评应该做什么、能做什么、怎么做和为什么做的准确定位与作用发挥问题。

其一,批评在艺术生产过程与环节中的地位和作用。按文学创作活动中惯常思维,批评对文学的评价在时序上置后于文学,因而文学活动过程是创作—欣赏—批评的序列。在艺术生产中,固然也存在着生产、分配、交换、消费的时序过程和序列安排,但因生产与消费的双向交流的互动关系,为生产而消费与为消费而生产之间界限模糊,两者互为因果、互为补充形成整体运动和共同行为。尤其在市场经济规律和法则下,生产与消费均在市场平台上角逐与合谋,市场决定生产、市场推动消费的潮流以及消费拉动生产、消费者是上帝的理念带动消费主义滋生。文学及理论界兴起接受美学、读者反应理论、阐释学、现象学等美学思潮和文论批评思潮,也进一步推动文学生产与文学消费关系的重新调整和认识。批评在这样的艺术生产语境中应有更大作为。

---

① [英]伊格尔顿:《马克思主义与文学批评》,人民文学出版社1980年版,第81页。

首先，批评的文学生产策划作用。文学策划是艺术生产中一个元素，这不同于计划经济时代的计划，也不同于传统文学创作活动的作者构思立意，而是生产前的对生产与消费过程的整体、系统、全面的策划安排，不但包括文学创意、产品设计、制作技术、生产流程的策划，而且包括市场流通、消费模式、社会传播、综合效益等艺术生产全过程及所有环节要素的精心谋划和安排。尤其是通过市场需求与消费需求的调研考察，以确立生产品种、规模、品质、形式，从而保障和规范生产行为和生产效果。因而批评强化策划意识，由后置于文学到前置，批评对文学生产的策划及参与策划的功能以及对文学生产策划的评估从而使评价先于结果，并以评价优先原则贯穿于生产过程以及所有环节中，作为评价机制保障和生产秩序规范。

其次，批评的文学生产监督、控制和调节作用。批评作为评价机制不但是对产品和效果的评价，而且也是对生产过程和流程的评价，是层层把关、环环相扣的环节评价。对生产规划和策划评估自不待说，在具体生产过程每一工序每一职岗每一环节中，都设有具备批评功能的监督、控制、调节的检验评价系统，生产过程和环节设有质检员、安全员、统计员无疑都承担评价任务，从而保障和规范生产秩序和生产效果。尽管这些生产职能并非都由批评者担当，但其主要功能是评价，发挥出批评评价的作用。事实上，当批评对产品价值进行检验和评价的同时，也不断扩大延伸为对生产过程与诸环节及其关系的检验评价，将文学视为活动，视为艺术生产就意味着评价不但是价值评价，而且也是价值生产过程和价值实现过程的评价，这无疑包括生产前（前生产）、生产中、生产后（后生产、再生产）的整体评价。

最后，批评在艺术市场中的流通传播作用。艺术生产面对市场、面对消费者而生产的同时，也以其生产信息与产品信息的广告发布传播形式吸引市场和消费者。因而广告与产品发布以及新闻发布是其招商和扩大市场的重要途径。尽管广告及产品发布主体是生产者或经营者，这其中的主观性及自我宣传、自我推销甚至炒作的局限性不言而喻，但广告也会在客观上起着某种意义上的评价作用和引导作用，影响市场和消费行为。加之批评的参与以及新闻信息的介入，也会使广告增加一定的可信度和客观性，使评价作用更为显现。同时，批评对广告的介入也在一定程度上规范和保障广告行为的合理性和正当性，使广告的批评评价作用也得以体现。但广告毕竟本质上是一种商业行为，因而也需要批评对广告进行把关和评价，规范广告行为，保障广告的合理性和准确性。

  其二，批评在文学制度以及评价机制建设中的作用。艺术生产必须具有制度保障，这一方面是由文艺制度提供保障；另一方面是由生产制度提供保障。文学活动进入艺术生产轨道，大工业机器生产及电子科技生产的程序与工序本身就会确立起科学客观的自然法则或约定俗成的生产制度以保障和规范生产秩序，形成生产的组织性和纪律性；同时也会因现代社会制度化的系统性与结构性，制定生产的规则和制度，以保障高效有序的生产流程和效果。因而生产制度的建立是必要的，是生产力发展与生产关系协调以及生产方式需求的必然结果，同时也是因生产力、生产关系及生产方式变革发展而不断调整、创新的结果。生产制度不仅保障和规范生产力、生产关系及生产方式的确立，还要保障和规范它们不断创新和发展。在生产制度基础上建立的艺术制度以及艺术生产制度，就必须遵循生产规律与艺术规律，保障和规范艺术生产的双重性协调统一，从而生产出优质高效的艺术产品。

  批评在艺术制度与艺术生产制度的建立中起着重大作用。批评一方面推动制度建设和制度创新，其评价机制功能指导和引导制度建设的方向，为艺术生产提供尽可能的制度保障；另一方面批评本身也作为制度建设的重要组成部分，形成评价制度和评估体系，以评价机制推动文学发展。就其艺术生产制度建设而言，批评作为评价机制在制度建设中主要有五方面功能作用：一是生产前策划制度的设计功能作用，包括创意设计、工艺设计、技术设计、材料设计及成本核算、市场预测、效益预测等，旨在通过规划方案的评估建立策划制度及评估体系；二是生产中的生产制度的组织协调功能作用，包括生产资源的组合配置、生产分工与协作、生产组织与生产程序的安排步骤、生产环节的衔接与连贯、生产链的联结、层次管理与职责等，旨在通过生产制度协调及组织生产行为及生产过程；三是生产后的成品检验制度的监督、检查、评估功能作用，包括半成品、成品质量规格的检验、岗位责任制落实、管理职能与工作效绩，成品的包装及装潢、废品处置等，旨在通过检验将成品转化为合格、优质产品以及通过评估区分产品等级，予以市场准入批准权力；四是市场制度的商品运营推销功能，包括商标注册、广告宣传、市场宣价、物流运营、经销方式以及市场规则与平等自由贸易法则，旨在通过评价体系建立公平有序的市场秩序；五是消费制度的正确指导和引导功能，包括消费需求和意识的引导、消费心理的调整、消费者权益保护、售后服务体系建设、消费方式和使用方法指导、消费效果和产品效益评价等，旨在通过消费评价体系引导正确合理消费。由此可见，批评作为评价机制不仅推动艺术生产中各项制度建设，而且确立评价制度从而加强评价机制的推动作用，使艺术生产得到有效保障和规范。

其三，批评的文学评价功能作用的加强和扩大。艺术生产语境中的批评以及评价机制功能的扩大，从而有了广义的批评。对狭义批评而言，其文学评价功能也有所加强和扩大。传统所称文学批评，主要是对作家创作的文学作品进行评价，无论是"知人论世""以意逆志"的批评模式也好，还是"感物言志""文如其人"的批评模式也好，其主要取向和指向都是文学还原论和本质论思路，要么将文学还原为社会历史生活，要么将文学还原为作家思想感情，要么将文学视为意识形态的工具和手段，要么将文学视为封闭独立的纯粹形式，等等。这种批评方式与传统文学创作方式、阅读方式和传播方式紧密相关，也是与其传统生产方式和存在方式分不开的。艺术生产语境中的现代文学生产方式的转换，无疑对文学批评方式产生重大影响。批评除考虑艺术生产中的文学创作方式外，还要考虑文学生产方式；考虑作为创作者的作家外，还要考虑作为生产者的制作群体；考虑文学阅读方式外，还要考虑文学消费方式；考虑文学的社会效益外，还要考虑经济效益等。也就意味着批评应着眼于艺术生产整体性、综合性考虑评价问题。即使对艺术生产的双重性中的文学性的考虑，其观测点也大大有别于传统批评，这集中表现在四个方面。

首先，批评作为评价其对象是文学价值而非仅仅是文学文本。在接受美学视域中，文学文本与作品是两个范畴，作家文学创作的结果是文本而非作品，只有当文本进入阅读才能转化为作品，也就是说文学价值在文本中只是潜在价值，只有经过阅读的作品才具有现实价值，或通过读者阅读文学才产生作用从而实现价值。因而，文学价值是在作品满足了人们的阅读需求的主客体关系中生成的价值，或者说文学价值是关系值。批评作为评价，是对文学价值的评价，故而就文本讨论作品价值而不联系接受效果，也就无法真正地揭示文学的价值和意义，从而也就局限于文学创作而忽略文学阅读、文学接受、文学批评的作用。读者及接受在文学活动中的地位和作用，在艺术生产及市场经济的推动下进一步凸显，批评对文学价值的评价，无疑使这一文学观得到强化。

其次，批评对文学性意义的追寻取向更为扩展。批评对文学价值的评价旨在追寻文学性核心价值取向，从而引导文学发展方向。文学性是文学成为文学的本质规定性，故而是排斥文学的社会性及意识形态的纯文学、美文学、纯粹美以及俄国形式主义断言的文学语言、结构、形式所指称的"文学性"。在艺术生产语境中，生产的双重性当然也意味着文学性与生产性的对立和矛盾，但同样也意味着文学性与生产性的互渗和互动。艺术生产中的文学性不仅带有艺术生产的特点，而且扩大了文学性内涵与外延，成为艺术生产的文学性。在文学性指称的审美属性中，无疑含有审美文化、审美感性、审美愉悦、大众美学、通俗美学、审美化等构成要素，扩大了审美范围和审美途径。即使在本杰明对机器复制时代的文学"韵味"（光晕）的消失而颇感遗憾，与其说是文学性消失，不如说是文学性得以扩展。光晕在渐渐消失的同时也得以扩大，在其内核周围外延的边缘、边界虽然模糊，但毕竟是由内向外荡漾开的涟漪般的光晕，更需要批评通过文学的阐释从而对光晕的准确把握和正确评价，同时也进一步强化了批评对文学性揭示和发现的评价意义。

再次，批评更为明确文学评价的核心价值取向。艺术生产、艺术市场与艺术消费时代，固然使文学面临挑战，尤其在过渡转换期会出现某种危机和困惑，也不难理解所谓"文学消亡论""文学边缘化"以及批评滑坡、疲软、缺席、失语等感叹。但在文学转型的分娩阵痛中还带来新生儿的响亮啼哭声，文学获得凤凰涅槃式的新生。文学多元化、多样化形态，文学更为自由、民主、平等的氛围，文学更为广阔的发展空间，文学公共空间共享的权利，文学与艺术及其他文化形态的联姻，等等，不啻也是文学繁荣发展的另一景观。当然，文学既需要有忧患意识和危机感，又需要有宽容大度和改革开放的意识。在其价值取向矛盾、冲突的复杂状态下，文学更需要批评的评价机制的推动和评价取向的引导。批评建立文学核心价值体系及评价核心价值取向，更有利于在文学多元价值取向中确立核心价值取向，也更有利于在艺术生产语境中确立积极正确的生产取向。批评在艺术生产语境中构建的核心价值取向应基于多元共生、多样和谐的理念考虑生产的双重性，在确立艺术生产及现代艺术发展的大方向和主导趋向的同时遵循"自律"与"他律"对立统一的艺术生产规律，在生产一般性认识基础上尊重特殊性和相对独立性，认清文学艺术是一种"更高地悬浮于空中的思想领域"[1]。"关于艺术，大家知道，

---

[1] 恩格斯：《致康·施米特》，《马克思恩格斯选集》第四卷，人民出版社1972年版，第484页。

它的一定的繁盛时期绝不是同社会的一般发展成比例的，因而也绝不是同仿佛是社会组织的骨骼的物质基础的一般发展成比例的"[1]，"资本主义生产就同某些精神生产部门如艺术和诗歌相敌对"[2]，因此，艺术生产是"一定社会形态下自由的精神生产"[3]，是"真正自由的劳动"，由此以保障艺术性、文学性、审美性的核心价值取向，从而也决定批评的核心价值取向及评价取向。批评的评价取向不仅在于作品优劣、价值大小的等级评价，而且在于是非、正误、善恶、真假、美丑的价值观及价值取向的评价，从而肩负着价值重建、价值重构及核心价值体系构建的重任。

最后，批评逐渐进入艺术生产轨道，强化了批评的艺术生产性。当讨论精神生产艺术生产时，作为精神生产或者广义的艺术生产的批评，自然也被纳入这一轨道。但在理论研究中则很少涉及这一话题。从实践角度看，由于进入大工业机器生产以及机械化、电气化、电子化生产时代后，物质生产与精神生产工具改革、高科技手段运用、生产力提高、生产方式转换，必然带来人类社会活动方式以及劳动成果存在方式和表现方式的改变，批评也不例外。电脑写作不仅改变了人们的写作方式和书写习惯，而且影响了人们的写作思维和话语形式；网络批评伴随网络文学而产生，提供了批评生存与活动的空间和互动对话平台；电视专题栏目所设置的文学批评、影视批评、音乐批评、戏剧批评等访谈、座谈、对话、读后感、观后感等各种方式，无疑开拓了视听批评的空间及生产出"批评秀"的明星和名嘴；批评论文、论著一旦进入杂志、报纸、书籍出版渠道，也就进入精神生产、文化生产、艺术生产过程；作为生产者的批评家与作为生产者群体的策划者、编辑、主编以及

---

[1] 马克思：《政治经济学批判·导言》，《马克思恩格斯选集》第二卷，人民出版社1972年版，第112页。

[2] 马克思：《资本论》第4卷第1册，《马克思恩格斯全集》第26卷第1册，人民出版社1972年版，第296页。

[3] 同上。

印刷、发行、销售渠道的生产者和商家,就会构成生产者、经营者、销售者联盟,将他们共同捆绑在同一条生产线上;生产数量、发行数量、销售数量在一定程度上决定于批评的效果和传播力、影响力。因此,批评及其评价的各种方式的图书排行榜、网络点击量、电视收视率等影响力与社会效益、经济效益结合,批评的作用和价值由此可见一斑。

在当今社会,批评与文学同样,也面临生产力发展和生产方式转换所带来的存在方式和表现形态的改变,批评转型与文学转型同样值得重视和探索。更为重要的是,在当今文化制度创新、文化体制改革和机制转换的大背景下,批评制度、体制、机制也应该顺应社会潮流,立足于解放思想、改革开放,才能有利于批评更好地发展,有利于充分发挥批评的作用和价值,从而强化文学评价机制,推动文学与批评共同繁荣发展。

第三节 媒介生产论视域下的批评发展

进入21世纪后,全球化、现代化步伐明显加快,中国百年现代化进程在21世纪十年推到了一个前所未有的高度。中国不仅以大国崛起的姿态发挥其影响力和竞争力,还以构建和谐社会理念精神改变着世界格局。这无疑归因于在现代化进程中及时进入全球化的结果,在不断提升国民素质和综合国力的同时也在改革开放中拓展了引进与推出的全球化视野。中国不仅以一体化的全球化,而且以多元化的全球化改变着世界格局。

信息、通信、传媒、媒介、媒体是全球化的基础保障。在央视主流媒体热播的根据麦家小说改编的电视剧《风语》,叙述了一个抗战时期军统黑室对日信息战的秘密战线的故事,敌我双方电报密码的加密与解密的激烈较量,直接影响战局变化,凸显密码信息在战争中的作用,也昭示了信息化时代的到来。20世纪60年代，加拿大传媒理论家麦克卢汉提出"媒介即信息"的观点也印证了这一趋势。21世纪经济全球化、文化全球化的前提是信息全球化，信息化其实也是全球化应有之义。从这一角度说，全球化还得依赖信息化。由此，进入全球化社会也标志着进入了信息化社会，进入了以信息生产与传播从而影响和掌控社会的媒介时代。

徐岱认为："当今世界是属于媒介的时代，以电视、网络、报刊等信息部门为主体的社会大众的文化媒介，早已成为新意识形态的主宰，是现代权力体制举足轻重的中坚力量。通过对话语权的牢牢掌控，媒介构筑了生活世界里的思想文化格局，对芸芸众生的日常人伦规范与生存理念起到支配性的影响。"[①] 尤其是现代电子媒介，如电影电视、广播电台、电脑网络、手机短信等，在传递和交流信息的同时也在生产制造信息，在生产信息的同时也在进行意识形态生产与文化生产以及新闻、教育、娱乐、广告、演艺、文艺、评论等大众文化产品的生产。通常被视为传播的媒介，已在信息化时代与媒介时代成为生产媒介，不但具有承载、传播功能，而且具有生产功能；不但筹划、参与和影响生产，而且或直接或间接地介入生产和进行生产；不但是后生产、再生产、复制生产，而且是复合生产、连锁生产、系列生产。甚至在播放、传播、消费中也包含生产因素，被纳入广义生产范围。因此，基于信息化社会现实发展状况和实践经验，提出媒介生产论观点，以其视野透视文学在大众媒介语境下生存发展的状况，讨论文学批评何为与为何的价值取向与评价取向是非常必要的。

一 文学与媒介关系的历史建构

媒介本质上具有工具性质与功能，是人与对象、主体与客体交流的中介，

[①] 徐岱：《媒介时代的诗性立场》，张邦卫：《媒介诗学——传媒视野下的文学与文学理论》，社会科学文献出版社2006年版，第1页。

也是人类行为活动的工具形式。媒介的工具性意义不仅在于，作为生产力要素包含科学技术的物质与精神含量和人类智慧创造力的"人化"能量，以更利于作用对象，而且也以"对象化"与"自我确证"的方式作用于人自身，也是人类进化、人的身体以及器官功能的扩大与延长、人的行为活动能力及其效果提高的表征。因此，媒介具有中介性、工具性和科技性，也具有人文性、创造性和物质、精神统一性的性质和特征。媒介文化说明媒介不仅是工具，而且是目的，是人类本质能力的对象化和创造结果，也是人类及其文明、文化进化和社会发展的结果。媒介的性质特征使其具有生产工具、承载工具、传播工具、接受工具的多重功能。让纳内认为："媒介的历史包含了一个广阔的研究领域。其任务是研究在时代进程中，一个社会如何对自身及其他社会加以表现，以及所有涉及这一研究领域的人们是如何努力使这幅画面按照自己的意图而改变的。因此，它涉及有关媒介的各个方面，与大多数的人类活动相关，包括公共的或私人的。"① 媒介史其实也是人类活动史。

原始社会形态的媒介主要是以人的身体以及与身体功能联系的工具为媒介进行活动的，包括口耳相传的语言传播方式；农耕文明的古代社会媒介主要以手工工具进行生产活动，以及文字化的纸质媒介传播方式；进入大工业生产的现代社会后，机械化、电气化、电子化的生产活动工具媒介及其纸质印刷媒介、平面媒介、立体媒介、热媒介、冷媒介、多媒体媒介传播方式依靠现代科技力量以及自身独立力量飞速发展。现代传播媒介不仅影响生产、传播、交流、接受、消费方式的变革和更新，而且进入整个生产系统，成为一种新的生产方式与生产形态或业态。媒介优先、媒介霸权、媒介无冕之王、媒介中心、媒介话语等现实状况及其社会评价标示出媒介时代的到来。张咏华指出："远古时代的人类传播，同今日人类走向知识社会时的传播活动，其

---

① ［法］让纳内：《西方媒介史》，段慧敏译，广西师范大学出版社2005年版，第1页。

频率、规模等，都不可同日而语。正是因为如此，在人类历史上很长很长的时期中，对于渗透到人类一切社会活动中，因而具有行为伴随性特点的传播活动，人们并未将之当作独立的活动予以研究。这种局面，在现代大众传媒业兴起后随着专业化的传播机构进行职业化的、相对独立的、传播范围遍及全社会的大众传播活动成为突出现象时，才得以改变。19世纪末20世纪初至20世纪30年代，正是现代传播业相继登场的时期。"① 媒介时代的到来，社会与媒介关系更为紧密，文学媒介异军突起，在媒介功能日趋强化的基础上，必然会使媒介生产论应运而生。

其一，从文学实践活动及文学发生发展来看，媒介与文学早有关联。文学缘起和起源无疑与人类情感表达交流有关，也与人类实践活动的价值需求与创造有关。原始文艺作为人类情感表达与交流的一种表现方式，本身就具有工具和媒介的功能意义，文艺形式成为人类行为活动的一种工具和媒介。同时，原始文学主要是有赖于口耳相传的口头文学，以身体语言作为文学表达、接受、传播、传承的媒介与工具，决定了原始文学的口头文学形态。由此也建构起文学作为语言艺术，必然以语言为媒介、以语言为工具、以语言为生产力和生产资料、以语言为本体的文学活动方式、生产方式、传播方式和接受方式。古代文学主要以文字语言及其书面语言为媒介工具，以纸质文本承载、接受和传播、传承文学，其工具媒介方式以及农耕文明的个体生产、自给自足、手工作业性质特点的生产方式，决定了古代文学内容形式以及表现形态。现代文学以及当下文学依靠机械媒介、电气媒介、电子媒介大大改变了文学文本形态和文学存在方式，图文并茂和声影互动的多媒体视听文本使文学不仅可阅读欣赏，而且可视、可听、可互动交流，文学进入了图文时代和读图时代。作家依靠电脑写作，文学活动及其生产活动依靠生产者以及

---

① 张咏华：《媒介分析：传播技术神话的解读》，复旦大学出版社2002年版，第5页。

机械、电气、电子的科技化生产；文学文本依靠报刊、图书、音像、网络、数字的方式承载；读者依靠各种媒介以及多媒体阅读欣赏；文学依靠报刊图书、电影电视、广播电台等现代传播媒介超时空传播。由此可见，媒介推动促进了文学转型发展以及文学生产方式转换，同时也组织、参与、进行文学生产。艺术生产论与媒介生产论视野中的文学与媒介关系，是文学媒介的整个生产过程，包括策划、写作、生产、流通、消费、传播等全过程。

其二，从媒介在文学活动中的作用来看，作为文学第五要素的媒介的作用日益扩大。学界在艾布拉姆斯的《镜与灯》中提出"文学四要素"，即在世界、作者、作品、读者的基础上，提出媒介"第五要素"说，获得普遍的认同。其实，媒介在文学中作为要素构成地位作用不言而喻，但未被很好地认识。在现代语境中，媒介独立性和影响力越来越大，媒介地位作用凸显，对媒介的价值意义认识日益加深，文学的媒介"第五要素"说才得以成立。更为重要的是，在判定某要素是否为文学研究中心的讨论中，从"模仿说"以"世界"要素为中心，到"表现说"以"作者"为中心，再到"形式说"以"作品"为中心，其后到"接受说"以"读者"为中心，最后是否轮到"媒介说"以"媒介"为中心呢？其实，过去纠缠于"中心论"带有本质主义的偏颇。文学的五个基本要素是系统性、结构性、关系性要素，其地位价值是在系统中与相互关系中确立的，也是在系统构成和建构中生成的。当然，这并不否认现代电子媒介时代语境下媒介越来越重要的功能价值，媒介在文学构成中地位作用也在逐步地提升。不仅文学的其他四要素都离不开媒介，而且媒介对四要素都有提升的作用，尤其是电脑、网络等新媒介方式。新媒介对世界的影响，无论是现实世界，还是文学世界，媒介超时空的"全球化"和"地球村"影响力使文学与世界关系更紧密。新媒介对作家的影响，不仅改变其创作及写作的工具媒介，而且改变创作思维和写作方式，提高了效率与效果，从这一角度说，新媒介改变与提高了文学创造力和生产力。

新媒介对作品的影响，改变和更新了文学文本的承载方式与存在方式，也改变了文学形态和扩大了文学类型。甚至依托新媒介产生新的文学形态，如网络文学、短信文学、影视文学、数字文学等，还有不少的接龙式小说、图文化小说、私人化小说、口语化文学、实录性文学等，文学内容形式也都发生了巨大变化。媒介对读者的影响，从传播媒介而言，不仅具有传播影响力，而且具有广告宣传力，以影响读者、接受和文学传播。从读者阅读、欣赏、接受的工具媒介而言，除文学阅读的文本承载与传播方式所构成的多样化纸质媒介形式外，利用新媒介手段和工具进行电脑阅读、网络阅读、手机阅读等新型阅读方式，以及影视文学的视觉欣赏、广播文学的听觉欣赏、利用多媒体设施的视听综合欣赏，在大大提高了接受效率与效果的同时，也改变了文学接受方式，提升了读者的接受素质和能力，更能提高接受主体性和参与性。媒介作为中介和工具，起着联结和沟通文学要素之间关系的作用，也起着促进文学关系趋向统一性、整体性、系统性的作用，使文学构成与结构更严密和更开放，也更有创造性和发展的空间。

其三，从文学现代转型和发展来看，媒介起了推动与促进作用。中国古代文学向现代转型的原因很多，但不可否认媒介这一重要原因。伴随中国机械化的工业发展进程，机器批量印刷和纸张批量制造为文学文本的承载媒介和传播媒介发展提供机会。印制媒介更新也为现代文学，尤其是现代小说快速发展创造了条件。伴随中国现代化进程的媒介力量积聚和独立而诞生的现代传播媒体，形成了新业态与新职业，产生报纸、期刊、广播、图书出版等新型传播形式与报刊社、电台、出版社等媒体以及职业媒体人。在"五四"前后的新文化、新文学运动中，现代新文学蓬勃发展是与层出不穷的报刊、出版社等媒体产生及其媒介作用分不开的。这主要表现在六方面：一是媒体提供了文学更为便捷的发表、出版阵地和平台，也提供了更为便利的承载和传播文学的渠道，积聚了文学力量和队伍，有利于形成稳定的作家群和文学流派；二是媒体以办报、办刊、办社为宗旨，一批著名作家介入报刊出版业以及亲自办报、办刊、办社，发挥媒体的组织、策划、编辑、刊发、印制、发行、销售、传播等功能，起着转换思维、更新观念、引导与规范文学发展流向的作用；三是媒体进入和参与文学活动，与文学流派、文学思潮、文学运动遥相呼应，《新青年》《每周评论》《语丝》《小说月报》《新诗歌》等期刊，《申报》等报纸，商务印书馆、上海生活书店等图书出版社，共同推动现代文学发展；四是媒体将过去单纯的作家个体创作行为纳入现代发表、出版制度、体制与机制中，也纳入策划、创作、接受、传播、批评的文学活动以及社会活动的更大范围中，以更好实现文学的价值功能；五是媒体提供文学、批评、理论以及作者与读者、文学与社会的交流途径，甚至媒体也作为文学评价和文学接受的一种方式，以刊发时间、位置、篇幅以及专栏、专稿、转载、文摘等形式表达评价取向和价值导向；六是媒体拥有读者与受众，培养和造就读者群与受众群，强化了读者需求和水平以及接受主体性，也有利于文学发展与传播。

周海波认为："就整个中国现代文学来说，现代传媒构成了一个大的文学场，这是一个制约着文学生产和发展的场域。在这个场域中，报刊以其特有的姿态对文学形成了强大的影响力。现代传媒不仅成为文学创作的载体，而且带来了一套新的价值体系。这是一套全新的，既不同于中国古典文学也不同于西方文学的体系，现代传媒以其特有的生产、流通、消费等方式，改变了人们固有的文学观念，改变了作家的身份特征，改变了传播方式，也改变了文学的样式。"[1] 总之，中国文学的现代转型和现代文学发展离不开媒介与媒体的作用，从这一角度说，媒介逐渐成为文学构成的结构性要素，文学不仅更为紧密地与媒介结合，借助媒介更好生存、发展和传播，而且文学媒介

---

[1] 周海波：《传媒时代的文学》，人民文学出版社 2007 年版，第 160 页。

也成为文学创新和发展的内在与外在的综合动力力量。

二 媒介生产论的现实基础和实践依据

中国文学百年现代化进程至当今，文学与媒介发展格局变化以及文学与媒介关系变化必然导向媒体生产论与艺术生产论。从媒介生产论角度看文学活动和文学发展，与艺术生产论有着异曲同工之妙；从艺术生产论角度看文学活动和文学发展，也与媒介生产论有着水乳交融的关联。可以说，艺术生产论提供了媒介生产论的学理依据与理论基础。从其现实基础和实践依据看，主要有以下三个视角。

其一，现代媒体的生产功能与生产范围的扩大。谭德晶认为："我们可以简单地把这一历史分为这样三个时代：媒体的'贫困时代'、媒体的'消费时代'、媒体的'自由时代'。"[①] 媒体发展到现代社会，拥有最发达先进以及集中几乎所有的媒介工具手段，而且也拥有高科技及其大工业生产的基础条件。因此，现代媒体的文化产业功能绝非仅仅为传播，更重要的还有生产功能；不仅是新闻信息生产和传播，而且是经济、政治、时事、文化、文艺等信息的生产和传播；不仅是信息生产和传播，而且是意识形态、文化、娱乐、文艺等活动、现象、事件以及产品的生产和传播。由作为文化产业的媒体组织的媒介生产实践已成为事实，其观测点主要有五方面。一是媒体以其栏目、节目、活动、晚会等形式自己策划、主持、制作、传播媒介产品，或者媒体组织、邀请嘉宾参与栏目、节目活动，策划与制作的生产动机、目的、过程、效果显而易见，媒介产品性质特征越发明显。二是媒体拥有自己的生产制作机构与机制，报刊社、出版社、电台、电视台、电影制片厂、网站等媒体不仅拥有专门的生产制作机构和机制，而且媒体自身都具有生产制作功能，独立或参与各种文化产品和媒介产品的生产制作。三是媒体性质兼有文化事业

[①] 谭德晶：《网络文学批评论》，中国文联出版社2004年版，第40页。

和文化产业双重属性,并伴随市场经济发展与文化体制改革而越来越趋向市场化、商品化和产业化,其生产功能也越来越凸显与强化,既使媒介生产和产品的市场定位以及市场化价值取向得到确认,又使媒体在其生产机制和产业化运行机制推动下更好更快发展。四是媒体作为审美意识形态生产、文化生产、艺术生产媒介,体现出生产以及产品的普遍性与特殊性,以及精神文化生产中不同类型产品生产的共同性与特殊性,使媒介生产呈现出复杂性、多样性和开放性。五是媒体具备媒介生产的制度、体制、机制条件,现代媒体不仅有科学管理体制与生产制度,而且有制度创新、体制改革、机制转换的内在动力,其生产制作及其产品传播销售得到制度、体制、机制的保障与规范。

其二,现代媒体的文学生产功能和范围的扩大。以艺术生产论角度看文学,文学就不仅仅以作品呈现方式存在,而且以活动方式及其生产方式存在。媒体生产对象范围何以能扩大到文学,可从三个观测点看。一是文学创作之后必须经过媒介生产环节。因为现代发表和出版制度以评价选择方式保证文学质量和传播效果,作家创作的文本必须还要进入文本生产环节,通过文学媒体的生产活动才能使文本成为产品,并通过传播和接受使之成为作品。也就是说,作家创作的文本只具有潜在价值,通过媒体生产与传播才能使潜在价值成为现实价值或价值实现;作家创作的原稿只是私人化的文本,需要通过媒体大批量复制性生产将其社会化;作家创作只是完成作品的一部分,还要通过编辑审读、修改、选择、审定和生产者的劳动,才能作为产品的最后完成。从这一角度看,媒介生产是作家创作后必须经历的生产过程,可谓文学活动的后生产环节。二是创作活动本质上也是生产活动。在现代生产制度和媒体发表出版体制下,文学活动被纳入生产活动中,作家也就不仅成为生产者,而且与作为生产者的编辑、主编、出版商、印刷商、发行商、推销商以及工人构成生产流程及其流水线的合作、协作关系,使其达到统一性、整体性和系统性的生产效果。作为生产者的作家创作就必须考虑生产与消费效益、生产者之间关系协调及其矛盾冲突的化解、各种利益关系的平衡、"期待视野"与"隐在读者"以及生产制度的规制。甚至作家还会受制于文学媒体的策划、组织、操纵，由此带来文学创作的积极作用与消极作用，也呈现出媒介生产的双刃剑效应。三是文学生产活动中的媒介生产。从广义的文学生产活动而言，媒介生产的作用意义贯穿全过程及其文学构成与生产的诸要素中，也就是说文学生产不仅有赖于媒介生产，受到媒介生产影响作用，而且是媒介生产的一种特殊方式。媒介生产对于文学生产而言，具有工具论和本体论的双重意义。从狭义的文学生产而言，以媒体作为生产载体、生产场所、生产机构、生产机器的媒介生产，其生产优势和特点以及权力性、权威性、垄断性成为文学生产的最佳选择。加之媒体将生产、传播、销售、评价集于一身，媒介生产为文学生产创造了跨时空、超时空以及更有利于占有时空的生产模式。当然，媒介生产与文学生产的关系，媒介生产对文学生产的影响作用，媒体如何进行和参与文学生产，还有许多其他观测点，还可以进一步深入探讨。

其三，现代媒介生产的工具性与目的性统一。郑崇选认为："大众传媒是当代消费文化的制造者和传播者，它引导着消费者的生活方式，对于消费大众有着最为深切的了解。而与此同时，大众传媒又是文学作品的载体，无论是文学制度还是文学生产，以及新的文学样式的出现（比如网络文学和短信文学的出现），它们最终都要通过传媒来实现。"[①] 可见，媒介除其工具性外，还具有目的性的作用意义。

首先，媒体所独立进行的媒介生产，往往以其媒介性质功能而对文学进行改编、转换和再创造。这主要指影视媒体利用自身媒介为工具和载体的生

[①] 郑崇选：《镜中之舞——当代消费文化语境中的文学叙事》，华东师范大学出版社2006年版，第25页。

产行为，将文学作品改编为电影故事片、电视连续剧以及利用文学与电视资源将其整合而形成电视诗、电视散文、电视小说等电视文学形态。媒体对文学的改编、转换与再创造的媒介生产，既有文学与媒体结合的强强联手的双赢效果，又有媒介生产的独立创造意义。在生产方式转换中，文学已被转换为电影、电视剧，已由语言艺术转换为视听艺术、综合艺术。文学在媒介生产中也具有了多元化、多样化的表现形态，文学在再生产中有了更好的传播力和更大的影响力，从而也提高了文学的价值和意义。文学的艺术媒介与艺术形式的转换，进一步密切了文学与艺术、文学与媒介的关系，更为文学在面临大众媒介的挑战中寻找到发展机遇，也为媒介在文学与艺术关系之间寻找到更大的发展空间。在文学与艺术被纳入媒介生产轨道的同时，媒介也被纳入文学艺术生产的轨道，文学艺术、生产、媒介形成新的联盟。

其次，媒体在生产各类媒介产品的同时，也使媒介艺术、新媒介艺术独立为新的艺术类型或形态。当电影媒介在生产电影故事片以及电影艺术片的同时，这种媒介方式和形式就逐渐被认同为电影艺术；当电视媒介在生产电视剧、电视艺术片以及电视文学的同时，这种媒介方式和形式也被认同为电视艺术；当广播媒介在生产广播剧、广播文学以及广播艺术节目的同时，这种媒介方式和形式也被认同为广播艺术。这些媒介形式也成为新的艺术形式，成为新的艺术类型和文学类型，成为文艺大家族中的一员。网络、手机、动漫、设计、广告等新型媒介方式与形式在生产文学艺术产品的同时，其媒介自身也被指认为新媒介艺术，诸如网络艺术、手机艺术、动漫艺术、设计艺术、广告艺术等。媒介在生产媒介产品的同时也生产出自身的艺术品质，成为媒介艺术、媒介文学。

最后，媒介生产不仅独立生产，而且影响、渗透甚至支配了文学以及艺术生产。这并不完全表现在影视媒介生产与艺术生产提供作为生产资料或再生产的文学剧本上，更为重要的是新媒介形式、媒介生产方式、媒介艺术形态对文学的直接或间接的影响渗透上。无论作者、读者、批评者,还是创作、欣赏、批评、传播;也无论是文学活动,还是文学生产活动,都打上了媒介生产的烙印。现代电子媒介的大众化、图像化、通俗化、娱乐化、游戏化以及市场化、商品化、产业化等特点及其价值取向,如果说在文学创作上还是犹抱琵琶半遮面地若隐若现的话,那么在文学生产的整个流程与文学活动的整个过程中,尤其在后生产、再生产环节与流通、销售、传播、接受环节中,则是长江后浪推前浪的大势所趋。媒介生产不仅影响文学活动与文学生产,而且影响文学形态、类型、风格、品质以及文学题材、主题、情节、语言、结构、体裁、表现手法等,更影响文学思维观念的变化。因此,媒介生产不仅是以媒介为手段和工具的生产,而且是以媒介产品存在方式及其媒介自身构建为目的的生产。文学以媒介作为生产手段和生产方式,将媒介生产与艺术生产结合,达到文学产品与媒介产品的双赢或统一效果。从这一角度看,媒介生产实践为媒介生产论提供基础和条件,艺术生产理论也为其提供学理基础和条件,在媒介生产论语境下的文学生产实践和文学生产论的发展趋势成为必然。

三 媒介生产论的理论构成与建构

张邦卫认为:"对文学的生成来说,媒介除了本身作为文学传播的物质载体,并传播文学的信息与资讯外,其最大的转换功能是媒介'语境化'后所产生的媒介文化对文学的全方位的冲击、影响与改造。"[1] 媒介生产论不仅作为一种观点和认识,而且作为一种理论形态,应该具有一定的理论系统与逻辑结构。考虑到理论形态的建构性、构成性与系统性,媒介生产论的理论构成主要有三方面内容。

---

[1] 张邦卫:《媒介诗学——传媒视野下的文学与文学理论》,社会科学文献出版社2006年版,第346页。

其一，媒介生产的要素构成论。媒介生产是人类社会生产体系中的一种生产类型，具有人类社会生产的一般性和普遍性，应该在生产方式构成的生产力与生产关系、社会构成的经济基础与上层建筑关系中确立其生产方式的定位。同时，媒介生产又是依托媒体进行的媒介信息产品的生产，作为精神生产、文化生产和意识形态生产具有其生产的特殊性。尤其是针对不同的媒介信息对象和文化类型，诸如新闻、时事、政治、文化、娱乐、文艺等信息对象生产及其产品类型，又表现出多样性文化生产的特殊性与不同特点。从艺术生产与文学生产角度来看媒介生产，其要素构成主要有五个。

一是媒体要素。媒体作为文化产业，是媒介信息生产活动平台，具有信息接受、发射、集合、生产、传播、营销等功能，都可以归属于媒介生产大范围。媒体既是生产体制、建制的产业组织机构形式，又是一种具有导向性的文化单位和意识形态部门。媒体作为文化活动空间场域，又形成主流、精英、大众文化话语多元化交流与角逐的场所。媒体在媒介生产中是核心与基础要素，是生产关系的物态化体现，也是媒介生产的制度、体制、建制、机构形态的呈现，起着生产组织、管理、协调、监控、评价等总体性作用。

二是媒介要素。媒介是生产手段、工具、设备等带有科学技术含量与生产能量的生产力要素。作为工具硬件的身体媒介、手工化媒介、机械化媒介、电气化媒介、电子化媒介既有历时性与共时性的类型功能作用的差异，也有技术功能作用的程度差别，其生产力性质特征与优势更有差别。媒介生产力依靠科学技术在不断发展，先进媒介体现出先进生产力，新媒介也体现出新的生产力，媒介变革创新也意味着生产力变革创新。媒体掌握了先进的、新的媒介工具，也就具有了生产力优势。

三是媒体人要素。作为生产者及生产主体的媒介人，既是直接掌握媒介工具，即生产力的人，也是以其创造能力、运用工具能力体现于生产力中的人的要素。媒体人的素质能力作为软件，其重要性并不亚于硬件，再好的工具设备也要人掌握运用才能发挥作用。媒体人隶属于媒体，是媒体的人员构成形式和主体的具体表现形式，既是媒体主人，也是媒体所雇用的生产者，与媒体形成生产关系。当然，在媒介生产中，除媒体人外，还有其他生产者，诸如媒体外的策划者、作者、投资者、嘉宾、观众等，但是当他们一旦被纳入媒介生产中，并受制于媒体意图，共同为了媒介生产目标，都应该将其视为广义的媒体人。媒介生产固然具有制度化、体制化生产的性质特点，但也具有媒体、媒体人主体性生产的性质特点。生产者在生产中的主体作用在艺术生产、文学生产、文化生产中更为明显，在媒介生产中立足于媒介艺术、媒介文学的生产也如此，只不过生产主体兼有作者、媒体人、生产者身份而已。

　　四是媒介信息要素。信息是媒介生产的对象和材料构成的生产资料。在媒介生产中，对信息材料的调查、收集、整理、选择、加工、改造、创造都进入生产程序，进入信息生产过程和一系列环节。如电视剧生产，首先是对文学创作的作品、剧本或创意策划进行的文学生产；其次是将文学作品、剧本作为生产资源的信息加以改编、转换、加工、处理为可供镜头拍摄的脚本；再次是进入镜头拍摄的生产过程；最后进入剪接、编辑、合成的后期制作过程。成品在媒体播放的过程其实也是媒介生产过程，其检验、审查、栏目与时段安排、播放、收视率调查、观众反馈等一系列环节也被纳入生产过程，最终才能生产出电视剧产品。

　　五是资本要素。资本也是生产资料的一个要素，是生产运行的动力机制和经济基础保障。媒介生产资本由经济资本与文化资本构成。媒介生产本质上是精神生产、文化生产，虽然带有生产的一般性，从而必须依靠经济资本；但也有文化生产的特殊性，也必然应该拥有文化资本。媒介生产主体及生产者大都是文化人、艺术家，其拥有的知识智慧和素质能力既构成生产力要素，又构成生产资料要素以及文化资本要素。文化资本是一种象征资本，并非真正意义上的资本，更非经济资本；但象征资本对于精神生产、文化生产、艺术生产来说则是必不可少的资本，也是资本构成中必不可少的内容。关键在于在媒介生产过程中，不仅要将象征资本与经济资本结合，而且要将象征资本转换为经济资本。如媒体、媒介主体及其媒体人，以其自身的品牌、明星名人效应所带来的社会效应及经济效应就会形成象征资本力量；媒体人凭借智慧能力提高生产效率和效果，减少开支与成本，无形中发挥了象征资本所带来的经济效益；媒介生产的优质品牌、经典产品所获得的双赢效益，使文化生产力提高、文化产业做大、经济效益攀升，无疑也表明象征资本中不仅包含软实力，而且包含硬实力。

六是媒介场要素。媒介场指媒介生产和传播的活动场域，也是不同媒介之间、不同媒体之间关系构成，及其在社会场域中的位置，并与社会其他场域的关系构成。如平面媒介与立体媒介、纸质媒介与电子媒介，报刊与出版社、电视台与电影厂，新闻场与文学场，媒介场与社会各场域的政治场、经济场、文化场等关系构成。布迪厄的场域理论认为："从分析的角度来看，一个场域可以被定义为在各种位置之间存在的客观关系的一个网络，或一个构型。"[①] 他不仅提出"文学场"概念，而且提出"新闻场"[②] 概念，其要旨指向媒介场。媒介场充满利益关系和权力角逐，形成权力场，"权力场是各种因素和机制之间的力量关系空间，这些因素和机制的共同点是拥有在不在场（尤其是经济场或文化场）中占据统治地位的必要资本。权力场是不同权力（或各种资本）的持有者之间的斗争场所"[③]。媒介生产就是在媒介场的权力资本角逐与资源配置以及关系协调中进行的，也是在文学场与媒介场、生产

[①] ［法］布迪厄、华康德：《实践与反思——反思社会学导引》，李猛等译，中央编译出版社2001年版，第133页。
[②] ［法］布迪厄：《关于电视》，辽宁教育出版社2000年版，第44页。
[③] ［法］布迪厄：《艺术的法则——文学场的生成和结构》，刘晖译，中央编译出版社2001年版，第263—264页。

场之间构成的特殊场域，文学自主性与生产体制性关系既构成矛盾冲突，又形成互动互利的生产和发展空间。以上媒介生产六个构成要素既具有相对独立性和各自功能，又互相关联，互相作用，形成系统性、结构性、整体性的媒介生产要素构成系统。

其二，媒介生产的生成建构论。从媒介以及媒介生产发展历史的历时性角度考察其生成与建构的发展规律性，以及从生产流程的运行序列的历时性考量其生成与建构的生产规律性，这都是不言而喻的。但倘若从生产资料与产品、生产与消费的关系角度考量生产循环性和产品复合性，由此深化媒介生产的生成论和建构论，那么就可拓深媒介生产论了。加汉姆认为："传媒是符号形式生产、分配和消费的系统，它必然要求物质上和精神上的稀缺资源能够自由流动。在现代社会，这样的社会资源主要都被局限在资本主义生产方式的结构中分配和使用。把传媒描述为文化产业，就意味着大多数的符号形态是在资本主义市场竞争和交换的条件下，以商品的形式被生产、分配和消费的。"[1] 由此可见，媒介生产作为文化生产是在受制于一般性生产的特殊性生产方式，其生产的生成建构性既对文学造成影响，也对生产造成影响。

首先，媒介生产资料与产品的转换关系。进入媒介生产中的对象和生产资料，大都并非原始材料，而是已经过生产创造的产品。对于电影、电视剧等生产而言更为明显，其制作对象和生产原料是文学作品以及剧本，在改编、转换、选择、加工、再创作基础上才能进入生产制作。由此可见，媒介生产的原料其实也是文学产品或半成品，媒介生产的产品其实也可以作为其他艺术形式的生产原料，如根据电影、电视剧改编和转换的小说、连环画以及各种文化产品等。因此，原料与产品的关系是互相转化、互为因果的，也是生成建构的。同理，报刊、图书等纸质媒介生产也是在作者创作的文本原稿基

---

[1] ［英］加汉姆：《解放·传媒·现代性——关于传媒和社会理论的讨论》，李岚译，新华出版社 2005 年版，第 75 页。

础上，以其为生产原料进行制作的，其产品又提供了各种艺术再创造的原料。而各种改编制作的艺术产品对文学又有重构、同构、建构的作用，因此文学也是生成建构的。文学不仅通过其他艺术形式和媒介生产形式进行再生产，而且使文学得到更大的传播与接受，其价值意义在传播接受中又获得再生产。媒介生产的生成建构性由此可见一斑。

其次，媒介生产与再生产的循环性。这一方面表现为媒介生产既是生产，也是再生产。再生产相对于生产而言，是在已有生产基础上的进一步生产。其实任何产品都有经历生产与再生产的不断运行过程才由资源到半成品，再到成品，再到资源、半成品的循环生成。另一方面表现为前后生产关系，前生产为后生产提供基础条件，后生产是前生产的继续与提高，同时作为前生产又为其后生产提供基础条件，以此不断循环。可见，生产与再生产、前生产与后生产都是相对的，关系是辩证的，过程是循环的，生产是生成建构的。同时，生产与消费关系也影响到生产循环。马克思指出："生产不仅直接是消费，消费也不仅直接是生产；而且生产不仅是消费的手段，消费不仅是生产的目的，——就是说，每一方都为对方提供对象，生产为消费提供外在的对象，消费为生产提供想象的对象；两者的每一方不仅直接就是对方，不仅媒介着对方，而且，两者的每一方当自己实现时也就创造对方，把自己当作对方创造出来。"[1] 生产与消费的辩证关系，无疑对生产循环及其再生产提供了重要的支撑依据。

最后，媒介生产的复合性。这不仅表现在多媒体制作上集合、整合多种资源、人员、手段工具以及各艺术门类的综合性上，而且表现在复合性生产性质与特点上。现代大工业的流水线、程序性、协作性的机器生产，依赖于高科技的电子化、信息化、多媒体生产，为媒介的复合性生产提供了基础条

---

[1] 马克思：《政治经济学批判·导言》，《马克思恩格斯选集》第二卷，人民出版社1972年版，第96页。

件。复合性主要表现在：一是生产链与产业链构成，形成各媒介形式间的生产关联与链接，构成生产网络以及利益关系，都成为生产链条中不可或缺的一环与互相依存的复合体；二是连锁性生产构成，形成连锁性产品与连锁性效应，或许产品本身不完全是目的，而在于连锁性生产、连锁性产品与连锁性效应，在产品基础上产生的副产品、附加产品、后续产品以及附加值、增值、升值等效应的扩大延伸；三是复制性生产构成，不仅在于提高生产效率和产品数量，而且在于作为生产力的手段工具改革所引发的生产方式革命以及观念思维更新，从而赋予复制性创造以新的内涵意义，生产制作也具有了创造性价值。复制与创造的复合也可谓媒介生产的新特点。

其三，媒介生产论的结构构成论。如果考察文学理论体系框架及结构构成，通常是本体论、活动论、源流论、创作论、作品论、鉴赏论等板块结构。从艺术生产论角度构建文学理论体系就将艺术生产论凸显，并贯穿、渗透在各方面，但切合文学生产论略显不足。媒介生产论可考虑两者与媒介理论结合，结构构成大体可分为六个板块。一是媒介本体论。主要依据媒介理论、媒体理论、传播理论讨论媒介性质、特征、源流、功能、作用以及工具性与目的性关系、哲学基础以及相关理论基础、存在方式与内涵实质等存在论、性质论、本体论问题。二是媒介生产构成论。主要依据社会生产和艺术生产理论，从生产活动要素构成与生产性结构要素构成角度，对媒介生产中各要素性质功能和结构关系的研究，对生产与市场流通、传播、消费关系的研究，目的在于辨析媒介生产的内部结构、内在系统构成、媒介生产的一般性和特殊性。三是媒介生产过程论。主要从媒介生产过程及程序的历时性角度，研究其阶段性与连贯性、过程内容与表达形式、程序设置与制度设计、动机意图与目的效果、技术性与操作性等具有实践性、规律性和对策性等应用理论问题。四是媒介生产场域论。主要以媒介生产场域以及系统关系的共时性角度，考量媒介场与生产场的关系，文学场、艺术场、文化场与生产场、传播场、接受场的关系,媒介生产场与文学生产场的关系,以及媒介生产场与社会场及其各场域的关系,旨在确定媒介生产的共时性场域的系统性、结构性、整体性关系。五是媒介生产类型论。主要以媒介生产对象类型划分不同的生产类型,集中对文学艺术的媒介生产以及新媒介艺术生产、新媒体艺术生产、数字化生产做出重点分析,将媒介生产论与艺术生产论结合,探讨其生产规律和特点以及复杂性、综合性、多样性生产形态。六是媒介生产价值论。主要以价值论为依据,探讨媒介生产的价值体系,包括价值观、价值取向、价值目标、价值追求、价值标准、价值评价以及核心价值体系;同时也对媒介生产的实践与理论价值意义、对其社会效益与经济效益的对立统一关系进行探讨。

媒介生产论的理论系统与结构框架是开放性和建设性的,也是在实践与理论探索中不断建构和发展的,同时也需要有一个实践检验和不断完善的过程。因此,加强媒介生产论研究是十分重要和必要的。在媒介生产论视野下的文学活动与发展研究,不仅扩大了研究视野和思维,而且丰富和深化了艺术生产论与文学生产论研究,对于文学实践与理论创新及文学繁荣发展具有积极的推动作用。

四　媒介生产中的文学评价机制构建

在社会价值取向构成与建构中,媒体,尤其是主流媒体的价值取向性是非常重要的,因此特别强调媒体的价值导向性,强调媒体对核心价值体系的构建作用。媒体主导的媒介生产也会具有价值取向性和导向性,尤其在文学艺术生产中不仅产出作品,而且生产思想观念与审美意识,其价值取向性和导向性在寓教于乐和审美化、形象化、娱乐化中更易于潜移默化地接受,但也易于在媒介生产中被忽略、掩盖或发生偏误。这就需要加强批评的作用,加强批评在媒介生产论视野下的文学核心价值体系的构建。鲁迅认为:"说几句关于批评的事。现在因为出版物太多了,——其实有什么呢,而读者因为不胜其纷纭,便渴望批评,于是批评家也便应运而起。"① 批评对媒介的评价作用和指导读者选择作用由此可见。同时,批评对文学的价值评价,也必然包括对文学价值取向的评价,更关注在媒介生产视野下的文学价值及其文学生产价值取向的评价。

其一,批评对文学媒介生产价值取向的评价作用。媒介生产的价值取向多元性决定其产品价值取向的多元性。媒体主导下的媒介生产性质及其产品性质,当然可从中分辨其价值取向。如电视台的娱乐节目,其娱乐化是主导取向,文艺节目其文学性、艺术性、审美性是其主导取向,文化节目其文化性是其主导取向,这都是无可非议的。但问题是媒体还必须考虑到媒体利益及收视率,考虑到社会效益与经济效益统一或选择,考虑到作为主流媒体、大众媒体、专业媒体、综合媒体的不同定位与功能。因此媒体生产制作产品的价值导向性并非单纯、单一,而呈现出多元性、复杂性,甚至矛盾性、冲突性。从文学媒介角度而言,无论是媒介承载的文学也好,还是媒体生产的文学也好;也无论是文学媒介也好,还是媒介文学也好,其价值取向都会或多或少地带有多元化性质特征,其实质主要就是文学与媒介以及生产的利益纠结。这不仅表现在文学媒体价值取向上,而且表现在文学媒介生产价值取向上,其实质就是社会效益与经济效益的纠结。无疑文学媒介生产的多元化价值取向推动了民主平等、多样自由、和谐共生的社会时代潮流和百花齐放、百家争鸣的文艺发展,但也会因各种价值关系矛盾冲突和各种利益的驱动而有所倾斜,社会效益与经济效益的关系失衡,两者发生矛盾、冲突与错位,甚至为了经济效益而牺牲社会效益。因此,价值取向的偏颇既是有违多元化精神的,也说明在多元化价值取向中确立核心价值体系是非常必要的。

文学媒介生产价值取向受制于媒体及其媒介生产性质特点,更受制于社

---

① 鲁迅:《而已集·读书杂谈》,《鲁迅全集》第3卷,人民文学出版社2005年版,第461页。

会各种流行思潮影响。媒介生产中所存在的一些低俗、庸俗、恶俗现象以及价值迷失偏向在一定程度上也会影响到文学媒介生产取向，就会造成生产方向失误及其片面迎合市场的媚俗化倾向，影响到文学生产价值取向的倾斜。因此，批评职责不仅在于对文学的评价，而且在于对文学活动与文学生产的评价；不仅在于对生产结果的产品评价，而且在于对生产过程和产品源头的评价；不仅在于对效果、效益的评价，而且在于对生产取向与产品价值取向的评价。批评不能仅仅后置于文学结果才开始行动，而且应该前置于文学结果就开始行动，才能从源头和过程上寻找到原因和根源。批评只有在生产源头和过程的在场、在位、在线的即时性、及时性和现场性的评价中，生产取向及其产品价值取向的准确性才能获得有效的保证，文学多元化价值选择的核心价值取向也才能得到确立。批评也就不仅起到价值评价的作用，而且起到了价值取向评价以及价值导向的作用。

其二，批评在文学媒介生产要素中的选择性评价作用。从生产要素构成看，批评以其评价功能对各要素的介入和渗透是非常必要的，其作用主要体现在生产要素价值取向评价上。

首先，对生产主体要素的评价。作为生产主体要素的作者、媒体人、制作人等生产者，其创作与生产的主体性作用是显而易见的，但受制于各种利益与关系影响的被动性因素也是存在的，因此在价值取向上就会形成纠结、矛盾、冲突，甚至迷失、混乱、偏误，由此影响生产取向。这一方面可以通过主体内在结构功能进行自我反省、自我调节及其生产制度、规则、机制的外部系统功能进行生产调节，以内置于生产要素中的评价功能实现自我调整的目标；另一方面批评介入生产主体评价，对其生产的观念思维、素质能力、动机意图、行为方式等价值观及其价值取向进行评价，影响和推动主体建设以及价值选择。

其次，对生产对象要素的评价。作为对象客体的生产资料包括内容较多，仅就文学生产材料而言，具有层次性和复杂性。进入生产程序的材料，既有来源于生活的原始材料，也有来源于作家创作的文学原稿材料或半成品材料，两者会有差异性，但作为生产资料都经过主体不同程度的发掘、选择、加工、创造，显示出一定的价值及其价值取向。因此，生产资料的采集选择不仅需要生产者把关，而且需要批评把关。评价实质上也是一种选择方式，创作素材、题材及其生产材料在选择中都会蕴含一定的价值与价值取向性，评价不仅更有利于选择，而且通过对选择取向的评价，形成对选择的保障以及选择的选择。对于进入生产资料的文学作品而言，其实已是半成品，批评对其所作的文学评价更不待言。

最后，对生产力要素的评价。媒介生产力是现代文学生产力的突出体现，媒体功能和能量、生产者技能、科学技术和知识、媒介工具手段和设施、数字化信息、电子化程序等构成媒介生产力。媒介生产力从其工具技术性而言，很难说具有明显的价值取向；但作为一种先进生产力，不仅因其新的、现代的工具技术而具有先进性，而且因其工具技术承载的观念、思维、方法而具有先进性，其精神内涵实质中蕴含人类共同追求的科学性、先进性、创新性的价值取向。同时，生产力也是人的能力的扩大延伸，其先进性也意味着人正确运用工具才能具有先进价值，人对其选择和运用也就体现出一定的价值取向。但问题在于，媒介生产力的工具先进性是否等同于生产价值的先进性，先进工具是否就能产生先进结果，不同的人运用工具是否会得到共同的结果，答案其实就在生产力构成和生产系统结构中。显然，工具具有双刃剑的两面性，轻视工具在生产力中的作用和工具决定论都是不可取的，如何正确运用工具才能达到提高生产力效果和有效进行生产，这与工具选择运用的价值取向密切相关。因此，批评对生产力要素的评价意义在于此，在人与工具关系中确定评价的切入点，才能保证生产力的先进性及其选择运用工具的正确取向。

当然，除以上要素外，生产资本、生产关系、生产方式、生产规则、产品形态等要素中也会包含价值与评价功能，也需要批评对其价值取向的评价，以保障要素价值作用及其系统价值作用的有效发挥，因此，建立媒介生产及其文学生产制度的评价机制是非常重要的。

其三，批评对媒介生产过程的评价。邵燕君指出："'文学生产机制'指的是文学生产各部门、各环节的内在工作方式和相互关系。我将当代文学生产机制分为以下几个环节：文学的生产机构……文学的评价机构……文学的生产者及其组织、团体……对整套生产机制转换的研究，力图既关注各组成环节在'市场化'进程中体制的变革、运行模式的转变，也关注各部分之间相互依赖、影响、支配关系的转化。"① 批评及其评价机制应该贯穿生产全过程，介入和渗透每一活动环节，使媒介生产既是符合生产规律与价值规律的生产，也是符合"一定社会形态下自由的精神生产"② 及其文学自主性的性质特征的生产。这主要表现在四个环节上。

一是生产策划环节的评价。现代生产首先是策划性生产，尤其是文学艺术等创意生产，策划一马当先。这集中表现在媒体策划优先意识与制度设计上，如期刊、出版社、电视台、电台对栏目、节目、专题等策划及其规划，针对性的调研、约稿、预测和设计项目。也表现在媒介生产对作为生产个体的作家、艺术家作品创作影响的策划上，只有进入策划程序才能顺利进入媒介生产。策划明显表现出生产和市场价值取向，从而体现在生产过程及结果上。但策划是否准确，动机与效果是否统一，对创作和生产是否会有正反价值都关系到价值取向的正确选择。因此，对策划的评价非常有必要。一方面，策划本身应该具有内部自我评估机制和外部社会评估机制，以进行自我调节

---

① 邵燕君：《倾斜的文学场——当代文学生产机制的市场化转型》，江苏人民出版社2003年版，第3页。
② 马克思：《资本论》第4卷第1册，《马克思恩格斯全集》第26卷第1册，人民出版社1972年版，第296页。

和调整；另一方面，批评必须行使评价职责，对策划内容、意图、目标、价值指向进行评价，把好生产第一关。

二是生产审批环节的评价。进入媒介生产的对象、资源、原材料必须经过审批环节。前文论及的生产对象要素必须经过选择，在生产环节上就是审批。这不仅是领导的权力，其实也是生产者的权利。以作家、专家、审读、编辑、校对、总编、主管等构成审批队伍及其评价机制，可谓层层把关。但仅仅内部评价还不够，还必须有批评评价机制。批评不仅对作为生产资源的文学作品进行评价，批评家还可以作为审读、审批专家，对生产对象进行选择、判断、评价，提出修改、调整、补充意见，完善评审制度和程序，确定审批的评价导向和对象的价值取向，把好生产第二关。

三是生产过程诸环节的评价。媒介生产是系统生产，也是流水生产，生产环节既有独立性，又有连贯性。故而每一环节都有检验，以评价方式保证质量标准，同时也通过管理提供对生产系统的协作、协调机制，以保证生产整体性和连贯性。这都是主要从技术和制度层面提供的生产质量保障，批评则主要从生产价值取向角度提供质量保障。如媒介生产部门的媒体，在采编、编导、导播、主持、制作等方面的价值取向性，生产过程的媒体环节与其他生产环节的关联与矛盾协调，媒介生产过程的制作、生产、传播、消费、再生产等的价值取向性，都需要批评介入和参与，形成生产过程的系统性、整体性、结构性的评价机制和评价制度，确定生产价值取向，把好生产第三关。

四是对生产产品环节的评价。产品是生产的结果，也是再生产的材料，尤其是媒介之间转换、复合、复制、连锁系列生产的共享资源。产品作为一个生产过程的终端环节，自然会有生产检验制度机制对产品质量进行把关，以此作出对生产结果的评价；同时也通过产品对整个生产过程环节的检验，以此作为对生产的整体评价；此外，市场、消费、传播、再生产也是对产品及其生产的一种评价方式。对于媒介生产的文学产品而言，批评对文学作品的价值评价自不待言，关键在于对作为产品的文学生产价值的评价。文学产品所具有的文学生产价值无疑是文学价值与生产价值的统一，具有文学生产的一般性与特殊性，以此形成合格产品。产品在具备文学的真善美价值基础上又具有经济价值，其生产效益应该是社会效益和经济效益的统一。在生产中，价值规律和生产规律自然导向经济价值取向；文学规律与精神自由性、自主性生产有其自身特点，自然导向文学性审美价值取向。文学与经济价值取向理应并行不悖，但在现实生产中，两者矛盾冲突不断，以至于以牺牲文学性为代价。因此，批评进入文学产品质量检验环节，在一定程度上弥补了生产检验着重于生产质量而忽略文学质量的缺陷。当然，也在一定程度上弥补了批评以往不关注文学生产性的不足。其文学性与生产性统一的评价取向有利于调节平衡两者关系，也有利于构建文学媒介生产论的正确价值取向，并将其纳入核心价值体系，更有利于推动文学生产和文学发展。

总而言之，媒介生产与文学生产从理论与实践上都推动了文学的创新发展，但在现实生产中也存在一些问题和不足，需要进一步加强批评的评价功能作用。王岳川指出："大众传媒时代的确修正着我们的文化精神和艺术气质，并在改变我们的艺术生产和消费方式。回避这一转型是不可能的。我们只能校正传媒的方向，将传媒与艺术的关系厘定在一个有效的公共空间和思想话语领域中，使新思想的诞生和优秀文艺的传播成为可能。"[①] 批评在校正传媒及其媒介生产的方向上应该发挥出更大作用，同时批评也应该在媒介生产论与文学生产论的视野下，一方面推动批评视域扩展、观念更新、思维转换、功能强化、作用凸显，促使批评转型发展，另一方面推动批评进入文学媒介生产领域，加强批评对文学媒介生产的监督、检查、检验、评价作用，更好地确立起文学生产的价值取向以及构建文学评价的核心价值体系。

[①] 王岳川：《网络文学批评论·序》，谭德晶：《网络文学批评论》，中国文联出版社2004年版，第5页。

第四节　审美人类学视域下的批评发展

审美人类学从 20 世纪 90 年代末发展至今，已经走过近 20 年历程。从审美人类学研究发展到审美人类学学科形成，一方面是在已经取得大量的理论与实践研究成果基础上推动审美人类学研究发展的必然结果；另一方面是其研究逐步走向学术自觉、学科自觉、理论自觉的必然产物。审美人类学研究当初从形形色色的多元化文化思潮中兴起、从边缘崛起、从学术范式转型及其学科更新的发展趋向中突起，已经逐步从幼稚走向成长，从质疑与争议走向认同与共识，具备了学科形态的雏形及其形成基础的条件。

一　审美人类学学科定位及其跨学科特征

学科发展既需要遵循社会发展规律及其社会需求，又需要遵循学科发展内在规律，更需要遵循科学共同体及其学科共同体原则。现代学科发展主要呈现三种趋向。一是随着现代社会分工及其大工业分工越来越细密而逐步走向学科细化，从学科中产生出分支学科或学科方向，如同一棵树生长出层层枝杈，将学科划分为一级学科、二级学科、三级学科等，以至于形成更为精细、精密和微观的分门别类的专业化、专门化学科。二是随着对研究对象及其构成的整体把握、研究视野与视角的扩展、研究系统性和综合性的需求，呈现出明显的学科资源整合、学科结构调整、学科优势互补的多学科、交叉学科、复合学科的跨学科研究趋向，如同生物杂交、嫁接、移植能够改良品种或产生新品种一样，凸显出一定的优势与特色。尤其表现在文理交叉的学科，诸如人类学、地理学、生态学、环境学等学科，人文科学、社会科学、自然科学的学科理论方法相结合，基础学科与应用学科结合、传统学科与现代学科结合，以及在学科研究中引入相关学科资源、知识、理论和方法，诸如系统论、控制论、信息论、价值论等，推动跨学科综合研究及其学科协同创新发展。三是适应社会发展及其新生事物发展需求而产生的新兴学科，如随着网络媒介发展而产生出网络文学、网络艺术、媒介诗学等，随着新媒体技术发展而产生出新媒介艺术、动漫艺术、数字文学等，自然科学也适应高新科学技术发展及其新生事物涌现而产生的新学科更是举不胜举。当然，学科发展的这三种趋向并非截然分流，而是相辅相成、互为渗透、相互影响，构成现代学科发展的基本格局。

基于学科发展的趋向及其基本格局，那么究竟如何对审美人类学进行学科定位呢？究竟如何看待审美人类学跨学科构成的学科性呢？究竟如何建构其学科形态及其加强审美人类学学科建设呢？这些问题拟从三方面探讨。

其一，美学与人类学研究的共同思路。就美学与人类学研究的基本思路与价值取向而言，可谓异流同源、殊途同归。王杰认为："审美人类学作为一门交叉学科，采用文化人类学的理论观念和田野调查的方法，努力把美学问题人类学化。作为一种理论方法，审美人类学把民族艺术作为一种复杂的意识形态现象来加以研究，不仅研究民族艺术的形态、意义、审美价值，而且研究民族艺术的社会作用以及其与社会发展的关系。这种研究既包括学理上的，也包括实践方面的，因为这是现实存在着的文化运动。"[①] 这一基本理念与思路奠定审美人类学研究的基本思路与宗旨。首先，就审美而论，审美现象及其审美活动无疑是人类社会实践活动的产物，是人类活动的一种方式，美作为"理念的感性显现"、人的"对象化"、人对自我的确证、人性复归与人的全面发展的一种行为活动方式，无疑具有"人学"及其人类学意义。其次，就人类学而论，一方面无论体质人类学还是文化人类学其实都提供审美必需的生理、心理、精神、情感等基础条件，没有这些人类学

[①] 王杰：《"审美人类学丛书"总序》，王杰主编：《寻找母亲的仪式——南宁国际民歌艺术节的审美人类学考察》，广西师范大学出版社2004年版，第2页。

基础条件，审美及其美学无从谈起；另一方面审美现象及其审美活动不仅基于人类社会实践活动，而且基于人类在改造世界的同时也在改造人类自身的创造、超越和提升的行为活动，无论从人类发生逐步从自然界分离出来而进化到文明社会的"人化"过程中的审美需要机制的推动力也好，还是人类发展所指向的"诗意的栖居"的审美化人生追求与审美理想机制的推动力也好，都昭示出审美在人类存在、生存、发展中的不可或缺的重要作用和意义。再次，将审美放置在人类学及其人类存在的本体论大框架中审视，审美现象及其审美活动的本元、本原、本源无疑带有"人从哪里来，到哪里去"的人的存在、生存、发展的本体性终极价值意义追寻的特征，审美无疑具有人类学本体论意义。最后，美学与人类学研究对象都聚焦于人，其目标宗旨指向人类社会实践活动中显现的人类本质属性和特征，其价值取向都指向人的合理化存在、优化生存和全面发展以及人性提升，由此形成基于人类总体性与整体性的美学与人类学共同的研究视野和视角，构成两者在人类本体论意义上的内在逻辑联系。更为重要的是，马克思主义作为指导思想及世界观与方法论，更在美学与人类学研究之间搭建连接的桥梁与制高点，形成审美人类学的理论基础及其基本思路。冯宪光考察马克思主义文论美学思想主要的三个原点，即人类学、意识形态与艺术生产后指出："几乎所有自称或被称为马克思主义文艺理论家的人，都对这几个理论原点有所承传、阐释和创新。而且从这三个原点出发，形成四种马克思主义文艺学本体论的主要构成因素：1. 审美；2. 上层建筑与意识形态；3. 生产；4. 政治。这就形成二十世纪马克思主义文艺理论的四种本体论形态：1. 人类学审美本体论；2. 意识形态本体论；3. 艺术生产本体论；4. 政治本体论。"[①] 从马克思主义本体论形态看，人类学审美本体论正是审

[①] 冯宪光：《导论：当代马克思主义文艺理论本体论形态问题》，傅其林：《审美意识形态的人类学阐释》，四川出版集团巴蜀书社 2008 年版，第 32 页。

美人类学的理论依据与理论基础，也是指导思想与基本思路。由此冯宪光认为："如果我们从二十世纪国外马克思主义文艺理论多样化发展的实际情况出发，就可以看出，二十世纪存在着四种主要形态的马克思主义文艺理论，而且在一元化本体论指导下可以从本体论复杂关系中发展出本体论具体理论形态。马克思主义的历史唯物主义指向的是人类的自由、解放，而审美和文艺作为人类普泛的实践活动，也是与人类共生的。这就是说，马克思主义与文艺之间在人类学上存在着共同点。人类学可以构成马克思主义从一元化本体论出发对文艺进行研究的本体关系的连接点。马克思主义人类学的文艺理论，是建构马克思主义文艺理论本体论的一个重要环节，也是马克思主义文艺理论本体论的一种形态。"[1] 在马克思主义思想指导下，文艺及其美学与人类学在其本体论意义上确立共同价值取向与基本思路，由此夯实审美人类学的马克思主义理论基础。

其二，审美人类学的学科定位。傅其林指出："'审美人类学'是二十世纪后期明确提出的新兴学科。随着人类学研究的深化与拓展，传统人类学的统一性研究范式逐步分化，出现了所谓的经济人类学、应用人类学、政治人类学、法律人类学、医学人类学、心理人类学、认识人类学、象征人类学、城市人类学，以及我们谈及的审美人类学。"[2] 审美人类学既是学术研究发展的结果，也是学科发展的产物，在一定程度上印证了学术与学科发展趋向，与上述所论及的学科发展三个趋向密切相关。一是审美人类学与学科分支越来越细密发展趋向相关。从美学学科而论，审美人类学可视为美学的一个分支或学科方向，可谓人类学美学，与生态美学、环境美学、文艺美学、生活美学、实用美学、传播美学等一样，均可作为美学学科分支与学科方向来看

---

[1] 冯宪光：《导论：当代马克思主义文艺理论本体论形态问题》，傅其林：《审美意识形态的人类学阐释》，四川出版集团巴蜀书社2008年版，第35页。

[2] 傅其林：《审美意识形态的人类学阐释》，四川出版集团巴蜀书社2008年版，第4页。

待。当然,并不否定审美人类学的观念、思维、理论和方法从总体性和整体性上影响美学及其推动美学学科转型和发展的根本性作用。从人类学而论,审美人类学亦可视为人类学分支或学科方向。从人文学科定位而言,审美人类学可归属于文化人类学,但并不否定其无论从美学来说还是人类学来说,都无法否定美感以快感为基础和条件,文化人类学必须以体质人类学为基础和条件,具有不可分割的整体性。因此,学科分支或学科方向并不影响其学科整体性和跨学科综合性。二是审美人类学与跨学科综合发展趋向相关。审美人类学除表现在美学与人类学两大学科的结合之外,还与其他相关学科互动、互补、共生,不仅凸显跨学科研究的优势,而且显现学科间性、交叉性、复合性的特点,更有利于整体性、系统性与综合性研究,在其交叉点与契合点上更易产生新的学术生长点与增长点。同时,因其美学与人类学的结合,也在一定程度上体现理论型学科与实证型学科结合、人文科学与社会科学乃至自然科学结合、基础型学科与应用型学科结合的特点,对于学科思维观念突破、学术范式转型、理论与方法更新具有重要作用和意义。三是将审美人类学作为独立学科来看,显然有别于一般意义上的美学和人类学学科,具有新兴学科的性质特点,具备学科存在的合理性与合法性,具备学科形态、对象、内容、资源、知识、概念、理论与方法等学科形成与构成条件。从以上分析可见,审美人类学学科形成与构建,都能吻合学科发展趋向及其具备学科分支或学科方向、交叉学科、跨学科、新兴学科的特征,无论将其定位于美学学科分支还是人类学学科分支,其性质构成与内在逻辑其实都既保留其学科定位与学科归属的基本性质、特点及优势,又含有美学与人类学结合的跨学科优势与特点,将其视为交叉学科、复合学科、综合学科也未尝不可。相对于传统学科而言,审美人类学无论作为美学还是人类学学科分支或学科方向,都可谓新的学科分支与学科方向,亦即视为新兴学科。如果能够将这些因素都考虑在内,并能够把握住彼此关系与整体性,对审美人类学性质和特征的认识及其学科定位就能够迎刃而解了。

其三，审美人类学的学科性质与特征。基于审美人类学是美学与人类学跨学科结合的基本状况，其学科性质与特征一方面受制于美学与人类学性质与特征，具备美学与人类学学科属性与特征。另一方面在其交叉性、复合性、综合性中又带有不同于传统美学与人类学的特性与特征，也就是说在交叉点与契合点上产生出新的生长点。如同各种色彩经过一定的调配后可化合出另一种色彩或新的色彩一样，红、黄、绿三种基色搭配调和，可以产生出七色及绚丽多彩的彩色，但终究离不开红、黄、绿三种基色。审美人类学也带有不同于传统美学与人类学的新色彩，但同样也离不开美学与人类学的学科背景与学科基础。从审美人类学作为新兴学科来看，更多地表现为传统学科的现代转型、学术范式革命及其学术转向、回应社会现实面临的挑战与问题的学科创新与发展，由此形成审美人类学新特质及其新特点也就理所当然。从学术方式转型与学科研究转向的大背景着眼，人类学学科基于人文科学、社会科学、自然科学的学科背景与基础而展开的文化人类学与体质人类学几乎涵盖与人类相关的各个领域及其涉及的各学科综合知识，已经成为20世纪以来学界的主流与显学，成为学术潮流发展趋势。各学科积极主动与人类学结合，或借助利用人类学知识与资源，拓展与开辟学科研究新的视野与视角，构成哲学人类学、历史人类学、社会人类学、生态人类学、影视人类学、媒介人类学等各种复合形态与交叉学科，形成跨学科发展之势，既有利于各学科研究的深化拓展，也有利于人类学自身的深化拓展。美学也是基于传统美学向现代美学转型中所出现的问题与危机、面临现实处境所产生的矛盾与困惑、美学学科自身的缺陷与不足而寻求和探索学科生存发展的路径，审美人类学正是其选择和探索所在。正如文学人类学、艺术人类学一样，美学选择了人类学正是美学力图突破学科限制及其学科壁垒障碍、弥补学科研究不足及其缺陷、走出学科发展困境的一种积极主动进取的状态和方式。对于美学学科转型发展具有必然性与合理性。从美学角度而言，审美人类学对于美学学科转型发展更为重要。从理论上分析，审美人类学基于美学与人类学跨学科研究无疑有利于双方取长补短、优势互补、互动双赢；从实践上看，国内审美人类学兴起发展则更多地基于美学转型发展的事实，正如文学人类学、艺术人类学一样，更多的是基于文学研究、艺术研究方式转换及其学术范式转型，而从文学、文艺学、艺术学内部首先突破继而向外扩展的。审美人类学亦如此，这些新兴学科的领军人物及其骨干，大都来自文艺学、艺术学、美学学科队伍，或具有这些学科背景，如文学人类学的倡导者叶舒宪、肖兵、方克强、陈建宪等；艺术人类学的倡导者方李莉、郑元者、徐新建、易中天、王毅等；审美人类学的倡导者王杰、冯宪光、张玉能、傅其林、向丽、李修建等。即使一些人类学研究学者如徐杰舜、彭兆荣、覃德清、海力波等，也均有文学、美学、文艺学、艺术学等跨学科的背景。由此可见，审美人类学着眼于美学学科转型及其美学研究视野的突破，对于美学发展推动和影响更大，其学科性质特征更贴近美学性质与特征，也更趋向于贴近人类学性质特征。

二　审美人类学学科构成及其内在逻辑性

从学科形成与构建而论，审美人类学学科形成应该具备天时地利人和及其学科自身成长和发展的基础条件，同时必须具备学科构成基本要素的条件。郑元者指出："作为一门融宏观分析与微观分析于一体的边缘学科，人类学美学的健全和发展，就成为历史的必然要求。"[①] 从学科形态及其内在构成而论，审美人类学初具学科形态，这主要可从学科对象、学科资源、学科知识结构与理论体系、学科方法等要件构成进行分析。

---

① 郑元者：《蒋孔阳的美论及其人类学美学主题》，《文艺研究》1996年第6期。

其一,学科对象。学科对象在一定意义上说也是研究对象,不同的研究对象构成不同学科,但并不排斥同一研究对象的不同角度与不同研究视角所构成不同学科的现象。美学学科对象及其研究对象是美,当然在美学转型及其研究方式转向中,从其对象美的研究转向着眼于人的美感及其审美活动研究,从而提出美感学或审美学问题。不可否认的是,无论美还是美感,也无论是审美还是审美现象,其实都可归结为美与美感的关系及其审美价值不可分割的统一性和整体性。也就是说作为学科对象,美学对象应该是确定的,无论是美和美感,都回归到对人类审美现象研究的基点上。人类学学科对象及其研究对象是人类,将人作为"类"的研究无疑既含有人类整体性、普遍性、共同性的类本质、类特性、类特征的研究,带有抽象性研究特点;又含有将人划分为群类、类型、分类的种族、民族、族群、群落及其人类社会实践活动类型等具体形态的研究,以及类型个案、案例研究,带有具体性、特殊性、实证性、应用性的研究特点。当然,无论是哪一种类型,都离不开人类学对象的人类及其将人作为"类"的研究。因此人类学研究对象也是十分明确的。至于对人类的不同角度所构成的不同研究视角,形成人种学、民族学、社会学、文化学、心理学、生物学、生理学等不同学科形态,显然与人类学研究对象的人类具有普遍性与特殊性、复杂性与丰富性、群类性与多样性,交叉性与隶属性等特点相关。就其学科分类和学科分支而言,人类学形成体质人类学与文化人类学两大类型,具体还可细分为民族人类学、考古人类学、生物人类学、医学人类学、社会人类学、生态人类学、影视人类学等类型,既可分别归属于两大类型,亦可兼容两大类型。也就是说,其实可将人类现象及其人类行为活动与人类社会都可以涵盖在人类学研究对象中,以更好地揭示人类的本质属性与特征。因此,审美人类学对象的确立:一方面应该遵循美学对象与人类学对象已然确立的基础和思路,抓住审美对象与人类对象为立足点，从其交叉点和契合点上确立审美人类学对象为人类审美现象，既致力于将两者对象结合与统一，又致力于确立审美人类学对象研究视角，集中于从美学对象中着重以人类审美现象作为研究对象，从人类学对象中着重抓住人类审美现象作为研究对象。其目的在于揭示人类审美现象本质属性与特征并进而揭示审美与人类关系及其人类本质属性与特征；另一方面在美学对象和人类学对象的研究薄弱环节确立审美人类学对象的研究视角，以之确立审美人类学对象的特殊性与普遍性关系。审美人类学研究视角除注重美学对象从美到美感、美的本质到审美现象等研究视角转向外，也从传统美学的经典美学、纯美学、文艺美学的研究视角转向更为关注处于边缘化、学术盲点、新兴审美现象的研究，诸如审美文化、大众美学、民族美学、民间美学、民俗美学、生活美学、应用美学、生态美学、环境美学、审美传统与审美时尚等研究视角，既拓展美学研究领域，而且也确立审美人类学对象及其研究视角。审美人类学研究视角对人类学对象而论，除聚焦于人类审美现象角度，以及吸收美学在本体论研究及理论阐释上的优势外，也更为关注审美文化、民族审美传统、民间审美形态、审美习俗风尚、审美生活习性、大众审美需求和兴趣、身体文化与自然文化、区域和群类审美差异性与特殊性等研究视角，不仅有利于拓展深化人类学、体质人类学与文化人类学结合的研究视角，而且有利于确立审美人类学研究视角的特点与优势。

其二，学科资源。广义学科资源由研究对象、人才队伍、基础设备、科研教学条件、图书资料、学术资源等研究主体与客体要素构成，狭义学科资源指学科研究的学术资源，主要包括学科研究的理论资源与实践资源。审美人类学理论资源来源主要有三个渠道。一是因其跨学科结合的特点拥有丰富的美学理论与人类学理论资源，同时也可充分借鉴和利用其他相关学科理论资源，包括哲学、社会学、文化学、民族学、民俗学、文艺学、艺术学、宗教学等理论资源，构成多学科理论资源的综合性、互补性、综合性特征。二是对中国传统理论资源的发掘利用和对国外审美人类学理论资源的引进和借鉴，既可扩大审美人类学理论资源发掘渠道，又可构成古今中外理论比较、互补、参照、融汇的学术视野；三是国内学界近20年来审美人类学理论研究成果的积累，在一定程度上有利于夯实其学科基础及其理论研究基础，形成相对完备的理论资源库及其理论研究发展之势。审美人类学实践资源及其应用资源的来源主要有三个渠道：一是与理论资源发掘同步的实践资源类似，发掘同样也在美学、人类学及其相关学科研究中保存丰富的传统与现代实践资源；二是针对审美人类学研究视角而坚持长期的田野作业、社会调查与资料收集，已经在资源发掘、甄别、整理、保护、保存上做了大量工作。如广西师范大学审美人类学研究中心不仅建立了一些较为稳定的调研基地与考察点，而且建立了较为完备的资料库和资源数据库。三是审美人类学更为强化学科立足点和逻辑起点，更为侧重于实践研究、应用研究和实证研究，在田野作业、社会调查、资料收集基础上进行持之以恒的实践研究与实证研究，特别在个案研究、案例研究、典型研究上积累了丰富的成果，强化应用研究的现实性、针对性、实效性和对策性。学科侧重于应用研究所提供的实践资源对于构成学科理论与实践结合、基础研究与应用研究结合、学术价值与社会效应结合的学术价值取向，凸显学科重材料、重实证、重应用的学科优势和特色，提供切实可靠的保障。由此可见，审美人类学学科形成具备充足和充分的学科资源条件。

其三，学科知识结构与理论体系。任何学科知识结构与理论体系都是在不断传承、吸收、积累基础上形成的，也是在不断丰富、补充、完善过程中逐渐建构的，但这并不影响正处于形成或发展中的学科知识结构与理论体系的建构与建设。美学作为传统学科、基础学科、理论学科具有理论研究之所长，但又有应用研究、实践研究、案例研究之所短，人类学研究注重田野作业、调查研究、实证方法、个案与案例研究正好能够弥补理论研究的欠缺；而美学理论研究的优势及其理论思辨方式与理论研究方法也正好能够拓展人类学研究的广度与深度。两者结合优势互补、强强联手，不仅能够达到双赢效果，而且能够在跨学科综合研究中找到彼此的交叉点、契合点和生长点，更为重要的是能够进一步推动学术范式与研究方式的转型与创新。就学科资源整合与优势互补角度而言，审美人类学作为新兴学科，其学科知识结构与理论体系正处于成长期与形成期，还有待不断丰富和完善。就目前所大致构成的学科知识结构与理论体系状况及其构建渠道可从三方面加以考虑：一方面是立足于美学与人类学知识结构与理论体系的基础上进行知识、理论、方法的资源整合与资源配置，突出其在交叉综合、基础厚实、优势互补、取长补短中形成的跨学科知识与理论特色，为审美人类学学科知识结构与理论体系构建打下良好基础；另一方面着眼于审美人类学理论研究，初步形成其基本范畴、基本知识、基本命题与基础理论，为其学科知识结构与理论体系构建创造有利条件；再一方面着手于学科理论研究与建设，明晰其学科定位、内涵外延、性质特征、功能作用、要素构成、结构系统，确立研究思路、目标、价值取向、学术规则、研究方式与学科资源，形成学科理论基础及其理论应用于实践的批评模式。当然，更为重要的是，学科知识理论体系必须包含一些自身的核心范畴与基本理论命题，形成学科理论的支撑与支柱，诸如审美人类学、审美幻象、审美制度、仪式、身体、审美文化、文化语境、原生态等。王杰认为："西方理论家对语境有很大阐释，我认为语境有更深的内涵，即语境可以理解为一种审美制度。仪式也是一种特殊的制度。因为只有强有力的意识形态规定，才能在仪式中出现许多神奇的现象，使仪式有强烈的通神性。"[①] 这

[①] 王杰、彭兆荣、覃德清：《审美人类学三人谈》，《广西民族大学学报》2002年第6期。

些范畴无论是具有原生性还是衍生性，无论是理论阐发还是赋予其理论意义，都构成审美人类学知识理论体系的核心范畴与基本命题。当然，这些核心范畴与基本理论的研究还需深化与拓展。尽管其学科知识结构与理论体系还是一个雏形，尽管也还存在不足与问题，但毫无疑问在其建构与建设过程中会不断丰富和完善。

其四，学科方法。基于科学共同体及其学术共同体原则与学科性质特征及其规律特点，学科研究方法应该具有普遍性与特殊性统一特征。审美人类学研究方法基于美学与人类学学科方法，无疑具备理论学科方法与应用学科方法结合的特点，表现在科学方法与人文方法结合，文本研究与田野作业、社会调研、实地考察方法结合，历史与逻辑方法结合，文献研究与实证研究方法结合，宏观、中观与微观方法结合，理论思辨与材料征证方法结合，细读法与细描法、深描法结合，归纳与演绎方法结合，分类与比较方法结合，理论分析与个案、案例研究方法结合等方面。傅其林认为："虽然，'审美人类学'概念具有多重指向，但是从跨学科研究的旨趣来看，它主要侧重于美学与文化人类学的结合，它是人类学向意义与文化等深层次掘进的表现，是人类学研究的深化，同时它也是美学研究的新对象，是一种新的美学形态的建构。因此，审美人类学跨学科的建设对人类学与美学学科的发展具有重要的价值。"[1] 对于美学研究侧重于理论方法而言，弥补其在实证方法、田野作业方法、调研考察方法、个案与案例研究方法、细描法与深描法等应用研究方法上的不足；对于人类学侧重于应用研究方法而言，则进一步弥补其理论分析方法、逻辑思辨方法与宏观研究方法的运用及其文化与意义探究上的不足。王杰等认为："审美人类学研究的根基建立在扎实而规范化的区域文化调研的基础之上，一方面承接美学学科领域的审美人类学资源，另一方面借鉴

---

[1] 傅其林：《审美意识形态的人类学阐释》，四川出版集团 巴蜀书社2008年版，第7页。

传统人类学的文化整体观、跨文化比较、主位客位转换、动态表演与文化相对论视角等学术理念和研究方法,使之成为审美人类学方法论体系的有机组成部分。"[1] 更为重要的是,在研究方法形成、选择与运用基础上构成的方法论,具有工具性与目的性的双重意义及其本体论意义。审美人类学跨学科研究方法所带来的思维、观念、视域、理论批评模式的更新与学术范式转型及其学术转向更具方法论和本体论意义。从一定程度上说,构成审美人类学研究的顶天立地状态。所谓"顶天",指着眼于人类审美理想及其精神升华的理论拓展深化的大视野;所谓"立地",指立足于人类社会审美实践活动的现实境遇和实际问题而落实在理论应用与社会效应上,从而彰显审美人类学理论与实践结合的研究方法优势和特色。当然,如果将跨学科研究也作为一种方法来认识的话,那么总体性与整体性方法,系统论、控制论方法,多学科交叉、复合、综合方法,比较方法与参照方法,等等,均具有审美人类学方法的普遍性与特殊性统一的特征。

学科形态及其学科形成与学科构成所具备的对象、资源、知识结构与理论体系、研究方法以及其他要素,对于学科都至关重要,但更重要的是各要素之间的相辅相成、互为作用的内在逻辑关系,关键在于能否形成系统性、结构性、整体性的学科体系与学科构成。审美人类学学科正是在这一基础上形成和发展的,具备学科存在的合理性与合法性。

三 审美人类学学科的构建与建设

审美人类学研究走向学科构建既是其发展的必然结果,也是其学科自觉与学术自觉的结果,更是其学科形态要素构成及其基础条件逐渐成熟的结果。这不仅提供了学科构建的合理性和合法性,而且构成学科形成的必要性和必然性。构建审美人类学学科的理由在于:一是从其命名来看,任何冠以"学"

---

[1] 王杰、覃德清、海力波:《审美人类学的学理基础与实践精神》,《文学评论》2002年第2期。

的命名都应该含有知识、学问、学术、学科等含义与内涵,审美人类学作为一门知识、学问、学术应该毫无疑问,作为学科也理所当然,尽管还需要在进一步加强学科基础建设及其学科理论研究基础上构建审美人类学学科形态;二是国内审美人类学发展至今已经近20年,从最初的开创期进入成长期,并走向成熟期,具备学科形成的基础和条件,并且已经作为学科分支或学科方向加以建设,学科研究与学科建设有了长足发展,可谓初见成效;三是审美人类学在国外发展早已走上成熟阶段,在西方学界已成显学,国外审美人类学研究成果也逐渐引进国内,不仅有利于促进国内审美人类学研究发展,而且为审美人类学学科建构创造有利条件;四是审美人类学研究无论在理论研究还是在实践研究上都取得一定的成果与成效,积累了丰富的理论资源与实践资源,尤其是在美学与人类学结合的资源整合、资源优化、资源综合开发与利用上形成优势和特色,为审美人类学学科的形成创造了有利条件;五是审美人类学所依托的美学与人类学两大学科均为历史悠久、传统优良、基础雄厚、成效显著、处于学术主流状态的优势学科,其学科基础与学科资源为审美人类学学科构建提供了优良的环境与条件。审美人类学学科构建水到渠成。

审美人类学学科形态目前还处于雏形,研究成果初见成效,学科构建初见端倪,其性质定位、概念命题、知识结构、学术谱系、理论体系逐渐清晰但还有待完善,学科形成正处于成长期,离成熟期还有一定的距离。这一方面说明必须进一步加强审美人类学研究,为其学科建构创造基础和条件;另一方面说明必须进一步提高审美人类学学科建构的自觉性,在理论与实践研究的同时,加强对审美人类学元理论及其学科理论的研究;另外也说明审美人类学学科建构与建设的必要性与重要性。从最早展开审美人类学研究的广西师范大学学术群体的成长过程来看,立足于学科建设以构建审美人类学学科不失为一条行之有效的路径。

广西师范大学文学院文艺学教研室包括文艺学、美学等理论型学科，具有优良的学术传统与雄厚的研究基础，林焕平、黄海澄、林宝全、王杰、张利群等都曾是学科带头人，将文艺学建设成为广西师范大学的重点学科。王杰是审美人类学研究的倡导者和发起者，他坦言："近年来，笔者一直致力于美学与文化人类学两学科之间的学科整合，并在国内较早倡导审美人类学这一打通美学与文化人类学传统学科划分的新兴交叉学科。在已经发表的一系列文章中，笔者与相关同好对审美人类学的学理基础、理论框架、研究目的、方法与意义加以初步论述，也得到学术界同人的认可和支持。"[1] 该校文学院少数民族文学教研室拥有中国少数民族语言文学、人类学、民俗学等学科力量，拥有多学科背景与资源，长期以来致力于广西民族文学文化研究，形成鲜明的学科特色与优势，欧阳若修、周作秋、黄绍清、覃德清、杨树喆相继成为学科带头人，将其建设成为广西优势特色学科。在这些重点学科与特色优势学科基础上，依托广西重点科研基地审美人类学研究中心平台形成跨学科学术团队，不仅更有利于推动学科建设发展，而且形成跨学科综合研究新的优势和特色。自20世纪90年代以来，以王杰为代表的广西师范大学审美人类学学术团队，包括王杰、覃德清、海力波、张利群、杨树喆、莫其逊、王朝元、廖国伟、聂春华等，是国内最早倡导和开展审美人类学研究的群体，在不断取得审美人类学研究成就的同时，也关注到审美人类学学科建构与建设问题，取得卓有成效的经验。张良丛指出："学科建设意识比较强的是以王杰教授为首的学科群体。他们立足于广西地区的少数民族的文化资源，一方面采取了田野调查的方法，考察了黑衣壮和南宁国际民歌节等艺术现象，建立了很好的审美人类学研究个案；另一方面也对美学史中的审美人类学资源

---

[1] 王杰、海力波：《审美研究的人类学转向与人文学科的文化实践——〈寻找母亲的仪式〉代序》，王杰主编：《寻找母亲的仪式——南宁国际民歌艺术节的审美人类学考察》，广西师范大学出版社2004年版，第3页。

进行了梳理，使学科建构的前史有了一定的形态。他们这个研究团队从各个方面探讨了审美人类学的建构问题，具有明确的学科建构意识。"① 这一学术群体的研究路径与学科建设措施主要为：一是在文艺学与人类学学科建设中各自都确立审美人类学研究方向，作为学科优势和特色加以建设，分别从美学与人类学学科角度展开审美人类学研究；二是在汉语言文学一级学科中将审美人类学作为优势特色学科加以重点建设，跨学科组织团队聚集力量，形成一级学科的优势特色方向；三是建立广西重点科研基地审美人类学研究中心，以中心作为跨学科研究与协同创新平台，建立中心管理机构与运行机制，改革创新科研制度体制，形成优势特色学科发展之势；四是通过学科教育途径，在硕士生招生中设置审美人类学研究方向，在教学中开设审美人类学研究课程，组织教师编写审美人类学教材，指导研究生撰写审美人类学研究硕士论文，带领学生进行审美人类学田野调查，建立校外审美人类学调研基地，等等。通过学科教育培养了一批审美人类学研究人才，从该校毕业的一批硕士研究生，如向丽、范秀娟、尹庆红、王培敏、杨丽芳、刘萍、陆颖等均已成为学界审美人类学研究的骨干力量，不少人考取博士生后，继续进行这方面的课题研究，毕业后在高校工作，影响到上海交通大学、云南大学、广西民族大学等高校的审美人类学研究发展；五是加强审美人类学理论研究及其元理论研究，加强与国内学界的交流和联系，译介西方审美人类学论文论著，建立审美人类学研究资料库与数据库，为学科构建奠定基础和条件。冯宪光、傅其林指出："以王杰等为代表的广西师范大学学者形成的审美人类学研究群体在国内开创了另一种途径。这就是侧重于民族审美文化的审美人类学研究，这是一种侧重于人类学的美学研究。这就接近于目前国外人类学家的审美人类学研究，体现出审美人类学的跨国际整合的姿态，具有独特的价值。他们

---

① 张良丛：《论审美人类学的学科建构与价值诉求》，《东方论坛》2010年第4期。

在一系列的论文与专著中,就审美人类学的跨学科性质、研究对象、主要任务、学理基础、研究方法、价值意义及其发展方向进行了较为全面的思考,也对具有中国民族特征的具体审美现象进行了阐发,为中国的审美人类学的建设与研究奠定了基础。"经过近20年的努力,广西师范大学审美人类学研究及其学科建设初见成效,在学界享有一定的声誉和地位,成为学界名副其实的审美人类学研究中心,与国内审美人类学研究遥相呼应,形成与文学人类学、艺术人类学三足鼎立之势。当然,审美人类学还需要进一步加强学科基础建设、学科理论研究及元研究,还需要进一步拓展深化审美人类学研究领域,集聚学科研究人才与学科队伍,使其学科建设及其研究成果更为成熟。更为重要的是,审美人类学理论运用于实践,必须形成审美人类学批评形态及审美人类学发展趋向,在推动美学发展的同时也推动文学批评的创新发展。

结语　走向艺术生产论批评

进入 21 世纪后,在生产方式变革、市场经济机制转换、科学技术发展、文化经济时代到来、电子媒介及信息化推动下,文学生产方式及其存在方式、传播方式、接受方式、运行发展方式正在发生巨大而又深刻的变革。作为文学评价机制的批评也面临前所未有的挑战和机遇。从艺术生产方式变革角度审视文学批评变革、转型和发展问题,成为当下文学批评研究的焦点,也成为当代文学批评发展趋向与前景。以艺术生产与文学批评关系为总体性研究视角,围绕这一中心视角设置艺术生产方式变革与文艺存在方式转变、艺术生产与文艺创作、文艺评价方式与艺术生产评价方式、批评传统与现代批评、媒介批评与媒介生产、文艺制度与评价机制、批评场域与批评自主性、文学评价体系与知识话语生产体系等关系构成与结构系统的多维立体研究视角,全方位整体透视艺术生产论批评的理论内涵及其构建方式,成为批评界普遍关注的重要话题。因此,本课题研究的结语提出走向艺术生产论批评。

一　国外相关研究现状及发展趋向

国外相关研究在现代化、全球化及文化经济时代背景下,基于艺术生产方式的文艺转型兴起的批评思潮流派纷呈,基于现代电子媒介传播的大众文化崛起的文化研究方兴未艾,一是形成现实主义—现代主义—后现代主义批评发展脉络及其学术史线索,构成批评多元化与现代化基本格局;二是与时俱进并辐射全局的批评基本流向与发展趋势,如韦勒克《批评的概念》提出"批评的自觉时代",艾布拉姆斯《镜与灯》以"文学四要素"构成四维立体的批评视角,伽达默尔《真理与方法》建构"视界融合"的现代阐释理论,威廉斯《马克思主义与文学》提出"文化唯物主义"推进文化批评崛起及文学批评转型,伊格尔顿《审美意识形态》从文学艺术的意识形态特殊性提出"审美意识形态"观念,赛义德《东方学》提出"后殖民主义"批评不同于以西方为中心的学术主流的独特视角;三是当代西方马克思主义批评融合精神分析、形式主义、结构主义、现象学、阐释学、语言学、心理学、人类学、生态学、地理学以及形形色色的"新""后"理论与方法,成为现代批评劲旅及主导力量,不仅为梳理批评发展脉络及其学术史线索提供方向,而且为基于艺术生产论的文学批评研究夯实基础。

基于马克思《政治经济学批判·导言》提出"当艺术生产一旦作为艺术生产出现,它们就再不能以那种在世界史上划时代的、古典的形式创造出来",由此"艺术生产论"构成马克思主义文艺理论批评的宝贵财富,既为西方马克思主义批评所继承、弘扬与发展,又影响和启迪西方学界,在现代主义与后现代主义思潮流派发展中发挥重要作用。"艺术生产"研究无疑集中于艺术生产与现代文学艺术关系,其中当然也会涉及艺术生产与文艺批评关系。其内在逻辑与学理依据在于,艺术生产作为现代艺术生产方式,对于文艺创作方式、作品存在方式、文艺传播与流通方式、文艺消费与接受方式必然产生影响,那么作为文艺评价方式的批评理应如此,或者说批评必然融入其中,成为艺术生产不可分割的组成部分。

其一,艺术生产论及艺术生产方式变革研究。本雅明《机器复制时代的艺术品》敏锐看到机器复制导致传统艺术"灵韵"即经典性消失的同时,技术革命与生产方式变革推动文学艺术转型以及电影等新艺术出现;《作者即生产者》辨析艺术生产中的作者作为生产者身份变化及其生产关系调整；布莱希特《戏剧小工具篇》从艺术与科学关系出发，认为"艺术将从这种新的生产能力中创造娱乐，这种生产能力能够异乎寻常地改善我们的生存，至于生产能力本身，只有它能够不受到束缚，将证明是科学和艺术的最大的欢乐"；布迪尔《艺术的法则》基于经济、政治、文化三足鼎立而又相互角逐与相互制衡的场域理论提出"文学场"以及作为象征资本的"文化资本"及文学自主性问题；西方马克思主义面对现代生产方式变革的当代发展需求所作出的艺术生产理论发展和创新，形成艺术生产理论研究视野及其生产方式变革研究视角。

其二，文学的意识形态生产及意识形态症候批评。阿尔都塞《保卫马克思》《意识形态与意识形态国家机器》提出意识形态并非局限于经济基础反映而具有自身独立性，是一种意识形态实践和生产方式。马歇雷《文学生产理论》提出作家是生产者，文学是一种生产，是一种相对独立的生产活动，"是一种真正的劳动生产的产品"，文学作为一种意识形态生产方式，作品中的社会潜意识所导致意识形态中断和裂缝从而形成"症候"，故文学批评必须采取意识形态的症候方法，将文学的意识形态生产与批评的意识形态症候方法结合，拓展艺术生产语境中的文学批评变革及其文学研究视野和视角。

其三，艺术生产推动下的文化批评研究。伊格尔顿《批评与意识形态》《马克思主义与文学批评》提出文学作为一种物质存在的生产性问题，"但是从另一意义上也是经济基础的一部分，它像别的东西一样，是一种经济方面的实践，一类商品的生产"；本雅明提出"文学像其他的社会物质生产一样，运用某些生产技术，这些技术构成艺术生产力，同时这种生产力，必然涉及生产关系"；威廉斯《马克思主义与文学》不仅阐发文化作为生活形态的定义以及文化具有的物质性特征，而且以"文化唯物论"推动文学批评向文化批评转型；詹姆逊《马克思主义与形式》《语言的牢笼》《政治无意识》《后现代主义与文化理论》指出后现代带有的多民族、无中心、反权威、叙述化、零散化、无深度等特征,认为晚期资本主义"商品化",不仅成为物质生产利益追求,也渗透在精神领域,甚至"理论"也成为一种商品,以文化批判观点对都市时尚、建筑、广告、电影、电视、录像等构成的图像化现象进行文化批评,成为艺术生产活动中的文化批判视角的批评实践例证。

其四,视觉图像时代的空间转向研究。视觉图像时代的到来,空间转向成为20世纪下半叶以来最为关注的话题及问题,巴什拉《空间的诗学》基于现象学存在主义建构日常生活意义的空间诗学;列斐伏尔《空间的生产》指出现代空间的性质是从在空间中的生产转变为空间本身的生产;福柯《疯癫与文明》《知识考古学》从知识与权力的关系角度提出集空间、知识、权力为一体的后现代空间形成问题;以及鲍曼"流动的现代性"理论、戴维·哈维"时空压缩""第三空间"理论、鲍德里亚"空间转换"理论等,凸显视觉图像时代的空间转向的时代特点及发展趋势。

其五,媒介理论及新媒体艺术批评研究。麦克卢汉《理解媒介——论人的延伸》将媒介与人类社会发展紧密联系,提出人类社会经历口头媒介时代、印刷媒介时代、电子媒介时代阶段,证明媒介的工具性与人的能力延伸关系,阐发"媒介即信息"意义;鲍德里亚《符号政治经济学批判》《生产之镜》提出"仿真""拟象""内爆"等范畴命题,为图像生产及其视角空间转向提供依据;德勒兹《差异与重复》《反俄狄浦斯》《千高原》提出"马赛克""根茎""福柯·褶子""身体"等概念以阐发欲望是生产性的观点,是一种积极、主动、创造性力量,呈现非中心性、非整体化的零碎而拼贴特征,具有革命性、解放性和颠覆性作用。德勒兹的电影理论著作《电影Ⅰ:动作—影像》《电影Ⅱ:时间—影像》,认为电影并非对外在真实地表现,而是一种创造新的运动、时间组织方式的本体论实践,说明影像是在蒙太奇时空交错的运动中破碎化、零散化而又重新拼贴的图像,成为新媒体艺术批评借助媒介诗学及媒介生产转变为一种新的艺术形式及其批评形态。

其六，近年来国外相关研究的述评。进入 21 世纪以来的西方艺术生产及其批评研究的话语空间日益扩展与深化。一是张永清、马元龙主编《后马克思主义读本——文学批评》《后马克思主义读本——理论批评》中选编译介颇具代表性的英国《新左派评论》与美国《重新思考马克思主义》期刊所发表的一些最新成果，着重讨论学术前沿话题及其现实问题。针对文学批评研究集中讨论文学对象征世界的生产能力、现实世界在文学境域中被表征想象与接受图景、支撑想象与折射的物质动力、乌托邦、灰色地带与黄金时代等前沿话题；针对理论批评研究集中讨论现代性与后现代性、全球化、后殖民、身份、身体、马克思主义伦理学、生态政治等前沿话题，可谓 21 世纪西方批评发展及其研究状况的一个缩影。二是周宪主编"方向标读本文丛"系列丛书，包括周宪主编《文化现代性精粹读本》、陶东风主编《文化研究精粹读本》、阎嘉主编《文学理论精粹读本》、周韵主编《先锋派理论精粹读本》、周宪主编《视觉文化精粹读本》、周晓虹主编《社会理论精粹读本》等，对当代西方文化理论具有"方向标"式的学术前沿重要论文进行译介。三是阎嘉主编《文学理论精粹读本》，选编西方后现代主义著名批评家热拉尔·热奈特、琳达·哈琴、拉尔夫·科恩等当代批评前沿具有代表性论文，并将其总体特征概括为"'马赛克主义'：21 世纪西方文学批评理论的基本走向"，并指出"虽然他们关注的问题相同，但其立场、出发点、依据的理论资源、论述的方式和得出的结论都极为不同。换言之，他们对同样的问题的看法是极为'多元化'的，几乎找不到任何主调。例如，在'文学理论和批评空间的拓展'方面，我们可以看到各种各样的批评方法的杂陈：散居者批评，性别与超性别批评，有色女性批评，伦理批评，生态批评，空间批评，赛博批评，鬼怪批评，唯物批评，新语用学，混乱理论，等等。这些情况告诉我们，在后现代的消费时代里，西方文学理论和批评早已告别了现代和前现代的语境与基本格局,即总有一种主导的思潮或理论支配着文学理论和批评的走向,并影响着社会的意识形态。如果我们一定要在走向21世纪的西方文学理论和批评中寻找一个主调的话,那么呈现出来的就是五花八门的'马赛克'面貌,我将其命名为'马赛克主义'。它的基本含义是指:各种理论观点和批评方法杂陈,彼此之间没有内在的联系,各自的视角和关注点极为不同,形成了一种'众声喧哗'的局面"。这是对21世纪国外批评流派"众声喧哗"多元价值取向以及"马赛克"式的零散化与构成性特征的高度概括。

二 国内相关研究现状及发展趋向

国内文学批评研究自改革开放以来一直受到学界关注,学术史脉络表现在:一是20世纪80年代与新时期文学同步发展,在引进借鉴西方批评理论方法的基础上形成现实主义回归与现代主义批评思潮;二是90年代在市场经济机制推动下,立足批评制度、体制、机制改革及批评学理论建设,呈现批评理论化知识化与大众文化批评分流倾向;三是21世纪以来致力于中国特色文学批评体系建设,呈现古今中外批评会通、批评多元化与核心价值取向并存、网络批评以及新媒体批评崛起构成的景观,形成当代批评发展脉络及其研究的学术史线索。

学界关于艺术生产研究开始于20世纪改革开放初对马克思"手稿"及西方马克思主义文论批评研究,在市场经济推动下为文艺转型发展提供艺术生产实践与理论探索依据;21世纪以来随着文化产业及其文化业态高速发展,艺术生产研究呈现出中国化与文化产业应用性研究发展态势,形成当代艺术生产发展脉络及其研究的学术史线索。长期以来,文学批评与艺术生产研究各行其道、两水分流,但两者相互关系及其交叉渗透研究初见端倪,在发展态势中呈现逐渐合流趋向。概括而言,相关研究状况主要表现在五方面。

其一,马克思主义文论批评体系及其艺术生产论研究:21世纪以来在中央推进马克思主义中国化当代化进程中及中宣部马克思主义建设工程的大背景下，一是马克思主义文艺理论批评体系研究及其中国化，钱中文、童庆炳、张炯、陆贵山、冯宪光、王先霈、王元骧等前辈学者辛勤耕耘，取得了马克思主义建设工程丰硕成果，冯宪光《马克思主义文艺学的当代问题》《在革命与艺术之间二十世纪国外马克思主义政治学文艺理论研究》全面系统阐发马克思主义文论批评体系建构与当代形态发展问题，辩证评价国外马克思主义文论批评研究价值及其对中国的启示。二是当代国外马克思主义文论批评的借鉴利用，尤其在审美意识形态与艺术生产理论研究上有所创新发展，朱立元、党圣元、陈炎、谭好泽、王杰、胡亚敏等成果丰硕；冯宪光主编"二十世纪国外马克思主义文艺理论本体论形态研究"丛书，包括邱晓林《从立场到方法——二十世纪国外马克思主义意识形态文艺理论研究》、傅其林《审美意识形态的人类学阐释——二十世纪国外马克思主义审美人类学文艺理论研究》、温恕《精神生产与社会生产——二十世纪国外马克思主义艺术生产理论研究》、李益荪《马克思艺术生产理论研究》等。从经典马克思主义到国外当代马克思主义，从新马克思主义到后马克思主义，不仅马克思主义批评当代发展及中国化研究得到充分重视，而且凸显面向当代现实的艺术生产及文学意识形态问题；王杰《审美幻象研究》《马克思主义与现代美学问题》《现代审美问题》阐发马克思主义意识形态理论及其文学意识形态问题，揭示意识形态生产规律与特征。三是后马克思主义文论批评研究以回应当代现实问题，张永清、马元龙"后马克思主义"研究等，形成具有中国特色的马克思主义文论批评体系建构基本格局。正如张永清、马元龙主编《后马克思主义读本（文学批评）》"译序"所言，"为国内读者和研究者鉴察'后马'及其批评理论的得失提供最初步的提示"，既推动马克思主义批评中国化，又推动国外马克思主义批评的研究与传播。

其二，中国当代艺术生产理论实践研究：在市场经济体制机制推动下的文艺转型发展，经历了文艺观念更新、文艺生产方式变革、文艺运行机制转换、文艺市场化商品化争论后，形成艺术生产理论研究与文化产业发展高潮。一是市场经济与文学艺术关系研究，栾昌大《市场经济与艺术》着眼于经济与文艺关系提出市场经济机制推动文艺发展问题；张来民《作为商品的艺术》基于文艺作为商品的特殊性与一般性关系讨论，着眼于对文艺的商品性市场性的重新认识；邵燕君《倾斜的文学场——当代文学生产机制的市场化转型》等，基于生产与消费关系提出艺术生产、文学生产及其生产机制的市场化转型问题。二是艺术生产与物质生产关系研究，应必诚《论艺术生产的社会效益与经济效益》、万书辉《从灵韵到虚无：文学生产的范式转换》、于凤静《被批量生产的文学》、陶东风《文学的知识生产与文学研究的机制创新》、张玉能、张弓《大众媒介与话语生产和文学生产》、傅守祥《审美化生活的隐忧与媒介化社会的陷阱》、周宪《视觉文化的转向》、单小曦《现代传媒语境中的文学存在方式》、邢建昌《大众传播语境下文学理论的知识生产》、陆扬《空间转向中的文学批评》、陈奇佳《网络时代的文学生产》、南帆《意义生产、符号秩序与文学的突围》、谢纳《空间生产与文化表征》、李跃峰《媒介虚拟化与当代艺术的生成》、邓金玉《当代技术变革中的艺术生产力研究》、胡亚敏《再论艺术生产》等成果，针对艺术生产方式变革探讨艺术生产规律及其二重性特征。三是艺术生产理论落实于文化产业实践研究，柯可主编《文化产业论》、谢名家等《文化产业的时代审视》、刘玉珠、柳士法《文化市场学》、胡惠林《文化产业发展的中国道路》《我国文化产业发展战略理论文献研究综述》、花建等《文化力》、蒋三庚主编《文化创意产业研究》、张彩凤、苏红燕《全球化与当代中国文化产业发展》等，形成艺术生产理论应用于文化产业实践的成果。

其三，当代文学批评理论实践研究：当代文学批评研究一方面始终聚焦批评与文学关系研究，针对市场经济条件下艺术生产中的文艺变革而批评转型，基于文艺与批评关系旨在以文学评价机制形成推动文学创作及其发展的动力；另一方面始终聚焦批评与理论关系，提供批评建设发展的理论依据及其内驱力与外推力，旨在推动适应于艺术生产环境的现代批评发展。一是当代批评形态及其发展态势研究，赖大仁《文学批评形态论》着眼于批评思潮、流派、类型的形态研究；朱立元主编《新时期以来文学理论与批评发展概况的制度调查报告》呈现当代文论批评发展的形态、状态、问题及其特点的调研及分析；以及胡亚敏主编《文学批评与文化批判》、王先霈《中国文学批评的解码方式》、姚楠《中国当代文学批评论》等，呈现当代批评的多元化现代形态景观。二是批评观及其价值取向研究，童庆炳等《中国现代文学理论价值观的演变》、盖生《价值焦虑——新时期以来文学理论热点反思》、伍世昭《中国20世纪文学理论批评价值取向研究》、赖大仁《当代文学批评的价值观》、姜文振《文学何为——中西传统文学价值观比较研究》、张燕玲、张萍主编《我的批评观》等，着眼于当代批评观及价值取向研究，凸显艺术生产中的批评核心价值观构建的必要性与重要性。三是传统批评的现代转换及中国批评整体观的研究，代迅《断裂与延续——中国古代文论现代转换的历史回顾》、赖力行《中国文学批评的传统与转化》、劳承万《中国古代美学（乐学）形态论》、古风《中国传统文论话语存活论》、李建中《中国文化元典与要义》等，从批评思维、观念、范畴、方法、话语、元典等角度与路径探索传统批评的现代转换的必要性与可行性，旨在建立传统批评与现代批评会通机制，建构中国批评整体观。四是对西方批评理论方法的借鉴与反思，徐敏《文学与资本主义——戈德曼文学思想研究》、李广仓《结构主义批评方法研究》、于琦《齐泽克文化批评研究》等着眼于引进与借鉴；吴炫主编"中国视角：超越西方现代美学"丛书，包括《西方原型美学问题研究》《西方阐释学美学局限研究》《西方形式美学问题研究》《西方批判美学局限研究》《西方存在美学问题研究》《西方现象学美学局限研究》《西方生命美学局限研究》等，倡导"洋为中用"原则，强调"他山之石，可以攻玉"的兼容并蓄与"文化过滤"的批判性借鉴，推动西方批评理论方法引进的中国化进程。五是针对西方批评的"强制阐释"缺陷提出"本体阐释"论，近年来张江《当代西方文论若干问题辨识》《强制阐释论》以及张江访谈《当代文论重建路径：由"强制阐释"到"本体阐释"》，针对西方批评"强制阐释"缺陷提出"本体阐释"，拒绝前置立场和结论以及无约束推衍，建立以文本为核心的文学阐释，使理论批评回归文学本体，引发学术界关注与讨论。在2016年由马克思主义文论建设工程办公室主办的"强制阐释"专题研讨会上，学者对由"强制阐释"到"本体阐释"思路观点予以充分肯定与完善，对于重建中国批评发展路径及其形成自身特色优势提供了启迪与参考。

其四，媒介理论及其新媒体艺术批评研究：现代电子传播媒介及其互联网的迅猛发展，引发文艺活动方式及其生产、传播、流通、消费、接受、交流发生重大变化，推动文化转向及视觉图像（读图）时代到来，同时以推动文艺创新发展及其网络文学、数字文学、影像艺术、新媒体艺术迅猛发展，不仅文艺传播得到极大重视，而且文学媒介生产初见端倪，媒介理论及其文学媒介研究，网络文学、新媒体艺术及其批评研究形成学界热点。这些研究方向为以下几个方面。一是基于文艺与媒介关系着眼于电子媒介时代的文艺转型发展，如周海波《传媒时代的文学》、单小曦《现代传媒语境中的文学存在方式》、欧阳友权《数字媒介下的文艺转型》、刘坚《媒介文化思潮与当代文学观念》等，提出媒介作为文学工具手段的功能作用，作为文学第五要素媒介发展引发文学变化、文学传播方式以及媒介生产方式等问题的讨论及观点，强调媒介在文艺活动与发展中的重要地位和作用。二是电子媒介时代的艺术生产机制研究，郑崇选《网络时代文学生产机制的生机与困境》、邵燕君《网络时代：如何引渡文学传统》、张利群《文学媒介生产论的理论构建》、谢波《网络文学生产：数字化、商业化与文学化的平衡》、杨会《新媒介时代的文学生产机制》（2016）、胡友峰《电子媒介时代文学的生产方式》、徐兆寿《新媒体时代的文学生产与传播》等，厘清媒介与艺术生产关系，在此基础上提出媒介生产论观念变革的呼吁。三是基于批评与媒介的关系着眼于媒介批评、网络批评及新媒体艺术批评等新的批评形态样式研究，蒋原论、张柠主编《媒介批评》年刊、谭德昌《网络文学批评论》（2004）、张邦卫《媒介诗学》、黎杨全《数字媒介与文学批评的转型》、刘世文《新媒体艺术实践及批评研究》等，不仅提出"媒介诗学"的媒介文艺理论、美学理论、批评理论的观念，而且针对网络文学、新媒体艺术等新的文艺形态样式建立与之相应的批评形态，同时借助电子媒介及其新媒体工具手段技术构建新的批评样式，昭示出当代批评依托现代媒介发展的新动向。

其五，艺术生产与文学批评关系研究。除艺术生产理论、现代批评理论研究成果中包含艺术生产与文学批评关系研究的一些内容外，针对这一问题的专门研究成果有以下几个方面。一是冯宪光《当代马克思主义文艺理论本体论形态问题》认为：马克思、恩格斯经典著作中"形成四种马克思主义文艺学本体论的主要构成因素：1. 审美；2. 上层建筑与意识形态；3. 生产；4. 政治。这就形成了二十世纪马克思主义文艺理论的四种本体论形态：1. 人类学审美本体论；2. 意识形态本体论；3. 艺术生产本体论；4. 政治本体论"，凸显艺术生产本体论地位及其践行于文学批评的方法论意义。二是孙鹏程在《作为生产的批评——重读马歇雷〈文学生产理论〉》认为对于马歇雷国内研究并不多，不过最终没有认识到"批评"在知识生产中的重要性。学界一般喜欢从"意识形态""离心结构"入手，但很快人们认为有必要从文学批评角度入手，看起来这似乎有些司空见惯，不过应该说马歇雷是一位精细的研究者，如果考虑到批评作为现代性之兴起，尤其在西方马克思主义理论家眼中，他对文学的认识是一种知识的生产，这种对文学批评历史性的分析，是非常有特色并显得意味深长的。这对于作为艺术生产的文学批评研究提供启发与借鉴。三是姚文放《"症候解读"：文学批评作为艺术生产》，该文阐发

"症候解读"理论的形成和发展经历了漫长而又曲折的过程,发端于弗洛伊德、拉康的建树,成长于阿尔都塞、马舍雷、卡勒等人的创获,开辟了一个崭新的领域。"症候解读"理论的标举,标志着艺术生产论的研究重点从创作一端向阅读和批评一端进一步拓展。肯定文学阅读和文学批评的生产性,将其认定为一种艺术生产,这是在马克思所开创的"艺术生产论"基础上取得的一个重大进展。而"症候解读"理论的后现代性质,正预示着文学批评作为艺术生产的研究将拓展为更为广阔的理论实践探索空间。

三 艺术生产论批评研究思路及意义

以上对已有相关研究脉络及其成果进行了梳理,应该充分肯定所取得的成绩,但也存在一些不足及问题,形成进一步发展态势,存在有待深化及突破空间。

其一,艺术生产系统论及其要素构成论研究已初步形成理论体系与基本框架,提出艺术生产方式、艺术生产力、文化资本、文学场域、艺术商品、艺术市场、艺术消费、艺术业态等范畴命题及思想观念,但批评作为评价机制问题并未引起重视,留下可资发展的突破空间。

其二,马克思主义文论批评研究拓展中国化与当代化空间,结合当代西方马克思主义文论批评研究,在艺术生产论、意识形态论、审美意识形态论、意识形态症候批评、文化权力及话语权、文学场及其场域理论、文化批评理论等方面有所发展和突破;但对于现代批评转型发展基本上定位于现代性讨论,对于艺术生产的现代性问题以及批评的艺术生产转型问题没有得到应有关注,提供进一步探讨的发展空间。

其三,针对当下批评困境及其存在的问题讨论所涉问题大都为批评与文学、批评与理论、批评与传统、批评与时代、批评与政治伦理等关系讨论,提供多维立体视角及多方面成因,但从艺术生产及其媒介生产角度探讨成果不多,有待深化拓展研究空间。

其四，对于艺术生产与文学批评关系讨论，直接提出"作为'艺术生产'的文学批评""艺术生产论批评"的专门研究成果凤毛麟角，孙鹏程论文《作为生产的批评——重读马歇雷〈文学生产理论〉》、姚文放论文《"症候解读"：文学批评作为艺术生产》提出了这一问题，但一方面因论文篇幅限制，未能作出整体、系统、全面研究，另一方面依据西方批评理论及命题，未能更多涉及中国现实及其当下语境，有必要深化拓展深度。

其五，相关研究提供许多新观念、新材料、新观点，为相关研究夯实基础，提供启发与借鉴。但存在艺术生产与文学批评关系脱节、现代批评转型内在动力不足、当代批评研究的问题导向意识不强、批评不适应艺术生产中的文学发展问题未能有效解决、现代媒介与批评关系尚未厘清、市场经济中的批评现象未能关注等问题，即便针对艺术生产与文学批评关系研究主要聚焦西方视角及其对西方理论引进与借鉴，尚未能直接面对中国现实问题，未能及时有效发出中国声音，缺失中国视角及中国话语权。

综上所述，艺术生产论批评研究具有可进一步探讨及发展与突破的空间，以艺术生产作为文学及批评发展机制大势所趋，其研究大有可为。基于此，艺术生产论批评研究大体有以下途径。

首先，艺术生产论体系与谱系及其文献研究，一方面针对艺术生产理论体系及要素构成与结构系统研究；另一方面针对艺术生产论知识谱系及学术史研究；再一方面对马克思主义及当代西方马克思主义艺术生产论做文献研究，包括本雅明、阿尔都塞、马歇雷、伊格尔顿、詹姆逊、鲍德里亚等文献研究。

其次，艺术生产语境中的批评转型研究深化，侧重于艺术生产对批评的影响角度，分别从作为艺术生产要素的批评、艺术生产评价机制的批评、艺术生产制度设计的批评、艺术生产活动环节的批评、艺术市场流通与文学传播的批评、艺术消费及再生产机制的批评等视角对批评的现代转型及艺术生产机制与市场经济机制推动进行分析。

再次,艺术生产中的批评功能与职能研究拓展,侧重于批评对艺术生产的影响角度,探讨批评作为文学评价机制也包含艺术生产评价机制,维护和保障艺术生产健康良性运行及其生产效益的评价标准原则。

复次,媒介批评与媒介生产论研究突破,着重于从媒介作为文学第五要素角度,阐发媒介不仅传播而且生产的工具性与目的性意义,媒介生产论建构不仅有利于拓展艺术生产内涵外延,而且有利于拓展文艺及批评发展空间,形成文艺新形态以及媒介批评、网络批评、新媒体艺术批评形态。

最后,艺术生产中的"评价机制论"创新,将文学批评机制研究具体落实在评价机制研究上,凸显批评作为文学评价机制的原动力、内驱力、外推力的功能作用,以实现艺术生产方式变革中的批评生产方式、存在方式、评价方式及发展方式转变,达到推动批评创新发展的目标。

基于以上讨论,我认为艺术生产论批评研究具有重要价值与意义。

学术价值。一是打破以往艺术生产与文学批评研究两水分流、各行其道的研究惯性,立足于两者关系及其交叉点与契合点寻找生长点与突破口,着眼于艺术生产方式变革不仅推动文艺的现代转型,而且推动批评的现代转型的基本思路。二是从作为"艺术生产"的文学批评研究角度厘清与解决艺术生产与文学批评关系、批评在艺术生产中的地位作用、艺术生产语境中批评转型及角色转换、艺术生产论批评形态建构诸问题。三是将艺术生产理论研究成果落实在批评理论建设上,以现代批评理论探索丰富完善艺术生产理论,进而推动"作为'艺术生产'的文学批评研究"命题的理论创新与学术创新。四是创新艺术生产方式论、批评本体论与方法论、艺术生产中的批评价值论、艺术生产的评价机制论、艺术生产场域论、批评"本体阐释"论、艺术生产批评模式研究等理论命题,提供批评现代转型及其创新发展的理论依据与学术支撑。

应用价值。一是知识经济时代的当代批评发展面临前所未有的挑战与机遇，基于问题导向意识及其当下批评存在不足与问题，从市场经济机制转换与艺术生产方式变革角度探索批评现代转型及创新发展路径、方向、方法及其解决问题的措施。二是探讨在艺术生产语境中批评制度创新、体制改革、机制转换、环境优化、学科建设、实践性品格重构的运行机制与发展策略。三是提升当代批评的文化自觉与文化自信，提高批评力及其生产力、影响力、传播力与有效性，不仅能够更好适应艺术生产方式变革的需要，而且在艺术生产方式变革中实现批评自身变革及其推动文艺发展方式变革。四是将艺术生产理论与现代批评理论结合践行于文学批评实践活动中，为当代批评发展及其实践应用提供启迪。

社会价值。一是学习贯彻落实习近平在文艺工作座谈会上的讲话精神，其中重点提到文学批评问题，针对所言"文艺批评要的就是批评"的本体论、"文艺批评就要褒优贬劣、激浊扬清"的功能论、"打磨好批评这把'利器'"的方法论，将这一批评发展方向的顶层设计落实在脚踏实地的批评发展建设中。二是艺术生产语境中的文艺创作、文艺生产、文艺市场、文艺传播、文艺流通、文艺消费、文艺接受、文艺媒介、文艺效益、文艺评价以及文艺发展等诸多问题受到社会广泛关注，人们在关注艺术生产与文艺产品质量与品质的同时也更为关注文艺批评。三是批评作为文艺评价机制不仅关系到文艺价值评价、产品效益评价的评价导向以及推动文艺传播与接受问题，而且关系到社会评价及其社会核心价值体系建设的重大问题，也关系到提升国家文化软实力以实现"文化强国"目标的战略意义，使之具有"顶天""立地"的社会价值。

毋庸置疑，艺术生产大势所趋，文学批评走向艺术生产论批评水到渠成。生产方式变革推动下的艺术生产不仅影响文艺发展，而且影响文学批评发展。批评不仅需要基于现代性转型，而且需要基于艺术生产转型，艺术生产其实也正是现代性应有之义。从艺术生产与文学批评双向互动关系而言，一方面，艺术生产名副其实地成为推动文学及其批评转型发展的动力机制；另一方面，批评的文学评价机制也会名副其实地成为艺术生产评价机制，成为保障和推动艺术生产健康良性发展的动力机制；再一方面，批评运行发展也被纳入艺术生产轨道，成为基于批评自主性的意识形态生产、文学知识生产、审美话语生产以及意识形态症候批评的重要方式。更为重要的是，基于艺术生产的二重性及其市场经济的双刃剑特点，更能够凸显文学批评评价机制的"一面镜子""一剂良药""文艺批评要的就是批评""褒优贬劣、激浊扬清""打磨好批评这把'利器'""说真话、讲道理"的功能作用，保持批评主体性、自主性及批评精神。由此可见，文学批评在艺术生产语境中自觉走向艺术生产论批评，不仅有所作为，而且大有作为。

参考书目

《马克思恩格斯文集》，人民出版社2009年版。

《马克思恩格斯列宁斯大林论文艺》，作家出版社2010年版。

《毛泽东选集》，人民出版社1991年版。

《邓小平文选》，人民出版社1993年版。

习近平：《在文艺工作座谈会上的讲话》，人民出版社2015年版。

习近平：《在哲学社会科学工作座谈会上的讲话》，人民出版社2016年版。

《十八大以来重要文献选编》，中央文献出版社2016年版。

［匈］卢卡奇：《历史与阶级意识》，杜章智、任立、燕宏远译，商务印书馆1996年版。

［美］韦勒克、沃伦：《文学理论》，刘象愚等译，三联书店1984年版。

［美］韦勒克：《近代文学批评批评史》，杨自伍译，上海译文出版社1991年版。

［美］韦勒克：《批评的诸种概念》，丁泓、徐征译，四川文艺出版社1988年版。

［美］韦勒克：《西方四大批评家》，林骧华译，复旦大学出版社1983年版。

［美］魏伯·司各特：《西方文艺批评的五种模式》，蓝仁哲译，重庆出版社 1983 年版。

［英］特里·伊格尔顿：《二十世纪西方文学理论》，伍晓明译，陕西师范大学出版社 1986 年版。

［英］特里·伊格尔顿：《马克思主义与文学批评》，文宝译，人民文学出版社 1980 年版。

［英］特里·伊格尔顿：《当代西方文艺理论》，王逢振译，中国社会科学出版社 1988 年版。

［英］特里·伊格尔顿：《审美意识形态》，王杰、傅德根、麦永雄译，广西师范大学出版社 2001 年版。

［英］特里·伊格尔顿：《批评家的任务》，王杰、贾洁译，北京大学出版社 2014 年版。

［美］威尔弗雷德·L. 古尔灵等：《文学批评方法手册》，姚锦清等译，春风文艺出版社 1988 年版。

［美］艾布拉姆斯：《镜与灯》，郦稚牛、张照进、童庆生译，北京大学出版社 1989 年版。

［意］维柯：《新科学》，朱光潜译，人民文学出版社 1986 年版。

［法］布迪厄：《艺术的法则》，刘晖译，中央编译出版社 2001 年版。

［英］考德威尔：《考德威尔文学论文集》，陆建德等译，百花洲文艺出版社 1995 年版。

［丹麦］勃兰兑斯：《十九世纪文学主潮》，方晓光译，人民文学出版社 1980 年版。

［英］威廉斯：《文化与社会》，吴松江等译，北京大学出版社 1991 年版。

［英］威廉斯：《马克思主义与文学》，王尔勃译，河南大学出版社 2008 年版。

［德］霍克海默·阿多诺：《启蒙辩证法》，洪佩郁、蔺月峰译，重庆出版社 1990 年版。

［德］戈德曼：《隐蔽的上帝》，蔡鸿宾译，百花文艺出版社 1998 年版。

［德］戈德曼：《文学社会学方法论》，段毅、牛宏宝译，工人出版社 1989 年版。

［法］艾斯卡皮：《文学社会学》，王美华、于沛译，河北教育出版社 1998 年版。

［美］霍埃：《批评的循环》，兰金仁译，辽宁人民出版社 1987 年版。

［法］托多洛夫：《批评的批评》，王东亮、王晨阳译，三联书店 1988 年版。

［法］蒂博代：《六说文学批评》，赵坚译，三联书店 2002 年版。

［英］瑞恰兹：《文学批评原理》，杨自伍译，百花洲出版社 1992 年版。

［法］塔迪埃：《20 世纪的文学批评》，史忠义译，百花文艺出版社 1998 年版。

［荷兰］佛克马·伯顿斯：《走向后现代主义》，王宁等译，北京出版社 1991 年版。

［美］詹姆逊：《后现代主义和文化理论》，唐小兵译，陕西师范大学出版社 1987 年版。

［加］弗莱：《批评的剖析》，陈慧等译，百花文艺出版社 1998 年版。

［荷］佛克马等主编：《问题与观点》，史忠义译，百花文艺出版社 2000 年版。

［法］齐马：《社会批评概论》，吴岳添译，广西师范大学出版社 1993 年版。

［英］燕卜逊：《朦胧的七种类型》，周邦宪、王作虹、邓鹏译，中国美术学院出版社 1996 年版。

411

［美］哈罗德·布鲁姆：《批评，正典结构与预言》，吴琼译，中国社会科学出版社 2000 年版。

［美］丹尼尔·贝尔：《资本主义文化矛盾》，赵一凡等译，三联书店 1989 年版。

［德］本雅明：《发达资本主义时代的抒情诗人》，张旭东、魏文生译，三联书店 1989 年版。

［意］艾柯：《诠释与过度诠释》，王宇根译，三联书店 1997 年版。

［美］费什：《读者反应批评》，文楚安译，文化艺术出版社 1998 年版。

［比］乔治·布莱：《批评意识》，郭宏安译，广西师范大学出版社 2002 年版。

［美］斯坦利·费什：《读者反应批评：理论与实践》，文楚安译，中国社会科学出版社 1998 年版。

［德］伊瑟尔：《阅读活动——审美反应理论》，金之浦、周宁译，中国社会科学出版社 1991 年版。

［法］德勒兹加塔利：《资本主义与精神分裂：（二）：千高原》，姜宇辉译，上海书店出版社 2010 年版。

［加］麦克卢汉：《理解媒介——论人的延伸》，何道宽译，译林出版社 2011 年版。

［加］麦克卢汉：《谷登堡星汉璀璨：印刷文明的诞生》，杨晨光译，北京理工大学出版社 2014 年版。

［法］鲍德里亚：《生产之镜》，仰海峰译，中国编译出版社 2005 年版。

［法］鲍德里亚：《消费社会》，刘国富、全志钢译，南京大学出版社 2008 年版。

［芬］莱恩·考斯基马：《数字文学——从文本到超文本及其超越》，单小曦等译，广西师范大学出版社 2011 年版。

刘勰：《文心雕龙》，范文澜注：《文心雕龙注》，人民文学出版社 2008 年版。

邱晓林：《从立场到方法——二十世纪国外马克思主义意识形态文艺理论研究》，四川出版集团巴蜀书社 2006 年版。

傅其林：《审美意识形态的人类学阐释——二十世纪国外马克思主义审美人类学文艺理论研究》，四川出版集团巴蜀书社 2008 年版。

温恕：《精神生产与社会生产——二十世纪国外马克思主义艺术生产理论研究》，四川出版集团巴蜀书社 2008 年版。

李益荪：《马克思艺术生产理论研究》，四川出版集团巴蜀书社 2010 年版。

张永清、马元龙主编：《后马克思主义读本——文学批评》，人民出版社 2011 年版。

罗纲、刘象愚主编：《文化研究读本》，中国社会科学出版社 2000 年版。

阎嘉主编：《文学理论精粹读本》，中国人民大学出版社 2006 年版。

阮青：《价值哲学》，中央党校出版社 2004 年版。

黄凯锋：《审美价值论》，云南人民出版社 2005 年版。

赵晓虎：《文艺的审美价值论》，辽海出版社 2006 年版。

李德顺：《价值论》，中国人民大学出版社 2007 年版。

邱正伦：《审美价值取向研究》，文化艺术出版社 2007 年版。

张娅娅：《价值与审美取向研究》，文化艺术出版社 2008 年版。

赖大仁：《文学批评形态论》，作家出版社 2000 年版。

凌晨光：《当代文学批评》，山东大学出版社 2001 年版。

张奎志：《体验批评：理论与实践》，人民出版社 2001 年版。

蒋述卓：《文化诗学：理论与实践》，人民文学出版社 2005 年版。

朱立元主编：《新时期以来文学理论与批评发展概况的调查报告》，春风文艺出版社 2006 年版。

苏晓芳：《网络与新世纪文学》，中国社会科学出版社 2011 年版。

南帆：《文学批评手册——观念与实践》，北京师范大学出版社 2011 年版。

黄卫星、张玉能：《审美价值观的传播与建构：当代美育中的对话与交往》，人民出版社 2012 年版。

毛崇杰：《颠覆与重建——后批评中的价值体系》，社会科学文献出版社 2002 年版。

童庆炳等：《中国现代文学理论价值观的演变》，北京大学出版社 2005 年版。

盖生：《价值焦虑：新时期以来文学理论热点反思》，上海三联书店 2008 年版。

伍世昭：《中国 20 世纪文学理论批评价值取向研究》，人民文学出版社 2009 年版。

赖大仁：《当代文学批评的价值观》，社会科学文献出版社 2013 年版。

王杰：《现代审美问题：人类学的反思》，北京大学出版社 2013 年版。

姜文振：《文学何为——中西传统文学价值观比较研究》，人民出版社 2014 年版。

祁述裕：《市场经济下的中国文学艺术》，北京大学出版社 1998 年版。

邵燕君：《倾斜的文学场——当代文学生产机制的市场化转型》，江苏人民出版社 2003 年版。

王本朝：《中国现代文学制度研究》，西南师范大学出版社 2002 年版。

王本朝：《中国当代文学制度研究》，新星出版社 2007 年版。

张邦卫：《媒介诗学——传媒视野下的文学与文学理论》，社会科学文献出版社 2006 年版。

单小曦：《现代传媒语境中的文学存在方式研究》，中国社会科学出版社2007年版。

周海波：《传媒时代的文学》，人民文学出版社2007年版。

谢纳：《空间生产与文化表征——空间转向视阈中的文学研究》，中国人民大学出版社2010年版。

张燕玲、张萍主编：《我的批评观》，广西师范大学出版社2016年版。

后　　记

　　我从 1987 年研究生毕业后就留校在广西师范大学文学院文艺学教研室到现在已有 30 年，我主要从事文艺理论与批评的教学和科研工作。1994 年我开始担任文艺学硕士生导师，确定招生方向为文学批评学；2010 年担任博士生导师，招生方向为中国古代文论与批评。由此将文艺理论研究的重点转移到文学批评研究上，在这一领域开始了艰难而又辛勤的耕耘。多年来，我在文学批评研究方面，先后主持完成 3 项国家社科项目、1 项教育部社科项目、3 项广西社科项目，以项目为抓手陆续出版发表了一些著作和论文，大致可见我的科研路径及学术探索轨迹。2018 年我主持申报国家重大招标项目"改革开放 40 年文学批评学术史研究"获得立项，我又开始了新的征程，期望能够在文学批评研究领域迈上更高台阶。

　　《文学批评机制论》是 2013 年立项、2016 年结题的教育部社科项目成果，结题后又经过修改，耗费了四年心血。我所在文学院学术委员会经审核鉴定同意资助出版本书，使我心存感念，衷心感谢文学院的大力支持和帮助。期望本书出版后，能得到学界专家和同行的批评指教，以期获得抛砖引玉的更大收获。

张利群
2018 年 11 月 3 日